KB005696

황금방울새 1

* 이 도서의 국립중앙도서관 출판예정도서목록(CIP)은 서지정보유통지원시스템 홈페이지(http://seoji.nl.go.kr)와 국가
자료공동목록시스템(http://www.nl.go.kr/korisnet)에서 이용하실 수 있습니다.
(CIP제어번호: CIP2015014095)

The Goldfinch

황금방울새 1

도나 타트 장편소설

허진 옮김

은행나무

어머니를 위해
클로드를 위해

차례

1권

1부

1장 | 해골을 든 소년 • *11*

2장 | 해부학 강의 • *76*

3장 | 파크가 • *98*

4장 | 모르핀 막대사탕 • *164*

2부

5장 | 바드르 알−딘 • *283*

6장 | 바람과 모래와 별들 • *393*

3부

7장 | 가게 뒤의 가게 • *507*

8장 | 가게 뒤의 가게, 계속 • *550*

2권

4부

9장 | 가능성의 모든 것 · 9

10장 | 백치 · 106

5부

11장 | 귀족의 운하 · 303

12장 | 집결 지점 · 378

옮긴이의 글 · 482

일러두기

1. 이 책에 나오는 여러 나라의 언어는 작품 특성상 뜻풀이를 하지 않고 음독과 그 원문, 혹은 영문 표기를 함께 실었습니다. 작품 이해를 위해 필요한 경우에만 제한적으로 그 뜻을 밝혔습니다.
2. 1의 경우와 원문에서 강조를 위해 이탤릭체로 표기한 부분들은 모두 이탤릭체로 표기하였습니다.
3. 본문의 주는 모두 옮긴이의 것입니다.

1부

부조리는 해방이 아니라 구속이다.

-알베르 카뮈

1장

해골을 든 소년

1

아직 암스테르담에 있을 때 나는 몇 년 만에 엄마 꿈을 꾸었다. 그때 나는 일주일이 넘도록 호텔에 처박힌 채, 두려워서 누구에게 전화를 하지도 못하고 밖으로 나가지도 못했다. 승강기의 벨 소리, 미니바 카트가 덜그럭거리는 소리, 심지어는 시간을 알려주는 베스테르토렌*이나 크레이트베르흐 성당의 종소리처럼 별것 아닌 소리에도 심장이 쿵쾅거리면서 당황했다. 뎅 뎅 울리는 종소리에는 음산한 분위기가 있었고 동화에나 나올 법한 파멸이 새겨져 있는 것 같았다. 낮이면 나는 침대 발치에 앉아 텔레비전에서 흘러나오는 네덜란드어를 알아들으려 애를 썼고(네덜란드어는 한 마디도 몰랐으므로 가망 없는 노력이었다), 그것을 포기하고 나면 옷 위에 낙타 털 외투를 껴입고 창가에 앉아 운하를 내다보았다. 뉴욕을 서둘러 떠나면서 가져온 옷들은 실내에서조차 그다지 따뜻하지 않기 때문이었다.

*   de Westertoren : 암스테르담 베스테르케르크 성당의 뾰족한 종탑.

바깥은 무척 활기차고 생기 넘쳤다. 크리스마스의 밤, 운하 다리에는 불빛이 반짝거렸고, 볼이 빨개진 *다머스 엔 헤런(dames en heren)**은 얼음처럼 차가운 바람에 목도리를 휘날리면서 자전거 뒤에 크리스마스트리를 묶고 자갈 위를 달그락달그락 지나갔다. 오후에는 아마추어 밴드가 크리스마스 캐럴을 연주했고 음악 소리는 겨울 공기에 희미하게 남아서 맴돌았다.

엉망진창으로 쌓인 룸서비스 쟁반들, 수북한 담배꽁초, 면세점에서 산 미지근한 보드카. 불안하게 갇혀 있던 그 며칠 동안 나는 죄수가 감옥을 알게 되듯이 그 방을 속속들이 알게 되었다. 암스테르담에 간 것은 처음이었다. 나는 도시를 거의 하나도 보지 못했지만 그 방, 황량하고 외풍이 심하고 햇볕에 바랜 아름다운 방은 네덜란드의 축소 모형과 같아서 북유럽의 느낌을 예리하게 가지고 있었다. 동양에서 상선에 실어 가져온 최고급 사치품과 뒤섞인 백색 도료와 프로테스탄트의 정직성. 나는 옷장 위의 금테 액자를 두른 자그마한 유화 한 쌍을 말이 안 될 정도로 긴 시간을 들여서 세심하게 살펴보았는데, 하나는 교회 옆 얼어붙은 호수에서 스케이트를 타는 농부들의 그림이었고 다른 하나는 넘실대는 겨울 바다에서 출렁이는 범선의 그림이었다. 특별할 것 없는 모사화였지만 나는 거기에 플랑드르 거장들의 숨겨진 마음을 알 수 있는 열쇠가 수수께끼처럼 숨겨져 있기라도 한 듯이 열심히 관찰했다. 바깥에서는 진눈깨비가 창틀을 두드리고 홈을 따라 흘러내렸다. 브로케이드 직물은 풍성하고 양탄자는 부드러웠지만 겨울 불빛에는 1943년의 분위기가, 설탕을 넣지 않은 연한 차를 마시고 주린 배를 침대까지 안고 가던 궁핍과 긴축의 쌀쌀한 분위기가 있었다.

나는 매일 이른 아침, 동이 트고 직원들이 출근해서 로비가 들어차기

---

* '여자들과 남자들'이라는 뜻.

전에 아래층으로 내려가서 신문을 가져왔다. 호텔 직원들은 숨죽인 목소리로 이야기하고 조용한 발소리를 내며 움직였고, 시선은 내가, 낮에는 절대 내려오지 않는 27호의 미국 남자가 보이지 않는다는 듯이 쌀쌀맞게 나를 스치고 지나갔다. 나는 아마도 야간 책임자(짙은 색 양복, 짧은 머리, 뿔테 안경)가 문제나 소동을 피하려고 손을 써놨을 것이라며 불안을 달래려 했다.

〈헤럴드 트리뷴〉에는 내가 처한 곤경에 대한 기사가 없었지만 네덜란드 신문에는 대대적으로 실려 있었다. 외국어 활자가 빽빽한 문단들이 바로 거기 있었지만 이해가 닿지 않았기 때문에 나는 애가 탔다. 오노프헬로스터 모르드(Onopgeloste moord). 온베켄더(Onbekende). 나는 위층으로 올라가서 (방이 너무 추웠으므로 옷을 입은 채) 침대로 다시 들어가 침대보 위에 신문을 펼쳤다. 경찰차와 출입 금지 테이프가 찍힌 사진들. 나는 사진 아래의 설명 글조차 해독할 수 없었다. 내 이름이 나온 것 같지는 않았지만 나에 대한 묘사가 나와 있는지 아니면 아직 정보를 공개하지 않은 것인지 알 길이 없었다.

그 방. 라디에이터. 에인 아메리칸 메트 에인 스트라프블라드(Een Amerikaan met een strafblad). 운하에 흐르는 올리브 빛 물.

나는 춥고 아팠고, 대부분의 시간 동안 뭘 할지 몰랐기 때문에 (따뜻한 옷가지뿐 아니라 책도 가져올 생각을 못 했다) 낮 동안 거의 내내 침대 안에 있었다. 밤이 한낮에 찾아오는 것 같았다. 나는 종종 흩어진 신문이 부스럭거리는 가운데 자다 깨다를 반복했고, 꿈은 대부분 깨어 있는 시간에 스미는 것과 똑같은 불안으로 얼룩져서 법정 사건에 휘말리고, 여행 가방이 콘크리트 바닥에 떨어져서 옷가지가 사방으로 흩어지고, 절대 타지 못할 것을 뻔히 알면서 비행기를 잡으려고 끝없는 공항 복도를 달렸다.

나는 열 때문에 아주 생생하고 이상한 꿈을 많이 꾸었고, 낮인지 밤인지도 모른 채 땀을 흘리며 몸부림쳤다. 하지만 최악이었던 마지막 밤에 나는 엄마 꿈을 꾸었다. 짧고 신비한 꿈이었는데, 꿈이라기보다 엄마의 유령이 나를 찾아온 것 같았다. 나는 호비 아저씨의 가게에, 아니 정확하게 말하자면 아저씨의 가게를 그려놓은 듯한 꿈속의 장소에 있었는데, 뒤에서 갑자기 엄마가 나타났고 거울에 비친 엄마가 보였다. 엄마를 보고 나는 너무나 행복해서 몸이 굳어버렸다. 아주 세세한 부분 하나하나까지, 주근깨가 만드는 무늬까지 전부 진짜 엄마였다. 엄마는 나를 보고 미소를 지었는데, 더 아름다웠지만 나이가 더 들지는 않았고, 머리카락은 검고, 입꼬리는 익살스럽게 약간 위로 올라가 있었다. 그것은 꿈이 아니라 방 안을 가득 채우는 존재였고, 엄마만의 에너지, 살아 숨 쉬는 다른 존재였다. 나는 너무나도 뒤를 돌아보고 싶었지만 그럴 수 없다는 것을, 엄마를 똑바로 보는 것은 엄마의 세계와 내 세계의 규칙을 어기는 것임을 알았다. 엄마는 자신이 할 수 있는 유일한 방법으로 나를 찾아왔고, 우리의 시선은 조용하고 긴 찰나의 시간 동안 거울 속에서 만났다. 하지만 엄마가 흥분과 애정과 분노가 섞인 듯한 표정으로 입을 열려고 하는 순간, 알 수 없는 것이 우리 사이에 끼어들었고 나는 잠에서 깼다.

2

엄마가 살아 있었다면 더 나았을 것이다. 사실 엄마는 내가 어렸을 때 죽었고 그 이후 나에게 일어난 모든 일은 전부 나의 잘못이었지만, 엄마를 잃은 순간부터 나를 더 행복한 곳으로, 사람들이 더 많거나 나와 더 잘 맞는 삶으로 이끌어줄 지표가 하나도 보이지 않았다.

엄마의 죽음은 내 삶을 전과 후로 가르는 표시였다. 이렇게 오랜 시간이 지난 후에 인정하려니 참 쓸쓸하지만, 나는 엄마가 날 사랑했던 것만큼 나를 사랑하는 듯한 사람을 아직 만나지 못했다. 엄마와 함께 있으면 모든 것이 살아났다. 엄마가 비추는 마법 같고 연극 같은 빛 때문에 엄마의 눈을 통해서 보면 무엇이든 평소보다 밝게 보였다. 엄마가 죽기 몇 주 전의 일이 생각난다. 엄마와 내가 그리니치빌리지의 이탈리아 식당에서 늦은 저녁을 먹고 있었는데, 촛불을 켠 생일 케이크를 든 웨이터들이 주방에서 줄지어 나왔고, 엄마는 그 갑작스럽고 가슴이 아플 만큼 사랑스러운 장면을 보고 내 소매를 꽉 잡았다. 어두운 천장에서 케이크 촛불들이 그린 희미한 동그라미가 어른거리다가 케이크가 어느 가족 앞에 놓이자 할머니의 얼굴이 환해지고 주변 사람들은 모두 미소를 지었고, 웨이터들은 손을 등 뒤로 감추고 물러섰다. 시내의 별로 비싸지 않은 식당 어디에서든 흔히 볼 수 있는 평범한 생일 저녁 모임이었고, 얼마 뒤에 엄마가 죽지 않았더라면 나는 분명 그날을 기억도 못 했을 것이다. 하지만 엄마가 죽은 뒤 나는 그날 저녁을, 촛불이 그리던 동그라미를, 내가 엄마와 함께 잃어버린 그 일상적이고 흔해 빠진 행복의 활인화(活人畵)를 생각하고 또 생각했고, 아마 평생 그럴 것이다.

엄마는 또한 아름다웠다. 그건 중요하지 않지만, 그래도 엄마는 아름다웠다. 엄마는 캔자스에서 뉴욕으로 온 직후에 아르바이트로 모델 일을 했지만 카메라 앞에서 지나치게 긴장했기 때문에 썩 잘하지는 못했다. 엄마가 가진 것이 무엇이었든 필름에는 찍히지 않았다.

그러면서도 엄마는 전적으로 엄마 자신이었고 특별했다. 나는 엄마와 닮은 사람을 본 기억이 전혀 없다. 엄마는 머리가 검고, 여름이면 주근깨가 생기는 고운 피부에, 눈은 빛이 가득한 연한 회청색이었다. 그리고 광대뼈에는 인디언과 켈트족의 신비함이 기묘하게 섞여 있어서 사람들은 가끔 엄마에게 아이슬란드 사람이 아니냐고 물었다. 사실 엄마는 반은 아일랜드인 반은 체로키 인디언으로, 오클라호마 주 경계에서 가까운 캔자스 주의 어느 마을 출신이었다. 엄마는 종종 나를 웃기려고 스스로를 오키*라고 즐겨 불렀지만 사실은 경주마처럼 빛나고 우아하고 당당했다. 그 별난 특징이 불행히도 사진에서는 약간 지나치게 냉혹하고 가차 없어 보였고—주근깨는 화장에 가려지고, 머리카락은 《겐지 이야기》에 나오는 귀족처럼 뒤로 모아서 목덜미 쪽에서 하나로 묶었다—내가 가장 좋아하는 엄마의 특징인 따뜻함과 명랑하고 예측할 수 없는 성격은 전혀 드러나지 않았다. 사진 속의 엄마가 내뿜는 고요함을 보면 엄마가 카메라를 얼마나 믿지 않았는지 분명히 보인다. 엄마는 공격에 대비해 경계하는 호랑이처럼 조심스러운 분위기를 풍기고 있다. 하지만 실제로는 전혀 그렇지 않았다. 엄마는 보기만 해도 신이 날 정도로 빠르게 움직였다. 몸짓은 빠르고 가벼웠고, 별안간 멀리 날아가려는 습지의 새처럼 항상 의자 모서리에 걸터앉았다. 나는 의외의 거친 향을 풍기는 엄마의 백단향 향수가 정말 좋았고, 엄마가 내 이마에 입 맞추려고 몸을 숙일 때 풀 먹인 치마가 사각거리는 소리도 정말 좋았다. 엄마의 웃음소리는 하던 일을 당장 때려치우고 엄마를 따라 거리로 나가고 싶게 만들기 충분했다. 엄마가 어딜 가든 남자들이 곁눈질을 했고, 가끔은 그 눈빛 때문에 나는 약간 화가 났다.

엄마의 죽음은 내 잘못이었다. 사람들은 항상, 약간 너무 빨리, 그렇지 않다고 말했다. *아직 어린애였는데, 누가 알 수 있었겠어, 끔찍한 사고였지, 참 운도 없지, 누구에게든 일어날 수 있는 일이야.* 정말 다 맞는 말이었지만 나는 그 말을 하나도 믿지 않았다.

그 사건은 14년 전 4월 10일, 뉴욕에서 벌어졌다. (내 손은 날짜를 쓰는 것마저도 주저한다. 나는 억지로, 종이 위에서 펜을 계속 움직이려 애써야 했다. 그날은 지극히 평범한 날이었지만 이제는 녹슨 못처럼 달력 위로 불

---

* Okie : 오클라호마 주 사람을 부르는 말로, 촌뜨기라는 경멸적인 뜻이 담겨 있다.

록 튀어나와 있다.)

　그날이 계획대로 흘러갔다면 아무 흔적도 없이 하늘로 사라져 내가 8학년이었던 그해의 다른 날들과 함께 삼켜졌을 것이다. 그랬다면 지금의 내가 그날을 얼마나 기억했을까? 거의, 아니 아무것도 기억나지 않았을 것이다. 하지만 물론 그날 아침의 느낌은 축축하고 젖은 듯한 공기까지도 최근 일보다 더 뚜렷하게 떠오른다. 지난밤에 심한 폭풍이 불고 큰비가 내리는 바람에 상점가에 물이 들어차고 지하철 역 두 곳이 폐쇄되었다. 우리 두 사람은 아파트 건물 밖 철벅거리는 양탄자 위에 서 있었고, 엄마를 숭배했고 엄마 또한 제일 좋아하던 경비원 골디가 택시를 잡으려고 팔을 들고 57번가 거리를 뒷걸음질 치면서 휘파람을 불었다. 차들은 흙탕물을 튀기면서 쌩쌩 지나갔고, 비를 품어 부푼 구름들은 마천루 위 높은 하늘에서 빠르게 움직이면서 맑고 푸른 하늘을 조각조각 기운 것처럼 뒤덮었다가 바람에 날려 자리를 바꾸었다. 그 아래 배기가스가 가득한 거리의 바람은 봄바람답게 축축하고 부드러웠다.

　"아, 누가 탔네요, 부인." 모퉁이를 돌며 물을 튀기는 택시의 표시등이 꺼지자 골디가 비켜서면서 거리의 굉음보다 크게 외쳤다. 골디는 경비원들 중에서 제일 작았다. 파리하고 말랐지만 활기찬 이 작은 남자는 피부색이 짙지 않은 푸에르토리코 사람이었고 예전에는 페더급 복싱 선수였다. 술을 마셔서 얼굴이 퉁퉁했지만 (야간 근무에 가끔 J&B 위스키 냄새를 풍기면서 나타났다) 근육질에다가 강단 있고 재빨랐다. 그는 항상 농담을 하고, 항상 모퉁이에서 잠시 담배를 피웠고, 추울 때는 왼발 오른발 체중을 번갈아 옮겨 실으며 흰 장갑을 낀 주먹을 휘둘렀으며, 스페인어로 농담을 하면서 다른 경비원들을 웃겼다.

　"오늘 아침에 많이 바빠요?" 골디가 엄마에게 물었다. 이름표에는 '버트 D.'라고 적혀 있었지만 다들 골디라고 불렀는데, 금니를 한 데다가 데오로

(de Oro)라는 성(姓)은 스페인어로 '금'이라는 뜻이기 때문이었다.

"아니, 시간 많아요. 우린 괜찮아요." 하지만 엄마는 지쳐 보였고 바람에 풀려서 펄럭이는 스카프를 고쳐 매는 손이 떨렸다.

골디도 그런 엄마를 알아차렸는지 (어물거리며 건물 앞 콘크리트 화단에 기대서서 엄마의 시선을 피하던) 나를 마음에 안 든다는 듯이 흘깃 보았다.

"넌 전철 안 타?" 골디가 나에게 말했다.

"아, 둘이서 볼일이 좀 있어서요." 엄마는 내가 뭐라 대답해야 할지 모른다는 사실을 깨닫고 약간 자신 없게 말했다. 보통 나는 엄마의 옷차림에 별로 신경을 쓰지 않았지만 그날 아침에 엄마가 입은 옷(흰 트렌치코트, 얇은 분홍색 스카프, 검정색과 흰색이 섞인 로퍼)은 화인처럼 내 기억에 깊이 새겨져서 이제는 다른 모습의 엄마를 기억해내기 힘들다.

그때 난 열세 살이었다. 나는 마지막 날 아침에 우리가 서로 얼마나 어색했는지, 경비원이 알아차릴 정도로 얼마나 뻣뻣했는지 떠올리기 싫다. 다른 때였다면 우리는 다정하게 이야기를 나누었겠지만 그날 아침에는 서로 할 말이 별로 없었다. 내가 정학을 받았기 때문이었다. 전날 학교에서 엄마가 일하는 사무실로 전화를 걸었고, 퇴근한 엄마는 화가 나서 아무 말도 없었는데, 끔찍한 점은 난 정학을 당한 이유도 몰랐다는 것이다. 하지만 나는 비먼 선생님이 (자기 사무실에서 교사 휴게실로 가는 길에) 2층 계단참에서 창밖을 내다보다가 하필 내가 교내에서 담배 피우는 모습을 봤을 거라고 75퍼센트 정도 확신했다. (아니면 담배를 피우는 톰 케이블 옆에 서 있는 나를 보았을 텐데, 우리 학교에서는 이것이 거의 같은 수준의 교칙 위반이었다.) 엄마는 담배 피우는 것을 싫어했다. 외할머니 외할아버지는—나는 두 사람의 이야기 듣는 것을 좋아했지만 불공평하게도 내가 두 분을 알 기회가 생기기도 전에 돌아가셨다—서부를 돌아다니던 사람 좋은 말 조련사였고 모건종 말들을 키워 생계를 꾸렸다. 둘은 칵테일과 커내스터 카드

놀이를 즐기는 활기찬 사람들로 매년 켄터키 더비 경마 경주에 참여했고 담배가 든 은 상자가 집 안 여기저기에 놓여 있었다. 그러던 어느 날 외할머니가 마구간에 다녀오다가 몸을 웅크리고 기침을 하면서 피를 토하기 시작했고, 그 후 엄마의 십 대 시절 내내 집 현관과 늘 블라인드가 드리워진 침실에 항상 산소 탱크가 놓여 있었다.

하지만 괜한 걱정이 아닌 것이, 사실 톰의 담배는 빙산의 일각이었다. 나는 한동안 학교에서 문제가 있었다. 모든 일은 몇 달 전 아빠가 엄마와 나를 버리고 도망가면서 시작되었다, 아니 눈덩이처럼 커지기 시작했다. 엄마와 나는 아빠를 별로 좋아하지 않았고 보통 아빠가 없으면 더 행복했지만, 다른 사람들은 아빠가 우리를 갑자기 떠난 것에 충격을 받고 가슴 아파하는 것 같았고(아빠는 돈도, 양육비도, 연락받을 주소도 남기지 않았다), 어퍼웨스트사이드에 있는 우리 학교 선생님들은 불쌍한 나를 더 많이 이해하고 응원하려고 너무나 열심이어서 이미 장학생인 나에게 온갖 특별 혜택을 주고, 제출 기한을 미뤄주고, 두 번째, 세 번째 기회를 주었다. 몇 달 동안 밧줄이 계속 내려오자 결국 내가 아주 깊은 구멍에 스스로를 빠트리고 만 셈이었다.

그래서 나는 엄마와 함께 학교에서 열리는 회의에 호출되었다. 회의는 열한 시 반이나 되어야 시작했지만 엄마는 오전 근무를 쉬어야 했기 때문에 우리는 일찌감치 웨스트사이드를 향해 나섰다. 아침을 먹고 (그리고, 내 예상으로는, 심각한 이야기를 나누고) 엄마 동료의 생일 선물을 사기 위해서였다. 엄마는 새벽 두 시 반까지 컴퓨터 불빛 앞에 앉아 긴장된 표정으로 이메일을 몇 통 쓰면서 오전에 사무실을 비울 준비를 했다.

"부인은 어떠실지 모르지만요." 골디가 엄마에게 약간 격하게 말하고 있었다. "하지만 전 이 축축한 봄에 벌써 질렸어요. 이놈의 비, 비—" 그는 몸을 부르르 떨고 옷깃을 여미는 시늉을 하더니 하늘을 흘긋 보았다.

"오후에는 갤 거예요."

"네, 압니다. 하지만 난 여름을 맞을 준비가 됐어요." 골디가 손을 비볐다. "사람들은 도시를 떠나요, 도시가 덥다고 불평하고 싫어하죠. 하지만 나는, 나는 열대의 새예요. 더울수록 좋죠. 덤비라고 해요!" 그가 손뼉을 치면서 길을 따라 뒷걸음질 쳤다. "그리고 제일 좋은 게 뭔지 아세요? 7월이 오면 이곳이 정말 조용해진다는 거죠. 건물은 텅 비어 잠들어버리고, 다들 떠나죠, 알아요?" 골디가 손가락으로 딱딱 소리를 냈지만 택시는 빠른 속도로 지나갔다. "나에게는 그게 바로 휴가죠."

"하지만 여기 있으면 굉장히 덥지 않아요?" 남들에게 쌀쌀한 우리 아빠는 엄마의 이런 부분을 싫어했다. 엄마는 웨이트리스, 경비원, 쌕쌕거리는 세탁소의 노인들과도 잡담을 나누는 습관이 있었다. "그러니까, 겨울에는 적어도 외투라도 한 벌 더 걸칠 수 있잖아요."

"겨울에 문 앞을 지키는 거요? 분명히 말하지만 진짜 추워요. 아무리 외투를 껴입고 모자를 겹쳐 써도 똑같아요. 1월, 2월에 여기 서 있는데 강바람이라도 불면 어떤 줄 아세요? 으으으."

초조해진 나는 엄지손톱을 물어뜯으면서 골디의 번쩍 든 손을 무시하고 날아가는 택시들을 바라보았다. 나는 알았다, 열한 시 반의 회의까지 아주 괴로운 기다림이 될 것이다. 회의에서 내가 할 수 있는 일은 가만히 서서 내 잘못을 자백하는 질문을 내뱉지 않는 것밖에 없었다. 우리가 교무실로 들어가면 선생님들이 무슨 이야기를 불쑥 꺼낼지 나는 전혀 몰랐다. '회의'라는 말은 높은 사람들의 회동, 비난과 고개 숙인 사죄, 퇴학의 가능성을 암시했다. 장학금을 잃으면 정말 큰일이다. 아빠가 떠난 뒤 우리는 파산해서 집세를 내기도 힘들었다. 그리고 무엇보다도, 나는 햄프턴스에 있는 톰 케이블의 집에 갔을 때 휴가를 떠난 빈집에 톰과 내가 침입했던 걸 비면 선생님이 어떻게든 알아냈을까 봐 너무 걱정이 돼서 속이 메슥거릴 정도였다. '침입'이라고 했지만 자물쇠를 억지로 열었다든지 무슨 손상을 입힌 것은 아니었다(톰의 엄마가 부동산 중개인이었기 때문에 우리는 부동산 사무실 선반에서 가져온 여분의 열쇠를 이용해서 들어갔다). 우리는 주로 벽장을 기웃거리고 옷장 서랍을 뒤진 정도였지만, 뭘 좀 가져 나오기는 했다. 냉장고에 있던 맥주, 엑스박스 게임 몇 개, DVD(이연걸의 〈더 독〉)랑 총 92달러 정도 되는 돈—부엌 단지 안에 있던 꾸깃꾸깃한 5달러, 10달러 지폐들과 세탁실에 있던 잔돈 더미—말이다.

그 생각을 할 때마다 속이 메슥거렸다. 나는 톰의 집에 갔다 온 지 벌써 몇 달이나 지났고 비면 선생님이 우리가 몇몇 집에 몰래 들어갔다는 사실을 아는 건 불가능하다고 스스로를 설득하려 애를 썼다. 선생님이 어떻게 알겠어? 겁에 질린 생각은 지그재그를 그리면서 이리저리 튀어 다녔다. 나는 톰을 일러바치지 않겠다고 결심했지만 (톰이 나를 일러바치지 않았다고 확신할 수는 없었지만 말이다) 그러자 내가 설 자리는 더욱 좁아졌다. 어쩌면 그렇게 멍청했을까? 무단 침입은 범죄였다. 그것 때문에 감옥에 가는 사람들도 있다. 전날 밤에 나는 침대에 누워 몇 시간이나 괴로워하면서 몸을 뒤척거렸고, 거친 바람에 실려 창틀을 때리는 비를 보면서 상황이 닥치면 무슨 말을 할까 생각했다. 하지만 선생님들이 뭘 아는지 모르는데 어떻게 변명을 할 수 있을까?

골디가 한숨을 크게 내쉬고 팔을 내리더니 엄마가 서 있는 곳까지 뒷걸음질 쳐 왔다.

"어마어마하네요." 그가 지친 눈 한쪽으로 도로를 보면서 엄마에게 말했다. "소호에 홍수가 났어요, 부인도 들으셨겠죠. 카를로스가 그러는데 UN 본부 근처 도로를 몇 개 폐쇄했대요."

나는 도시를 가로지르는 버스에서 장수말벌 떼처럼 음산하게 쏟아져 나오는 노동자들을 우울하게 바라보았다. 서쪽으로 한두 블록 걸어가서 택시를 잡는 게 나을지도 몰랐지만 엄마와 나는 골디를 충분히 겪었기 때문에 그러면 골디가 기분 상하리라는 사실을 알았다. 하지만 바로 그때—너무 갑작스러워서 우리 세 명 모두 펄쩍 뛰었다—표시등을 켠 택시가 차선을 바꿔 미끄러지듯이 우리 앞으로 오면서 하수구 냄새가 나는 물을 촤악 튀겼다.

"조심해요!" 택시가 끼익 서자 골디가 옆으로 펄쩍 뛰어 비키면서 말했다. 그는 엄마 손에 우산이 없다는 걸 알아차렸다. "잠깐만요." 골디는 이렇게 말한 다음 로비 안으로, 비 오는 날 나눠주려고 잃어버리거나 잊고 간 우산을 모아두는 벽난로 옆 놋쇠 통 쪽으로 갔다.

"아니에요." 엄마가 소리치면서 작은 줄무늬 접이 우산을 찾으려 가방을 뒤졌다. "괜찮아요, 골디. 있어요—"

골디가 도로가로 다시 뛰어와서 엄마가 택시에 오르자 문을 닫아주었다. 그런 다음 몸을 숙여 유리창을 두드리며 말했다.

"멋진 하루 보내세요."

3

나는 스스로 통찰력 있는 사람이라고 생각하는 것을 좋아하기 때문에 (아마 우리 모두 그럴 것이다), 그날 일을 이야기하면서 머리 위로 드리워지는 어두운 그림자가 있었다고 쓰고 싶어진다. 그러나 그때 나는 미래가 보이지도 들리지도 않았다. 학교의 회의만이 참담한 걱정거리였다. 내가 톰에게 전화해서 정학을 받았다고 말했을 때 (엄마가 핸드폰을 압수했기 때문에 집 전화로 걸어서 소리 죽여 말했다) 톰은 별로 놀란 것 같지 않았다. "야." 톰이 내 말을 자르며 말했다. "바보같이 굴지 마, 시오. 아무도 몰라. 너나 입 다물고 있어." 그리고 내가 말을 더 하기도 전에 "미안, 가봐야 돼"라고 말하더니 전화를 끊었다.

택시에 탄 나는 환기를 시키려고 창문을 열어보았지만 소용없었다. 뒷좌석에서는 누가 기저귀를 갈았거나 진짜 똥이라도 싸고서 악취를 숨기려고 선탠로션처럼 코코넛 향이 나는 방향제를 잔뜩 뿌린 듯한 냄새가 났다. 좌석은 번들거리고 박스 테이프가 군데군데 붙어 있으며 충격 흡수 장치는 없는 것과 마찬가지였다. 차가 덜컹거릴 때마다 이빨이 부딪혔고 백미러에 달랑달랑 매달린 잡다한 종교적인 물건들―여러 개의 메달, 플라스틱 사슬 끝에서 춤을 추는 미니어처 곡검(曲劍), 그리고 축복을 내리듯 손을 펼쳐 들고 맹렬한 눈으로 뒷좌석을 응시하는 터번을 쓰고 수염을 기른 구루―도 같이 흔들렸다.

파크가를 따라 늘어선 붉은 튤립이 빠른 속도로 지나가는 우리의 시선을 사로잡았다. 발리우드 팝송―거의 의식할 수 없을 정도로 낮게 낑낑대는 소리였다―이 귀에 들릴 듯 말 듯 뱅뱅 돌면서 최면을 거는 것 같았다. 나무에서 잎이 떨어지고 있었다. 다고스티노 식료품점과 그리스티디스 슈퍼마켓의 배달원들이 식료품을 실은 카트를 밀었고, 굽 높은 구두를 신은 여자 중역들은 미적거리는 유치원생 아이들을 끌고 허둥지둥 인도를 내달렸으며, 작업복 차림의 청소부가 배수로의 쓰레기를 막대 달린 쓰레받기로 쓸어 넣었고, 변호사와 주식 중개인 들은 손바닥을 내밀고 하늘을 쳐다보면서 눈썹을 찌푸렸다. 우리가 덜컹덜컹 거리를 달리는 동안 (우울한 표정의 엄마는 팔걸이를 꽉 잡고 몸을 지탱하고 있었다) 나는 창밖으로 평일의 뚱한 얼굴들(보도에서 비옷 차림으로 음울하게 무리 지어 어슬렁거리는 걱정스러운 표정의 사람들, 종이컵에 담긴 커피를 마시고 핸드폰으로 통화를 하면서 은밀하게 이쪽저쪽 흘깃거리는 사람들)을 내다보면서 나에게 찾아올지도 모를 온갖 불쾌한 운명을 생각하지 않으려고 열심히 애썼는데, 일부는 소년 법정이나 감옥과 관련이 있었다.

택시가 갑자기 홱 꺾이더니 흔들리면서 86번가로 들어섰다. 엄마가 내쪽으로 미끄러져서 내 팔을 잡았다. 엄마는 대구처럼 축축하고 창백했다.

"멀미해요?" 내가 잠시 내 문제들을 잊고 말했다.

엄마는 내가 너무나 잘 아는 가련하고 경직된 표정이었다. 입술은 꽉 다물고, 이마는 번들거리고, 눈은 멀겋고 커다랬다.

엄마가 무슨 말을 하려다가 갑자기 손으로 입을 막았고, 신호가 바뀌어서 택시가 갑자기 덜컹거리며 서는 바람에 엄마와 내가 앞으로 들썩였다가 다시 좌석에 세게 내동댕이쳐졌다.

"잠깐만요." 내가 엄마에게 말한 다음 몸을 숙여 번들거리는 아크릴을 두드렸고, 그 바람에 기사(터번을 두른 시크교도)가 놀라서 펄쩍 뛰었다.

"저기요." 내가 안전 창살 틈으로 소리쳤다. "저희 여기서 내릴게요, 네?"

꽃 장식이 달린 거울에 비친 시크교도가 나를 빤히 보았다. "여기서 세운다고요?"

"네, 그럴게요."

"하지만 여긴 말씀하신 주소가 아닌데요."

"알아요. 그래도 됐어요." 내가 다시 엄마를 흘끔거리며 말했다. 마스카라가 번진 채 지친 표정으로 지갑을 찾으려고 가방을 뒤지고 있었다.

"저분 괜찮으세요?" 택시 기사가 미심쩍다는 듯이 말했다.

"네, 네, 괜찮아요. 그냥 내리면 돼요, 감사합니다."

엄마가 떨리는 손으로 꾸깃꾸깃하고 축축해 보이는 지폐를 꺼내서 안전 창살 사이로 밀어 넣었다. 시크교도가 (포기하고, 시선을 피한 채) 팔을 쭉 뻗어 지폐를 받는 동안 나는 차에서 내려서 엄마가 내릴 때까지 문을 잡아주었다.

엄마가 내려서면서 약간 비틀거려 내가 엄마의 팔을 잡았다. "괜찮아요?" 나는 쭈뼛거리며 물었고, 택시는 빠르게 멀어졌다. 공원을 마주 보고 선 5

번가의 저택들 앞이었다.

엄마가 숨을 깊이 들이마시고 이마를 훔친 다음 내 팔을 꽉 잡았다. "휴우." 엄마가 손을 들어 얼굴에 부채질을 했다. 이마가 번쩍였고 눈은 아직도 약간 초점이 흐렸다. 바람에 날려 경로를 벗어난 바닷새처럼 약간 정신이 없었다. "미안, 아직도 비틀거리네. 택시에서 내려서 정말 다행이다. 괜찮아질 거야, 그냥 바람 좀 쐬면 돼."

사람들이 바람 부는 모퉁이에 선 우리를 지나쳤다. 교복을 입은 여학생들이 웃으면서 우리를 피해 달려갔고, 유모들이 아기가 두 명, 세 명씩 앉아 있는 정교한 유모차를 밀고 지나갔다. 변호사인 듯한 어떤 아버지가 어린 아들의 손목을 잡아끌면서 허둥지둥 우리를 스치고 지나갔다. "안 돼, 브레이든." 그가 종종거리며 보조를 맞추는 아이에게 하는 말이 들렸다. "그런 식으로 생각하면 안 돼. 네가 *좋아하는* 직업을 갖는 게 더 중요한 거야—"

우리는 건물 관리인이 보도에 쏟아붓는 비눗물을 피하려고 옆으로 비켜섰다.

"말 좀 해봐." 엄마가 손끝을 관자놀이에 대고 말했다. "내가 이상한 거니, 아니면 저 택시가 진짜 말도 안 되게—"

"더러웠냐고요? 하와이언 트로픽 선탠로션이랑 아기 똥 냄새?"

"솔직히—" 엄마가 얼굴에 손부채를 부쳤다. "그렇게 계속 섰다 출발했다 하지만 않았어도 괜찮았을 거야. 진짜 괜찮았는데 갑자기 이렇게 됐어."

"앞좌석에 앉아도 되느냐고 물어보지 그랬어요?"

"꼭 아빠처럼 말하네."

나는 당황해서 시선을 돌렸다. 그것을, 사람을 짜증 나게 만드는 다 안다는 말투를 나도 느꼈기 때문이다. 내가 말했다. "매디슨가까지 걸어가서 엄마가 앉을 곳을 찾아봐요." 나는 배가 고파 죽을 지경이었는데 매디슨가에 내가 좋아하는 식당이 있었다.

하지만 엄마는—구역질이 밀려와서 눈에 보일 정도로 거의 부르르 떨면서—고개를 저었다. "공기." 눈 밑에 마스카라가 엄청나게 번져 있었다. "공기가 참 좋아."

"그러게요." 내가 비위를 맞추려고 애쓰느라 약간 너무 빨리 말했다. "아무튼요."

나는 엄마의 기분에 맞추려고 열심히 노력하고 있었지만 엄마는 정신없고 몸 상태가 좋지 않은 와중에도 내 말투에서 뭔가를 알아차렸다. 엄마는 나를 자세히 보면서 내가 무슨 생각을 하고 있는지 알아내려고 했다. (서로의 마음을 읽으려고 애쓰는 것. 이것은 아빠랑 같이 지낸 몇 년 때문에 우리에게 생긴 또 하나의 나쁜 습관이었다.)

"뭐야?" 엄마가 말했다. "어디 가고 싶은 데 있어?"

"음, 아뇨, 꼭 그런 건 아니에요." 내가 당황해서 이렇게 말하고 한 걸음 물러나 주변을 둘러봤다. 나는 배가 고팠지만 하고 싶은 대로 우길 입장이 아닌 것 같았다.

"괜찮아질 거야. 조금만 시간을 줘."

"그럼—" 나는 불안하게 눈을 깜빡이면서 엄마가 뭘 원하는 걸까, 어떻게 하면 좋아하실까 생각했다. "공원에 가서 좀 앉아 있을까요?"

다행히도 엄마가 고개를 끄덕였다. "좋아, 그럼." 엄마는 내가 메리 포핀스 같다고 생각하는 목소리로 말했다. "내가 숨을 좀 돌릴 때까지만 그러자." 우리는 장식이 화려한 화분에 심어진 정원수들과 철제 장식이 달린 묵직한 문들을 지나 79번가 횡단보도를 향해 걸어가기 시작했다. 빛은 흐릿해져 산업 지구의 회색빛을 띠었고, 천천히 불어오는 바람은 찻주전자가 내뿜는 증기만큼이나 묵직했다. 길 건너 공원 옆길에서 화가들이 의자를 놓고 캔버스를 펴서 성베드로 대성당과 브루클린 다리를 그린 수채화를 핀으로 고정시키고 있었다.

우리는 아무 말 없이 나란히 걸었다. 나는 나 자신의 문제(톰의 부모님도 전화를 받았을까? 왜 물어볼 생각을 못했지?)와 엄마를 식당으로 데려가자 마자 아침 식사로 뭘 주문할지(난 가정식 감자튀김과 베이컨을 곁들인 웨스턴 오믈렛, 엄마는 항상 먹는 호밀 토스트와 수란, 블랙커피 한 잔을 시키 겠지)를 생각하느라 정신이 없어서 우리가 어디로 가고 있는지 신경도 쓰지 않다가 엄마가 무슨 말을 했음을 문득 알아차렸다. 엄마는 내가 아니라 공원을 보고 있었다. 엄마의 표정을 보니 제목이 기억나지 않는 유명한 프랑스 영화가 생각났다. 영화 속에서 각자 딴생각에 잠긴 사람들은 바람 부는 거리를 걸어가면서 엄청나게 많은 대화를 하지만 서로에게 이야기하는 것 같지 않았다.

"뭐라고요?" 당황한 내가 엄마를 따라잡으려고 걸음을 재촉하면서 몇 박자 늦게 물었다. "시간이 어쨌다고요?"

엄마는 내 존재를 잊고 있었는지 깜짝 놀란 것 같았다. 바람에 펄럭이는 흰 외투 때문에 엄마는 다리가 긴 따오기 같았고 금방이라도 날개를 펴고 공원 위로 날아갈 것 같았다.

"시간이 뭐요?"

"아." 엄마가 멍한 표정을 지었다가 고개를 젓더니 얼른 특유의 아이처럼 높은 웃음소리를 냈다. "아니, *시간 왜곡*이라고 했어."

이상한 말이었지만 나는 엄마의 말뜻을 알았다, 아니 안다고 생각했다. 단절이 주는 떨림, 시간이 주춤한 듯 보도에서 놓쳐버린 몇 초, 또는 영화에서 잘라낸 몇 장면.

"아니, 아니야, 우리 강아지. 이 동네 때문이야." 엄마가 내 머리를 헝클어 뜨렸고 나는 한쪽 입꼬리를 올려 반쯤 당황한 미소를 지었다. *강아지*는 어렸을 때 엄마가 부르던 별명이었는데 나는 이제 그 별명이 싫었고 머리를 헝클어뜨리는 것도 싫었다. 하지만 부끄럽긴 해도 엄마의 기분이 나아진 걸 보니 기뻤다.

"여기 오면 항상 그래. 여기 올 때마다 열여덟 살로 돌아가서 이제 막 버스에서 내린 것 같아."

"여기가요?" 엄마가 내 손을 잡았지만 평소와는 달리 뿌리치지 않으며 내가 미심쩍게 말했다. "신기하네요." 나는 엄마가 맨해튼에 처음 왔을 때에 대해서 모르는 게 없었는데, 엄마는 5번가와 상당히 거리가 먼 B가의 어떤 술집 위 작은 아파트에 살았다. 술집 문간에서는 부랑자들이 잠을 잤고 술집에서 시비가 붙은 사람들이 거리로 몰려나와 싸웠으며 '모'라는 이름의 정신 나간 노파가 꼭대기 층 계단을 막아놓고 고양이 열 마리인가 열두 마리를 불법으로 키웠다.

엄마가 어깨를 으쓱했다. "그러게, 하지만 여긴 아직도 내가 처음 본 날이랑 똑같아. 시간 터널이지. 로워이스트사이드는— 음, 너도 알지, 거기는 항상 새로운 게 생기잖아. 난 항상 립 밴 윙클*이 된 것 같은 기분이야. 항상 멀게, 더 멀게 느껴져. 어쩔 땐 아침에 일어나 보면 사람들이 와서 밤새 가게들을 싹 바꾸어놓은 것 같다니까. 옛날 식당들은 문을 닫고, 세탁소가 있던 자리에 최신식 술집이 새로 생기고……."

나는 잠자코 듣고 있었다. 요즘 엄마는 시간이 흐르는 것에 굉장히 신경을 썼는데, 생일이 다가오고 있기 때문인지도 몰랐다. 며칠 전, 식품점 배달원에게 줄 돈을 찾아 같이 온 아파트를 돌고 소파 쿠션 아래와 재킷 주머니를 뒤질 때 엄마는 *이런 짓을 하기엔 난 나이가 너무 많아* 하고 말했다.

엄마가 외투 주머니에 양손을 넣었다. "이 윗동네는 더 안정적이야." 엄마가 말했다. 목소리는 가벼웠지만 눈동자에 안개가 서려 있었다. 엄마는 잠을 설친 것이 분명했다. 나 때문이었다. "파크가 위쪽은 1890년대 뉴욕이 어땠는지 볼 수 있는 몇 안 되는 곳이야. 그래머시 공원도 그렇고, 그리니치

---

* Rip van Winkle : 워싱턴 어빙의 소설 주인공으로, 그가 산에 올라가서 낯선 사람에게 술을 얻어먹고 하룻밤 자고 마을로 내려왔더니 20여 년이 흘러 있었다.

빌리지도 일부는 그래. 난 뉴욕에 처음 왔을 때 이 동네가 이디스 워턴의 소설과 《프래니와 주이》, 《티파니에서 아침을》을 하나로 합쳐놓은 곳 같다고 생각했어."

"《프래니와 주이》는 웨스트사이드예요."

"맞아, 난 멍청해서 그건 몰랐거든. 내가 말할 수 있는 건, 집 없는 사람들이 드럼통 쓰레기통에 불을 피우는 로워이스트랑은 아주 달랐다는 거야. 주말에 이 윗동네에 오면 마법에 걸린 것 같았지. 미술관을 돌아다니고 혼자 센트럴파크를 어정거리면서—"

"어정거린다고요?" 엄마가 쓰는 말은 색다르게 들릴 때가 많았는데, *어정거린다*는 말은 엄마가 어린 시절에 쓰던 말[馬]과 관련된 용어일 것만 같았다. 느릿느릿 달리는 것, 어쩌면 구보와 속보 중간쯤 되는 말의 걸음걸이를 가리키는 말일지도 몰랐다.

"아, 느릿느릿 천천히 다니는 거 말이야, 내가 자주 그러잖아. 그땐 돈이 없어서 구멍 난 양말을 신고 오트밀을 먹으면서 살았지. 넌 못 믿겠지만, 주말이면 가끔 여기까지 걸어왔어. 돈을 아껴서 집에 갈 때 전철을 타려고. 그땐 카드 대신 토큰을 썼지. 그리고 미술관에 돈을 내야 하잖아? '권장 기부액'인가? 음, 근데 그땐 내가 배짱이 더 좋았나 봐, 아니면 그냥 사람들 눈에 내가 불쌍해 보였든지. 왜냐면— 아, 이런." 갑자기 목소리가 바뀌면서 엄마가 멈춰 섰지만 나는 그것도 모르고 몇 발짝 더 걸어갔다.

"왜요?" 내가 뒤로 돌았다. "왜 그래요?"

"뭔가 느껴졌어." 엄마가 손바닥을 내밀고 하늘을 올려다봤다. "너도 느꼈니?"

엄마가 이 말을 하는 순간 빛이 사라지는 것 같았다. 하늘이 급속도로 흐려지면서 시시각각 어두워졌다. 바람이 불어서 공원의 나무들이 부스럭거렸고 새로 난 잎이 검은 구름과 대비되어 연약하고 노랗게 보였다.

"이런, 모르겠어?" 엄마가 말했다. "한바탕 쏟아지겠다." 엄마가 도로 쪽으로 몸을 내밀어 북쪽을 봤지만 택시는 없었다.

내가 엄마 손을 다시 잡았다. "가요." 내가 말했다. "건너편에서 더 잘 잡힐 거예요."

우리는 빨간불이 깜빡이는 동안 초조하게 기다렸다. 종잇조각들이 공중을 날아다니고 거리를 굴러다녔다. "어, 저기 택시 와요." 내가 5번가를 올려다보며 말했다. 하지만 이 말을 하는 순간 어떤 회사원이 손을 들면서 도로가로 달려 나왔고, 표시등이 꺼졌다.

길 건너편에서 화가들이 그림으로 달려가서 비닐을 씌웠다. 노점 커피숍 주인은 셔터를 내리고 있었다. 황급히 길을 건너서 반대편에 도착하자마자 통통한 빗방울 하나가 내 뺨에 떨어졌다. 동전만 한 동그란 갈색 물방울이 인도에 드문드문 떨어지면서 튀기 시작했다.

"아, 이런!" 엄마가 소리쳤다. 그런 다음 가방을 뒤져서 우산을 꺼냈는데, 두 사람은커녕 한 사람이 쓰기에도 작았다.

비가 쏟아지기 시작하더니 순식간에 차가운 비가 인도를 휩쓸고 거대한 돌풍이 나무 꼭대기를 흔들고 거리의 차양을 펄럭였다. 엄마가 덜렁거리는 우산을 세우려고 애를 썼지만 별 성과는 없었다. 거리와 공원에 있던 사람들이 신문과 서류 가방으로 머리를 가리고 계단을 서둘러 올라 이 거리에서 비를 피할 수 있는 유일한 장소인 미술관 현관으로 달려 들어갔다. 얇은 줄무늬 우산을 쓰고 빨리 빨리 빨리 걸음을 재촉하는 우리 두 사람 사이에는 뭔가 즐겁고 행복한 분위기가 있었다. 우리는 끔찍한 사건을 향해 정면으로 돌진하는 것이 아니라 그것을 피해 달아나는 것만 같았다.

4

엄마가 사실상 돈도 한 푼 없이 캔자스에서 버스를 타고 친구 하나 없는 뉴욕으로 온 다음 중요한 일이 세 가지 일어났다. 첫 번째는 데이비 조 피커링이라는 연예 에이전트가 그리니치빌리지의 커피숍에서 일하던 엄마를 발견한 것이었다. 깡마른 십 대 소녀였던 엄마는 중고 할인점에서 산 옷에 닥터 마틴을 신고 있었고, 땋아 내린 머리는 깔고 앉을 만큼 길었다. 엄마가 커피를 가져다주자 그는 펑크를 낸 여자애를 대신해서 길 건너편 카탈로그 촬영장에 와주면 7백 달러를, 아니 천 달러를 주겠다고 제안했다. 그는 셰리든스퀘어 공원에 설치 중이던 장비와 촬영 차량을 가리키고 지폐를 세어서 카운터에 올려놓았다. "10분만 주세요." 엄마는 남은 주문을 전부 처리한 다음 앞치마를 벽에 걸고 밖으로 걸어 나갔다.

"겨우 통신판매 모델이었어." 엄마는 항상 사람들에게 군이 이렇게 설명했는데, 이 말은 패션 잡지나 여성복 모델은 한 번도 해본 적 없고 미주리나 몬태나의 값싼 소녀용 캐주얼이나 연쇄점 광고 전단 일만 했다는 뜻이었다. 엄마의 말에 따르면 가끔은 재미있었지만 대개는 그렇지 않았다. 1월에는 독감에 걸려서 덜덜 떨면서도 수영복을 입고 촬영했고, 무더운 여름에는 스튜디오의 가짜 단풍잎 사이에서 트위드와 양모로 만든 옷을 입고 몇 시간 동안이나 땀을 뻘뻘 흘리고 있으면 선풍기는 뜨거운 바람을 내뿜었고 메이크업 담당자가 촬영 사이사이에 달려와서 얼굴에 파우더를 두드려 땀을 없앴다.

하지만 엄마는 우두커니 서서 대학생 흉내를 내던 몇 년 동안—가짜 캠퍼스 세트에서 가슴에 책을 안고 두세 명씩 서서 뻣뻣하게 포즈를 취했다—진짜 대학에, 뉴욕 대학 미술사학과에 갈 돈을 모았다. 열여덟 살에 뉴욕으로 오기 전까지는 유명한 그림을 직접 본 적이 없었던 엄마는 놓친 시간을 보충하려고 열심이었다. 엄마는 "정말 행복해, 완벽한 천국이야"라고 말하면서 미술 책에 파묻혀서 눈이 흐려질 때까지 낡은 슬라이드(마네, 뷔야르)를 보고 또 봤다. (엄마는 "말도 안 되지만 남은 평생 가만히 앉아서 똑같은 그림 여섯 장만 계속 봐도 더없이 행복할 거야. 그보다 더 근사한 일은 없을 거야"라고 말했다.)

대학에 간 것은 엄마가 뉴욕으로 온 다음 두 번째로 일어난 중요한 사건이었고, 엄마에게는 아마도 가장 중요했을 것이다. 그리고 세 번째 사건(우리 아빠를 만나서 결혼한 것인데, 앞의 두 사건만큼 운이 좋지는 않았다)만 아니었다면 엄마는 분명히 석사를 마치고 박사과정까지 했을 것이다. 엄마는 조금이라도 시간이 나면 프릭 미술관이나 뉴욕 현대 미술관으로 곧장 달려갔다. 그렇기 때문에 물이 뚝뚝 떨어지는 미술관 주랑 현관 아래 서서 흐릿해진 5번가와 거리에서 하얗게 튀어 오르는 빗방울을 보다가 엄마가 우산을 흔들면서 "비가 멎을 때까지 여기 들어가서 돌아보자"라고 말했을 때도 나는 놀라지 않았다.

"음―" 나는 아침이 먹고 싶었다. "그래요."

엄마가 손목시계를 흘깃 보았다. "그게 낫겠어. 이런 상황에서는 택시도 안 잡힐 거야."

엄마 말이 맞았다. 하지만 나는 배가 고파 죽을 지경이었다. 언제쯤 먹을 수 있을까? 나는 엄마를 따라 계단을 올라가면서 짜증스럽게 생각했다. 아마도 학교 회의가 끝나면 엄마는 너무 화가 나서 날 데리고 점심을 먹으러 가지 않을 것이고, 결국 나는 집으로 가서 시리얼이나 한 그릇 먹게 될 것이다.

하지만 미술관에 가면 늘 휴일 같았다. 일단 미술관으로 들어가서 관광객의 기쁜 탄성에 둘러싸이자 나는 이상하게도 그날 무슨 일이 일어나든 나와는 아무 상관없다는 생각이 들었다. 대전시실은 시끄러웠고 젖은 외투 냄새가 코를 찔렀다. 푹 젖은 아시아계 노인들이 힘찬 스튜어디스 같은 가이드의 뒤를 따라 줄줄이 지나갔고, 후줄근하게 젖은 걸스카우트들이 외투 보관소 근처에 떼를 지어 모여서 수군거렸으며, 안내 데스크 옆에는 회색 예복을 입고 모자를 벗은 사관생도들이 열중쉬어 자세를 하고 한 줄로 서 있었다.

항상 아파트의 사방 벽에 갇혀 사는 도시 아이였던 나에게 미술관이 흥미로웠던 가장 큰 이유는 그 어마어마한 크기, 전시실이 끝없이 계속되고 안으로 들어갈수록 사람이 더 적어지는 궁전 같은 건물 자체였다. 유럽 실내장식관 깊숙이 밧줄로 차단된 채 방치된 침실과 응접실 들은 깊은 마법에 빠져 잠든 것 같았고 수백 년 동안 아무도 발을 들여놓지 않은 것 같았다. 혼자서 전철을 탈 수 있게 된 뒤에 나는 혼자 미술관에 가서 미로 같은 전시실들을 정처 없이 돌아다니며 길을 잃을 때까지 깊이 더 깊이 들어가서 방황하다가, 가끔 한 번도 보지 못한 갑옷과 도자기 들이 전시되어 있는 잊힌 전시실을 발견하곤 했다(그리고 가끔은 두 번 다시 찾지 못했다).

나는 엄마를 따라 입장을 기다리는 줄에 서서 고개를 뒤로 젖히고 두 층 위의 불룩한 천장 돔을 가만히 바라보았다. 열심히 보다 보면 가끔 깃털처럼 떠다니는 기분이 들었는데, 아주 어렸을 때부터 하던 장난이었지만 나이가 들면서 점차 하지 않게 되었다.

빗속을 뛴 탓에 코가 빨개지고 숨이 가쁜 엄마가 지갑을 꼭 쥐고 말했다. "다 보고 나서 기념품 가게에 들를까 봐. 마틸드는 미술 책 같은 건 절대 갖고 싶지 않겠지만 싫다고 하면 멍청해 보일 테니까."

"으윽." 내가 말했다. "마틸드 아줌마한테 선물을 한다고요?" 마틸드는 엄마가 일하는 광고 회사의 미술감독이었는데, 프랑스의 큰 직물 수입 업체 집안의 딸로 엄마보다 어리고 까다롭기로 악명이 높았으며 자동차 서비스나 케이터링이 성에 안 차면 곧잘 화를 냈다.

"응." 엄마가 말없이 껌 상자를 내밀었고 내가 하나 집자 상자를 다시 가방에 넣었다. "그러니까, 마틸드의 지론이, 잘 고른 선물은 돈이 많이 들지 않아야 된다는 거야. 벼룩시장에서 산 완벽하고 값싼 문진 같은 거. 그럴 수만 있다면 물론 좋겠지. 우리 팀 중에서 한 명이라도 시내에 가서 벼룩시장을 돌아다닐 시간이 있다면 말이야. 작년에는 프루가 살 차례였는데, 겁에 질려서 점심시간에 허둥지둥 삭스 백화점으로 달려갔다가 결국 사람들이 모은 돈에다가 자기 돈 50달러를 더 보태서 선글라스를 샀어, 아마 톰포드였을 거야. 그랬더니 마틸드는 미국인의 소비문화가 어쩌고저쩌고 하면서 날이 선 농담을 하는 거야. 심지어 프루는 미국인도 아니고 오스트레일리아 사람인데."

"세르조랑 의논해봤어요?" 내가 말했다. 세르조—사무실에는 잘 없지만 도나텔라 베르사체 같은 사람들과 신문 사교면에 자주 등장했다—는 엄마 회사의 소유주로 백만장자였다. '세르조와 의논한다'는 말은 "예수님이라면 어떻게 하셨을까?"라고 묻는 것이나 마찬가지였다.

"세르조가 생각하는 미술 책이란 헬무트 뉴턴 사진집이나 마돈나가 한참 전에 낸 가벼운 책이겠지."

나는 헬무트 뉴턴이 누구인지 물어보려다가 더 좋은 생각이 떠올랐다.

"교통 카드를 주는 건 어때요?"

엄마가 눈을 굴렸다. "진짜, 그래야겠다." 최근에 교통 체증 때문에 차가 제시간에 도착하지 못해서 마틸드가 윌리엄스버그의 보석 가게에 발이 묶이는 바람에 소동이 일어났었다.

"그러니까, 익명으로 말이에요. 마틸드 책상에 충전이 안 된 낡은 카드를 놔두는 거예요. 어떻게 하나 보게요."

"마틸드가 어떻게 할지 난 알아." 엄마가 매표소 창구에 회원 카드를 내밀며 말했다. "어시스턴트랑 제작 팀을 반 정도 자르겠지."

엄마가 일하는 광고 회사는 여성용 액세서리 전문이었다. 엄마는 초조하고 약간 포악한 마틸드의 시선을 받으며, 휘날리는 가짜 눈송이들 사이에서 반짝이는 크리스털 귀걸이나 버려진 리무진 뒷좌석에 아무렇게나 놓인 채 천장에서 비추는 둥근 조명 속에서 번쩍이는 악어가죽 핸드백 촬영을 하루 종일 감독했다. 엄마는 일을 잘했고, 카메라 앞보다 카메라 뒤에서 하는 일을 더 좋아했다. 그리고 나는 엄마가 전철 포스터나 타임스스퀘어 전광판에서 자기 작품을 보면 기뻐한다는 사실도 알았다. 하지만 엄마의 일은 화려한 면(샴페인을 곁들인 아침 식사, 버그도프 백화점에서 보낸 선물 꾸러미)도 있지만 일하는 시간이 길었고 공허함이 그 일의 중심에 자리 잡고 있었다. 그 공허함이 엄마를 슬프게 한다는 것을 나는 알았다. 엄마가 정말 원하는 것은 다시 공부를 하는 것이었지만 아빠가 떠났기 때문에 그럴 가능성이 전혀 없음을 우리 두 사람 모두 알았다.

"됐어." 엄마가 창구에서 몸을 돌려 나에게 관람객용 배지를 주면서 말했다. "내가 시간 가는 걸 잊지 않게 도와줘, 알았지? 정말 대단한 전시회야." 엄마가 포스터를 가리켰다. '초상화와 정물화 : 북유럽 황금기의 명작들'. "한 번 와서는 다 보지 못하겠지만, 몇 가지……."

엄마를 따라 중앙 계단을 오르기 시작하자 엄마 목소리가 흩어져서 잘 안 들렸다. 나는 바짝 붙어 따라가야 한다는 당연한 의무와 몇 걸음 떨어져서 동행이 아닌 척하고 싶다는 충동 사이에서 고민했다.

"이런 식으로 급하게 보는 건 정말 싫어." 계단 꼭대기에서 엄마를 따라잡았을 때 엄마는 이렇게 말하고 있었다. "하지만 생각해보면 두 번, 세 번은 와야 하는 전시회긴 해. 〈해부학 강의〉도 있는데, 그건 꼭 봐야 돼. 하지만 내가 정말 보고 싶은 건 페르메이르의 스승이 그린 작고 희귀한 작품이야. 넌 못 들어봤겠지만 위대한 화가거든. 프란스 할스 그림도 정말 대단해. 너 할스 알지? 〈기분 좋은 술꾼〉 말이야. 그리고 양로원 이사들도*."

"네." 내가 머뭇머뭇 말했다. 엄마가 말한 그림 중에서 내가 아는 건 〈해부학 강의〉밖에 없었다. 전시회 포스터에 〈해부학 강의〉가 크게 실려 있었다.

---

* 하를럼시 양로원 이사들을 그린 집단 초상화 두 작품을 말한다.

창백한 피부, 다양한 색조의 검은색, 충혈된 눈과 빨간 코 때문에 알코올중독자처럼 보이는 외과 의사들.

"미술에서 제일 기본적인 그림들이지." 엄마가 말했다. "자, 왼쪽으로."

비 때문에 머리가 젖어서 위층으로 올라가자 얼어붙을 듯이 추웠다. "아니, 아니, 이쪽이야." 엄마가 내 소매를 잡으며 말했다. 전시실을 찾아가는 길은 복잡했다. 우리가 (사람들 사이를 누비면서 왼쪽으로 꺾었다가 오른쪽으로 꺾고 복잡한 표지판과 구조도의 미로를 되짚으면서) 관람객이 붐비는 전시실들을 이리저리 다니는 동안 예상치 못한 곳에서 표지판 기둥에 붙은 〈해부학 강의〉의 거대하고 음산한 복제화가 기분 나쁘게 불쑥불쑥 나타났다. 팔의 살갗이 벗겨진 시체 아래에 수술실은 이쪽으로라고 말하는 듯한 빨간 화살표가 있었다.

나는 네덜란드 사람들이 검은 옷을 입고 서 있는 그림을 잔뜩 볼 생각에 별로 신이 나지는 않았다. 유리문을 밀어 소리가 울리는 복도에서 양탄자가 깔린 조용한 곳으로 들어갔을 때 처음에는 잘못 들어간 줄 알았다. 벽은 풍성함이 전하는 따뜻하고 아스라한 분위기로, 고미술품 특유의 그윽함으로 빛났지만 곧 선명함과 다양한 색채와 순수한 북유럽의 빛으로 나뉘어져서 크고 작은 초상화, 실내화(室內畵), 정물화가 나타났다. 웅장한 것도 있고 아주 작은 것도 있었다. 남편과 같이 있는 부인들, 무릎에 개를 앉힌 부인들, 호화롭게 수놓인 가운을 입은 외로운 미인들, 보석과 털옷을 두르고 홀로 선 상인들. 어질러진 연회 식탁에 흩어진 껍질 벗긴 사과와 호두 껍데기들, 늘어뜨린 태피스트리와 은 식기들, 기어 다니는 곤충들과 줄무늬 꽃을 그린 눈속임 그림* 안으로 들어갈수록 그림은 더 낯설고 더 아름다웠다. 껍질을 벗긴 레몬과 칼끝에 달라붙은 약간 굳은 껍질, 초록빛이 도는 검은 곰

---

* 트롱프뢰유(trompe-l'œil): 실재하는 것으로 착각할 만큼 대상을 세밀하게 묘사한 그림.

팡이. 반쯤 빈 와인 잔 테두리를 비추는 빛.

"난 이것도 좋아." 엄마가 내 옆으로 와서 마음을 유독 사로잡는 작은 정물화를 보면서 속삭였다. 어두운 바탕과 대비되는 흰 나비가 빨간 과일 위를 날고 있는 그림이었다. 짙은 초콜릿 같은 검정색 배경에는 가득 찬 창고와 역사, 시간의 흐름을 암시하는 복잡한 온기가 느껴졌다.

"네덜란드 화가들은 이런 부분을 예리하게 살리는 방법을 정말 잘 알았어. 부패하기 직전의 숙성을 말이야. 이 과일은 완벽하지만 오래가지 않을 거야, 썩기 직전이지. 그리고 특히 여길 봐." 엄마가 내 어깨 위로 손을 뻗어 허공에서 손가락으로 따라 그리며 말했다. "여기 이 나비 말이야." 아래쪽 날개의 가루 느낌과 섬세함에 엄마가 건드리면 색이 배어나올 것만 같았다. "정말 아름답게 그렸지. 순간의 떨림이 담긴 정물이야."

"이거 그리는 데 얼마나 걸렸을까요?"

그림에 약간 너무 가까이 서 있던 엄마가 뒤로 물러나 그림을 보았다. 껌을 씹고 있던 경비원이 엄마의 등을 물끄러미 보고 있었지만 엄마는 전혀 몰랐다.

"음, 네덜란드는 현미경을 발명했어." 엄마가 말했다. "네덜란드 사람들은 보석을 세공하고 렌즈를 연마하는 사람들이었지. 최대한 섬세하게 그리려고 했어, 아주 작은 것들도 의미가 있으니까. 정물화에 그려진 파리나 곤충, 시든 꽃잎, 사과의 검은 점을 볼 때마다 화가가 보내는 비밀 메시지를 보고 있는 거야. 모든 것은 결국 사라지게 되어 있고, 모든 것이 찰나에 지나지 않는다는 메시지 말이야. 삶 속의 죽음. 그래서 정물화를 죽은 자연**이라고 부르는 거야. 처음에는 아름다운 것들에, 활짝 핀 꽃에 정신이 팔려서 부패가 시작되는 작은 반점이 보이지 않을 거야. 하지만 더 자세히 보면 바로 거

** 프랑스어로 정물화를 뜻하는 나튀르 모르트(nature morte)를 그대로 해석하면 죽은 자연이라는 뜻이다.

기 있지."

몸을 숙여 눈에 띄지 않는 서체로 인쇄된 설명을 읽어보니 화가—아드리안 코르터, 생몰년도 미상—는 평생 무명이었고 그의 작품이 1950년대가 되어서야 알려졌다. 내가 말했다. "엄마. 이거 봤어요?"

하지만 엄마는 이미 다른 그림 앞으로 가고 없었다. 전시실은 쌀쌀하고 조용했고, 천장이 낮아 대전시실처럼 궁전 같은 굉음이나 울림이 없었다. 관람객은 적당히 붐볐지만 굽이굽이 들어간 정체된 강물의 고요한 느낌, 진공에 감싸인 듯한 평온함이 있었고 시험을 치르는 학생들로 가득한 교실처럼 긴 한숨과 과장된 감탄이 터져 나왔다. 나는 엄마 뒤를 따라다녔다. 엄마는 이 초상화에서 저 초상화로, 꽃에서 카드 테이블로, 과일로, 평소보다 더 빨리 지그재그로 옮겨 다니며 수많은 그림(네 번째로 마주친 은 맥주잔이나 죽은 꿩)을 무시하고 망설임 없이 다른 그림으로 향했다("자, 이건 할스야. 할스는 이런 술꾼이나 시골 처녀를 그릴 때 가끔 너무 진부하지만 제대로 그릴 땐 정말 제대로야. 안달복달하면서 조심스럽게 그리지도 않고 덧칠 기법으로 슥슥, 아주 *빠르게* 그렸어. 얼굴이랑 손은 정말 정교하지, 그쪽으로 시선이 간다는 걸 아니까. 하지만 옷을 봐, 전혀 섬세하지 않고 거의 스케치에 가까워. 붓놀림이 얼마나 개방적이고 현대적인지 봐!"). 우리는 할스가 그린 해골을 든 소년의 초상화 앞에 잠깐 서 있다가 ("화내지 마, 시오, 하지만 쟤 누구 닮은 거 같지 않니? 누굴까." 엄마가 내 뒤통수 머리카락을 잡아당기며 말했다. "머리 좀 자르면 좋을 애?") 또 할스가 연회를 벌이는 장교들을 그린 커다란 초상화 두 점 앞에 잠시 섰는데, 엄마 말에 의하면 아주, 아주 유명하고 렘브란트에게 큰 영향을 미친 그림이었다. ("반 고흐도 할스를 굉장히 좋아했어. 어딘가에 할스에 대해서 프란스 할스의 검정색은 적어도 스물아홉 가지는 된다!라고 썼지. 아니, 스물일곱 가지였나?") 나는 시간을 잊은 듯 몽롱한 기분으로 따라다니면서 엄마가 시간 가는 줄 모르고 그림에 정신이 팔린 것 같아서 기뻤다. 우리에게 주어진 30분이 거의 다 된 것 같았지만 나는 시간이 순식간에 흘러서 학교 회의를 아예 놓치면 좋겠다는 유치한 생각에 여전히 게으름을 피우며 엄마의 관심을 딴 곳으로 돌리고 싶었다.

"자, 이건 렘브란트야." 엄마가 말했다. "다들 이 작품이 이성과 계몽에 관한 그림이라고, 과학적 탐구의 시초를 그린 것이라고 말하지만 난 이 사람들이 이토록 정중하고 격식을 차리는 게, 칵테일파티 뷔페에 모여드는 사람들처럼 해부대 앞에 모여드는 게 소름 끼쳐. 하지만―" 엄마가 손가락으로 가리켰다. "저 뒤에 이상하다는 표정을 짓고 있는 두 사람 보이지? 저 사람들은 시체가 아니라 우리를, 너랑 나를 보고 있어. 앞에 서 있는 우리가, 미래의 두 사람이 보이는 것처럼 말이야. 깜짝 놀라서 '당신 여기서 뭐 하는 겁니까?'라고 말하는 것 같지. 무척 자연주의적인 작품이야. 하지만―" 엄마가 손가락으로 허공에 시체를 따라 그렸다. "시체를 그린 방식은 전혀 자연주의적이지 않아, 자세히 보면. 시체에서 이상한 빛이 나오고 있어, 보이지? 꼭 외계인 해부 같잖아. 시체를 내려다보는 사람들 얼굴에 빛이 비치는 거 보이니? 시체에서 빛이 나오는 것처럼? 시체로 시선을 끌려고 방사선이 나오는 것처럼 그린 거야, 우리 눈앞으로 확 튀어나와 보이게 하려고. 그리고 여기." 엄마가 살갗이 벗겨진 손을 가리켰다. "비율에 맞지 않게 너무 커서 시선을 끄는 거 알겠지? 게다가 팔을 뒤집어 그려서 엄지손가락이 반대쪽에 붙은 것처럼 보여, 너도 보이지? 음, 실수로 그런 게 아니야. 손 가죽이 벗겨져 있으니까 바로 보이잖아, 뭔가 이상하다는 게. 하지만 엄지손가락 위치를 바꿈으로써 훨씬 더 이상해 보이게 만들었어. 손가락을 대보지 않아도 뭔가 진짜 잘못됐다는 걸, 옳지 않다는 걸 무의식적으로 알 수 있어. 아주 영리한 수법이야." 우리는 아시아인 관광객들 뒤에 서 있었고 머리가 너무 많아서 그림이 거의 보이지 않았지만 나는 별로 신경 쓰지 않았다. 어떤 소녀를 봤기 때문이었다.

소녀도 나를 보았다. 우리는 지금까지 사람들 사이를 누비고 다니면서 서로를 계속 흘끔거렸다. 나는 그 애한테 왜 그렇게 관심이 가는지 잘 몰랐다. 소녀는 나보다 어리고 약간 묘했다. 내가 보통 반하는 여자애들, 경멸하는 표정으로 복도를 훑어보고 덩치 큰 남자애들이랑 데이트하는 차가운 미녀들과는 전혀 달랐다. 소녀는 밝은 빨강 머리를 가지고 있었다. 움직임이 빠르고 얼굴은 뾰족하고 장난기 있으면서 신기했고, 눈은 특이하게도 금빛이 도는 꿀벌색이었다. 그리고 지나치게 말라서 뼈가 도드라져 보였고 어떤 면에서는 평범함에 가까웠지만 배에 힘이 빠지게 하는 뭔가가 있었다. 소녀는 몸을 흔들면서 낡은 플루트 케이스를 같이 흔들고 있었다. 도시 아이인가? 음악 레슨을 받으러 가는 길일까? 아닐지도 몰라. 나는 엄마를 따라 다음 전시실로 가는 길에 소녀의 뒤를 맴돌며 생각했다. 옷은 약간 평범하고 소박했다. 관광객일지도 몰랐다. 하지만 소녀는 내가 아는 여자애들보다 훨씬 당당하게 움직였다. 휙 지나가면서 나를 훑어보는 은밀하고 침착한 시선에 미칠 것 같았다.

나는 엄마를 따라가면서 말을 반쯤 흘려듣다가 엄마가 어떤 그림 앞에 갑자기 멈추는 바람에 부딪칠 뻔했다.

"아, 미안—" 엄마가 나를 돌아보지도 않고 비켜서서 자리를 만들어주었다. 얼굴에 불을 켠 듯한 표정이었다.

"이게 바로 내가 말하던 그림이야." 엄마가 말했다. "정말 멋지지 않니?"

나는 열심히 듣는 척 엄마 쪽으로 고개를 숙였지만 시선은 다시 소녀를 향했다. 소녀는 특이한 백발노인과 함께였는데, 그 역시 얼굴이 뾰족한 것으로 봐서 친척, 아마도 할아버지 같았다. 하운드투스 무늬 외투, 유리처럼 반짝이는 길고 가느다랗고 끈이 달린 구두. 눈은 모여 있었고 코는 매부리코라서 새를 연상시켰다. 그리고 다리를 절면서 걸었는데, 사실 몸 전체가 한쪽으로 기울어져서 한쪽 어깨가 반대쪽보다 높았다. 구부러진 어깨가 조금만 더 두드러졌다면 곱사등이라고 불러도 좋을 정도였다. 하지만 뭔가 고상한 분위기가 있었다. 그리고 소녀 옆에서 다정한 태도로 즐거워하면서 절룩절룩 걷는 모습을 보니 이 소녀를 정말 예뻐하는 것이 분명했다. 조심조심 발을 디디면서 고개는 항상 소녀를 향하고 있었다.

"이건 내가 정말로 사랑한 첫 번째 그림이야." 엄마가 말했다. "넌 절대 못 믿겠지만, 내가 어렸을 때 도서관에서 빌려 보던 책에 이 그림이 있었어. 난 완전히 정신을 빼앗겨서 침대 옆 바닥에 앉아서 몇 시간이고 멍하니 이 그림을 봤지, 저 작은 새를 말이야! 별로 대단하지도 않은 복제화라도 아주 오랫동안 바라보면 얼마나 많은 것을 배울 수 있는지, 너도 깜짝 놀랄 거야. 처음에는 저 새를 좋아했어, 애완동물을 좋아하듯이 말이야. 그러다가 새가 그려진 방식을 좋아하게 된 거야." 엄마가 웃었다. "〈해부학 강의〉도 같은 책에 있었는데, 그걸 보고 완전 겁에 질렸었지. 실수로라도 그 페이지를 펼치면 책을 확 덮어버렸어."

소녀와 노인이 우리 옆으로 왔다. 나는 두 사람을 의식하면서 몸을 내밀어 그림을 보았다. 아주 작은 그림으로, 전시회에서 제일 작고 제일 단순했다. 평범하고 창백한 배경에, 홰에 묶인 사슬을 발목에 찬 노란색 방울새였다.

"이 화가는 렘브란트의 제자이자 페르메이르의 스승이었어." 엄마가 말했다. "이 작은 그림은 사실 렘브란트와 페르메이르를 잇는 잃어버린 고리야. 저 선명하고 순수한 햇빛을 보면 페르메이르가 빛을 그리는 법을 어디에서 배웠는지 알 수 있어. 물론 내가 어렸을 때는 그런 역사적인 중요성 같은 건 알지도 못했고 신경도 안 썼지만. 하지만 그게 바로 저 그림에 담겨 있지."

나는 그림을 더 잘 보려고 물러섰다. 직접적이고 사실적으로 그린 작은 생물일 뿐 감상적인 면은 전혀 없었지만, 그 안에 담긴 깔끔하고 단순한 방식―밝은 분위기, 무척 조심스러운 표현 방식―을 보니 내가 본 어린 시절의 엄마 사진들이 떠올랐다. 눈빛이 침착하고 머리가 검은 작은 새.

"네덜란드 역사에서 무척 유명한 비극이었지." 엄마가 말하고 있었다. "도시가 대부분 파괴됐어."

"네?"

"델프트 화재. 그때 파브리티우스가 죽었어. 저 뒤에 선생님이 아이들한테 얘기하시는 거 들었니?"

사실 들었다. 에흐버르트 판 데르 풀이라는 화가가 그린 음침한 풍경화세 점이 있었는데, 연기가 피어오르는 황폐한 지역을 각각 다른 시점에서그린 그림들이었다. 불에 타서 무너진 집들, 날개가 너덜너덜해진 풍차, 연기가 자욱한 하늘에서 밀려오는 까마귀 떼. 공무원인 듯한 여자가 1600년대에 델프트에서 화약 공장이 폭발한 후 화가는 도시의 파괴에 집착하게되어 그림을 그리고 또 그렸다고 중학생들에게 큰 소리로 설명했다.

"음, 에흐버르트는 파브리티우스의 이웃이었는데, 화약 공장 폭발 후에약간 정신이 나갔어, 적어도 내가 보기엔 그래. 파브리티우스는 죽었고 그의 작업실은 무너졌지. 파브리티우스의 그림도 거의 다 파괴되었어, 이 그림은 아니지만." 엄마는 내가 무슨 말을 하기를 기다리는 것 같았지만 내가아무 말도 없자 말을 이었다. "파브리티우스는 회화 역사상 가장 위대한 시기였던 당대에 가장 뛰어난 화가에 속했어. 당시에는 아주, 아주 유명했지.하지만 정말 슬프지 않니, 남은 작품은 대여섯 점밖에 없다니. 나머지는 사라졌어. 파브리티우스가 그린 모든 것이 말이야."

소녀와 노인이 옆에서 말없이 어슬렁거리면서 엄마의 말을 듣고 있었기때문에 나는 조금 당황스러웠다. 나는 시선을 피했지만 거부할 수 없었기에 다시 시선을 돌렸다. 두 사람은 손을 뻗으면 닿을 정도로 아주 가까이 서있었다. 소녀가 노인의 소매를 툭툭 치고 잡아당겨 팔을 잡아끌더니 귓가에 뭐라고 속삭였다.

"아무튼, 나한테 묻는다면, 이게 이번 전시회에서 가장 뛰어난 그림이야." 엄마가 말했다. "파브리티우스는 혼자서 발견한 것을, 전에는 세상의 그 어떤 화가도, 렘브란트조차도 몰랐던 것을 분명하게 알려주고 있어."

소녀가 아주 작게, 거의 안 들릴 정도로 작게 속삭이는 소리가 들렸다. "쟤는 평생 저렇게 살아야 했을까요?"

나도 똑같은 생각을 하고 있었다. 발에 달린 족쇄와 사슬은 끔찍했다. 노인이 웅얼웅얼 대답하는데 엄마(소녀와 노인이 우리 바로 옆에 있는데도 전혀 의식하지 못하는 것 같았다)는 뒤로 물러서며 말했다. "정말 신비로운 그림이야, 아주 단순해. 정말 온화하지, 보는 사람을 끌어당겨, 너도 알겠니? 저 뒤쪽에는 죽은 꿩들이 있는데 여기에는 이 자그마한, 살아 있는 생물이 있어."

나는 소녀 쪽을 다시 한 번 훔쳐봤다. 소녀는 엉덩이를 옆으로 빼고 한쪽 다리에 무게중심을 두고 서 있었다. 그러다 갑작스럽게 고개를 돌려 내 눈을 보았다. 심장이 빨리 뛰고 어지러워서 나는 얼른 시선을 돌렸다.

이름이 뭘까? 왜 학교에 안 갔지? 나는 플루트 케이스에 휘갈겨 쓴 이름을 읽으려고 했지만 용기를 내서 눈에 띄지 않게 최대한 몸을 기울여봐도 썼다기보다 그린 것에 가까운, 지하철에 스프레이로 그린 것처럼 굵고 삐죽삐죽한 마커 글씨를 읽을 수가 없었다. 성은 짧았다, 네 자나 다섯 자밖에 안 됐다. 첫 자는 R 같았다. 아니, P인가?

"사람들은 죽어, 당연하지." 엄마가 말했다. "하지만 물건이 사라지는 건 참 가슴이 아프고 불가피한 게 아니지 싶어. 순전히 부주의 때문이거든. 화재, 전쟁. 파르테논은 화기 저장고로 쓰였지. 내 생각엔 우리가 과거에서 뭔가를 구해내는 것 자체가 기적 같아."

노인이 몇 점 떨어진 그림 앞으로 옮겨 갔다. 하지만 소녀는 몇 걸음 뒤에서 어슬렁거리면서 엄마와 나를 계속 흘끔거렸다. 우유처럼 흰 피부가 아름다웠고 팔은 대리석 조각 같았다. 확실히 운동을 많이 한 것처럼 보였지만 테니스를 했다기에는 너무 창백했다. 어쩌면 발레나 체조, 아니면 다이빙을 할지도 모른다. 어둑어둑한 실내 수영장에서 늦게까지 연습을 하겠지. 메아리, 굴절, 검은 타일. 곡선을 그리는 가슴과 쭉 뻗은 발가락으로 풀을 향해 뛰어들고, 숨죽인 풍덩 소리, 반짝이는 검정 수영복, 소녀의 작고 긴장된 몸이 만들어내는 거품.

나는 왜 이렇게 사람들에게 집착할까? 낯선 사람에게 이렇게 생생하게, 열정적으로 집착하는 게 정상일까? 그런 것 같지는 않았다. 거리에 지나가는 사람이 누구나 내 안에 이런 흥미를 불러일으킬 거라고 생각할 수는 없었다. 하지만 내가 톰과 함께 남의 집에 들어간 주된 이유는 바로 그것이었다. 나는 낯선 사람들에게 매료되어서 그 사람들이 어떤 음식을 먹는지, 무슨 그릇에 먹는지, 어떤 영화를 보고 어떤 음악을 듣는지 알고 싶었고, 침대 밑과 비밀 서랍, 침대 옆 탁자와 외투 주머니를 들여다보고 싶었다. 길거리에서 흥미로운 사람들을 보면 며칠이고 그 사람에 대해서 생각하면서 전철이나 버스에서 그들의 삶을 상상하며 이야기를 만들어내곤 했다. 몇 년이 지났지만 당시 나는 그랜드센트럴 역에서 본 가톨릭 학교 교복을 입은 검은 머리 아이들—남매—에 대한 생각을 여전히 멈추지 못했다. 두 아이는 말 그대로 아버지의 양복 재킷 소매를 잡고서 수상쩍은 술집 문밖으로 끌어당기고 있었다. 또 칼라일 호텔 앞에서 휠체어에 앉아 무릎 위의 복슬복슬한 개한테 이탈리아어로 숨도 안 쉬고 이야기를 하던 연약하고 접시 같은 여자와 휠체어 뒤에 선글라스를 끼고 서서 전화로 무슨 거래를 하는 것 같던 매서운 인물(아빠? 경호원?)도 잊지 못했다. 나는 몇 년 동안이나 머릿속에서 그 낯선 사람들을 생각하면서 그들이 누구이고 어떤 삶을 살고 있을지 생각했다. 집에 가면 나는 이 소녀와 노인에 대해서 똑같이 생각할 것이다. 노인은 부유하다, 옷을 보면 알 수 있다. 단둘일까? 어디서 왔을까? 어쩌면 뉴욕의 크고 유서 깊고 복잡한 집안—음악가나 학자 집안, 컬럼비아나 링컨센터 마티네 공연에 가면 볼 수 있는 웨스트사이드의 큰 예술가 집안—일지도 몰랐다. 아니면, 특색 없는 용모에 교양이 있으면서 나이가 많은 걸로 봐서 소녀의 할아버지가 아닐지도 모른다. 어쩌면 노인은 음악 선생님이고 소녀는 노인이 어느 작은 마을에서 발견한 플루트 신동으로, 카네기홀에서 연주를 시키려고—

"시오?" 엄마가 갑자기 말했다. "내 말 듣고 있니?"

엄마의 목소리가 나를 현실로 불러왔다. 우리는 마지막 전시실에 있었다. 전시실 저쪽에는 기념품 가게—엽서, 금전등록기, 번쩍이는 선반에 꽂힌 미술 책—가 있었고 엄마는 불행히도 시간을 잊지 않았다.

"비가 그쳤는지 봐야겠다." 엄마가 말했다. "아직 시간이 조금 있어." 엄마가 손목시계를 보고 내 뒤쪽 출구 표지판을 흘끔거리며 말했다. "하지만 마틸드한테 줄 선물을 사려면 아래층으로 내려가는 게 좋겠다."

나는 소녀가 이야기하는 엄마를 바라보고 있음을 알아차렸다. 호기심 어린 시선이 하나로 묶은 윤기 나는 검정 머리와 허리를 묶은 새틴 트렌치코트를 훑었다. 나도 소녀처럼 낯선 사람을 보듯이 엄마를 보자 가슴이 설렜다. 어렸을 때 나무에서 떨어져 코가 부러지는 바람에 약간 튀어나온 코끝을 저 애도 봤을까? 눈동자의 연푸른 홍채 주변 까만 테두리 때문에 평원에서 홀로 사냥을 하는 눈빛이 침착한 동물처럼 약간 야생적으로 보이는 것을 알아차렸을까?

"있잖아." 엄마가 어깨 너머로 돌아보았다. "괜찮으면 나가기 전에 얼른 가서 〈해부학 강의〉 한 번만 더 보고 오면 안 될까? 자세히 못 봤는데 전시회 끝날 때까지 다시 못 올까 봐." 엄마가 분주하게 딸깍딸깍 걸어가기 시작했다. 그런 다음 묻기라도 하듯 나를 흘깃 보았다. *넌 안 와?*

전혀 예상치 못했던 일이기에 뭐라고 말해야 할지 몰랐다. "음." 내가 정신을 차리며 말했다. "그럼 기념품 가게에서 봐요."

"좋아." 엄마가 말했다. "카드 몇 장 사다 줘, 알았지? 금방 올게."

그런 다음 엄마는 내가 뭐라 말하기도 전에 서둘러 떠났다. 나는 두근거리는 가슴으로 이 행운을 믿을 수 없다고 생각하면서 빠른 걸음으로 멀어지는 흰색 트렌치코트 차림의 엄마를 보았다. 됐다, 여자애한테 말을 걸 기회다. *하지만 무슨 말을 하지?* 나는 미친 듯이 생각했다. *뭐라고 말하지?* 나는 주머니에 손을 넣고 마음을 가라앉히려고 숨을 두어 번 깊이 들이 마신 다음—흥분으로 배 속이 울렁거렸다—고개를 돌려 소녀를 보았다.

하지만 놀랍게도 소녀는 사라지고 없었다. 그러니까, 사라진 건 아니었다, 빨강 머리가 전시실 저쪽에서 우물쭈물 움직이고 있었다(혹은, 그렇게 보였다). 노인이 소녀와 팔짱을 끼고 뭔가 열심히 속삭이면서 반대쪽 벽에 걸린 그림 앞으로 데려가고 있었다.

나는 노인을 죽일 수도 있을 것 같았다. 나는 초조한 마음으로 텅 빈 복도를 흘깃거렸다. 그런 다음 주머니에 손을 더 깊이 넣고—얼굴이 불타올랐다—눈에 띄게 빠른 걸음으로 전시실을 가로질렀다. 시간이 째깍째깍 가고 있었다. 엄마가 금방이라도 돌아올 것이다. 진짜로 소녀에게 다가가서 말을 걸 배짱은 없었지만 적어도 마지막으로 한 번 더 볼 수는 있을 것이다. 얼마 전 나는 엄마랑 밤늦게까지 〈시민 케인〉을 봤는데, 지나가다가 매혹적인 낯선 이를 보고 그 사람을 평생 기억할 수도 있다는 생각에 무척 몰입했다. 언젠가 나 역시 영화 속 노인처럼 의자에 기대어 앉아 먼 곳을 보면서 이렇게 말할지도 모른다. "있잖아, 60년 전의 일이었어. 그 빨강 머리 소녀를 두 번 다시 보지는 못했지만, 알아? 단 한 달도 그 소녀를 생각하지 않고 지나간 적이 없었어."

내가 전시실을 반도 지나기 전에 이상한 일이 벌어졌다. 미술관 경비원이 저쪽 기념품 가게 앞 탁 트인 복도를 가로질러 달렸다. 그는 팔에 뭔가를 안고 있었다.

소녀도 그것을 보았다. 금빛을 띤 갈색 눈과 내 눈이 마주쳤다. 영문을 모르겠다는 깜짝 놀란 표정.

갑자기 또 다른 경비원이 기념품 가게에서 뛰쳐나왔다. 그는 양팔을 들고 비명을 지르고 있었다.

사람들이 고개를 들었다. 내 뒤의 누군가가 기이하고 낮은 목소리로 아! 하고 말했다. 그리고 엄청나게 큰, 고막을 찢을 듯한 굉음이 전시실을 뒤흔들었다.

노인이 멍한 표정으로 비틀거렸다. 그가 뻗은 팔, 쫙 펼쳐진 굳은살 박인 손가락이 내 마지막 기억이다. 거의 동시에 검은빛이 번쩍였고, 파편이 날아와 나를 스쳤으며, 맹렬하고 뜨거운 열기가 나를 덮쳐 전시실 저편으로 내동댕이쳤다. 그리고 나는 한참 동안 정신을 잃었다.

5

얼마 동안 정신을 잃었는지 모르겠다. 정신을 차렸을 때는 내가 모르는 곳, 인적 없는 어느 동네의 어두운 놀이터 모래밭에 배를 깔고 엎드려 있는 것 같았다. 거친 꼬마 남자애들이 주변으로 모여들어서 내 갈비뼈와 뒤통수를 걷어차고 있었다. 목이 한쪽으로 꺾이고 숨을 쉬기가 힘들었지만, 최악은 그게 아니었다. 나는 입에 모래를 물고 모래를 들이마시고 있었다.

남자애들이 나에게 들리게 중얼거렸다. *일어나, 이 개새끼야.*

쟤 좀 봐, 쟤 좀 보라고.

쟨 아무것도 몰라.

나는 몸을 굴려 팔로 머리를 감싸고 비현실적일 만큼 요란하게 몸서리를 치면서 아무도 없음을 깨달았다.

잠시 동안 나는 너무 놀라서 꼼짝도 못하고 가만히 누워 있었다. 멀리서 숨죽인 듯한 경보 소리가 들렸다. 황량한 저소득층 주택단지의 사방이 막힌 마당에 누워 있는 듯한 이상한 느낌이었다.

누군가 나를 흠씬 두들겨 팬 것 같았다. 온몸이 아프고 갈비뼈가 쓰라렸고, 머리를 납 파이프로 맞은 것 같았다. 나는 턱을 이리저리 움직여본 다음 집에 갈 지하철 요금이 있는지 보려고 주머니에 손을 넣다가 갑자기 내가 어디 있는지 전혀 모르겠다는 생각이 들었다. 나는 뻣뻣하게 누운 채 뭔가 무척 앞뒤가 맞지 않는다는 사실을 점점 깨달았다. 빛도 이상하고 공기도 이상해서 얼얼하고 매웠고, 화학약품 같은 안개 때문에 목이 따가웠다. 잇몸이 모래투성이여서 지끈거리는 머리로 모래를 뱉으려고 몸을 굴리다가 내가 층층이 감싼 연기 속에서, 너무나 이상한 곳에서 눈을 깜빡이고 있음을 깨닫고 한참 동안 빤히 보았다.

나는 황폐하고 하얀 동굴 안에 있었다. 장식 끈과 천 조각이 천장에서 덜렁거렸다. 땅은 내려앉아 월석 같은 회색 물질이 쌓여 있었고, 깨진 유리와 자갈, 쓰레기와 벽돌과 돌 찌꺼기와 첫서리 같은 재가 얇게 덮인 종이 같은 것들이 마구잡이로 널려 있었다. 머리 위 높이 등불 한 쌍이 안개 속의 자동차 라이트처럼 희미한 빛을 내고 있었는데, 둘 다 비뚤어져서 하나는 위쪽을 비추었고 하나는 옆으로 돌아가서 비스듬한 그림자를 드리웠다.

귀가 울리고 몸 전체가 울렸다. 무척 괴로운 감각이었다. 뼈와 뇌, 심장이 울리는 종처럼 전부 웅웅거렸다. 어딘가 멀리서 희미한 경보의 기계적인 비명이 꾸준하고 냉정하게 울렸다. 나는 그 소리가 내 안에서 나는지 밖에서 나는지도 알 수 없었다. 겨울처럼 생기 없는 곳에 나 혼자밖에 없다는 느낌이 너무나 강렬했다. 어디의 그 무엇도 말이 되지 않았다.

나는 쏟아지는 모래알 속에서 조금 기울어진 바닥을 짚고 일어서다가 머리에서 느껴지는 고통 때문에 주춤했다. 내가 있던 공간의 경사는 뭔가 깊이, 본질적으로 잘못되어 있었다. 한쪽에는 연기와 먼지가 담요처럼 층을 이루고 있었다. 또 한쪽에는 지붕이나 천장이 있어야 할 곳에 부서진 파편들이 뒤섞인 채 아래쪽을 향해 기울어져 있었다.

턱이 아팠다. 얼굴과 무릎에는 베인 상처가 있었고 입은 사포처럼 꺼끌꺼끌했다. 나는 눈을 깜빡이며 어지러운 주변을 살피다가 테니스 신발 한 짝, 검게 얼룩진 물렁물렁한 물질의 더미, 구부러진 알루미늄 지팡이를 발견했다. 숨이 막히고 어지러워서 어디로 가야 할지 혹은 뭘 해야 할지도 모른 채 휘청거리고 있는데 갑자기 전화벨 소리가 들린 것 같았다.

잠시 동안은 확신이 없어서 열심히 귀를 기울였다. 그러자 전화기가 다시 시끄럽게 울리기 시작했다. 희미하고 질질 끄는, 약간 이상한 소리였다. 나는 폐허와 서툴게 씨름했다. 흙이 묻은 어린이용 가방과 작은 배낭 들을 거꾸로 들어보고 뜨거운 물건이나 깨진 유리에 손이 닿으면 얼른 뗐다. 가끔 발에 차이는 잔해와 시야 끝에 느껴지는 물렁물렁하고 움직임 없는 덩어리 때문에 점점 더 힘들어졌다.

전화벨 소리가 아니었다고 확신한 후에도 귓가에서 울리는 소리가 나를 놀렸고, 나는 주변을 살피면서 아무 생각 없이, 로봇처럼 열심히 기계적으로 움직이면서 계속 찾아 헤맸다. 나는 펜, 핸드백, 지갑, 부서진 안경, 호텔 카드 키, 콤팩트와 스프레이 향수와 처방 약(앤드리아 로이트먼, 알프라졸람 0.25밀리그램) 가운데에서 열쇠고리에 달린 손전등과 작동이 안 되는 핸드폰(배터리는 반쯤 남아 있었고 안테나는 뜨지 않았다)을 찾은 다음 어느 여성용 가방에서 발견한 접이식 나일론 장바구니에 넣었다.

나는 석고 가루 때문에 숨이 막혀 헐떡거렸고 머리가 너무 아파서 앞이 거의 보이지 않았다. 앉고 싶었지만 앉을 만한 자리가 없었다.

그때 물병이 보였다. 시선이 물병을 지나쳐 폐허를 헤매다가 다시 돌아왔다. 5미터쯤 떨어진 잔해 더미에 반쯤 묻힌 익숙한 파란색 상표가 아주 약간 보였다.

나는 눈 속을 걷는 것처럼 무감각하고 묵직한 발걸음으로 잔해를 헤치고 나아갔고 발밑에서 잔해가 얼음처럼 날카로운 소리를 내며 부서졌다. 하지만 더 나아가기 전에 고요 속에서 움찔거리는 흰색이 시야 끝에 확연히 들어왔다.

나는 걸음을 멈췄다. 그런 다음 힘겹게 몇 걸음 다가갔다. 남자였다. 바닥에 똑바로 누워서 머리끝부터 발끝까지 먼지를 하얗게 뒤집어쓰고 있었다. 그는 재가 뿌려진 듯한 폐허 속에 완벽하게 숨겨져 있었기 때문에 시간이 조금 지난 후에야 형체가 뚜렷하게 보였다. 남자는 단에서 떨어진 조각상처럼 흰 가루를 겹겹이 뒤집어쓴 채 일어나 앉으려고 애를 쓰고 있었다. 나는 가까이 다가가다가 남자가 늙고 무척 연약하며 곱사등이 같다는 사실을 알아차렸다. 남아 있는 머리카락이 헝클어져 뻗쳐 있었다. 옆얼굴에는 물이 튄 것처럼 흉한 화상 자국이 점점이 나 있었고, 한쪽 귀 언저리는 끈적끈적하고 거무스름하고 끔찍했다.

내가 간신히, 생각보다 빨리 곁으로 다가가자 그가 먼지가 하얗게 뒤덮인 팔을 뻗어서 내 손을 잡았다. 내가 겁에 질려 물러섰지만 그는 나를 더 꽉 잡으면서 아픈 사람처럼 젖은 기침을 하고 또 했다.

어디—? 남자는 이렇게 말하는 것 같았다. 어디—? 그는 나를 올려다보려고 애썼지만 머리가 무겁게 떨어졌고 턱이 가슴에 늘어져 있었기 때문에 독수리처럼 눈을 치떠서 나를 응시할 수밖에 없었다. 얼굴은 엉망진창이었지만 눈은 지적이고 절망에 빠져 있었다.

아, 세상에. 나는 이렇게 말하고 그를 도우려고 허리를 굽혔다. 잠깐만요, 잠깐만. 그러다가 뭘 어떻게 해야 할지 몰라서 멈췄다. 그의 하반신은 빨랫감처럼 얽혀 있었다.

노인은 양팔로 몸을 지탱한 채 투지를 잃지 않은 듯 입술을 움직이면서 몸을 일으키려고 계속 애를 썼다. 불탄 머리카락과 양모 옷에서 지독한 냄새가 났다. 하반신이 꼭 상반신에서 떨어져 나간 것 같았고, 그는 다시 기침을 한 다음 쿵 쓰러졌다.

나는 주변을 살피면서 내가 어디에 있는지 알아내려고 애를 썼지만 머리의 상처 때문에 정신이 혼란스러워서 시간 감각이 없었고 낮인지 밤인지조차 알 수 없었다. 내가 있는 장소가 너무 장엄하고 황량했기 때문에 나는 당황했다. 높고 웅장한 위층에는 천장(또는 하늘)이 있어야 할 자리에 연기가 층을 이루고 뒤얽혀 피어오르며 천막처럼 뒤덮고 있었다. 내가 어디에 있는지, 왜 있는지는 몰랐지만 잔해는 어렴풋이 익숙한 분위기를 풍겼고 번쩍이는 비상등 불빛을 받아 영화 같은 느낌이 들었다. 나는 인터넷에서 사막의 호텔을 폭파시키는 영상을 본 적이 있었는데, 건물이 무너지는 순간 벌집 같은 방들은 이런 섬광 속에서 정지했다.

그러다가 갑자기 물병이 생각났다. 나는 주변을 둘러보면서 뒷걸음질 치다가 먼지 낀 푸른빛을 발견하고 심장이 두근거렸다.

있잖아요. 나는 슬금슬금 멀어지며 말했다. 전 그냥―

노인은 희망과 절망이 모두 담긴 눈으로 나를 보고 있었다. 너무 약해서 걷지도 못하는 굶주린 개 같았다.

아니에요, 기다리세요. 돌아올게요.

나는 잔해 사이를 술 취한 사람처럼 비틀비틀 걸었다. 장애물들 사이를 누비며 터덜터덜 걷다가 무릎을 높이 들어 장애물 위로 올라가기도 하고, 벽돌과 콘크리트와 신발과 핸드백과 자세히 보고 싶지 않은 까맣게 탄 것들을 수없이 많이 지나쳤다.

물병은 4분의 3 정도 차 있었고 만지니 뜨거웠다. 한 모금 마시자 걷잡을 수 없어서 어느새 반을 마셔버렸다. 플라스틱 맛이 나고 설거지물처럼 따뜻했다. 나는 그제야 내가 뭘 하고 있는지 깨닫고 억지로 참으며 물병 뚜껑을 닫고 가방에 넣어서 노인에게 가지고 갔다.

나는 노인 옆에 무릎을 꿇었다. 돌 조각들이 내 무릎을 파고들었다. 그는 덜덜 떨고 있었고 숨소리는 거칠고 불규칙적이었다. 노인의 시선은 내 시선을 마주 보지 못한 채 위쪽 어딘가, 내 눈에는 보이지 않는 것에 초조하게 고정되었다.

내가 물병을 찾아 가방 속을 더듬는데 노인이 손을 뻗어 내 얼굴을 만졌다. 그는 뼈가 앙상하고 나이가 들어 반질반질해진 손가락으로 조심스럽게 내 눈을 가린 머리카락을 쓸어 넘기고 눈썹에 박힌 가시 같은 유리 조각을 뽑은 다음 내 머리를 토닥거렸다.

"옳지, 옳지." 노인의 목소리는 가냘프고, 무척 거칠고, 애정이 넘치고, 섬뜩하게 쉭쉭거렸다. 결코 잊지 못할 그 이상한 순간에 우리는 해 질 녘에 만난 두 마리 짐승처럼 서로를 오래도록 바라보았다. 그때 그의 눈에서 뚜렷하고 호의적인 불꽃이 솟아오르는 것 같았고 나는 그가 어떤 존재인지 분명히 보았다. 그리고 그 역시 내가 어떤 존재인지 보았다고 믿는다. 한순간 우리는 같은 회로의 두 기관처럼 연결되어 윙윙거리고 있었다.

그런 다음 노인이 다시 축 늘어졌다. 너무 축 처져서 나는 그가 죽은 줄 알았다. "여기요." 내가 어색하게 말하면서 그의 어깨 밑으로 손을 넣었다. "됐어요." 나는 노인의 머리를 최대한 받쳐 올려 물 마시는 것을 도왔다. 그는 조금밖에 마시지 못했고, 그마저도 대부분 턱을 따라 흘러내렸다.

노인이 다시 쓰러졌다. 기력을 너무 많이 썼다.

"피파." 그가 탁한 목소리로 말했다.

나는 화상으로 벌게진 그의 얼굴을 내려다보다가 녹처럼 붉고 맑은 그의 눈에서 뭔가 익숙한 것을 발견하고 동요했다. 나는 이 노인을 본 적이 있었다. 그리고 그 소녀도 보았다. 순간적인 장면, 단풍잎처럼 밝은 얼굴. 녹빛 눈썹, 벌꿀 같은 갈색 눈. 남자의 얼굴에 소녀의 얼굴이 비쳤다. 소녀는 어디 있을까?

노인이 무슨 말을 하려 했다. 벌어진 입술이 움직였다. 그는 피파가 어디 있는지 알고 싶어 했다.

노인이 헐떡거리면서 숨을 쉬려고 애를 썼다. "저기요." 내가 어쩔 줄 몰라 말했다. "가만히 누워 계세요."

"걘 지하철을 타야 돼. 그게 훨씬 빨라. 그 사람들이 차로 데려다주면 또 모르지만."

"걱정 마세요." 내가 가까이 몸을 숙이며 말했다. 나는 걱정하지 않았다. 곧 누군가 우리를 구하러 올 것이다, 나는 굳게 믿었다. "사람들이 올 때까지 기다릴게요."

"넌 정말 친절하구나." 차갑고 가루처럼 메마른 그의 손이 내 손을 꼭 잡았다. "네가 아주 어렸을 때 이후로는 못 봤는데. 지난번에 이야기할 때 보니까 다 컸더구나."

"하지만 전 시오인데요." 약간 혼란스러운 침묵이 흐른 후 내가 말했다.

"물론이지." 노인의 시선은 내 손을 꼭 쥔 그의 손처럼 침착하고 다정했다. "넌 정말 최고의 선택을 했어, 확실해. 모차르트가 글루크보다 훨씬 좋지, 안 그러냐?"

나는 무슨 말을 해야 할지 몰랐다.

"너희 둘한테는 그게 더 쉬울 거야. 오디션이 너희 같은 어린애들한테는 아주 가혹하거든—" 콜록콜록. 입술이 걸쭉하고 붉은 피로 번들거렸다. "두 번째 기회 같은 건 없지."

"저기요—" 나를 다른 사람으로 착각하게 두는 것은 옳지 않은 일 같았다.

"아, 하지만 너희는 정말 아름답게 연주하지, 얘야, 너희 둘 말이야. G장조. 그 연주가 계속 생각나. 가볍게, 가볍게, 살짝 누르고 다시—"

몇 가지 알 수 없는 음을 흥얼거렸다. 노래. 그건 노래였다.

"……내가 이야기했었지, 아르메니아 노부인의 집에서 피아노 레슨을 받았다고. 그 집 야자수에는 초록색 도마뱀이 살고 있었지. 알사탕 같은 초록색이었는데, 난 그 도마뱀 보는 게 참 좋았어……. 창틀에서 쏜살같이 움직이는데…… 정원에서는 요정의 불빛이 반짝이고…… 뒤 페이 생(du pays saint)…… 20분이면 걸어갈 수 있었지만 몇 킬로미터는 되는 것 같았어……."

노인이 잠시 정신을 잃었다. 나는 그의 정신이 내게서 멀어지는 것을, 시냇물 위 나뭇잎처럼 빙글빙글 돌면서 사라져가는 것을 느낄 수 있었다. 하지만 정신이 다시 돌아왔다.

"그리고 너! 지금 몇 살이지?"

"열세 살요."

"리세 프랑세에 다니나?"

"아뇨, 우리 학교는 웨스트사이드에 있어요."

"그럴 만도 하지, 그렇겠지. 프랑스어 수업이 그 모양이니! 아이가 배우기에는 어휘가 너무 많아. 농 에 프로농(nom et pronom), 종(種)과 문(門). 무슨 곤충채집도 아니고."

"네?"

"그로피 카페에서는 항상 프랑스어를 쓰지. 그로피 기억하지? 줄무늬 파라솔이랑 피스타치오 아이스크림?"

줄무늬 파라솔. 머리가 아파서 똑바로 생각하기가 힘들었다. 내 시선이 노인의 머리에 난 도끼에 찍힌 듯한 상처, 검붉은 피가 엉긴 기다랗고 깊은 상처 부위를 배회했다. 나는 잔해들 사이에 구부정하게 놓인 무시무시한 시체 같은 형체들을 점차 인식하고 있었다. 희미하게 보이는 검고 큼지막한 형체들이 사방에서 말없이 우리를 압박했다. 사방이 어둡고 봉제 인형 같은 시체들이 놓여 있었지만, 그 어둠은 나를 멀리 싣고 가는 듯했고, 졸음을 불러왔다. 차갑고 검은 바다에서 거품 이는 항적이 이리저리 흔들리다 사라졌다.

갑자기 뭔가 아주 이상한 느낌이 들었다. 노인이 깨어나 나를 흔들고 있었다. 손을 휘저었다. 그는 뭔가를 갈구했다. 노인이 쉭쉭 숨을 들이마시면서 몸을 일으키려 했다.

"왜 그러세요?" 내가 몸을 흔들어 정신을 차리면서 말했다. 그는 초조하게 가느다란 숨을 헐떡거리면서 내 팔을 잡아끌었다. 무서워진 나는 똑바로 앉아서 새로운 위험이 닥치려 하는구나, 느슨한 전선이나 불이 덮치거나 천장이 무너지려 하는구나 싶어서 주변을 둘러보았다.

노인이 내 손을 잡고 꽉 쥐었다. "거기가 아니야." 그가 겨우 말했다.

"뭐라고요?"

"저걸 놓고 가지 마. 안 돼." 노인이 내 뒤쪽을 보면서 뭔가를 가리키려고 애썼다. "저기 놔두면 안 돼."

제발 누워서—

"안 돼! 그 사람들이 보면 안 돼." 노인은 내 팔을 꽉 잡고 미친 듯이 몸을 일으키려고 했다. "그들이 양탄자를 훔쳐갔어, 세관 창고로 가져갈 거야—"

노인이 가리킨 것은 먼지가 묻은 직사각형 판자, 부러진 들보와 쓰레기들 때문에 거의 보이지 않고 집에 있는 내 노트북보다 더 작은 무언가였다.

"저거요?" 내가 더 자세히 보면서 말했다. 밀랍 방울이 얼룩지고 구겨진 라벨이 불규칙적으로 드문드문 붙어 있었다. "원하시는 게 저거예요?"

"제발 부탁이다." 노인의 눈이 꼭 감겼다. 그는 몸이 무척 불편했고 기침이 너무 심해서 말도 거의 할 수 없었다.

나는 손을 뻗어 판자 모서리를 잡아서 집어 올렸다. 작은 크기에 비해 놀랄 만큼 무겁게 느껴졌다. 한쪽 모서리에 부서진 액자의 기다란 조각이 붙어 있었다.

내가 먼지를 뒤집어쓴 표면을 소매로 쓸었다. 하얀 먼지의 장막 아래로 희미하게 보이는 작고 노란 새. 〈해부학 강의〉도 같은 책에 있었는데, 그걸 보고 완전 겁에 질렸었지.

맞아요. 내가 몽롱하게 대답했다. 나는 그림을 들고 엄마에게 보여주려고 뒤로 돌다가 엄마가 없다는 사실을 깨달았다.

혹은― 엄마는 거기 있으면서도 없었다. 엄마의 일부가 거기 있으면서도 보이지 않았다. 보이지 않는 부분이 중요한 부분이었다. 그 전에는 절대 이해하지 못한 말이었다. 하지만 이 말을 소리 내어 말하려 하자 뒤죽박죽이 되었고, 나는 틀렸음을 불현듯 깨달았다. 두 부분이 같이 있어야 했다. 한쪽이 없으면 다른 한쪽도 없었다.

나는 팔로 이마를 문질렀고 눈에서 모래를 빼내려고 무척 힘들게, 나에게는 너무 무거운 물건을 들어 올리듯이 열심히 눈을 깜빡였으며, 내가 생각해야 하는 문제에 집중하려고 애썼다. 엄마는 어디 있을까? 잠깐 동안 우리는 세 사람이었는데 그중 하나는 엄마였다, 나는 정말로 확신했다. 하지만 이제 두 사람밖에 없었다.

뒤쪽에서 노인이 기침을 하고 스스로도 통제할 수 없다는 듯이 몸을 부르르 떨면서 다시 말을 하려 했다. 나는 손을 다시 뻗어 그에게 그림을 건네려고 했다. "여기요." 나는 이렇게 말한 다음 엄마에게―엄마가 있었던 듯한 곳으로―향했다. "금방 올게요."

하지만 노인이 원하는 것은 그림이 아니었다. 그는 초조하게 그림을 밀어내면서 뭐라고 중얼거렸다. 오른쪽 머리는 끈적끈적한 피로 흠뻑 젖어서 귀가 잘 보이지 않을 정도였다.

"뭐라고요?" 내가 여전히 엄마를 생각하며 말했다. 엄마는 어디 있을까? "예?"

"가져가."

"할아버지, 꼭 돌아올게요. 저 가봐야—" 나는 차마 말을 할 수 없었지만, 엄마는 이런 상황이 닥치면 즉시 집으로 돌아가라고 했다. 나는 집에서 엄마를 만나야 했다. 엄마는 꼭 그렇게 하라고 분명히 말했었다.

"그거 가지고 가!" 노인이 나에게 그것을 억지로 안겼다. "가!" 그는 일어나 앉으려 애쓰고 있었다. 노인의 눈은 형형하고 맹렬했다. 그의 격앙된 모습이 나는 무서웠다. "그들이 전구를 다 가져가고 이 거리의 집들을 반은 다 부수고—"

피 한 방울이 그의 턱을 타고 흘러내렸다.

"제발요." 내가 말했다. 노인을 건드리기가 무서워서 손이 후들거렸다. "제발 누우세요—"

그가 고개를 저으며 무슨 말을 하려 했지만 너무 힘겨운 듯 축축하고 무시무시한 소리로 기침을 했다. 노인이 입을 닦자 손등에 피가 한 줄기 묻어났다.

"누가 곧 올 거예요." 나 스스로도 이 말을 믿는지 확신할 수 없었지만 달리 뭐라 말해야 할지도 몰랐다.

노인이 내 얼굴을 똑바로 보면서 내가 그의 말을 조금이라도 이해했다는 기색을 찾았지만 발견하지 못하자 다시 일어나 앉으려고 바닥을 긁었다.

"불이야." 노인이 걸걸한 목소리로 말했다. "마아디의 저택. 옹 아 투 페르뒤(On a tout perdu)."

그가 다시 기침을 시작했다. 코에서 불그스름한 거품이 일었다. 이렇게 비현실적인 상황, 돌무더기와 무너진 기둥들 사이에서, 나는 내가 그를 실망시켰다는 느낌, 서툴고 무지해서 동화에 나오는 것과 같은 중요한 과제를 망쳤다는 꿈결 같은 느낌이 들었다. 돌무더기에 불은 보이지 않았지만 노인이 그림 때문에 동요하고 있으므로 나는 기어가서 그림이 보이지 않도록 나일론 가방에 넣었다.

"걱정 마세요." 내가 말했다. "제가—"

노인이 차분해졌다. 그가 내 손목에 손을 얹고 침착하고 맑은 눈으로 나를 보자 말도 안 되는 차분함이 밀려왔다. 난 할 일을 다 했어. 다 괜찮아질 거야.

이 생각이 주는 위안에 빠져 있을 때 마치 내가 그 생각을 소리 내어 말한 것처럼 노인이 나를 안심시키듯 내 손을 쥐었다. 그가 말했다. 우린 여기서 빠져나갈 거야.

"알아요."

"그걸 신문지로 싸서 트렁크 제일 밑에 넣어라, 애야. 다른 골동품들이랑 같이 말이다."

나는 노인이 침착해지자 마음이 놓인 데다가 두통 때문에 지치고 엄마에 대한 기억은 나방의 날갯짓처럼 깜빡깜빡 희미해졌기 때문에 그의 옆에 앉아 눈을 감았다. 이상하게도 편안하고 안전한 느낌이었다. 멍하고 꿈결 같았다. 노인이 숨죽여 뭐라 중얼거렸다. 외국 이름들, 액수와 숫자 들이었는데, 프랑스어가 조금 섞였지만 대부분 영어였다. 어떤 남자가 가구를 보러 온다. 아브두는 돌팔매질 때문에 곤란해졌다. 하지만 왠지 전부 말이 되는 것 같았고, 나는 사진 앨범을 보는 것처럼 야자수 정원과 피아노와 나무를 타는 초록색 도마뱀을 보았다.

혼자서 집에 갈 수 있겠니, 애야? 어느 순간인가 노인이 내게 물었던 기억이 난다.

"물론이죠." 나는 노인의 옆에 누워 있었는데, 내 머리 바로 옆에 오르락내리락하는 그의 가슴뼈가 있었기 때문에 그가 숨을 들이쉬고 내쉬는 소리가 다 들렸다. "전 매일 혼자서 전철을 타요."

"지금은 어디 산다고 했더라?" 그가 아주 부드럽게, 예뻐하는 개의 머리에 손을 얹듯이 내 머리에 손을 얹었다.

"이스트 57번가요."

"아, 그래! 르 보 도르 근처?"

"음, 몇 블록 떨어져 있지만요." 르 보 도르는 돈이 좀 있을 때 엄마와 내가 즐겨 가던 레스토랑이었다. 나는 거기서 에스카르고 요리를 처음으로 먹었고, 엄마 잔에 담긴 마르크 드 부르고뉴 와인을 처음으로 한 모금 마셨다.

"공원 쪽이랬나?"

"아니요, 강에 더 가까워요."

"그 정도면 가깝네. 머랭과 철갑상어 알. 이 도시를 처음 봤을 때 난 정말 마음에 들었지! 하지만 그때와 똑같진 않아, 안 그러냐? 모두 정말 그립구나, 그렇지? 발코니, 그리고……."

"정원요." 내가 고개를 돌려 노인을 보았다. 향기와 선율. 혼동의 늪 속에서 노인은 친한 친구처럼, 내가 잊고 있던 가족처럼 느껴졌다. 오랫동안 잃어버렸던 엄마의 친척…….

"아, 네 엄마! 그 귀염둥이! 네 엄마가 처음 놀러 왔을 때를 절대 잊지 못할 거야. 내가 본 소녀 중에 가장 예뻤지."

내가 엄마 생각을 하는 걸 어떻게 알았을까? 물어보려 했지만 그는 잠이 들었다. 노인의 눈은 감겨 있었지만 뭔가를 피해 달아나는 것처럼 호흡은 가쁘고 거칠었다.

나도 의식이 멀어지고 있었다. 귀가 웅웅 울리고 치과에 갔을 때처럼 금속의 맛과 공허한 떨림이 입속에 느껴졌다. 나는 그대로 무의식으로 가라앉아 깨지 않을 수도 있었지만 어느 순간 노인이 나를 세게 흔드는 바람에 엄청난 고통과 함께 정신을 차렸다. 그가 뭐라고 중얼거리면서 자기 검지를 잡아당기고 있었다. 그런 다음 세공 보석이 박힌 무거운 금반지를 빼서 나에게 주려 했다.

"저기요, 전 그거 필요 없어요." 내가 거리끼면서 말했다. "왜 그러시는 거예요?"

하지만 노인이 반지를 내 손에 꼭 쥐여주었다. 그의 숨소리는 거품이 끓는 것 같고 불길했다.

"호바트와 블랙웰." 노인이 안에서부터 물이 차올라 죽어가는 목소리로 말했다. "초록색 초인종을 울려라."

"초록색 초인종." 내가 자신 없이 따라 말했다.

노인의 머리가 무겁게 앞뒤로 움직였고, 너무 많이 맞아서 정신을 놓은 것처럼 입술이 떨렸다. 그의 눈에는 초점이 없었다. 시선은 나를 향하고 있었지만 나를 보고 있지 않았기 때문에 나는 몸이 덜덜 떨렸다.

"호비한테 몸을 피하라고 해." 노인이 탁한 목소리로 말했다.

나는 그의 입가에서 가늘게 흘러내리는 새빨간 피를 믿을 수 없어서 가만히 보았다. 노인이 넥타이를 잡아당겨 느슨하게 풀었다. "여기요." 내가 도와주려고 손을 뻗었지만 그가 내 손을 치웠다.

"금전등록기를 닫고 가게에서 나가야 돼!" 노인이 귀에 거슬리는 목소리로 말했다. "아버지가 그를 두드려 패라고 사람들을 보냈어—"

그의 눈이 뒤집어지고 눈꺼풀이 파닥거렸다. 그리고 노인은 자기 안으로 침몰해버렸다. 공기가 모두 빠져나가버린 것처럼 납작하고 무너져 보였다. 30초, 40초가 지나도 노인은 낡은 옷 더미로밖에 보이지 않았지만, 바로 그때 그의 가슴이 내가 놀라서 움찔할 정도로 거칠게, 풀무질을 하는 듯 거친 소리를 내며 부풀어 올랐다. 노인이 기침을 하면서 피를 뿜는 바람에 피가 내 온몸에 튀었다. 그는 팔꿈치로 지탱하면서 몸을 최대한 일으켰고, 그런 다음 약 30초 동안 개처럼 헐떡거리느라 가슴이 미친 듯이 오르락내리락 오르락내리락했으며, 시선은 나에게는 보이지 않는 무언가에 고정되어 있었다. 그러는 내내 노인은 내 손을 꽉 쥘 수만 있다면 괜찮아진다는 듯이 꼭 잡고 있었다.

"괜찮으세요?" 내가 울먹거리면서 정신없이 물었다. "제 말 들리세요?"

노인이 물 밖으로 나온 물고기처럼 나를 꽉 붙들고 몸부림을 치는 동안 내가 그의 머리를 받쳤지만, 또는 받치려고 애썼지만, 노인을 다치게 할까 봐 어떻게 해야 할지 몰랐다. 그러는 내내 그는 건물 꼭대기에 매달려 추락하기 직전인 사람처럼 내 손을 꽉 붙들었다. 뚝뚝 끊기는 호흡을 힘겹게 끌어 올렸다. 무거운 바위를 아주 힘들게 들어 올려도 다시 바닥으로 떨어지고, 또 떨어지는 것 같았다. 어느 순간 노인이 나를 똑바로 보았다. 입에서 피가 흘러내렸고, 무슨 말을 하는 것 같았지만 거품이 턱을 따라 흘러내릴 뿐이었다.

그런 다음 노인이 점점 조용하고 차분해졌기 때문에 나는 정말로 안심했다. 내 손을 잡고 있던 힘이 스르르 풀리고 부드러워졌다. 뭔가가 가라앉고 빙빙 도는 느낌, 그가 물 위에 누워 멀리 떠내려가는 것 같은 느낌이었다. 좀 괜찮으세요? 내가 물었다. 그런 다음―

내가 노인의 입에 물을 한 방울 조심스럽게 떨어뜨리자 입술이 움찔거렸다. 움직이는 것이 분명히 보였다. 나는 동화에 나오는 하인처럼 무릎을 꿇고 노인의 주머니에 들어 있던 페이즐리 무늬의 손수건으로 그의 얼굴에 묻은 피를 닦았다. 나는 노인이―끔찍하게, 조금씩 조금씩―가라앉아 움직이지 않을 때까지 무릎을 꿇고 앉아서 처참한 얼굴을 뚫어지게 보았다.

저기요? 내가 말했다.

종이처럼 얇은 한쪽 눈꺼풀이 반쯤 감긴 채 파란 핏줄에 경련을 일으키며 꿈틀거렸다.

"제 말 들리면 제 손을 꽉 쥐어보세요."

하지만 내 손 위에 놓인 그의 손은 축 처진 채 움직이지 않았다. 나는 뭘 어떻게 해야 할지 몰라서 거기에 앉아 노인을 가만히 보았다. 이제 가야 할 시간이다. 아니, 가야 할 시간이 한참 지났다. 엄마는 그것만큼은 아주 확실히 다짐을 받아두었다. 하지만 이곳에서 나가는 길은 보이지 않았고, 사실 어떤 면에서는 다른 곳으로 가는 것을, 여기가 아닌 다른 세상이 있다는 것을 상상하기도 힘들었다. 다른 삶을 살아본 적도 없는 것 같았다.

"제 말 들리세요?" 나는 몸을 굽혀 피 묻은 그의 입에 귀를 대고 마지막으로 물었다. 하지만 아무 반응도 없었다.

6

노인이 잠시 쉬는 것뿐이라면 방해하고 싶지 않았기 때문에 나는 최대한 조용히 일어섰다. 전신이 아팠다. 나는 잠시 서서 그를 내려다보며 교복 재킷에 손을 문질러 닦았다. 온몸에 그의 피가 묻어 있었고 손은 피 때문에 반들거렸다. 그런 다음 나는 달의 표면처럼 돌이 여기저기 널려 있는 주변을 바라보면서 내가 어디에 있는지, 어디로 가는 게 제일 좋은지 알아내려고 애썼다.

방의 한가운데, 혹은 한가운데처럼 보이는 곳까지 힘들게 나아가서 보니 한쪽 문이 매달린 잔해들에 가려져 있었기 때문에 나는 몸을 돌려 반대쪽으로 나아가기 시작했다. 반대쪽에는 상인방이 떨어져 있고 벽돌들이 내키만큼 높이 쌓여 있었지만 그 위쪽으로는 차 한 대가 지나갈 정도로 크고 연기가 자욱한 공간이 뚫려 있었다. 나는 콘크리트 덩어리들을 넘거나 빙 돌면서 그 공간을 향해 힘겹게 기어오르기 시작했지만, 곧 반대편으로 가야 한다는 사실을 깨달았다. 저 멀리 기념품 가게였던 벽을 따라 희미한 불길이 넘실거리면서 어둠 속에서 쉿쉿 소리를 내며 불꽃을 튀겼고, 원래 바닥이 있던 곳보다 훨씬 더 파인 곳도 있었다.

다른 문 쪽은 별로 마음에 들지 않았지만 (폼타일이 붉게 물들어 있고 자갈 더미에서 남성용 신발의 앞코가 튀어나와 있었다) 적어도 문을 가로막고 있는 잔해들이 대부분 별로 단단하지 않았다. 나는 천장에 매달려 불꽃을 튀기는 전선들을 피해 비틀거리면서 가방을 어깨에 둘러메고 숨을 크게 들이마신 다음 폐허 속으로 뛰어들었다.

뛰어들자마자 먼지와 독한 화학물질 냄새에 숨이 막혔다. 느슨해진 활선이 더 이상 없기를 기도하면서 콜록콜록 기침을 하며 어둠 속을 더듬더듬 나아가자 온갖 잔해들이, 자갈과 회벽 조각, 뭔지 모를 조각과 덩어리 들이 내 눈을 향해 후드득 떨어지기 시작했다.

가벼운 건축자재도 있었지만 그렇지 않은 자재도 있었다. 깊이 들어갈수록 더 어둡고 더 뜨거웠다. 가끔 길이 좁아지거나 예상치 못한 곳에서 막혔고, 귓가에 떠들썩한 소음이 울렸지만 어디에서 오는지 확실하지 않았다. 나는 틈새를 비집고 나아가야 했다. 나는 걷다 기다를 반복했고, 폐허 속의 시체들은 보인다기보다 느껴졌다. 무언가가 내 무게에 쑥 눌리는 불쾌하고 물렁한 느낌이었다. 하지만 그보다 더 나쁜 것은 냄새였다. 탄 옷, 탄 머리카락과 살, 갓 흘린 피와 구리, 양철, 소금 냄새가 코를 찔렀다.

손이 베였고 무릎도 마찬가지였다. 나는 잔해 밑으로 몸을 굽히거나 잔해를 빙 돌아서 기다란 선반인지 들보에 엉덩이를 대고 길을 가늠하면서 나아갔다. 그러다 벽 같은 단단한 것에 가로막혔다. 무척 좁았기 때문에 나는 힘들게 몸을 돌려서 손전등을 찾아 가방에 손을 넣었다.

필요한 것은 열쇠고리에 달린 손전등─그림 아래 바닥 쪽에 있었다─이었지만 손가락에 잡힌 것은 핸드폰이었다. 내가 핸드폰을 꺼내서 스위치를 켜자마자 핸드폰 불빛이 두 콘크리트 덩이 사이로 튀어나온 사람 손을 비추는 바람에 깜짝 놀라서 떨어뜨렸다. 무서운 와중에도 손이어서 다행이라고 생각했던 기억이 난다. 하지만 그 검고 퉁퉁 부은 손가락은 절대 잊을 수 없었다. 이따금 거리에서 거지가 퉁퉁 붓고 손톱 주변이 검게 변한 손을 불쑥 내밀면 나는 아직도 깜짝 놀라 물러선다.

손전등이 남아 있었지만 나는 핸드폰을 찾고 싶었다. 핸드폰이 동굴 같은 주변에 미약한 빛을 비추었지만 내가 겨우 정신을 차리고 주우려 몸을 숙이자 화면이 꺼졌다. 암흑 속에서 밝은 초록색 잔영이 눈앞에 둥둥 떠다녔다. 나는 무릎을 꿇고 어둠 속을 기어 다니면서 양손으로 돌덩이와 유리를 움켜쥐었다. 핸드폰을 꼭 찾고 싶었다.

나는 핸드폰이 떨어진 위치를, 혹은 적어도 대충 어디쯤인지는 안다고 생각했기 때문에 계속 찾다가 그만둬야 할 때를 놓치고 말았다. 마침내 포기하고 일어서려고 했더니 천장이 너무 낮아서 일어설 수 없는 곳까지 기어온 상태였다. 머리에서 10센티미터도 안 되는 곳에 단단한 표면이 있었다. 뒤로 돌 수도, 뒷걸음질을 칠 수도 없었다. 어쩔 수 없이 탁 트인 공간이 나오기를 바라면서 계속 앞으로 기어갔다. 어느새 나는 기진맥진하고 절망에 빠져서, 고개가 한쪽으로 심하게 돌아간 채로 힘겹게 조금씩 나아가고 있었다.

네 살 때쯤 예전에 살던 7번가의 아파트에서 접이식 침대에 끼인 적이 있었다. 듣기에는 재미있을지 몰라도 사실은 그렇지 않았다. 내가 숨이 막혀서 소리를 질렀을 때 당시 가정부였던 알라메다가 그 소리를 듣고 꺼내주지 않았다면 나는 질식해서 죽었을 것이다. 공기가 없는 공간에서 움직이려고 애쓴다는 점은 그때와 어느 정도 비슷했지만 유리, 뜨거운 금속, 옷이 타는 냄새, 그리고 가끔씩 나를 짓누르는 무엇인지 생각하고 싶지 않은 물렁한 물체 때문에 지금이 더 나빴다. 내 위에서 무거운 잔해가 후드득 떨어졌다. 목구멍에 먼지가 차올라서 격렬하게 기침을 하면서 점점 더 공포에 질리던 나는 주변을 둘러싼 벽돌 잔해의 거친 결이 희미하게 보인다는 사실을 불현듯 깨달았다. 빛, 상상할 수 있는 가장 희미한 빛이 왼쪽 바닥에서 약 15센티미터쯤 올라간 위치에서 희미하게 들어오고 있었다.

몸을 더 구부리자 전시실 뒤쪽의 어둑한 테라초* 바닥이 보였다. 구조 장비로 보이는 물건들(밧줄, 도끼, 쇠 지렛대, 뉴욕 소방청이라고 적힌 산소 탱크)이 뒤죽박죽 쌓여 있었다.

"저기요?" 나는 소리를 지른 다음 대답을 기다리지도 않고 최대한 빨리 꿈틀거리면서 구멍을 빠져나갔다.

구멍은 좁았다. 내가 몇 살 더 많거나 몸무게가 몇 킬로그램만 더 나갔어도 통과하지 못했을 것이다. 도중에 가방이 걸리는 바람에 그림이 있든 말든 꼬리를 자르는 도마뱀처럼 가방을 버려야 할지도 모른다고 생각했지만 마지막으로 한 번 더 잡아당기자 회벽 파편이 쏟아져 내리면서 가방이 딸려 왔다. 바로 위의 대들보가 묵직한 건축자재들을 많이 떠받치고 있는 것 같았다. 나는 그 밑에서 몸을 비틀고 버둥거리면서 저 대들보가 미끄러져 떨어져서 나를 두 동강 내면 어쩌나 싶은 걱정에 머리가 어지러웠지만, 가만 보니 잭으로 고정되어 있었다.

구멍을 빠져나온 나는 안도감에 어리둥절해서 눈물이 고인 채 두 발로 일어섰다. "저기요?" 내가 외쳤다. 장비가 이렇게 많은데 소방관은 한 명도 안 보이는 것이 이상했다. 위쪽으로 갈수록 짙어지는 연기가 피어오르는 전시실은 어두운 것만 빼면 대부분 멀쩡했지만, 조명과 보안 카메라 들이 비스듬히 기울어져 천장을 향하고 있는 것을 보면 이 방에서 엄청나게 큰 폭발이 일어났음을 알 수 있었다. 나는 탁 트인 공간으로 다시 나온 것이 너무 기뻤기 때문에 잠시 후에야 기이함을, 전시실에 사람들이 잔뜩 있지만 서 있는 사람은 나밖에 없다는 사실을 깨달았다. 다른 사람들은 모두 바닥에 누워 있었다.

---

* 대리석 부스러기에 응착제를 섞어서 만든 인조석.

바닥에 적어도 열두 명이 누워 있었는데 모두 멀쩡해 보이지는 않았다. 높은 곳에서 떨어진 사람들 같았다. 서너 명은 소방관 외투를 덮고 있었지만 발이 비어져 나와 있었다. 다른 사람들은 폭발물의 흔적들 사이사이에 적나라한 모습으로 널브러져 있었다. 큰 재채기에 피가 사방으로 튄 듯한 광경에서 격렬함이, 정적 속 광란의 움직임이 느껴졌다. 특히 파베르제의 달걀처럼 요란한 문양의 블라우스에 피를 뒤집어쓴 어느 중년 여성이 기억에 남는데, 정말로 미술관 기념품 가게에서 샀을 듯한 블라우스였다. 검게 화장을 한 여자의 눈은 표정 없이 천장을 올려다보고 있었다. 갈색 피부는 스프레이를 뿌려서 만든 것이 분명했는데, 정수리는 날아가고 없었지만 피부는 건강한 살굿빛이었기 때문이다.

어둑한 유화들, 흐릿한 금박. 나는 약간 균형을 잃고 비틀거리면서 종종걸음으로 방 한가운데까지 걸어갔다. 내가 헐떡거리면서 숨을 들이마시고 내쉬는 소리가 내 귀에도 들렸는데, 기이하게도 얇고 끔찍하게 가벼웠다. 나는 보고 싶지 않았지만 봐야 했다. 자그마한 아시아계 남자가 짙은 갈색의 윈드브레이커 차림으로 피 구덩이에 웅크리고 누워 있었고, 경비원(얼굴이 너무 심하게 타버려서 제복이 제일 알아보기 쉬운 부분이었다)은 팔이 뒤로 꺾이고 다리가 있던 자리에는 피가 튄 끔찍한 자국만 남아 있었다.

하지만 가장 중요한 사실, 가장 중대한 사실은 누워 있는 사람들 중에 엄마가 없다는 것이었다. 나는 모든 사람들을 하나하나 다 살펴보고—도저히 얼굴을 못 보겠을 때에도 나는 엄마의 발, 엄마의 옷, 검정색과 흰색이 섞인 엄마의 신발을 알았으므로 괜찮았다—엄마가 없다고 확신한 후에도 눈을 감은 병든 비둘기처럼 내 안 깊숙이 틀어박힌 채 시체들 사이에 억지로 서 있었다.

뒤쪽 전시실에 시체가 더 있었다. 세 명이었다. 아가일 무늬 조끼를 입은 뚱뚱한 남자, 완전히 엉망이 된 노파, 관자놀이에 빨갛게 쓸린 상처 외에는 말끔한 우윳빛 새끼 오리 같은 어린 소녀. 더 이상은 없었다. 나는 장비가 여기저기 널린 여러 전시실을 돌아다녔지만 바닥의 핏자국뿐 시체는 하나도 없었다. 나는 눈을 감고 열심히 기도하면서 엄마가 있던, 엄마가 갔던 멀리 떨어진 〈해부학 강의〉 전시실로 걸어가 보았지만 마찬가지로 들것과 장비들밖에 없었다. 내가 그 기이하게도 요란한 침묵 속으로 걸어 들어갔을 때 나를 보는 사람은 벽에 걸려 엄마와 나를 빤히 보던, 이상한 표정의 그 네덜란드인 두 명밖에 없었다. 당신 여기서 뭐 하는 겁니까?

더 이상 견딜 수 없었다. 어떻게 된 일인지 기억나지 않지만 나는 어느새 다른 곳에 있었고, 자욱한 연기밖에 없는 전시실들을 달리고 또 달렸다. 연기 때문에 미술관의 웅장함은 더욱 비현실적이고 진짜가 아닌 것처럼 느껴졌다. 아까는 각각의 전시실이 꽤 곧게 이어진 것 같았다. 구불구불하긴 해도 모든 길이 기념품 가게로 이어지도록 배열된 것 같았다. 하지만 재빨리 돌아가려고 보니 길은 전혀 직선이 아니었다. 텅 빈 벽들이 계속 나를 가로막았고 방향을 바꾸면 막다른 방들이 나타났다. 문과 출입구는 내가 생각한 곳에 없었고 떨어져 나온 기둥 초석이 불쑥불쑥 나타났다. 나는 모퉁이를 너무 급하게 돌다가 프란스 할스의 위병들과 맞부닥뜨렸다. 크고, 거칠고, 혈색이 좋고, 맥주를 너무 많이 마셔서 눈이 풀린 위병들은 꼭 가장 파티에 참가한 뉴욕 경찰관들 같았다. 위병들이 냉철하고도 익살스러운 눈으로 나를 빤히 내려다봤고, 나는 정신을 차리고 뒤로 물러나 다시 달리기 시작했다.

나는 멀쩡한 날에도 가끔 (토템과 나무를 파내서 만든 배가 전시된 오세아니아 예술 전시실들을 목적 없이 어슬렁거리다가) 미술관에서 길을 잃어 경비원에게 길을 물어봐야 했다. 회화 전시실들은 배치가 너무 자주 바뀌었기 때문에 특히 헷갈렸다. 으스스하고 어스름한 빛 속에서 텅 빈 복도를 날려가면서 나는 점점 더 겁에 질렸다. 나는 중앙 계단으로 가는 길을 안다고 생각했지만 특별 전시실에서 나오자마자 사방이 낯설어 보이기 시작했고, 일이 분 정도 어지럽게 뛰어다니면서 이리저리 길을 꺾고 나자 더 이상 확신할 수 없었다. 나는 완전히 길을 잃었다. 어쩌다 보니 나는 이탈리아의 걸작들(십자가에 못 박힌 그리스도와 놀란 성인들, 뱀, 전투 중인 천사들)을 가로질러 18세기 영국 전시관에 도착했는데, 거의 와본 적도 없고 전혀 모르는 곳이었다. 우아한 볼거리들이 내 앞에 길게 늘어서 있었고, 미로 같은 전시실들은 귀신 들린 대저택 같았다. 가발을 쓴 귀족들, 게인즈버러가 그린 차가운 미인들이 나의 고난을 거만하게 바라보았다. 나는 크고 화려한 전시실들 때문에 화가 치밀었다. 계단이나 주요 통로로 이어지는 것이 아니라 똑같이 우아하고 당당한 전시실로만 계속 이어졌기 때문이었다. 내가 거의 울음을 터뜨리려는 찰나 전시실 벽 구석에 잘 보이지 않는 문이 눈에 들어왔다.

전시실 벽과 같은 색으로 칠해져 있고 평소에는 잠가 놓을 듯한, 한 번 봐서는 알아볼 수 없는 그런 문이었다. 문이 내 시선을 사로잡은 것은 순전히 꽉 닫혀 있지 않았기 때문이었다. 문 왼쪽이 맞물려 있지 않았는데, 제대로 안 닫아서인지 전기가 나가서 자물쇠가 작동하지 않는 것인지는 몰랐다. 어쨌든 문을 여는 것은 쉽지 않았다. 나는 온 힘을 다해서 무거운 강철을 잡아당겼다. 갑자기 압축된 공기가 빠져나가는 소리가 들리면서 문이 변덕스럽게 활짝 열리는 바람에 나는 휘청거렸다.

안으로 들어가 보니 전시실보다 천장이 훨씬 낮고 어두운 사무실 복도였다. 비상등 불빛이 중앙 전시실보다 훨씬 약했기 때문에 눈이 적응하기까지 시간이 조금 걸렸다.

복도는 몇 킬로미터쯤 뻗어 있는 것 같았다. 나는 무서워서 살금살금 걸어가면서 문이 약간 열린 사무실들을 들여다보았다. *캐머런 가이슬러, 등록 담당자. 미야코 후지타, 등록 보조.* 서랍이 열려 있고 의자는 책상에서 멀찍이 떨어져 있었다. 어느 사무실 문 앞에는 굽 높은 여성용 구두 한 짝이 떨어져 있었다.

인기척이 없는 분위기는 말할 수 없을 만큼 으스스했다. 저 멀리서 경찰 사이렌 소리가, 어쩌면 무전기와 개들이 짖는 소리까지도 들리는 것 같았지만 나는 폭발 때문에 귀가 웅웅거려서 환청이 들리는 것이라고 생각했다. 소방관도 경찰도 경비원도 못 봤고 사실상 살아 있는 사람은 하나도 못 봤다는 생각에 점점 초조해지기 시작했다.

직원 외 출입 금지 구역은 열쇠고리에 달린 손전등을 켤 만큼 어둡지 않았지만 앞이 잘 보일 만큼 밝지도 않았다. 이곳은 기록 보관소나 창고 같았다. 사무실은 바닥에서 천장까지 파일 캐비닛이 들어차 있었고 금속 선반에 플라스틱 우편물 상자와 마분지 상자가 놓여 있었다. 복도가 좁아서 초조하고 숨이 막혔고, 내 발소리가 너무나 괴상하게 울렸기 때문에 나는 누가 따라오는 건 아닌지 확인하려고 한두 번 멈춰 서서 뒤를 돌아보았다.

"저기요?" 내가 우물쭈물 이렇게 말하면서 사무실 몇 군데를 흘깃 들여다보았다. 어떤 사무실은 현대적이고 비어 있었고 어떤 사무실은 종이며 책들이 지저분하게 쌓여서 번잡하고 더러워 보였다.

플로렌스 클라우너, 악기부. 모리스 오라비-루셀, 이슬람 예술. 비토리아 가베티, 섬유. 나는 기다란 작업대에 짝이 맞지 않는 천 조각들이 퍼즐 조각들처럼 흩어진 어둡고 동굴 같은 방을 지나쳤다. 방 안에는 벤델 백화점이나 버그도프 백화점의 직원용 승강기 앞에 늘어선 행거들처럼 의류용 비닐 커버들이 잔뜩 걸린 바퀴 달린 행거들이 엉켜 있었다.

길이 세 갈래로 갈라지는 지점에 다다른 나는 어디로 가야 할지 몰라서 이쪽저쪽을 살폈다. 바닥용 왁스, 테레빈유, 화학약품과 매캐한 연기 냄새가 났다. 사무실과 작업실이 사방으로 끝없이 펼쳐져 있었다. 특색 없이 똑같고, 빽빽한 기하학적 망이었다.

왼쪽 천장 등불이 깜빡거리더니 낮은 소리를 내다가 커다란 잡음을 내면서 켜졌고, 떨리는 빛 속에서 복도 저편에 음수대가 보였다.

나는 그쪽으로 달려가서—어찌나 빨랐던지 발이 그냥 미끄러지는 것 같았다—수도꼭지에 입을 대고 꿀꺽꿀꺽 마셨다. 너무 차가운 물을 너무 빨리 마시는 바람에 관자놀이에 찌르는 듯한 아픔이 스쳤다. 나는 딸꾹질을 하면서 손에 묻은 피를 씻고 따가운 눈에 물을 뿌렸다. 거의 보이지 않을 정도로 작은 유리 가루들이 얼음 바늘처럼 금속 음수대로 떨어졌다.

내가 벽에 몸을 기댔다. 진동하며 깜빡거리는 머리 위의 형광등 때문에 속이 메스꺼웠다. 나는 힘을 다해 몸을 일으켰다. 그러고는 불안하게 깜빡이는 빛 속에서 약간 비틀거리며 계속 걸었다. 이쪽은 산업 시설 같은 느낌이 더욱 뚜렷했다. 나무 깔판과 운반용 밀차가 있는 것을 보아 상자에 담긴 물건을 가져와 저장하는 곳인 듯했다. 나는 다시 갈림길에 다다랐다. 그늘이 진 반들반들한 통로가 어둠 속으로 이어졌다. 갈림길을 지나 계속 걸어가니 저 끝에 비상구라고 적힌 빨간색 빛이 보였다.

나는 내 발에 걸려서 넘어졌다가 다시 일어나서 계속 딸꾹질을 하면서 끝없는 복도를 달렸다. 복도 끝에는 학교의 안전문처럼 기다란 빗장이 달린 문이 하나 있었다.

문을 밀자 큰 소리가 나면서 열렸다. 나는 어두운 계단을 달려 내려갔다. 열두 계단을 내려간 다음 층계참을 돌아서 다시 열두 계단을 내려가니 끝이었다. 손가락 끝이 금속 손잡이를 스쳤고, 내 발소리가 정신없이 울려서 여섯 명이 같이 달리고 있는 것 같았다. 계단 밑은 무미건조한 회색 복도였고 빗장 달린 문이 하나 더 있었다. 나는 문에 몸을 던져 양손으로 밀었다. 그러자 비와 귀가 멍멍할 정도로 시끄러운 사이렌 소리가 내 얼굴을 강타했다.

나는 아마 큰 소리를 질렀던 것 같다. 밖으로 나와서 정말 좋았다. 하지만 온갖 소음 때문에 아무도 내 목소리를 듣지 못했다. 심한 뇌우가 쏟아지는 라가디아 공항 활주로의 제트 엔진이 돌아가는 소음 속에서 소리를 지르는 것이나 마찬가지였다. 뉴욕의 다섯 구와 저지의 모든 소방차, 경찰차, 구급차와 응급 수송기가 5번가에서 멍멍 야옹야옹 울부짖는 소리, 황홀할 정도로 행복한 소음이었다. 새해와 크리스마스와 독립 기념일을 합쳐놓은 것 같았다.

비상구는 하역장과 주차장 사이 아무도 없는 옆문을 통해서 나를 센트럴 파크로 뱉어냈다. 멀리 칙칙한 녹색 길들은 텅 비어 있었고 나무 꼭대기들이 하얗게 물을 튀기면서 바람 속에서 휘청거리고 있었다. 그 너머 비에 휩쓸린 5번가는 폐쇄되었다. 쏟아지는 폭우 속에서 거대하고 환하고 바쁜 움직임이 보였다. 크레인, 중장비, 군중을 뒤로 물리는 경찰들, 붉은빛, 노랗고 파란빛, 시시각각 변하는 혼돈 속에서 박동하고 소용돌이치고 번쩍이는 불꽃들.

나는 얼굴에 비를 맞지 않으려고 팔을 들어 머리를 가리고 텅 빈 공원을 달렸다. 비가 눈으로 들어오고 이마를 따라 흘러내리자 거리의 불빛은 저 멀리서 고동치는 흐릿한 형체로 녹아내렸다.

뉴욕 경찰청, 뉴욕 소방서, 와이퍼를 켠 채 주차된 시 소속 차들. 경찰견, 구조대, 뉴욕 시 위험물 전담반. 검은 비옷이 바람에 펄럭이며 부풀어 올랐다. 공원 출입구 마이너스 게이트에 노란색 출입 금지 테이프가 둘러쳐져 있었다. 나는 망설임 없이 테이프를 들고 인파 한가운데로 달려 나갔다.

혼돈 속이라 아무도 내 존재를 알아차리지 못했다. 잠시 동안 나는 얼굴을 때리는 비를 맞으며 아무것도 못 하고 이리저리 휩쓸렸다. 어디로 눈을 돌려도 나의 공포가 만들어낸 이미지가 빠르게 지나갔다. 사람들이 나를 향해 마구잡이로 밀려왔다. 경찰관, 소방관, 안전모를 쓴 남자들, 부러진 팔을 조심스레 받친 노인과 정신없는 경찰관에게 79번가 쪽으로 쫓겨나며 코피를 흘리는 여자.

나는 이렇게 많은 소방차가 한데 모인 것을 본 적이 없었다. 18분대, 44 전투부대, 7호 사다리차, 제1구조대, '미드타운의 자랑'이라고 불리는 4호 트럭. 나는 주차된 차량과 공무원용 검정색 비옷의 바다를 헤치며 나아가다가 하잘라 구급대*의 구급차를 보았다. 차 뒤에 히브리어가 쓰여 있고 열린 문으로 조명이 켜진 작은 병실이 보였다. 구급대원들이 몸을 숙인 채 어떤 여자를 눕히려 애쓰고 있었고 여자는 안간힘을 다해 일어나려고 했다. 빨간색 매니큐어를 칠한 주름진 손이 허공을 할퀴었다.

내가 주먹으로 문을 두드렸다. "저 안에 들어가야 돼요." 내가 소리쳤다. "아직 사람들이 안에 있어요."

"폭탄이 하나 더 있어." 구급대원이 나를 보지도 않고 소리쳤다. "대피해야 돼."

그게 무슨 뜻인지 깨닫기도 전에 덩치 큰 경찰관 한 명이 청천벽력처럼 나를 덮쳤다. 우둔하고 불도그 같은 남자로 팔이 역도 선수처럼 우람했다. 그가 내 팔을 거칠게 잡고 길 반대편으로 황급히 밀어내기 시작했다.

"도대체 여기서 뭐 하는 거야?" 그가 호통을 치며 내 항변을 무시했고 나는 그의 손아귀에서 벗어나려고 애를 썼다.

"경관님." 얼굴에 피를 묻힌 여자가 다가와서 그의 주의를 끌려고 했다. "경관님, 저 손이 부러진 것 같은데—"

"건물에서 떨어져요!" 경찰관이 여자의 팔을 뿌리치면서 소리를 지른 다음 나를 향해서 외쳤다. "가!"

"하지만—"

경찰관이 양손으로 세게 밀어서 나는 비틀거리며 넘어질 뻔했다. "건물

---

* Hatzalah : 전 세계에서 주로 유대인 공동체를 위해서 봉사하는 응급 의료 서비스.

에서 떨어져!" 경찰관이 소리를 지르면서 양팔을 번쩍 들자 비옷이 펄럭였다. "당장!" 그는 나를 보고 있지 않았다. 작고 곰 같은 그의 눈은 내 머리 너머 그 무언가에, 거리 위쪽에 고정되어 있었다. 그의 표정을 보자 나는 겁이 났다.

나는 얼른 구급대원들을 피해서 반대편 인도로, 79번가 바로 위쪽으로 갔다. 엄마가 없는지 계속 찾았지만 보이지 않았다. 구급차와 의료 차량이 아주 많았다. 베스이스라엘 응급실, 레녹스힐 병원, 뉴욕 장로교 병원, 카브리니 EMS 구급의료대. 양복을 입은 피투성이 남자가 5번가 저택의 장식으로 쳐놓은 주목(朱木) 울타리 안 작은 마당에 똑바로 누워 있었다. 노란색 접근 금지 테이프가 바람에 펄럭였다. 하지만 비에 푹 젖은 경찰관들과 소방관들, 안전모를 쓴 남자들은 테이프를 무시하면서 그것을 들고 몸을 숙여 드나들었다.

모든 시선이 주택 지구로 쏠렸는데, 나는 그 이유를 나중에서야 알았다. 84번가(너무 멀어서 나에게는 안 보였다)에서 위험물 전담 대원들이 물대포를 쏘아서 불발된 폭탄을 '해체'하는 중이었던 것이다. 나는 누구에게든 말을 하려고, 무슨 일이 일어났는지 알아내려고 소방차 앞을 지나가려 했지만 경찰들이 몸으로 밀고 팔을 휘젓고 손뼉을 쳐서 사람들을 몰아냈다.

내가 어떤 소방관의 겉옷을 붙들었다. 껌을 씹고 있는 젊고 친절해 보이는 남자였다. "아직 저 안에 누가 있어요!" 내가 외쳤다.

"그래그래, 우리도 알아." 소방관이 나를 보지도 않고 소리쳤다. "건물에서 나가라는 명령이 떨어졌어. 5분 후에 다시 들어가래."

누가 내 등을 급하게 밀었다. "움직여, 움직여!" 누군가가 외치는 소리가 들렸다.

억양이 강하고 거친 목소리가 말했다. "나한테서 손 떼!"

"당장! 다들 움직여요!"

또 다른 사람이 내 등을 밀었다. 소방관들이 사다리차에서 몸을 내밀어 덴두르 사원 전시실 쪽을 올려다보았고, 경찰관들은 어깨를 다닥다닥 붙이고 서서 비를 맞으면서도 움직이지 않았다. 내가 인파에 휩쓸려 경찰관들 앞을 비틀비틀 지날 때 그들의 이글이글 타오르는 눈, 끄덕이는 머리, 무의식적으로 카운트다운에 맞춰 구르는 발이 보였다.

폭탄이 해체되는 소리가 들리고 미식축구 경기장에서 들릴 법한 거친 환호가 5번가에서 울려 퍼질 때 나는 이미 매디슨가 쪽으로 휩쓸려 가 있었다. 경찰관―교통경찰―들이 팔을 휘두르면서 어안이 벙벙한 사람들을 밀었다. "어서요, 움직여요, 움직여." 경찰관들이 군중을 헤집고 나아가며 손뼉을 쳤다.

"모두 동쪽으로. 동쪽으로 가세요." 어떤 경찰관―프로레슬러처럼 염소수염을 기르고 귀걸이를 한 덩치 큰 남자였다―이 손을 뻗어서 핸드폰으로 사진을 찍으려던 후드티 차림의 배달원을 밀치자 배달원이 비틀거리다가 나에게 부딪치는 바람에 내가 넘어질 뻔했다.

"조심해!" 배달원이 높고 귀에 거슬리는 목소리로 외쳤다. 그러자 경찰관이 한 번 더 밀었고, 이번에는 배수구 위로 벌렁 넘어질 정도로 거칠었다.

"너 귀머거리야, 뭐야?" 경찰관이 소리쳤다. "가라고!"

"건드리지 마!"

"머리통을 박살내줄까?"

5번가와 매디슨가 사이는 혼돈 그 자체였다. 머리 위에 뜬 헬리콥터의 프로펠러 소리가 요란했고 확성기에서 울려 나오는 말은 잘 들리지 않았다. 79번가는 차량이 통제됐지만 경찰차, 소방차, 시멘트 바리케이드, 비에 푹 젖고 겁에 질려서 소리를 지르는 사람들로 가득했다. 어떤 사람들은 5번가에서 멀리 달아났고 어떤 사람들은 인파를 힘으로 밀어붙이면서 미술관 쪽으로 가려고 애를 썼다. 핸드폰을 높이 들고 사진을 찍으려는 사람들도 많았다. 또 어떤 사람들은 밀려드는 인파 속에서 입을 떡 벌리고 꼼짝없이 서서 화성인의 침공이 시작되기라도 한 것처럼 비 오는 하늘로 피어오르는 5번가의 검은 연기를 바라보았다.

사이렌, 지하철 환풍기에서 피어오르는 흰 연기. 더러운 담요를 두르고 뭐가 뭔지 모르면서도 흥분한 표정으로 서성이는 노숙자. 나는 군중 속에 엄마가 있지 않을까 희망을 가지고 주위를 둘러보면서 정말로 엄마가 곧 보일 거라고 기대했다. 잠깐 동안 나는 (발끝으로 서서 목을 길게 빼고 앞을 보면서) 경찰이 몰아대는 것과 반대 방향으로 헤엄치듯 거슬러 올라가려 했지만 저곳으로 돌아가서 억수 같은 비와 수많은 군중 속에서 엄마를 찾으려 해도 소용없다는 사실을 깨달았다. 나는 생각했다. *집에 가서 만나면 돼*. 우리가 만나기로 약속한 곳은 집이었다. 위급 상황에 대비한 약속 장소는 집이었다. 엄마는 이렇게 많은 사람들 속에서 나를 찾으려 하는 것이 얼마나 헛된 일인지 깨달았을 것이다. 그래도 나는 옹졸하고 비이성적인 실망감을 느꼈다. 나는 집을 향해 걸어가면서 (머리가 깨질 것처럼 아팠고 사실상 모든 물체가 두 개로 보였다) 다른 곳에 정신이 팔린 이름 모를 얼굴들을 살피면서 엄마를 계속 찾았다. 엄마는 밖으로 나왔다. 그게 제일 중요했다. 엄마는 폭발의 영향이 가장 큰 곳에서 한참 떨어진 전시실에 있었다. 시체 중에도 엄마는 없었다. 하지만 우리가 아무리 미리 정했다 해도, 그게 아무리 이성적인 행동이라 해도, 나는 엄마가 나 없이 혼자서 미술관을 나왔다고 생각하기 힘들었다.

2장
해부학 강의

　내가 어렸을 때, 네다섯 살쯤에, 가장 큰 두려움은 어느 날 엄마가 출근했다가 집으로 돌아오지 않을지도 모른다는 생각이었다. 덧셈과 뺄셈은 주로 엄마의 경로를 계산할 수 있었기 때문에 유용했고(엄마가 사무실에서 나올 때까지 몇 분 남았지? 사무실에서 지하철역까지 걸어가는 시간은 몇 분이지?), 나는 수를 세는 법을 배우기도 전부터 시계 보는 법을 익히는 데 집착했다. 시계 보는 법만 배우면 엄마가 들어오고 나가는 패턴의 비밀이 풀릴 것 같아서 나는 종이 접시에 크레용으로 그린 신비한 원을 간절하게 연구했다. 엄마는 보통 오겠다고 말한 시간에 돌아왔기 때문에 10분만 늦어도 나는 안달하기 시작했다. 10분을 넘어가면 나는 너무 오랫동안 혼자 방치된 강아지처럼 아파트 현관문 앞 바닥에 앉아서 승강기가 우리 층으로 올라오는 소리를 들으려고 긴장을 늦추지 않았다.

　초등학생 때는 거의 매일 7번 채널의 뉴스를 들으며 걱정했다. 낡고 더러운 재킷을 입은 부랑자가 6호선 전철을 기다리는 엄마를 밀어서 철로에 떨어뜨리면 어떻게 하지? 아니면 완력으로 컴컴한 길로 끌고 가서 수표를 뺏으려고 칼로 찌르면? 엄마가 드라이어를 욕조에 빠뜨리거나 차에서 내리다가 자전거에 치여 넘어지면, 혹은 같은 반 아이의 엄마처럼 치과에서 약을 잘못 받아서 죽으면 어떻게 하지?

엄마한테 무슨 일이 일어난다는 생각이 특히 더 무서운 것은 아빠가 못 미덥기 때문이었다. 못 *미덥다*는 것도 아마 완곡한 표현일 것이다. 아빠는 기분이 좋을 때에도 월급을 잃어버리거나 아파트 현관문을 연 채로 잠들거나 했는데, 술 때문이었다. 그리고 기분이 나쁠 때면—거의 늘 그랬다—눈이 벌겋고 몸은 축축해 보이고, 양복은 바닥을 데굴데굴 구른 것처럼 구깃구깃하고, 압력 때문에 금방이라도 터지려는 물건처럼 이상하게 고요한 분위기를 풍겼다.

나는 아빠가 왜 그렇게 불행한지 몰랐지만 아빠의 불행이 우리 잘못이라는 것만은 분명해 보였다. 엄마와 내가 아빠의 신경을 건드리는 것이다. 아빠가 견딜 수 없는 직장에 다니는 것도 우리 때문이었다. 우리의 모든 행동이 아빠의 짜증을 유발했다. 아빠는 특히 나와 같이 있는 것을 좋아하지 않았는데, 그렇다고 그런 일이 잦은 것도 아니었다. 아침에 내가 학교 갈 준비를 할 때면 아빠는 앞섶이 벌어진 목욕 가운 차림에 머리카락은 소가 핥은 것처럼 비죽 선 모습으로 〈월스트리트 저널〉을 앞에 놓고 부은 눈으로 말없이 커피를 마셨고, 가끔 손이 너무 떨려서 컵을 입으로 가져가는 도중에 커피가 튀었다. 내가 왔다 갔다 하면 아빠는 경계하는 눈빛으로 나를 보았고, 내가 식기나 시리얼 그릇을 달그락거리면 콧구멍을 벌름거렸다.

이렇게 어색한 일상 외에 내가 아빠를 볼 일은 별로 없었다. 아빠는 우리와 함께 저녁 식사를 하거나 학교 행사에 참석하지 않았고, 집에 있을 때에도 나랑 놀거나 이야기를 많이 나누지 않았다. 아빠는 내가 잠들 때까지 들어오지 않을 때가 많았고 어떤 날—특히 급여가 나오는 격주 금요일—에는 새벽 서너 시가 되어야 집으로 돌아와서 문을 쾅 닫고 서류 가방을 툭 떨어뜨린 다음 유난스러울 정도로 여기저기 부딪치고 쿵쾅거렸다. 그럴 때면 나는 가끔 겁에 질려 번쩍 깨서 천장에 붙여놓은 야광 별들을 바라보면서 살인범이 우리 아파트에 침입한 건 아닐까 걱정했다. 다행히도 아빠는 취하면 발걸음이 느려져서 아빠임을 분명히 알 수 있는 리듬—느릿느릿 쿵쿵거리는, 걸음과 걸음 사이가 이상할 정도로 긴 이 걸음걸이를 나는 프랑켄슈타인의 걸음이라고 불렀다—으로 삐걱삐걱 걸어 다녔다. 나는 어둠 속에서 쿵쾅거리는 사람이 연쇄 살인범이나 사이코패스가 아니라 아빠라는 사실을 깨닫자마자 다시 불안한 잠에 빠져들었다. 토요일인 다음 날이 되면 엄마와 나는 소파에서 땀을 흘리며 자는 아빠가 어수선한 잠에서 깨기 전에 어떻게든 밖으로 나갔다. 밖으로 나가지 못한 경우에는 우리 두 사람 모두 하루 종일 조심조심 다니면서 문을 너무 세게 닫거나 해서 아빠의 심기를 건드리지 않도록 조심해야 했고, 아빠는 무표정한 얼굴로 소리만 끈 텔레비전 앞에 앉아서 포장 음식점에서 사 온 중국 맥주를 마시면서 흐리멍덩한 눈으로 뉴스나 스포츠 경기를 보았다.

그러므로 어느 토요일 아침, 잠에서 깨어 아빠가 집에 들어오지 않았다는 사실을 깨달았을 때에도 엄마나 나는 크게 걱정하지 않았다. 일요일까지도 들어오지 않자 걱정하기 시작했지만, 보통 사람들이 일반적으로 하는 걱정은 아니었다. 대학 미식축구 개막 시즌이었으므로 아빠가 분명 어느 경기에 돈을 걸었을 테니, 우리는 아빠가 아무 연락도 없이 버스를 타고 애틀랜틱시티로 갔을 거라고 생각했다. 다음 날 아빠의 비서 로레타가 전화를 걸어서 아빠가 출근하지 않았다고 말했을 때에야 뭔가 크게 잘못됐다는 느낌이 들기 시작했다. 엄마는 아빠가 술에 취해 술집에서 나오다가 강도나 살인범을 만났을까 봐 걱정이 되어서 경찰에 전화를 걸었고, 우리는 긴장 속에 며칠을 보내면서 전화가 오거나 누가 문을 두드리기를 기다렸다. 그 주가 끝날 때쯤 아빠에게서 간략한 편지(뉴저지의 뉴어크 소인이었다)가 도착했고, 신경질적으로 휘갈겨 쓴 글은 아빠가 어딘지 밝히지 않은 곳에서 '새로운 삶을 시작'하러 떠난다고 알려주었다. '새로운 삶'이라는 말이 아빠가 어디로 갔는지 실마리를 주기라도 할 것처럼 그 말을 곱씹었던 기억이 난다. 엄마는 내가 일주일 정도 조르고 아우성을 치고 괴롭힌 끝에야 마침내 편지를 보여주었다. ("음, 그래." 엄마가 어쩔 수 없다는 듯이 책상 서랍을 열어서 편지를 꺼냈다. "아빠가 너한테 어떻게 말하기 바랐는지 나도 모르겠으니까 네가 직접 보는 게 좋겠지.") 공항 근처 더블트리인 호텔 편지지였다. 나는 편지에 아빠의 소재에 대한 귀중한 단서가 담겨 있으리라 생각했지만 눈앞에 나타난 것은 극도의 간결함(네다섯 줄이었다)과 슈퍼마켓에 나가는 길에 서둘러 쓴 것처럼 엉망진창으로 휘갈겨 쓴 글씨였다.

아빠가 사라진 것은 많은 면에서 다행이었다. 확실히 나는 아빠가 별로 그립지 않았고 엄마도 아빠를 그리워하는 것 같지 않았지만, 돈이 부족해서 가정부 신지아를 내보내야 했을 때는 슬펐다. (신지아는 울음을 터뜨리더니 돈을 받지 않고 같이 살면서 일하겠다고 했지만 엄마는 같은 건물의 아기가 있는 집에 시간제 일을 소개해주었다. 신지아는 일주일에 한 번 정도 청소용 덧옷을 걸친 채 엄마를 찾아와서 커피를 마셨다.) 더 젊은 시절 선탠을 한 아빠가 스키 슬로프 꼭대기에 서 있는 사진이 벽에서 조용히 사라지고 엄마와 내가 센트럴파크 스케이트장에서 찍은 사진이 걸렸다. 엄마는 밤늦도록 계산기를 들고 앉아서 청구서를 거듭 확인했다. 아파트 월세는 고정되어 있었지만 아빠의 급료 없이 사는 것은 매달 모험이었다. 아빠가 다른 곳에서 어떤 새로운 삶을 꾸렸든 그 삶에 양육비를 보내는 것은 포함되지 않았기 때문이었다. 기본적으로 우리는 지하 세탁실을 직접 이용하고, 영화는 할인 시간대에 보고, 하루 지난 빵과 싸구려 포장 중국 음식(국수, 중국식 달걀부침)을 먹고, 5센트, 10센트짜리 동전을 세어가며 버스비를 내는 것에 충분히 만족했다. 하지만 그날 내가—춥고, 흠뻑 젖고, 이가 악물리는 두통을 느끼며—미술관에서 집으로 터덜터덜 걸어올 때 이제 아빠도 없으니 이 세상에서 나와 엄마를 걱정할 사람이 아무도 없다는 생각이 들었다. 가만히 앉아서 우리가 오전 내내 어디에 갔는지, 또는 왜 아무 소식이 없는지 걱정할 사람이 아무도 없었다. 아빠가 '새로운 삶'을 살기 위해서 어느 곳(열대지방이나 대평원, 작은 스키 마을이나 미국의 대도시)으로 갔든 지금 분명히 텔레비전 앞에 죽치고 앉아 있을 것이다. 지금 아빠가 약간 정신이 나갈 정도로 흥분하고 있을지도 모른다고 상상하기는 어렵지 않았다. 가끔 자기와 아무 상관없는 머나먼 주에 허리케인이 덮쳤다든지 다리가 무너졌다는 큰 뉴스가 나올 때에도 그랬기 때문이다. 하지만 전화를 걸어서 우리가 무사한지 확인할 정도로 걱정할까? 아마 아닐 것이다. 아빠가 다니던 사무실에 전화를 걸어서 무슨 일이 벌어지고 있는지 알아보지도 않을 것이다. 미드타운에서 일하는 옛 동료들을 생각하면서 좀생이 경리들이나 펜대만 굴리는 직원들(아빠는 자기 동료들을 이렇게 불렀다)이 고층 건물 101파크애비뉴에서 다들 어떻게 하고 있을지 궁금하게 여기긴 하겠지만 말이다. 겁먹은 비서들이 책상에 올려놓았던 액자들을 챙겨서 걷기 편한 신발을 신고 집으로 가고 있을까? 아니면 14층에 우울한 파티 같은 것이 열려서 샌드위치를 주문하고 회의실 텔레비전 주변으로 모여들었을까?

집까지 걸어가는 데는 정말 오래 걸렸지만 매디슨가의 차갑고 비에 감싸인 우중충한 분위기 외에는 별로 기억나지 않는다. 우산들이 까딱거리고 보도 위의 사람들은 말없이 시내로 흘러갔다. 예전에 은행이 줄줄이 도산하던 1930년대의 흑백사진을 본 적이 있었는데 그 사진 속에서 식량 배급을 기다리는 긴 줄처럼 익명의 사람들이 모여든 듯한 느낌이었다. 두통과 비 때문에 세상은 빽빽하고 멀미 나는 하나의 원으로 축소되었고 보도에서 앞서 걸어가는 수많은 사람들의 구부정한 등밖에 보이지 않았다. 사실 나는 머리가 너무 아파서 내가 어디로 가고 있는지 거의 보이지도 않았다. 사람들을 헤치면서 신호등도 제대로 보지 않고 횡단보도를 건너가다가 두 번인가 차에 치일 뻔했다. 누구도 무슨 일이 있었는지 정확히 모르는 것 같았지만 주차된 자동차 라디오에서 '북한'이라는 말이 요란하게 울렸고, 지나가던 몇몇 사람들이 '이란'과 '알카에다'라고 중얼거렸다. 그리고 레게 머리의 깡마른 흑인이 뼛속까지 흠뻑 젖은 채 휘트니 미술관 앞을 부산히 서성이면서 허공에 주먹을 날리며 누구에게랄 것도 없이 소리쳤다. "준비 단단히 해, 맨해튼! 오사마 빈 라덴이 우리를 다시 뒤흔들고 있어!"

나는 어지러워서 앉고 싶었지만 부서진 장난감 인형처럼 절룩거리면서 계속 걸었다. 경찰관들이 호루라기를 불고 수신호를 보냈다. 내 코끝에서 물이 똑똑 떨어졌다. 나는 계속해서 눈을 깜빡여 빗물을 떨어내면서 엄마가 있는 집으로 최대한 빨리 가야 한다는 생각만 했다. 엄마가 아파트에서 나를 애타게 기다리고 있을 것이다. 걱정이 돼서 머리를 쥐어뜯으면서 내 핸드폰을 압수한 자신을 저주할 것이다. 다들 통화가 안 돼서 곤란을 겪고 있었고 거리에 몇 개 안 되는 공중전화 앞에 사람들이 열 명 스무 명씩 줄을 섰다. 나는 엄마, 엄마 생각하며 마음속으로 내가 살아 있다는 메시지를 보내려고 애썼다. 엄마에게 내가 괜찮다고 알려주고 싶었지만 동시에 달리지 않고 걸어가도 괜찮다고 스스로에게 말했던 기억도 난다. 집으로 가는 도중에 기절하고 싶지는 않았다. 폭발 겨우 몇 초 전에 엄마가 그곳을 벗어난 것이 얼마나 다행인지! 엄마는 나를 폭발의 중심지로 보냈으니 분명 내가 죽었다고 생각할 것이다.

그리고 내 목숨을 구해준 여자아이를 생각하자 눈이 따가웠다. 피파! 녹처럼 붉은 빨강 머리에 얼굴을 찌푸린 아이의 이름으로는 이상하고 무미건조하다. 나를 보던 소녀의 시선을 생각할 때마다 내가 전시회장을 나가서 엽서 가게의 검은 섬광 속으로 걸어 들어가서 사라지지 않도록, 모든 것이 끝장나지 않도록 그 아이가, 생판 모르는 타인이 구해주었다는 생각에 머리가 어지러웠다. 언젠가 그 아이에게 내 목숨을 구했다고 말해줄 수 있을까? 그리고 그때 그 노인에 대해서는, 내가 밖으로 나온 후 몇 분 만에 소방관과 구조대원 들이 서둘러 건물로 들어갔으므로 나는 아직도 누군가가 다시 들어가서 그를 구해주었을 것이라는 희망을 가졌다. 입구에 잭을 설치해두었던 것을 보면 구조대원들은 노인이 안에 있다는 사실을 알았을 것이다. 그 소녀나 노인을 내가 다시 볼 수 있을까?

마침내 집에 도착했을 때 나는 뼛속까지 추웠고 흠씬 두들겨 맞은 사람처럼 비틀거렸다. 흠뻑 젖은 옷에서 물이 흘러내려 로비 바닥에 불규칙한 흔적이 길게 이어졌다.

거리에서 와글거리는 인파를 헤치면서 왔더니 인기척이 없는 것이 불안했다. 소포 보관실에 휴대용 텔레비전이 켜져 있고 건물 어딘가에서 무전기가 지직거리는 소리가 들렸지만 골디도, 카를로스도, 호세도, 정규 경비원은 흔적도 없었다.

저 안쪽에서 불 켜진 승강기가 마술 쇼 무대 위 옷장처럼 텅 빈 채 서서 기다리고 있었다. 톱니가 맞물려 덜컹거리더니 낡은 진주색 숫자가 하나씩 하나씩 깜빡였고 삐걱삐걱 7층에 도착했다. 우리 층의 담갈색 복도에 발을 내딛자 생쥐 같은 갈색 페인트와 숨 막히는 카펫용 세제 냄새와 그 밖의 모든 것에 안도감이 몰려왔다.

열쇠가 자물쇠 안에서 요란한 소리를 내며 돌아갔다. "왔어요?" 내가 어둑어둑한 아파트로 들어가며 외쳤다. 블라인드가 내려져 있고 아주 고요했다.

침묵 속에서 냉장고가 웅 소리를 냈다. 나는 깜짝 놀라며 생각했다. *세상에, 엄마는 아직도 안 온 거야?*

"엄마?" 내가 다시 불렀다. 나는 철렁 내려앉는 심장을 안고 빠른 걸음으로 현관을 지나 거실 한가운데에 어리둥절하게 섰다.

문에 달린 고리에 엄마의 열쇠가 걸려 있지 않았고 탁자 위에 가방도 없었다. 나는 정적 속에서 젖은 신발을 벗지도 않고 철벅철벅 부엌으로 걸어갔다. 제대로 된 부엌이라기보다는 두 구짜리 스토브가 달린 곁방으로, 아파트 안뜰을 향하고 있었다. 엄마의 커피 잔, 그러니까 벼룩시장에서 산 초록색 유리컵이 립스틱 자국이 찍힌 채 거기 놓여 있었다.

나는 가만히 서서 차갑게 식은 커피가 바닥에 2센티미터 정도 남아 있는 커피 잔을 보면서 어떻게 할지 생각했다. 귀가 울리면서 쉭쉭 소리가 들렸고 머리가 너무 아파서 생각을 할 수가 없었다. 아직도 시야에 까만 테두리가 쳐진 것처럼 보였다. 나는 엄마가 얼마나 걱정을 할까, 빨리 집에 와서 괜찮다고 말해야겠다는 생각밖에 없었기 때문에 엄마가 집에 없을 거라는 생각은 하지도 못했다.

나는 비틀비틀 복도를 지나 부모님 침실로 걸어갔다. 아빠가 떠난 후에 크게 바뀌지는 않았지만 이제 엄마 혼자 쓰기 때문에 더 어지럽고 여성적인 분위기였다. 침대 위에는 이불이 엉망으로 헝클어져 있고 협탁 위의 자동 응답기에는 불이 들어와 있지 않았다. 메시지가 없다는 뜻이었다.

나는 문간에 서서 고통 때문에 거의 휘청거리면서 정신을 집중하려고 애썼다. 하루 종일 움직인 탓에 자동차를 너무 오래 탄 것처럼 삐걱대는 느낌이 몸 전체를 관통했다.

먼저 제일 중요한 일부터 하자. 내 핸드폰을 찾아서 메시지를 확인하자. 하지만 전화기가 어디 있는지 몰랐다. 내가 정학을 당하자 엄마가 핸드폰을 압수했다. 어젯밤에 엄마가 샤워를 하는 동안 전화를 걸어서 핸드폰을 찾으려고 했지만 엄마가 전원을 끈 것이 분명했다.

내가 엄마 책상의 첫 번째 서랍에서 뒤죽박죽 섞인 실크와 벨벳으로 된 인디언 자수 스카프들을 두 손으로 헤집던 기억이 난다.

그리고 나서 침대 발치에 놓인 벤치를 (무겁지도 않았는데) 무척 힘들게 끌고 와서 그 위에 올라서서 옷장 꼭대기 서랍을 보았다. 그런 다음 망연자실해서 양탄자 위에 앉아 벤치에 뺨을 기댔고, 귀에서는 불쾌하고 쨍한 굉음이 울렸다.

뭔가 이상했다. 갑자기 부엌 가스레인지에서 가스가 새고 있다고, 가스가 누출되어 내가 중독되고 있다고 확신하면서 고개를 번쩍 든 기억이 난다. 가스 냄새는 나지 않았지만 말이다.

엄마 침실에 딸린 작은 욕실로 가서 아스피린 같은 두통약을 찾으려고 약장을 뒤졌던 것 같지만 확실하지는 않다. 확실히 기억나는 것은 어떻게 거기까지 갔는지 모르지만 내가 내 방에서 침대 옆 벽을 한 손으로 짚어 몸을 지탱하고서 토할 것 같다고 생각했던 순간이다. 그다음에는 모든 것이 너무 혼란스러워서 정확히 설명할 수 없지만, 어느 순간 문 여는 듯한 소리가 들려서 나는 어리둥절하게 거실 소파에 일어나 앉았다.

하지만 우리 집 현관문이 아니라 복도에서 다른 사람이 낸 소리였다. 방은 어두웠고 거리에서 러시아워의 자동차 소리가 들렸다. 어둠 속에서 심장이 멎을 듯한 심정으로 잠시 가만히 앉아 있었더니 소음은 가라앉고, 탁자 위의 램프와 리라 모양의 의자 뒷면이 그리는 익숙한 선이 해 질 녘 창가에 대비되면서 점점 눈에 들어왔다. "엄마?" 내가 말했다. 목소리가 공포로 갈라지는 것이 뚜렷하게 들렸다.

축축한 모래투성이 옷을 입은 채로 잠들었기 때문에 소파가 흥건했고, 내가 누웠던 자리에는 내 몸의 모양대로 축축하게 눌린 자국이 생겼다. 엄마가 그날 아침에 조금 열어둔 창문을 통해서 차가운 바람이 들어와 블라인드를 흔들었다.

시계는 6시 47분을 가리키고 있었다. 나는 점점 더 무서워져서 뻣뻣한 몸으로 아파트를 돌아다니면서 너무 삭막하고 밝아서 평소에는 쓰지 않는 거실 천장 등까지 불을 다 켰다.

엄마의 침실 문 앞에 서자 어둠 속에서 깜빡이는 붉은빛이 보였다. 달콤한 안도감이 몰려왔다. 나는 침대를 돌아 탁자로 달려가서 더듬더듬 자동 응답기 버튼을 찾았고, 몇 초 후에야 엄마 목소리가 아니라는 것을 알았다. 엄마의 동료가 이상할 만큼 경쾌한 목소리로 말했다. "여보세요, 오드리. 나 프루야. 그냥 확인차 전화했어. 정말 말도 안 되는 날이지? 있잖아, 파레하 쪽 교정쇄가 들어와서 얘기 좀 해야 되는데, 마감이 늦춰졌으니까 걱정할 건 없어. 일단 지금은 말이야. 별일 없는 거지? 끊을게, 시간 나면 전화해줘."

메시지가 끝난 뒤에도 나는 한참 동안 그 자리에 서서 자동 응답기를 내려다보았다. 그런 다음 블라인드 끝을 살짝 들어 거리의 자동차들을 내다보았다.

사람들이 집으로 돌아오는 시간이었다. 저 아래 도로에서 경적이 희미하게 울렸다. 나는 아직도 머리가 깨질 듯이 아팠고 극심한 숙취를 느끼며 잠에서 깬 듯한 느낌(당시의 나에게는 새로웠지만 지금의 나에게는 불행히도 너무나 익숙한 느낌이다), 중요한 일을 잊고 하지 않은 느낌이 들었다.

나는 엄마의 침실로 돌아가서 떨리는 손으로 엄마의 핸드폰 번호를 눌렀다. 너무 서두르느라 잘못 눌러서 다시 걸어야 했다. 하지만 엄마는 받지 않고 음성 안내가 나왔다. 나는 메시지(*엄마, 저예요. 걱정돼서요, 어디예요?*)를 남긴 다음 양손에 머리를 파묻고 침대 한쪽에 걸터앉았다.

아래층에서 요리하는 냄새가 올라오기 시작했다. 이웃 아파트에서 불분명한 목소리들, 누군가가 옷장을 열고 닫는 희미한 소리가 들려왔다. 늦은 시간이었다. 사람들은 직장에서 집으로 돌아와 서류 가방을 툭 떨어뜨리고, 개와 고양이와 아이들과 인사를 하고, 뉴스를 틀고, 저녁 식사를 하러 나갈 준비를 했다. 그런데 엄마는 어디 있을까? 나는 엄마를 붙잡아두고 있을 온갖 이유를 생각해봤지만 어떤 이유도 떠오르지 않았다. 하지만 누가 알겠는가, 어쩌면 무슨 도로가 폐쇄되어서 못 오는 건지도 몰랐다. 하지만 왜 전화를 하지 않을까?

혹시 전화기를 잃어버렸나? 나는 생각했다. 아니면 부서졌나? 전화기가 더 절실하게 필요한 다른 사람에게 줬을까?

나는 아파트의 정적 때문에 불안해졌다. 수도관 속에서 물이 노래를 하고 바람이 블라인드를 달각달각 변덕스럽게 건드렸다. 나는 엄마 침대 한쪽에 가만히 앉아 있다가 뭐라도 해야 한다는 생각이 들어서 다시 전화를 걸어서 메시지를 남겼다. 이번에는 떨리는 목소리를 감출 수 없었다. *엄마, 깜빡 잊고 말을 안 했는데 난 집이에요. 시간 나면 바로 전화 좀 해주세요, 네?* 그런 다음 만약에 대비해서 엄마 사무실로 전화를 걸어 음성 메시지를 남겼다.

나는 가슴 한가운데에서 무시무시한 냉기가 퍼지는 것을 느끼며 거실로 다시 걸어갔다. 거기에 잠시 서 있다가 혹시 엄마가 쪽지를 남겼는지 보려고 부엌 메모판으로 갔지만 그런 건 없다는 사실을 이미 알고 있었다. 나는 거실로 돌아와서 창밖의 분주한 거리를 내다보았다. 엄마가 집에 왔다가 날 깨우고 싶지 않아서 말없이 잠깐 잡화점이나 식품점에 간 건 아닐까? 밖으로 나가서 엄마를 찾고 싶기도 했지만 이런 러시아워에 엄마를 찾을 수 있다고 생각하는 건 정신 나간 짓이었고, 게다가 밖으로 나갔다가 엄마 전화를 못 받을까 봐 걱정됐다.

경비원 교대 시간이 지났다. 나는 아래층으로 전화를 걸면서 카를로스(나이가 제일 많고 관록 있는 경비원)가, 아니 호세가 받으면 좋겠다고 생각했다. 호세는 덩치가 크고 항상 즐거워 보이는 도미니카 사람으로, 내가 제일 좋아하는 경비 아저씨였다. 하지만 한참 동안 아무도 전화를 받지 않더니 마침내 가느다랗고 이국적인 목소리가 더듬거리며 말했다. "여보세요?"

"호세 있어요?"

"아뇨." 그가 말했다. "아뇨. 전화 다시 해요."

누군지 생각났다. 겁먹은 표정에 보안경과 고무장갑을 끼고 다니는 아시아계 남자로, 바닥에 왁스 칠 하는 기계를 작동시키거나 쓰레기를 관리하고 여타 건물의 잡일을 했다. 경비원들(나와 마찬가지로 그 남자의 이름을 모르는 것 같았다)은 그 사람을 '신참'이라고 부르면서 영어도 스페인어도 못하는 잡일꾼을 고용한 관리 사무소에 대해 투덜거렸다. 경비원들은 우리 건물에 무슨 일이 생기기만 하면 잡일꾼의 탓으로 돌리면서 신참이 보도의 눈을 제대로 치우지 않았다거나 신참이 우편물을 제대로 안 넣었다고, 정원을 깨끗이 관리하지 않았다고 말했다.

"나중에 다시 걸어요." 신참이 간절하게 말했다.

"아니, 잠깐만요!" 그가 전화를 끊으려고 해서 내가 얼른 말했다. "누구한테든 얘기를 해야 돼요."

혼란스러운 정적.

"제발요, 거기 다른 사람 누구 없어요?" 내가 말했다. "비상사태예요."

"좋아요." 그가 조심스레 말했다. 단호하게 끊는 말투가 아니어서 나는 희망을 가졌다. 침묵 속에서 그가 힘겹게 숨 쉬는 소리가 들렸다.

"저는 시오 데커예요. 7C호요. 아래층에서 아저씨 자주 봤어요. 엄마가 아직 집에 안 왔는데, 뭘 어떻게 해야 할지 모르겠어요."

길고 당혹스러운 정적. "7호요." 그가 내 말 중에서 그것밖에 못 알아들은 것처럼 따라 말했다.

"우리 엄마 말이에요." 내가 되풀이했다. "카를로스 어디 있어요? 거기 아무도 없어요?"

"죄송합니다, 고맙습니다." 그는 겁에 질린 말투로 이렇게 말한 다음 전화를 끊었다.

나도 전화를 끊은 다음 당황스러워서 거실 한가운데에 얼어붙은 듯이 잠시 서 있다가 자리를 옮겨서 텔레비전을 켰다. 도시는 엉망이었다. 다른 구로 통하는 다리가 폐쇄되었다. 이것으로 카를로스와 호세가 출근하지 못한 이유가 설명되었지만, 엄마가 집에 오지 않는 이유가 될 만한 일은 하나도 없었다. 실종자 신고 전화번호가 보였다. 나는 신문지 조각에 번호를 적은 다음 정확히 30분 안에 엄마가 돌아오지 않으면 전화를 하자고 나 자신과 약속했다.

전화번호를 적으니 기분이 나아졌다. 무슨 이유에선지 전화번호를 적으면 엄마가 마법처럼 저 문을 통해 걸어 들어올 것이라는 생각이 들었다. 하지만 45분이 지나고 한 시간이 지나도 엄마는 나타나지 않았고, 결국 나는 더 이상 참지 못하고 전화를 걸었다. (이리저리 서성이면서 누가 전화를 받기를 기다리는 내내 나는 텔레비전에서 불안한 시선을 떼지 못했다. 내가 전화기를 붙잡고 있는 내내 텔레비전에서는 신용카드 정보도 필요 없고 빠른 배달도 무료라는 매트리스 광고며 스테레오 광고가 나왔다.) 마침내 기운찬 여자가 아주 사무적으로 전화를 받았다. 그녀는 엄마 이름을 적고 내 전화번호를 적은 다음 엄마가 '자기 명단'에 없지만 새로운 정보가 들어오면 전화해주겠다고 말했다. 전화를 끊고 나서야 그 명단이 뭔지 물어봐야 했다는 생각이 들었다. 나는 한없이 걱정을 하다가 방 네 개를 힘겹게 차례차례 돌면서 서랍을 열어보고, 책을 집었다가 내려놓고, 엄마의 컴퓨터를 켜서 구글에서 검색해본 다음에야 (아무것도 없었다) 다시 전화를 걸어서 물어보았다.

"사망자 명단에는 없습니다." 다른 여자가 전화를 받아서 이상할 정도로 아무렇지 않은 목소리로 말했다. "부상자 명단에도 없고요."

심장이 튀어 올랐다. "그럼 괜찮은 거죠?"

"제 말은 아무 정보가 없다는 뜻입니다. 저희가 연락드릴 번호를 남기셨나요?"

나는 네, 연락이 올 거라고 했어요, 라고 말했다.

"배송과 설치 모두 무료입니다." 텔레비전이 말했다. "6개월 무이자에 대해서 꼭 문의하세요."

"그럼, 무사하시길 바랄게요." 여자는 이렇게 말한 다음 전화를 끊었다.

아파트의 정적은 부자연스러웠다. 텔레비전 소리를 아무리 키워도 정적은 사라지지 않았다. 스물한 명이 죽고 '수십 명'이 부상을 당했다. 별로 소용없었지만 나는 그 숫자를 보면서 나 자신을 안심시키려고 애썼다. 스물한 명이면 그렇게 많은 건 아니잖아, 안 그래? 영화관 관객이나 버스 승객이라고 쳐도 얼마 안 되는 수였다. 학교에서 내가 영어 수업을 같이 듣는 아이들보다도 세 명 적었다. 하지만 곧 새로운 의심과 두려움이 몰려들기 시작했고, 엄마 이름을 외치면서 아파트를 뛰쳐나가지 않으려면 별거 아니라고 생각하는 수밖에 없었다.

나는 밖으로 나가서 엄마를 찾아다니고 싶었지만 가만히 있어야 한다는 것도 알았다. 우리는 집에서 만나기로 했다. 그게 약속이었고, 내가 초등학생 때 학교에서 재난 대비 지침서를 들려서 집으로 보냈을 때 둘이서 맺은 엄격한 협정이었다. 책에는 개미들이 방진 마스크를 쓰고 양식을 모으면서 뭔지 모를 비상사태에 대비하는 만화가 실려 있었다. 나는 십자말풀이와 음울한 설문 조사("재난 대비 용품 세트에 넣기에 가장 알맞은 옷은 무엇입니까? A. 수영복 B. 겹옷 C. 훌라 치마 D. 알루미늄 호일")를 끝내고 엄마와 가족 재난 대비책을 세웠다. 우리 계획은 간단했다, 집에서 만나는 것이었다. 그리고 집에 올 수 없을 경우에는 전화를 하기로 했다. 하지만 시간은 느릿느릿 흐르고 전화는 울리지 않았으며 뉴스에 나오는 사망자 수는 스물두 명으로, 또 스물다섯 명으로 늘었고, 나는 뉴욕 시 비상 전화번호로 다시 전화를 걸었다.

"네." 전화를 받은 여자가 화가 날 만큼 침착한 목소리로 말했다. "여기 보니 아까 전화를 하셨네요. 말씀하신 분은 이미 명단에 올렸습니다."

"하지만— 병원에 있거나 뭐 그럴 경우는요?"

"그럴 수도 있습니다. 죄송하지만 저는 확인할 수 없어요. 이름이 뭐라고 하셨죠? 심리 상담사와 통화하시겠어요?"

"사람들을 어느 병원으로 옮기고 있죠?"

"죄송하지만, 저는 정말로—"

"베스이스라엘 병원? 레녹스힐인가요?"

"저기, 그건 부상 유형에 따라 달라요. 안부 외상, 화상 등 부상 유형이 아주 많아서요. 시 여기저기에서 사람들이 수술 중이고요—"

"몇 분 전에 죽었다고 보도된 사람들은요?"

"저기, 저도 알아요, 정말 도와드리고 싶지만 제가 가진 명단에 오드리 데커는 없어요."

내 시선이 불안하게 거실을 가로질렀다. 엄마가 읽던 책(바버라 핌의 《제인과 프루던스》)이 소파 등받이 위에 엎어져 있고 얇은 캐시미어 카디건이 의자 팔걸이에 걸쳐져 있었다. 엄마는 캐시미어 카디건을 색색으로 여러 벌 가지고 있었는데 이건 하늘색이었다.

"본부로 오시는 게 좋겠어요. 가족들을 위한 장소가 마련되어 있습니다. 먹을 것도 있고, 뜨거운 커피도 충분하고, 이야기할 사람도 있어요."

"하지만 제가 묻고 싶은 건 신원이 확인되지 않은 사망자가 있느냐는 거예요. 부상자도 그렇고요."

"무슨 걱정을 하시는지 저도 알아요. 저도 정말, 정말 도와드릴 수 있다면 좋겠지만 그럴 수가 없어요. 구체적인 정보가 들어오는 대로 연락을 드릴 거예요."

"엄마를 찾아야 해요! 제발요! 아마 어디 병원에 계실 거예요. 어느 병원에 알아보면 되는지 좀 알려주실 수 없어요?"

"나이가 어떻게 되죠?" 여자가 의심스럽다는 듯이 말했다.

나는 깜짝 놀라서 아무 말도 못 하고 전화를 끊었다. 나는 몇 분 동안 멍하니 전화기를 보았다. 마음이 가라앉으면서도 물건을 넘어뜨려 깨뜨렸을 때 같은 죄책감이 들었다. 아래를 내려다보다가 떨리는 손이 눈에 들어오자 내가 한동안 아무것도 먹지 않았다는 생각이 아이팟에 배터리가 나갔다는 것을 알아차릴 때처럼 무감각하게 떠올랐다. 장 바이러스에 감염됐을 때를 빼면 지금까지 이렇게 오랫동안 아무것도 못 먹은 적은 없었다. 나는 냉장고로 가서 어젯밤에 먹고 남은 볶음 국수를 찾아 천장 등 불빛을 받으며 조리대 앞에 서서 게걸스럽게 먹었다. 달걀부침과 밥도 있었지만 엄마가 집에 왔을 때 배가 고플지도 모르니 남겨두었다. 자정이 거의 다 되었으니 엄마가 오면 너무 늦어서 음식을 시키지도 못할 것이다. 나는 국수를 다 먹은 다음 엄마가 집에 왔을 때 아무 일도 할 필요가 없도록 포크와 아침에 마신 커피 잔 등을 씻고 조리대를 닦았다. 나는 엄마를 위해서 부엌을 치운 것을 보면 엄마가 기뻐할 것이라고 나 자신에게 단호하게 말했다. 게다가 엄마는 자기가 좋아하는 그림을 내가 구한 것을 알면 기뻐할 것이다(적어도 나는 그렇게 생각했다). 어쩌면 화를 낼지도 모른다. 하지만 내가 설명할 수 있다.

텔레비전에 따르면 폭발범이 밝혀졌다. 뉴스에서 '우익 극단주의자' 혹은 '자생 테러범'이라고 부르는 일당이었다. 그들은 이사 및 창고 대여 회사에서 일했는데, 아직 밝혀지지 않은 미술관 내부 공범의 도움을 받아 엽서와 미술 책을 쌓아둔 기념품 가게의 단 안에 폭약을 숨겼다. 나무로 만들어진 단은 속이 비어 있었다. 범인들 중 일부는 죽고 일부는 잡혔지만 아직 잡히지 않은 사람들도 있었다. 뉴스에서는 세부 사항을 심층적으로 파고들었지만 내가 받아들이기에는 너무 과했다.

나는 이제 아빠가 떠나기 훨씬 전부터 뭔가에 걸려서 열리지 않던 끈적끈적한 부엌 서랍을 고치기 시작했다. 서랍 안에는 쿠키 커터와 오래된 퐁뒤 꼬챙이, 한 번도 쓰지 않은 레몬 제스터밖에 없었다. 엄마는 1년이 넘도록 건물의 누구든 불러서 서랍을 (그리고 망가진 손잡이와 물이 새는 수도꼭지와 대여섯 가지 정도의 성가신 작은 일들도) 손보려고 애를 썼다. 나는 버터나이프를 가져와서 페인트가 더 이상 벗겨지지 않도록 주의하면서 서랍 모서리를 들어 올렸다. 폭발의 충격이 아직도 뼛속 깊이 울렸고 귓속에서 메아리가 들렸다. 하지만 더 나쁜 것은, 아직도 피 냄새가 나고 입에서 소금과 쇠 맛이 난다는 것이었다. (이때는 그럴 줄 몰랐지만, 냄새는 그 뒤로도 며칠이나 사라지지 않았다.)

나는 서랍을 고치려고 애쓰면서 누군가에게 연락을 해야 하는 건지, 그렇다면 누구에게 연락을 해야 하는지 생각했다. 엄마는 외동딸이었다. 엄밀히 말하면 나의 조부모—아빠의 아버지와 계모—가 메릴랜드에 살아 계시지만 연락처를 몰랐다. 아빠의 새엄마 도러시는 동독 이민자로 사무실 건물을 청소하며 먹고살다가 할아버지와 결혼했고, 아빠는 그런 새엄마와 관계가 별로 좋지 않았다. (흉내를 잘 내는 아빠는 잔인하게도 도러시를 우스꽝스럽게 따라 했다. 꼭 다문 입술에 덜컥거리는 움직임, 〈공군 대전략〉에 나오는 쿠르트 위르겐스 같은 억양은 배터리로 작동하는 독일 가정주부 같았다.) 아빠는 도러시도 싫어하긴 했지만 적의는 대부분 데커 할아버지를 향한 것이었다. 할아버지는 키 크고 뚱뚱하고 무섭게 생긴 사람으로, 뺨이 불그레하고 머리가 검었고(아마 염색을 했을 것이다) 조끼와 화려한 체크무늬 옷을 많이 입었으며 애들은 허리띠로 때려야 하는 법이라고 생각했다. 나는 데커 할아버지를 생각하면 *장난 아니지*라는 말이 얼른 떠올랐다. 아빠는 "그 나쁜 놈이랑 사는 건 장난 아니었지"라든지 "우리 집에서 저녁 식사 시간은 진짜 장난이 아니었어"라고 말했다. 나는 데커 할아버지와 도러시를 딱 두 번 만났다. 아주 긴장된 그 순간에 엄마는 외투를 입은 채 무릎 위에 손가방을 올리고서 소파에 꼿꼿이 앉아 있었고, 대화를 나누려는 엄마의 용감한 노력은 삐걱거리다가 곧 수렁 속으로 가라앉았다. 기억나는 것은 억지 미소, 벚나무 파이프 담배의 짙은 냄새, 끈적거리는 손으로 모형 기차 세트를 만지지 말라는 데커 할아버지의 별로 친절하지 않은 경고였다. (방 한 칸을 전부 차지한 알프스 마을 모형 세트는 할아버지 말에 따르면 수만 달러의 가치가 있다고 했다.)

내가 꼼짝도 않는 서랍 옆으로 버터나이프를 너무 세게 찔러 넣는 바람에 날이 휘고 말았다. 그것은 외할머니에게 물려받은 은 나이프로, 엄마가 가진 몇 안 되는 좋은 칼 중 하나였다. 나는 이에 굴복하지 않고 입술을 깨물면서 모든 의지를 집중해서 칼날을 펴려고 애를 썼고, 그러는 내내 낮의 무서운 기억이 계속 떠올라 나를 괴롭혔다. 그 생각을 하지 않으려고 애쓰는 것은 보라색 소를 생각하지 않으려고 애쓰는 것과 같았다. 그럴 때는 보라색 소밖에 생각나지 않는 법이다.

갑자기 서랍이 홱 열렸다. 나는 엉망진창인 서랍 속을 내려다보았다. 녹슨 배터리와 부서진 치즈용 강판에다가 내가 1학년 때 이후로 엄마가 쓴 적 없는 눈꽃 모양 쿠키 커터가 바이언드, 션리팰리스, 델모니코스 같은 식당의 낡고 너덜너덜한 포장용 메뉴판과 얽혀 있었다. 나는 엄마가 왔을 때 서랍이 제일 먼저 보이도록 활짝 열어두고 소파로 느릿느릿 걸어가서 담요를 두른 다음 현관이 잘 보이는 곳에 자리를 잡았다.

마음이 뱅뱅 돌며 원을 그렸다. 나는 충혈된 눈으로 덜덜 떨면서 텔레비전 불빛 속에 오랫동안 앉아 있었고 화면에서는 푸른 그림자가 불안하게 어른거렸다. 이제 새로운 소식은 거의 없었고 밤의 미술관 전경이 반복해서 나왔다. (여전히 노란 테이프로 차단된 보도와 출입구 앞에 서 있는 무장 경비원, 이따금 조명을 비춘 하늘로 피어오르는 연기만 빼면 이제 완전히 정상으로 보였다.)

엄마는 어디 있을까? 왜 아직도 오지 않을까? 그럴 만한 이유가 있을 것이다. 엄마가 돌아오면 이 기다림은 별거 아닌 일이 될 것이고, 그러면 내가 계속 걱정했던 것이 정말 멍청하게 느껴질 것이다.

나는 엄마 생각을 쫓으려고 초저녁에 나왔던 인터뷰 재방송에 집중했다. 안경에 나비넥타이, 트위드 재킷 차림의 큐레이터—눈에 보일 정도로 덜덜 떨고 있었다—가 미술 작품을 보존하기 위해 전문가들을 미술관으로 들여보내지 않는 것이 얼마나 안타까운 일인지 설명하고 있었다. "그렇습니다." 큐레이터가 말했다. "범죄 현장이라는 것은 저도 알지만 이 그림들은 공기 질과 온도 변화에 무척 민감합니다. 물이나 화학약품, 연기에 손상되었을지도 모릅니다. 이렇게 이야기를 나누는 지금도 시시각각 악화되고 있을 겁니다. 보존 처리 전문가와 큐레이터를 주요 지점으로 들여보내 손상 정도를 최대한 빨리 파악하는 것이 아주 중요합니다—"

갑자기 전화가 울렸다. 일생 최악의 악몽에서 나를 깨우는 알람 시계처럼 평소와 달리 큰 소리였다. 밀려드는 안도감은 설명할 수 없을 정도였다. 전화기를 잡으려고 무작정 달려들다가 발을 헛디디는 바람에 얼굴을 박고 넘어질 뻔했다. 나는 엄마 전화라고 믿어 의심치 않았지만 발신 번호를 보고 차갑게 굳었다. NYDoCFS.

뉴욕 무슨 부서지? 나는 잠시 혼란스러워하다가 전화기를 잡아챘다. "여보세요?"

"여보세요." 조용조용하고 소름 끼칠 만큼 다정한 목소리였다. "전화 받는 분은 누구시죠?"

"시어도어 데커입니다." 내가 깜짝 놀라서 말했다. "누구시죠?"

"안녕, 시어도어. 나는 마저리 베스 와인버그라고 하는데, 아동 가족 서비스 부서의 사회복지사야."

"무슨 일이에요? 엄마 때문에 전화하신 거예요?"

"오드리 데커가 엄마니? 맞아?"

"네, 우리 엄마예요! 엄마 어디 있어요? 괜찮아요?"

긴 침묵, 끔찍한 침묵이 흘렀다.

"무슨 일인데요?" 내가 외쳤다. "엄마 어디 있어요?"

"아빠 계시니? 아버지랑 통화할 수 있을까?"

"아빠는 전화 못 받으세요. 무슨 일인데요?"

"미안하지만 긴급 상황이란다. 지금 당장 아버지랑 통화해야 돼, 정말 아주 중요한 일이야."

"엄마는요?" 내가 벌떡 일어서며 말했다. "제발요! 엄마가 어디 있는지만 말해주세요! 무슨 일이 생긴 거예요?"

"혼자 있는 건 아니지, 시어도어? 어른은 같이 안 계시니?"

"없어요, 커피 사러 나갔어요." 내가 미친 듯이 거실을 둘러보며 말했다. 의자 밑에 비스듬히 놓인 발레화 같은 신발. 포일로 감싼 보라색 히아신스 화분.

"아버지도 나가셨니?"

"아뇨, 주무세요. 엄마 어디 있어요? 다쳤어요? 무슨 일인데요?"

"미안하지만 아버지를 좀 깨워야겠구나, 시어도어."

"안 돼요! 못 해요!"

"미안하지만 정말 중요한 일이야."

"아빠는 전화 못 받아요! 무슨 일인지 그냥 말씀해주시면 안 돼요?"

"음, 그러면, 아빠가 전화 못 받으실 상황이라면, 연락할 번호를 남기는 게 제일 좋겠구나." 상냥하고 동정 어린 목소리였지만 나는 〈2001 스페이스 오디세이〉의 컴퓨터 할의 목소리가 떠올랐다. "아빠한테 가능한 한 빨리 연락해달라고 전해주렴. 꼭 전화하셔야 돼."

나는 전화를 끊은 후 아주 오랫동안 꼼짝도 없이 앉아 있었다. 내가 앉은 곳에서 보이는 스토브 시계에 따르면 새벽 2시 45분이었다. 이 시간까지 혼자 깨어 있었던 적은 한 번도 없었다. 평소에는 바람이 아주 잘 통하고 탁 트이고 엄마가 곁에 있어 쾌활하던 거실이 겨울 별장처럼 춥고 맥없고 불편한 곳으로 전락했다. 힘없는 천들, 긁힌 자국이 있는 사이잘 깔개, 차이나타운에서 산 종이 전등갓, 너무 작고 가벼운 의자들. 가구들도 전부 발끝으로 서 있는 듯 가냘프고 불안해 보였다. 두근두근 뛰는 내 심장이 느껴지고 잠에 빠진 이 크고 낡은 아파트 건물이 딸깍거리고 똑딱거리고 쉿쉿거리는 소리가 들렸다. 모두 잠들었다. 멀리서 들리는 경적 소리와 57번가에서 가끔 덜컹덜컹 들려오는 트럭 소리마저도 희미하고, 불확실하고, 다른 행성에서 들려오는 소리처럼 외롭게 느껴졌다.

나는 알았다. 밤하늘은 곧 짙은 파란색으로 물들 것이다. 4월 태양의 부드럽고 차가운 첫 햇살이 방으로 살금살금 들어올 것이다. 쓰레기차가 굉음을 내며 거리를 지나가고 공원에서 봄 새들이 노래를 시작할 것이다. 도시의 모든 침실에서 알람 시계가 울릴 것이다. 트럭 뒤에 매달린 남자들이 신문 가판대 앞 보도에 아주 두툼한 〈타임스〉와 〈데일리 뉴스〉 뭉치들을 던질 것이다. 온 도시의 엄마 아빠는 헝클어진 머리에 속옷과 목욕 가운 차림으로 커피를 내리고, 토스터 플러그를 꽂고, 학교에 가라며 아이들을 깨울 것이다.

난 어떻게 하지? 모든 희망을 잃고 미로에 웅크린 채 굶어 죽는 실험실의 쥐들처럼 나의 일부는 절망으로 충격을 받아 꼼짝도 하지 않았다.

나는 생각을 그러모으려고 애썼다. 잠깐 동안은 내가 가만히 앉아서 기다리면 모든 일이 어떻게든 저절로 정리될 것 같았다. 너무 피곤해서 아파트의 물건들이 비틀거리는 것처럼 보였다. 탁자 위 램프가 후광을 내며 흔들리고 벽지의 줄무늬가 떨리는 것 같았다.

나는 전화번호부를 집어 들었다가 다시 내려놓았다. 경찰에 전화한다는 생각만 해도 무서웠다. 게다가 경찰이 뭘 할 수 있을까? 텔레비전에서 본 적이 있는데, 24시간이 지나야 실종 신고를 할 수 있다고 했다. 한밤중이든 아니든, 빌어먹을 가족 재난 대책이야 어떻든, 시내로 가서 엄마를 찾아야겠다고 생각하고 있는데 귀가 멀 것처럼 시끄러운 초인종 소리가 침묵을 산산이 깨뜨렸다. 너무 기뻐서 심장이 펄쩍 뛰어올랐다.

나는 힘들게 일어서서 엄벙덤벙 미끄러지듯 문으로 걸어가서 더듬더듬 자물쇠를 열었다. "엄마?" 내가 이렇게 말하면서 맨 위의 빗장을 밀고 문을 활짝 열었다. 심장이 60층에서 바닥으로 떨어지는 것처럼 철렁 내려앉았다. 발판 위에 서 있는 것은 한 번도 본 적 없는 사람 둘이었다. 머리를 짧고 삐죽삐죽하게 자른 통통한 한국계 여자와 셔츠에 타이를 맨, 〈세서미 스트리트〉의 루이스를 무척 닮은 라틴아메리카계 남자. 두 사람은 전혀 위협적이지 않았고 오히려 그 반대였다. 그들은 마음이 놓일 정도로 땅딸막한 중년인 데다가 임시 교사 같은 복장이었고 둘 다 친절한 표정을 짓고 있었다. 하지만 나는 두 사람을 보는 순간 내가 지금까지 알던 내 인생은 끝났음을 깨달았다.

3장
파크가

1

사회복지사들이 나를 소형차 뒷좌석에 태운 다음 자기들 일터에서 가까운 시내 식당으로 데려갔다. 테두리가 세공된 거울과 싸구려 차이나타운 샹들리에가 반짝이는, 근사한 척 꾸민 곳이었다. 칸막이 자리 안으로 들어가자 (두 사람이 나를 마주 보고 같은 쪽에 앉았다) 두 사람은 서류 가방에서 서류 판과 펜을 꺼내 들고 나에게 아침을 먹이려고 애쓰면서 자기들은 커피를 홀짝이며 질문을 했다. 바깥은 아직 어두웠고 도시는 이제 막 깨어나고 있었다. 내가 울음을 터뜨리거나 뭔가를 먹은 기억은 없지만 여러 해가 지난 지금도 두 사람이 주문해준 스크램블드에그 냄새가 뚜렷이 기억난다. 모락모락 김이 나는 스크램블드에그가 담긴 접시를 떠올리면 아직도 배 속이 꼬인다.

식당은 거의 비어 있었다. 보조 종업원들이 카운터 뒤에서 졸린 얼굴로 상자에서 베이글과 머핀을 꺼냈다. 클럽에 다녀와서 지친 아이들이 아이라인이 뭉개진 얼굴로 근처 칸막이 자리에 떼 지어 모여 있었다. 내가 그들—

만다린 재킷*을 입은 땀투성이 남자, 머리카락 몇 가닥을 분홍색으로 염색한 구중중한 여자—을, 그리고 완벽한 화장을 하고 날씨에 비해 더워 보이는 모피 외투를 입고 카운터에 혼자 앉아서 애플파이를 먹던 나이 든 여자를 간절하게, 매달리듯 열심히 바라보았던 기억이 난다.

사회복지사들—나를 잡고 흔들거나 얼굴 바로 앞에서 손가락을 딱딱 울리지만 않았을 뿐 내 시선을 끌기 위해서 뭐든지 했다—은 그들이 이제 하려는 말을 내가 얼마나 듣고 싶지 않은지 이해하는 것 같았다. 두 사람은 차례로 식탁 위로 몸을 숙이고 내가 듣고 싶지 않은 말을 반복했다. 엄마가 죽었다. 날아오는 파편에 머리를 맞았다. 즉사였다. 두 사람은 나쁜 소식을 전하게 되어서 미안하다고, 이것이 자기들 일에서 제일 힘든 부분이라고, 하지만 무슨 일이 있었는지 내가 정말 정말 알아야 한다고 말했다. 엄마는 죽었고 엄마 시신은 뉴욕 병원에 안치되어 있다고 했다. 이해했니?

"네." 나는 기나긴 침묵 속에서 두 사람이 내가 뭔가 말을 하기를 기대하고 있음을 깨닫고 이렇게 말했다. 그들이 계속 쓰는 죽음이나 *사망한*이라는 말은 두 사람의 이성적인 목소리와 폴리에스터 정장, 라디오에서 흘러나오는 스페인 팝 음악, 카운터 뒤의 기운 넘치는 보드 메뉴판(*신선한 과일 스무디, 맛있는 다이어트 식품, 칠면조 햄버거를 맛보세요!*)과 전혀 어울릴 수 없었다.

"*프리타스(Fritas)?*" 웨이터가 감자튀김이 담긴 커다란 접시를 높이 들고 우리 자리로 와서 말했다.

두 사람은 깜짝 놀란 것 같았다. 남자(엔리케라는 이름만 기억난다)가 스페인어로 뭐라 말하면서 몇 테이블 옆을 가리키자 클럽에서 놀다 온 아이들이 손짓을 하고 있었다.

---

* 옛날 중국 관리들이 입던 옷처럼 옷깃이 세워져 있고 소맷부리가 넓은 재킷.

빠르게 식어가는 스크램블드에그 접시 앞에 충혈된 눈으로 충격을 받은 채 앉아 있던 나는 내가 처한 상황의 실제적인 면을 거의 이해하지 못했다. 무슨 일이 일어났는지 생각했을 때 아빠에 대한 질문은 이 일과 아무런 관계도 없는 것 같았기에 두 사람이 아빠에 대해서 그렇게 끈질기게 묻는 이유를 이해하기 힘들었다.

"그래서, 아빠를 마지막으로 본 게 언제라고?" 한국인 여자가 말했다. 그녀는 자기를 이름(아무리 애를 써도 생각나지 않는다)으로 불러도 된다고 몇 번이나 말했다. 식탁 위에 포개진 통통한 손이, 손톱에 칠한 거슬리는 색깔의 매니큐어가 아직도 눈에 선하다. 잿빛 같은 은빛이 도는, 라벤더색과 파란색의 중간쯤 되는 색이었다.

"짐작 가는 것도 없니?" 엔리케가 재촉했다. "아빠에 대해서 말이야."

"대충이라도 괜찮아." 한국 여자가 말했다. "마지막으로 만난 게 대충 언제쯤이니?"

"음." 내가 생각하려고 애쓰면서 말했다. "작년 가을쯤요?" 엄마의 죽음은 아직도 오해 같았고, 내가 정신을 똑바로 차리고 이 사람들에게 협조하면 어떻게든 풀릴 것 같았다.

"10월? 9월?" 그녀가 부드럽게 말했지만 나는 대답하지 않았다.

머리가 너무 아파서 고개를 돌릴 때마다 울고 싶었지만, 사실 두통은 내 문제들 중에서 가장 사소한 것이었다. "모르겠어요." 내가 말했다. "개학한 다음에요."

"그럼, 9월쯤일까?" 엔리케가 서류 판에 뭔가를 적으면서 나를 흘끔흘끔 보며 물었다. 그는 거칠어 보였지만—살이 찐 스포츠 코치처럼 양복과 넥타이 차림이 불편해 보였다—말투에는 아홉 시부터 다섯 시까지 근무하는 세계(파일링시스템과 사무실용 양탄자, 맨해튼의 평상시와 다름없는 일상)의 마음 놓이는 분위기가 있었다. "그때 이후로는 연락이 없고?"

"아빠한테 연락할 방법을 알 만한 지인이나 친한 친구는 누가 있니?" 한국인 여자가 엄마처럼 다정하게 몸을 숙이며 말했다.

이 질문을 듣고 나는 깜짝 놀랐다. 나는 그런 사람을 하나도 몰랐다. 아빠를 잘 알 만한 ('친한 친구'는 고사하고) 지인이 있을 거라는 생각조차도 아빠에 대한 너무나 깊은 오해를 담고 있었기 때문에 나는 뭐라 대답해야 할지 몰랐다.

접시들이 치워지고 식사가 끝났지만 아무도 일어나려 하지 않고 초조한 정적이 흐르자 그제야 나는 두 사람이 아버지와 (메릴랜드 주의 정확히 기억나지 않는 도시에서 홈디포* 뒤의 좀 시골 같은 지역에 사는) 데커 할아버지 할머니와 있지도 않은 고모와 이모와 삼촌에 대해서 계속 퍼붓는 엉뚱한 질문들이 어디로 이어지는지 문득 깨달았다. 나는 보호자가 없는 미성년자였다. 나는 즉시 우리 집에서 (혹은, 그들의 표현에 따르면 '그 환경'에서) 나와야 했다. 아빠의 부모님과 연락이 될 때까지는 정부가 나설 것이다.

"하지만 저를 어떻게 하실 건데요?" 내가 의자에 깊이 기대어 앉으며 한 번 더 물었다. 두려움 때문에 목소리가 갈라졌다. 텔레비전을 끄고 두 사람과 함께 이들의 말처럼 '뭘 좀 먹으러' 아파트를 나설 때는 모든 것이 무척 비공식적으로 느껴졌다. 두 사람 모두 내가 집으로 돌아갈 수 없다는 말은 한마디도 하지 않았다.

엔리케가 서류 판을 내려다보았다. "음, 테오ㅡ" 그는, 아니 두 사람 모두 내 이름을 '테오'라고 틀리게 발음했다. "너는 즉각적인 보호가 필요한 미성년자야. 우리는 너를 일종의 비상 양육 관리 프로그램에 넣을 거야."

"양육 관리라고요?" 그 말을 듣자 속이 뒤틀렸다. 그것은 법정, 문이 잠긴 기숙사, 가시철조망으로 둘러싸인 농구 코트를 암시했다.

---

* Home Depot : 건축 및 인테리어 자재를 파는 대규모 프랜차이즈 쇼핑몰.

"음, 그렇다면 보호 *서비스*라고 하자. 너희 할아버지 할머니가 오실 때까지만이야—"

"잠깐만요." 내가 말했다. 모든 일이 급속도로 내 손을 벗어났고, 엔리케가 따뜻하고 친숙한 관계라는 잘못된 가정 속에서 *할아버지*와 할머니를 언급하고 있었기 때문에 나는 당황했다.

"우리가 그분들과 연락이 될 때까지 임시 조정이 필요할 뿐이야." 한국인 여자가 몸을 숙이며 말했다. 그녀의 숨결에서 민트 향이 났지만 마늘 냄새도 아주 약간 났다. "네가 얼마나 슬플지 우리도 알지만, 걱정할 건 하나도 없단다. 우리의 일은 널 사랑하고 너에게 마음을 쓰는 사람과 연락이 될 때까지 너를 안전하게 지키는 거야, 알겠지?"

현실이라고 하기에는 너무 끔찍했다. 나는 맞은편의 낯선 두 얼굴을, 인공조명 아래의 누르스름한 얼굴을 물끄러미 바라보았다. 데커 할아버지와 도로시가 나에게 마음을 쓴다는 전제 자체가 말이 안 되었다.

"하지만 그러면 전 어떻게 되는 건데요?" 내가 말했다.

"제일 중요한 건 네가 당분간 적절한 양육 환경에서 지내는 거야." 엔리케가 말했다. "사회복지과와 협력해서 너를 돌볼 수 있는 사람 말이야."

나를 달래려는 두 사람의 노력—차분한 목소리와 동정적이고 이성적인 표정—은 오히려 나를 점점 더 미치게 만들었다. 한국 여자가 식탁 위로 손을 뻗어 걱정스럽다는 듯이 내 손을 쥐려고 하자 내가 홱 뿌리치면서 말했다. "그만하세요!"

"테오, 내가 설명해줄게. 구치소나 소년원 같은 게 아니야—"

"그럼 뭐죠?"

"임시 양육 관리야. 그건 주 정부를 대신해서 보호자 역할을 해줄 사람들이 있는 안전한 곳으로 널 데려간다는 뜻이야—"

"내가 가고 싶지 않으면요?" 내가 사람들이 돌아볼 만큼 큰 소리로 말했다.

"내 말 좀 들어보렴." 엔리케가 몸을 뒤로 젖히고 커피를 더 달라고 손짓하면서 말했다. "도움이 필요한 청소년을 위한 임시 가정으로 시의 승인을 받은 곳이 여러 군데 있어. 좋은 곳이지. 우리가 생각할 때 지금 당장으로서는 그게 유일한 방법이야. 너와 같은 경우 대부분은—"

"난 위탁 가정에 가기 싫어요!"

"아, 당연하지." 머리카락을 분홍색으로 염색한 여자애가 옆자리에서 나에게 들릴 정도로 크게 말했다. 최근에 〈뉴욕 포스트〉는 모닝사이드하이츠 근처의 위탁 가정에서 양아버지에게 성폭행을 당하고 굶어 죽을 뻔한 열한 살짜리 쌍둥이 존테이 다이븐스와 케숀 다이븐스 이야기로 채워졌다.

엔리케는 그 말을 못 들은 척했다. "테오, 우린 도우러 온 거야." 그가 손을 다시 식탁에 내려놓았다. "너를 안전하게 보호할 수 있고 우리의 요건을 충족시키기만 하면 다른 방법도 고려할 수 있어."

"집으로 돌아갈 수 없다고는 말 안 했잖아요!"

"음, 시 기관에 일이 너무 많지만— *시, 그라시아스(sí, gracias).*" 엔리케가 커피를 따라주러 온 웨이터에게 말했다. "그래도 가끔, 특히 너 같은 경우에 임시 승인을 받으면 다른 방법을 쓸 수도 있어."

"이 아저씨 말이 무슨 뜻일까?" 한국인 여자가 내 주의를 끌려고 손톱으로 포마이카 테이블을 톡톡 쳤다. "당분간 너희 집으로 와서 같이 지낼 사람이 있으면 꼭 시설에 들어가지 않아도 된다는 뜻이야. 네가 갈 데가 있어도 마찬가지고."

"당분간이라고요?" 내가 따라서 말했다. 머릿속에 들어온 것은 그 말밖에 없었다.

"우리가 전화할 만한 사람, 하루 이틀 정도 편하게 같이 지낼 사람이 있으면 말이야. 선생님은 어떠니? 집안끼리 아는 친구는?"

나는 제일 먼저 생각나는 오랜 친구 앤디 바버네 집 전화번호를 알려주었다. 우리 집 번호를 빼고 제일 처음으로 외운 번호였기 때문에 제일 먼저 떠올랐을 것이다. 앤디와 나는 초등학교 때 친했지만 (영화도 보고 앤디의 집에 놀러 가서 자기도 하고 센트럴파크의 지도와 나침반 사용법 여름 교실도 같이 다녔다) 이제는 별로 친하지 않았기 때문에 앤디의 이름이 제일 먼저 튀어나온 이유는 지금도 모르겠다. 우리는 중학생이 되면서 점점 멀어졌고, 벌써 몇 달째 만나지도 않았다.

"a와 u가 들어가는 바버(Barbour)란 말이지." 엔리케가 이름을 적으면서 말했다. "누군데? 친구니?"

네. 거의 평생 알고 지낸 가족이에요. 내가 대답했다. 앤디네 가족은 파크가에 산다고, 앤디는 3학년 때부터 제일 친한 친구였다고 말했다. "걔네 아빠는 월스트리트에서 중요한 일을 해요." 내가 이렇게 말을 하다가 입을 다물었다. 얼마 동안인지는 모르겠지만 앤디의 아버지가 '과로' 때문에 코네티컷의 정신병원에 입원했었다는 사실이 떠올랐기 때문이었다.

"그쪽 어머니는?"

"앤디네 엄마랑 우리 엄마랑 친해요." (사실에 가까웠지만 꼭 그렇지는 않았다. 두 사람은 서로 호의적이었지만 엄마는 바버 부인처럼 신문 사교면에 나오는 귀부인과 어울리기에는 연줄도 돈도 없었다.)

"아니, 직업 말이야."

"자선사업요." 내가 어리둥절해서 잠깐 사이를 두고 말했다. "아머리*의 골동품 전시회 같은?"

"그러니까, 전업주부시라는 거지?"

나는 한국인 여자가 적당히 말을 고쳐줘서 기뻐하며 고개를 끄덕였지만,

---

* 파크가에 위치한 비영리 문화 기관.

바버 부인을 아는 사람이라면 그녀를 전업주부라고 설명할 생각을 절대 못할 테니 엄밀히 말하자면 틀린 말이었다.

엔리케가 과장된 몸짓으로 서명을 했다. "알아볼게. 장담은 못 해." 그는 이렇게 말하고 펜을 달칵 닫아서 주머니에 도로 넣었다. "하지만 그 사람들이랑 같이 있고 싶으면 우리가 데려다줄 테니 몇 시간 정도 그 집에 가 있어도 돼."

엔리케가 칸막이 자리에서 매끄럽게 빠져나가 밖으로 나갔다. 정면 유리를 통해서 그가 인도를 서성이며 한 손가락으로 귀를 막고 통화하는 모습이 보였다. 그런 다음 다른 번호로 전화를 걸더니 이번에는 훨씬 짧게 통화했다. 우리는 아파트에 잠깐 들른 다음—5분도 안 됐지만 책가방과 옷가지를 대충 잡히는 대로 챙기기에는 충분한 시간이었다—다시 차에 탔고 ("안전벨트 맸니?") 나는 차가운 유리창에 뺨을 대고 텅 빈 협곡 같은 새벽의 파크가에 늘어선 신호등이 파란색으로 바뀌는 광경을 보았다.

앤디는 육십몇 번가의 웅장하고 오래되고 먼지 한 점 없이 깨끗한 건물에 살았다. 로비는 딕 파월의 영화에서 방금 빠져나온 것 같았고 경비원은 아직 대부분 아일랜드 사람이었다. 경비원들은 바뀐 적이 없었고 나는 마침 문 앞에서 우리를 맞이한 사람을 기억했다. 야간 담당 경비원 케네스였다. 경비원들 중에서 어린 축에 속했는데 죽은 사람처럼 창백하고 면도도 제대로 하지 않은 얼굴에, 야간 근무였기 때문에 종종 행동이 굼떴다. 케네스는 호감이 가는 사람이었지만—가끔 앤디와 나를 위해서 축구공을 수선해주었고, 학교에서 불량한 애들을 어떻게 대해야 하는지 친절하게 조언해주었다—술을 좀 많이 마신다는 것은 온 건물 사람들이 다 아는 사실이었다. 케네스가 옆으로 물러서서 우리를 커다란 정문 안으로 안내하면서 내가 앞으로 몇 달 동안 보게 될 *이런, 꼬마야, 정말 안됐구나*라는 표정을 처음으로 보여주었을 때, 그에게서 시큼한 맥주와 졸음의 냄새가 났다.

"기다리고 계십니다." 케네스가 사회복지사들에게 말했다. "올라가보세요."

2

문을 열어준 사람은 앤디의 아버지 바버 씨였다. 처음에는 문을 빼꼼 열었다가 활짝 열어젖혔다. "안녕하십니까, 안녕하세요." 아저씨가 뒤로 물러서며 말했다. 바버 씨는 아주 약간 이상해 보였고 어딘가 창백하고 은빛이 나는 느낌이었는데, 꼭 코네티컷의 '정신병자 양성소'(아저씨는 그렇게 불렀다)에서 받은 치료 때문에 백열광을 발하게 된 것 같았다. 눈은 이상하고 불안정한 회색이었고 머리카락이 새하얘서 무척 나이 들어 보였지만 자세히 보면 얼굴이 젊고 분홍색이어서 심지어는 소년 같기도 했다. 혈색 좋은 뺨과 길고 고풍스러운 코가 일찌감치 센 머리카락과 조화를 이루어서 좀 덜 유명한 건국의 아버지, 대륙 회의의 별로 중요하지 않은 대표자였는데 21세기로 시간 이동한 사람처럼 친근한 인상을 주었다. 어제 침실 바닥에 벗어두었던 옷을 조금 전에 주워 입은 것처럼 쭈글쭈글한 정장 셔츠와 비싸 보이는 양복바지 차림이었다.

"들어오시죠." 바버 씨가 주먹을 쥐고 두 눈을 문지르며 활기차게 말했다. "안녕, 얘야." 그가 나에게 말했다. 아저씨가 그렇게 상냥하게 말하다니 나는 혼란스러운 와중에도 깜짝 놀랐다.

바버 씨가 맨발로 앞장서서 대리석 현관을 지나 안으로 들어갔다. 현관 안쪽 호화롭게 꾸민 거실(윤기 나는 꽃무늬 커버와 중국 도자기들이 잔뜩 있었다)로 들어가니 아침이라기보다 한밤중 같았다. 비단 전등갓을 쓰고 어둡게 빛나는 스탠드, 해전을 그린 크고 어두운 그림, 햇빛을 가리려고 쳐둔 두꺼운 커튼. 소형 그랜드피아노와 대형 포장 상자만큼 큰 꽃 장식 옆에 바버 부인이 바닥에 끌리는 실내복 차림으로 서서 은쟁반에 놓인 잔에 커피를 따르고 있었다.

바버 부인이 돌아서서 우리를 맞이하자 사회복지사들이 아파트와 바버 부인을 유심히 살피는 것이 느껴졌다. 바버 부인은 옛날 네덜란드식 이름을 가진 상류층 가문 출신으로, 금발에 서늘하고 목소리도 단조로웠기 때문에 가끔은 피가 좀 부족한 사람 같았다. 그녀는 절대로 평정을 잃지 않았다. 어떤 일도 바버 부인을 심란하게 만들거나 신경을 건드리지 못했다. 아름답지는 않았지만 그 침착한 태도에는 아름다움과 같은 자력이 있었다. 바버 부인의 평온함은 너무나 강력했기에 그녀가 등장하면 주변의 분자들이 재배열되었다. 패션 스케치에서 걸어 나온 듯한 바버 부인은 어딜 가든 사람들이 돌아보게 만들었지만 자신이 어떤 소란을 일으키는지 아무것도 모르는 것처럼 미끄러지듯 지나갔다. 그녀는 두 눈 사이가 멀고 작은 귀는 약간 높이 머리에 바짝 붙어 있었으며 몸매는 우아한 담비처럼 허리가 길고 말랐다. (앤디도 비슷하게 생겼지만 비율이 좋지 않았고 자기 엄마와 달리 담비 같은 은밀한 우아함이 없었다.)

예전에는 바버 부인의 신중한 (혹은, 보기에 따라서 차가운) 태도가 가끔 불편했지만 그날 아침에는 그 차분함이 무척 고마웠다. "왔구나. 방은 앤디랑 같이 써." 바버 부인이 빙빙 돌리지 않고 바로 말했다. "그런데 아직 안 일어났어. 잠깐 눕고 싶으면 플랫 방을 써도 돼." 플랫은 멀리 기숙학교에 다니는 앤디의 형이었다. "어딘지는 당연히 알지?"

내가 그렇다고 말했다.

"배고프니?"

"아니요."

"좋아, 그럼 널 위해서 우리가 뭘 할 수 있을지 말해주겠니?"

나는 나에게 쏠린 모두의 시선을 의식했다. 두통이 방 안의 그 무엇보다도 크게 느껴졌다. 이 광경이 바버 부인의 머리 위에 걸린 장식용 볼록거울에 기묘한 축소판으로 비치고 있었다. 중국 도자기, 커피 쟁반, 어색해 보이는 사회복지사들.

결국 주문을 깬 사람은 바버 씨였다. "자, 가자, 너부터 정리하자." 아저씨가 내 어깨를 툭툭 치더니 나를 데리고 거실을 나섰다. "아니— 여기야, 이쪽으로— 선미(船尾) 쪽, 선미. 자, 여기다."

몇 년 전 내가 플랫의 방에 딱 한 번 들어갔을 때 플랫—라크로스 챔피언 선수였고 약간 사이코패스였다— 은 정신이 쏙 빠지도록 두드려 패주겠다고 앤디와 나를 위협했다. 플랫은 이 집에 살 때 항상 방문을 잠그고 (앤디의 말에 따르면 대마초를 피우면서) 방 안에 틀어박혀 있었다. 플랫이 그로턴으로 가면서 포스터를 다 떼어서 방이 아주 깨끗하고 텅 비어 보였다. 아령, 낡은 〈내셔널 지오그래픽스〉 더미, 텅 빈 어항이 있었다. 바버 씨가 서랍을 열었다 닫았다 하며 중얼거렸다. "이 안에 뭐가 있나 보자, 응? 침대보. 그리고…… 또 침대보네. 미안하다, 요즘 이 방에 거의 안 들어오거든. 네가 이해해라. 아, 수영복 바지네! 지금 이건 필요 없겠지?" 그가 세 번째 서랍을 뒤적이다가 마침내 정가표를 떼지도 않은 아주 보기 싫은 새 파자마를 꺼냈다. 형광 파란색의 플란넬이었는데, 안 입은 것도 이해가 갔다.

"자, 그럼." 바버 씨가 손으로 머리카락을 넘기고 문 쪽을 불안하게 힐끔거리며 말했다. "이제 난 나가보마. 세상에, 정말 엄청난 일이 벌어졌구나. 많이 힘들지? 우선 한숨 푹 자는 게 좋겠다. 피곤하니?" 아저씨가 나를 자세히 들여다보면서 말했다.

피곤한가? 나는 생생하게 깨어 있었지만 나의 일부는 세상과 차단된 것처럼 멍해서 사실상 혼수상태나 마찬가지였다.

"혼자 있기 싫으니? 다른 방에 난롯불을 좀 피울까? 뭐가 좋은지 말해보렴."

이 말을 듣자 절망이 매섭게 밀려왔다. 나는 정말 기분이 안 좋았지만 아저씨가 해줄 수 있는 것은 하나도 없었고, 바버 씨의 표정을 보고 그도 그 사실을 알고 있음을 깨달았다.

"우린 바로 옆방에 있으니까 필요하면 불러. 그러니까, 나는 곧 출근해야 되지만 누군가는 있을 거야……." 그의 활기 없는 시선이 방 안을 떠돌다가 나에게 돌아왔다. "내가 틀렸을지도 모르지만, 이런 상황에서 우리 아버지가 '한 모금'이라고 부르시던 걸 따라준다고 해서 나쁠 건 없겠지. 만에 하나 그런 게 필요하다면 말이야. 물론 필요 없겠지만." 내가 못 알아듣는 것을 아저씨가 눈치채고 얼른 덧붙였다. "이건 아닌 것 같구나. 신경 쓰지 마라."

바버 씨가 다가오자 나는 잠깐 동안 무척 불편한 기분으로 그가 나를 만질 거라고, 혹은 안을 거라고 생각했다. 하지만 바버 씨는 손뼉을 짝 치고 두 손을 문질렀다. "어쨌든. 네가 와서 우린 아주 반가워. 최대한 편하게 지냈으면 좋겠다. 필요한 게 있으면 바로 말해라, 알았지?"

아저씨가 나가기도 전에 문밖에서 속삭이는 소리가 들렸다. 그런 다음 노크 소리. "누가 널 보러 왔어." 바버 부인이 이렇게 말한 다음 물러갔다.

앤디가 눈을 깜빡이고 안경을 만지작거리면서 느릿느릿 들어왔다. 어른들이 앤디를 깨워 침대에서 끌어낸 것이 분명했다. 앤디는 침대 스프링을 시끄럽게 삐걱거리면서 플랫의 침대 모서리에 앉은 다음 옆에 앉아 있는 내가 아니라 맞은편 벽을 보았다.

앤디가 목을 가다듬고 콧잔등 위로 안경을 밀어 올렸다. 긴 침묵이 흘렀다. 갑자기 라디에이터가 철컥거리더니 쉿쉿 소리를 냈다. 앤디의 부모님은 화재경보기 소리라도 들은 사람들처럼 재빨리 나가고 없었다.

"와." 조금 있다가 앤디가 괴상하고 감정이 없는 목소리로 말했다. "뭐가 뭔지 모르겠다."

"그러게." 내가 말했다. 우리는 침묵 속에 나란히 앉아서 짙은 초록색 벽과 포스터를 붙인 테이프가 남긴 네모난 흔적들을 빤히 보았다. 달리 무슨 할 말이 있었을까?

3

지금도 그때를 떠올리면 숨이 막히고 절망적인 느낌이 나를 가득 채운다. 모든 것이 끔찍했다. 사람들은 나에게 차가운 음료수를 마시라고, 스웨터를 하나 더 입으라고, 바나나, 컵케이크, 클럽 샌드위치, 아이스크림을 먹으라고 권했지만 나는 먹을 수 없었다. 누가 말을 시키면 나는 네, 아니요로만 대답했고, 울고 있다는 것을 들키지 않으려고 아주 오랫동안 양탄자를 바라보았다.

앤디네 아파트는 뉴욕의 기준에서는 어마어마하게 컸지만 층이 낮아서 파크가 쪽도 사실상 빛이 들지 않았다. 그 집은 밤도 아니고 낮도 아니었지만 반들반들하게 닦은 떡갈나무 가구에 비친 램프 불빛 때문에 회원제 클럽처럼 마음이 들뜨면서도 안전한 느낌이었다. 플랫의 친구들은 이 집을 '오싹한 집'이라고 불렀고, 내가 앤디네 집에서 하룻밤 자고 갈 때 한두 번 정도 데리러 왔던 아빠는 장례식장의 이름을 따와서 '프랭크 E. 캠벨의 집'이라고 불렀다. 하지만 나는 거대하고 호화롭고 어둑어둑하고 제2차 세계 대전 이전 시대 같은 분위기에서 위안을 얻었는데, 여기서는 이야기를 하고 싶지 않거나 시선을 받는 것이 싫을 때 쉽게 피할 수 있었다.

사람들이 나를 만나러 왔다. 담당 사회복지사들은 물론이고 시 당국이 보낸 자원봉사 정신과 의사, 엄마의 직장 동료들도 왔고(그중에는 마틸드처럼 내가 엄마를 웃기느라 아주 비슷하게 흉내 냈던 사람들도 있었다), 뉴욕 대학이나 모델 시절 친구들도 왔다. 가끔 추수감사절을 함께 보내던 조금 유명한 배우 제드("나한테 너희 엄마는 우주의 여왕이었어")도 왔고, 주황색 외투에 약간 펑크족 같은 복장을 한 키카라는 여자도 왔는데, 그녀는 엄마와 함께—이스트빌리지에서 돈 한 푼 없이 살던 시절에—20달러도 안 되는 돈으로 열두 명의 저녁 파티를 아주 성공적으로 치른 적이 있다고 말해주었다(여러 가지 음식 중에 커피 바에서 몰래 가져온 크림과 설탕, 이웃집 창가 화분에서 몰래 딴 허브도 있었다고 했다). 로워이스트사이드에서 이웃집에 살던 애넷 할머니—할머니는 칠십 대였고 소방관이었던 남편은 세상을 떠났다—는 그 동네 이탈리아 제과점에서 쿠키 한 상자를 사 들고 왔는데, 서턴플레이스의 우리 집에 오실 때 항상 사 오던 잣 버터 쿠키였다. 그리고 우리 집 가정부였던 신지아도 와서 나를 보자마자 울음을 터뜨리더니 지갑에 넣어 다니고 싶다며 엄마 사진을 달라고 부탁했다.

바버 부인은 이런 방문이 너무 길어지면 내가 쉽게 지친다는 이유로 손님들을 내보냈는데, 내 생각에는 신지아나 키카 같은 사람이 자기 집 거실을 한없이 독점하는 것을 견딜 수 없어서이기도 했을 것이다. 손님이 찾아와서 45분쯤 지나면 바버 부인이 조용히 와서 문 앞에 서 있었다. 그런데도 손님이 눈치채지 못하면 와줘서 고맙다고 큰 소리로 말했다. 나무랄 데 없이 예의 바르면서도 손님이 이제 시간이 다 됐음을 깨닫고 일어서게 만드는 것이다. (바버 부인의 목소리는 앤디의 목소리처럼 공허하고 한없이 멀리서 들리는 것 같아서 바로 옆에 서 있어도 켄타우루스자리 알파 별에서 들려오는 것 같았다.)

바버 집안의 생활은 내 주변에서 나오는 상관없이 계속되었다. 매일 몇 번이고 초인종이 울리고 가정부, 보모, 출장 요리사, 가정교사, 피아노 강사, 신문 사교면에 등장하는 부인들, 술 달린 로퍼를 신은 자선사업 관계자들이 찾아왔다. 앤디의 여동생 킷시와 남동생 토디는 학교 친구들과 어두컴컴한 복도를 뛰어다녔다. 오후가 되면 향수 냄새를 풍기는 여자들이 쇼핑백을 들고 커피나 차를 마시러 종종 들렀다. 저녁이면 옷을 차려입은 부부들이 저녁 식사를 하러 모여서 거실에 앉아 와인과 탄산수를 마셨다. 호화로운 매디슨가의 꽃집에서 매주 꽃 장식이 배달되었고 디자인 잡지 〈아키텍처럴 다이제스트〉와 〈뉴요커〉 최신호가 커피 테이블에 아무렇게나 펼쳐져 있었다.

바버 씨 부부는 사전 통지도 없이 거의 즉석에서 아이를 한 명 더 맡게 된 것이 무척 불편했을지도 모르지만 그런 티를 내지 않을 만큼 고상했다. 절제된 보석을 걸치고 별 흥미 없다는 듯한 미소를 띤 바버 부인은—부탁할 일이 있으면 뉴욕 시장에게 전화를 걸 수도 있는 사람이었다—뉴욕 시 관료 제도의 한계를 넘나드는 듯했다. 나는 혼란과 슬픔 속에서도 내가 훨씬 더 편하게 지낼 수 있도록 바버 부인이 뒤에서 조정해주고, 사회복지 서비스 기관의 거친 면으로부터, 그리고 (지금 생각해보면 분명히) 언론으로부터 보호해주고 있음을 알 수 있었다. 끊임없이 울리는 전화는 바버 부인의 핸드폰으로 바로 넘어갔다. 바버 부인은 낮은 목소리로 통화를 하거나 건물 경비원에게 뭔가를 지시했다. 엔리케는 아빠의 행방에 대해서 지치지도 않고 캐물었지만—그럴 때면 나는 종종 눈물을 글썽였는데, 엔리케라면 나를 다그쳐서 파키스탄의 미사일 위치까지 알아낼 수 있었을 것이다—한번은 바버 부인이 그 광경을 보고 나를 내보내더니 차분하고 단조로운 말투로 그 일에 종지부를 찍었다. ("그러니까 제 말은, 저 아이는 확실히 그분의 행방을 전혀 모르고, 저 애 엄마도 몰랐다는 거예요……. 네, 찾고 싶으신 건 이해하지만 그분은 분명 자신을 찾아내길 *원하지* 않는 것 같군요, 아무도 찾지 못하도록 손을 쓰셨으니까요……. 양육비는 주지도 않고 빚만 잔뜩 남긴 채 사실상 말 한마디 없이 달아난 것이나 다름없으니, 솔직히 당신이 뛰어난 아버지이자 훌륭한 시민인 그분과 연락해서 뭘 얻고 싶으신지 저는 잘 모르겠군요……. 네, 그래요, 다 좋아요, 하지만 채권자들이 못 찾으면 당신네 기관에서도 못 찾을 테고, 그렇다면 아이를 계속 다그쳐서 뭘 얻을 수 있다는 건지 전 잘 모르겠군요, 안 그런가요? 그럼 이제 이런 일은 그만두는 걸로 동의하시는 거죠?")

내가 들어와서 앤디 가족에게 폐를 끼치게 된 이후 일종의 계엄령 같은 원칙이 생겼다. 예를 들어서 가정부들은 일을 할 때 뉴스 방송 〈텐텐원스〉를 듣는 것이 금지되었고(청소부 한 명이 라디오를 틀려고 하자 요리사 에타가 경고하듯이 눈짓으로 나를 가리키면서 "안 돼, 안 돼"라고 말했다), 아침에 배달되는 〈타임스〉는 즉시 바버 씨에게 전달되어 다른 가족들은 읽을 수 없었다. 일상적인 일은 분명히 아니었고—앤디의 여동생 킷시는 "누가 또 신문을 가져갔어?"라고 징징거리다가 바버 부인이 바라보면 죄지은 사람처럼 입을 다물곤 했다—내가 보지 않는 게 좋을 내용이 있기 때문에 신문이 바버 씨의 서재로 사라지기 시작했음을 나는 곧 깨달았다.

힘든 옛 시절의 동지였던 앤디는 고맙게도 내가 아무 말도 하고 싶지 않다는 것을 금방 이해했다. 처음 며칠 동안 어른들은 나와 함께 있어주라며 앤디를 학교에 보내지 않았다. 2층 침대가 놓여 있고 케케묵은 격자무늬 벽지가 발린 앤디의 방, 초등학교 때 내가 수많은 토요일 밤을 보냈던 방에서 우리는 체스 판을 사이에 두고 마주 앉았고, 나는 머리가 흐리멍덩해서 말 움직이는 법이 잘 기억이 나지 않았기 때문에 앤디가 우리 두 사람의 말을 모두 움직였다. "좋아." 그가 콧잔등 위로 안경을 밀어 올리며 말했다. "됐어. 너 정말 그렇게 하고 싶은 거 맞아?"

"뭘 해?"

"그래, 알겠어." 몇 년 동안이나 불량한 애들이 학교 앞 보도에서 앤디를 밀치게 만들었던 가느다랗고 신경에 거슬리는 목소리로 앤디가 말했다. "룩이 위험하니까 그렇게 하는 것도 완전 맞지만, 퀸을 더 자세히 보라고 권하고 싶어. 아니, 아니야, 퀸 말이야. D5 칸으로."

앤디는 내 이름을 불러서 내 주의를 끌어야 했다. 나는 엄마와 함께 미술관 계단을 달려 올라가던 순간을 계속 되새김질했다. 엄마의 줄무늬 우산. 우리 얼굴로 톡톡 떨어지다가 쏟아붓던 비. 나는 이미 일어난 일을 되돌릴 수 없다는 사실을 알았지만 동시에 내가 비 내리는 거리로 돌아가서 모든 일을 달라지게 할 방법이 있을 것만 같았다.

"저번에 말이야." 앤디가 말했다. "어떤 사람이, 내 생각에는 맬컴 어쩌고인지 뭐 어떤 존경받는 작가였던 것 같은데, 아무튼 그 사람이 〈사이언스 타임스〉에서 전 세계의 모래알 수보다 더 많은 체스 게임이 가능하다고, 무슨 대단한 일이라도 되는 것처럼 말하더라. 큰 신문사에서 글을 쓰는 과학 작가가 그렇게 뻔한 사실을 지루하게 설명해야겠다고 생각했다는 게 참 웃겨."

"그러게." 내가 생각을 떨치려고 애쓰면서 말했다.

"그러니까, 이 행성의 모래알 수가 아무리 많다고 해도 결국은 유한하다는 걸 모르는 사람이 어디 있어? 그렇게 하찮은 문제를 무슨 *대단한* 속보라도 되는 것처럼 말하다니 정말 어이가 없잖아! 무슨 불가사의한 이야기처럼 말이야."

앤디와 나는 초등학교 때 다소 충격적인 환경에서, 즉 시험 점수가 높아서 한 학년을 월반하는 바람에 친구가 되었다. 이유는 달랐지만 이제는 다들 우리 두 사람 모두에게 월반이 실수였다는 데 의견이 일치하는 것 같았다. 우리보다 크고 나이도 많은 남자애들이 발을 걸어 넘어뜨리고, 밀치고, 사물함 문을 쾅 닫아 손을 찧게 만들고, 숙제를 찢고, 우유에 침을 뱉고, 구더기, 호모, 멍청이(슬프지만 데커라는 성을 가진 나에게는 당연한 별명이었다*)라고 불렀다. 그런 아이들 사이에서 비틀거리던 그해 1년 내내 (앤디

---

*   영어로 멍청이(dickhead)는 데커와 발음이 비슷하다.

는 희미하고 침울한 목소리로 이때를 우리의 바빌론 유수 시절이라고 불렀다) 우리는 돋보기로 지져지는 나약한 개미 한 쌍처럼 나란히 버둥거렸다. 정강이를 걷어차이고, 기습 공격을 당하고, 따돌림을 당하고, 케첩이나 치킨 너깃을 맞지 않도록 우리는 최대한 눈에 띄지 않는 구석에 같이 앉아서 점심을 먹었다. 거의 2년 동안 앤디는 내 유일한 친구였고 나 역시 앤디의 유일한 친구였다. 그 시절을 생각하면 우울하고 부끄러웠다. 오토봇 전쟁과 레고 우주선, 괴롭힘 당하는 것을 일종의 게임처럼 생각하려고 옛날 〈스타 트렉〉에서 빌려온 비밀 정체(나는 커크, 앤디는 스폭이었다). *선장님, 이 외계인들은 지구의 인간 아이들을 위한 학교와 똑같은 학교를 복제해서 그곳에 우리를 포로로 잡아두고 있는 것처럼 보입니다.*

　나는 '똑똑함'이라는 꼬리표를 목에 달고서 빡빡하고 경쟁심이 강하고 나보다 나이가 많은 남자애들 틈에 던져지기 전까지 학교에서 특별히 욕을 먹거나 놀림을 당한 적이 없었다. 그러나 불쌍한 앤디는 한 학년을 월반하기 전에도 늘 상습적으로 괴롭힘 당했다. 앤디는 빼빼 마르고, 불안해 보이고, 유당분해효소가 없어서 우유도 못 마시고, 피부가 투명할 정도로 창백하고, 일상적인 대화에서 '유해하다'거나 '지옥도' 같은 말을 쓰곤 했다. 앤디는 똑똑하기도 했지만 또 그만큼 서툴렀다. 감정 없는 목소리와 항상 코가 막혀서 입으로 숨을 쉬는 버릇 때문에 앤디는 지나치게 똑똑하기보다 약간 멍청해 보였다. 매섭고 운동도 잘하고 새끼 고양이들처럼 활발한 남매들—친구들과 함께, 스포츠 팀에서, 재미있는 방과 후 프로그램에서 뛰어다녔다—틈에서 앤디는 실수로 라크로스 경기장에 들어가서 어슬렁거리는 약골처럼 눈에 띄었다.

　나는 5학년 때의 악몽에서 어느 정도 회복했지만 앤디는 그렇지 않았다. 앤디는 금요일 밤, 토요일 밤에도 밖에 나가지 않았고 파티에 오라거나 같이 공원에서 놀자는 초대도 받지 못했다. 내가 아는 한 앤디는 여전히 친구가 나밖에 없었다. 앤디는 엄마 덕분에 좋은 옷이 많았고 인기 있는 아이들처럼 옷을 입었지만—가끔 콘택트렌즈까지 꼈다—아무도 속지 않았다. 예전 비참한 시절의 앤디를 기억하는 호전적인 아이들은 앤디를 괴롭혔고, 학교에 스타워즈 티셔츠를 입고 왔던 오래전 실수를 꼬투리 삼아 앤디를 스타워즈에 나오는 로봇 '스리피오'라고 불렀다.

앤디는 어린 시절에도 이따금 참았던 말이 터져 나올 때를 빼면 별로 말이 많지 않았다(우리의 우정은 대부분 말없이 만화책을 주고받는 것으로 이뤄졌다). 학교에서 괴롭힘 당한 세월 때문에 앤디는 말수가 더욱 적어졌다. 러브크래프트의 소설에 나올 법한 단어를 쓰는 경향은 줄어들고 수학과 과학 심화 과정 공부에 파묻히는 경향은 늘어났다. 나는 수학에 별로 흥미가 없었던 데다가—소위 말하는 언어 능력이 뛰어났다—모든 분야에서 어린 시절의 기대에 미치지 못하게 되었고 공부를 해야 할 때에도 높은 점수에 관심이 없었던 반면에, 앤디는 모든 과목의 심화 과정을 들었고 성적은 반에서 최상위권이었다. (앤디는 그로턴으로 보내지고도 남았겠지만—겨우 3학년 때부터 그렇게 될까 봐 걱정했었다—앤디의 부모님은 반 아이들에게 심한 괴롭힘을 당하면서 쉬는 시간에 아이들이 머리에 비닐봉지를 씌우는 바람에 죽을 뻔한 적도 있는 아들을 멀리 떨어진 학교에 보내는 것을 어떻게 정당화할 수 있을까 걱정했기 때문에 보내지 않았다. 다른 걱정거리도 있었다. 바버 씨가 '정신병자 양성소'에 얼마 동안 입원했었다는 사실을 내가 알게 된 것은, 앤디 표현을 그대로 쓰자면, 아버지의 '연약함'을 똑같이 물려받았을까 봐 부모님이 걱정하신다고 앤디가 아무렇지도 않게 말했기 때문이었다.)

앤디는 내 곁을 지키느라 학교를 빠지는 동안 미안하지만 공부를 해야 한다면서 "유감스럽지만 그럴 수밖에 없어"라고 말하고 쿵쿵거리며 소매로 코를 닦았다. 앤디가 듣는 심화 과정은 믿을 수 없을 만큼 많은 것을 요구했고 ('끝없이 굴러가는 심화 과정 지옥') 앤디는 하루라도 뒤처지는 것을 견디지 못했다. 앤디가 끝이 없는 듯한 숙제(화학과 미적분학, 미국사, 영어, 천문학, 일본어)를 열심히 하는 동안 나는 앤디의 서랍장에 등을 기대고 바닥에 앉아서 말없이 혼자 계산을 했다. 사흘 전만 해도 엄마가 살아 있었어. 오늘은 나흘 전만 해도, 오늘은 일주일 전만 해도 엄마가 살아 있었어. 나는 엄마가 죽기 전까지 함께 먹었던 식사를 머릿속으로 전부 떠올려보았다. 그리스 식당에 마지막으로 갔던 날, 션리팰리스에 마지막으로 갔던 날, 엄마가 마지막으로 했던 요리(카르보나라 스파게티), 마지막에서 두 번째로 했던 요리(엄마가 캔자스에 살 때 외할머니에게 배운 치킨인디엔이라는 요리). 가끔 나는 뭔가에 몰두하는 척하려고 앤디의 방에 있는 《강철의 연금술사》나 삽화가 그려진 H. G. 웰스의 책을 넘겨 보았지만, 그림을 보는 것조차 버거웠다. 앤디가 책상 아래로 다리를 떨면서 히라가나 연습장의 끝없는 칸을 채우는 동안 나는 대체로 창틀에서 퍼드덕거리는 비둘기들을 보았다.

앤디의 방—원래 컸던 침실을 반으로 나눈 방—은 파크가를 내다보고 있었다. 차가 막히는 시간이 되면 횡단보도에서 경적이 울부짖고 길 건너편 창문에서 금색 빛이 불타오르다가 차들이 줄어들기 시작하면 같이 사그라들었다. 밤(가로등 불빛이 남아 절대 암흑이 되지 않는 도시의 보랏빛 밤)이 깊어지면 나는 몸을 뒤척였고, 2층 침대의 낮은 천장이 나를 묵직하게 짓누르는 것 같아서 가끔 침대 위가 아니라 밑에 누워 있는 줄 알고 잠에서 깨기도 했다.

누군들 내가 엄마를 그리워하는 만큼 누군가를 그리워할 수 있었을까? 나는 엄마가 너무 그리워서 죽고 싶었다. 물에 빠져 공기를 갈망할 때처럼 맹렬하고 육체적인 갈망이었다. 나는 잠 못 이룬 채 침대에 누워 제일 좋았던 엄마 기억을 떠올리려고, 엄마를 잊지 않도록 마음속에 박제해두려고 애를 썼지만 생일이나 행복했던 때보다는 엄마가 죽기 며칠 전에 밖으로 나가던 나를 불러 세워서 교복 재킷에 묻은 실밥을 떼어주었던 일 같은 것만 계속 생각났다. 왠지 모르겠지만 그것이 가장 뚜렷하게 남은 엄마의 기억이었다. 찌푸린 눈썹, 나를 향해 다가오는 손이 정확히 어떻게 움직였는지, 그 모든 것이 말이다. 또 나는 꿈과 잠 사이를 불안하게 떠다니다가 갑자기 머릿속에서 엄마의 목소리가 또렷하게 들려서 벌떡 일어나 앉은 적도 여러 번 있었다. *사과 하나만 던져 줄래?*라든지 *이건 단추가 앞에 오는 걸까, 뒤에 오는 걸까?*라든지 *소파 상태가 정말 엉망이야*처럼 언젠가 엄마가 했을 법하지만 실제로 기억에는 없는 그런 말이었다.

거리의 불빛이 방으로 들어와 바닥에 검은 줄무늬를 만들었다. 나는 절망에 빠져 겨우 몇 블록 떨어진 텅 빈 내 방을 생각했다. 빨간색 낡은 퀼트가 덮인 좁은 내 침대. 천장의 야광 별들, 제임스 웨일의 영화 〈프랑켄슈타인〉 그림엽서. 새들이 공원으로 돌아오고 수선화가 피었다. 이맘때쯤 날씨가 좋아지면 우리는 가끔 아침 일찍 일어나서 버스를 타는 대신 공원을 가로질러 웨스트사이드까지 걸어갔다. 내가 그때로 돌아가서 이미 일어난 일을 바꿀 수만 있다면, 어떻게든 그 일이 일어나지 않게 막을 수만 있다면 얼마나 좋을까. 왜 나는 미술관이 아니라 식당에 가자고 우기지 않았을까? 왜 비먼 선생님은 화요일에, 그것도 아니면 목요일에 우리를 부르지 않았을까?

엄마가 죽고 이틀인가 사흘인가 지나서—아무튼 두통 때문에 바버 부인이 나를 병원에 데려갔다 온 후에—바버 씨 부부가 밤에 큰 파티를 열었다. 취소하기에 너무 늦어버렸던 것이다. 여기저기서 속삭이는 소리가 들리고 내가 받아들일 수 없는 활기가 넘쳤다. 바버 부인이 앤디의 방으로 들어와서 말했다. "내 생각에, 너랑 시오는 여기 있는 게 좋을 것 같아." 가벼운 말투였지만 분명히 제안이 아닌 명령이었다. "파티는 분명히 지루할 거고, 너희들은 전혀 즐겁지 않을 거야. 에타한테 요리 몇 접시 가져다주라고 할게."

앤디와 나는 2층 침대 아래층에 나란히 앉아서 종이 접시에 담긴 칵테일 새우와 아티초크 카나페를 먹었다. 아니, 앤디는 먹었지만 나는 무릎에 접시를 올려놓은 채 건드리지 않았다. 앤디가 DVD를 틀어놓았는데, 로봇이 폭발하고 금속과 불꽃이 날아다니는 액션 영화였다. 거실에서 유리잔이 쟁쟁 부딪히는 소리와 촛불과 향수 냄새가 실려 왔고 가끔 점점 커지는 밝은 웃음소리도 들려왔다. 피아니스트가 〈이츠 올 오버 나우, 베이비 블루〉를 재기 넘치고 빠른 곡으로 바꿔서 치는 소리가 평행 우주에서 들려오는 소리처럼 흘러들어왔다. 모든 것이 사라지고 나는 사람들의 관심에서 멀어졌다. 남의 아파트에, 남의 가족 틈에 잘못 와 있다는 느낌이 나를 갉아먹었고, 나는 며칠씩이나 잠도 못 자고 심문을 당한 죄수처럼 얼떨떨하고 휘청거렸으며 울음이 터질 것만 같았다. 나는 *집으로 가야 돼*라고 생각했다가, 백만 번째로 *다시 갈 수 없어*라고 생각했다.

4

사오 일 후에 앤디는 길게 늘어진 배낭에 책을 잔뜩 넣고 학교로 돌아갔다. 나는 그날도 그다음 날도 하루 종일 앤디의 방에 앉아서 엄마가 퇴근 후에 보던 터너 고전 영화 채널을 계속 틀어놓았다. 〈공포의 내각〉, 〈휴먼 팩터〉, 〈몰락한 우상〉, 〈백주의 탈출〉 등 그레이엄 그린의 소설을 각색한 영화들이 나오고 있었다. 이튿날 밤 내가 〈제3의 사나이〉가 나오기를 기다리고 있는데 바버 부인이 (머리끝부터 발끝까지 발렌티노를 차려입고 프릭 미술관 행사에 참석하러 나가는 길에) 앤디의 방에 들러서 다음 날부터 나도 학교에 가야 한다고 선언했다. 바버 부인이 말했다. "이렇게 혼자 처박혀 있으면 누구라도 우울할 거야. 너한테 좋을 게 없어."

나는 뭐라고 해야 할지 몰랐다. 혼자 앉아서 영화를 보는 것은 엄마의 죽음 이후 내가 한 일 중에서 아주 어렴풋하게나마 정상적으로 느껴지는 유일한 일이었다.

"이제 일상으로 돌아갈 때가 됐어. 내일부터야. 아직은 아닌 것 같겠지, 나도 알아, 시오." 내가 아무 대답도 하지 않자 바버 부인이 말했다. "하지만 기분이 나아지려면 바쁘게 지내는 수밖에 없어."

나는 고집스럽게 텔레비전만 물끄러미 보았다. 나는 엄마가 죽기 전날부터 학교에 가지 않았기 때문에 학교를 멀리하는 한 엄마의 죽음이 공식적인 사실이 되지 않을 것 같았다. 내가 학교로 돌아가면 공식적인 사실이 될 것이다. 더 나쁜 점은, 어떤 형태로든 정상적인 일상으로 돌아가는 것이 배신이나 잘못처럼 느껴진다는 것이었다. 엄마가 죽었다는 사실은 떠오를 때마다 충격이고 새로운 타격이었다. 앞으로 일어날 새로운 사건은, 내가 남은 평생 하는 모든 일은, 우리를 점점 더 갈라놓기만 할 것이다. 엄마가 더이상 존재하지 않는 나날, 점점 멀어지기만 하는 우리 두 사람의 거리. 남은 평생 엄마는 매일매일 더 멀어지기만 할 것이다.

"시오."

내가 깜짝 놀라서 바버 부인을 올려다보았다.

"한 걸음씩 내딛는 거야. 이 일을 헤쳐 나가려면 그 수밖에 없어."

다음 날은 제2차 세계 대전 첩보 영화(〈카이로〉, 〈숨어 있는 적〉, 〈암호명 에메랄드〉)가 연속 방영되는 날이었고 나는 정말로 집에 남아서 보고 싶었다. 하지만 바버 씨가 고개를 들이밀고 우리를 깨우자 ("어서 일어나게, 제군들!") 나는 침대에서 억지로 기어 나와 앤디와 함께 버스 정류장까지 걸어갔다. 비가 오고 있었고 바버 부인이 내 옷 위에 플랫의 낡고 당혹스러운 더플코트를 억지로 입힐 만큼 추웠다. 앤디의 여동생 킷시는 분홍색 비옷을 입고 저 앞에서 춤을 추듯 물웅덩이를 뛰어넘으며 우리를 모르는 척했다.

나는 밝은 복도에 한 발짝 내디뎌 감귤향 살균제와 낡은 양말 냄새가 뒤섞인 듯한 익숙한 학교 냄새를 맡는 순간 끔찍한 하루가 되리라는 사실을 알았고, 실제로 그랬다. 복도에 손으로 쓴 게시물들이 붙어 있었다. 테니스 연습과 요리 교실 참가 신청서, 연극 〈별난 커플〉 시험 상연, 엘리스 섬 현장학습, 봄맞이 음악회의 남은 표 현황. 세상이 끝났는데도 이렇게 우스꽝스러운 일들이 계속 삐걱거리며 돌아간다는 사실이 믿기 힘들었다.

이상한 사실은 내가 이 건물에 마지막으로 왔던 날에는 엄마가 살아 있었다는 것이었다. 나는 계속 그 생각만 했지만 매번 새로웠다. 이 사물함을 마지막으로 열었을 때, 이 멍청하고 빌어먹을 《생물학의 이해》라는 책을 마지막으로 만졌을 때, 런디 마이셀이 저 플라스틱 막대로 립글로스를 바르는 모습을 마지막으로 봤을 때. 이 순간들을 거슬러 올라가서 엄마가 죽지 않은 세상으로 돌아갈 수 없다는 사실이 믿기지 않았다.

"정말 안됐구나." 내가 아는 아이들도, 나에게 한 번도 말을 건 적이 없는 아이들도 모두 이렇게 말했다. 다른 아이들—복도에서 웃으며 떠들던 아이들—은 내가 지나가면 입을 다물고 엄숙하거나 당혹한 시선으로 나를 보았다. 또 다른 아이들은 생기 넘치는 개가 아프거나 다친 개를 무시하듯이 여전히 나를 완전히 무시했다. 나를 보려고 하지도 않았고 내가 아예 없다는 듯이 복도에서 까불거리고 뛰어다녔다.

특히 톰 케이블은 내가 자기한테 차인 여자라도 되는 것처럼 나를 열심히 피해 다녔다. 점심시간이 되었지만 코빼기도 보이지 않았다. 스페인어 시간에 (톰은 수업이 시작하고 한참 지난 다음에야 어슬렁어슬렁 들어왔기 때문에 아이들이 모두 슬픈 얼굴로 내 책상 주변으로 모여들어 안됐다고 말하는 어색한 장면을 놓쳤다) 그는 평소와 달리 내 옆자리가 아닌 맨 앞줄로 가서 다리를 벌리고 구부정하게 앉았다. 비가 창문을 두드렸고 우리는 기이한 문상들, 살바도르 달리가 흡족해 할 만큼 이상한 문장들(바닷가재와 해변의 파라솔, 라임색 택시를 타고 학교에 가는 속눈썹이 긴 마리솔이라는 아이가 등장했다)을 번역했다.

나는 수업이 끝나고 나가는 길에 책을 챙기는 톰에게 습관처럼 다가가서 인사를 했다.

"아, 시오, 어떻게 지냈어?" 톰이 말했다. 그는 잘난 척하는 표정으로 눈썹을 올리고 몸을 뒤로 빼면서 거리를 두었다. "얘기 다 들었어."

"그래." 우리는 늘 이런 식이었다. 다른 애들과 어울리기에는 우리가 너무 멋진 척, 항상 그렇게 놀았다.

"운도 없지. 정말 짜증 나겠네."

"고마워."

"야, 꾀병을 부렸어야지. 내가 말했잖아! 우리 엄마도 그 일로 완전 난리였어. 길길이 뛰면서! 그러니까, 음." 톰은 돌멩이를 넣은 눈뭉치를 던지고 모르는 척하는 사람처럼 누구, *나 말이야?*라는 표정으로 위, 아래, 주변을 둘러보더니, 그 어리둥절한 순간에 어깨를 슬쩍 으쓱하면서 말했다.

"아무튼, 뭐." 톰이 대충 넘어가자는 듯한 목소리로 말했다. "옷은 어떻게 된 거야?"

"뭐가?"

"글쎄." 톰이 얄궂게 살짝 뒷걸음질을 치면서, 격자무늬 더플코트를 보면서 말했다. "플랫 바버 닮은꼴 대회에 나가면 1등은 *완전* 따놨네."

나도 모르게 웃어버렸다. 그것은 투렛 증후군 발작처럼 공포와 무감각한 나날 끝에 폭발한 갑작스러운 반응이었다.

"대단한데, 케이블." 내가 플랫처럼 얄밉고 느릿한 말투로 말했다. 톰과 나는 흉내를 잘 내서 멍청한 뉴스캐스터, 징징거리는 여자애, 비위를 맞추는 어수룩한 교사 등 다른 사람들의 목소리를 계속 흉내 내면서 대화를 이어갈 때도 많았다. "내일은 너처럼 입고 올까."

하지만 톰은 맞장구를 치지도 않았고 하던 이야기를 이어가지도 않았다. 흥미를 잃은 것이다. "어어, 글쎄다." 톰이 어깨를 약간 으쓱하고 아니꼽게 살짝 웃으면서 말했다. "나중에 봐."

"그래, 나중에 봐." 나는 신경이 거슬렸다. 젠장, 도대체 왜 저럴까? 하지만 서로 놀리고 욕하는 것은 우리 두 사람이 늘 하는, 우리만 재밌어하는 블랙코미디 같은 장난의 일부였다. 나는 톰이 영어 시간이 끝나고 나를 찾아오거나 집으로 갈 때 뒤에서 달려와서 대수학 문제집으로 머리를 때릴 것이라고 확신했다. 하지만 그는 그러지 않았다. 다음 날 1교시가 시작하기 전에 내가 인사를 했지만 톰은 나를 보지도 않았고, 내 어깨를 툭 치고 지나가는 톰의 무표정한 얼굴을 보고 나는 깜짝 놀라서 얼어붙었다. 린디 마이셀과 맨디 케이프가 사물함에서 고개를 돌려 마주 보더니 좀 놀랐다는 듯이 낄낄거렸다. *세상에!* 내 옆에 서 있던 실험 파트너 샘 바인가르텐은 고개를 절레절레 흔들었다. "이상한 놈이야." 샘이 큰 소리로, 복도에 있던 모든 애들이 돌아볼 만큼 큰 소리로 말했다. "너 진짜 이상한 놈이야, 케이블, 너도 아냐?"

하지만 나는 신경 쓰지 않았다. 아니, 적어도 상처를 받거나 우울해하지 않았다. 대신 나는 분노했다. 톰과 나의 우정에는 늘 거칠고 정신 나간 면이, 불안정하고 정신없고 약간 위험한 면이 있었는데, 충만한 에너지는 예전 그대로였지만 이제 전류가 바뀌어서 전기가 반대 방향으로 흐르게 된 것이다. 이제 나는 자습 시간에 톰과 거친 장난을 치며 돌아다니는 대신 변기에 톰의 머리를 처박고, 팔을 잡아 빼고, 길에서 피가 나도록 얼굴을 때리고, 길가의 개똥과 쓰레기를 먹이고 싶었다. 생각하면 할수록 점점 더 화가 났고, 때로는 너무 화가 나서 화장실에서 서성거리며 혼잣말을 했다. 케이블이 비먼 선생님에게 일러바치지 않았다면("네 담배가 아니었다는 걸 이제 나도 알아, 시오.")…… 케이블 때문에 내가 정학을 맞지 않았다면……

엄마가 그날 회사를 빠지지 않았다면…… 우리가 그때 그 미술관에 없었다면……. 어쨌든 비먼 선생님조차도 그 일에 대해서 사과 비슷한 것을 했다. 왜냐하면, 분명히 내 성적도 문제였지만(그리고 비먼 선생님이 몰랐던 수많은 문제들이 있었지만), 교내 흡연이, 학교에서 나를 부르게 만든 바로 그 사건이 전부 누구의 탓이었는가 말이다. 그건 케이블의 탓이었다. 내가 케이블의 사과를 기대하거나 그런 건 아니었다. 사실 나는 케이블에게 그 일에 대해서 이야기할 생각도 전혀 없었다. 하지만—이제 내가 추방자라는 건가? 기피 인물이라고? 이제 나하고는 말도 하지 않겠다고? 나는 케이블보다 작았지만 차이가 많이 나지는 않았다. 케이블이 교실에서 참을 수 없다는 듯이 잘난 척 비꼬는 말을 하거나 새로 친해진 빌리 와그너나 새드 랜돌프와 복도를 뛰어다니면서 나를 지나칠 때마다 (예전의 우리도 위험하고 정신 나간 짓을 하고 싶은 충동에 항상 그렇게 뛰어다녔다) 나는 케이블을 패고 싶다고, 여자아이들이 웃음을 터뜨리고 케이블이 눈물을 흘리면서 나를 피해 몸을 웅크릴 정도로 흠씬 두들겨 패고 싶다고 생각했다. *어이, 톰! 으흥헝헝! 너 우냐?* (나는 싸움을 걸려고 톰이 앞에 서 있을 때 일부러 화장실 문을 벌컥 열어서 코피를 터뜨리거나 음수대로 밀어서 구역질 나는 치즈프라이를 바닥에 떨어뜨리게 만들었지만 톰은 내가 바라던 대로 덤벼드는 대신 히죽거리면서 말 한 마디 없이 가버렸다.)

물론 모든 아이들이 나를 피한 것은 아니었다. (우리 학년에 제일 인기가 많은 이저벨라 쿠싱과 마르티나 리흐트블라우를 포함해서) 많은 애들이 내 사물함에 쪽지와 선물을 넣어두었고, 정말 놀랍게도 5학년 때부터 줄곧 적이었던 윈 템플이 다가와서 나를 꼭 끌어안기도 했다. 하지만 대부분의 아이들은 조심스럽고 약간 겁을 먹은 듯 예의 바르게 나를 대했다. 내가 엉엉 울고 다니거나 불안한 행동을 하는 것도 아니었지만 아직도 점심시간에 내가 옆자리에 앉으면 대화가 뚝 끊겼다.

어른들은 나에게 불편할 정도의 관심을 쏟았다. 그들은 일기를 쓰라고, 친구들과 이야기를 나누라고, '추억의 콜라주'를 만들어보라고 했다. (내 입장에서는 진짜 괴상한 충고였다. 내가 아무리 평범하게 굴어도 아이들은 내 주변에서 불편해 보였으므로 사람들과 내 감정을 나누거나 미술실에서 만들기 치료를 하면서 주목을 끄는 것만은 절대로 하고 싶지 않았다.) 나는 방과 후에 남으라고 하거나 따로 불러내서 이야기를 나누려고 하는 걱정 가득한 선생님들과 텅 빈 교실이나 교무실에서 (마루를 물끄러미 바라보고 무감각하게 머리를 끄덕이면서) 보내는 시간이 너무 많은 것 같았다. 영어를 가르치는 뉴스필 선생님은 책상에 걸터앉아서 무능한 외과 의사 때문에 자신의 어머니가 끔찍하게 죽었다는 긴장감 넘치는 이야기를 들려준 다음 내 등을 톡톡 두드리고 빈 공책을 주면서 뭔가를 써보라고 했다. 교내 상담사 스완슨 선생님은 몇 가지 숨쉬기 운동을 가르쳐주고 밖에서 나무에 얼음을 던지면 슬픔을 발산하는 데 도움이 될지도 모른다고 말했다. 그리고 다른 선생님들보다 열의가 상당히 떨어지는 수학 담당 보로스키 선생님까지도 나를 복도로 불러내서 코앞까지 얼굴을 들이밀고 아주 조용한 목소리로 동생이 자동차 사고로 죽은 후에 얼마나 죄책감을 느꼈는지 이야기했다. (선생님들의 이야기에는 죄책감이 자주 등장했다. 선생님들도 나처럼 엄마의 죽음이 내 잘못이라고 생각했을까? 그랬던 것이 분명하다.) 보로스키 선생님은 그날 밤 파티에서 술에 취한 동생이 집으로 차를 몰고 가게 내버려두었다는 죄책감 때문에 잠시 자살까지 생각했다면서, 나도 그런 생각을 할지도 모르지만 자살은 해답이 아니라고 말했다.

나는 꿈을 꾸는 기분으로 흐리멍덩한 미소를 지으면서 이 모든 조언을 예의 바르게 받아들였다. 어른들은 대부분 무감각함을 긍정적인 신호로 해석하는 것 같았다. 특히 비먼 선생님(머리가 지나치게 짧고 멍청해 보이는 납작한 트위드 모자를 쓴 영국인 비먼 선생님은 나를 무척 걱정해주었지만 나는 비면 선생님이 엄마의 죽음에 책임이 있다고 생각했기 때문에 엉뚱하게 미워하게 되었다)이 어른스럽다고 칭찬하면서 내가 '아주 잘 견디고' 있는 것 같다고 말한 기억이 난다. 어쩌면 나는 아주 잘 견디고 있었을지도 모른다. 확실히 나는 큰 소리로 울부짖거나 주먹으로 창문을 치지 않았고, 나 같은 감정을 느끼는 사람이 할 것이라고 상상했던 그 어떤 행동도 하지 않았다. 하지만 가끔 슬픔이 파도처럼 불쑥 덮치면 나는 숨을 헐떡거렸다. 그리고 파도가 물러가고 나서 빛을 받아 반짝이는, 너무나 맑고 너무나 가슴 아프고 너무나 텅 빈 소금기 어린 잔해를 보고 있으면 세상이 살아 있던 때가 기억조차 나지 않았다.

5

솔직히 나는 데커 할아버지 할머니에 대해서는 전혀 생각도 하지 않고 있었는데, 내가 제공한 얼마 안 되는 정보로는 사회복지과에서 바로 찾아낼 수 없을 것이기 때문이었다. 그러던 어느 날 바버 부인이 앤디의 방문을 두드리며 말했다. "시오, 잠깐 얘기 좀 할 수 있을까?"

바버 부인의 태도가 나쁜 소식임을 어렴풋이 말해주고 있었지만 내 상황에서 어떻게 더 나빠질 수 있는지 상상하기 힘들었다. 우리가 거실에—방금 막 꽃집에서 가져온 백 센티미터쯤 되는 갯버들과 꽃이 핀 사과나무 가지 옆에—자리를 잡고 앉자 바버 부인이 다리를 꼬고 말했다. "사회복지과에서 전화가 왔어. 할아버지 할머니와 연락이 닿았대. 안됐지만 할머니가 몸이 좋지 않으신 것 같구나."

나는 잠시 헷갈렸다. "도러시 말이에요?"

"그렇게 부르는구나, 그래."

"아. 사실 친할머니는 아니에요."

"아, 그렇구나." 바버 부인이 사실 그런지 아닌지 알지도 못하고 알고 싶지도 않다는 듯이 말했다. "어쨌든. 그분이 아프신가 봐. 요통이라는 것 같았는데, 아무튼 그래서 할아버지가 할머니를 돌보고 계신대. 그래서 말이야, 너도 알겠지? 물론 그분들도 정말 마음이 아프시겠지만, 네가 지금 당장 그분들에게 가는 건 좋은 생각이 아니라고 말씀하시네. 어쨌든 그분들 집에서 같이 지내는 건 힘들겠다고 말이야." 내가 아무 말도 하지 않자 바버 부인이 덧붙였다. "그분들 집 근처 홀리데이인 호텔에서 당분간 지내겠다면 비용은 지불하겠다고 제안하셨지만, 그건 좋은 생각이 아닌 같아, 안 그러니?"

귓가에서 불쾌한 소리가 윙윙거렸다. 바버 부인의 침착하고 차갑고 어두운 시선을 받으며 앉아 있자니 왠지 아주 수치스러웠다. 데커 할아버지나 도러시에게 간다는 생각 자체가 너무 두려웠기 때문에 마음속에서 그 생각을 아예 막아버렸지만, 두 사람이 나를 원하지 않는다는 사실을 알게 되는 것은 또 다른 문제였다.

바버 부인의 얼굴에 동정의 빛이 살짝 스쳤다. "기분 상할 거 없어." 그녀가 말했다. "그리고 어쨌든 걱정하지 마. 앞으로 몇 주 동안 우리 집에서 지내면서 적어도 이번 학년은 여기서 끝내자고 이미 이야기가 되어 있었어. 다들 그게 제일 좋겠다고 동의했지." 바버 부인이 내 가까이 몸을 숙이며 말했다. "그런데 그거 정말 예쁜 반지로구나. 집안에 전해 내려오는 물건이니?"

"어, 네." 내가 말했다. 무슨 이유인지 설명하기는 어려웠지만 나는 어디를 가든 노인의 반지를 가지고 다녔다. 반지를 재킷 주머니에 넣어두고 거의 항상 만지작거렸고 가끔 중지에 끼기도 했지만 너무 커서 뱅뱅 돌았다.

"재밌네. 엄마 쪽? 아빠 쪽?"

대화가 흘러가는 방향이 마음에 들지 않아서 내가 잠시 망설이다가 대답했다. "엄마 쪽이요."

"내가 좀 봐도 될까?"

내가 반지를 빼서 바버 부인의 손바닥에 떨어뜨렸다. 그녀가 반지를 들고 불빛에 비춰 보았다. "멋지구나." 바버 부인이 말했다. "홍옥수잖아. 게다가 이 음각 좀 봐. 그리스 로마 시대 무늬인가? 아니면 가문의 문장이니?"

"음, 문장이요. 아마 그럴 거예요."

바버 부인이 발톱 달린 신화 속 동물을 살펴보았다. "그리핀 같은데. 아니면 날개 달린 사자인가." 그녀가 반지를 불빛에 비추며 돌려서 안쪽을 보았다. "이 각인은 뭐니?"

내가 모르겠다는 표정을 짓자 바버 부인이 얼굴을 찌푸렸다. "이런 게 있는지 몰랐다는 건 아니겠지, 설마. 잠깐만." 그녀가 자리에서 일어나 크고 작은 서랍이 여럿 달린 책상으로 가서 돋보기를 가지고 돌아왔다.

"이게 내 독서용 안경보다 나을 거야." 바버 부인이 돋보기를 들여다보면서 말했다. "그래도 이 오래된 코퍼플레이트체*는 알아보기 어렵구나." 그녀가 돋보기를 가까이 댔다가 다시 멀찍이 뗐다. "블랙웰. 뭐 떠오르는 거 있니?"

"아—" 사실 말로 설명할 수 없는 무언가가 떠올랐지만 그 생각은 모양을 완전히 갖추기도 전에 사라져버렸다.

"그리스문자도 보여. 정말 흥미로운데?" 바버 부인이 반지를 다시 내 손에 떨어뜨리며 말했다. "아주 오래된 반지야. 보석이 닳아서 생긴 고색을 보면 알 수 있지. 여기 보이니? 헨리 제임스 시대의 미국인들은 유럽에서 이런 고전 시대의 음각 보석을 가져와서 유럽 여행 기념으로 반지를 만들곤 했단다."

---

* 동판 인쇄물에 자주 쓰인 한쪽으로 기울여 흘려 쓴 느낌의 글씨체.

"할아버지랑 도러시가 저를 원하지 않으면 저는 어디로 가는 거예요?"

아주 잠깐이지만 바버 부인이 깜짝 놀란 것 같았다. 하지만 즉시 자신을 되찾고 말했다. "글쎄, 나라면 지금 그런 걱정은 하지 않을 거야. 어쨌든 네가 여기서 조금 더 지내면서 이번 학년을 끝내는 게 최선이야, 그렇지 않니?" 바버 부인이 고개를 끄덕였다. "자, 그 반지 조심하고 절대 잃어버리지 마. 너한테는 아주 헐렁하구나. 그렇게 끼고 다니는 것보다 어디 안전한 곳에 두는 게 좋을 거야."

6

하지만 나는 반지를 끼고 다녔다. 아니, 안전한 곳에 두라는 바버 부인의 충고를 무시하고 주머니에 계속 넣어 다녔다. 손으로 반지의 무게를 가늠해보니 아주 무거웠다. 손가락으로 감싸 쥐면 금으로 된 부분은 손바닥의 열기 때문에 따뜻해졌지만 세공된 보석은 차가웠다. 반지의 묵직하고 예스러운 느낌, 근엄하면서도 경쾌한 느낌이 이상하게도 마음을 편안하게 했다. 반지에는 이상한 힘이 있어서 반지에 생각을 집중하면 정처 없이 떠도는 나를 붙들어 매고 주변 세상을 차단할 수 있었는데, 그렇더라도 나는 그 반지가 어디서 난 건지 정말 생각하고 싶지 않았다.

앞날에 대해서도 생각하고 싶지 않았다. 메릴랜드 주의 시골에서 새 삶을 살겠다는 기대는 전혀 없었지만 데커 할아버지와 도러시의 차가운 태도를 보자 앞으로 내가 어떻게 될지 심각하게 걱정이 되기 시작했다. 홀리데이인 호텔에서 지내라는 제안에 다들 데커 할아버지와 도러시가 자기 집 뒷마당 헛간으로 이사를 들어오라고 제안하기라도 한 것처럼 상당히 충격을 받은 것 같았지만, 내가 보기에는 별로 나쁠 것 같지 않았다. 나는 항상 호텔에서 살고 싶었는데, 홀리데이인은 내가 상상한 호텔은 아니었지만 분명 그럭저럭 지낼 수 있으리라 생각했다. 룸서비스로 햄버거를 시켜 먹고, 유료 텔레비전을 보고, 여름에는 수영장도 있으니 나빠봤자 얼마나 나쁠까?

모두들(사회복지사, 정신과 의사 데이브 선생님, 바버 부인) 나에게 메릴랜드 교외 호텔에서 혼자 살 수는 없다며 무슨 일이 있어도 절대 그렇게 되지는 않을 것이라고 계속 말했다. 나를 위로하려고 하는 말이 불안을 백배로 키우기만 한다는 사실을 어른들은 깨닫지 못하는 듯했다. 시에서 배정해준 의사 데이브 선생님이 말했다. "잊지 마, 무슨 일이 있어도 너는 보살핌을 받을 거야." 서른쯤 되어 보였던 그는 검은 옷에 유행하는 안경을 썼고, 항상 어느 교회 지하실에서 열린 시 낭송회에 막 다녀온 것 같았다. "아주 많은 사람들이 널 생각하고 네가 정말 잘 지내기만을 바라고 있으니까 말이야."

나는 내가 잘 지내기를 바란다는 낯선 사람들이 점점 의심스러웠다. 위탁 가정 이야기가 나오기 직전에 사회복지사들이 한 말도 바로 그것이었다. "하지만 전 할아버지랑 도러시의 말이 그렇게 잘못된 것 같지 않아요." 내가 말했다.

"뭐가?"

"홀리데이인 호텔 말이에요. 거기서 지내는 게 괜찮을지도 몰라요."

"할아버지 집에서 지내는 건 안 괜찮다는 말이니?" 데이브가 곧바로 말했다.

"아뇨!" 나는 데이브의 이런 점이 싫었다. 항상 내가 하지도 않은 말을 했다고 말했다.

"그럼 좋아. 다르게 얘기해보자." 데이브가 두 손을 포갠 다음 생각에 잠겨 말했다. "왜 할아버지랑 사는 것보다 호텔에서 사는 게 더 좋아?"

"그런 말 안 했는데요."

데이브가 고개를 갸웃했다. "그렇게 말하지는 않았지. 하지만 자꾸 홀리데이인 호텔에서 지내는 게 괜찮은 방법인 것처럼 말하니까 그쪽이 더 좋다는 말로 들리는데."

"위탁 가정에 가는 것보다는 훨씬 더 나을 것 같은데요."

"그렇겠지." 데이브가 앞으로 몸을 숙였다. "하지만 넌 고작 열세 살이야. 게다가 주 양육자를 잃었고. 지금 당장 혼자 살 수는 없어. 그러니까, 조부모님들이 건강 문제로 고생하시는 건 안됐지만, 할머니가 일어나서 움직이실 수 있게 되면 분명히 우리가 훨씬 더 나은 방법을 생각해낼 수 있을 거야."

나는 아무 말도 하지 않았다. 데이브는 데커 할아버지와 도러시를 만난 적이 없었다. 나도 그분들을 자주 본 건 아니었지만, 주로 기억나는 것은 우리 사이에 혈육의 정이 전혀 없었다는 느낌, 쇼핑몰에서 어슬렁거리는 생판 모르는 아이를 보듯이 나를 보던 두 사람의 알 수 없는 눈길이었다. 두 사람과 같이 사는 것은 말 그대로 상상이 되지 않았기 때문에 나는 마지막으로 메릴랜드에 갔을 때를 기억해내려고 머릿속을 샅샅이 뒤졌지만 고작 일고여덟 살 때라 기억나는 것이 별로 없었다. 벽에는 격언을 수놓은 액자들이 걸려 있었고 싱크대에는 도러시가 음식을 건조시킬 때 쓰는 기묘한 플라스틱 기계가 있었다. 어느 순간—할아버지가 나에게 끈적거리는 손으로 기차 모델 세트를 만지지 말라고 고함을 친 다음에—아빠는 (겨울인데도) 담배를 피우러 밖으로 나가서 들어오지 않았다. 우리가 밖으로 나가서 차에 탄 다음에 엄마가 "아유 세상에"라고 말했고(내가 아빠의 가족과 알고 지내야 한다는 것은 엄마 생각이었다), 우리는 두 번 다시 할아버지 댁에 가지 않았다.

호텔에서 지내는 게 어떠냐는 제안이 오고 며칠 후에 내 앞으로 쓴 카드가 앤디의 집에 도착했다. (조금 다른 이야기지만, 밥과 도러시—카드에 그렇게 서명되어 있었다―가 전화기를 들고 나한테 전화를 했어야 하는 거라고 생각한다면 잘못된 걸까? 아니면 차를 타고 직접 나를 만나러 뉴욕으로 왔어야 한다거나? 하지만 두 사람은 어느 쪽도 하지 않았다. 그들이 불쌍하다고 탄식을 하며 내 곁으로 달려오리라 기대한 건 아니지만, 성격에 맞지 않더라도 사소한 애정 표현으로 나를 놀라게 했더라면 좋았을 것이다.)

사실 카드는 도러시가 보낸 것이었다(뒤늦게 생각난 듯 '밥'이라는 서명을 자기 서명 옆에 억지로 끼워 넣었다). 흥미롭게도 봉투는 김을 쐬어서 열었다가 다시 봉한 것처럼 보였지만―바버 부인? 사회복지과?―카드는 분명 1년에 한 번 오던 크리스마스카드와 똑같이 도러시의 위아래로 뻗치는 유럽식 필체, 아빠가 언젠가 말했듯이 라굴뤼의 메뉴 칠판에 오늘의 생선 요리를 적어야 할 것 같은 글씨로 적혀 있었다. 카드 앞면에는 축 늘어진 튤립이 그려져 있고 밑에는 '끝이란 없다'라고 인쇄되어 있었다.

얼마 안 되는 기억에 따르면 도러시는 쓸데없는 말을 하는 사람이 아니었고, 카드 역시 예외가 아니었다. 그녀는 아주 예의 바른 말로 카드를 시작해서―이런 비극적인 일이 일어나다니 정말 유감이다, 이 슬픈 때에 항상 너를 생각하고 있다―메릴랜드 우드브라이어까지 가는 버스 표를 보내주겠다고 제안하는 동시에 자신과 데커 할아버지가 나를 보살펴야 한다는 '요구를 충족'시킬 수 없게 만드는 불분명한 질병에 대해 넌지시 내비쳤다.

"요구?" 앤디가 말했다. "네가 추적할 수 없는 돈으로 천만 달러쯤 달라고 한 것처럼 말하네."

나는 아무 말도 하지 않았다. 이상하지만 나를 괴롭힌 것은 카드의 그림이었다. 잡화점 카드 코너에서 흔히 볼 수 있는 카드였고 이상한 점은 하나도 없었지만, 아무리 예술적인 그림이라고 해도 시든 꽃 그림은 얼마 전에 엄마를 잃은 사람에게 보내기에 적당치 않은 것 같았다.

"할머니가 아프신 줄 알았는데? 왜 할머니가 카드를 썼지?"

"내가 어떻게 알아." 나도 그 점이 이상했다. 친할아버지가 한마디 덧붙이거나 직접 서명을 하지도 않은 점이 이상해 보였다.

"어쩌면 이렇게 된 걸지도 몰라." 앤디가 음울하게 말했다. "할머니가 알츠하이머에 걸린 할아버지를 집에 가둬놓은 거야. 재산을 차지하려고. 부인이랑 나이 차이가 많이 나면 흔히 일어나는 일이야, 알잖아."

"할아버지한테 그 정도로 재산이 많을 것 같지는 않은데."

"그럴지도 모르지." 앤디가 보란 듯이 목을 가다듬으며 말했다. "하지만 힘에 대한 욕구도 절대 빼놓을 수 없어. '이빨과 발톱이 피로 물든 자연'이라고 하잖아. 네가 유산을 가로채는 게 싫은 걸지도 몰라."

"얘들아." 〈파이낸셜 타임스〉를 읽던 바버 씨가 불쑥 고개를 들고 말했다. "썩 유익한 대화는 아닌 것 같구나."

"솔직히 시오가 우리랑 같이 살면 왜 안 되는지 모르겠어요." 앤디가 내 생각을 그대로 말했다. "난 시오랑 사는 게 좋고, 방도 충분히 넓잖아요."

"물론 우리야 시오가 같이 살면 좋지." 바버 씨가 이렇게 말했지만 내 귀에 흡족할 만큼 확실하고 진심 어린 말로 들리지는 않았다. "하지만 시오네 가족이 뭐라고 생각하겠니? 내가 알기로 납치는 아직까지 범죄라던데."

"음, 아빠, 내 말은요, 지금 그런 상황이 아닌 것 같다고요." 앤디가 신경에 거슬리는 아득한 목소리로 말했다.

갑자기 바버 씨가 마시던 탄산수를 들고 벌떡 일어났다. 아저씨는 약을 먹고 있어서 술을 못 마셨다. "시오, 깜빡했네. 항해할 줄 아니?"

바버 씨가 뭘 묻는 건지 깨닫는 데 시간이 조금 걸렸다. "아니요."

"아, 아쉬워라. 앤디는 작년에 메인 주로 항해 캠프를 가서 아주 재밌는 시간을 보냈는데, 그렇지?"

앤디가 아무 말도 하지 않았다. 앤디는 그때가 평생 최악의 2주였다고 나에게 여러 번 말했었다.

"해상 깃발 신호 읽는 법은 아니?" 바버 씨가 나에게 물었다.

"네?" 내가 말했다.

"서재에 아주 멋진 표가 있어, 보여줄게. 그런 표정 짓지 마, 앤디. 누구에게나 아주 쓸모 있는 기술이야."

"지나가는 예인선을 불러야 할 일이 있다면 물론 그렇겠죠."

"아들이 어찌나 똑똑한지, 참 피곤하네." 바버 씨가 이렇게 말했지만 사실 짜증이 나기보다는 다른 데 정신이 팔린 것 같았다. "게다가 말이야." 아저씨가 내 쪽으로 고개를 돌리고 말했다. "퍼레이드나 영화에, 또 잘은 모르지만 무대 같은 데 해상 깃발 신호가 얼마나 자주 등장하는지 알면 아마 깜짝 놀랄걸."

앤디가 얼굴을 찡그렸다. "무대라고요?" 그가 비웃듯이 말했다.

바버 씨가 고개를 돌려 앤디를 보았다. "그래, 무대. 그 말이 웃기니?"

"잘난 척하는 것 같다는 말이 더 어울리겠죠."

"글쎄, 미안하지만 뭐가 그렇게 잘난 척 하는 것 같다는지 난 모르겠는데? 네 증조할머니가 딱 그렇게 말씀하셨어." (바버 씨의 할아버지는 별로 유명하지 않은 영화배우 올가 오스굿과 결혼을 해서 사교계 명사록에서 빠졌다.)

"제 말이 바로 그거예요."

"그럼 내가 뭐라고 하면 좋겠니?"

"사실은요 아빠, 제가 정말 알고 싶은 건 아빠가 연극에서 해상 깃발 신호를 마지막으로 본 게 언제냐는 거예요."

"〈남태평양〉." 바버 씨가 얼른 말했다.

"그거 빼고요."

"난 말 다 했어."

"게다가 아빠 엄마는 〈남태평양〉을 보지도 않았잖아요."

"어휴, 앤디야."

"음, 그리고 봤어도 마찬가지예요. 증거 하나로 아빠의 주장을 입증할 수 없다고요."

"이렇게 말도 안 되는 대화는 거절하겠다. 가자, 시오."

7

이때부터 나는 좋은 손님이 되려고 특별히 애쓰기 시작했다. 아침이면 침대를 정리하고, 항상 고맙습니다, 부탁드립니다라고 말하고, 엄마가 내게 바랐을 것이면 뭐든지 했다. 하지만 불행히도 바버 씨네 집은 어린 동생들을 돌보거나 접시를 내놓는 것으로 고마움을 표할 수 있는 곳이 아니었다. 화분을 돌봐주러 오는 여자—앤디네 아파트는 빛이 거의 안 들어서 화분이 대부분 죽었기 때문에 아주 우울한 일이었다—부터 옷장과 도자기 수집품 정리가 주 업무인 듯한 바버 부인의 조수까지 집안일을 돌보는 사람이 여덟 명 정도 있었다. (내가 세탁기가 어디 있느냐고 묻자 바버 부인은 내가 비누를 만들 테니 잿물과 돼지기름을 달라고 말한 것처럼 놀란 표정으로 나를 보았다.)

나는 아무것도 할 필요가 없었지만 세련되고 복잡한 앤디네 가정에 섞여들기 위해 노력하는 것은 정말 힘들었다. 나는 배경에 파묻히려고—산호초 사이의 물고기처럼 중국풍의 문양 사이로 보이지 않게 미끄러져 들어가려고—필사적이었지만 하루에도 수백 번씩 원치 않는 관심을 끄는 것 같았다. 수건이나 일회용 밴드, 연필깎이처럼 아주 사소한 물건 하나까지도 써도 되는지 물어봐야 했고, 열쇠가 없으니 집으로 돌아올 때마다 초인종을 눌러야 했다. 심지어는 아침에 침대를 스스로 정리하려는 선의의 노력까지도 시선을 끌었다(바버 부인은 이렌카나 에스페렌자가 침대 정리에 더 익숙하고 모서리 부분도 더 잘 정리하니까 그들에게 맡기는 것이 더 낫다고 설명했다). 나는 문을 벌컥 열다가 골동품 외투걸이 꼭대기 장식을 부러뜨렸고, 도난 경보기를 두 번이나 실수로 울렸으며, 심지어 어느 날 밤에는 욕실을 찾다가 실수로 안방에 들어갔다.

다행히도 앤디의 부모님은 집에 잘 안 계셨기 때문에 내 존재가 두 사람에게 큰 불편을 끼치는 것 같지는 않았다. 바버 부인은 손님이 오는 경우가 아니면 오전 열한 시쯤 외출했고—저녁 시간 두 시간 전쯤에 갑자기 들어와서 진라임을 마시고 '간단한 목욕'을 할 때도 있었지만—우리가 자러 갈 때까지 집을 비웠다. 바버 씨는 주말을 빼고는 바버 부인보다도 더 보기 힘들었고, 퇴근 후에 냅킨에 싼 탄산수 잔을 들고 앉아서 저녁 외출을 위해 단장하는 바버 부인을 기다리는 모습 정도만 마주쳤다.

지금까지 내가 맞닥뜨린 가장 큰 문제는 앤디의 동생들이었다. 운 좋게도 플랫은 그로턴에서 어린아이들을 괴롭히고 있었지만, 킷시와 겨우 일곱 살밖에 안 된 남동생 토디는 내가 자기들 집에 머물면서 자기들이 부모님에게 받는 작은 관심을 빼앗아서 화가 난 것이 분명했다. 킷시는 짜증을 내고 샐쭉거리고 눈알을 굴리며 적대적으로 낄낄거릴 뿐 아니라 (내 입장에서는) 황당한 소동도 일으켰다. 그 애가 친구와 가정부 들, 자기 말을 들어주는 사람 누구에게나 내가 자기 방에 들어가서 책상 위 선반에 모아둔 돼지 저금통들을 뒤진다고 불평했는데, 이 문제는 완전히 해결되지 못했다. 토디는 몇 주가 지나도 내가 가지 않자 점점 더 기분이 나빠졌다. 아침 식사 시간이면 뻔뻔하게 나를 빤히 보았고 바버 부인이 식탁 아래로 손을 뻗어 토디를 꼬집게 만드는 질문을 자주 했다. 어디 살아? 우리 집에 얼마나 더 있을 거야? 아빠는 있어? 그러면 아빠는 어디 있어?

"좋은 질문이야." 내가 이렇게 말하자 킷시는 충격을 받은 듯 웃음을 터뜨렸다. 킷시는 학교에서 인기가 많았고, 그 밝은 금발의 모습은―고작 아홉 살인데도―앤디가 평범한 만큼이나 예뻤다.

8

이삿짐센터 직원들이 와서 엄마의 짐을 포장해 보관소에 맡기기로 되어 있었다. 그 사람들이 오기 전에 내가 우리 아파트로 가서 필요하거나 원하는 물건을 가져와야 했다. 나는 그 그림을 끝내지 못한 학교 과제처럼 떨쳐지지는 않지만 어렴풋하게만 의식했는데, 그림의 실제 중요성과는 정말 전혀 어울리지 않는 생각이었다. 언젠가는 그림을 미술관에 돌려줘야 했지만 나는 큰 소동 없이 돌려줄 방법을 아직 찾지 못한 상황이었다.

나는 그림을 돌려줄 기회를 이미 한 번 놓쳤다. 무슨 수사관이라는 사람들이 나를 찾아왔지만 바버 부인이 돌려보냈던 것이다. 나는 킷시와 토디를 돌보는 웨일스 여자 켈린의 말을 듣고 그 사람들이 수사관, 혹은 경찰이라는 것을 알았다. 낯선 사람들이 나를 만나고 싶다며 찾아왔을 때 켈린은 토디를 어린이집에서 데려오던 참이었다. "양복 입는 사람들 있잖아." 켈린이 의미심장하게 눈살을 찌푸리며 말했다. 그녀는 뚱뚱하고, 말이 빠르고, 불가에 서 있던 사람처럼 항상 뺨이 상기되어 있었다. "그런 생김새였어."

나는 너무 무서워서 그런 생김새가 뭐냐고 물을 수 없었다. 그리고 바버 부인이 무슨 말을 해주려나 싶어서 조심스럽게 가보았지만 그녀는 바빴다. "미안." 바버 부인이 나를 보지도 않고 말했다. "이 얘기는 나중에 하면 안 될까?" 뉴욕 시 발레단의 유명한 단원과 유명한 건축가를 비롯한 손님들이 30분 안에 도착할 예정이었다. 바버 부인은 느슨한 목걸이 걸쇠와 씨름하고 있었고 에어컨이 제대로 작동하지 않아서 화가 난 상태였다.

"저한테 무슨 문제라도 생겼어요?"

내가 무슨 말을 하고 있는지 깨닫기도 전에 말이 불쑥 튀어나왔다. 바버 부인이 손을 멈췄다. "시오, 무슨 소리야. 아주 친절하고 이해심 많은 사람들이었어. 지금 사정상 돌려보낼 수밖에 없었던 거야. 전화도 없이 불쑥 찾아오다니. 아무튼 지금은 때가 별로 좋지 않다고 말했어, 물론 그 사람들도 이 상황을 보고 눈치 챘겠지." 바버 부인은 바쁘게 움직이는 출장 요리사들과 손전등을 켜고 사다리에 올라 에어컨 배기관을 살펴보고 있는 아파트 기계공을 가리켰다. "자, 빨리 나가렴. 앤디는 어디 있니?"

"한 시간 안에 올 거예요. 천문학 수업에서 플라네타륨 천문관에 갔어요."

"음, 부엌에 먹을 거 있어. 미니 타르트는 여유분이 별로 없지만 핑거 샌드위치는 얼마든지 먹어도 돼. 케이크를 자르고 나면 그것도 좀 먹어도 되고."

바버 부인의 태도가 너무나 대수롭지 않았기 때문에 나는 사흘 뒤 기하학 수업 시간에 그 사람들이 학교로 찾아올 때까지 그 일을 까맣게 잊고 있었다. 젊은 사람과 그보다 좀 나이가 있는 사람이 평범한 복장으로 열려 있는 문을 정중하게 두드렸다. "시어도어 데커를 만나고 싶은데요." 이탈리아인 같은 젊은 남자가 보로스키 선생님에게 이렇게 말했고 나이 든 남자는 교실 안을 열심히 들여다보았다.

"얘기를 좀 하고 싶어서, 괜찮겠니?" 엄마가 죽은 날 비먼 선생님과 엄마와 내가 다 같이 만나기로 되어 있던 그 무시무시한 상담실로 걸어갈 때 나이 든 남자가 말했다. "무서워할 것 없어." 그는 회색 염소수염을 기른 흑인이었고, 텔레비전에 나오는 멋진 경찰처럼 거칠면서도 착해 보였다. "그냥 그날 있었던 많은 일들을 종합해보려는 건데, 네 도움을 받고 싶어서."

나는 처음에는 겁이 났지만 그 사람이 *무서워할 것 없다*라고 말했기 때문에 그 말을 믿었다. 그가 회의실 문을 열 때까지는 말이다. 거기에는 트위드 모자를 쓴 나의 숙적 비먼 선생님이 조끼에 회중시계를 차고 언제나처럼 거만하게 앉아 있었고, 사회복지사 엔리케와 학교 상담사 스완슨 선생님(나무에 얼음을 던지면 기분이 나아질지도 모른다고 말했던 바로 그 사람), 언제나처럼 검정색 리바이스와 터틀넥 차림의 정신과 의사 데이브, 그리고 무엇보다도, 굽 높은 구두를 신고 그 방에 있는 다른 사람들이 한 달에 버는 돈을 전부 합친 것보다 비싸 보이는 진주색 정장을 입은 바버 부인이 앉아 있었다.

내가 느낀 공포가 얼굴에 그대로 드러났던 것이 틀림없다. 그때 내가 정확히 몰랐던 부분, 즉 내가 미성년자이기 때문에 공식 면담을 하려면 부모님이나 보호자가 동석해야 한다는 사실을 조금만 더 잘 알았다면 그렇게 놀라지 않았을지도 모른다. 그런 이유로 아주 막연하게나마 나의 대변자라 할 수 있는 사람들이 모두 불려 왔던 것이다. 하지만 수많은 어른과 탁자 한가운데 놓인 녹음기를 보았을 때 나는 공식적인 관련자들이 내 운명을 결정하고 각자가 적절하다고 생각하는 방식대로 나를 처리하기 위해서 모였다고 생각할 수밖에 없었다.

나는 뻣뻣하게 앉아서 수사관들의 예비 질문(취미가 있니? 운동을 하니?)을 견뎌냈고, 결국 잡담이 내 긴장을 별로 풀어주지 못한다는 사실이 모두의 눈에 분명해졌다.

수업의 끝을 알리는 종이 울렸다. 복도에서 사물함을 쾅 닫는 소리, 애들이 웅얼거리는 소리가 들려왔다. "탈하임, 너 죽었어." 어떤 남자애가 흥분해서 소리쳤다.

이탈리아계 남자—이름이 레이라고 했다—가 내 앞에 무릎이 맞닿을 정도로 의자를 당겨 앉았다. 그는 젊지만 뚱뚱했고, 성격 좋은 리무진 운전사 같은 분위기를 풍겼으며, 처진 눈은 술을 마신 것처럼 활기가 없고 촉촉하고 졸려 보였다.

"네가 뭘 기억하는지 알고 싶은 것뿐이야." 레이가 말했다. "기억을 더듬어서 그날 아침의 전반적인 상황을 떠올려봐, 알겠지? 사소한 일을 생각하다 보면 우리한테 도움이 되는 기억이 떠오를 수도 있거든."

레이는 내가 그의 데오도런트 냄새를 맡을 수 있을 정도로 바짝 다가앉았다.

"예를 들면 어떤 거요?"

"예를 들면 아침에 뭘 먹었는지 같은 거. 거기서 시작하면 되겠다, 응?"

"으음." 나는 레이가 손목에 차고 있는 이름이 새겨진 금팔찌를 물끄러미 보았다. 수사관들이 이런 질문을 할 줄은 몰랐다. 사실은 내가 학교에서 말썽을 일으켜 엄마가 나에게 화가 나 있어서 그날 아침에 둘 다 아무것도 먹지 않았지만 그렇게 말하려니 너무 창피했다.

"기억 안 나?"

"팬케이크요." 내가 필사적으로 내뱉었다.

"아, 그래?" 레이가 예리한 시선으로 나를 보았다. "엄마가 만드셨니?"

"네."

"팬케이크에 뭐가 들어 있었는데? 블루베리? 초콜릿 칩?"

내가 고개를 끄덕였다.

"둘 다라고?"

나를 보는 모두의 시선이 느껴졌다. 비먼 선생님이 사회윤리 수업 시간처럼 고상하게 말했다. "기억이 안 난다고 대답을 꾸며낼 필요는 없단다."

노트를 들고 구석 자리에 앉아 있던 흑인 수사관이 비먼 선생님에게 날카로운 경고의 시선을 보냈다.

"사실, 기억이 좀 손상된 것 같아요." 스완슨 선생님이 체인 달린 안경을 만지작거리면서 낮은 목소리로 끼어들었다. 선생님은 흐르듯 드리워진 흰 셔츠에 희끗희끗한 머리카락을 등 뒤로 길게 땋아 내린 할머니였다. 지도를 받으러 선생님 사무실로 보내진 아이들은 그녀를 '스와미'라고 불렀다.

스완슨 선생님은 나와 상담할 때 얼음을 던져보라는 충고 외에도 감정을 해소하는 데 도움이 되는 3단 호흡법을 가르쳐주었고 상처받은 마음을 나타내는 만다라를 그리게 했다. "머리가 부딪혔어요. 그렇지, 시오?"

"그게 사실이니?" 레이가 노골적으로 나를 보며 말했다.

"네."

"의사 선생님한테 진찰은 받았니?"

"바로 받진 않았어요." 스완슨 선생님이 말했다.

바버 부인이 발목을 교차시켰다. "제가 뉴욕 장로교 병원 응급실에 데려 갔었어요." 그녀가 냉랭하게 말했다. "시오가 우리 집에 왔을 때 머리가 아프다고 해서요. 하루쯤 지나서 검진을 받았죠. 아무도 시오에게 어디 아픈데는 없냐고 물어볼 생각을 못 했던 것 같군요."

엔리케가 뭐라 말하려 했지만 나이 많은 흑인 경찰(방금 막 그의 이름이 생각났다, 모리스였다)이 흘깃 보자 아무 말도 하지 않았다.

"자, 시오." 레이라는 남자가 내 무릎을 톡톡 치며 말했다. "우릴 돕고 싶은 거 알아. 도와주고 싶지, 응?"

내가 고개를 끄덕였다.

"좋아. 하지만 우리가 묻는 걸 모르겠잖아? 그러면 모른다고 해도 괜찮아."

"우리는 그냥 여러 가지 질문을 던지면서 네 기억을 끄집어낼 수 있는지 보고 싶은 거야." 모리스가 말했다. "괜찮겠니?"

"뭐 필요한 거 있니?" 레이가 나를 유심히 보면서 말했다. "물 한 잔 줄까? 아니면 탄산음료?"

내가 고개를 젓는데—학교에서 탄산음료를 마시는 것은 금지되어 있었다—비면 선생님이 말했다. "죄송하지만 교내에서는 탄산음료를 마시면 안 됩니다."

레이가 그만 좀 하시죠라는 표정을 지었지만 비먼 선생님이 봤는지 아닌지 알 수 없었다. "미안하다, 안 된다는구나." 그가 다시 나를 보면서 말했다. "먹고 싶으면 나중에 가게에 가서 사줄게, 괜찮지? 자, 그럼." 레이가 박수를 짝 쳤다. "첫 번째 폭발이 일어날 때까지 너랑 엄마랑 건물 안에 어느 정도 있었던 것 같니?"

"한 시간 정도요."

"추측이니, 확실한 거니?"

"추측이에요."

"한 시간이 넘는 것 같아, 안 되는 것 같아?"

"한 시간을 넘지는 않았던 것 같아요." 내가 한참 후에 말했다.

"사건을 생각나는 대로 설명해줄래?"

"무슨 일이 벌어진 건지 안 보였어요." 내가 말했다. "아무 문제 없었는데 갑자기 큰 소리로 섬광이 번쩍하고 쾅 하더니—"

"큰 소리로 섬광이?"

"그게 아니라, 쾅 소리가 컸다고 말하려던 거였어요."

"쾅 소리라고 했지." 모리스가 나섰다. "어떤 소리였는지 조금 더 자세히 설명할 수 있겠니?"

"모르겠어요. 그냥…… 컸어요." 사람들이 뭔가 더 기대하는 듯이 나를 보고 있어서 내가 덧붙였다.

이어진 침묵 속에서 은밀한 딸깍 소리가 들렸다. 바버 부인이 고개를 숙이고 블랙베리의 메시지를 조심스럽게 확인하고 있었다.

모리스가 목을 가다듬었다. "냄새는?"

"네?"

"폭발 직전에 특이한 냄새가 났니?"

"아닌 것 같아요."

"전혀? 확실하니?"

질문이 천천히 계속되면서―나를 혼란스럽게 하려고 같은 질문을 조금씩 바꿔서 하고 또 했고, 그러면서 가끔 새로운 질문을 섞었다―나는 마음의 준비를 하고 그들이 그림으로 화제를 돌리기를 절망적으로 기다렸다. 사실을 인정하고 무엇이 됐든 그 결과를 직면해야 했다(무척 비참한 결과가 틀림없었다, 감옥에 갈 것이 분명하니까). 두어 번 정도 나는 너무 무서워서 사실을 내뱉을 뻔했다. 하지만 수사관들이 질문을 할수록 (머리를 부딪혔을 때 어디 있었니? 아래층으로 내려오면서 보거나 얘기를 나눈 사람은 누구지?) 그들이 나에게 무슨 일이 있었는지, 폭발이 일어났을 때 내가 어느 전시실에 있었는지, 심지어는 내가 건물에서 어떻게 나왔는지도 전혀 모른다는 생각이 들었다.

수사관들은 미술관 평면도를 가지고 있었다. 전시실은 이름 대신 전시실 19A, 전시실 19B라는 번호로 표시되어 있었고, 미로처럼 얽힌 숫자와 문자가 27까지 있었다. "첫 번째 폭발이 일어났을 때 여기 있었니?" 레이가 손가락으로 가리키며 말했다. "아니면 여기?"

"모르겠어요."

"천천히 생각해봐."

"모르겠어요." 내가 약간 흥분해서 다시 말했다. 컴퓨터로 만든 듯한 전시실 도면은 무척 헷갈렸고, 비디오게임이나 역사 채널에서 봤던 히틀러의 벙커를 재구성한 도면처럼 전혀 말이 되는 것 같지도 않고 내가 기억하는 공간을 나타내는 것 같지도 않았다.

레이가 다른 지점을 가리키며 말했다. "이 구역이었니? 이게 그림들이 있던 전시대야. 전시실이 다 똑같아 보이겠지만, 여기를 기준으로 네가 어디 있었는지 기억할 수 있겠니?"

나는 절망적인 심정으로 도면을 빤히 보면서 아무 대답도 하지 않았다.

(도면이 그렇게 낯설어 보였던 것은 그들이 나에게 엄마의 시체가 발견된 구역, 그러니까 폭발이 일어났을 때 내가 있던 위치와는 먼 전시실들을 보여주고 있었기 때문이기도 했지만 나는 나중에야 그 사실을 깨달았다.)

"나가는 길에 아무도 못 봤다고?" 모리스가 내가 했던 말을 되풀이하면서 격려하듯 말했다.

내가 고개를 저었다.

"기억도 전혀 안 나고?"

"음, 그러니까— 뭔가로 덮인 시체들을 봤어요. 장비도 널려 있었고요."

"폭발 구역에 드나드는 사람도 없었다는 거지."

"아무도 못 봤어요." 내가 끈질기게 되풀이했다. 이미 다 한 이야기였다.

"그러니까 소방관이나 구조대원도 아무도 못 봤다고."

"네."

"그렇다면 대피 명령이 떨어진 후에 네가 나왔다고 생각할 수 있겠군. 그러면 첫 번째 폭발 후 40분에서 한 시간 반 정도 시간이 지났다는 뜻이야. 그렇게 생각해도 되겠니?"

내가 힘없이 어깨를 으쓱였다.

"그렇다는 거야, 아니라는 거야?"

나는 바닥을 물끄러미 보았다. "모르겠어요."

"뭘 모르겠지?"

"모르겠어요." 내가 다시 말했다. 이어진 침묵이 너무나 길고 불편해서 울음이 터져 나올 것 같았다.

"두 번째 폭발음을 들은 기억은 나니?"

"죄송하지만, 정말 꼭 이렇게 해야 합니까?" 비먼 선생님이 말했다.

나에게 질문을 하던 레이가 고개를 돌렸다. "뭐라고요?"

"아이에게 이런 일을 겪게 하는 목적을 잘 모르겠군요."

모리스가 조심스럽게, 중립적으로 말했다. "우리는 범죄 현장을 조사하고 있습니다. 거기서 무슨 일이 있었는지 알아내는 것이 우리의 일입니다."

"네, 하지만 그런 통상적인 일은 분명 다른 방법으로도 할 수 있으시겠지요. 각종 보안 카메라가 있었을 텐데요."

"물론 있죠." 레이가 약간 날카롭게 말했다. "하지만 먼지와 연기가 자욱하면 카메라로는 아무것도 볼 수 없어요. 폭발 때문에 방향이 바뀌어서 천장을 비추게 되어도 마찬가지죠." 그가 한숨을 쉬고 의자에 기대어 앉으며 말했다. "자, 연기가 났다고 했지. 냄새를 맡은 거니, 눈으로 본 거니?"

내가 고개를 끄덕였다.

"어느 쪽이지? 봤다고? 아니면 냄새를 맡았다고?"

"둘 다요."

"연기가 어느 방향에서 오는 것 같았지?"

내가 다시 모르겠다고 말하려 했지만 비먼 선생님의 말이 아직 끝나지 않았다. "죄송하지만, 긴급한 상황에서 작동하지 않는다면 보안 카메라의 목적이 뭔지 전혀 모르겠군요." 그가 상담실에 있는 모든 사람들을 향해서 말했다. "요즘같이 기술이 뛰어난 시대에, 그런 미술품들을—"

레이가 화가 나서 뭐라 말하려는 듯 고개를 돌렸지만 구석에 서 있던 모리스가 손을 들고 말했다.

"이 아이는 중요한 증인입니다. 보안 시스템은 이런 사건에 대비되어 있지 않았습니다. 자, 죄송하지만 계속 그런 이야기를 하시려거든 나가달라고 말씀드려야겠군요, 선생님."

"저는 이 아이를 대변하기 위해서 온 겁니다. 질문할 권리가 있어요."

"아이의 복지에 직접적인 관련이 없는 문제에 대해서는 그렇지 않지요."

"이상하네요, 저는 관련이 있다는 인상을 받았는데요."

이 말을 듣고 내 앞에 앉은 레이가 몸을 돌려 말했다. "선생님? 진행을 계속 방해하실 겁니까? 그렇다면 이 방에서 나가주셔야겠습니다."

긴장된 침묵이 흐른 후 비먼 선생님이 말했다. "방해할 생각은 전혀 없습니다. 그런 생각은 전혀 없어요. 그럼 계속하시죠." 비먼 선생님이 짜증 난다는 듯 손을 내저으며 말했다. "중단시키려는 마음은 조금도 없습니다."

질문이 계속되었다. 연기는 어느 방향에서 왔지? 빛은 무슨 색이었지? 폭발 직전에 그 구역에서 오가던 사람은 누가 있었지? 폭발 전이나 후에 뭔가 이상한 점이 있었니? 수사관들이 나에게 사진을 보여주었다. 휴가를 즐기는 순진무구한 얼굴들이었지만 나는 한 사람도 알아볼 수 없었다. 아시아인 관광객들과 노인들의 여권 사진, 사진관의 파란 배경 앞에서 미소를 짓고 있는 여드름투성이 십 대들과 엄마들, 평범하고 특별히 기억에 남지 않는 얼굴들이었지만 모두 뭔가 비극의 냄새가 났다. 그런 다음 우리는 다시 도면을 보았다. 이 지도에서 네가 있던 위치를 한 번만 더 짚어볼래? 여기? 아니면 여기? 여기는?

"기억이 안 나요." 내가 계속 말했다. 정말 확신할 수 없었기 때문이기도 했지만 겁에 질려서 면담이 끝나기를 간절히 바랐기 때문이기도 했고, 불안하고 눈에 띄게 조급한 상담실 분위기 때문이기도 했다. 다른 어른들은 말은 하지 않았지만 이미 내가 아무것도 모른다고, 나를 내버려둬야 한다고 모두 생각하는 것 같았다.

그러다가 내가 깨닫기도 전에 모든 것이 끝나버렸다. "시오." 레이가 일어서서 내 어깨에 두툼한 손을 얹으며 말했다. "고맙다, 애써줘서."

"아니에요." 갑작스럽게 끝나서 놀란 내가 말했다.

"너한테 얼마나 힘든 일인지 아주 잘 알아. 이런 일을 다시 떠올리고 싶은 사람은 정말 아무도 없겠지. 이건—" 레이가 손으로 액자 모양을 만들었다. "퍼즐 조각을 맞추는 것과 비슷해. 미술관에서 무슨 일이 일어났는지 알아내기 위해서 말이야. 다른 누구에게도 없는 퍼즐 조각을 네가 몇 개 가지고 있을지도 모르거든. 이렇게 이야기를 나누는 것만으로도 넌 정말 큰 도움을 줬어."

모리스가 몸을 숙여 나에게 명함을 주면서 말했다(바버 부인이 얼른 끼어들어 명함을 받아서 자기 손가방에 넣었다). "또 생각나는 게 있으면 전화해줄 거지?" 그런 다음 바버 부인에게 말했다. "부인께서 이 아이에게 상기시켜주시겠지요? 할 말이 있으면 저희에게 전화하라고 말입니다. 사무실 번호는 거기 명함에 있지만—" 모리스가 주머니에서 펜을 꺼냈다. "잠깐 돌려주시겠습니까?"

바버 부인이 한마디도 없이 가방을 열고 명함을 돌려주었다.

"네, 좋아요." 모리스가 펜을 딸깍 열어 명함 뒷면에 번호를 적었다. "이게 내 휴대폰 번호야. 언제든지 사무실에 메시지를 남겨도 되지만 나랑 통화가 안 되면 휴대폰으로 전화해라, 알겠지?"

모두들 출구로 몰려가고 있을 때 스완슨 선생님이 다가와서 특유의 인정 넘치는 몸짓으로 나에게 팔을 둘렀다. "안녕." 스완슨 선생님이 남몰래, 나와 세상에서 가장 친한 친구라도 되는 것처럼 말했다. "어떻게 지내?"

나는 시선을 피하면서 뭐, 괜찮은 것 같아요라는 표정을 지었다.

스완슨 선생님이 아주 예뻐하는 고양이를 쓰다듬는 것처럼 내 팔을 쓰다듬었다. "잘했어. 정말 힘들었지. 잠깐 내 사무실로 갈래?"

어리둥절한 나는 주변을 서성이는 정신과 의사 데이브와 그 뒤에서 허리에 손을 얹고 뭔가 기대하는 듯 살짝 미소 짓고 있는 엔리케를 보았다.

"부탁이에요." 내가 말했다. 내 목소리에서 분명 간절함이 느껴졌을 것이다. "교실로 돌아가고 싶어요."

스완슨 선생님이 내 팔을 꼭 잡고 데이브와 엔리케를 슬쩍 보는 것이 느껴졌다. "당연하지. 이번 시간은 어느 교실이니? 내가 데려다줄게."

9

벌써 마지막 수업인 영어 시간이었다. 우리는 월트 휘트먼의 시를 배우고 있었다.

> 목성은 다시 뜰 거야, 인내심을 가지렴. 다른 날 밤에 보렴, 플레이아데
> 스성단이 다시 나타날 거야.
> 그들은 죽지 않는단다, 은빛과 금빛의 저 모든 별들은 다시 빛날 거야.

표정 없는 얼굴들. 늦은 오후라 교실은 덥고 졸렸고, 창문이 열려 있어서 웨스트엔드가의 자동차 소리가 올라왔다. 아이들은 팔을 세워 얼굴을 괴고 스프링 노트 여백에 그림을 그렸다.

나는 창밖을, 맞은편 지붕 위의 더러운 물탱크를 물끄러미 보았다. 심문(내가 느끼기에는 그랬다) 때문에 나는 아주 심란해졌고, 전혀 예상치 못한 순간에 나를 덮치는 조각조각난 감각들이 한꺼번에 되살아났다. 숨 막힐 듯 화끈거리는 화학약품과 연기, 전선과 불꽃, 창백하고 차가운 비상등 불빛. 이러한 감각은 머릿속을 새하얗게 만들 정도로 압도적이었고, 그 감각은 학교에 있을 때든 거리에 있을 때든 아무 때나 불쑥불쑥 튀어나왔다. 그 느낌이 엄습하면 나는 길을 걷다가도 얼어붙어버렸다. 세상이 산산조각 나기 전, 소녀와 나의 시선이 얽혔던 그 이상하고 일그러진 순간. 정신을 차려보면 생물 실험 시간이고 짝이 나를 빤히 보고 있는데 방금 걔가 뭐라고 말했는지 전혀 모르겠다거나, 한국 슈퍼마켓의 차가운 음료가 든 냉장고 앞에서 나 때문에 길이 막힌 남자가 어이, 좀 비켜봐, 나 시간 없어라고 말하고 있었다.

사랑스러운 아이야, 너는 오직 목성 때문에 한탄하는 거니?
별들의 죽음에 대해서만 생각하니?

수사관들이 그 소녀나 노인 같아 보이는 사진은 보여주지 않았다. 나는 조용히 재킷 주머니에 왼손을 넣어 더듬더듬 반지를 찾았다. 며칠 전 우리가 배운 단어들 중에 혈족이라는 말이 있었다. 피를 나누었다는 뜻이다. 노인은 얼굴이 너무 많이 찢어지고 다쳤기 때문에 정확히 어떻게 생겼었는지 말할 수 없었지만, 내 손에 느껴지던 따뜻하고 매끈한 피는 너무나 뚜렷이 기억했다. 어떤 면에서 그 피가 아직 남아 있기 때문에 더욱 그랬다. 아직도 그의 피 냄새가 나고 입에서 그의 피 맛이 느껴졌고, 그래서 나는 사람들이 왜 피를 나눈 형제라고 말하는지, 피가 어떻게 사람들을 하나로 묶어주는지 이해할 수 있었다. 지난가을 영어 수업에서 《맥베스》를 읽었는데, 맥베스 부인이 왜 손에서 피를 문질러 지울 수 없었는지, 왜 손을 씻은 다음에도 피가 사라지지 않았는지 나는 이제야 이해가 갔다.

10

내가 가끔 자다가 발버둥을 치며 울어서 앤디가 깼기 때문에 바버 부인이 엘라빌이라는 작은 초록색 알약을 주면서 그걸 먹으면 밤에 무섭지 않을 것이라고 설명해주었다. 나는 약간 당황했다. 내 꿈은 완전한 악몽이 아니라 엄마가 늦게까지 일을 하다가—가끔은 폐차들이 있고 마당에서 사슬에 묶인 개들이 짖는 먼 북쪽 지역의 불탄 폐허에 있었다—차가 없어서 오도 가도 못하는 어수선한 촌극에 불과했기 때문이다. 꿈속에서 나는 불안에 시달리며 엄마를 찾아서 직원용 승강기나 버려진 건물 같은 곳들을 돌아다니고, 어둡고 낯선 버스 정류장에서 엄마를 기다리고, 지나가는 전철

차창에서 엄마와 비슷한 여자들을 흘긋 보고, 바버 씨네 집으로 걸려온 엄마의 전화를 놓쳤다. 이런 식으로 실망과 아슬아슬한 어긋남이 계속 반복되어 나를 괴롭혔고, 결국 숨을 헉 내쉬며 잠에서 깨면 나는 아침 햇살을 받아 땀을 흘리고 구역질을 느끼며 누워 있었다. 나쁜 부분은 엄마를 찾으려고 애를 쓰는 것이 아니라 잠에서 깨어 엄마가 죽었다는 사실을 깨닫는 것이었다.

초록색 약을 먹으니 이런 꿈들조차 답답한 어둠 속으로 사라졌다. (그때는 몰랐지만 지금 생각해보면 바버 부인은 데이브가 처방해준 노란 캡슐과 작은 주황색 타원형 알약에다가 처방받지 않은 약까지 준 셈이니 도를 한참 지나쳤다.) 잠이 들 때는 구덩이로 떨어지는 것 같았고, 종종 아침에 일어나는 것이 무척 힘들었다.

"홍차가 딱이야." 어느 날 아침, 내가 식사 시간에 꾸벅꾸벅 졸고 있으니 바버 씨가 이렇게 말하면서 찻잎을 오래 담가 진하게 우린 차를 나에게 한 잔 따라 주었다. "아삼 수프림이야. 우리 어머니가 만드신 것처럼 진하지. 몸에서 약을 씻어 내려줄 거야. 주디 갈랜드가 어떻게 했는지 아니? 공연을 하기 전에? 음, 할머니한테 들은 이야기에 따르면 남편인 시드 루프트가 항상 중국 식당에 전화를 걸어서 신경안정제 성분을 씻어 내려줄 차를 큰 주전자로 하나 가득 주문했대. 런던 팔라듐 극장에서였던 것 같은데, 효과가 있는 건 진한 차밖에 없어서 주디 갈랜드를 깨우기가 힘들 때도 있었다더구나. 그러니까, 침대에서 끌어내서 옷을 입히는 게—"

"시오한테 주면 안 돼요, 커피랑 똑같잖아요." 바버 부인이 찻잔에 각설탕 두 개와 크림을 잔뜩 넣은 다음 나에게 건네면서 말했다. "시오, 같은 소리 계속하기는 싫지만, 너 정말 뭐 좀 먹어야 돼."

"네." 내가 졸면서, 하지만 블루베리 머핀을 베어 물려고 움직이지도 않으면서 말했다. 음식에서 마분지 맛이 났다. 나는 몇 주째 배가 고프지 않았다.

"시나몬 토스트 먹을래? 아니면 오트밀?"

"우리한테 커피를 못 마시게 하는 건 정말 말도 안 돼요." 앤디가 말했다. 앤디는 학교 가는 길에, 또 오후에 집으로 오는 길에 항상 스타벅스에 들러서 부모님 몰래 커피를 큰 잔으로 사 마셨다. "정말 시대착오적이라고요."

"그럴지도." 바버 부인이 차갑게 말했다.

"반 잔만 마셔도 도움이 될 거예요. 카페인도 없이 아침 8시 45분에 화학 심화 수업을 들으라는 건 진짜 말도 안 돼요."

"아유, 불쌍해라." 바버 부인이 신문에서 고개도 들지 않고 말했다.

"엄마, 그런 태도는 전혀 도움이 안 돼요. 다른 애들은 전부 마신단 말이에요."

"안됐지만 난 그게 사실이 아니라는 걸 알지." 바버 부인이 말했다. "벳시 잉거솔한테 들었는데—"

"잉거솔 아주머니가 *사빈*한테 커피를 못 마시게 할지는 모르지만, 사빈 잉거솔이 무슨 과목이든 심화 수업을 들으려면 커피 한 잔 정도로는 안 될걸요."

"그렇게 말하는 거 아니야, 앤디. 아주 못된 말이야."

"음, 그게 사실인걸요." 앤디가 아무렇지 않게 말했다. "사빈은 진짜 멍청해요. 걔가 그렇게 건강에 신경 쓰는 것도 당연하죠, 그거 말고는 달리 할 일이 없으니까."

"똑똑한 게 다는 아니야, 앤디." 바버 부인이 나를 향해 고개를 돌리고 말했다. "에타가 달걀 삶아주면 먹을래? 아니면 구워줄까? 스크램블? 먹고 싶은 대로 해줄게."

"나 스크램블드에그 좋아요!" 토디가 말했다. "네 개도 먹을 수 있어!"

"넌 안 돼." 바버 씨가 말했다.

"먹을 수 있어요! 여섯 개도 먹을 수 있어! 한 판 다 먹을 수 있어요!"

"덱세드린*을 달라는 것도 아니잖아요." 앤디가 말했다. "그 정도야 먹고 싶으면 학교에서 구할 수 있지만."

"시오?" 바버 부인이 말했다. 에타가 문간에 서 있었다. "달걀 어떻게 해줄까?"

"우리한테는 아침으로 뭐 먹고 싶은지 아무도 안 물어보면서." 킷시가 아주 큰 소리로 이렇게 말했지만 다들 못 들은 척했다.

11

어느 일요일 아침, 나는 답답하고 복잡한 꿈에서 빛을 향해 기어올라 잠에서 깼다. 귀가 울렸고, 뭔가가 내 손아귀에서 미끄러져서 갈라진 땅 사이로 떨어져 두 번 다시 볼 수 없게 되었다는 고통이 느껴졌지만, 그 외에는 기억나지 않는 꿈이었다. 하지만 왠지―이 깊은 침강, 툭 끊어진 실, 흔적도 없이 사라진 조각들 사이에서―한 줄의 문장이 남아 어둠 속에서 텔레비전 화면 아래 뉴스 속보 자막처럼 움직였다. 호바트와 블랙웰. 초록색 초인종을 울려라.

나는 꼼짝도 하기 싫어서 자리에 누운 채 천장을 물끄러미 보았다. 그 문장은 누군가가 종이에 타이프로 쳐서 나에게 준 것처럼 분명하고 또렷했다. 그리고 정말 놀랍게도, 이 문장과 함께 잊고 있던 광활한 기억이 열리더니 수면 위로 떠올랐다. 물 잔에 넣으면 부풀어 올라 꽃이 피듯 펴지는 차이나타운의 종이 뭉치 같았다.

아주 중요한 일이라는 생각에 어찌할 바 모르다가 불쑥 의심이 솟았다. 그게 진짜 기억일까? 그 사람이 정말 나에게 그런 말을 했을까? 아니면 내

---

* ADHD 치료제로 쓰이는 각성제.

가 꿈을 꾸고 있는 걸까? 엄마가 죽기 얼마 전 어느 날 잠에서 깼을 때 나는 (있지도 않은) 몰트라는 학교 선생님이 내가 버릇이 없다며 내 음식에 유리를 갈아서 넣었다고 굳게 믿었고―꿈속 세계에서는 아주 논리적인 사건의 흐름이었다―혼란한 머리로 걱정을 하며 누워 있다가 이삼 분 정도 지나서야 정신을 차렸다.

"앤디?" 내가 몸을 숙여서 아래쪽 침대를 보니 비어 있었다.

나는 몇 초 동안 눈을 크게 뜨고 천장을 보며 누워 있다가 침대에서 내려와 교복 재킷 주머니에서 반지를 꺼낸 다음 새겨진 글씨를 빛에 비춰 보았다. 그런 다음 얼른 반지를 집어넣고 옷을 입었다. 앤디는 벌써 일어나서 다른 식구들과 함께 아침 식사를 하고 있었다. 앤디네 집에서 일요일 아침 식사는 무척 중요했기 때문에 식당에서 온 식구의 목소리가 들렸다. 바버 씨는 가끔 그러는 것처럼 무슨 말인지 모를 이야기를 장황하게 늘어놓고 있었다. 나는 복도에서 잠시 멈췄다가 발을 돌려 거실로 가서 전화기 아래의 장에서 레이스 덮개를 씌운 전화번호부를 꺼냈다.

호바트와 블랙웰. 거기 있었다. 무슨 사업체가 분명했지만 어떤 업체인지는 나와 있지 않았다. 나는 약간 어지러웠다. 흑백으로 쓰인 이름을 보자 이상한 흥분이 몰려왔다. 뒤집어 보지도 않은 카드가 딱 들어맞은 느낌이었다.

주소는 그리니치빌리지 웨스트 10번가였다. 나는 잠시 망설이다가 조마조마한 마음으로 전화번호를 눌렀다.

전화벨이 울리는 동안 나는 거실 탁자 위에 놓인 네모난 황동 시계를 만지작거리고 아랫입술을 잘근잘근 깨물며 탁자 위에 놓인 물새 그림 액자를 바라보았다. 제비갈매기, 타운젠드 가마우지, 물수리, 흰눈썹뜸부기. 나는 내가 누구라고 설명할지, 또는 내가 알고 싶은 것을 어떻게 물어볼지 잘 몰랐다.

"시오?"

나는 죄지은 사람처럼 놀라서 펄쩍 뛰었다. 옅은 회색 캐시미어 차림의 바버 부인이 커피 잔을 들고 거실로 들어와 있었다.

"뭐 하니?"

수화기 너머에서 아직도 전화벨이 울리고 있었다. "아무것도 안 해요." 내가 말했다.

"으음, 어서 와. 음식이 식잖아. 에타가 프렌치토스트를 만들었어."

"고맙습니다. 금방 갈게요." 대답하는 그때 통신사의 기계 목소리로 나중에 다시 걸어달라는 안내가 나왔다.

나는 딴생각에 사로잡힌 채로—적어도 자동 응답기가 나오기를 바랐다—앤디네 식구들이 모인 식당으로 갔다가 평소에 내가 앉던 자리에 플랫 바버(마지막으로 봤을 때보다 훨씬 크고 얼굴이 더 빨갰다)가 앉아 있는 것을 보고 깜짝 놀랐다.

"아." 바버 씨가 하던 말을 중단하고 냅킨으로 입술을 닦더니 벌떡 일어났다. "자, 자, 이제 다 모였네. 좋은 아침이다. 플랫 기억나지? 플랫, 얘는 시어도어 데커, 앤디 친구야. 기억나지?" 아저씨가 이렇게 말하면서 저벅저벅 걸어가서 의자를 하나 가지고 오더니 식탁 모퉁이에 어색한 자리를 만들어주었다.

내가 모여 있던 사람들과 약간 떨어져서 앉자—다른 사람들보다 10센티미터 정도 낮았고 다른 의자와 어울리지 않는 가냘픈 대나무 의자였다—플랫이 별 관심 없이 나와 시선을 마주친 다음 고개를 돌렸다. 파티 때문에 집에 왔는데, 숙취가 있는 것 같았다.

바버 씨가 자리에 다시 앉아서 가장 좋아하는 주제, 즉 항해에 대해서 하던 이야기를 이어갔다. "아까 말했지만 문제는 자신감 부족이야. 앤디, 넌 킬보트에서 자신감이 부족하지만 그럴 이유가 하나도 없어, 단독 항해 경험이 부족하다는 것만 빼면 말이야."

"아니요." 앤디가 아득한 목소리로 말했다. "근본적인 문제는 내가 배를 경멸한다는 거예요."

"말도 안 되는 소리." 바버 씨는 나만은 알고 있다는 듯이 나를 향해 눈을 찡긋했지만 나는 몰랐다. "그렇게 지루한 척해도 난 안 믿어! 저기 벽에 걸린 사진 좀 봐, 재작년 봄에 플로리다 주 새니벌에서 찍은 거! 저 아이는 절대 바다와 하늘과 별을 보면서 지루해하지 않지, 암."

앤디는 메이플 시럽 병에 붙은 눈 오는 풍경화를 보면서 잠자코 앉아 있었고, 바버 씨는 졸리고 이해하기 어려운 말로 항해가 남자아이들을 단련시키고 기민함과 옛날 뱃사람처럼 강한 의지를 키워준다며 찬사를 늘어놓았다. 앤디의 말에 따르면 지난 몇 년 동안은 객실에 남아서 책을 읽거나 동생들과 카드 게임을 할 수 있었기 때문에 배를 타고 나가는 것을 크게 신경 쓰지 않았다. 하지만 이제는 항해를 도울 나이가 되었다. 즉, 갑판 위로 올라가서 자기를 괴롭히는 플랫 옆에서 앞이 안 보일 정도로 강렬한 태양빛을 받으며 고되게 일하는 긴장된 나날을 보내야 한다는 뜻이었다. 앤디는 아버지가 큰 소리로 명령을 내리면서 짠 물보라를 즐기는 동안 돛 아래 몸을 숙이고 방향감각을 완전히 잃은 채 밧줄에 휘감기거나 물속으로 떨어지지 않기 위해서 최선을 다해야 했다.

"아아, 새니벌에 갔을 때 그 빛 기억나니?" 앤디의 아버지가 의자에 기대어 앉으며 천장을 바라보았다. "정말 *근사했지*? 빨간색과 주황색이 섞인 낙조 말이야. 장작불처럼. 정말 대단했지. 하늘을 *꿰뚫고 쏟아지는* 순수한 불꽃 같았잖아? 해터러스 곶에서 탐스럽고 멋진 달도 봤었지, 주변에 파란 안개가 낀 달 말이야. 맥스필드 패리시였나요, 서맨사?"

"네?"

"맥스필드 패리시가 맞아요? 내가 좋아하는 그 예술가 말이에요. 하늘을 정말 근사하게 그리는 화가 있잖아요." 바버 씨가 두 팔을 활짝 벌렸다. "높이 솟은 구름도 있고. 잠깐만 봐줘라, 시오. 네 앞에서 잘난 척하려는 건 아니야."

"컨스터블이 구름을 잘 그리죠."

"아니, 아니, 그 사람 말고요, 내가 말하는 사람이 훨씬 더 만족스러운데. 아무튼 — 어휴, 그날 밤 바다에서 본 *하늘*은 정말 대단했지. 마법 같고. 목가적이었어."

"그게 언제였죠?"

"기억이 안 난다는 건 아니겠지! 그 여행의 하이라이트였는데."

의자에 구부정하게 앉아 있던 플랫이 심술궂게 말했다. "앤디한테 여행의 하이라이트는 점심을 먹으러 스낵바에 들를 때였죠."

앤디가 가냘픈 목소리로 말했다. "엄마도 배 타는 거 별로 안 좋아하잖아요."

"열광적으로 좋아하지는 않지." 바버 부인이 딸기 쪽으로 다시 손을 뻗으며 말했다. "시오, 제발 조금이라도 먹으렴. 그렇게 계속 굶으면 안 돼. 이젠 정말 아픈 사람 같잖아."

바버 씨가 서재에서 해상 깃발 신호표로 즉흥 수업을 해주었지만 나 역시 항해에 별로 흥미가 생기지 않았다. "우리 아버지가 나에게 준 가장 큰 선물이 뭔지 알아?" 바버 씨가 열심히 말하고 있었다. "그건 바로 바다였지. 바다에 대한 사랑, 그 감정 말이야. 아빠는 나에게 *대양을 준 거야.* 너한텐 정말 안타까운 손해야, 앤디. 앤디, 아빠를 봐, 지금 너한테 얘기하고 있잖아. 나에게 *자유*를 준 바로 그 바다에 네가 등을 돌리기로 결정한다면 정말 크나큰 손해란 말이야."

"좋아하려고 노력해봤어요. 그런데 난 천성적으로 바다가 싫어요."

"*싫다고?*" 경악, 아연실색. "뭐가 싫다는 거야? 별과 바람이? 하늘과 태양이? 자유가?"

"그게 전부 항해와 상관있다면, 네, 다 싫어요."

"으음." 바버 씨가 도와달라는 듯이 나를 포함해서 주변을 둘러봤다. "얘가 진짜 고집을 부리네." 그런 다음 앤디를 향해서 말했다. "바다란 말이다, 실컷 부인해도 좋아, 하지만 그건 네가 *태어날 때부터* 가지고 있는 권리야. 네 핏속에 흐른다고. 페니키아까지, 고대 *그리스까지* 거슬러 올라가면—"

바버 씨가 마젤란과 천문 항법, 〈빌리 버드〉("나는 바다에 가라앉던 웨일스인 태프를 기억하네, 그의 뺨은 막 피어나는 분홍빛이었네")에 대한 이야기를 늘어놓는 동안 나는 다시 호바트와 블랙웰을 생각했다. 호바트와 블랙웰은 누구일까, 정확히 어떤 일을 하는 걸까? 두 이름은 나이 많고 케케묵은 변호사들, 혹은 마술사들, 촛불을 밝힌 어둠 속을 오가는 사업 파트너 같은 느낌이었다.

없는 번호가 아니라는 것이 희망적인 신호 같았다. 우리 집 전화는 이미 끊겼다. 나는 접시를 건드리지도 않고 식당에서 최대한 빨리, 예의에 어긋나지 않게 빠져나와서 곧장 거실 전화기 앞으로 갔다. 이렌카가 허둥지둥 작은 장식품들의 먼지를 털면서 진공청소기를 돌리고 있었고 킷시는 거실 저편 컴퓨터에 앉아서 나를 쳐다보지도 않았다.

"누구한테 전화하는 거야?" 앤디가 말했다. 앤디는 바버 씨네 식구들이 다 그렇듯이 뒤에서 너무 조용하게 다가왔기 때문에 나는 다가오는 소리를 듣지도 못했다.

나는 앤디에게 아무 말 안 할 수도 있었지만 앤디가 비밀을 지킬 것임을 믿을 수 있었다. 앤디는 누구에게도, 특히 부모님에게는 아무 말도 하지 않았다.

"누구냐면 말이지." 내가 조용히 말하면서 문간에서 보이지 않도록 약간 뒤로 물러섰다. "이상하게 들리겠지만, 너 내가 갖고 있는 반지 알지?"

나는 노인에 대해서 설명했고, 소녀에 대해서도, 내가 소녀에게 느끼는 유대감과 그 애를 얼마나 다시 보고 싶은지도 설명하려고 애썼다. 하지만 앤디는, 예상대로, 감정적인 면에서 현실적인 상황 문제로 벌써 건너뛰었다. 앤디가 전화기 탁자에 펼쳐진 전화번호부를 슬쩍 봤다. "뉴욕이야?"

"웨스트 10번가."

앤디가 재채기를 하고 코를 풀었다. 봄철 알레르기가 앤디를 맹공격했다. "전화 연락이 안 되면—" 앤디가 손수건을 접어서 주머니에 넣으면서 말했다. "직접 가보는 건 어때?"

"진짜?" 내가 말했다. 전화도 없이 불쑥 찾아가는 건 좀 기분 나쁠 것 같았다. "그렇게 생각해?"

"나 같으면 그렇게 할 거야."

"모르겠어." 내가 말했다. "날 기억 못 할지도 몰라."

"널 직접 보면 더 쉽게 기억이 날 거야." 앤디가 합리적으로 말했다. "직접 가지 않으면 전화를 해서 거짓말을 하는 이상한 놈처럼 보일 수도 있잖아. 걱정 마." 앤디가 자기 어깨 너머를 슬쩍 돌아보며 말했다. "하지 말라고 하면 아무한테도 말 안 할게."

"이상한 놈?" 내가 말했다. "무슨 거짓말을 해?"

"음, 그러니까 내 말은, 너도 모르는 사람들이 많이 찾아오잖아." 앤디가 감정 없이 말했다.

나는 이것을 어떻게 받아들여야 할지 몰라서 가만히 있었다.

"게다가 거기서 전화를 안 받으니까 찾아가는 것 말고는 방법이 없잖아? 오늘 안 가면 다음 주말까지는 갈 시간도 없어. 그리고, 네가 하고 싶은 말이—" 앤디가 복도 쪽을 보았다. 토디가 스프링 달린 신발을 신고 펄쩍펄쩍 뛰고 있었고 바버 부인은 플랫에게 몰리 월터빅네 집에서 있었던 파티에 대해 꼬치꼬치 캐묻고 있었다.

앤디의 말은 일리가 있었다. "맞아." 내가 말했다.

앤디가 콧잔등의 안경을 밀어 올렸다. "원하면 내가 같이 가줄게."

"아니, 괜찮아." 나는 앤디가 오후에 추가 점수 때문에 일본어 체험을 하러 가야 한다는 사실을 알고 있었다. 토라야 찻집에서 연구회 모임을 한 다음 링컨센터에 가서 미야자키의 새 작품을 보는 것이었다. 앤디에게 추가 점수가 필요한 것은 아니었지만, 야외 수업이 앤디의 유일한 사교 생활이었다.

"자, 여기." 앤디가 주머니를 뒤지더니 휴대폰을 꺼냈다. "이거 가져가. 혹시 모르니까. 자." 앤디가 화면의 뭔가를 눌렀다. "비밀번호 해제했어. 바로 쓰면 돼."

"필요 없는데." 내가 애니메이션 주인공 가상 소녀 아키(포르노처럼 허벅지까지 오는 장화 말고는 아무것도 걸치지 않은 모습이었다)의 사진이 저장된 매끈하고 작은 전화기를 내려다보며 말했다.

"필요할지도 몰라. 모르는 일이야. 가져가." 내가 망설이자 앤디가 말했다. "가져가라니까."

12

그래서 나는 11시 30분쯤 바버 부인이 전화기 옆에 두는 머리글자가 새겨진 메모지에 적은 호바트와 블랙웰의 주소를 주머니에 넣고 5번가 버스를 타고 그리니치빌리지를 향해 가고 있었다.

나는 워싱턴스퀘어에서 버스를 내린 다음 주소를 찾아서 45분 정도 어슬렁거렸다. 괴상한 구조의 그리니치빌리지(삼각형 블록, 사방으로 난 막다른 거리들)는 길을 잃기 딱 좋았고, 나는 세 번이나 멈춰서 길을 물어야 했는데, 한 번은 물담뱃대와 게이 포르노 잡지가 가득한 신문 가게에서, 한 번은 오페라가 울려 퍼지는 사람 많은 빵집에서, 한 번은 서점 밖에서 스퀴지와 물통을 가지고 창을 닦고 있던 흰 면 티셔츠와 멜빵바지 차림의 여자에게 물었다.

마침내 웨스트 10번가—사람이 하나도 없었다—를 찾은 나는 거리를 따라 걸으며 번지수를 셌다. 내가 서 있는 거리는 약간 누추한 주거 지역이었다. 젖은 보도 위에서 비둘기 세 마리가 참견하기 좋아하는 행인처럼 내 앞을 아장아장 걸어갔다. 대부분 번지가 정확히 표시되어 있지 않았기에 지나친 게 아닐까 싶어서 한 번 더 살피다 보니 어느 가게 유리창 위 깔끔한 옛날식 아치 장식에 적힌 호바트와 블랙웰이라는 글씨가 보였다. 먼지 쌓인 유리창 너머로 도자기로 만든 스태퍼드셔 개와 마졸리카 고양이 들, 먼지 쌓인 크리스털, 변색된 은 제품들, 골동품 의자와 오래되어 누르스름해진 브로케이드 소파, 정교한 파이앙스 새장, 대리석 탁자 위에 놓인 미니어처 대리석 오벨리스크와 설화석고로 만든 앵무새들이 보였다. 물건이 많고 약간 황폐하고 바닥에 오래된 책들이 쌓여 있는, 엄마가 좋아했을 만한 가게였다. 하지만 덧문이 내려와 있고 가게는 닫혀 있었다.

보통 가게들은 열두 시나 한 시쯤 열었다. 나는 시간을 죽이려고 그리니치가로, 엄마와 함께 시내에 나오면 자주 가던 식당 엘리펀트앤캐슬로 걸어갔다. 하지만 식당에 발을 들여놓는 순간 실수였음을 깨달았다. 짝이 맞지 않는 코끼리들과 검정색 티셔츠에 머리를 하나로 묶고 미소를 지으며 다가오는 웨이트리스까지, 전부 너무나 압도적이었다. 엄마와 마지막으로 왔을 때 점심을 먹었던 구석 자리가 보였다. 나는 죄송하다고 중얼거린 다음 밖으로 나와야 했다.

나는 두근거리는 심장을 안고 길에 서 있었다. 비둘기들이 거무스름한 하늘을 낮게 날았다. 그리니치가는 거의 비어 있었다. 밤새 싸운 것처럼 녹초가 된 게이 커플과 헝클어진 머리에 너무 큰 터틀넥 스웨터를 입고 6번가 쪽을 향해 닥스훈트를 산책시키는 여자가 보였다. 이곳은 주말 아침에 아이들이 많이 눈에 띄는 거리가 아니었기에, 나 혼자서 그리니치빌리지에 있으려니 약간 이상한 기분이었다. 닳고 닳은 어른들의 느낌, 약간 알코올 중독자 같은 분위기였다. 다들 숙취에 시달리며 이제 막 침대에서 빠져나온 것 같아 보였다.

문을 연 가게가 별로 없기도 하고, 약간 난감한 기분인 데다 달리 뭘 할지 몰랐기 때문에 나는 호바트와 블랙웰 쪽으로 다시 어슬렁어슬렁 걸어가기 시작했다. 외곽의 주택 지구에서 온 내 눈에 덩굴식물들이 건물을 타고 오르고 길거리의 나무통에서 허브와 토마토가 자라는 그리니치빌리지는 너무나 작고 낡아 보였다. 술집들도 시골처럼 말과 수고양이, 수탉과 오리와 돼지를 손수 그린 간판을 달고 있었다. 그 친밀하고 소소한 분위기 또한 소외된 기분이 들게 만들었다. 나는 타인들의 들뜬 일요일 아침이 주변에서 조용히 시작하는 것을 의식하면서 고개를 푹 숙이고 나를 부르는 듯한 작은 문들을 서둘러 지나쳤다.

호바트와 블랙웰은 아직도 문이 닫혀 있었다. 한동안 가게 문을 열지 않은 것 같았다. 너무 썰렁하고 어두웠다. 거리의 다른 가게들과 달리 활기도 없고 저 안에 사람이 산다는 느낌도 없었다.

창문 안을 들여다보면서 이제 어떻게 해야 할지 생각하고 있는데 갑자기 뭔가 움직였다. 커다란 형체가 가게 뒤쪽에서 미끄러지듯 지나갔다. 나는 딱 멈춰서 굳어버렸다. 그것은 사람들이 말하는 유령처럼 가볍게 움직이며 어느 쪽도 보지 않고 문 앞을 재빨리 지나 어둠 속으로 들어갔다.

그런 다음 사라져버렸다. 나는 손을 이마에 대고 어두침침하고 복잡한 가게 안을 들여다보다가 유리를 두드렸다.

호바트와 블랙웰. 초록색 초인종을 눌러라.

초인종? 초인종은 없었다. 가게 입구의 철문은 닫혀 있었다. 나는 옆집—12번지, 수수한 아파트 건물—으로 갔다가 다시 8번지의 적갈색 사암 건물로 가보았다. 거기에 1층으로 이어지는 계단이 있었는데, 아까 보지 못한 것이 눈에 띄었다. 8번지와 10번지 사이에 어떤 문 앞으로 이어지는 좁은 공간이 있었다. 구식 양철 쓰레기통 거치대에 반쯤 가려져 있었던 것이다. 네다섯 계단을 내려가면 인도보다 1미터쯤 낮고 별 특색 없는 문이 있었다. 거기에는 이름표도 간판도 없었지만 내 눈이 반짝이는 진한 황록색을 포착했다. 벽에 붙은 단추 아래에 초록색 절연 테이프가 붙어 있었던 것이다.

나는 계단을 내려갔다. 그런 다음 초인종을 눌렀고, 신경질적인 초인종 소리에 깜짝 놀라서 (그 소리를 들으니 달아나고 싶었다) 용기를 내려고 심호흡을 했다. 그런 다음—너무 갑작스러워서 나는 깜짝 놀랐다—문이 열렸고 나는 뜻밖의 덩치 큰 사람을 올려다보고 있었다.

키가 적어도 193에서 195센티미터는 되어 보였다. 초췌하지만 턱이 크고 덩치가 있었고, 왠지 아빠가 좋아하던 미드타운의 술집에 걸려 있는 아일랜드 시인이나 권투 선수의 낡은 사진이 떠올랐다. 거의 회색에 가까운 머리카락은 웃자랐고 피부는 건강이 나빠 보일 정도로 새하였으며 눈 주변에 너무나 짙은 보라색 그림자가 져서 꼭 코가 부러진 것 같았다. 그는 1930년대 영화의 남자 주인공처럼 거의 발목까지 오는 길이에 공단 깃이 달린 풍성한 페이즐리 무늬의 가운을 옷 위에 걸치고 있었다. 낡았지만 인상적이었다.

나는 너무 놀라서 할 말이 다 날아가버렸다. 그는 전혀 성급하지 않았고 오히려 그 반대였다. 남자는 아무 표정 없이 눈꺼풀이 거뭇한 눈으로 나를 보면서 내가 말하기를 기다렸다.

"실례합니다." 내가 침을 꿀꺽 삼켰다. 목이 탔다. "방해할 생각은 없지만—"

이어진 침묵 속에서 남자가 부드럽게 눈을 깜빡였다. 마치 이 상황을 완벽하게 이해한다고, 방해했다고 나무랄 생각은 꿈에도 없다고 말하는 것 같았다.

　나는 주머니를 뒤적여서 반지를 꺼내 손바닥에 놓고 남자 앞으로 내밀었다. 그의 크고 창백한 얼굴이 풀어졌다. 남자는 반지와 나를 번갈아 보았다.

　"이거 어디서 났지?" 남자가 말했다.

　"그분이 주셨어요." 내가 말했다. "이걸 가지고 여길 찾아가라고 하셨어요."

　남자가 나를 뚫어지게 보았다. 나는 잠시 남자가 무슨 말인지 모르겠다고 말하려나 보다고 생각했다. 그때 남자가 아무 말 없이 물러서더니 문을 활짝 열었다.

　"난 호비라고 해." 내가 주저하자 남자가 말했다. "들어오렴."

4장
모르핀 막대사탕

1

먼지 낀 창문에서 비스듬히 들어오는 햇빛을 받아 희미하게 빛나는 수많은 금박 제품들—금박을 입힌 큐피드상, 금박 서랍장과 거실 램프—과 오래된 나무 냄새를 덮는 테레빈유와 유화 물감, 바니시 냄새. 나는 남자를 뒤따라 톱밥 사이로 난 길을 따라서 타공판과 연장들, 고풍스러운 다리를 들고 누워 있는 탁자와 분해된 의자를 지나 작업장을 가로질렀다. 남자는 덩치가 컸지만 우아했고, 엄마라면 '둥둥 떠다닌다'고 말했을 것이다. 남자는 미끄러지듯 쉽게 움직였다. 나는 슬리퍼를 신은 남자의 발뒤꿈치를 보면서 그를 따라 좁은 계단을 올라 어두침침하고 카펫이 두껍게 깔린 방으로 들어갔다. 검정색 항아리들이 받침대 위에 놓여 있고 술 달린 휘장이 내려와 햇빛을 가리고 있었다.

침묵이 이어지자 마음이 얼어붙었다. 거대한 중국식 화병에서 시든 꽃들이 썩고 있었고 폐쇄된 무거운 분위기가 방을 짓눌렀다. 공기는 숨을 쉬기 힘들 만큼 퀴퀴했는데, 비버 부인과 함께 필요한 물건을 가지러 서턴플레이스에 갔을 때 우리 아파트에서 느껴지던 숨 막힘과 똑같았다. 내가 아는 정적이었다. 누군가가 죽으면 집은 이런 식으로 스스로 닫혔다.

갑자기 오지 말 걸 그랬다는 생각이 들었다. 그런데 남자―호비―가 내 불안함을 느꼈는지 갑자기 뒤로 돌았다. 젊은 사람은 아니었지만 얼굴에 소년 같은 분위기가 있었다. 아이처럼 파란 눈은 맑고 놀란 듯 보였다.

"왜 그러니?" 호비가 말했다. 그러고는 다시 물었다. "괜찮니?"

그가 걱정해주니 당황스러웠다. 나는 무슨 말을 해야 할지 몰라서 골동품이 가득하고 어두컴컴하고 정체된 방에 불편하게 가만히 서 있었다.

그 역시 무슨 말을 해야 할지 모르는 것 같았다. 그가 입을 열었다가 다시 닫고 머리를 비우려는 듯 고개를 저었다. 쉰이나 예순 살쯤 되어 보였고, 수염을 제대로 깎지 않았으며, 수줍고 상냥하고 이목구비가 뚜렷한 얼굴은 특출하진 않으나 그렇다고 평범하지도 않았다. 어딜 가든 항상 다른 사람들보다 더 클 것 같았고, 뭔가 막연하고 잘 설명할 수는 없지만 건강이 나빠 보였다. 거뭇한 눈 주변과 나쁜 안색을 보니 학교에서 몬트리올에 갔을 때 본 교회 벽화 속 예수회 순교자들, 휴런족의 땅에서 말뚝에 묶인 키가 크고 건장하고 아주 창백한 유럽 사람들이 떠올랐다.

"미안하다, 내가 지금 좀……." 그는 엄마가 물건을 엉뚱한 곳에 놓았을 때 그랬던 것처럼 어딘가 산만하고 다급하게 주변을 둘러보았다. 보스턴의 험한 지역에서 자랐지만 결국 하버드 대학에서 공부한 역사 담당 오셰이 선생님처럼 거칠지만 교양 있는 목소리였다.

"나중에 다시 올게요. 그게 더 편하시면요."

이 말에 그가 살짝 놀라며 나를 보았다. "아니, 아니야." 남자가 말했다. 커프스단추가 풀려서 소매가 벌어지고 지저분했다. "잠깐 정신 차릴 시간을 주렴, 미안하다." 그가 딴 데 정신이 팔린 것처럼 멍하게 말하면서 산발이 된 회색 머리카락을 뒤로 넘겼다. "자, 이쪽으로."

남자가 곡선 팔걸이와 조각이 새겨진 등받이가 달린 좁고 딱딱해 보이는 소파로 나를 데려갔다. 하지만 소파에는 베개와 담요가 어질러져 있었고, 헝클어진 침구 때문에 앉기 어렵다는 사실을 우리 두 사람이 동시에 알아차린 것 같았다.

"아, 미안하다." 남자가 중얼거리면서 너무 빨리 뒷걸음질 치는 바람에 나랑 부딪칠 뻔했다. "보면 알겠지만 여기 임시 잠자리를 마련했거든, 뭐 아주 완벽하다고 할 순 없지만 대충 이렇게 견뎌야 했어, 이런저런 일로 집 안이 어수선하다 보니 피파 소리가 잘 안 들려서……."

그가 몸을 돌려서 (그래서 나는 그의 말 뒷부분을 놓쳤다) 양탄자에 엎어 놓은 책과 안쪽에 갈색의 둥근 자국이 남아 있는 찻잔을 피해 다른 의자로 나를 안내했다. 주름을 잡은 화려한 천 소파로, 술과 복잡한 스터드 장식이 달려 있었다. 나중에 알게 되었는데 그것은 터키 의자였고, 호비는 뉴욕에서 터키 의자에 천을 대는 방법을 알고 있는 몇 안 되는 사람들 중 하나였다.

날개 달린 청동상, 값싼 은 장신구들. 은 꽃병에 꽂힌 먼지 낀 회색 공작 깃털. 나는 의자 모서리에 불안정하게 걸터앉아 주변을 둘러보았다. 사실 쉽게 나갈 수 있도록 서 있는 게 더 좋았을 것이다.

호비가 몸을 숙여 무릎 사이에서 양손을 맞잡았다. 하지만 말을 꺼내는 대신 나를 보며 기다릴 뿐이었다.

"저는 시오라고 해요." 지나치게 긴 침묵이 흐른 뒤에 내가 황급히 말했다. 얼굴이 너무 뜨거워서 활활 타오르는 것 같았다. "시어도어 데커인데 다들 시오라고 불러요. 위쪽 주택가에 살아요." 내가 애매하게 덧붙였다.

"으음, 난 제임스 호바트지만 다들 호비라고 불러." 그의 시선은 쓸쓸하고 어딘가 마음을 누그러뜨리는 면이 있었다. "난 아래쪽 시내에 살지."

나는 어찌할 바를 몰라서 시선을 피했다. 남자가 나를 놀리는 것인지 아닌지 알 수 없었다.

"미안." 그가 잠시 눈을 감았다가 떴다. "신경 쓰지 마. 웰티는—" 남자가 손바닥에 놓인 반지를 보았다. "사업 파트너였어."

였다고? 달의 모양 변화가 그려진 시계—톱니가 윙윙거리며 돌아가고 사슬과 추가 달린 것이 네모 선장의 신기한 기계 같았다—가 정적 속에서 시끄럽게 웅웅거리더니 종을 울려 15분을 알렸다.

"아." 내가 말했다. "전 그냥. 저는—"

"아니다. 미안하다. 몰랐구나?" 그가 나를 물끄러미 보면서 말했다.

나는 시선을 피했다. 내가 노인을 다시 만나게 될 거라고 얼마나 굳게 믿고 있었는지 이제야 깨달았다. 내가 본 것들—내가 아는 사실들—에도 불구하고 TV 드라마에서 살인자에게 희생된 줄 알았던 사람이 중간 광고가 끝나고 나서 보면 죽지 않고 병원에서 조용히 회복하고 있는 것처럼, 나는 어쨌든 그 할아버지가 기적적으로 견뎌냈을 것이라고 어린애 같은 희망을 품고 있었다.

"이걸 어떻게 갖게 됐다고?"

"네?" 내가 깜짝 놀라서 말했다. 이제 보니 시계는 전혀 맞지 않았다. 오전이든 오후든 열 시라니, 비슷하지도 않았다.

"웰티가 이걸 줬다고?"

내가 조심스레 자세를 바꾸었다. "네. 저는—" 노인이 죽었다는 충격이 새롭게 다가왔다. 내가 또 한 번 그를 실망시킨 것 같았고, 모든 일이 전혀 다른 각도에서 다시 한 번 일어나고 있는 것 같았다.

"의식이 있었어? 너한테 말을 했니?"

"네." 내가 말을 시작하려다가 다시 입을 다물었다. 비참한 기분이었다. 그 노인의 세계, 그의 물건들 사이에 앉아 있으려니 노인의 느낌이 아주 강렬하게 되살아났다. 꿈속 같고 물속 같은 방 분위기, 빛바랜 벨벳, 풍요와 고요.

"웰티 혼자가 아니었다니 다행이구나." 호비가 말했다. "혼자이고 싶지 않 았을 거야." 그가 손으로 반지를 쥔 주먹을 입에 대고 나를 보았다.

"이런. 너 정말 어리구나?" 호비가 말했다.

나는 어떻게 반응해야 할지 몰라서 불안하게 미소를 지었다.

"미안하다." 그가 나를 안심시키려는 것임을 바로 알 수 있는, 좀 더 딱딱 한 말투로 말했다. "그냥— 힘들었을 거야. 나도 봤거든. 웰티의 시체는—" 호비는 적당한 말을 찾으려 애쓰는 것 같았다. "유족을 부르기 전에 최대한 깨끗하게 씻기고 불쾌할 수도 있다고 말해주는데, 물론 알고 있지만— 음, 그런 일은 마음의 준비를 한다는 것 자체가 불가능하지. 몇 년 전에 매슈 브 래디의 사진 작품이 가게에 들어왔었어. 남북전쟁 사진이었는데, 너무 오싹 해서 팔기 힘들었지."

나는 아무 말도 하지 않았다. 난 꼭 대답해야 할 때 '네' 또는 '아니요'라 고 대답하는 것 말고는 어른의 말에 끼어드는 습관이 없었지만, 그게 아니 었다 해도 꼼짝도 할 수 없었다. 엄마의 신원을 확인한 사람은 엄마의 친구 이자 의사인 마크였는데, 아무도 나에게 자세히 말해주지 않았다.

"옛날에 읽은 이야기가 생각나. 군인이 있었는데 말이야. 샤일로에서 있 었던 일인가?" 호비는 나에게 이야기하고 있었지만 나에게 완전히 집중하 지는 않았다. "게티즈버그였나? 아무튼 그 사람은 충격으로 정신이 나가서 전장의 새와 다람쥐를 묻기 시작했지. 총격이 오가면 작은 것들이 많이 죽 거든, 작은 동물들 말이야. 그래서 작은 무덤이 잔뜩 생겼지."

"샤일로에서는 이틀 만에 2만 4천 명이 죽었어요." 내가 불쑥 말했다.

호비가 놀라서 나를 보았다.

"게티즈버그에서는 5만 명이 죽었죠. 새로운 무기 때문이었어요. 미니에 탄과 연발총. 그래서 사망자가 그렇게 많았던 거예요. 우리는 제1차 세계 대전이 일어나기 전에 미국식으로 참호전을 겪었어요. 사람들은 대부분 그걸 모르죠."

나는 호비가 뭐라 대답해야 할지 모른다는 것을 느낄 수 있었다.

"남북전쟁에 관심이 많구나?" 조심스러운 침묵 뒤에 호비가 말했다.

"으음ㅡ 네." 내가 무뚝뚝하게 말했다. "그런 셈이에요." 나는 선생님이 다시 쓰라고 할 정도로 기술적이고 사실로 가득한 과제물을 써서 냈기 때문에 북군의 야전 포병술에 대해서 잘 알았다. 나는 또 앤티텀의 사망자들을 찍은 브래디의 사진에 대해서도 알았다. 나는 그 사진들을, 코와 입이 피로 검게 물든 텅 빈 눈의 남자아이들을 인터넷으로 봤다. "링컨에 대해 6주 동안 수업을 했어요."

"브래디는 여기서 멀지 않은 곳에 사진 스튜디오를 가지고 있었지. 거기 봤니?"

"아니요." 무척 중요하지만 말로 표현할 수 없는 생각이 갇혀 있다가 이제 막 떠오를 것 같았는데, 표정 없는 얼굴의 군인들에 대한 이야기에 그만 놓치고 말았다. 이제 다 사라져버리고 이미지만이 남았다. 팔다리를 구부린 채 하늘을 보면서 누워 있는 죽은 소년들.

이어진 침묵은 무척 괴로웠다. 우리 두 사람 중 누구도 어떻게 앞으로 나아가야 할지 모르는 것 같았다. 마침내 호비가 다리를 풀었다가 다시 꼬았다. "내가 하려던 말은ㅡ 미안하구나. 널 괴롭게 해서." 그가 더듬거리며 말했다.

나는 우물쭈물했다. 이쪽으로 올 때는 호기심이 너무 커서 나 자신이 질문에 대답해야 할지도 모른다는 생각을 하지 못했다.

"얘기하기 어렵다는 거 알아. 그냥ㅡ 난 생각지도 못했지만ㅡ"

내 신발. 평소에는 신발을 절대 보지 않는다는 사실이 정말 흥미롭다. 쓸린 앞코. 해진 신발 끈. 토요일에 블루밍데일 백화점에 가서 네 신발을 새로 사자. 하지만 결코 그렇게 되지 않았다.

"그때를 떠올리게 하고 싶지는 않다마는— 웰티는 의식이 있었니?"

"네. 어느 정도는요. 그러니까 제 말은—" 걱정이 가득하고 열중한 호비의 얼굴을 보자 그가 꼭 알아야 할 필요가 없는 이야기까지 모든 것을 다 털어놓고 싶었지만 사방으로 튄 내장, 깨어 있을 때에도 내 머릿속에서 끔찍하게 터져대는 빛에 대해서 그에게 말하는 것은 옳지 않았다.

흐릿한 초상화들, 벽난로 선반 위의 도자기 개들, 흔들리는 금 시계추, 똑딱똑딱.

"웰티 할아버지가 부르는 소리가 들렸어요." 눈을 문질렀다. "제가 정신을 차렸을 때요." 꿈을 설명하려고 애쓰는 것과 같았다. 즉, 설명할 수 없었다. "그래서 제가 옆으로 가서 곁에 있었는데— 그렇게 나쁘진 않았어요. 그러니까, 아저씨가 생각하시는 거랑은 달라요." 거짓말이 티가 났기 때문에 내가 얼른 덧붙였다.

"너한테 말을 했니?"

나는 침을 꿀꺽 삼키며 고개를 끄덕였다. 검은 마호가니, 야자수 화분.

"의식이 있었니?"

다시 한 번 내가 고개를 끄덕였다. 입에서 이상한 맛이 났다. 그것은 요약할 수 있는 게 아니었고, 말도 되지 않았고, 이야기가 될 수도 없었다. 먼지, 경보음, 내 손을 잡은 할아버지, 단둘이서 그곳에서 보낸 평생과도 같은 시간, 두서없는 문장들과 내가 들어본 적 없는 사람과 도시의 이름들. 끊어진 채 불꽃을 튀기는 전선들.

호비가 여전히 나를 보고 있었다. 나는 목이 마르고 속이 안 좋았다. 이 순간이 다음 순간으로 넘어가야 했지만 넘어가지 않았고, 나는 호비가 질문을 계속하기를, 뭐든지 물어보기를 기다렸지만 그는 묻지 않았다.

마침내 호비가 머리를 비우려는 듯이 고개를 저었다. "이건—" 그는 나만큼이나 혼란스러워 보였다. 가운과 덥수룩한 회색 머리 때문에 호비는 아이들을 위한 시대극에 왕관을 쓰지 않고 나온 왕처럼 보였다.

"미안하다." 호비가 다시 고개를 저으며 말했다. "다 너무 새로운 이야기라서."

"네?"

"음, 있잖니, 그냥―" 호비가 몸을 숙이고 흔들리는 눈을 빠르게 깜빡였다. "내가 들은 얘기랑 너무 달라서. 너도 알겠지만, 즉사했다고 했거든. 그점에 대해서는 아주, 아주 단호했지."

"하지만―" 내가 깜짝 놀라서 멍하니 보았다. 내가 이야기를 꾸며내고 있다고 생각하는 걸까?

"아니, 아니야." 호비가 손을 들고 얼른 말하며 나를 안심시켰다. "그냥―분명 누구한테나 그렇게 말했을 거야. '즉사했다'고." 내가 그를 계속 응시하는 동안 그는 말을 이었다. "'고통이 전혀 없었다', '뭐가 덮쳤는지도 몰랐을 거다'."

무슨 말인지 갑자기 깨달았다. 무슨 뜻인지 이해가 되면서 소름이 돋았다. 엄마도 '즉사했다'. 엄마의 죽음은 '전혀 고통스럽지 않았다'. 사회복지사들이 그 말을 하도 여러 번 되풀이했기 때문에 나는 어떻게 그렇게 확신할 수 있는지 이상하다고 생각하지도 못했다.

"하지만, 분명히 말하지만 웰티가 정말 그렇게 갔다고 생각하기는 어려웠어." 갑자기 찾아온 침묵 속에서 호비가 말했다. "번갯불처럼. 느닷없이 끝나다니. 가끔 사실은 사람들의 말과 다르다는 느낌이 오잖아, 너도 알지?"

"네?" 나는 새로 부닥친 불길한 가능성 때문에 정신이 팔린 채 시선을 들며 말했다.

"마지막 작별 인사." 호비가 말했다. 부분적으로는 자신에게 말하고 있는 것 같았다. "웰티는 그걸 원했을 거야. 헤어지기 전 마지막 일별, 죽기 직전에 남기는 하이쿠— 잠깐 멈춰서 누군가와 이야기도 하지 않고 떠나고 싶지는 않았을 거야. '죽음으로 가는 길에 잠깐 들르는 벚꽃 아래 찻집'……."

나는 호비가 무슨 말을 하는지 몰랐다. 햇빛 한 줄기가 커튼을 뚫고 어둑어둑한 방으로 들어와 방 저편을 비추었고 쟁반에 놓인 컷글라스 디캔터들이 햇빛을 받아 빛나면서 만든 프리즘이 흔들흔들 깜빡깜빡 현미경 아래의 짚신벌레처럼 벽 높은 곳에서 너울거렸다. 장작 연기 냄새가 짙게 났지만 난로는 꺼져서 어두웠고 한동안 불을 피운 적이 없는 것처럼 난로 바닥에 재가 가득했다.

"여자애." 내가 자신 없게 말했다.

호비가 다시 나를 보았다.

"여자애도 있었어요."

잠시 그는 무슨 말인지 이해하지 못하는 것 같았다. 그러더니 자세를 고쳐 앉고 얼굴에 물이 튄 것처럼 빠르게 눈을 깜빡였다.

"왜요?" 내가 말했다. 나는 깜짝 놀랐다. "걘 어디 있어요? 괜찮아요?"

"아니—" 콧잔등을 문지른다. "아니."

"살아는 있어요?" 나는 믿을 수 없었다.

호비가 눈살을 찌푸렸고, 나는 그것이 그렇다는 의미임을 알 수 있었다. "운이 좋았어." 하지만 호비의 목소리와 태도는 정반대의 말을 하는 것 같았다.

"여기 있어요?"

"으음."

"어디 있어요? 만날 수 있어요?"

호비는 뭔가 화가 난 것처럼 한숨을 쉬었다. "안정이 필요해, 손님도 만나면 안 되고." 그가 주머니를 뒤적이며 말했다. "딴사람이 됐어. 어떤 반응을 보일지 몰라."

"하지만, 괜찮아지는 거죠?"

"음, 그러길 바라야지. 하지만 아직 위기를 넘기지 못했어. 의사들이 쓰는 아주 불분명한 말을 사용하자면 말이지." 호비가 가운 주머니에서 담배를 꺼냈다. 그는 떨리는 손으로 불을 붙인 다음 우리 두 사람 사이에 있던 일본식 채색 탁자에 담뱃갑을 툭 던졌다.

"왜?" 내가 옛날 영화에 나오는 사람들이 피울 만한 구겨진 프랑스 담뱃갑을 멍하니 보고 있자 호비가 얼굴 앞에서 손을 부쳐 연기를 흩트리며 말했다. "설마 너도 한 대 피우고 싶다는 건 아니겠지."

"괜찮아요." 불편한 침묵이 흐른 뒤 내가 말했다. 나는 호비가 농담을 하는 거라고 믿었지만 백 퍼센트 확실하지는 않았다.

호비가 나에 대한 중요한 사실을 갑자기 깨달았다는 듯, 걱정스러운 얼굴로 담배 연기 너머 나를 향해 옅게 인상을 쓰고 눈을 깜빡였다.

"그게 너구나, 맞지?" 갑자기 그가 말했다.

"네?"

"네가 그 남자애 맞지? 거기서 엄마를 잃은?"

나는 너무 놀라서 잠시 아무 말도 할 수 없었다.

"무슨." 내가 말했다. *어떻게 알았어요*라는 뜻이었지만 말을 제대로 할 수 없었다. 호비가 불편한 듯 눈을 비비고 탁자에 음료수를 쏟은 사람처럼 당황하며 갑자기 뒤로 기대어 앉았다. "미안하구나. 내 말뜻은— 그러니까— 말이 좀 이상하게 나왔어. 이런. 나는—" 그가 너무 지쳤다는 듯이, 똑바로 생각할 수가 없다는 듯 힘없는 몸짓을 했다.

구역질 나는, 별로 반갑지 않은 감정이 부풀어 올라서 나는 예의에 어긋나게 고개를 돌렸다. 엄마가 죽은 후 나는 거의 울지 않았고, 특히 다른 사람 앞에서는 더욱 그랬다. 엄마의 장례식에서도 엄마를 잘 알지도 못하는 사람들(그리고 마틸드처럼 엄마의 삶을 지옥으로 만든 한두 명)이 주변에서 흐느끼며 코를 풀었지만 나는 울지 않았다.

호비는 내가 기분이 상했음을 알고 무슨 말을 하려다가 그만두었다.

"뭐 좀 먹었니?" 그가 생각지도 못한 말을 했다.

너무 뜻밖의 말에 대답을 할 수 없었다. 먹는 것에 대해서는 전혀 생각하지 않았다.

"아, 안 먹었겠지." 호비가 큰 발을 딛고 찌뿌둥한 몸을 일으키며 말했다. "가서 뭐 좀 찾아보자."

"배 안 고파요." 내가 말했다. 너무 무례해서 미안할 정도였다. 엄마가 죽은 후 다들 내 입에 뭔가 퍼 넣을 생각밖에 하지 않는 것 같았다.

"그래그래, 물론 배는 안 고프겠지." 그가 한 손으로 연기를 흩었다. "그래도 같이 가자. 내 말대로 해주렴. 채식주의자는 아니지?"

"아니에요!" 내가 기분이 상해서 말했다. "왜 그렇게 생각하세요?"

호비가 웃었다. 짧고 날카롭게. "진정해! 걔 친구들은 대부분 채식주의자거든. 걔도 그렇고."

"아." 내가 작은 목소리로 반응하자 호비가 활기차고 여유로운 시선으로 재미있다는 듯 나를 내려다보았다.

"음, 말해두자면 나도 채식주의자는 아니야." 그가 말했다. "온갖 이상한 걸 다 먹지. 그러니까 우린 괜찮겠다."

호비가 문을 밀어서 열었고 나는 그를 따라서 흐린 거울과 낡은 사진이 늘어선 복잡한 복도를 걸어갔다. 그는 내 앞에서 빨리 걷고 있었지만 나는 사진을 보고 싶어서 느릿느릿 걸었다. 가족 모임, 하얀 기둥, 베란다와 야자수. 테니스장, 잔디밭에 펼쳐진 페르시아 양탄자. 통 넓은 하얀 옷을 입고 진지한 표정으로 나란히 선 하인들. 내 시선이 블랙웰 씨에게 멎었다. 매부리코에 잘생긴 그는 흰색 옷을 깔끔하게 입고 있었고, 젊은데도 등이 구부정했다. 블랙웰 씨는 야자수가 많은 어느 해변의 옹벽 근처에서 어슬렁거리고 있었고 그의 옆에는—손을 블랙웰 씨의 어깨에 얹고 옹벽 위에 앉아 있어서 머리 하나 크기만큼 더 올라와 있는—유치원생쯤 되어 보이는 피파가 미소를 짓고 있었다.

소녀는 어렸지만 블랙웰 씨와 닮은 점이 잘 보였다. 피부색, 눈, 같은 각도로 기울인 머리, 그만큼이나 붉은 머리.

"재죠?" 나는 이렇게 말하는 순간, 그 소녀일 리 없음을 깨달았다. 유행이 지난 옷과 사진이 변색된 정도를 보면 내가 태어나기 한참 전에 찍은 사진이었다.

호비가 돌아와서 보았다. "아니." 그가 뒷짐을 지고 조용히 말했다. "이건 줄리엣이야. 피파의 엄마지."

"어디 계세요?"

"줄리엣—? 죽었어. 암이었지. 6년 전 5월에." 그런 다음 너무 무뚝뚝하다는 생각이 들었는지 이렇게 덧붙였다. "웰티는 줄리엣의 오빠야. 이복 오빠지만. 아빠는 같았는데 엄마가 달랐지. 하지만 웰티는 서른 살 차이 나는 줄리엣을 자기 딸처럼 키웠어."

내가 더 자세히 보려고 가까이 다가갔다. 그녀는 블랙웰 씨에게 기대고 있었고, 뺨이 그의 재킷 소매 쪽으로 사랑스럽게 기울어져 있었다.

호비가 목청을 가다듬었다. "줄리엣이 태어났을 때 그녀의 아버지는 육십 대였어." 그가 조용히 말했다. "어린아이에게 관심을 갖기엔 나이가 너무 많았지. 게다가 애초에 애들한테 약하지도 않았고."

복도 맞은편에 문이 하나 조금 열려 있었다. 호비가 그 문을 밀고 어둠 속을 물끄러미 바라보았다. 내가 뒤에서 까치발을 하고 목을 길게 뺐지만 호비가 바로 물러나 문을 찰칵 닫았다.

"개예요?" 너무 어두워서 많은 것을 볼 수는 없었지만 짐승 같은 적대적인 눈빛을, 방 저편에서 번득이는 무서운 초록색 빛을 보았다.

"지금은 안 돼." 호비의 목소리는 너무 낮아서 거의 들리지도 않았다.

"저기 쟤랑 같이 있는 건 뭐예요?" 내가 문간에 남아 움직이기 주저하면서 말했다. "고양이예요?"

"개야. 간호사는 안 된다고 했지만 피파는 개랑 같이 자고 싶어 하고, 솔직히 나도 개를 밖에 놔둘 수가 없어. 문을 긁으면서 낑낑거리거든. 자, 이쪽이다."

호비가 노인처럼 몸을 앞으로 숙이고 천천히 삐걱삐걱 걸어가서 문을 열자 천창과 낡고 둥근 스토브가 있는 어지러운 부엌이 나왔다. 스토브는 토마토처럼 빨간색이었고 1950년대 우주선처럼 둥글었다. 바닥에는 요리 책, 사전, 낡은 소설책, 백과사전 등이 쌓여 있었고 선반은 여섯 가지 종류의 오래된 도자기로 가득 차 있었다.

창문 근처 화재 비상구 옆에는 낡은 목제 성인상이 손바닥을 위로 향하여 손을 들고 축복의 기도를 하고 있었다. 찬장 위 은 찻잔 세트 옆에는 채색된 동물상이 한 쌍씩 노아의 방주에 오르고 있었다. 싱크대에는 접시들이, 조리대와 창틀에는 약병, 더러운 컵, 열지 않은 우편물이 걱정스러울 만큼 쌓여 있었으며, 꽃집에서 배달된 꽃들이 갈색으로 말라 있었다.

호비는 식탁에 앉아서 전기 가스 요금 청구서들과 〈앤티크〉 지난 호들을 옆으로 밀었다. "맞다, 차." 아저씨가 장 볼 목록을 기억해내듯이 말했다.

호비가 스토브 앞에서 분주하게 움직이는 동안 나는 식탁보의 동그란 커피 자국을 물끄러미 보았다. 나는 불안하게 의자에 몸을 기대고 주변을 둘러보았다.

"어—" 내가 말했다.

"응?"

"나중에는 만날 수 있어요?"

"봐서." 호비가 돌아보지 않고 답했다. 탁, 탁, 탁, 파란색 도자기 그릇에다 뭔가를 휘젓는 소리가 났다. "깨면. 많이 아파서 약을 먹느라 늘 졸리거든."

"어떻게 된 거예요?"

"음—" 호비 아저씨의 말투는 아무렇지 않은 듯하면서도 가라앉아 있었는데, 사람들이 나에게 엄마에 대해서 물어볼 때 내가 쓰는 말투와 비슷했기 때문에 바로 알 수 있었다. "머리를 심하게 다쳤어, 두개골 골절이래. 사실 한동안 혼수상태였고 왼쪽 다리는 조각조각 부러져서 거의 잃을 뻔했어. '양말에 든 구슬들'." 그가 전혀 즐겁지 않게 웃으며 말했다. "의사가 엑스레이 사진을 보고 그렇게 말했어. 골절이 열두 군데였지. 수술을 다섯 번 받았어." 호비가 반쯤 몸을 돌리면서 말했다. "지난주에 핀을 뽑고 나서 피파가 집으로 돌아오고 싶다고 애원했더니 병원에서도 그래도 된다더군. 간호사를 따로 부른다면 말이야."

"아직 못 걸어요?"

"아아, 당연하지." 호비가 담배를 들어 한 모금 빨면서 말했다. 그는 옛날 영화에 나오는 벌목장 요리사나 예인선 선장처럼 한 손에 담배를 들고 한 손으로 요리를 하고 있었다. "30분도 못 앉아 있어."

"하지만 괜찮아지는 거죠?"

"음, 우린 그러기를 바라고 있지." 호비가 별로 희망적이지 않은 말투로 말했다. "너도 알잖아." 그가 다시 나를 흘깃 보면서 말했다. "너도 거기 있었다면, 안 다친 게 정말 놀랍지."

"음." 사람들은 종종 내가 '괜찮은' 것에 대해서 이야기했는데 그럴 때마다 나는 뭐라고 대답해야 할지 몰랐다.

호비가 기침을 하고 담배를 껐다. "음." 그의 표정을 보니 나를 불편하게 했음을 깨닫고 미안해한다는 것을 알 수 있었다. "그 사람들이 찾아왔지? 수사관들?"

내가 식탁보를 보았다. "네." 그 문제에 대해서는 말을 덜 할수록 좋을 것 같았다.

"으음, 넌 어떨지 모르지만 내가 보기에는 착한 사람들 같더라, 아는 것도 아주 많고. 아일랜드 사람이었는데— 그 사람은 이런 사건을 많이 봤대. 영국과 파리 공항의 여행 가방 폭탄 사건이랑 탕헤르 노천카페 사건에 대해서 얘기해주더라. 너도 알지, 수십 명이 죽었는데 폭탄 바로 옆에 있던 사람은 하나도 안 다쳤던 거. 그 사람 말로는 꽤 이상한 현상들이 있었다나 봐. 특히 낡은 건물에서는. 폐쇄된 공간, 울퉁불퉁한 표면, 반사 물질— 예측하기가 정말 힘들지. 음향학이랑 똑같대. 폭발파는 음파와 같아서 튀고 굴절한다더군. 때로는 몇 킬로미터나 떨어진 가게 창문이 깨지기도 하고. 아니면—" 호비가 손목으로 눈앞을 가린 머리카락을 넘겼다. "때로는 가까운 곳에, 그 사람 말로는 방패 효과라는 게 생긴대. 폭발 지점과 아주 가까운 것들은 무사한 거지. IRA가 숨어 있는 시골집이 폭발로 날아가도 찻잔은 깨지지 않는다거나, 너 같은 상황 말이다. 사람들은 대부분 날아온 유리 조각이나 잔해에 맞아서 죽지. 아주 멀리까지 날아갈 때도 있다더구나. 빠른 속도로 날아가는 유리 조각이나 돌멩이는 총알만큼이나 강력하지."

나는 손가락으로 식탁보의 꽃무늬를 따라 그렸다. "전—"

"미안하구나. 이런 얘기를 하는 게 아니었는데."

"아니, 아니에요." 내가 허둥지둥 말했다. 대부분의 사람들이 피하려고 안달하는 이야기를 직접적으로, 정보를 제공하듯 말하는 것을 들으니 사실 무척 마음이 놓였다. "그런 게 아니에요. 그냥—"

"응?"

"궁금했어요. 피파는 어떻게 나왔어요?"

"음, 운이 좋았지. 커다란 잔해 밑에 깔려 있었는데, 탐지견이 알려주지 않았다면 소방관들은 피파를 발견하지 못했을 거야. 소방관들이 잔해를 치우고 들어와서 잭으로 기둥을 받쳐 올렸어. 놀라운 건 말이다, 그때 피파는 의식도 있었고 구조 작업 내내 소방관들이랑 얘기를 했다는데, 전혀 기억

을 못 해. 대피 명령이 떨어지기 전에 피파를 꺼낸 게 기적이지. 넌 얼마 동
안 정신을 잃었다고 했지?"

"기억이 안 나요."

"음, 운이 좋았구나. 소방관들이 꼼짝 못하는 피파를 두고 나가야 했다면
정말 어떻게 됐을지, 그런 사람도 있다던데― 아, 됐다." 주전자가 쉭쉭 소
리를 내자 호비가 말했다.

호비 아저씨가 내 앞에 놓아준 음식은 토스트 위에 노랗고 푹신푹신한
것을 얹은 볼품없는 요리였다. 나는 조심스럽게 그것을 맛보았다. 녹인 치
즈와 잘게 썬 토마토, 카옌페퍼와 내가 알 수 없는 다른 몇 가지로 만들었는
데, 맛있었다.

"저기, 이게 뭐예요?" 내가 한 번 더 조심스럽게 먹으며 말했다.

호비는 약간 부끄러워하는 것 같았다. "음, 정확한 이름은 없어."

"맛있어요." 내가 사실 얼마나 배고팠는지 깨닫고 조금 놀라면서 말했다.
엄마는 이것과 무척 비슷한 치즈 토스트를 만들었고, 우리는 겨울 일요일
밤에 가끔 그것을 먹었다.

"치즈 좋아하니? 먼저 물어봤어야 하는 건데."

나는 입안 가득 음식이 들어서 대답할 수 없었기 때문에 고개를 끄덕였다.
바버 부인은 항상 아이스크림과 달달한 것을 나에게 권했지만 나는 엄마가
죽은 후에 정상적인 식사를 한 번도 한 적이 없는 것 같았다. 적어도 우리에
게 정상적인 식사였던 볶음 요리나 스크램블드에그, 인스턴트 마카로니 치
즈 같은 것은 먹지 않았다. 예전에 나는 부엌의 발판 사다리에 앉아서 그런
음식을 먹으면서 엄마에게 그날 있었던 일들을 이야기하곤 했다.

내가 먹는 동안 호비는 크고 하얀 손으로 턱을 괴고 맞은편에 앉아 있었
다. "넌 뭘 잘하지?" 그가 갑자기 물었다. "운동?"

"네?"

"관심 있는 게 뭐야? 게임이나 뭐 그런 거?"

"으음, 비디오게임요. 〈에이지 오브 컨퀘스트〉 같은 거요. 〈야쿠자 프릭아 웃〉이나."

호비는 당황한 것 같았다. "학교는 어떠니? 좋아하는 과목은?"

"역사요, 아마도. 영어도 좋고요." 호비가 대답이 없어서 내가 말했다. "하지만 앞으로 6주 동안은 영어가 지루해질 거예요. 문학에서 문법책으로 돌아가서 문장 구조 분석을 하고 있거든요."

"문학? 영국 문학, 아니면 미국 문학?"

"미국 문학요. 지금은요. 아니, 얼마 전까지요. 올해에는 미국사도 배웠어요. 요즘은 정말 지루했지만요. 이제 대공황까지 끝났는데, 제2차 세계 대전이 나오면 다시 재밌어질 거예요."

최근에 내가 나눈 대화들 중에서 가장 즐거웠다. 그는 문학 시간에 뭘 읽었는지, 중학교는 초등학교와 어떻게 다른지, 제일 어려운 과목은 무엇인지(스페인어), 역사에서 제일 좋아하는 시기는 언제인지(잘 모르겠지만, 지나치게 많은 시간이 걸리고 있는 유진 뎁스와 노동사만 빼고), 커서 뭐가 되고 싶은지(전혀 모르겠음), 온갖 흥미로운 질문을 했다. 평범한 얘기들이었지만 내 불행이 아닌 나에게 관심을 가지고, 정보를 캐내려고 하지도 않고 '불행을 겪은 아이에게 할 말'을 읊지도 않는 어른과 이야기를 하는 것은 신선했다.

우리는 작가 이야기로 넘어가서 T. H. 화이트와 J. R. R. 톨킨부터 에드거 앨런 포까지 좋아하는 작가에 대해서 이야기를 나누었다. "우리 아빠는 포가 이류 작가래요." 내가 말했다. "미국 문학의 빈센트 프라이스*라고요. 하지만 전 불공평한 비판이라고 생각해요."

---

* Vincent Price : B급 공포 영화에 주로 출연했던 배우.

"그럼, 그럼." 호비가 자기 잔에 차를 따르며 진지하게 말했다. "포를 좋아하지 않더라도 말이야. 포는 탐정 소설을 발명했어. 과학 소설도 마찬가지고. 본질적으로 포는 20세기의 아주 많은 부분을 발명했지. 내 말은— 솔직히 어렸을 때만큼은 포를 좋아하지 않지만, 그렇다고 해서 괴짜일 뿐이라고 깎아내릴 순 없어."

"아빠는 그랬어요. 절 화나게 하려고 멍청한 목소리로 〈애너벨 리〉를 읊으면서 돌아다니곤 했죠. 내가 그 시를 좋아하는 걸 아니까요."

"아버지가 작가인 모양이구나."

"아니요." 나는 호비가 왜 그렇게 생각하는지 몰랐다. "배우예요. 아니, 배우였어요." 내가 태어나기 전에 아빠는 여러 TV 프로그램에 출연을 했는데, 주연을 맡은 적은 한 번도 없고 주연배우의 제멋대로인 바람둥이 친구나 죽임을 당하는 부패한 사업 파트너로 나왔다.

"내가 들어본 적 있을까?"

"아니요. 지금은 회사에 다니세요. 아니, 다녔어요."

"그럼 지금은 뭘 하시니?" 그가 물었다. 그는 반지를 새끼손가락에 끼고 그게 아직 거기 있는지 확인하려는 것처럼 반대쪽 손의 엄지와 검지로 가끔 비틀었다.

"모르죠. 아빠가 우릴 버렸거든요."

놀랍게도 호비가 웃음을 터뜨렸다. "아빠한테서 벗어나서 좋으니?"

"으음." 내가 어깨를 으쓱했다. "모르겠어요. 아빠도 가끔은 괜찮았어요. 같이 스포츠 경기나 경찰 드라마를 보면 피나 뭐 그런 특수 효과를 어떻게 내는지 설명해줬어요. 하지만— 저도 모르겠어요. 그러니까, 가끔 술에 취한 채 학교에 절 데리러 오셨거든요." 나는 데이브 선생님이나 스완슨 선생님, 혹은 누구에게도 이런 이야기를 한 적 없었다. "나는 무서워서 엄마한테 말을 못 했지만 다른 애 엄마가 얘기했어요. 그런 다음에—" 긴 이야기였고, 나는 부끄러워서 빨리 끝내고 싶었다. "아빠가 술집에 갔다가 손이 부러졌어요. 술집에서 어떤 사람이랑 싸워서요. 아빠가 매일 가는 술집이었는데, 우리는 아빠가 야근한다고 하고서 술집에 가는지 몰랐어요. 그리고 아빠한테는 우리가 전혀 모르는 친구들이 있었는데, 그 친구들이 버진아일랜드 같은 데로 휴가를 가서 아빠한테 엽서를 보냈거든요. 우리 집 주소로요. 그래서 알게 됐어요. 엄마가 아빠를 금주 모임에 보내려고 했지만 아빠는 가려고 하질 않았어요. 가끔 아파트 경비 아저씨가 우리 집 앞 복도까지 와서 일부러 시끄럽게 소리를 냈어요. 아빠한테 들리게, 경비원이 밖에 있다는 걸 알려주려고요. 아빠가 도를 넘지 않도록 말이에요."

"도를 넘는다니?"

"엄청나게 고함을 지르고 막 그랬거든요. 주로 아빠가요. 그게—" 나는 의도했던 것보다 더 많은 말을 했다는 것을 불편하게 의식했다. "주로 아빠가 소란을 피웠어요. 그러니까— 아, 모르겠어요, 엄마가 일을 해야 해서 아빠가 나를 봐야 할 때라든가 그럴 때. 아빠는 늘 기분이 아주 안 좋았어요. 아빠가 뉴스나 스포츠를 볼 때 말을 걸면 안 됐어요, 그게 규칙이었어요. 그러니까—" 나는 우울하게 말을 멈추었다. 구석에서 혼잣말을 하는 기분이었다. "아무튼. 오래전 일이에요."

호비가 의자에 기대어 앉아 나를 보았다. 덩치가 크고 말수가 적고 신중한 남자였지만 걱정이 담긴 그 푸른 눈은 소년 같았다.

"지금은?" 그가 말했다. "같이 지내는 사람들이 마음에 드니?"

"으음." 나는 입안 가득 음식을 물고 잠깐 말을 멈췄다. 앤디네 식구들을 어떻게 설명해야 할지 몰랐다. "괜찮은 것 같아요."

"다행이구나. 내 말은, 서맨사 바버를 안다고 할 수는 없지만 예전에 그 집안과 관련된 일을 좀 했거든. 좋은 눈을 가졌어."

이 말에 나는 먹다 말고 물었다. "바버 씨네를 아세요?"

"바버 씨는 몰라. 부인을 알지. 하지만 바버 씨 어머니가 상당한 수집가였는데, 가족들 사이에 분쟁이 생겨서 수집품은 전부 형한테 갔다는 것 같더라. 웰티라면 더 많은 이야기를 해줄 수 있었을 텐데. 남 얘기 하기를 좋아했다는 뜻은 아니지만." 호비가 서둘러 덧붙였다. "웰티는 아주 신중하고 입이 정말 무거웠지만 사람들은 그에게 비밀 이야기를 털어놓았어. 웰티는 그런 사람이었어, 알지? 처음 보는 사람도 자기 이야기를 털어놓게 되는 그런 사람 말이야. 고객들, 웰티가 잘 알지도 못하는 사람들이 그랬어. 웰티는 사람들이 자기 슬픔을 믿고 맡기기 좋아하는 그런 사람이었지."

"하지만, 맞아." 호비 아저씨가 손을 모았다. "뉴욕의 예술품상과 골동품상이라면 누구나 서맨사 바버를 알아. 결혼 전에는 판 데르 플레인이었지. 물건을 많이 구매하는 고객은 아니었지만 웰티는 가끔 경매장에서 그녀를 봤고, 분명히 괜찮은 물건들을 가지고 있어."

"제가 바버 씨네 집에 있다고 누가 말해줬어요?"

호비가 빠르게 눈을 깜빡였다. "신문에 났어." 그가 말했다. "못 봤니?"

"신문에요?"

"〈타임스〉. 안 읽었어? 진짜?"

"신문에 제 이야기가 났어요?"

"아니, 아니." 호비가 재빨리 말했다. "너에 대한 기사가 아니라, 미술관에서 가족을 잃은 아이들에 대한 기사였어. 대부분 관광객이었지. 어린 소녀가 하나 있었고…… 갓난아기랑…… 남아메리카 외교관의 아이―"

"신문에서 저에 대해서 뭐라고 했는데요?"

호비가 얼굴을 찌푸렸다. "아, 고아가 되었는데…… 사교계 명사가 자선을 베풀다…… 뭐 그런 거지. 상상이 될 거다."

나는 부끄러워서 접시를 물끄러미 보았다. 고아? 자선?

"좋은 기사였어. 네가 서맨사의 아들을 나쁜 애들한테서 구해줬다며?" 호비가 커다란 회색 머리를 낮춰 나와 눈을 마주치며 말했다. "학교에서 말이야. 같이 월반한 애라고 하던데."

내가 고개를 저었다. "뭐라고요?"

"서맨사 아들 말이야. 학교에서 나이 많은 애들이 괴롭히는 걸 네가 막아 줬다던데? 걔 대신 맞고, 뭐 그랬다고."

나는 다시 한 번 고개를 저었다. 어리둥절했다.

호비가 웃었다. "겸손하기는! 부끄러워할 거 없다."

"하지만— 그런 게 아니었어요." 내가 당황해서 말했다. "우리 둘 다 괴롭힘 당하고 맞았어요. 매일요."

"기사에서도 그러더구나. 그러니까 네가 걔 위해 나선 게 더 대단하지. 깨진 병이랬나?" 내가 대답하지 않자 호비가 말했다. "누가 깨진 병을 들고 서맨사 바버의 아들한테 달려드는데 네가—"

"아, 그거요." 나는 난감하게 대답했다. "아무것도 아니었어요."

"네가 다쳤다며. 걔 도우려다가."

"그런 게 아니에요! 카바노프가 우리 두 사람한테 달려들었어요. 인도에 깨진 유리 조각이 있었고요."

호비가 다시 한 번 웃었다. 커다란 남자의 웃음, 조심스럽고 교양 있는 목소리와는 전혀 다른 굵직하고 거친 웃음이었다. "음, 아무튼 확실히 재밌는 가족이랑 지내게 됐구나." 그가 일어나서 찬장으로 가더니 위스키 한 병을 꺼내서 별로 깨끗하지 않은 유리잔에 손가락 몇 마디 정도의 높이로 따랐다.

"서맨사 바버가 마음이 따뜻하고 누구나 환영하는 사람이라고 할 수는 없어— 적어도 그렇게 보이진 않지." 호비가 말했다. "하지만 재단이나 기금 모금 같은 걸로 세상을 위해서 좋은 일을 엄청 많이 하는 것 같아, 안 그러냐?"

호비 아저씨가 술병을 찬장에 다시 넣는 동안 나는 가만히 있었다. 머리

위 천창을 통해서 보이는 빛은 칙칙한 유백색이었다. 창유리에 가는 빗방울이 톡톡 떨어졌다.

"가게 다시 여실 거예요?" 내가 말했다.

"음―" 호비가 한숨을 쉬었다. "사업은 웰티가 다 알아서 했어, 고객 관리도 그렇고 판매도 그렇고. 나는― 난 사업가가 아니라 가구공이지. 브로캉퇴르(brocanteur)와 브리콜뢰르(bricoleur). 위층엔 거의 올라오지도 않았어. 항상 계단 밑에서 사포질을 하고 광택을 내고 있지. 이제 웰티가 가고 나니까― 음, 아직도 너무 낯설어. 사람들이 와서 웰티가 팔던 물건을 찾고, 나는 산 줄도 몰랐던 물건들이 아직도 배달되고, 서류는 어디 있는지도 모르고, 누구 건지도 모르고……. 웰티에게 물어볼 것이 백만 가지는 돼. 웰티와 5분만 이야기할 수 있다면 뭐든 주겠어. 특히― 음, 특히 피파에 대해서 말이야. 피파의 치료도 그렇고― 으음."

"그렇군요." 나는 이렇게 말했지만 얼마나 변변찮게 들릴지 잘 알았다. 우리는 엄마의 장례식, 길게 이어지는 침묵, 괜한 미소 같은 불편한 영역으로, 말이 소용없는 곳으로 들어서고 있었다.

"웰티는 정말 좋은 사람이었지. 그런 사람은 많지 않아. 온화하고, 매력적이고. 사람들은 항상 등이 굽었다고 안쓰럽게 여겼지만 난 그렇게 좋은 성격을 타고난 사람은 본 적이 없어. 물론 고객들은 그를 사랑했지……. 외향적이고 아주 사교적이고 늘……. 웰티는 그런 말을 자주 했어. '세상이 내게 찾아오진 않아, 그러니 내가 찾아가야지'―"

앤디의 아이폰이 갑자기 알림음을 냈다. 문자메시지였다.

잔을 입으로 가져가던 호비가 깜짝 놀랐다. "무슨 소리지?"

"잠시만요." 내가 주머니를 뒤지며 말했다. 앤디와 일본어 수업을 같이 듣는 필 레프코에게서 온 문자였다. 시오, 나 앤디야. 너 괜찮아? 나는 서둘러 화면을 끄고 주머니에 찔러 넣었다.

"잊고 있었네." 호비가 잠시 허공을 물끄러미 보더니 고개를 저었다. "이걸 다시 보게 될 줄 몰랐어." 그가 반지를 내려다보며 말했다. "이걸 가지고 여기를 찾아오라고 하다니, 나에게 주다니, 참 웰티다워. 난— 으음, 난 아무 말도 안 했지만 틀림없이 영안실에서 누가 가져갔다고 생각했어—"

전화기가 다시 높고 성가신 소리를 냈다. "이런, 죄송해요!" 내가 전화기를 찾아 뒤적이며 말했다. 앤디의 문자였다.

네가 살해당하는 건 아닌가 확인하려고!!!

"죄송해요." 내가 확실히 끄려고 버튼을 지그시 누르면서 말했다. "이제 진짜 껐어요."

하지만 호비는 미소를 지으며 유리잔을 바라볼 뿐이었다. 비가 천창을 톡톡 두드리며 흘러내리자 벽을 따라서 물이 흐르는 모양대로 그림자가 생겼다. 나는 수줍어서 아무 말도 할 수 없었기 때문에 호비가 다시 이야기를 이어가기를 기다렸다. 하지만 아저씨가 아무 말도 하지 않았으므로 우리는 고요히 앉아 있었다. 나는 식어가는 차(연기 맛이 나는 독특한 랍상소우총)를 홀짝이면서 내 삶이 얼마나 기이한지, 내가 있는 이곳이 얼마나 기이한지 느꼈다.

"고맙습니다." 접시를 한쪽으로 치우고 공손하게 말하면서 부엌을 둘러보았다. "정말 맛있었어요." 나는 엄마가 듣고 있을지도 모르니 엄마한테 잘 보이려고 이렇게 말했다(이제는 버릇이 되었다).

"아, 정말 예의 바르구나!" 호비가 이렇게 말하면서 나를 보고 웃었지만, 심술궂은 웃음은 아니었고 친근하게 느껴졌다. "마음에 드니?"

"뭐가요?"

"내가 만든 노아의 방주." 그가 고갯짓으로 선반 쪽을 가리켰다. "저걸 보고 있는 줄 알았는데." 낡은 목제 동물들(코끼리, 호랑이, 소, 얼룩말부터 아주 작은 생쥐 한 쌍까지)이 배에 타려고 줄을 서서 참을성 있게 기다리고 있었다.

"그 애 거예요?" 내가 조각에 매료되어 말없이 한참 보다가 물었다. 동물들이 너무나 귀엽게 배치되어 있었기 때문에 (호랑이는 서로를 무시했고 공작새 수컷은 암컷에게 등을 돌린 채 토스터에 비친 자기 모습을 보며 감탄하고 있었다) 나는 피파가 동물들을 정확히 배치하려고 몇 시간이고 애쓰는 모습을 상상할 수 있었다.

"아니." 호비가 양손을 식탁 위에 놓았다. "내가 처음으로 산 골동품이야, 30년 전에. 미국 민속예술품 판매전에서. 난 민속예술을 대단히 좋아하지는 않아, 그런 적은 없어. 이 작품은 최상급도 아니고 내가 가진 다른 물건들과 어울리지도 않지만, 이상하게도 가장 사랑스러운 건 항상 적절하지 않은 것, 좀 이상한 것 아니겠니?"

나는 가만히 있을 수가 없어서 의자를 밀고 일어났다. "지금 걔 만나도 돼요?" 내가 말했다.

"깨어 있으면—" 호비가 입을 꼭 다물었다. "음, 나쁠 건 없겠지. 하지만 아주 잠깐이야, 명심해." 아저씨가 일어서자 나는 그의 큰 덩치와 어깨를 구부정하게 숙일 정도로 큰 키에 새삼 깜짝 놀랐다. "미리 말해두자면, 피파는 약간 혼란스러운 상태야. 아—" 호비가 문 앞에서 돌아섰다. "웰티 이야기는 꺼내지 않는 게 좋을 거야."

"몰라요?"

"아, 아니." 그가 건조하게 말했다. "알아. 하지만 가끔 그 얘기를 들으면 다시 기분이 나빠지거든. 언제 그렇게 됐냐고, 왜 아무도 말을 안 해줬냐고 하지."

2

호비가 문을 열었지만 커튼이 처져 있어서 눈이 어둠에 적응하기까지 시간이 조금 걸렸다. 향기로운 향수 냄새가 나는 어둠 속에 아픔과 약 냄새가 숨어 있었다. 침대 위 벽에는 액자에 넣은 〈오즈의 마법사〉 영화 포스터가 걸려 있었다. 빨간 유리잔 안에서 향초가 촛농을 흘리고 있었고, 주변에는 작은 물건들과 묵주, 악보, 휴지로 접은 꽃과 낡은 밸런타인 카드가 있었으며, 수백 장은 되어 보이는 병문안 카드가 리본에 매달려 있었고, 은색 풍선 한 뭉치가 은빛 줄을 해파리 촉수처럼 늘어뜨리고 천장에서 불길하게 흔들리고 있었다.

"손님이 왔어, 핍." 호비가 크고 경쾌한 목소리로 말했다.

덧이불이 꼼지락거리는 것이 보였다. 팔꿈치가 튀어나왔다. "으음?" 졸린 목소리가 말했다.

"너무 어둡네. 커튼 좀 열어도 될까?"

"아니, 하지 마세요, 빛 때문에 눈이 아파요."

그녀는 내 기억보다 작았고 얼굴은 어둠 속이라 흐릿했지만 새하얬다. 머리카락은 앞쪽 조금만 남기고 다 밀었다. 내가 약간 두려워하면서 다가가는데 관자놀이에서 금속이 번쩍했다. 머리핀이라고 생각했지만 한쪽 귀 위로 섬뜩한 의료용 스테이플이 자리 잡고 있다는 것을 곧 깨달았다.

"복도에서 나는 소리 들었어요." 그녀가 나에게서 호비에게로 시선을 옮기며 작고 쉰 목소리로 말했다.

"무슨 소리를 들었는데, 우리 귀염둥이?" 호비가 말했다.

"두 사람이 말하는 거요. 코스모도 들었어요."

처음에는 개가 보이지 않았지만 곧 눈에 들어왔다. 회색 테리어가 피파 옆에 놓인 베개와 봉제 인형들 가운데 몸을 웅크리고 누워 있었다. 개가 고개를 들자 희끗희끗한 얼굴과 백내장 때문에 부연 눈을 보고 나이가 무척 많다는 것을 알 수 있었다.

"자는 줄 알았어." 호비가 손을 내밀어 개의 턱을 긁으며 말했다.

"아저씨는 늘 그렇게 말하지만 난 항상 깨어 있어요. 안녕." 그녀가 나를 올려다보며 말했다.

"안녕."

"누구야?"

"내 이름은 시오야."

"무슨 음악 좋아해?"

"모르겠어." 그런 다음 멍청해 보일까 봐 얼른 덧붙였다. "베토벤."

"멋지네. 베토벤을 좋아할 것처럼 생겼어."

"그래?" 내가 당황해서 말했다.

"좋은 뜻으로 한 말이야. 난 음악을 못 들어. 머리 때문에, 정말 끔찍해." 호비가 내가 앉을 수 있게 침대 옆 의자에 놓인 책들과 거즈, 크리넥스 통을 치우려고 하자 피파가 그에게 말했다. "아니에요. 여기 앉으라고 하세요. 여기 앉아도 돼." 피파가 침대 위에서 조금 움직여서 공간을 만들어주었다.

나는 호비를 흘깃 보고 괜찮은지 확인한 다음, 고개를 들고 나를 빤히 보는 개를 방해하지 않으려고 조심하면서 힘들게 한쪽 엉덩이만 걸쳤다.

"걱정 마, 안 물어. 음, 가끔은 물지만." 피파가 졸린 눈으로 나를 보았다. "너 알아."

"나 기억나?"

"우리가 친구였어?"

"응." 내가 별생각 없이 말했다가, 거짓말을 했다는 것이 부끄러워서 호비를 흘깃 보았다.

"이름을 까먹었어, 미안. 하지만 얼굴은 생각나." 그런 다음 개의 머리를 쓰다듬으면서 말했다. "집에 돌아왔을 때 내 방도 기억이 안 났어. 침대랑 물건들은 기억이 나는데 방은 달라 보였어."

눈이 어둠에 적응하고 나니 구석에 있는 휠체어와 침대 옆 탁자에 놓인 약병들이 보였다.

"베토벤 어떤 거 좋아해?"

"어―" 나는 이불 위에 놓인 그녀의 팔을, 일회용 밴드가 붙어 있는 팔꿈치 안쪽의 부드러운 살갗을 보았다.

피파가 침대에 일어나 앉으며 내 뒤쪽 밝은 문 앞에 서 있어서 실루엣으로 보이는 호비를 보았다. "나 말 많이 하면 안 되죠?" 그녀가 말했다.

"그래, 아가."

"그렇게 피곤한 것 같지 않은데. 하지만 잘 모르겠어요. 너도 낮에도 피곤하니?" 피파가 나에게 물었다.

"가끔." 엄마가 죽은 후 나는 수업 시간에 잠들고 방과 후에는 앤디의 방에서 그대로 곯아떨어지는 버릇이 생겼다. "예전엔 안 그랬어."

"나도 그래. 요즘은 항상 졸려. 왜 그럴까? 너무 지루해서 그런가 봐."

빛이 들어와서 문 쪽을 돌아보니 호비가 잠깐 자리를 비우고 없었다. 나는 전혀 평소의 나답지 않게 손을 뻗어서 피파의 손을 잡고 싶어서 몸이 근질근질했기 때문에 피파와 단둘이 남자 그렇게 했다.

"싫은 건 아니지?" 내가 피파에게 물었다. 깊은 물속에서 움직이는 것처럼 모든 것이 느릿느릿했다. 누군가의―여자아이의―손을 잡고 있다는 것이 아주 낯설었지만 이상하게도 당연하게 느껴졌다. 지금까지는 이런 행동을 해본 적이 없었다.

"전혀. 좋은 것 같아." 그런 다음 짧은 침묵이 흐르고―그새 작은 테리어가 코 고는 소리가 들려왔다―피파가 말했다. "눈 좀 감아도 괜찮지?"

"괜찮아." 내가 피파의 손등 뼈를 따라 엄지손가락을 미끄러뜨려 더듬으며 말했다.

"실례인 건 알지만 눈을 뜰 수가 없어."

나는 피파의 그늘진 눈꺼풀, 갈라진 입술, 창백한 안색과 멍, 한쪽 귀 위의 보기 싫은 금속 빗금을 내려다보았다. 나를 설레게 하는 면과 그렇지 않은 면이 기묘하게 합쳐져 있어서 나는 어지럽고 혼란스러웠다.

내가 죄책감을 느끼며 뒤를 흘깃 보다가 호비가 문간에 서 있음을 깨달았다. 나는 까치발을 하고 살금살금 복도로 나온 다음 조용히 문을 닫으면서 복도가 어두운 것에 감사했다.

우리는 같이 복도를 지나 거실로 돌아왔다. "네가 보기엔 어떤 것 같니?" 호비가 말했다. 목소리가 너무 낮아서 거의 들리지도 않았다.

여기서 내가 무슨 말을 해야 할까? "괜찮은 것 같아요. 아마도요."

"피파가 아니야." 그가 불행한 표정으로 손을 목욕 가운 주머니에 깊이 찔러 넣은 채 말을 잠깐 멈췄다. "저건 — 피파지만, 피파가 아니야. 친했던 사람들을 못 알아보고 아주 정중하게 말을 하면서 가끔 낯선 사람들한테는 무척 솔직하게 굴면서 말도 많이 하고 친숙하게 대해. 한 번도 본 적 없는 사람들을 오랜 친구처럼 대하지. 흔한 일이라고 하더군."

"왜 음악을 들으면 안 돼요?"

호비가 눈썹을 올리며 말했다. "아, 듣긴 들어. 가끔. 하지만 어떨 때는, 특히 늦은 오후에 음악을 들으면 기분이 나빠져서 말이야. 피파는 연습을 해야 한다고, 학교 때문에 작품을 준비해야 한다고 생각해서 무척 당황하지. 아주 곤란해. 언젠가 아마추어 수준으로 연주할 수는 있을 거야, 의사들 말로는 그렇다지만 —"

갑자기 초인종이 울려서 둘 다 깜짝 놀랐다.

"아." 호비가 손목시계를 흘깃 보면서 괴로운 표정으로 말했는데, 이제 보니 아주 아름답고 오래된 시계였다. "간호사인가 보다."

우리는 마주 보았다. 아직 이야기가 끝나지 않았다, 할 이야기가 아직 많았다.

다시 초인종이 울렸다. 복도 저편에서 개가 짖었다. "일찍 왔군." 호비가 약간 낙담한 표정으로 서두르며 말했다.

"나중에 또 와도 돼요? 피파를 만나러요."

호비가 멈췄다. 내가 그런 질문을 해서 충격을 받은 것 같았다. "당연히 와도 되지. 꼭 다시 와줘—"

초인종이 다시 울렸다.

"네가 좋을 때 아무 때나 괜찮아." 호비가 말했다. "꼭 와줘. 언제든지 반가울 거야."

3

"그래서, 어떻게 됐어?" 우리가 저녁 먹으러 나가려고 옷을 입고 있을 때 앤디가 말했다. "이상했어?" 플랫은 학교로 돌아가는 기차를 타러 갔고 바버 부인은 어느 자선단체 위원회와 저녁 식사 중이었다. 그래서 바버 씨가 남은 우리들을 데리고 요트 클럽에 저녁을 먹으러 가기로 했다(우리는 바버 부인이 저녁에 다른 일이 있을 때만 요트 클럽에 갔다).

"너희 엄마 알더라, 그 사람."

넥타이를 매던 앤디가 얼굴을 찡그렸다. 누구나 앤디의 엄마를 알았다.

"약간 이상했어." 내가 말했다. "하지만 가길 잘했어. 자." 내가 재킷 주머니를 뒤지며 말했다. "전화기 고마워."

앤디는 메시지가 왔는지 확인한 다음 화면을 끄고 주머니에 넣었다. 앤디가 주머니에 손을 넣고 잠깐 멈춘 채 고개를 들었지만 나를 똑바로 보지는 않았다.

"상황이 좋지 않은 거 알아." 앤디가 갑자기 말했다. "이런 거지 같은 상황이 된 거, 정말 안됐다고 생각해."

자동 응답기 소리처럼 감정 없는 목소리 때문에 나는 잠깐 앤디의 말을 이해하지 못했다.

"정말 좋은 분이었는데." 앤디가 여전히 나를 보지도 않고 말했다. "그러니까 내 말은—"

"그렇지, 뭐." 이런 대화를 계속하고 싶지 않아서 내가 중얼거렸다.

"내 말은, 나도 너희 엄마가 보고 싶어." 앤디가 반쯤 겁에 질린 듯한 표정으로 내 눈을 마주 보며 말했다. "지금까지는 아는 사람이 죽은 적이 없었어. 음, 판 데르 플레인 할아버지가 있었지만. 내가 좋아하는 사람은 없었어."

나는 아무 말도 하지 않았다. 엄마는 항상 앤디에게 약했다. 가정용 기상 관측기 모니터 앞에만 붙어 있는 앤디를 끈질기게 끌어내려 했고, 앤디가 기뻐서 얼굴이 빨개질 때까지 앤디의 스타워즈 게임 점수를 놀려댔다. 젊고 장난기 많고 재미있는 걸 좋아하고 애정이 넘치는 우리 엄마는 앤디의 엄마와 정반대였다. 엄마는 우리와 함께 공원에서 프리스비를 던지고 좀비 영화에 대해서 이야기했고, 토요일 아침이면 엄마 침대에 같이 누워서 럭키참스 시리얼을 먹으며 만화를 보도록 허락해주는 그런 엄마였다. 그리고 나는 앤디가 엄마랑 있으면 바보처럼 얼이 나가고 들떠서 자기가 하는 게임 4단계에 대해 주절거리면서 엄마 뒤를 졸졸 따라다니고, 엄마가 냉장고에서 뭘 꺼내려고 몸을 숙이면 엄마의 엉덩이에서 눈을 떼지 못하는 것이 가끔 약간 거슬렸다.

"너희 엄마는 정말 멋졌어." 앤디가 아득한 목소리로 말했다. "버스를 타고 뉴저지 외곽에서 열린 호러 팬 대회에 데려다주셨던 거 기억나? 뱀파이어 영화에 출연시키고 싶다면서 너희 엄마를 계속 쫓아다니던 립이라는 그 불쾌한 놈도 있었잖아."

나는 알았다, 앤디는 좋은 의도로 하는 말이었다. 하지만 나는 엄마와 관련된 이야기, 혹은 '예전'에 대한 이야기를 견딜 수 없었기 때문에 고개를 돌렸다.

"그 남자는 호러를 좋아하지도 않았을 거야." 앤디가 약간 거슬리는 목소리로 작게 말했다. "아마 페티시가 있었겠지. 지하 감옥 실험대에 여자들을 묶어둔다니, 완전 포르노잖아. 그 남자가 너희 엄마한테 뱀파이어 이빨을 한 번만 껴보라고 애원하던 거 기억나?"

"응. 그래서 엄마가 보안 요원한테 가서 말했지."

"가죽 바지에다가 피어싱도 잔뜩 하고. 내 말은, 그 남자가 진짜로 뱀파이어 영화를 만들고 있었을지는 모르지만, 확실한 사실은 변태였다는 거야, 너도 봤어? 그 엉큼한 미소랑 그런 거? 게다가 계속 너희 엄마 가슴을 들여다보려고 애썼잖아."

나는 앤디를 향해 가운뎃손가락을 들어 보였다. "야, 그만 가자." 내가 말했다. "나 배고파."

"아, 그래?" 나는 엄마가 죽은 후 4킬로그램 넘게 살이 빠졌다. 스완슨 선생님이 (부끄럽게도) 섭식 장애를 앓는 여자애들의 몸무게를 잴 때 사용하는 체중계로 내 몸무게를 재기 시작한 것도 무리는 아니었다.

"왜, 넌 배 안 고파?"

"아니. 난 또 네가 다이어트 중인 줄 알았지. 졸업 파티 때 입을 드레스 때문에."

"꺼져, 이 자식아." 나는 가벼운 말투로 이렇게 말하면서 문을 열다가, 엿듣고 있었는지 문을 두드리려던 참이었는지 문 바로 앞에 서 있던 바버 씨와 부딪칠 뻔했다.

나는 너무 당황해서 말을 더듬기 시작했지만—앤디네 집에서는 욕이 금지되어 있었다—바버 씨는 크게 놀란 것 같지 않았다.

"음, 시오." 바버 씨가 내 뒤쪽을 보면서 건조하게 말했다. "좀 나아졌다니 정말 다행이네. 자, 가자, 빨리 가서 자리를 잡아야지."

4

다음 주가 되자 모두들, 심지어는 토디까지도 내 입맛이 좋아졌다는 사실을 알아차렸다. "단식투쟁은 그만뒀어?" 어느 날 아침 토디가 궁금하다는 듯이 나에게 물었다.

"토디, 아침이나 먹어."

"하지만 그렇게 말하는 거 아니었어? 안 먹는 거 말이야."

"아니야, 단식투쟁은 감옥에 있는 사람들이 하는 거야." 킷시가 차갑게 말했다.

"킷시." 바버 씨가 경고하는 듯한 말투로 킷시를 불렀다.

"알아, 근데 어제 시오 형이 와플을 세 개나 먹었어요." 토디는 관심이 없는 부모님을 대화에 끌어들이려고 두 사람을 열심히 번갈아 보면서 말했다. "난 두 개밖에 안 먹었는데. 그리고 오늘 아침에는 시리얼 한 그릇에 베이컨을 여섯 조각이나 먹었는데, 나한테는 베이컨 다섯 조각도 너무 많다고 했잖아요. 난 왜 다섯 조각 먹으면 안 돼요?"

5

"으음, 안녕, 어서 와라." 데이브가 진료실 문을 닫고 내 맞은편에 앉으면서 말했다. 진료실에는 형형색색의 킬림 양탄자가 깔려 있고 책장에는 낡은 교과서(《약물과 사회》,《유아 심리 : 새로운 접근법》)가 가득했으며 버튼을 누르면 베이지색 커튼이 웅웅 소리를 내며 열렸다.

나는 어색한 미소를 지으면서 눈을 굴려 야자나무 화분, 청동 부처상 등 방을 다 둘러보았지만 데이브의 시선만은 피했다.

"그래." 1번가 도로에서 올라오는 희미한 자동차 소리 때문에 우리 두 사람이 서로 다른 은하계에 있는 것처럼 둘 사이의 침묵이 광대하게 느껴졌다. "오늘은 좀 어때?"

"으음―" 나는 일주일에 두 번, 치과 수술에 비하지 못할 것도 없을 만큼 고통스러운 데이브와의 면담이 무서웠다. 데이브가 그렇게나 노력을 하는데도 내가 그를 더 좋아하지 못하는 것에 죄책감이 들었다. 그는 항상 나에게 어떤 영화를 좋아하는지, 어떤 책을 좋아하는지 물어보면서 시디를 구워주고 〈게임 프로〉에서 내가 관심이 있을 것 같은 기사를 오려다 주었지만―가끔은 EJ런처넷 식당으로 데려가서 햄버거를 사주기도 했다―질문이 시작되면 나는 대사도 모르면서 무대 위로 떠밀려 올라간 사람처럼 뻣뻣하게 얼어붙었다.

"오늘은 좀 딴생각을 하고 있는 것 같네."

"으음……." 나는 제목에 성(性)이라는 말이 들어가는 책이 책장에 잔뜩 꽂혀 있다는 사실을 놓치지 않았다. 《청소년의 성》, 《성과 인식》, 《성적 일탈의 유형》, 그리고, 제일 마음에 드는 《그림자를 벗어나 : 섹스 중독의 이해》. "괜찮아요. 괜찮은 것 같아요."

"괜찮은 것 같다고?"

"아니, 좋아요. 잘 지내고 있어요."

"아, 그래?" 데이브가 의자에 기대어 앉았고 컨버스 신발이 위아래로 까닥거렸다. "아주 잘됐구나." 그런 다음 그가 말했다. "요즘 어떻게 지내는지 이제 얘기해볼까?"

"아―" 나는 눈썹을 긁으면서 시선을 피했다. "스페인어는 아직 많이 어려워요. 추가 시험이 또 있어요, 아마 월요일에 볼 거예요. 하지만 스탈린그라드 과제에서 A를 받았어요. 그래서 역사 점수가 B마이너스에서 B로 올라갈 것 같아요."

데이브가 니무나 오랫동안 나를 빤히 보면서 아무 말도 하지 않았기 때문에 나는 점점 걱정이 돼서 다른 화제를 떠올리려고 열심히 생각하기 시작했다. 그때 데이브가 말했다. "다른 건?"

"음—" 내가 양쪽 엄지손가락을 보았다.

"불안감은 좀 어떠니?"

"별로 나쁘지 않아요." 나는 이렇게 말하면서 데이브에 대해 아는 게 전혀 없다는 게 정말 불안하다는 생각이 들었다. 그는 결혼반지 같지 않은 결혼반지를 낀 그런 사람이었다. 어쩌면 결혼반지가 아니고 켈트족의 유산에 엄청난 자부심을 가지고 있는 것뿐일지도 몰랐다. 굳이 추측을 하자면 신혼이고 아기가 한 명 있을 것이라고 하겠지만—밤중에 일어나 기저귀를 가느라 지친 젊은 아빠 같은 분위기가 희미하게 풍겼다—모르는 일이었다.

"약은? 부작용은 어떠니?"

"어—" 내가 코를 긁었다. "나아진 것 같아요." 나는 그동안 약을 먹지도 않았다. 약을 먹으면 너무 피곤하고 머리가 아파서 개수대 배수구에 뱉은 지가 좀 됐다.

데이브는 잠시 아무 말도 하지 않았다. "그래. 그럼 전반적으로 좋아졌다고 할 수 있을까?"

"그런 것 같아요." 잠시 침묵이 흐르고 내가 데이브의 머리 뒤쪽 벽걸이를 물끄러미 보면서 말했다. 점토 구슬과 매듭 밧줄로 만든 비틀린 주판처럼 보였다. 나는 최근에 저 벽걸이를 보면서 보낸 시간이 너무 많았다는 느낌이 들었다.

데이브가 미소를 지었다. "그게 부끄러운 일이라는 듯이 말하는구나. 하지만 기분이 나아진다고 해서 네가 엄마를 잊었다는 뜻은 아니야. 엄마를 덜 사랑한다는 뜻도 아니고."

나는 생각해본 적도 없는 그의 추측에 분노하며 데이브에게서 시선을 돌려 창밖을, 길 건너 흰색 벽돌 건물이 보이는 우울한 풍경을 보았다.

"기분이 왜 나아졌는지 알겠니?"

"아뇨, 별로요." 내가 퉁명스럽게 말했다. '나아졌다'는 말이 적당한 표현도 아니었다. 내 기분을 나타낼 수 있는 말은 없었다. 오히려 말할 거리도 안 되는 사소한 일들—학교 복도에서 터져 나오는 웃음, 과학 실험 시간에 수조 안을 재빨리 기어가는 도마뱀붙이—때문에 순간적으로 즐거워졌다가 금방 울고 싶어진다는 것이 맞는 말이었다. 러시아워의 차들이 줄어들면서 밤이 다가오고 도시는 점차 한적해지면 가끔 모래를 실은 축축한 바람이 창문을 통해 파크가에서 불어 들어왔다. 비가 오고 나무에는 잎이 났고, 봄이 깊어져 여름이 되어갔다. 거리에서 들려오는 경적의 쓸쓸한 울음소리와 젖은 보도의 축축한 냄새에는 강렬한 느낌이 있었다. 인파 속 포장 음식을 든 뚱뚱한 남자들과 조용하고 외로운 비서들이 지나가고 있을 것 같았다. 살아가기 위해서 억지로 고군분투하는 존재의 초라한 슬픔이 사방에 있었다. 몇 주 동안 나는 얼어붙은 채 봉인되어 있었지만 이제는 샤워를 하면서 물을 최대한 세게 틀고 소리 없이 울부짖었다. 모든 것이 아프고 고통스럽고 혼란스럽고 부당하게 느껴졌지만 이제는 얼음같이 차가운 물속에서 얼음이 깨진 틈으로 끌려나와 햇볕과 불타는 추위를 마주한 것 같았다.

"어디 갔다 왔니?" 데이브가 나와 시선을 맞추려고 애쓰면서 말했다.

"네?"

"방금 무슨 생각 하고 있었어?"

"아무 생각도 안 했어요."

"아, 그래? 정말로 아무 생각도 하지 않는 건 참 힘든데."

내가 어깨를 으쓱했다. 나는 버스를 타고 피파의 집에 갔었다는 이야기를 아무에게도 하지 않았고, 이 비밀은 꿈의 여운처럼 모든 것을 채색했다. 휴지로 만든 양귀비꽃, 촛농이 떨어지는 초의 흐릿한 불빛, 내 손에서 느껴지는 피파의 손의 끈적끈적한 열기. 그것은 정말 오랜만에 느껴본 생생하고 진짜 같은 일이었지만 그 일에 대해 이야기함으로써, 특히 데이브와 이야기함으로써 망치고 싶지는 않았다.

데이브와 나는 다시 한 번 기나긴 일이 초 동안 가만히 앉아 있었다. 데이브가 걱정스러운 표정으로 몸을 숙이고 말했다. "시오, 이렇게 침묵을 지킬 때 어딜 갔다 오느냐고 내가 묻는 건 말이야, 웃기려거나 널 곤란하게 만들려고 그러는 게 아니야."

"아, 그럼요! 저도 알아요." 내가 소파 팔걸이에 씌워진 트위드 천을 꽉 잡으며 불안하게 말했다.

"내가 여기 있는 건 네가 하고 싶은 얘기를 듣기 위해서야. 아니면—" 데이브가 의자에 앉은 채 몸을 움직이자 삐걱거리는 소리가 났다. "아무 말 안 해도 돼! 난 네가 마음에 담아두고 있는 건 없는지 궁금한 것뿐이야."

"으음." 다시 한 번 끝나지 않을 것 같은 침묵 끝에, 손목시계를 흘긋 보고 싶다는 유혹에 저항하면서 내가 말했다. "전 그냥—" 몇 분이나 더 남았지? 40분이나 남았다고?

"왜냐면, 널 아는 다른 어른들한테 들었는데, 네가 최근에 눈에 띄게 좋아졌다고 하더구나. 수업에도 더 열심히 참여하고." 나는 대답하지 않았다. "애들이랑도 더 잘 어울리고. 식사도 다시 정상적으로 하고 말이다." 정적 속에서 거리의 구급차 사이렌 소리가 희미하게 올라왔다. "그래서 네가 달라진 이유를 내가 이해할 수 있도록 네가 도와줄 수 있을까 해서."

나는 어깨를 으쓱하고 뺨을 긁었다. 어떻게 설명해야 할까? 설명하려고 애쓰는 것조차 멍청하게 느껴졌다. 기억은 생각하려고 애쓸수록 점점 더 희미해지는 꿈처럼 비현실적으로 반짝거리며 희미해지고 있었다. 더 중요한 것은 그 느낌, 강렬하고 달콤한 저류였다. 그것은 너무나 압도적이었다. 교실에서, 통학 버스에서, 침대에 누워서 안전하거나 유쾌한 무언가를, 불안으로 가슴이 조여들지 않는 장소나 환경을 생각하려고 애쓸 때면, 나는 그저 미지근한 흐름 속으로 가라앉아 모든 것이 다 괜찮은 비밀의 장소로 휩쓸려 가기만 하면 되었다. 계피색 벽, 창유리에 맺힌 비, 광대한 정적, 19세기 그림 배경에 칠해진 광택제처럼 깊고 먼 느낌. 낡아서 올이 풀린 깔개, 그림이 그려진 일본 부채, 촛불 빛 속에서 깜빡이는 옛날 밸런타인 카드, 어릿광대와 비둘기와 하트 모양을 장식한 화환. 어둠 속 파리한 피파의 얼굴.

<h1 style="text-align:center">6</h1>

"있잖아." 며칠 뒤 학교가 끝나고 스타벅스에서 나올 때 내가 앤디에게 말했다. "오늘 오후에 어디 가고 싶은데 대충 둘러대줄 수 있어?"

"당연하지." 앤디가 커피를 욕심스럽게 마시며 말했다. "얼마나?"

"모르겠어." 14번가에서 전차를 갈아타는 데 얼마나 걸리느냐에 따라서 시내까지 45분 정도 걸릴 수도 있었다. 평일에는 버스가 더 오래 걸렸다. "세 시간 정도?"

앤디가 얼굴을 찌푸렸다. 앤디의 어머니가 집에 계시면 물어볼 것이다.

"엄마한테 뭐라고 하지?"

"학교에 늦게까지 있다고 하든지, 뭐 대충 말씀드려."

"그러면 문제가 생긴 줄 아실 거야."

"무슨 상관이야?"

"상관없지만, 엄마가 학교에 전화해서 네가 괜찮은지 확인하면 안 되잖아."

"영화 보러 갔다고 해."

"그러면 왜 같이 안 갔냐고 물어볼 거야. 도서관에 있다고 하면 어떨까?"

"그건 너무 뻔하잖아."

"그럼 좋아. 가석방 담당관이랑 아주 급하게 만날 일이 있다고 하지, 뭐.

아니면 포시즌즈 호텔 바에 잠깐 들러서 올드패션드 칵테일을 마시고 온다고 하든가."

앤디는 자기 아빠를 흉내 내고 있었다. 너무 정확히 흉내 내서 웃고 말았다. "*파벨하프트(Fabelhaft).*" 내가 바버 씨 목소리를 흉내 내며 대답했다. "진짜 웃긴다."

앤디가 어깨를 으쓱했다. "중앙 도서관이 오늘은 일곱 시까지 열어." 앤디가 단조롭고 흐릿한 자기 목소리로 돌아가서 말했다. "하지만 네가 어느 도서관을 가는지 내가 꼭 알아야 하는 건 아니지. 깜빡하고 나한테 말 안 할수도 있으니까."

7

내가 거리를 물끄러미 보면서 딴생각을 하고 있는데 문이 예상보다 더 빨리 열렸다. 지난번과 달리 깨끗하게 면도를 한 호비 아저씨는 비누 냄새를 풍겼고 긴 회색 머리를 깔끔하게 빗어서 귀 뒤로 넘겼다. 그리고 내가 만났던 블랙웰 씨처럼 멋진 옷을 입고 있었다.

아저씨가 눈썹을 올렸다. 나를 보고 놀란 것이 분명했다. "안녕!"

"제가 별로 안 좋을 때 왔나요?" 내가 눈처럼 흰 그의 셔츠 소매를 흘깃거리며 말했다. 소매에 주홍색으로 조그마한 수가 놓여 있었는데 너무 작고 정교한 글씨라 거의 보이지 않았다.

"전혀 아니야. 사실은 네가 왔으면 하던 중이었어." 호비 아저씨는 흐린 노란색 문양이 들어간 빨간 타이, 검정색 옥스퍼드 브로그 신발, 멋지게 맞춘 남색 양복 차림이었다. "들어와! 어서."

"어디 가세요?" 내가 그를 보면서 소심하게 말했다. 양복을 입으니 완전히 딴사람이 되어서 덜 우울하고 덜 산만하고 더 유능해 보였다. 처음 왔을 때 본, 우아하지만 어딘가 혹사당한 북극곰처럼 구중중하던 호비 아저씨와는 달랐다.

"으음, 그래. 지금 당장은 아니고. 솔직히 좀 어수선한데. 그래도 괜찮아."

무슨 뜻일까? 나는 호비를 따라 안으로 들어가서—탁자 다리와 스프링 없는 의자들의 숲과 같은 작업장을 지나—어두컴컴한 거실을 지나 부엌으로 갔다. 코스모가 석판 위에서 달그락달그락 소리를 내며 초조하게 서성이고 낑낑거렸다. 우리가 부엌으로 들어가자 코스모가 몇 걸음 뒤로 물러나서 공격적으로 노려보았다.

"애는 왜 여기 있어요?" 나는 무릎을 꿇고 코스모의 머리를 쓰다듬으려 했지만 개가 피해서 손을 거뒀다.

"흐음?" 호비가 말했다. 다른 생각을 하고 있는 것 같았다.

"코스모 말이에요. 피파랑 같이 있는 걸 좋아하지 않나요?"

"오, 피파 이모 때문에. 코스모가 피파랑 같이 있는 걸 싫어하거든." 호비는 싱크대에서 찻주전자에 물을 채우고 있었다. 나는 그의 손이 떨리고 있음을 눈치챘다.

"이모요?"

"그래." 호비가 주전자를 올리고 불을 켠 다음 몸을 숙여서 개의 턱을 긁으며 말했다. "우리 불쌍한 두꺼비, 무슨 상황인지 이해가 안 되지? 마거릿은 절대 환자 방에 개를 두면 안 된다고 생각하거든. 당연히 마거릿 말이 맞지. 자, 여기 있다." 호비가 이상하게 밝은 표정으로 어깨 너머를 흘깃 보며 말했다. "이제 정신이 드나 봐. 피파는 네가 왔다간 뒤로 계속 네 얘기를 했어."

"정말요?" 내가 기뻐하며 말했다.

"'걘 어디 있어요', '걔 왔었죠', 어제는 네가 곧 다시 올 거라고 했는데." 아저씨가 따뜻하고 젊은 웃음소리를 내면서 말했다. "그런데 정말 왔네." 호비가 삐걱거리는 무릎으로 일어서더니 손목 손바닥 쪽으로 울퉁불퉁한 흰 눈썹을 닦았다. "조금만 기다리면 가서 만나도 돼."

"어떻게 지내고 있어요?"

"훨씬 나아졌어." 호비가 나를 보지도 않고 활기차게 말했다. "많은 일들이 있었지. 이모가 텍사스로 피파를 데려갈 거야."

"텍사스라고요?" 내가 깜짝 놀라서 잠시 멈췄다가 말했다.

"안됐지만 그렇게 됐어."

"언제요?"

"모레."

"안 돼요!"

호비가 얼굴을 찌푸렸다. 가슴이 아픈 것 같았지만 내가 보자마자 그 기색이 사라져버렸다. "그래, 난 피파 짐을 싸고 있었어." 아저씨가 잠깐 내비친 괴로움과 어울리지 않게 경쾌한 목소리로 말했다. "손님들이, 학교 친구들이 다녀갔어. 사실은 지금 오랜만에 조용해진 거야. 꽤 바쁜 한 주였지."

"언제 돌아와요?"

"으음, 실은 오랫동안 못 올 거야. 마거릿이 피파랑 같이 살려고 데리고 가는 거거든."

"아주 가는 거예요?"

"아, 아니야! *아주*는 아니지." 호비가 말했다. 정확히 *아주* 가버린다는 뜻임을 깨닫게 하는 목소리였다. "누가 지구를 떠나는 것도 아니잖아." 그가 내 얼굴을 보고 이렇게 덧붙였다. "당연히 내가 피파를 만나러 갈 거야. 피파도 놀러 올 거고."

"하지만―" 머리 위에서 천장이 무너지는 느낌이었다. "피파는 여기 사는 줄 알았는데요. 아저씨랑요."

"음, 그랬지. 지금까지는. 하지만 거기 가면 피파가 훨씬 좋아질 거야." 호비가 덧붙였지만 그다지 확신은 없는 것 같았다. "우리 모두에게 큰 변화지만, 장기적으로는 분명히 최선이야."

호비 아저씨가 본인의 말을 조금도 믿고 있지 않음을 나는 알 수 있었다. "왜 여기 있으면 안 되는데요?"

호비가 한숨을 쉬었다. "마거릿은 웰티의 이복 여동생이야." 그가 말했다. "또 다른 이복 여동생. 피파의 가장 가까운 친척이지. 아무튼 마거릿은 혈육이고, 난 아니니까. 마거릿은 피파가 텍사스에서 사는 게 더 나을 거래. 이제 이사할 수 있을 만큼 몸도 좋아졌고."

"저라면 텍사스에 살고 싶지 않을 거예요." 내가 놀라서 말했다. "거긴 너무 더워요."

"거기는 의사도 여기만큼 좋을 것 같지 않아." 호비가 손에서 먼지를 털면서 말했다. "그 문제에 대해서 마거릿과 나는 의견이 다르지만."

호비가 자리에 앉아서 나를 보았다. "네 안경." 그가 말했다. "마음에 드는구나."

"고맙습니다." 나는 반갑지 않은 변화인 새 안경에 대해서 말하고 싶지 않았지만, 안경 덕분에 더 잘 보이는 것은 사실이었다. 바버 부인은 내가 학교에서 시력검사를 통과하지 못하자 E. B. 메이로위츠 안경점에서 안경테를 골라주었다. 둥근 거북딱지 문양 안경테는 약간 지나치게 어른스럽고 비싸 보였지만 어른들은 약간 지나치다 싶을 정도로 정말 멋지다고 안심시켰다.

"그쪽은 좀 어때?" 호비가 말했다. "네가 왔다 간 뒤에 어떤 소동이 있었는지 상상도 못 할 거다. 사실 널 만나러 그 동네로 직접 갈까 생각 중이었어. 피파가 곧 떠나니까 떨어지고 싶지 않아서 못 간 거야. 모든 일이 너무 빨리 일어났거든. 마거릿 말이야. 마거릿은 자기 아버지 블랙웰 씨랑 비슷해. 머리에 무슨 생각이 떠오르면 쌩하니 가서 순식간에 해치우지."

"얘도 텍사스에 가요? 코스모?"

"오, 아니야. 코스모는 여기서 잘 지낼 거야. 생후 3개월부터 이 집에서 살았거든."

"우울해하지 않을까요?"

"그러지 않길 바라야지. 으음, 솔직히 코스모는 피파를 무척 보고 싶어 할 거야. 코스모랑 나는 꽤 잘 지내. 웰티가 죽은 다음 코스모가 심각한 슬럼프에 빠지긴 했지만. 코스모는 사실 웰티의 개였고 피파랑 친해진 건 최근이야. 웰티는 항상 작은 테리어들을 키웠는데, 개가 늘 아이들을 좋아하지는 않았지. 코스모의 어미인 체시는 정말 무시무시했어."

"그런데 피파가 왜 이사를 가야 해요?"

"으음." 호비가 눈을 문지르며 말했다. "말이 되는 방법이 그것밖에 없으니까. 엄밀히 말하면 마거릿이 제일 가까운 친척이야. 웰티가 살아 있는 동안 마거릿은 웰티와 거의 말도 하지 않았지만. 어쨌든 지난 몇 년간은 말이야."

"왜 그랬어요?"

"으음." 설명하고 싶지 않다는 것을 알 수 있었다. "아주 복잡해. 그러니까, 마거릿은 피파의 엄마를 무척 싫어했거든."

호비가 이렇게 말하고 있는데 키가 크고 코가 뾰족하고 수완 좋아 보이는 여자가 방으로 걸어 들어왔다. 좀 젊은 할머니 정도의 나이에 가늘고 귀족적이고 탐욕스러워 보이는 얼굴, 녹처럼 붉지만 희끗희끗해지고 있는 머리카락. 입고 있는 정장과 신발을 보니 바버 부인이 생각났지만 바버 부인이라면 절대 입지 않을 연두색이었다.

그녀가 나와 호비를 번갈아 보았다. "앤 뭐죠?" 그녀가 차갑게 말했다.

호비가 귀에 들릴 정도로 한숨을 쉬었다. 지쳐 보였다. "염려하지 마요, 마거릿. 웰티가 죽을 때 같이 있던 애예요."

마거릿이 독서용 안경 너머로 나를 보더니 날카롭게 웃었다. 주변을 무척 의식하는 웃음이었다.

"어머, 안녕." 그녀가 말했다. 마거릿은 태도를 확 바꾸어 다이아몬드로 뒤덮인 가늘고 붉은 손을 나에게 내밀었다. "난 마거릿 블랙웰 피어스라고 해. 웰티의 여동생이지. 이복 여동생." 마거릿이 스스로 말을 정정하면서 내 눈썹이 찌푸려지는 것을 보고 내 어깨 너머로 호비를 흘깃 보았다. "웰티와 난 아버지가 같았어. 내 어머니는 수지 델러필드였고."

마거릿은 그 이름에 무슨 의미라도 있는 것처럼 말했다. 나는 호비가 어떻게 생각하는지 보려고 그를 보았다. 마거릿이 내 행동을 보고 호비를 날카롭게 흘깃 본 다음 생기 넘치는 관심을 내게 돌렸다.

"넌 정말 귀여운 아이로구나." 마거릿이 나에게 말했다. 기다란 코는 끝이 약간 분홍색이었다. "만나서 정말로 반갑다. 제임스와 피파가 네가 찾아왔던 얘기를 다 해줬어. 정말 대단해. 우리 모두 흥분했단다. 그리고―" 그녀가 내 손을 꼭 쥐었다. "할아버지의 반지를 내게 돌려주다니, 정말 마음 깊이 고맙게 생각하고 있단다. 나에겐 정말 중요한 물건이거든."

마거릿의 반지라고? 나는 혼란 속에서 다시 한 번 호비를 보았다.

"우리 아빠한테도 정말 중요한 물건이었을 거야." 마거릿의 친근한 태도는 의식적이고 꾸민 듯한 면이 있었다(바버 씨라면 '매력이 넘친다'고 했을 것이다). 하지만 나는 블랙웰 씨나 피파와 비슷한 적갈색의 강한 매력 때문에 나도 모르게 끌렸다. "예전에 어쩌다가 잃어버렸는지 너도 알지?"

주전자가 쉿쉿 소리를 냈다. "차 좀 마실래요, 마거릿?" 호비가 말했다.

"네, 부탁해요." 마거릿이 기운차게 대답했다. "레몬이랑 꿀을 넣어서요. 스카치도 아주 조금 넣어줘요." 그러고는 나에게 좀 더 친근한 목소리로 말했다. "정말 정말 미안하지만, 어른들끼리 해결해야 될 문제가 있단다. 곧 변호사를 만날 거야. 피파의 간호사가 도착하면 곧."

호비가 목청을 가다듬었다. "제 생각에는―"

"피파 보러 가도 돼요?" 호비가 말을 마칠 때까지도 기다릴 수 없어서 내가 얼른 말했다.

"당연하지." 마거릿 이모가 끼어들기 전에 호비가 얼른 말하면서, 능숙하게 고개를 돌려 화가 난 그녀의 표정을 피했다. "어딘지 알지? 저기로 지나가면 돼."

8

피파가 나에게 처음 한 말은 "불 좀 꺼줄래?"였다. 피파는 아이팟에 연결된 이어폰을 귀에 끼우고 침대에 기대어 앉아 있었는데, 머리 위 전구 불빛 때문에 앞이 잘 안 보이고 혼란스러운 것 같았다.

나는 불을 껐다. 방은 전보다 더 비어 있었고 벽을 따라 상자들이 쌓여 있었다. 가느다란 봄비가 창유리를 두드렸다. 바깥의 어두운 안뜰을 보니 거품처럼 하얀 배나무 꽃이 젖은 벽돌에 대비되어 창백해 보였다.

"안녕." 피파가 덧이불 위로 주먹을 약간 더 꽉 쥐며 말했다.

"안녕." 어색하게 들리지 않기를 바라며 내가 말했다.

"넌 줄 알았어! 부엌에서 얘기하는 소리가 들렸거든."

"아, 그래? 난 줄 어떻게 알았어?"

"난 음악가잖아! 아주 예리한 귀를 가졌다고."

눈이 어둠에 익숙해지자 나는 피파가 지난번에 왔을 때만큼 연약해 보이지 않는다는 것을 깨달았다. 머리카락이 조금 더 자랐고 스테이플은 뺐지만 쭈글쭈글한 상처 자국이 아직 보였다.

"기분은 좀 어때?" 내가 말했다.

피파가 미소를 지었다. "졸려." 목소리에도 졸음이 묻어나서 거칠고 말끝이 감미로웠다. "하나 줄까?"

"뭘?"

피파가 고개를 돌려 이어폰 한쪽을 빼서 나에게 주었다. "너도 같이 듣자고."

나는 침대 위 피파 옆에 앉아서 이어폰을 귀에 꽂았다. 천상의 화음, 천국에서 보내온 라디오 신호인 것처럼 인간의 것 같지 않고 가슴을 꿰뚫는 소리였다.

우리는 마주 보았다. "이게 뭐야?" 내가 말했다.

"으음―" 피파가 아이팟을 보았다. "팔레스트리나."

"아." 하지만 무엇이든 상관없었다. 내가 음악을 듣는 것은 순전히 비 오는 날의 어둑한 빛, 창가의 하얀 나무, 천둥, 피파 때문이었다.

우리 둘 사이의 침묵은 행복하고 낯설었고, 얇은 줄과 가늘게 울리는 얼음 같은 목소리들로 연결되어 있었다. "말할 필요 없어." 피파가 말했다. "말하고 싶지 않으면 말이야." 그녀의 눈꺼풀은 무거웠고 목소리는 졸음이 가득하고 비밀스러웠다. "사람들은 항상 이야기를 하고 싶어 하지만 나는 조용한 게 좋아."

"울었어?" 내가 피파를 조금 더 가까이에서 보면서 말했다.

"아니. 으음, 조금."

우리는 아무 말 없이 앉아 있었지만 어색하지도 이상하지도 않았다.

"나 가야 돼." 피파가 곧 말했다. "알고 있었어?"

"알아. 아저씨한테 들었어."

"끔찍해. 가기 싫어." 피파에게서는 소금 냄새와 약 냄새, 그리고 다른 냄새가, 엄마가 그레이스에서 사던 캐모마일 차와 같이 달콤한 풀 냄새가 났다.

"이모라는 분, 괜찮은 것 같아." 내가 조심스럽게 말했다. "아마도."

"아마도." 피파가 우울하게 따라 말하면서 이불을 따라 손가락 끝을 미끄러뜨렸다. "수영장도 있고 그렇대. 말들도 있고."

"재밌을 거야."

피파가 혼란스러운 듯 눈을 깜빡였다. "그럴지도."

"말 탈 줄 알아?"

"아니."

"나도 못 타. 하지만 우리 엄마는 잘 탔어. 말을 정말 좋아하셨지. 항상 센트럴파크사우스에 들러서 마차 끄는 말들한테 말을 걸었어. 꼭一" 나는 뭐라 말해야 할지 몰랐다. "꼭 말들이 엄마한테 말을 하는 것 같았어. 눈가리개를 하고 있는데도 엄마가 걸어가는 쪽으로 고개를 돌리려고 애쓰는 것 같았어."

"너희 엄마도 돌아가셨어?" 피파가 조심스레 말했다.

"응."

"우리 엄마는 언제 돌아가셨냐면一" 피파가 잠깐 말을 멈추고 생각에 잠겼다. "기억이 안 나. 나 1학년 때 봄방학 지나고 돌아가셨어. 그래서 난 봄방학도 쉬고 그다음 한 주도 쉬었어. 식물원에 견학을 가기로 했었는데 난 못 갔지. 엄마가 보고 싶어."

"왜 돌아가셨어?"

"병 때문에. 너희 엄마도 병으로 돌아가셨어?"

"아니. 사고였어." 그런 다음 그 일에 대해서 더 이상 말하기 싫어서 이렇게 말했다. "아무튼 우리 엄마는 말을 정말 좋아했어. 엄마가 어렸을 때 말이 한 마리 있었는데, 가끔 엄마가 외로울 때면 있잖아, 말이 집 앞까지 와서 창문으로 고개를 들이밀고 무슨 일인가 하고 봤대."

"이름이 뭐였는데?"

"페인트박스." 나는 엄마가 캔자스의 마구간 이야기를 해줄 때가 좋았다. 서까래의 올빼미와 박쥐들, 히힝기리고 씩씩거리는 말들. 나는 엄마가 어린 시절에 키웠던 말과 개 들의 이름을 다 알았다.

"페인트박스라고! 여러 가지 색이었어?"

"점박이 비슷했어. 사진으로 본 적 있어. 여름이면 가끔 엄마가 낮잠을 잘 때 페인트박스가 엄마를 보러 왔대. 커튼 안쪽에서도 페인트박스가 숨 쉬는 소리가 들렸대."

"진짜 멋지다! 나 말 좋아해. 그냥—"

"응?"

"그래도 여기가 더 좋아!" 갑자기 피파는 울음을 터뜨릴 것 같았다. "왜 가야 하는지 모르겠어."

"그럼 여기서 살고 싶다고 말해." 언제부터 우리 손이 닿아 있었을까? 피파의 손은 왜 그렇게 뜨거웠을까?

"말했어! 하지만 다들 가는 게 좋을 거래."

"왜?"

"모르겠어." 피파가 신경질을 내며 말했다. "더 조용하다나. 하지만 난 조용한 거 싫어, 들을 게 많은 게 좋아."

"나도 떠나야 해."

피파가 팔꿈치로 몸을 받치며 일어났다. "안 돼!" 깜짝 놀란 표정으로 피파가 말했다. "언제?"

"나도 몰라. 아마도 곧. 난 할아버지네랑 같이 살아야 돼."

"아." 피파가 부러운 듯 말하면서 베개에 다시 몸을 기댔다. "난 할아버지 할머니가 없어."

내가 피파의 손에 깍지를 꼈다. "우리 할아버지네는 별로 좋은 사람들이 아니야."

"안됐다."

"괜찮아." 나는 최대한 아무렇지 않은 목소리로 말했다. 하지만 심상이 너무 심하게 두근거려서 손끝에서 펄쩍펄쩍 뛰는 맥박이 느껴질 정도였다. 내 손 안에 느껴지는 피파의 손은 벨벳처럼 부드럽고 열이 있는 것처럼 뜨거웠으며 아주 약간 끈적거렸다.

"다른 가족은 없어?" 창문으로 들어오는 희미한 빛 속에서 피파의 눈은 너무나 어두워서 검정색으로 보였다.

"없어. 으음―" 아빠도 쳐야 하나? "없어."

긴 침묵이 뒤따랐다. 우리는 아직 이어폰으로 연결되어 있었다. 한쪽은 피파의 귀에, 한쪽은 내 귀에. 노래하는 조개껍데기. 천사들의 합창과 주옥 같은 노래. 갑자기 모든 것이 너무나 느려졌다. 나는 숨 쉬는 법을 잊은 것 같았다. 내가 계속 숨을 참다가 너무 크고 거칠게 숨을 내쉬었다.

"이 음악이 뭐라고 했지?" 그냥 할 말이 없어서 내가 물었다.

피파는 졸린 듯 미소를 짓고 침대 옆 탁자 위 은박 포장지에 놓인 뾰족하고 맛없어 보이는 막대사탕으로 손을 뻗었다.

"팔레스트리나." 피파가 사탕을 입에 물고 말했다. "장엄 미사. 뭐 그런 거야. 다 비슷해."

"넌 그 사람 좋아?" 내가 말했다. "이모 말이야."

피파가 아주 오랫동안 나를 보았다. 그러고는 막대사탕을 포장지 위에 조심스럽게 내려놓고 말했다. "괜찮은 것 같아. 아마도. 이모를 잘 모르긴 하지만. 이상하지."

"왜? 왜 가야 돼?"

"돈 문제 때문이야. 호비 아저씨는 아무것도 할 수 없어, 진짜 삼촌이 아니거든. 이모는 가짜 삼촌이라고 불러."

"아저씨가 진짜 삼촌이면 좋겠다." 내가 말했다. "네가 안 가면 좋겠어."

갑자기 피파가 일어나 앉더니 나에게 팔을 두르고 입맞춤을 했다. 그러자 온몸의 피가 머리로 쏠리고, 절벽에서 떨어지는 듯한 기분이었다.

"난—" 두려움이 나를 덮쳤다. 나는 멍한 상태에서 반사적으로 입술을 닦았다. 하지만 축축하지도, 역겹지도 않았다. 내 손등에서 빛나는 입맞춤 자국이 느껴졌다.

"네가 안 가면 좋겠어."

"나도 가기 싫어."

"나 봤던 거 기억나?"

"언제?"

"사고 직전에."

"아니."

"난 기억나." 내가 말했다. 어떻게 해선지 모르겠지만 내 손이 저절로 피파의 뺨에 찾아가서 닿았고, 나는 어색하게 손을 거둬 주먹을 쥔 다음 그 위에 앉다시피 했다. "나도 거기 있었어." 바로 그때 나는 문 앞에 호비 아저씨가 서 있음을 알아차렸다.

"안녕, 우리 귀염둥이." 목소리의 따뜻함은 대부분 피파를 향한 것이었지만 조금은 나를 향한 것임을 알 수 있었다. "다시 올 거라고 했잖아."

"맞아요!" 피파가 몸을 일으키며 말했다. "왔어요."

"음, 다음에는 내 말 들을 거니?"

"아저씨 말을 듣긴 했어요. *믿지* 않았을 뿐이죠."

얇은 커튼 가장자리가 창틀을 쓸었다. 거리에서 자동차들이 내는 선율이 희미하게 들려왔다. 거기 피파의 침대 가장자리에 앉아 있으니 잠에서 깨어날 때 꿈에서 햇살 비추는 현실로 넘어가는 그 순간, 모든 것이 뒤섞여서 변하려고 하면서 환희에 겨워 흐르듯 미끄러지는 순간 같았다. 비 오는 날의 어두운 빛, 일어나 앉은 피파와 문간에 선 호비, 내 입술 위에 아직도 끈적거리는 피파의 입맞춤(특이한 맛이었는데, 이제 생각해보니 모르핀 막대사탕 맛이었다는 확신이 든다). 하지만 내가 그때 그토록 아찔했던 것이, 행복과 아름다움에 감싸여 미소가 떠나지 않았던 것이 모르핀 때문이었는지는 확신하지 못하겠다. 우리는 멍하니 작별 인사를 했고(피파는 너무 아파서 편지도 쓰지 못할 것 같았기 때문에 편지를 쓰겠다는 약속은 하지 않았다), 그런 다음 내가 복도로 나왔다. 간호사가 도착해서 마거릿 이모가 큰 소리로 두서없이 이야기를 하고 있었고, 호비는 안심시키듯 내 어깨에 손을 얹었다. 다 괜찮다고 말해주는 것처럼 강인하고 마음이 놓이는, 닻과 같은 무게였다. 나는 엄마가 죽은 이후로 그런 손길—혼란스러울 때 마음을 가라앉혀주는 친숙한 손길—을 느껴보지 못했기 때문에 애정에 굶주린 길 잃은 개처럼 충성스러운 마음이 확 일었다. 갑작스럽고 눈물이 차오르고 창피스럽기까지 한 확신이 핏속 깊이 느껴졌다. *이곳은 좋아, 이 사람은 안전해, 나는 이 사람을 믿을 수 있어, 여기서는 아무도 나를 해치지 않을 거야.*

"아." 마거릿 이모가 외쳤다. "너 우니? 당신도 보여요?" 그녀가 젊은 간호사(마거릿 이모에게 홀려서 고개를 끄덕이고 미소를 지으면서 그녀를 기쁘게 해주려고 열심이었다)에게 말했다. "정말 사랑스럽기도 하지! 피파가 보고 싶을 거야, 그렇지?" 그녀의 활짝 핀 미소에는 자기가 옳다는 자신감이 있었다. "너도 피파를 만나러 와, 꼭 와야 돼. 난 손님이 오는 걸 좋아하거든. 우리 부모님은…… 텍사스에서 제일 큰 튜더 양식 저택을 가지고 계셨는데……."

마거릿은 앵무새처럼 친근하게 수다를 이어갔다. 하지만 나의 충성심은 다른 사람을 향해 있었다. 그리고 피파의 입맞춤의 맛—달콤씁쓸하고 낯선 맛—은 흔들흔들 버스를 타고 졸면서 돌아오는 내내 나를 떠나지 않았고, 슬픔과 사랑스러움과 함께 녹아들어서 반짝이는 아픔이 되어 바람이 휩쓰는 도시 높이, 나를 연처럼 날렸다. 내 머리는 비구름 속에, 내 마음은 하늘에 있었다.

9

나는 피파가 떠난다는 생각을 하기 싫었다. 그 생각을 견딜 수가 없었다. 피파가 가는 날 나는 가슴 아파하며 잠에서 깼다. 검푸르고 위협적인 파크 가의 하늘, 골고다 언덕 그림에서 튀어나온 것처럼 흐린 하늘을 보면서 나는 피파가 비행기 창밖으로 똑같은 검은 하늘을 보고 있다고 상상했다. 그리고 앤디와 버스 정류장으로 가는 길에 본 사람들의 내리깐 시선과 거리의 차분한 분위기는 떠나는 피파에 대한 나의 슬픔을 비추고 확대하는 것 같았다.

"음, 텍사스는 지루하지, 맞아." 앤디가 재채기를 하는 사이사이에 말했다. 꽃가루 때문에 눈이 벌게지고 눈물이 줄줄 흘렀기 때문에 앤디는 평소보다도 더욱 실험실의 쥐 같아 보였다.

"가봤어?"

"응. 댈러스에. 해리 삼촌이랑 테스 숙모가 거기 잠깐 사셨거든. 영화 보러 가는 것 말고는 할 일이 없는데, 걸어서는 아무 데도 못 가기 때문에 누가 태워줘야 돼. 게다가 방울뱀도 있고 사형 제도도 있는데, 내 생각에 사형은 98퍼센트의 경우 원시적이고 비윤리적이야. 하지만 그 애는 거기가 더 나을지도 몰라."

"왜?"

"기후 때문이지, 우선." 앤디가 매일 아침 서랍에서 한 장씩 꺼내 오는 다림질한 면 손수건으로 코를 닦으면서 말했다. "날씨가 따뜻하면 회복이 빠르거든. 그래서 판 데르 플레인 할아버지가 팜비치로 이사했었지."

나는 아무 말도 하지 않았다. 나는 앤디가 의리 있다는 것을 알았다. 난 앤디를 믿고 앤디의 의견을 소중히 여겼지만, 가끔 앤디와 이야기를 하고 있으면 인간의 반응을 흉내 내는 컴퓨터 프로그램과 대화하는 것 같았다.

"댈러스에 살면 자연과학 박물관에 꼭 가봐야 돼. 개 눈에는 작고 좀 낡아 보이겠지만. 내가 거기서 본 아이맥스는 심지어 3D도 아니었어. 게다가 플라네타륨 천문관에 가려면 추가 요금을 내야 되는데, 헤이든에 비해서 얼마나 초라한지 생각하면 말도 안 되는 일이지."

"허어." 가끔 나는 수학만 파는 괴짜 앤디를 저 높은 탑에서 끌어 내리려면 정확히 뭐가 필요할까 궁금했다. 해일? 디셉티콘의 침입? 5번가를 짓밟는 고질라? 앤디는 대기가 없는 행성이었다.

10

그렇게 외로운 사람이 있었을까? 앤디네 집으로 돌아온 나는 왁자지껄하고 풍요롭지만 나의 가족이 아닌 가족 속에서 평소보다 더욱 외로웠다. 학년 말이 다가오는데 내가 (혹은, 이 문제에 있어서만큼은 앤디 역시) 메인 주의 여름 별장에 따라갈 것인지 아닌지 불분명했기 때문에 더욱 그랬다. 집 안 여기저기에 상자와 열린 여행 가방들이 등장했지만 바버 부인은 특유의 미묘한 태도로 그 문제를 잘 피했다. 바버 씨와 앤디 동생들은 다들 신이 난 것 같았지만 앤디는 이 계획을 순전한 공포로 받아들였다. "태양과 휴양이라니." 앤디가 경멸스럽다는 듯이 안경(내 것과 비슷하지만 훨씬 두꺼웠다)을 콧잔등 위로 밀어 올리면서 말했다. "적어도 너희 할아버지네 집은 마른땅이잖아. 뜨거운 물도 나오고. 인터넷도 연결되고."

"난 네가 하나도 안 불쌍한데."

"음, 너도 우리랑 같이 가게 되면 마음에 드나 한번 봐라. 로버트 스티븐슨의《유괴》같다고. 특히 주인공이 배에 노예로 팔리는 부분 말이야."

"주인공이 갑자기 알지도 못하는 끔찍한 친척이랑 살게 되는 부분도 있잖아."

"그래, 나도 그 생각 하고 있었어." 앤디가 책상 의자를 내 쪽으로 돌리면서 진지하게 말했다. "하지만 적어도 할아버지네가 널 죽이려는 계획을 짜고 있는 건 아니잖아. 유산이 걸려 있는 것도 아니니까."

"그래, 확실히 유산은 없지."

"내가 무슨 충고를 하고 싶은지 알아?"

"몰라, 뭔데?"

"내 충고는 말이야." 앤디가 연필 끝에 달린 지우개로 코를 긁으면서 말했다. "메릴랜드의 새 학교에 가면 최대한 열심히 공부하라는 거야. 넌 1년 월반했으니까 유리하잖아. 그러면 열일곱 살에 졸업할 수 있어. 열심히 노력하면 4년, 어쩌면 3년 만에 그 집을 나와서 장학금을 받고 원하는 곳에 갈 수 있을 거야."

"나 성적 별로 안 좋아."

"안 좋지." 앤디가 진지하게 말했다. "노력을 안 해서 그런 거야. 게다가 새 학교가 어디든 그렇게 힘들 것 같지는 않은데."

"그렇길 기도해야지."

"내 말은— 공립이잖아." 앤디가 말했다. "거기다 메릴랜드 주고. 메릴랜드를 무시하는 건 아니지만. 그러니까, 존스홉킨스에 우주 망원경 과학 연구소도 있고 응용물리 연구소도 있지, 그린벨트의 고더드 우주 비행 센터는 말할 것도 없고. 분명히 메릴랜드는 항공우주국과 아주 관련이 많은 주야. 너 중학교 시험 백분위가 뭐였더라?"

"기억 안 나."

"말하기 싫으면 안 해도 돼. 내가 하고 싶은 말은, 네가 열일곱 살에 좋은 점수로 학교를 마칠 수 있다는 거야. 정말 열심히 노력하면 열여섯 살에 끝낼 수도 있어. 그런 다음 어디든 원하는 대학에 가는 거지."

"3년은 긴 시간이야."

"우리한테는 그렇지. 하지만 전체적으로 보면 전혀 그렇지 않아." 앤디가 합리적으로 말했다. "사빈 잉거솔이나 멍청이 제임스 빌리어스 같은 불쌍한 바보들을 봐. 재수 없는 포러스트 롱스트리트도 그렇고."

"걔들은 가난하지 않잖아. 〈이코노미스트〉 표지에서 빌리어스네 아빠 봤는데?"

"그래, 하지만 걔들은 소파 쿠션만큼 멍청해. 내 말은, 사빈은 걸음마도 제대로 못 하잖아. 걔네 집에 돈이 없어서 혼자 알아서 살아야 했다면 걘 아마, 모르겠다, 몸이라도 팔아야 했을걸. 롱스트리트는 아마 길거리를 돌아다니면서 구걸을 했을 거야. 주인이 먹이 주는 걸 잊어버린 햄스터처럼 말이야."

"너 때문에 점점 더 우울해진다."

"내 말은— 넌 똑똑하다는 거야. 어른들도 널 좋아하고."

"뭐라고?" 내가 의심스럽다는 듯이 말했다.

"진짜야." 앤디가 특유의 힘없고 거슬리는 목소리로 말했다. "넌 이름도 잘 기억하고, 적절할 때 눈 마주치고 악수도 하잖아. 학교 선생님들이 다들 너 때문에 엄청 걱정하고."

"그래, 하지만—" 나는 엄마가 죽었기 때문이라고 말하고 싶지 않았다.

"모르는 척하지 마. 넌 사람을 죽여도 빠져나갈 수 있을걸. 너도 똑똑하니까 그 정도는 알 거 아냐."

"그러는 넌 왜 배 타는 문제에 대처할 방법을 못 알아내냐?"

"아, 알아냈어. 확실하게." 앤디가 히라가나 연습장으로 다시 돌아가면서 우울하게 말했다. "난 앞으로 지옥 같은 여름을 네 번은 겪어야 해, 아주 최악이야. 열여섯 살에 대학에 가도 된다고 아빠가 허락해주면 세 번이고. 정말 싫지만 2학년 여름에 마운틴스쿨 여름 프로그램에 참가해서 유기농법을 배우면 두 번. 그러고 나면 난 두 번 다시 배에 오르지도 않을 거야."

11

"피파랑 통화하기가 어려워, 아아." 호비 아저씨가 말했다. "이럴 줄 몰랐는데. 피파는 전혀 잘 지내지 못해."

"잘 못 지낸다고요?" 내가 말했다. 일주일도 채 지나지 않았고 호비 아저씨를 만나러 갈 생각을 했던 것도 아닌데, 어쨌든 나는 다시 거기 있었다. 나는 호비 아저씨의 부엌 식탁에 앉아서 얼핏 보면 화분의 검은 흙덩어리처럼 보이지만 사실은 생강과 무화과를 섞은 맛있는 것에 휘핑크림, 쌉쌀한 오렌지 껍질을 가늘게 썰어 얹은 요리를 두 접시째 먹고 있었다.

호비 아저씨가 눈을 비볐다. 내가 왔을 때 아저씨는 지하실에서 의자를 고치고 있었다. "정말 괴로워." 그가 말했다. 호비 아저씨는 머리를 뒤로 넘겨 묶었고 체인으로 안경을 목에 걸고 있었다. 그는 검정색 작업용 덧옷을 벗어서 못에 걸어두고, 미네랄스피릿*과 밀랍이 얼룩진 낡은 코듀로이 바지에 소매를 팔꿈치 위까지 말아 올린 워싱 면 셔츠를 입고 있었다. "마거릿 말로는 피파가 일요일 밤에 나랑 전화를 끊고 나서 세 시간 동안 울었대."

"그냥 돌아오면 안 돼요?"

"솔직히 나도 어떻게 하면 좀 나아질지 알 수 있으면 좋겠다." 호비 아저씨가 말했다. 울퉁불퉁한 흰 손을 식탁에 얹은 아저씨의 어깨는 침울하면서도 유능해 보였고, 어딘가 온순한 짐수레 말이나 긴 하루를 끝내고 술집에 앉은 일꾼을 떠올리게 했다. "내가 가서 피파를 만나볼까 했는데 마거릿이 안 된대. 내가 자꾸 얼쩡거리면 피파가 적응을 못 할 거라고."

"그래도 가보셔야 할 것 같아요."

호비 아저씨가 눈살을 찌푸렸다. "마거릿이 치료사를 고용했대. 말을 이

* mineral spirit : 휘발유에서 추출한 투명한 액체로 그림이나 장식에 용제로 쓰인다.

용해서 아픈 아이들을 치료하는 유명한 사람이라는구나. 그래, 피파는 동물을 아주 좋아하지. 하지만 멀쩡할 때도 하루 종일 바깥에 나가서 말을 타고 싶지는 않을 거야. 피파는 대부분 음악 레슨을 받거나 연습실에서 연습을 하면서 시간을 보냈으니까. 마거릿은 자기가 다니는 교회의 음악 프로그램에 흥미가 많지만 피파는 아마추어 어린이 합창단에 전혀 관심 없을 거야."

나는 깨끗하게 비운 유리 접시를 옆으로 치웠다. "피파가 지금까지 마거릿 이모를 몰랐던 이유는 뭐예요?" 내가 소심하게 물었으나 호비 아저씨는 대답이 없었다. 나는 다시 물었다. "돈 때문이에요?"

"꼭 그런 건 아니야. 하지만 ─ 그래. 네 말이 맞아. 항상 돈이 문제지." 호비 아저씨가 크고 많은 것을 말해주는 손을 식탁에 올리고 몸을 숙이며 말했다. "웰티의 아버지에게는 자식이 셋 있어. 웰티, 마거릿, 피파의 엄마 줄리엣. 모두 엄마가 다르지."

"아."

"웰티가 제일 위야. 그러니까 ─ 장남이라고, 알지? 그런데 여섯 살 때쯤 부모님이 아스완에 간 사이에 척추결핵에 감염됐는데, 보모가 심각한 상황인 걸 몰라서 병원에 너무 늦게 간 거야. 웰티는 아주 똑똑했고 내가 알기로는 아주 매력적이기도 했지만, 블랙웰 씨는 연약하거나 병약한 것을 받아들이는 사람이 아니었지. 그래서 미국에 사는 친척들에게 보내버리고 잊었어."

"너무하네요." 내가 너무 부당한 이야기에 충격을 받고 말했다.

"그래. 그러니까, 물론 마거릿의 이야기는 또 다르겠지만, 웰티의 아버지는 무정한 사람이었지. 아무튼, 블랙웰 집안이 카이로에서 쫓겨나고 ─ 쫓겨났다는 게 아주 적절한 표현은 아닐지도 몰라. 나세르 대통령이 집권하자 집권 후에 외국인들은 모두 이집트를 떠나야 했어. 웰티의 아버지는 석유 사업을 했는데, 다행히도 돈과 사산은 이집트에 없었어. 외국인들은 돈을 포함해서 가치가 있는 건 뭐든 이집트 밖으로 가지고 나갈 수 없었는데 말이지."

"아무튼." 호비 아저씨가 손을 뻗어 담배를 한 개비 더 집었다. "얘기가 조금 빗나갔네. 요점은, 웰티는 열두 살 어린 여동생 마거릿을 거의 몰랐다는 거야. 마거릿의 어머니는 텍사스의 상속녀여서 본인도 재산이 많았어. 블랙웰 씨의 마지막 결혼이자 가장 오래간 결혼이었지. 마거릿의 이야기에 따르면 대단한 사랑이었어. 휴스턴에서 유명한 부부였지. 흘러넘치는 술, 전세 비행기, 아프리카 사파리. 웰티의 아버지는 아프리카를 정말 좋아했어, 카이로에서 쫓겨난 후에도 늘 아프리카로 돌아갔지."

"아무튼—" 성냥에 불이 붙고, 호비 아저씨가 구름 같은 연기를 내뿜으면서 기침을 했다. "마거릿은 블랙웰 씨의 공주, 눈에 넣어도 아프지 않을 소중한 딸이었어. 하지만 그럼에도 불구하고, 블랙웰 씨는 휴대품 보관소 여자들, 웨이트리스들, 친구의 딸들을 계속 만났지. 그리고 육십 대 때 자기 머리를 잘라주던 미용사와 아이를 낳았어. 그렇게 태어난 애가 피파의 엄마였지."

나는 아무 말도 하지 않았다. 2학년 때 학교에서 엄청난 소동이 있었는데 (〈뉴욕 포스트〉의 가십 페이지에 매일 등장했다), 같은 반 엘리의 아버지가 다른 여자와 사이에서 아이를 낳았던 것이다. 그것은 많은 엄마들이 편을 갈라서 오후에 학교 앞에서 아이들을 기다리는 동안 서로 이야기를 나누지 않았다는 뜻이었다.

"마거릿은 바서에서 대학에 다니고 있었지." 호비 아저씨가 느닷없이 말했다. 아저씨는 나를 어른처럼 대하면서 이야기를 하고 있었지만(나는 그게 마음에 들었다), 이 화제가 편안한 것 같지는 않았다. "마거릿은 아마 아버지와 몇 년 동안 이야기를 하지 않았을 거야. 블랙웰 씨는 미용사에게 돈을 줘서 무마할까 생각도 했지만 그의 인색함이 이겼지. 아무튼, 자기 부양 가족에 대해서는 인색했으니까. 그래서 너도 알겠지만 마거릿은, 마거릿과 피파의 엄마 줄리엣은, 줄리엣이 갓난아기였을 때 법정에서 만난 게 다야. 웰티의 아버지는 미용사를 미워하게 되어서 법적으로 보장되는 얼마 안 되는 양육비 말고는 미용사와 줄리엣에게 한 푼도 돌아가지 않도록 유언장을 확실히 작성했지. 하지만 웰티는—" 호비 아저씨가 담배를 비벼 껐다. "블랙웰 씨는 웰티에 대한 생각을 바꾸고 유언장을 제대로 썼어. 그리고 법정 싸움이 몇 년이나 진행되는 동안 웰티는 아버지가 아기를 모른 척했다는 사실에 심기가 불편했지. 줄리엣의 엄마는 애를 원하지 않았고, 친척 누구도 아기를 원하지 않았어. 블랙웰 씨도 확실히 애를 원하지 않았고, 마거릿과 마거릿의 엄마는 솔직히 줄리엣이 거리에 나앉았다면 아주 행복했을 거야. 그러는 동안 줄리엣의 엄마는 일을 하러 가면서 줄리엣을 혼자 아파트에 남겨두었고…… 정말 나쁜 환경이었지. 웰티는 끼어들 필요가 없었지만 워낙에 애정이 넘치고, 가족은 없었지만 애들을 좋아했어. 줄리엣이 여섯 살 때 웰티가 여름을 여기서 보내라고 초대했어. 그때는 '율리안'이었지만—"

"여기요? 이 집으로요?"

"그래, 여기로. 여름이 끝나고 줄리엣을 보내야 할 때가 됐는데 줄리엣은 가기 싫다고 엉엉 울었고 줄리엣의 엄마는 전화를 받지 않았어. 그래서 웰티는 비행기 표를 취소하고 여기저기 전화를 걸어서 1학년에 등록시켰지. 공식적인 합의는 결코 아니었지만—웰티는 소위 말하는 평지풍파를 일으키고 싶지 않았어—다들 깊이 캐묻지도 않고 줄리엣이 웰티의 아이라고 생각했어. 웰티는 삼십 대 중반이었으니 줄리엣의 아빠뻘이었지. 사실상 웰티는 줄리엣의 아빠나 다름없었어. 뭐, 아무튼 그래." 호비 아저씨가 고개를 들고 말투를 바꿔서 말했다. "작업장 둘러보고 싶다고 했지? 내려가볼래?"

"네." 내가 대답했다. "가볼래요." 아까 내가 아래층 작업장으로 내려갔을 때 의자를 뒤집어서 고치고 있던 호비 아저씨는 몸을 펴고 잠시 쉴 때가 됐다고 말했지만 나는 전혀 올라오고 싶지 않았다. 작업장은 아주 풍성하고 마법 같은 곳이었다. 이 보물 동굴은 안으로 들어가면 밖에서 보는 것보다 훨씬 컸고 높은 창을 통해서 빛이 들어왔다. 뇌문 세공과 세선 세공, 이름도 알 수 없는 신기한 연장들, 바니시와 밀랍의 강렬하고 흥미로운 냄새가 가득했다. 호비 아저씨가 고치고 있던 의자조차도—가운데가 갈라진 염소 발굽 모양이었다—가구라기보다는 마법에 걸린 생물 같아서, 스스로 일어선 다음 작업대에서 뛰어내려 거리를 종종걸음 칠 것만 같았다.

호비 아저씨가 작업복을 다시 걸쳤다. 아저씨는 무척 온화하고 조용했지만, 체격은 생업으로 짐 트럭이나 냉동차를 모는 사람처럼 좋았다.

"자." 호비 아저씨가 앞장서서 계단을 내려가며 말했다. "가게 뒤의 가게로 가자."

"네?"

아저씨가 웃었다. "가게 뒷방이라고. 손님들이 보는 건 무대 세트, 그러니까 대중에게 공개된 얼굴이지만 중요한 일은 여기에서 일어나지."

"그렇군요." 내가 계단 아래 펼쳐진 미로를 내려다보면서 말했다. 꿀 같은 황금색 나무, 당밀을 부어놓은 듯한 검은 나무, 약한 빛을 받아 반짝이는 동과 은과 금박. 노아의 방주처럼 가구는 각각 비슷한 종류끼리 모여 있었다. 의자는 의자끼리, 소파는 소파끼리, 시계는 시계끼리 모여 있었고 책상과 장식장과 하이보이*가 엄격하게 줄을 맞춰 서 있었다. 중앙의 식탁들은 이리저리 몸을 돌려 다녀야 하는 좁은 미로를 만들었다. 작업장 뒤쪽 벽에는 오래되고 흐릿한 거울들이 따닥따닥 붙어서 낡은 무도회장이나 촛불이 켜진 살롱 같은 은색을 발하고 있었다.

---

* 다리가 달린 높은 서랍장.

호비 아저씨가 나를 돌아보았다. 아저씨는 내가 얼마나 즐거워하는지 알아보았다. "낡은 물건을 좋아하니?"

내가 고개를 끄덕였다. 사실이었다. 나는 낡은 것들을 좋아했지만 지금까지는 스스로도 깨닫지 못하고 있었다.

"그럼 바버 씨 댁에서 지내는 게 재밌겠구나. 그 집에 있는 앤 여왕 시대 가구랑 치펜데일** 양식의 가구 몇 점은 박물관에서 볼 수 있는 것만큼 훌륭할 거다."

"맞아요." 내가 주저하면서 말했다. "하지만 여기랑은 달라요. 여기가 더 좋아요." 호비 아저씨가 못 알아들을까 봐 내가 얼른 덧붙였다.

"어째서?"

"제 말은—" 나는 눈을 꼭 감고 생각을 그러모으려고 애썼다. "여기는, 좋아요, 의자가 진짜 많고, 다른 의자도 또 많고…… 서로 다른 분위기들이 보여요, 아시죠? 그러니까 제 말은, 저건 일종의—" 나는 정확한 표현을 찾을 수 없었다. "음, 웃긴 거랑 비슷한데, 하지만 좋은 쪽이에요. 편안한 느낌 말이에요. 그리고 저건 약간 더 위험한 느낌이에요, 저기 다리가 길고 가냘픈 거요."

"가구를 보는 눈이 뛰어나구나."

"음—" 칭찬을 받아서 깜짝 놀랐다. 나는 항상 칭찬을 받으면 어떻게 해야 좋을지 몰랐기 때문에 못 들은 척할 수밖에 없었다. "가구를 다 같이 늘어놓으면 어떻게 만들어졌는지가 보이잖아요. 앤디네 집에서는—" 나는 어떻게 설명해야 할지 몰랐다. "모르겠어요, 자연사박물관의 박제 동물들을 보는 느낌에 더 가까워요."

호비 아저씨가 웃음을 터뜨리자 우울하고 걱정스럽던 분위기가 증발해

** 18세기 영국의 3대 가구 제작자로 꼽히는 치펜데일이 만든 로코코 및 신고전주의 양식의 가구.

버렸다. 아저씨의 사람 좋은 성격이 느껴졌다. 그런 분위기가 아저씨에게서 풍겨 나오고 있었다.

"아니, 정말이에요." 내가 내 생각을 전달하려고 계속 애를 쓰며 말했다. "바버 씨 부인이 진열하는 방식은, 탁자 하나만 딱 놓고 조명을 비춘 다음에 그걸 건드리지 못하게 만들어놨어요. 야크나 뭐 그런 동물을 서식지까지 보여주도록 꾸며놓은 세트처럼요. 그것도 멋지지만, 제 말은—" 나는 벽에 기대어 늘어선 의자 등받이들을 가리켰다. "저건 하프 모양이고, 저건 숟가락, 저건—" 나는 손으로 곡선을 따라 그렸다.

"방패 모양이지. 하지만, 말해두자면 저 의자에서 가장 좋은 부분은 술 장식 모양 등판이란다. 넌 아마 모르겠지만." 내가 그게 뭐냐고 묻기도 전에 호비 아저씨가 말했다. "하지만 그 집 가구를 매일 보는 것 자체가 교육이지. 빛의 변화에 따라서 보고, 원할 때면 네 손으로 쓸어볼 수 있다는 게 말이야." 호비 아저씨가 안경에 입김을 분 다음 앞치마 한쪽 끝으로 닦았다. "이제 돌아가야 하나?"

"꼭 그런 건 아니에요." 벌써 늦었지만 내가 이렇게 말했다.

"그럼 따라와." 호비 아저씨가 말했다. "너한테 일을 좀 시켜보자. 여기 이 작은 의자 고치는 걸 도와주면 되겠다."

"염소 발굽요?"

"그래, 염소 발굽. 저기 앞치마 하나 더 걸려 있어. 그래, 너무 크지. 그래도 여기 아마유를 바를 건데 옷을 버리면 안 되잖아."

12

데이브는 내가 취미를 가지는 게 좋겠다고 몇 번이나 말했다. 그가 제안한 취미(라켓볼, 탁구, 볼링)는 전부 믿을 수 없을 만큼 시시했기 때문에 나는 그 충고를 불쾌하게 여겼다. 탁구 한두 게임으로 내가 엄마를 잊을 수 있다고 여긴다면 그건 정말 멍청한 생각이었다. 하지만 영어 담당 뉴스필 선생님이 주신 빈 공책, 방과 후 미술 수업을 들으라는 스완슨 선생님의 제안, 6번가의 농구장에서 열리는 농구 경기에 데려가주겠다는 엔리케의 말, 해도 기호와 해상 깃발 신호에 관심을 갖게 하려는 바버 씨의 산발적인 시도가 증명하듯이 많은 어른들이 똑같은 생각을 가지고 있었다.

"그럼 여가 시간에 뭘 하니?" 스완슨 선생님이 허브 차와 산쑥 냄새가 나는 으스스한 연회색 사무실에서 나에게 물었다. 독서 테이블에는 〈세븐틴〉과 〈틴 피플〉이 높이 쌓여 있었고 맑은 종소리 같은 아시아 음악이 흐르고 있었다.

"잘 모르겠어요. 책 읽는 거 좋아해요. 영화도 보고. 〈에이지 오브 컨퀘스트 Ⅱ〉랑 〈에이지 오브 컨퀘스트 : 플래티넘 에디션〉도 해요. 잘 모르겠어요." 스완슨 선생님이 계속 바라봤기 때문에 내가 같은 말을 반복했다.

"음, 그런 것도 다 좋아, 시오." 스완슨 선생님이 걱정스러운 표정으로 말했다. "하지만 네가 할 만한 단체 활동을 찾을 수 있으면 좋을 것 같아. 팀워크가 가능한 거, 다른 애들이랑 같이 할 수 있는 거 말이야. 운동은 생각해봤니?"

"아니요."

"나는 합기도라는 걸 해. 들어봤는지 모르겠다. 상대방의 움직임을 이용해서 자신을 방어하는 방법이야."

나는 스완슨 선생님의 시선을 피해서 선생님 머리 뒤에 걸린 낡은 과달루페의 성모 그림을 보았다.

"아니면 사진도 괜찮고." 스완슨 선생님이 터키석 반지를 낀 손을 책상 위에 포갰다. "미술 수업에 관심이 없다면 말이야. 하지만 꼭 한마디 하고 싶은데, 셰인코프 신생님이 네가 작년에 그린 그림들을 보여주셨어. 지붕, 급

수탑, 스튜디오 아파트 창밖으로 보이는 풍경들 말이야. 관찰력이 정말 뛰어나더라, 나도 아는 풍경인데. 정말 흥미로운 선과 에너지를 포착했던데? 선생님께서는 동적이라는 표현을 쓰셨던 것 같은데, 정말 빠른 느낌에, 교차하는 비행기들이랑 비상계단의 각도하며. 내가 말하고 싶은 건, 네가 뭘 하느냐가 중요한 게 아니라는 거야. 그냥, 네가 더 연결될 수 있는 방법을 우리가 찾을 수 있으면 좋겠어."

"뭐랑 연결돼요?" 내가 말했다. 목소리가 너무 심술궂게 나왔다.

스완슨 선생님은 놀라서 어쩔 줄 모르는 것 같았다. "다른 사람들이랑 말이야! 그리고—" 선생님이 창문을 가리켰다. "네 주변 세상이랑! 내 말 들어봐." 선생님이 최면을 거는 것처럼 마음을 가라앉히는 아주 온화한 목소리로 말했다. "네가 엄마랑 정말 정말 가까웠다는 거 알아. 어머니랑 이야기를 나눈 적이 있거든. 두 사람이 같이 있는 모습도 봤지. 어머니가 얼마나 보고 싶을지도 정확히 알아."

아니, 몰라요. 내가 건방지게 선생님의 눈을 똑바로 보면서 생각했다.

스완슨 선생님이 이상한 표정으로 나를 보았다. 그러고는 숄이 걸쳐진 의자에 기대어 앉으며 말했다. "시오, 작고 일상적인 일들이 우리를 절망에서 건져낼 수 있다는 걸 알면 넌 아마 놀랄 거야. 하지만 누구도 대신 해줄 수는 없어. 열린 문을 찾아야 하는 사람은 바로 너야."

선생님이 좋은 의도였다는 것은 알지만 나는 고개를 푹 숙이고 사무실에서 나왔고 분노의 눈물 때문에 눈이 따끔거렸다. 저 늙다리가 뭘 안다는 거야? 스완슨 선생님에게는 가족이 정말 많았다. 벽에 걸린 사진을 보면 자식이 열 명에 손자가 서른 명이었다. 스완슨 선생님은 센트럴파크웨스트에 커다란 아파트가 있고 코네티컷에 집이 한 채 있었기 때문에 의지할 수 있는 단 하나의 지지대가 부러져서 모든 것이 순식간에 사라지는 것이 어떤 느낌인지 전혀 몰랐다. 스완슨 선생님이 히피 느낌이 나는 팔걸이의자에 기대어 앉아서 과외활동과 열린 문에 대해서 중얼거리기란 정말 쉬웠다.

하지만 뜻밖에도 문이 정말로 열렸다, 그것도 정말 생각지 못했던 호비 아저씨의 작업장에서. 의자 수리를 '돕는 것(기본적으로 아저씨가 좌석을 뜯어서 벌레가 갉아 먹은 부분, 성급하게 수리한 부분, 덮개 아래 숨겨진 그밖의 여러 끔찍함을 보여주는 동안 옆에 서 있는 것이었다)'은 곧 일주일에 사나흘 정도 학교가 끝난 오후에 내가 이상할 만큼 몰입하는 두세 시간이 되었다. 나는 병에 라벨을 붙이고, 토끼 가죽 아교를 혼합하고, 서랍 부품들('성가신 조각들')을 정리하고, 때로는 호비 아저씨가 선반기로 의자 다리 다듬는 모습을 구경만 했다. 철문을 닫아두어서 가게는 늘 어두웠지만 가게 뒤의 가게에서는 괘종시계가 똑딱거리고 마호가니가 빛나고 식탁 위로 빛이 들어와 금빛 연못을 만들었고, 진귀한 동물원 같은 아래층의 삶은 계속되었다.

뉴욕의 모든 경매 회사가 호비 아저씨에게 일을 맡겼고 개인 고객들도 많았다. 아저씨는 소더비, 크리스티, 테퍼, 도일 같은 회사의 의뢰를 받아 가구를 수리했다. 학교가 끝난 후, 괘종시계가 졸린 듯이 똑딱이는 동안 호비 아저씨는 나에게 여러 가지 목재의 숨구멍과 광택, 색깔을 가르쳐주었다. 호피 무늬 단풍나무가 이루는 물결과 광택, 옹이가 있는 호두나무의 거품 같은 결. 또한 손에서 느껴지는 무게와 서로 다른 냄새까지 가르쳐주었다. "가끔 무슨 나무인지 잘 모르겠으면 냄새를 맡아보는 게 제일 쉬워." 향료 냄새가 나는 마호가니, 먼지 냄새가 나는 떡갈나무, 특유의 톡 쏘는 향과 꽃향기가 나는 흑벗나무, 호박 수지 냄새가 나는 자단. 톱과 카운터싱크, 직선형 줄과 물결형 줄, 굽은 날과 숟가락형 날, 죔쇠와 연귀맞춤 블록……. 나는 베니어판과 도금에 대해서, 장부맞춤이 무엇인지에 대해서, 흑단 착색 목재와 진짜 흑단의 차이에 대해서, 뉴포트와 코네티컷과 필라델피아 장식 가로대의 차이에 대해서, 장방형에 상부가 짧은 치펀데일 옷장이 같은 해에 만들어진 발이 달리고 세로무늬가 새겨진 기둥을 가진 옷장보다 품질이 낮은 이유에 대해서, 아저씨가 '고귀한' 비율이라고 부르는 서랍의 비율에 대해서 배웠다.

불빛이 흐릿하고 바닥에 나무 부스러기가 흩어져 있는 아래층은 커다란 동물들이 흐릿한 빛 속에 가만히 서 있는 마구간 같은 분위기가 났다. 호비 아저씨는 나에게 좋은 가구는 생명체와도 같다고 가르쳐 주었다. 아저씨가 가구를 '그' 혹은 '그녀'라고 부르는 것을 보아도 알 수 있었고, 뻣뻣하고 덩치 큰 인공적인 가구와 달리 위대한 작품에서 느껴지는 근육감, 거의 동물과도 같은 특징을 보아도 알 수 있었으며, 아저씨가 애완동물을 쓰다듬는 것처럼 찬장과 로우보이*의 검게 빛나는 옆면을 사랑스럽게 쓰다듬는 모습을 보아도 알 수 있었다. 호비 아저씨는 좋은 선생님이었고, 얼마 지나지 않아서 가구를 검사하고 비교하는 과정을 하나하나 보여주면서 복제품을 알아보는 법을 가르쳐주었다. 너무 균일한 마모(골동품은 항상 비대칭적으로 마모된다), 직접 갈지 않고 기계를 이용해서 만든 모서리(빛이 어두워도 손끝이 예민하면 기계로 마감한 모서리인지 아닌지 느낄 수 있다), 그리고 무엇보다도 특정한 광택 없이 평범하게 죽은 목재를 보면 구분할 수 있었다. 고유의 광택은 몇 세기 동안 만지고, 쓰고, 사람의 손에서 손으로 넘겨지면서 생기는 마술이었다. 기품이 느껴지는 하이보이와 책상의 삶—인간보다 더 길고 온화한 삶—을 생각하면 나는 깊은 물속에 가라앉은 돌멩이처럼 차분해졌다. 그래서 집으로 돌아갈 시간이 되면 깜짝 놀라서 눈을 깜빡이며 6번가로 걸어 나갔지만 내가 어디 있는지도 모를 만큼 어리둥절했다.

나는 작업장(또는, 아저씨의 표현에 따르면 '병원')보다 호비 아저씨가 더 좋았다. 지친 듯한 미소, 우아함이 느껴지는 덩치 큰 사람 특유의 수그린

---

* 다리가 달린 낮은 서랍장.

자세, 말아 올린 소매와 편안하고 농담을 잘하는 태도, 안쪽 손목으로 이마를 문지르는 버릇, 참을성 있고 착한 기질과 기복 없이 뛰어난 분별력. 우리의 대화는 격의 없고 산발적이었지만 전혀 단순하지 않았다. "잘 지냈니"라는 가벼운 질문에도 그런 것 같지 않지만 숨은 뜻이 담겨 있었고, 내가 다른 말 없이 한결같은 대답("좋아요")만 해도 아저씨는 나를 쉽게 읽었다. 호비 아저씨는 나를 유심히 살피거나 질문을 하지 않았지만 엔리케가 즐겨 말하듯이 '내 머릿속에 들어가는 것'이 직업인 여러 어른들보다 나를 더 잘 이해했다.

하지만 무엇보다도 나는 호비 아저씨가 나를, 나 자체를 동지이자 대화 상대로 대해주었기 때문에 좋았다. 가끔 아저씨가 무릎 인공관절 수술을 받은 이웃이나 외곽에서 열린 중세 음악회에 대해서 이야기해도 상관없었다. 내가 학교에서 있었던 재미있는 일을 이야기하면 아저씨는 즐거워하면서 주의 깊게 들었다. 스완슨 선생님(내가 농담을 하면 깜짝 놀란 표정으로 얼어붙었다)이나 데이브(킬킬 웃었지만 어색했고, 항상 한 박자 느렸다)와 달리 호비 아저씨는 웃는 것을 좋아했고, 나는 아저씨가 살아온 이야기를 들을 때가 좋았다.

결혼을 늦게 한 야단스러운 삼촌들과 어린 시절의 참견하기 좋아하던 수녀님들, 선생님들이 전부 술주정뱅이였던 캐나다 국경 지역의 삼류 기숙학교, 아버지가 난방을 너무 안 해서 창문 안쪽에 얼음이 얼던 북부의 커다란 집, 타키투스의 책이나 모틀리의《네덜란드 공화국의 출현》을 읽던 12월의 회색빛 오후들. ("난 역사를 정말 좋아했어, 늘 그랬지. 가지 않은 길! 어린 시절의 제일 큰 야망은 노트르담 대학 역사학 교수가 되는 거였어. 지금 내가 하는 일도 역사와 관련된 일을 하는 또 다른 방법이겠지만.") 호비 아저씨는 어린 시절에 울워스에서 한쪽 눈이 먼 카나리아를 구조했는데, 그 새가 매일 아침 노래로 깨워주었다고 했다. 류머티즘성 열병에 걸려서 6개월 동안이나 침대에 누워 있어야 했던 일, 집에서 벗어나려고 프레스코화 천장이 있는 괴상하고 작고 오래된 동네 도서관에 가던 일("아아, 지금은 허물어졌지.")도 얘기해주었다. 그리고 드 페이스터 부인에 대해서도. 그녀는 호비가 방과 후에 찾아가던 나이 많고 외로운 상속녀인데, 예전에는 올버니 최고 미녀이자 지역 역사가였다. 드 페이스터 부인은 호비를 보고 혀를 끌끌 차면서 영국에서 여러 개 주문한 던디 케이크를 주었고, 부인이 도자기 장식장에 든 물건을 하나하나 몇 시간씩 설명해주면 아저씨는 행복한 마음으로 참으며 들었다. 드 페이스터 부인이 가진 여러 가지 물건들 중에 마호가니 소파―미국 독립 전쟁에 참전했던 허키머 장군의 것이었다는 소문이 있었다―가 있었는데, 호비 아저씨는 그것 때문에 가구에 처음으로 관심을 갖게 되었다. ("허키머 장군이 그 화려하고 오래된 그리스식 가구 위에서 뒹굴거리는 모습이 그려지지는 않았지만 말이야.") 여동생이 태어난 지 사흘 만에 죽고 나서 얼마 안 돼 어머니도 호비 아저씨만 남기고 세상을 떠났다는 이야기도 들었고, 미식축구 코치였던 젊은 예수회 신부님이 있었는데 어느 날 아저씨네 집 아일랜드인 하녀가 겁에 질려 전화를 걸어서 아저씨가 아버지에게 "산산조각 나도록" 맞고 있다고 말하자 곧장 집으로 달려와서 소매를 걷어붙이고 아저씨의 아버지를 때려눕혔다는 이야기도 들었다. ("키건 신부님! 내가 류머티즘성 열병에 걸렸을 때도 집으로 와서 영성체를 해주셨지. 나는 키건 신부님 복사였어. 신부님은 내 사정을 알았고 내 등의 매 자국도 보셨지. 요즘은 남자애들한테 이상한 짓을 하는 사제들이 너무 많지만 키건 신부님은 나한테 정말 잘해주셨어. 나는 항상 키건 신부님이 어떻게 지내시는지 궁금해서 찾으려고 노력해봤는데, 못 찾았어. 아버지가 대주교한테 전화를 걸자 눈 깜짝할 새에 배에 실려서 우루과이로 보내졌거든.")

모든 것이 앤디네 집과 무척 달랐다. 앤디네 집에서는―전반적으로 친절한 분위기였지만—사람들 사이에 파묻히거나 형식적인 질문을 받는 불편한 상황에 처하거나 둘 중 하나였다. 5번가에서 버스를 타면 한 번에 호비 아저씨에게 갈 수 있다는 사실을 알고 있는 것만으로도 기분이 나아졌다. 마음이 불안하거나 겁에 질려서 잠을 못 이루거나 폭발이 다시 덮치는 밤이면, 이따금 호비 아저씨의 집을 떠올리면서 그 생각을 자장가 삼아 다시 잠들었다. 아저씨의 집은 어느덧 나를 1850년대로 옮겨놓는 곳, 똑딱거리는 시계와 삐걱거리는 마룻장, 부엌에 놓인 구리 주전자와 순무나 양파 바구니, 열린 문과 기다란 거실 창을 통해 들어오는 바람에 왼쪽으로 쏠려서 무도회복처럼 너울거리며 흔들리는 촛불, 오래된 것들이 잠자는 시원하고 조용한 방들의 세계였다.

하지만 내가 집을 비우는 이유를 설명하기가 점점 더 어려워졌고 (나는 저녁 식사 시간에도 종종 자리를 비웠다) 앤디가 핑계를 만들어내는 것도 한계에 다다르고 있었다. "내가 그 집에 가서 바버 부인한테 얘기해줄까?" 어느 날 오후 호비 아저씨가 부엌에서 농산물 직판장에서 사 온 체리 타르트를 함께 먹다가 말했다. "내가 가서 바버 부인을 만나볼게. 아니면 부인한테 여기로 와달라고 네가 부탁해봐도 되지 않을까?"

"봐서요." 내가 잠깐 생각해보고 말했다.

"어쩌면 치펀데일 2층 서랍장에 관심이 있을지도 몰라. 너도 알지, 꼭대기에 소용돌이 장식이 달린 필라델피아 말이야. 사라는 게 아니라 그냥 구경하시라고. 아니면, 너도 괜찮으면, 라그르누유에서 같이 점심 식사를 하자고 초대해도 되고." 아저씨가 웃었다. "거기가 아니라도 이쪽 어딘가 바버 부인이 좋아할 만한 가게에서 말이야."

"생각해볼게요." 내가 말했다. 그런 다음 일찌감치 버스를 타고 집으로 돌아가면서 곰곰이 생각해보았다. 바버 부인을 상습적으로 속인 것도 문제였지만—도서관에서 늦게까지 공부한다거나 있지도 않은 역사 과제를 한다고 계속 거짓말을 했다—호비 아저씨 앞에서 내가 블랙웰 씨의 반지를 집 안에 전해져 내려오는 유산이라고 주장했다는 걸 인정하려면 정말 창피할 것이다. 바버 부인과 호비 아저씨가 만나면 내 거짓말은 어떻게든 들통 날 수밖에 없다. 피할 방법이 없어 보였다.

"어디 갔었니?" 저녁 식사를 하러 나가려고 차려 입었지만 신발은 아직 신지 않은 바버 부인이 아파트 안쪽에서 진라임을 손에 들고 나타나 날카롭게 물었다.

나는 왠지 모르게 바버 부인의 태도에서 함정이 있음을 느낄 수 있었다. "사실은요, 시내에 나가서 엄마 친구를 만났어요." 내가 말했다.

앤디가 고개를 돌려 나를 멍하니 보았다.

"아, 그래?" 바버 부인이 앤디를 곁눈으로 흘끔거리며 의심스럽다는 듯이 말했다. "앤디는 네가 또 도서관에서 공부한다고 그러던데."

"오늘은 아니에요." 내가 말했다. 말이 너무 쉽게 나와서 나도 놀랐다.

"음, 그 말을 들으니 마음이 놓이는구나." 바버 부인이 차갑게 말했다. "월 요일에는 중앙 도서관이 문을 닫으니까 말이야."

"시오가 중앙 도서관에 갔다고는 안 했잖아요."

"아주머니도 아는 분일 거예요." 내가 앤디에게서 화살을 돌리려고 애쓰며 말했다. "어쨌든 들어는 보셨을 거예요."

"누구?" 바버 부인이 시선을 나에게로 돌리며 말했다.

"제가 찾아갔던 친구요. 이름은 제임스 호바트예요. 시내에서 가구점을 해요. 음, 정확히 가구점을 하는 건 아니지만. 복원 작업을 해요."

바버 부인이 눈썹을 찡그렸다. "호바트?"

"뉴욕 사람들이 일을 많이 맡겨요. 가끔 소더비에서도 맡기고요."

"그럼 내가 한번 연락해봐도 되겠니?"

"그럼요." 내가 방어적으로 말했다. "다 같이 점심을 먹으러 가자고 했어요. 아니면 언제 그 가게에 한번 가보셔도 되고요."

"오." 깜짝 놀란 바버 부인이 한두 박자 늦게 말했다. 이제 균형을 잃고 흔들리는 사람은 바버 부인이었다. 바버 부인은 무슨 일 때문이든 14번가 남쪽으로 간 적이 없을 것이다. 적어도 내가 알기로는 그랬다. "글쎄, 생각해보자."

"뭘 사시라는 건 아니에요. 그냥 구경하시라고요. 좋은 물건들이 있거든요."

바버 부인이 눈을 깜박이며 말했다. "물론 그렇겠지." 그녀는 이상하게도 혼란스러워 보였다. 눈이 움직이지 않고 딴생각에 빠진 것처럼 보였다. "음, 아주 좋아. 그 사람을 만나면 분명히 재밌을 거야. 내가 그 사람 만나본 적이 있을까?"

"아뇨, 아마 없을 거예요."

"어쨌든. 앤디, 미안하다. 너한테 사과를 해야겠구나. 너도, 시오."

나? 나는 뭐라 말해야 할지 몰랐다. 엄지손가락 옆을 몰래 빨고 있던 앤디가 한쪽 어깨를 으쓱했고 바버 부인은 빙글 돌아 나갔다.

"무슨 일이야?" 내가 앤디에게 조용히 물었다.

"엄마 기분이 안 좋아. 너랑은 상관없어. 플랫이 집에 왔거든." 앤디가 덧붙였다.

앤디가 그 말을 하자 아파트 안쪽에서 나는 숨죽인 음악 소리가, 의식 아래로 파고들듯 깊이 쿵쿵거리는 소리가 들렸다. "왜?" 내가 말했다. "무슨 일인데?"

"학교에서 무슨 일이 있었대."

"나쁜 일?"

"모르지." 앤디가 단조롭게 말했다.

"사고 친 거야?"

"아마 그렇겠지. 그 얘긴 아무도 안 할 거야."

"무슨 일인데 그래?"

앤디가 얼굴을 찌푸렸다. 모르지. "우리가 학교 갔다 왔더니 플랫이 와 있었어. 음악 소리가 들리더라고. 킷시가 신이 나서 인사를 하러 갔는데 플랫이 소리를 꽥 지르고 킷시 눈앞에서 문을 쾅 닫았어."

나는 움찔했다. 킷시는 플랫을 숭배했다.

"엄마가 갑자기 돌아와서 플랫 방으로 가셨지. 그다음에 한동안 통화를 했고. 내 생각에 아빠가 집에 오는 중이 아닐까 싶어. 원래 티크너 부부랑 저녁 드신다고 했는데 취소된 것 같아."

"저녁은 어떻게 해?" 내가 잠깐 사이를 두고 말했다. 보통 평일에는 텔레비전 앞에서 숙제를 하면서 저녁을 먹었다. 하지만 플랫이 왔고, 바버 씨가 오는 중이고, 저녁 약속이 취소되었으니 다 같이 식당에 모여 저녁을 먹을 가능성이 높아지고 있었다.

앤디는 특유의 까다롭고 나이 많은 여자 같은 태도로 안경을 고쳐 썼다. 나는 머리색이 검고 앤디는 머리색이 밝았지만, 바버 부인이 우리에게 골라준 똑같은 안경테 때문에 내가 앤디의 범생이 쌍둥이처럼 보인다는 사실을 너무나 잘 알고 있었다. 학교 여자애들이 우리를 '바보 형제(얼간이 형제였을지도 모르지만 아무튼 칭찬은 아니었다)'라고 부르는 것을 들은 뒤로는 더욱 그랬다.

"세렌디피티까지 걸어가서 햄버거 먹자." 앤디가 말했다. "아빠가 왔을 때 집에 있기 싫어."

"나도 데려가." 킷시가 벌건 얼굴로 숨을 헐떡거리면서 뛰어 들어와 우리 바로 앞에 멈춰 서더니 뜬금없이 말했다.

앤디와 내가 마주 보았다. 킷시는 버스 정류장에서 우리 뒤에 서 있는 모습을 보이는 것도 싫어하는 애였다.

"제발." 킷시가 우리를 번갈아 보면서 우는 소리로 말했다. "토디는 축구 연습하러 갔어. 나도 돈 있어. 나 혼자 엄마 아빠 오빠랑 여기 남기 싫어, 제발."

"뭐 어때." 내가 앤디에게 말하자 킷시가 고맙다는 표정으로 얼굴을 빛내며 나를 보았다.

앤디가 주머니에 손을 넣었다. "그래, 그럼." 앤디가 표정 없는 얼굴로 킷시에게 말했다. 나는 두 사람이 새하얀 생쥐 한 쌍 같다고 생각했다. 킷시가 솜사탕이나 요정 공주 같은 생쥐라면 앤디는 운 나쁘고 기력 없는 쥐, 애완동물 가게에서 보아 뱀에게 먹이로 주는 생쥐였지만.

"얼른 챙겨. 가자." 킷시가 가만히 서서 보고 있자 앤디가 말했다. "안 기다려줄 거야. 안 사줄 거니까 돈도 꼭 챙기고."

13

그 후 며칠 동안 나는 긴장된 집안 분위기를 벗어나 호비 아저씨의 집에 가고 싶었지만 앤디에 대한 의리 때문에 가지 않았다. 앤디 말이 맞았다. 바버 씨 부부는 아무 문제도 없다는 듯이 행동했고, 플랫은 한마디도 없이 식사 때면 머리카락으로 얼굴을 가리고 뚱하니 앉아 있기만 했기 때문에 플랫이 무슨 짓을 했는지 알아낼 수 없었다.

"내 말이 맞다니까." 앤디가 말했다. "네가 있는 게 나아. 그러면 말도 하고 평범하게 지내려고 더 애쓰시거든."

"플랫이 무슨 짓을 한 것 같아?"

"솔직히 모르겠어. 알고 싶지 않아."

"알고 싶으면서."

"음, 맞아." 앤디가 수긍하며 말했다. "하지만 진짜 전혀 모르겠어."

"커닝을 했을까? 물건을 훔쳤나? 예배 시간에 껌을 씹었나?"

앤디가 어깨를 으쓱했다. "지난번에 사고 쳤을 때는 라크로스 스틱으로 어떤 애 얼굴을 쳤었는데. 하지만 *그때는 이렇지 않았어.*" 그러고 나서 뜬금없이 말했다. "엄마는 플랫 형을 제일 좋아해."

"그렇게 생각해?" 나는 그것이 사실임을 아주 잘 알고 있었지만 회피하면서 말했다.

"아빠는 킷시를 제일 좋아하고. 엄마는 플랫 형을 좋아해."

"너희 엄마는 토디도 아주 좋아하시잖아." 이 말이 어떻게 들릴지 깨닫기도 전에 내가 말해버렸다.

앤디가 얼굴을 찡그렸다. "엄마를 닮지 않았다면 난 내가 병원에서 바뀐 줄 알았을 거야."

14

무슨 이유에선지 이 긴장감 가득한 막간의 시간 동안 (아마도 플랫의 수수께끼 같은 잘못이 나 자신의 잘못을 상기시켰기 때문에) 호비 아저씨에게 그림에 대해서 털어놓아야겠다는, 아니면 애매하게라도 그 일을 언급한 다음 반응을 살펴야겠다는 생각이 들었다. 문제는 어떻게 이야기를 꺼내느냐였다. 그림은 아직 우리 아파트에, 내가 놔둔 자리에, 미술관에서 가져온 가방에 들어 있었다. 학교에서 필요한 물건을 가지러 돌아갔던 그 끔찍한 오후에 거실 소파에 기대어진 가방이 눈에 들어오자 나는 곧장 지나친 다음 길에서 나를 잡으러 쫓아오는 깡패를 피할 때처럼 열심히 피했고, 그러는 내내 팔짱을 끼고 문간에 선 바버 부인의 차갑고 흐릿한 시선이 내 등에, 우리 아파트에, 우리 엄마의 물건에 어른거리는 것이 느껴졌다.

복잡했다. 그 생각을 할 때마다 배 속이 요동쳤기 때문에 나는 본능적으로 뚜껑을 닫아버리고 다른 생각을 했다. 불행히도 너무 오랫동안 누구에게도 아무 말도 하지 않았기 때문에 무슨 말을 한다는 것 자체가 너무 늦었다는 생각이 들기 시작했다. 그리고 호비 아저씨와—또 불구가 된 헤플화이트와 치펀데일 가구들, 아저씨가 그토록 부지런히 돌보는 낡은 물건들과—시간을 보낼수록 입을 다물고 있는 것이 잘못이라는 생각이 들었다. 다른 사람이 그림을 발견하면 어떻게 하지? 나는 어떻게 될까? 어쩌면 집주인이 아파트에 들어가봤을지도 모르지만—주인에게 열쇠가 있었다—그랬다 하더라도 꼭 그림을 발견했을 것이라고 생각하지는 않았다. 하지만 그림을 그대로 놔두고 결정을 미루는 것은 내 운명을 시험하는 셈이었고, 나 자신도 그 사실을 잘 알았다.

그림을 돌려주기 싫은 것은 아니었다. 마법처럼 그저 생각하는 것만으로 돌려줄 수 있었다면 나는 순식간에 돌려줬을 것이다. 다만 나 자신이나 그 그림을 위험에 빠뜨리지 않으면서 돌려줄 방법을 몰랐다. 미술관 폭발 사건 이후 무슨 이유로든 주인 없이 방치된 가방은 폐기 처분한다는 공지가 뉴욕 전역에 나붙었다. 그래서 익명으로 그림을 돌려주는 여러 가지 좋은 방법들을 생각했지만 대부분 수포로 돌아갈 수밖에 없었다. 수상한 여행 가방이나 꾸러미는 이유를 불문하고 파괴될 터였다.

내가 아는 어른들 중에서 믿을 수 있는 사람은 두 명밖에 없었는데, 바로 호비 아저씨와 바버 부인이었다. 둘 중에서 호비 아저씨가 훨씬 더 이해심이 많고 덜 무서워 보였다. 애초에 미술관에서 그림을 가지고 나오게 된 사정을 호비 아저씨에게 설명하는 것이 훨씬 더 쉬울 것이다. 일종의 실수였다고, 웰티가 시키는 대로 했을 뿐이라고, 뇌진탕 때문에 제정신이 아니었다고 말이다. 내가 무슨 짓을 하고 있는지 정확히 몰랐다고, 그림을 우리 집에 그렇게 오래 둘 생각은 아니었다고. 하지만 갈 곳도 정해지지 않은 애매한 상황에서 내가 먼저 나서서 많은 사람들이 아주 심각한 잘못이라고 생각할 것이 뻔한 행동을 인정하는 것은 정신 나간 짓 같았다. 그러다가 우연히—더 이상 손 놓고 있을 수 없다는 사실을 깨달을 즈음에—〈타임스〉 경제면에 흑백으로 작게 실린 그림을 발견했다.

플랫의 불명예스러운 사건 뒤 집안을 덮친 불안감 때문인지 가끔 신문이 서재에서 해체되어서 한두 장씩 밖으로 나왔다. 제대로 접히지 않은 신문 낱장들이 거실의 커피 테이블 위 냅킨으로 싼 소다수 컵(바버 씨의 흔적) 근처에 흩어져 있었다. 그것은 보험 산업에 관한 길고 지루한 기사로 경제면 뒤 페이지까지 이어졌고, 악화된 경제 상황에서 대두되는 대규모 미술전의 재정적 어려움, 특히 작품 운반 보험의 난점을 다루고 있었다. 하지만 내 시선을 사로잡은 것은 사진 밑의 설명이었다. *〈황금방울새〉, 카렐 파브리티우스. 1654년의 걸작. 소실됨.*

나는 생각할 겨를도 없이 바버 씨의 의자에 앉아서 내 그림에 대한 언급이 더 없나 싶어서 빽빽한 글을 훑어보기 시작했다(나는 이미 그림을 *내 것*으로 여기기 시작했는데, 마치 평생 가지고 있었던 것처럼 자연스럽게 그렇게 생각하게 되었다).

> 예술계뿐만 아니라 금융계까지 얼어붙게 만든 이 문화적 테러로 국제법 문제가 대두되었다. "이러한 작품들은 단 1점만 소실되어도 그 손해를 가늠할 수 없을 정도입니다." 런던의 보험 위험 분석가 머리 트위첼 씨는 이렇게 말한다. "작품 12점이 사라지거나 파괴된 것으로 추정되고, 27점은 심각한 손상을 입었지만 일부 작품은 복원이 가능합니다." 많은 사람들은 헛된 노력이라고 생각하지만 사라진 미술품 데이터베이스는……

기사가 다음 장으로 이어졌지만 그때 바버 부인이 방으로 들어왔기 때문에 나는 신문을 내려놓았다.

"시오." 바버 부인이 말했다. "너한테 제안하고 싶은 게 있어."

"네?" 내가 경계하며 말했다.

"여름에 우리랑 같이 메인 주에 갈래?"

순간 나는 너무 기뻐서 완전히 얼이 나갔다. "네!" 내가 말했다. "와. 정말 재밌을 거예요!"

바버 부인조차도 약간 미소를 짓지 않을 수 없었다. "으음. 널 배에 태울 수 있게 되었으니 챈스는 확실히 좋아할 거야. 올해에는 좀 일찍 갈 것 같은데— 음, 챈스랑 애들은 일찍 갈 거야. 난 여기 남아서 몇 가지 일을 봐야 하지만, 한두 주 지나면 따라갈 거야."

나는 너무 기뻐서 할 말이 하나도 떠오르지 않았다.

"네가 요트 타는 걸 좋아할지 한번 보자. 앤디보다는 좋아할지도 몰라. 아무튼 그러길 바라야지."

내가 침실로 돌아가서 (걷지 않고 달렸다) 좋은 소식을 전하자 앤디가 우울하게 말했다. "넌 그게 재밌을 것 같겠지. 하지만 아니야. 너도 싫어하게 될 거야." 그렇지만 나는 앤디가 얼마나 기뻐하는지 정확히 알 수 있었다. 그리고 그날 밤 잠자리에 들기 전에 앤디는 2층 침대 아래 칸에 나와 나란히 걸터앉아서 무슨 책이랑 무슨 게임을 가져갈 건지, 내가 갑판 일에서 빠져나오고 싶을 경우에 대비해서 뱃멀미의 증상이 어떤지 이야기해주었다.

15

나는 이 두 가지 소식—둘 다 좋았다—때문에 마음이 놓여서 느슨하고 멍해졌다. 내 그림이 소실되었다는 것이 공식적인 입장이라면 어떻게 할지 결정할 시간이 아주 많았다. 마찬가지로, 바버 부인의 초대는 여름을 지나

먼 미래까지 이어지는 것 같았고, 나와 데커 할아버지 사이는 대서양으로 가로막힌 것 같았다. 기분이 붕 떠서 아찔했고, 나는 형 집행 연기에 기뻐할 수밖에 없었다. 나는 그림을 호비 아저씨나 바버 부인에게 주고 그들의 자비에 나를 맡겨야 한다고, 다 털어놓고 도와달라고 간청해야 한다고 생각했지만—마음 한구석 황량하고 명징한 곳에서 나는 그렇게 하지 않으면 후회할 것임을 알았다—메인 주와 배로 마음이 가득 차서 다른 생각은 할 수 없었다. 그리고 앞으로의 3년에 대한 일종의 보험으로, 데커 할아버지와 도러시와 함께 살아야 할 경우의 대책으로 그림을 한동안 간직하는 것이 더 현명하다는 생각까지 들기 시작했다. 피치 못할 상황이 되면 그림을 팔 수 있을 것이라고 생각했다는 자체가 내가 놀랄 만큼 순진했다는 증거다. 그래서 나는 말을 꺼내지 않고 바버 씨와 함께 지도와 해도 기호를 보았고 바버 부인과 브룩스브러더스 남성복 가게에 가서 보트 슈즈와 밤에 서늘해지면 바다 위에서 입을 가벼운 면 스웨터를 샀다. 그리고 아무 말도 하지 않았다.

16

"나의 문제는 너무 많이 배운 거였지." 호비 아저씨가 말했다. "적어도 우리 아버지는 그렇게 생각했어." 나는 작업장에서 붉은 계열부터 갈색 계열까지 낡은 가구에서 구해낸 수많은 벚나무 조각들을 살펴보면서 아저씨가 수리 중인 괘종시계의 아래 장식 부분에 댈 정확히 딱 맞는 색의 나뭇조각을 찾는 것을 돕고 있었다. "아버지한테는 운송 회사가 하나 있었어." (이미 알고 있는 사실이었는데, 워낙 유명한 이름이라 나조차도 익숙했다.) "그래서 여름방학이나 크리스마스 휴가 때면 아버지가 트럭에 짐 싣는 일을 시켰지. 트럭을 몰려면 짐 싣기부터 해야 한다고 말했어. 내가 하역상으로 걸어 나가는 순간 일꾼들은 쥐 죽은 듯 조용해졌지. 당연하지, 사장 아들이니까. 그 사람들 잘못은 아니야, 우리 아버지가 사장으로 모시기에는 진짜 거지 같은 인간이었으니까. 아무튼 아버지는 내가 열네 살 때부터 일을 시켰어. 방과 후나 주말에. 빗속에서 상자를 실었지. 가끔은 사무실에서도 일했는데, 음침하고 칙칙했어. 겨울에는 얼어붙을 듯 춥고 여름에는 타는 듯이 더웠지. 환풍기 소리 때문에 말을 하려면 소리를 질러야 했고. 처음엔 여름방학이랑 크리스마스 휴가 때만 일했어. 하지만 대학 2학년을 마치고 나니까 아버지는 더 이상 등록금을 내주지 않았어."

나는 망가진 부분과 색이 맞을 듯한 나뭇조각을 발견해서 호비 아저씨에게 주었다. "성적이 나빴어요?"

"아니, 잘하고 있었어." 호비 아저씨가 나뭇조각을 집어 들고 빛에 비춰본 다음 후보 조각 더미에 놓았다. "문제는, 자기는 대학을 나오지 않았는데도 잘살지 않았느냐는 거야. 내가 자기보다 나은 것 같냐고. 하지만 그것보다, 으음, 아버지는 주변 사람을 전부 괴롭혀야 되는 사람이었어. 그런 유형 알지? 그리고 아마 그런 생각이 들기 시작했겠지, 나를 공짜로 부려먹으려면 그보다 더 좋은 방법이 어디 있겠느냐는 생각 말이야. 처음에는—" 호비 아저씨가 다른 베니어판 조각들 몇 개를 한참 살피더니 2군 후보 더미에 놓았다. "처음에는 학교를 1년 동안, 아니 4년이든 5년이든 시간이 걸리는 만큼 쉬면서 나머지 등록금을 힘들게 벌라고 말했어. 내가 번 돈은 한 푼도 못 봤어. 나는 아버지 집에서 살고 있었고, 내 돈은 전부 아버지가 특별계좌에 넣었다고 했거든. 뻔하지, 나를 위해서랍시고. 난 힘들었지만 타당하다고 생각했지. 하지만, 아버지 밑에서 3년 정도 일하고 나서 상황이 바뀌었어. 갑자기—" 아저씨가 웃었다. "음, 내가 계약을 잘못 이해했던 걸까? 2학년까지 낸 등록금을 내가 아버지한테 갚고 있더라고. 아버지가 한 푼도 모아놓지 않은 거야."

"말도 안 돼요!" 충격에 잠시 말문이 막혔던 내가 정신을 차리고 말했다. 그렇게 부당한 일을 이야기하면서 아저씨는 어떻게 웃을 수 있는지 이해가 안 갔다.

"음—" 아저씨가 눈을 굴렸다.

"난 아직 풋내기였지만 그래도 거기서 빠져나오기 전에 늙어 죽겠다는 사실을 깨달았어. 하지만 돈도 없고 살 집도 없으니 어떻게 해야 될까? 어떻게든 방법을 찾으려고 애를 쓰고 있었는데, 짠, 어느 날 사무실에서 아버지가 나한테 불같이 화를 내고 있을 때 웰티가 나타났어. 아버지는 직원들 앞에서 날 혼내는 걸 좋아했지. 마피아 두목처럼 거드름을 피우면서 내가 자기한테 이런저런 빚을 지고 있다고, 내 '월급'에서 그 돈을 받고 있다고 말했지. 있지도 않은 잘못 때문에 소위 말하는 내 월급을 보류하고 있다고. 뭐 그런 식으로 말이야. 웰티는— 그날 웰티를 처음 본 건 아니었어. 이스테이트 세일*에서 산 물건의 운송을 알아보러 전에 왔었거든. 웰티는 등이 굽었으니 좋은 인상을 주려면 더 열심히 노력해야 한다고, 사람들이 기형이 아닌 다른 면을 보게 만들어야 한다고 항상 주장했지만, 나는 처음부터 그가 좋았어. 대부분이 그랬지, 심지어는 우리 아버지까지도 말이야. 절대 친절한 사람이라고 할 수 없는 아버지도 웰티를 좋아했어. 어쨌든 그 난리를 본 웰티는 다음 날 아버지에게 전화를 걸어서 어느 집에서 가구를 여러 점 샀는데 내가 포장을 도와주면 좋겠다고 말했어. 나는 덩치도 크고 힘도 세고 열심히 일했으니까 딱이었지. 음—"

호비 아저씨가 일어서서 머리 위로 두 팔을 쭉 뻗었다.

"웰티는 좋은 고객이었어. 무슨 이유인지는 모르겠지만 아버지는 좋다고 했어. 내가 포장을 도우러 간 곳은 드 페이스터 저택이었지. 우연이지만 나

* estate sale : 주인이 죽거나 이사 등의 이유로 물건을 처분해야 할 경우 집을 사람들에게 개방하여 판매하는 것.

242

는 드 페이스터 부인을 꽤나 잘 알았어. 어렸을 때부터 어슬렁어슬렁 그 집에 놀러 가는 걸 좋아했거든. 드 페이스터 부인은 밝은 노란색 가발을 쓴 나이 많고 재밌는 부인이었는데, 뭐든 알고 싶어 해서 사방에 신문이 널려 있고 지역 역사에 대해서 모르는 게 없는 데다가 믿기 어려울 정도로 재밌는 이야기꾼이었지. 아무튼 대단한 집이었어, 티파니 유리 제품이랑 상태가 아주 좋은 1800년대 가구가 가득했지. 나는 가구들의 유래도 가르쳐줄 수 있었어. 드 페이스터 부인의 딸보다 더 나았지. 딸은 맥킨리 대통령이 앉았던 의자라든지 뭐 그런 데 조금도 관심이 없었거든. 웰티를 돕는 일이 끝나던 날 오후 여섯 시쯤 됐는데, 난 머리끝부터 발끝까지 먼지투성이였지. 웰티가 와인을 한 병 땄고 우리는 포장 상자에 앉아서 그걸 마셨어. 아무것도 안 깔린 바닥에, 텅 비어서 메아리가 울리는 집에서 말이야. 내가 기진맥진해 있는데, 웰티가 아버지를 거치지 않고 나에게 직접 현금으로 비용을 지불했지. 내가 고맙다고 인사를 하면서 다른 데 이런 일이 더 있는지 혹시 아느냐고 물었더니 웰티가 이렇게 말했어. '음, 제가 얼마 전에 뉴욕에 가게를 열었는데, 혹시 일이 필요하면 그 가게를 맡으시죠.' 그렇게 우리는 건배를 했고, 나는 집으로 가서 대부분 책밖에 없는 짐을 싸고, 가정부에게 작별 인사를 하고, 트럭을 얻어 타고서 다음 날 뉴욕에 도착했어. 뒤도 안 돌아봤어."

이야기가 잠시 멈췄다. 우리는 여전히 베니어판을 살펴보고 있었다. 중국 고대 게임 패를 연상시키는 종잇장처럼 얇은 나뭇조각들이 달각거렸고, 그 기묘하고도 가벼운 소리는 훨씬 더 큰 정적 속에서 길을 잃은 듯한 느낌을 주었다.

"이것 보세요." 내가 어떤 조각을 발견하고 얼른 집어서 아저씨에게 당당하게 건네며 말했다. 색깔이 정확히 똑같았다. 아저씨가 모아둔 어떤 조각보다도 비슷했다.

아저씨가 나뭇조각을 받아 들고 램프 아래에 비춰 보았다. "괜찮네."

"뭐가 안 맞는데요?"

"음, 봐라." 아저씨가 베니어판을 시계 장식 판에 댔다. "이런 작업을 할 때 정말로 맞춰야 하는 건 나무의 결이야. 그게 까다로운 부분이지. 색이 다른 건 눈속임하기 쉬워. 자, 이거 봐." 아저씨가 눈에 띄게 색이 다른 조각을 집어 들었다. "이건 밀랍을 조금 바른 다음 맞는 색을 약간 칠하면, 가능해. 중크롬산칼륨, 반다이크 브라운을 조금 더하면 되지. 가끔 나뭇결을 맞추는 게 정말 어려워, 특히 호두나무 목재 몇 종류는 말이야. 난 새 목재를 어둡게 만들 때 암모니아를 쓰지. 하지만 정말 절박할 때만 그렇게 하는 거야. 복원하는 물건과 연식이 같은 나무를 쓰는 게 제일 좋아, 있으면 말이야."

"이런 걸 다 어떻게 배웠어요?" 내가 잠시 소심하게 침묵을 지키다가 물었다.

호비가 웃었다. "네가 지금 배우는 것처럼! 옆에 서서 보면서. 익숙해지는 거지."

"웰티 할아버지가 가르쳐주셨어요?"

"오, 아니야. 웰티도 알긴 했어, 방법은 알았지. 이런 사업을 하려면 알아야 되거든. 웰티의 눈은 아주 믿을 만해서 다른 사람 의견이 필요할 때면 내가 불쑥 올라가서 데리고 내려올 때도 많았어. 하지만 나랑 사업을 같이 하기 전에 웰티는 복원이 필요한 가구를 보통 다른 사람에게 맡겼어. 복원은 시간이 많이 드는 일이고 어떤 마음가짐이 필요한데, 웰티는 그런 기질도 아니었고 복원 작업을 할 만큼 육체적으로 강인하지도 않았지. 웰티는 취득 쪽 일, 그러니까 경매장에 가거나 가게에서 손님들이랑 이야기 나누는 걸 훨씬 더 좋아했어. 매일 오후 다섯 시쯤이면 내가 차를 마시러 올라갔지. '지하 감옥에서 고생이 많네' 옛날엔 곰팡이랑 습기 때문에 여기가 정말 지저분했거든. 내가 웰티 밑에서 일하러 처음 왔을 때—" 아저씨가 웃으며 말했다. "웰티는 애브너 모스뱅크라는 노인과 함께 일하고 있었어. 다리가 안 좋은 데다가 손가락은 관절염에 걸렸고 앞을 거의 못 봤지. 어쩔 땐 가구 하나를 고치는 데 1년이나 걸렸어. 하지만 난 그의 등 뒤에 서서 일하는 모습을 지켜봤지. 애브너는 외과 의사 같았어. 질문을 할 수가 없었지. 완벽한 침묵! 하지만 정말 모르는 게 없었어. 이 일은 다른 사람들은 하는 방법도 모르고 더 이상 배우려고도 하지 않는 일이라서 한 세대에서 다음 세대로 실처럼 가느다랗게 이어져왔지."

"아버지가 돈 안 돌려줬어요?"

호비 아저씨가 친근하게 웃었다. "한 푼도 안 줬어! 그 후로 나랑 말도 한 마디 안 했지. 아버지는 정말 나쁜 인간이었어. 제일 오래 일한 직원을 해고하다가 심장마비로 쓰러져 죽었지. 정말이지, 그렇게 손님이 적은 장례식은 처음이었어. 진눈깨비 속에 검은 우산이 딱 세 개 있었지. 그러니 에버니저 스크루지를 떠올리지 않기가 힘들지."

"학교로 돌아가지는 않았어요?"

"응. 돌아가고 싶지 않았어. 마음에 드는 일을 발견했으니까." 아저씨가 허리에 양손을 얹고 몸을 쭉 폈다. 헐렁하고 약간 더럽고 팔꿈치 부분이 늘어난 재킷 때문에 아저씨는 마구간으로 향하는 성격 좋은 마부 같아 보였다. "이 얘기의 교훈은, 그것이 널 어디로 데려갈지 알 수 없다는 걸까?"

"그것이라니, 뭐요?"

호비 아저씨가 웃었다. "요트 휴가 말이야." 도료 병들이 약국의 약병처럼 늘어선 선반으로 다가가면서 아저씨가 말했다. 황토, 유독성 초록색 도료, 숯가루, 태운 뼈. "결정적인 순간이 될 수 있어. 어떤 사람은 그런 식으로 마음을 빼앗기거든, 바다에."

"앤디는 뱃멀미를 해요. 토할 때 쓸 봉지를 가지고 배에 타야 한대요."

"음—" 아저씨가 유연* 병으로 손을 뻗으며 말했다. "사실 *나는* 바다에 그런 식으로 마음을 빼앗기지는 못했어. 어렸을 때 콜리지의 〈노수부의 노래〉를 읽었지, 귀스타브 도레의 삽화가 실린. 그래, 바다는 나를 떨리게 했지만 너처럼 모험이 된 적은 한 번도 없었어. 절대 모르는 일이야. 왜냐면—" 눈썹을 찌푸리고 안료 병을 톡톡 쳐서 부드러운 검정색 가루를 팔레트에 조금 덜어낸다. "나도 드 페이스터 부인의 고가구가 내 미래를 결정할 줄은 꿈에도 몰랐거든. 어쩌면 너도 소라게한테 사로잡혀서 해양생물학을 공부하게 될지도 모르지. 배를 만들거나, 해양 화가가 되거나, 격침된 루시타니아 호에 대한 결정판 같은 책을 쓰고 싶다고 생각하게 될지도 모르고."

"그럴지도요." 나는 뒷짐을 지고 말했다. 하지만 내가 정말 바라는 것을 소리 내어 말할 수는 없었다. 생각만으로도 떨렸다. 왜냐하면, 킷시와 토디는 누가 불러서 무슨 말을 하기라도 한 것처럼 나에게 훨씬, 훨씬 더 잘해주기 시작했고, 나는 바버 씨와 바버 부인 사이에 오가는 눈짓과 미묘한 신호를 눈치챘기 때문에 희망을, 아니 희망 이상의 것을 갖기 시작했다. 사실 그생각을 내 머릿속에 집어넣은 사람은 앤디였다. "엄마 아빠는 너랑 같이 지내는 게 나한테 좋다고 생각해." 저번에 학교 가는 길에 앤디가 말했다. "날 껍데기 밖으로 끌어내서 사람들이랑 더 잘 어울리게 만든다고. 메인 주에 가면 아마 뭔가 발표를 하실 거야."

"발표?"

"모르는 척하지 마. 엄마랑 아빠는 널 굉장히 좋아해, 특히 엄마가. 하지만 아빠도 좋아하셔, 내 생각에는 부모님이 널 계속 데리고 있을 것 같아."

---

* 광물유, 송진 등을 불완전연소시킬 때 생기는 그을음을 모아서 만든 흑색 안료.

나는 약간 졸린 기분으로 버스를 타고 앞뒤로 편안하게 흔들리면서, 빠르게 스쳐 지나는 축축한 토요일 거리를 보며 집으로 돌아갔다. 내가 아파트에 들어서자―빗속에서 집까지 걸어오느라 몸이 차가웠다―킷시가 현관으로 달려와서 아파트로 어슬렁어슬렁 걸어 들어온 타조를 보는 것처럼 이글거리는 눈으로 흥미롭다는 듯 나를 쳐다보았다. 멍하니 몇 초가 흐른 다음 킷시가 샌들로 쪽매널 바닥 위를 타닥타닥 뛰어서 쏜살같이 거실로 들어가면서 외쳤다. "엄마? 왔어요!"

바버 부인이 나타났다. "안녕, 시오." 바버 부인은 전혀 흐트러짐이 없으면서도 태도가 어딘가 부자연스러웠지만, 정확히 짚어낼 수는 없었다. "이리 들어오렴. 깜짝 놀랄 일이 있어."

나는 바버 부인을 따라서 바버 씨 서재로 들어갔다. 우중충한 오후라 어두웠고, 액자에 든 해도와 회색 창유리를 따라 흐르는 비 때문에 폭풍 치는 바다 위 배의 선실을 나타내는 연극 무대 같았다. 방 저편에서 가죽 안락의자에 앉아 있던 어떤 형체가 일어섰다. "어이, 안녕." 남자가 말했다. "오랜만이네."

나는 문간에 선 채 얼어붙었다. 목소리는 틀림없었다, 아빠였다.

창문을 통해 들어오는 흐릿한 빛 속으로 그가 한 발 나왔다. 틀림없는 아빠였지만 내가 마지막으로 봤을 때와는 달랐다. 살이 더 붙고 살갗이 햇볕에 그을리고 얼굴이 퉁퉁했고, 새 정장과 머리 모양 때문에 시내 어딘가의 바텐더 같았다. 내가 어쩔 줄 몰라서 바버 부인을 흘끔 보았다. 그녀의 밝지만 힘없는 미소가 이렇게 말하는 듯했다. *알아, 하지만 내가 뭘 할 수 있겠니?*

내가 충격에 빠져서 아무 말도 없이 서 있자 또 다른 형체가 일어나 아빠를 팔꿈치로 밀고 나와서 앞에 섰다. "안녕, 나는 잰드라야." 쉰 목소리였다. 내 앞에 낯선 여자가, 햇볕에 타고 몸매가 좋아 보이는 여자가 서 있었다. 생기 없는 회색 눈, 주름진 구릿빛 피부, 안쪽으로 들어간 치아는 사이가 벌어져 있었다. 잰드라는 우리 엄마보다 나이가 더 많았지만, 아니 더 많아 보였지만, 옷차림은 엄마보다 어린 사람 같았다. 빨간색 통굽 샌들에 골반 바지, 넓은 벨트 차림에 금 액세서리를 잔뜩 하고 있었다. 지푸라기 색 머리카락은 무척 곧고 끝이 갈라졌다. 그녀가 껌을 씹고 있었기 때문에 과일 냄새가 진하게 풍겼다.

"X로 시작하는 잰드라야." 그녀가 걸걸하고 낮은 목소리로 말했다. 맑고 옅은 색 눈동자 주변으로 검은 마스카라를 칠한 눈썹이 삐죽삐죽했고, 시선은 강렬하고 자신감 넘치고 흔들림 없었다. "샌드라가 아니라. 그리고 샌디는 더더욱 아니지. 샌디라고 부르는 사람이 많지만 그러면 정말 미칠 것 같아."

그녀가 말을 할수록 나의 놀라움은 점점 더 커져만 갔다. 나는 그녀를 어떻게 받아들여야 할지 몰랐다. 위스키를 많이 마신 듯한 목소리, 근육질 팔, 엄지발가락에 새긴 한자 문신, 끝부분만 하얗게 칠한 길고 네모난 손톱, 불가사리 모양 귀걸이.

"음, 두 시간쯤 전에 라가디아에 도착했다." 아빠가 이 말로 모든 것이 설명된다는 듯이 목청을 가다듬으면서 말했다.

아빠가 이 여자 때문에 우리를 떠난 걸까? 나는 뻣뻣하게 군 채 다시 바버 부인을 돌아다보았지만 그녀는 사라지고 없었다.

"시오, 아빠는 지금 라스베이거스에 살아." 아빠가 내 머리 너머 벽 어딘가를 보면서 말했다. 아빠는 배우 생활을 할 때 단련한 잘 통제되고 확신에 찬 목소리를 아직 가지고 있었기에 그 어느 때보다도 권위적인 목소리였지만, 나만큼이나 불편하다는 것을 알 수 있었다. "전화를 먼저 했어야 하는 건데, 그냥 바로 데리러 오는 게 더 쉬울 것 같아서."

"날 데리러요?" 긴 침묵 끝에 내가 말했다.

"말해, 래리." 잰드라가 아빠를 채근하더니 나에게 말했다. "너, 아빠를 자랑스럽게 생각해야 돼. 술을 끊으셨어. 며칠 됐지? 41일인가? 그것도 순전히 자기 힘으로 말이야. 시설에 들어간 것도 아니고, 부활절 사탕 바구니랑 바리움* 병 하나를 끌어안고 소파에 앉아서 해독했지."

나는 너무 당황해서 잰드라를, 또는 아버지를 볼 수 없었기 때문에 다시 문 쪽으로 시선을 돌렸다. 킷시 바버가 복도에 서서 큰 눈을 동그랗게 뜨고 모든 이야기를 다 듣고 있었다.

"왜냐면, 그러니까, 나는 그걸 견딜 수가 없었거든." 잰드라는 엄마가 아빠의 알코올중독을 용납하고 부추겼다는 듯이 말했다. "그러니까— 우리 엄마는 캐나디안 클럽 위스키 잔에다가 토하고서 그걸 또 마시는 그런 알코올중독자였거든. 어느 날 밤 내가 말했지. 래리, 당신한테 '두 번 다시 술을 마시지 말라'고 말하려는 건 아니야, 그리고 솔직히 알코올중독자 모임은 당신 문제에 비해서 너무 지나치다고 봐—"

아빠가 목청을 가다듬고 보통 낯선 사람들에게만 보이던 상냥한 얼굴로 나를 보았다. 어쩌면 술을 정말 끊었는지도 몰랐다. 하지만 아빠는 지난 8개월 동안 럼주를 마시면서 하와이 파티 요리만 먹고 산 사람처럼 여전히 통통 붓고 번들거렸고 약간 멍한 표정이었다.

"음, 아들." 아빠가 말했다. "비행기에서 내린 지 얼마 안 됐다. 여기로 바로 온 건, 왜냐면, 널 빨리 보고 싶어서지, 당연히……."

나는 기다렸다.

"……아파트 열쇠가 필요해."

---

* 신경안정제의 일종.

모든 것이 내가 받아들이기에는 조금 빨리 진행되고 있었다. "열쇠라고 요?" 내가 말했다.

"들어갈 수가 없어." 잰드라가 직설적으로 말했다. "벌써 가봤거든."

"그게 말이다, 시오." 아빠가 분명하고 상냥한 말투로 말하면서 깔끔한 손짓으로 머리카락을 쓸어 넘겼다. "서턴플레이스 집에 들어가서 좀 살펴봐야겠어. 집이 엉망일 텐데, 누군가는 들어가서 좀 살펴야지."

당신이 그렇게 엉망으로 해놓지만 않았으면……. 아빠는 행방을 감추기 2주일쯤 전에 엄마에게 소리쳤다. 침대 옆 테이블에 놓인 접시에서 엄마가 외할머니에게서 물려받은 다이아몬드와 에메랄드가 박힌 귀걸이가 사라졌던 것이다. 나는 부모님이 그렇게 크게 싸우는 모습은 처음 보았다. 아빠는 (얼굴이 벌게져서 가성으로 놀리듯 엄마의 목소리를 흉내 내면서) 엄마의 잘못이라고, 아마 신지아가 가져갔을 거라고, 누가 알겠느냐고, 보석을 그렇게 아무 데나 놔두는 게 아니라고, 이번 일로 엄마도 물건을 잘 간수하는 법을 배울 수 있을 거라고 말했다. 화가 나서 얼굴이 새하얗게 질린 엄마가 귀걸이를 뺀 것은 금요일 밤이고 신지아는 그때 이후로 일하러 오지 않았다고 차갑고 낮은 목소리로 지적했다.

당신 도대체 무슨 말이 하고 싶은 거야? 아빠가 고함을 질렀다.

침묵.

이젠 나를 도둑으로 모는 거야? 응? 자기 남편 보고 보석을 훔쳤다는 거야? 그게 무슨 말도 안 되는 소리야? 당신 병원 좀 가봐야 돼, 알아? 전문가의 도움이 정말 필요하다고—

하지만 사라진 것은 귀걸이만이 아니었다. 아빠가 사라지면서 현금과 외할아버지가 남긴 옛날 동전들도 사라졌다. 엄마는 자물쇠를 바꾸고 신지아와 경비원들에게 엄마가 출근한 사이에 혹시 아빠가 오더라도 집에 들여보내지 말라고 말해두었다. 물론 이제는 상황이 완전히 달라졌고, 아빠가 우리 집에 들어가서 엄마 물건을 뒤지고 자기 마음대로 해도 막을 길이 없었다. 가만히 서서 도대체 무슨 말을 해야 하는지 열심히 궁리하는 동안 수십 가지 생각이 머릿속을 스쳤는데, 제일 중요한 것은 그림이었다. 나는 몇 주 동안이나 아파트로 가서 그림을 처리하겠다고, 어떻게든 방법을 찾아내겠다고 매일매일 스스로에게 말하면서 계속 미루고 미루었는데 아빠가 와버렸다.

아빠가 미소 띤 얼굴로 여전히 나를 뚫어지게 보고 있었다. "괜찮지? 너도 우릴 돕고 싶지?" 아빠가 이제 술을 안 마시는지는 몰라도 늦은 오후에 술을 마시고 싶어서 신경이 곤두섰을 때의 사포처럼 까끌까끌한 분위기는 그대로였다.

"나 열쇠 없는데요." 내가 말했다.

"괜찮아." 아빠가 얼른 대답했다. "열쇠공을 부르면 돼. 잰드라, 전화기 좀 줘."

나는 얼른 머리를 굴렸다. 나를 빼고 둘이서 아파트에 들어가는 것은 안 될 말이었다.

"호세나 골디가 들여보내줄 거예요." 내가 말했다. "내가 같이 가면 말이에요."

"좋아, 그럼." 아빠가 말했다. "가자." 아빠의 목소리를 들으니 열쇠가 없다는 내 말이 거짓말이라는 사실을 알고 있는 게 아닌가 하는 생각이 들었다(열쇠는 앤디의 방에 안전하게 숨겨져 있었다). 경비원을 끌어들이는 것도 아빠 마음에 들지 않을 것이 뻔했다. 건물에서 일하는 아저씨들은 대부분 술 취한 아빠를 너무 많이 봤기 때문에 아빠를 별로 좋아하지 않았다. 하지만 나는 끝까지 최대한 멍한 표정으로 아빠를 마주 보았고, 결국 아빠가 어깨를 으쓱하더니 고개를 돌렸다.

18

"올라(Hola), 호세!"

"봄바(Bomba)!" 호세가 보도에 서 있는 나를 보고 기분이 좋아서 뒷걸음질을 치며 외쳤다. 호세는 경비원들 중에서 가장 젊고 쾌활한 사람이었고, 공원에서 축구를 하려고 항상 근무시간이 끝나기 전에 몰래 빠져나가려고 했다. "시오! 케 로 케, 마니토(Qué lo que, manito)?"

호세의 단순한 미소가 나를 과거로 돌려보냈다. 모든 것이 똑같았다. 초록색 차양, 누르께한 블라인드, 움푹 파인 보도의 물때가 낀 갈색 웅덩이. 아르데코 양식의 문—니켈처럼 밝은 색깔에 추상적인 햇살 무늬가 있고, 1930년대 영화에서 페도라를 쓰고 급보를 전하러 온 남자가 밀고 들어갈 것 같은 문이었다—앞에 서니 저 안으로 들어가다 우편물을 분류하거나 승강기를 기다리는 엄마를 만났던 순간들이 한꺼번에 떠올랐다. 일을 막 마치고 돌아온 엄마, 하이힐을 신고 서류 가방을 든 엄마, 생일날 내가 보낸 꽃을 들고 있던 엄마. *어머나, 이것 봐. 날 몰래 좋아하는 사람이 또 왔다 갔지 뭐야.*

호세가 내 뒤쪽을 보다가 아빠와 잰드라를 발견하고 약간 머뭇거렸다. "안녕하십니까, 데커 씨." 호세가 격식을 차린 말투로 이렇게 말하면서 내 뒤로 손을 뻗어 아빠와 예의 바르지만 약간 적대적인 악수를 나누었다. "다시 만나서 반갑군요."

아빠가 특유의 매력적인 미소를 지으면서 대답을 시작했지만 나는 너무 초조해서 끼어들고 말았다.

"호세—" 오는 길에 나는 머릿속을 뒤져서 스페인어를 떠올리며 마음속으로 문장을 되뇌었다. "*미 파파 키에레 엔트라르 엘 아파르타멘토, 레 네세시타모스 아브리르 라 푸에르티*(mi papá quiere entrar el apartamento, le

252

necesitamos abrir la puerta).* 그런 다음 오면서 생각해둔 질문을 얼른 끼워 넣었다. "우스테드 푸에데 수비르 콘 노소트로스 *(usted puede subir con nosotros)?***

호세의 눈이 재빨리 아빠와 잰드라를 향했다. 도미니크 공화국 출신에 키가 크고 잘생긴 호세는 젊은 시절의 무하마드 알리를 생각나게 하는 면이 있어서 상냥하고 농담을 잘하지만, 함부로 대하고 싶지는 않은 사람이었다. 한번은 자신감에 넘친 호세가 제복 재킷을 올리고 배에 난 칼자국을 보여주었는데, 마이애미 거리에서 싸움을 하다가 생긴 거라고 했다.

"기꺼이 해드리죠." 호세가 영어로, 편안한 목소리로 말했다. 그는 두 사람을 보고 있었지만 사실은 나에게 말하고 있음을 알 수 있었다. "위층으로 제가 안내하죠. 무슨 문제는 없고요?"

"옙, 괜찮아요." 아빠가 퉁명스럽게 말했다. 내가 외국어 수업으로 독일어가 아닌 스페인어를 선택해야 한다고 주장한 사람은 다름 아닌 아빠였다 ("그래야 우리 가족 중에 최소한 한 명이라도 이 빌어먹을 경비원들이랑 말이 통하지").

잰드라—나는 그녀가 진짜 멍청하다고 생각하기 시작했다—가 초조하게 웃으면서 혀 짧은 목소리로 빠르게 말했다. "네, 우린 괜찮아요. 하지만 비행기를 타고 오느라 정말 지쳤어요. 라스베이거스에서 여기까지 진짜 먼 데다가, 우린 아직도 약간—" 그녀가 눈을 굴리고 손가락을 흔들어 멍하다는 표시를 했다.

"아, 그래요?" 호세가 말했다. "오늘요? 라가디아 공항으로 오셨어요?" 경비원들이 다 그렇듯이 호세는 소소한 잡담의 천재였고, 특히 교통이나 날씨, 러시아워에 공항으로 가는 제일 좋은 방법 같은 것에 대해 이야기할 때

---

* '아빠가 아파트에 들어가고 싶대요. 문을 열어야 돼요'라는 뜻.
** '아저씨도 우리랑 같이 올라가실래요?'라는 뜻.

는 더욱 뛰어났다. "오늘 비행기가 전부 심하게 연착됐다고 하던데요, 수하물 담당자들, 그러니까 노조랑 무슨 문제가 있어서요, 그렇죠?"

젠드라는 승강기를 타고 올라가는 내내 라스베이거스에 비하면 뉴욕이 정말 더럽고("그래요, 나도 인정해요. 서부는 뭐든지 더 깨끗해서 내가 버릇이 잘못 들었나 봐요"), 비행기에서 먹은 칠면조 샌드위치가 진짜 맛없었고, 와인 값으로 5달러를 냈는데 승무원이 잔돈 주는 것을 어쩌다 "잊어버렸다"(젠드라는 손가락으로 직접 따옴표를 표시했다)는 이야기를 지치지도 않고 열심히 늘어놓았다.

"오, 부인!" 호세가 복도로 발을 내디디면서, 특유의 심각한 척하는 몸짓으로 고개를 흔들면서 말했다. "기내식은 정말 최악이죠. 요즘은 음식이 나오기만 하면 다행이라니까요. 그래도 뉴욕에 대해서 한 가지 알려드릴까요? 음식은 맛있을 거예요. 베트남 음식도 맛있고, 쿠바 음식도 맛있고, 인도 음식도 맛있고—"

"향이 강한 건 별로 안 좋아해요."

"뭐, 무슨 음식이든 맛있어요. 여기예요, *세군디토(Segundito)*[*]." 호세가 손가락 하나를 세우고 이렇게 말하더니 열쇠고리를 손으로 더듬으며 열쇠를 찾았다.

문은 본능적으로, 아주 정확하게, 묵직한 철컥 소리를 내며 열렸다. 계속 닫혀 있었기 때문에 집 안 공기가 갑갑했지만 그래도 나는 우리 집의 강렬한 냄새, 책과 낡은 깔개와 레몬 향 바닥 세제, 엄마가 바니스에서 산 검은 몰약 향초의 냄새에 압도되었다.

미술관에서 가져온 가방은 소파에 기대어져 있었다. 몇 주 전이었는지 모르겠지만 정확히 내가 놔둔 곳 그대로였다. 나는 약간 현기증을 느끼면

---

[*] '잠깐만요'라는 뜻.

서 호세가―짜증 난 아빠의 길을 티 나지 않게 약간 막으며―팔짱을 끼고 문밖에 서서 잰드라의 이야기를 듣는 동안 얼른 가서 가방을 낚아챘다. 침착하면서도 약간 딴생각을 하는 듯한 호세의 표정을 보니 어느 추운 밤, 아빠가 너무 취해서 외투를 잃어버렸을 때 아빠를 위층으로 옮겨야 했던 그의 표정이 생각났다. "흠잡을 데 없는 가정에서도 일어나는 일이죠." 그때 호세는 알 수 없는 미소를 지으면서 아빠―양복 재킷에는 토 자국이 묻어 있고, 길바닥을 굴러다닌 것처럼 여기저기 상처가 나고 더러워졌으며, 횡설수설을 했다―가 면전에 들이미는 20달러를 거절했다.

"사실 난 이스트코스트 출신이에요." 잰드라가 말했다. "플로리다요." 그러고 나서 또다시 신경질적인 웃음을 터뜨리고 흥분해서 더듬거렸다. "정확히 말하자면 웨스트팜이죠."

"플로리다라고요?" 호세의 말소리가 들렸다. "정말 아름다운 곳이죠."

"응, 멋져요. 적어도 라스베이거스에는 햇빛이라도 있지만― 뉴욕에서는 겨울을 어떻게 견딜까 싶어요, 팝시클**이 되고 말 거예요―"

나는 가방을 집어든 순간 너무 가볍다는 것을, 거의 텅 비어 있음을 깨달았다. 도대체 그림이 어디 간 거지? 나는 공황에 빠져 앞이 안 보일 지경이었지만 자동조종 설정이 되어 있는 것처럼 걸음을 멈추지 않고 복도를 지나 내 방으로 돌아갔다. 걸어가는 동안 마음이 소용돌이치고 삐걱거렸다.

그러다가 갑자기 토막토막 난 그날 밤의 기억 사이로 무언가 떠올랐다. 가방이 젖었었다. 나는 그림을 젖은 가방 안에 놔뒀다가 곰팡이가 피거나 색이 변하거나 아무튼 무슨 일이 생기는 건 싫었다. 그래서―어떻게 잊을 수 있었을까?―엄마가 집에 돌아오면 제일 먼저 보이도록 엄마 책상 위에

** Popsicle : 아이스바 브랜드.

두었다. 나는 재빨리, 조금도 주춤거리지 않고, 닫힌 내 방문 앞에 가방을 떨어뜨리고 엄마 방 쪽으로 갔다. 두려움 때문에 약간 어지러웠다. 아빠가 나를 따라오지 않기를 기도했지만 너무 무서워서 뒤돌아볼 수도 없었다.

거실에서 잰드라의 말소리가 들렸다. "길거리에서 유명인도 많이 봤겠네요?"

"오, 그럼요. 농구 선수 르브론이랑, 배우 댄 애크로이드, 타라 레이드, 가수 제이지, 마돈나……."

엄마 침실은 어둡고 서늘했고, 겨우 분간할 정도로 희미한 향수 냄새가 나서 나는 견딜 수 없을 지경이었다. 그림은 은색 사진 액자들 사이에 기대어 놓여 있었다. 엄마의 부모님, 엄마, 다양한 나이의 나, 수많은 말과 개 들의 사진이었다. 외할아버지의 암말이었던 초크보드, 그레이트데인 브루노, 내가 유치원 때 죽은 엄마의 닥스훈트 포피. 책상 위에 놓인 엄마의 독서용 안경, 엄마가 말리려고 걸어놓았지만 뻣뻣하게 굳어버린 검정 스타킹, 탁상 달력에 적힌 엄마의 글씨와 그 밖에 심장을 꿰뚫는 수백만 가지 광경 속에서 나는 마음을 다잡고 그림을 들어 팔 밑에 낀 다음 복도를 재빨리 가로질러 내 방으로 들어갔다.

내 방은 부엌과 마찬가지로 아파트 안뜰 쪽으로 나 있어서 불을 켜지 않으면 어두웠다. 검은 목욕 수건이 내가 마지막 날 아침에 샤워를 하고 나서 던져놓은 그대로 빨랫감 맨 위에 구겨진 채 놓여 있었다. 나는 그것을 집어 들어—냄새 때문에 움찔 놀랐다—그림을 덮어야겠다고 생각했다. 그림을 숨기기에 더 좋은 곳을 발견할 때까지, 어쩌면—

"뭐 하니?"

아빠가 문간에 서 있었다. 뒤에서 빛이 들어와 어두운 실루엣으로만 보였다.

"아무것도 안 해요."

아빠가 몸을 숙여 내가 복도에 떨어뜨린 가방을 집어 들었다. "이건 뭐니?"

"제 책가방요." 내가 잠시 후에 말했다. 하지만 그건 아무리 봐도 엄마들이 쓰는 접이식 장바구니지 나를 비롯한 아이들이 학교에 가지고 다닐 만한 가방은 아니었다.

아빠가 냄새에 코를 찡그리며 가방을 열린 문 안으로 던졌다. "어휴." 아빠가 얼굴 앞에서 손부채를 부치며 말했다. "방에서 오래된 하키 양말 같은 냄새가 나잖아." 아빠가 방 안으로 들어오면서 전등 스위치를 켜는 순간 나는 복합적인 동작으로 재빨리 수건으로 그림을 덮었고, 아빠는 보지 못했다(그랬길 바랐다).

"들고 있는 건 뭐냐?"

"포스터요."

"으음, 라스베이거스에 쓸데없는 물건을 싸들고 갈 생각은 아니겠지. 겨울옷은 쌀 필요 없어. 거기 그런 게 필요 없거든. 스키 용품 정도면 몰라도. 타호에서 스키를 타면 얼마나 멋진지 넌 모를 거야. 얼음으로 뒤덮인 북부의 낮은 산들이랑은 다르지."

나는 아빠가 다시 등장하고 나서 한 말 중에 제일 길고 다정했기 때문에 더더욱 대답을 해야 한다고 생각했지만 생각을 그러모을 수가 없었다.

갑자기 아빠가 말했다. "있잖아, 엄마도 같이 살기 쉬운 사람은 아니었어." 아빠가 내 책상 위에서 옛날 수학 시험지 같아 보이는 뭔가를 집어 들었다가 다시 내려놓았다. "네 엄마는 숨기는 게 너무 많았어. 엄마가 어땠는지 너도 알지. 조개처럼 입을 꼭 다물었지. 쌀쌀맞게 굴면서 날 몰아냈어. 늘 고고한 척하면서. 힘 싸움이었어, 정말 자기 멋대로 하려고 했지. 솔직히, 이런 말은 정말 하기 싫지만, 난 엄마랑 한 방에 있는 것조차 힘든 지경이 되었던 거야. 그러니까, 엄마가 나쁜 사람이었다는 뜻은 아니야. 아무 문제가 없다가도 갑자기 딱, 내가 뭘 했는지 몰라도 또 그 침묵 요법을 쓰는 거지……."

나는 아무 말도 하지 않았다. 그저 곰팡이 핀 수건을 덮은 그림을 들고 눈을 직통으로 비추는 햇빛을 느끼면서 어색하게 서서 여기가 아닌 다른 곳(티베트, 타호 호수, 달)에 있으면 좋겠다고 생각했고, 무슨 말이 튀어나올지 몰라서 감히 대꾸도 하지 못했다. 아빠가 엄마에 대해서 한 말은 전적으로 사실이었다. 엄마는 종종 입을 꾹 다물었고 기분이 나쁠 때면 무슨 생각을 하는지 짐작도 하기 어려웠다. 하지만 나는 엄마의 잘못에 대해 이러쿵저러쿵 이야기하는 것에는 관심이 없었고, 어쨌든 엄마의 잘못은 아빠 잘못에 비하면 사소하게 느껴졌다.

아빠가 말했다. "……내가 증명할 필요는 없으니까, 안 그래? 모든 게임에는 두 가지 면이 있는 거야. 누가 옳고 누가 그르냐는 문제가 아니라고. 그리고 몇 가지는 내 잘못이었다는 것도 물론 인정해. 하지만 분명히 말해두자면, 너도 확실히 알고 있겠지만, 엄마도 자기한테 유리한 쪽으로 이야기를 각색했다고." 다시 아빠와 내 방에 함께 있다는 것이 이상하게 느껴졌는데, 아빠가 너무나 달라졌기 때문에 더욱 그랬다. 아빠는 다른 냄새를 풍기고 있었고, 다른 육중함과 무게가 느껴졌다. 온몸에 지방을 1센티미터 정도 덧댄 것처럼 번드르르했다. "아마 결혼한 사람들은 대부분 우리 같은 문제를 겪을 거야. 엄마가 나를 너무 미워하게 된 거야, 알겠니? 속을 잘 터놓지도 않고. 솔직히 난 엄마랑 더 이상 못 살 것 같았어. 하지만 엄마가 이런 일을 당해서는 절대로 안 되는 거였는데……."

당연하죠. 나는 속으로 생각했다.

"그게 다 뭐 때문이었는지 너도 알잖아, 안 그래?" 아빠가 한쪽 팔꿈치를 문틀에 대고 기대어 서서 예리한 눈으로 나를 보면서 말했다. "내가 떠난 거 말이다. 내가 세금 때문에 어쩔 수 없이 우리 계좌에서 돈을 좀 찾았는데 도둑질이라도 한 것처럼 엄마가 발끈한 거야." 아빠가 아주 조심스럽게 내 반응을 살폈다. "공동 계좌인데 말이야. 내 말은, 기본적으로 무슨 일이 닥치면 엄마는 날 믿지 않았어. 자기 남편을 말이야."

나는 무슨 말을 해야 할지 몰랐다. 세금 이야기는 처음 들었지만, 돈 문제에 대해서 엄마가 아빠를 믿지 않았다는 것은 비밀이 아니었다.

"세상에, 그러면서 화는 절대 풀지도 않고 말이야." 아빠가 반쯤 장난스럽게 몸을 움츠리면서 손으로 얼굴을 쓸어내렸다. "눈에는 눈, 이에는 이지. 항상 조금도 안 지려고 들었어. 왜냐면, 그러니까— 엄마는 아무것도 잊어버리지를 않았거든. 20년이라도 기다렸다가 복수를 했을 거야. 그리고 물론, 항상 나쁜 놈처럼 보이는 건 나지. 어쩌면 난 진짜 나쁜 놈일지도 몰라……."

그림은 작긴 했지만 점점 무거워지기 시작했고, 나는 불편함을 숨기느라 얼굴이 굳었다. 나는 아빠의 목소리를 듣지 않으려고 스페인어로 숫자를 세기 시작했다. 우노 도스 트레스, 콰트로 싱코 세이스(*Uno dos tres, cuatro cinco seis*)…….

29까지 셌을 때 잰드라가 나타났다.

"래리." 그녀가 말했다. "당신 부인이랑 살던 집 정말 좋네." 이렇게 말하는 잰드라의 말투 때문에 나는 그녀가 더 좋아진 것까지는 아니었지만 가여워졌다.

아빠가 잰드라의 허리에 팔을 두르고 가까이 끌어당기더니 주무르는 듯한 행동을 취해서 나는 속이 안 좋았다. "음." 아빠가 겸손하게 말했다. "내 집이라기보다는 아내 집이지."

맞는 말이에요. 내가 생각했다.

"이리 들어와." 아빠가 잰드라의 손을 잡고 엄마의 침실로 데리고 가면서 말했다. 내 존재를 잊은 것이 틀림없었다. "보여줄 게 있어." 나는 고개를 돌려 두 사람이 사라지는 모습을 보았다. 잰드라와 아빠가 엄마 물건을 함부로 뒤질 생각을 하니 구역질이 났지만 두 사람이 눈앞에서 사라지는 것이 너무 기뻐서 상관하지 않았다.

나는 빈 복도를 흘끔흘끔 보면서 침대 반대쪽으로 돌아가서 눈에 띄지 않는 곳에 그림을 내려놓았다. 낡은 〈뉴욕 포스트〉가 바닥에 놓여 있었다. 우리가 같이 보낸 마지막 토요일에 엄마가 신이 나서 나에게 던진 바로 그 신문이었다. *어이, 자.* 엄마가 문밖에서 고개를 내밀고 말했다. *영화 골라.* 우리 둘 다 좋아할 만한 영화가 많았지만 나는 보리스 칼로프 영화제의 주간 할인 상영작인 〈신체강탈자〉를 골랐다. 엄마는 불평 한마디 없이 내 선택을 받아들였다. 우리는 필름포럼으로 가서 영화를 봤고, 영화가 끝나자 문댄스다이너까지 걸어가서 햄버거를 먹었다. 완벽하게 즐거운 토요일 오후였다. 엄마가 이 세상에서 보낸 마지막 토요일이었다는 점만 빼면. 나는 그 생각을 할 때마다 마음이 무거워졌는데, (나 때문에) 엄마가 마지막으로 본 영화가 시체와 도굴이 등장하는 진부한 옛날 공포 영화가 되었기 때문이다. (내가 엄마가 보고 싶어 하던 영화—제1차 세계 대전 당시 파리의 아이들에 대한 평이 좋은 영화—를 골랐다면 엄마가 죽지 않았을까? 내 생각은 종종 그런 우울하고 미신적인 줄기를 따라 흘러갔다.)

그래서 이 신문이 더할 나위 없이 신성한 역사적 문서처럼 느껴졌지만 나는 신문을 쫙 펴서 가운데를 찢었다. 나는 단호하게 한 장 한 장 그림을 겹겹이 싼 다음 몇 달 전 엄마의 크리스마스 선물을 포장할 때 썼던 바로 그 테이프로 붙였다. *딱이야!* 엄마는 흩날리는 색종이 속에서 목욕 가운 차림으로 몸을 숙여 나에게 입을 맞추었다. 선물은 여름 토요일 아침에 공원에 갈 때 가져갈 수채화 물감 세트였지만 이제 엄마는 여름을 볼 수도, 공원에 물감 세트를 가지고 갈 수도 없게 되었다.

내 침대—벼룩시장에서 산 놋쇠 간이침대로, 군용 침대 느낌이 나고 튼

260

튼했다―는 뭔가를 숨길 때 항상 세상에서 제일 안전한 장소 같았다. 하지만 이제 주변(낡아빠진 책상, 일본판 고질라 포스터, 동물원에서 사서 필통으로 쓰던 펭귄 머그컵)을 둘러보니 이곳이 영원하지 않다는 느낌이 몰려왔다. 우리의 모든 물건이, 가구와 은 식기와 엄마의 옷―샘플 세일에서 사서 가격표도 떼지 않은 원피스들, 색색의 발레화 스타일 신발들과 소매에 엄마의 이니셜이 수놓인 맞춤 셔츠들―이 전부 아파트 밖으로 내던져질 것이라고 생각하니 어지러웠다. 의자와 중국식 전등, 엄마가 그리니치빌리지에서 산 낡은 재즈 레코드, 냉장고에 들어 있는 마멀레이드와 올리브 병들, 톡 쏘는 독일 머스터드. 욕실에는 혼란스럽게 뒤섞인 아로마 오일과 수분 크림들, 색색의 거품 목욕제, 약간 비싼 샴푸 병들(엄마는 키엘, 끌로랑, 케라스타즈 등 항상 대여섯 가지를 같이 썼다)이 반쯤 빈 채로 욕조 한쪽 옆에 늘어서 있었다. 이 아파트는 제복을 입은 이삿짐센터 직원들이 와서 옮기기를 기다리는 무대 세트일 뿐인데 예전에는 왜 그렇게 견고하고 영원해 보였을까?

거실로 나가자 엄마의 스웨터가 엄마가 의자에 놓아둔 그대로 걸려 있었다. 엄마의 하늘색 유령. 우리가 웰플리트 해변에서 주워 온 조개껍데기들. 엄마가 죽기 며칠 전에 한인 시장에서 산 히아신스는 줄기가 거멓게 죽어서 화분에 축 늘어져 썩고 있었다. 쓰레기통에는 도버 출판사와 벨지언 슈즈의 카탈로그들과 엄마가 제일 좋아했던 과자 네코웨이퍼 포장지가 있었다. 나는 그것을 집어 들고 냄새를 맡았다. 스웨터 역시 집어 들어서 얼굴에 대면 엄마의 냄새가 나겠지만, 나는 그것을 보는 것만으로도 견딜 수 없었다.

나는 방으로 돌아가 책상 의자에 올라서서 여행 가방―측면이 부드러운 재질로 되어 있고 별로 크지 않았다―을 꺼낸 다음 깨끗한 속옷, 깨끗한 교복, 세탁소에서 가져온 개어진 셔츠들로 채웠다. 그러고 나서 그림을 넣고 옷을 한 겹 더 넣었다.

나는 여행 가방 지퍼를 닫고—자물쇠는 없었지만 어차피 캔버스천이었다—꼼짝도 않고 서 있다가 복도로 나갔다. 엄마 방에서 서랍을 여닫는 소리가 들렸다. 그리고 낄낄 웃는 소리.

"아빠." 내가 큰 소리로 말했다. "아래층에 내려가서 호세랑 얘기 좀 할게요."

두 사람의 목소리가 딱 그쳤다.

"그래라." 아빠가 닫힌 문 너머에서 부자연스러울 만큼 상냥한 목소리로 말했다.

나는 방으로 돌아가서 여행 가방을 가지고 아파트를 나서면서 다시 들어갈 수 있도록 문을 조금 열어두었다. 나는 아래층으로 내려가는 승강기에서 거울에 비친 내 얼굴을 바라보며 엄마 방에서 엄마 옷을 뒤지는 잰드라를 생각하지 않으려고 무척 애를 썼다. 아빠는 집을 나가기 전부터 잰드라를 만나고 있었을까? 잰드라가 엄마 물건들을 뒤지게 놔두는 것이 조금도 소름 끼치지 않는 걸까?

호세가 근무 중인 정문을 향해 걸어가는데 누가 외쳤다. "잠깐 기다려!"

뒤를 돌아보니 골디가 소포 보관실에서 서둘러 나왔다.

"시오, 세상에, 정말 안됐구나." 골디가 말했다. 우리는 얼마 동안 마주 보고 서 있었고, 골디가 충동적으로, '에라 모르겠다'라는 듯한 움직임으로 팔을 뻗어 나를 끌어안았다. 너무 어색해서 우스울 정도였다.

"정말 안됐다." 골디가 고개를 저으며 다시 말했다. "세상에, 그런 일이 생기다니." 골디는 이혼을 한 다음부터 야간 근무나 휴일 근무를 자주 했다. 그는 장갑을 벗고 불을 붙이지 않은 담배를 손에 들고 문 앞에 서서 거리를 내다보곤 했다. 골디가 조명을 밝힌 나무들과 촛대 조명만을 벗 삼아 크리스마스 날 새벽 다섯 시에 혼자서 신문을 분류하거나 하면 엄마는 종종 나를 보내서 커피와 도넛을 가져다주었는데, 지금 골디의 얼굴에 떠오른 표정을 보니 그 쓸쓸한 휴일 아침이, 멍한 시선과 잿빛의 불안한 얼굴, 나를 발견하고 *안녕, 얘야*라는 환한 미소를 짓기 전의 무방비한 상태가 떠올랐다.

"너랑 어머니 생각 정말 많이 했어." 골디가 이마의 땀을 닦으며 말했다. "*아이 벤디토(Ay bendito)*. 난 네가 어떤 상황을 겪고 있을지 상상도 못 하겠다."

"네." 내가 시선을 피하며 말했다. "힘들었어요." 왠지 모르겠지만 사람들이 정말 안됐다고 말할 때마다 나는 계속 이 말을 되풀이했다. 워낙 많이 한 말이라서 이제는 허울 좋은 말처럼, 약간 거짓말처럼 나왔다.

"들려줘서 반갑다." 골디가 말했다. "그날 아침에 내가 근무 중이었어. 기억나니? 바로 저 앞에서 말이야."

"물론이죠." 내가 말했다. 내가 기억을 못 할 거라고 생각하는 듯 다급하게 말하는 것이 이상했다.

"아아, 세상에." 골디는 본인이 죽을 뻔한 사람인 것처럼 약간 흥분한 얼굴로 이마를 어루만졌다. "나는 매일 그날을 생각해. 택시에 타던 네 어머니 얼굴이 아직도 보여. 손을 흔들면서 인사를 했지, 너무나 행복하게 말이야."

골디가 비밀스레 몸을 숙였다. "네 어머니가 돌아가셨다는 소식을 들었을 때 말이다." 그가 아주 큰 비밀을 이야기하는 것처럼 말했다. "난 전부인한테 전화를 걸었어, 그 정도로 속이 상했던 거야." 골디가 다시 몸을 펴고 내가 믿을 거라고 기대도 하지 않는다는 듯 얼굴을 찌푸린 채 나를 보았다. 골디와 전부인은 엄청나게 싸웠었다.

"내 말은, 우린 서로 말도 거의 안 해. 하지만 내가 누구한테 그 얘길 하겠냐? 있잖아, 누군가에게는 말을 해야 했어. 그래서 전부인한테 전화를 걸어서 말했지. '로사, 당신 못 믿을 거야. 우리 건물에 살던 그 아름다운 부인이 죽었어.'"

호세가 나를 발견하고 특유의 통통 튀는 걸음으로 걸어와서 우리 대화에 끼었다. "아, 데커 부인." 호세가 애틋하게 고개를 저으며 엄마 같은 사람은 또 없다는 듯이 말했다. "항상 정말 근사한 미소를 지으며 인사를 하셨지. 인정도 많고 말이야."

"어떤 주민들이랑은 다르지." 골디가 뒤를 흘깃 보면서 말했다. "있잖아." 그가 몸을 더 가까이 숙이며 입 모양으로 말을 했다. "속물적이야. 짐도 하나 없는 빈손이면서 저기 가만히 서서 문을 열어주기를 기다리는 사람 말이야."

"너희 엄마는 그렇지 않았어." 호세가 여전히 고개를 저으며 말했다. 기분 상한 아이가 싫다고 할 때처럼 큰 동작이었다. "데커 부인은 최고였지."

"아, 여기서 잠깐 기다려줄래?" 골디가 한 손을 들고 말했다. "금방 돌아올게. 가지 마. 시오 보내면 안 돼." 그가 호세에게 말했다.

"택시 불러 줄까, 마니토(Manito)?" 호세가 내 여행 가방을 보면서 말했다.

"아니요." 내가 승강기를 흘끔 보면서 말했다. "있잖아요, 호세, 내가 가지러 돌아올 때까지 이것 좀 맡아줄래요?"

"물론이지." 호세가 여행 가방을 들어 올렸다. "기꺼이 맡아줄게."

"제가 직접 가지러 올게요, 알겠죠? 다른 사람한테 절대 주지 마세요."

"당연하지, 알았어." 호세가 흔쾌히 말했다. 나는 그를 따라서 소포 보관실로 갔고, 호세는 가방에 꼬리표를 붙인 다음 제일 윗선반에 올렸다.

"봤지?" 호세가 말했다. "이걸로 끝이야, 시오. 제일 윗선반에는 서명이 필요한 소포나 우리 개인 물건만 올려놓거든. 네가 직접 서명을 하지 않는 한 아무도 저 가방을 안 줄 거야. 삼촌이고 사촌이고, 아무한테도 안 줘. 카를로스랑 골디랑 다른 직원들한테도 딴 사람한테 주지 말라고 말해둘게. 됐지?"

내가 고개를 끄덕이면서 고맙다는 인사를 하려는데 호세가 목청을 가다들었다. "있잖아." 그가 낮은 목소리로 말했다. "널 걱정시키고 싶지는 않지만, 최근에 어떤 남자들이 찾아와서 너희 아빠에 대해서 물어봤어."

나는 혼란스러워 잠시 말을 잇지 못했다. "남자들요?" 호세가 '남자들'이라고 말할 때는 딱 하나, 아빠한테 받을 빚이 있는 사람들이라는 뜻이었다.

"걱정 마. 우린 아무 말도 안 했어. 그러니까, 너희 아빠는 한동안 여기 안 살았잖아. 한 1년 정도? 카를로스가 너희 가족은 이제 여기 안 산다고, 안 돌아올 거라고 그 남자들한테 말했어. 하지만—" 호세가 승강기를 흘깃 보았다. "네 아빠가 왔으니까 혹시나 해서 하는 말인데, 여기 오래 머물지 않는 게 좋을 거야, 무슨 말인지 알지?"

내가 호세에게 고맙다고 인사를 하는데 골디가 두둑한 현금 뭉치 같은 것을 가지고 돌아왔다. "자, 네 거야." 골디가 약간 연극조로 말했다.

순간 나는 잘못 들은 줄 알았다. 호세가 헛기침을 하면서 시선을 피했다. 소포 보관실의 작은 흑백텔레비전(화면이 시디 케이스만 했다)에서 화려한 여자가 긴 귀걸이를 짤랑거리면서 몸을 웅크린 사제에게 스페인어로 욕을 하고 주먹을 휘둘렀다.

"이게 뭐예요?" 내가 돈을 내미는 골디에게 물었다.

"어머니가 말씀 안 하셨어?"

나는 어리둥절했다. "무슨 말씀요?"

이야기를 들어보니, 크리스마스 직전 어느 날 골디가 컴퓨터를 주문해서 아파트 건물로 배달을 시켰다고 했다. 학교 숙제 때문에 컴퓨터가 필요하다는 아들에게 줄 것이었지만 골디가 돈을 내지 않았는지, 일부만 냈는지, 전부인이 골디 대신 내기로 되어 있었는지 (골디는 이 부분을 잘 기억하지 못했다) 아무튼 그랬다. 어쨌든 배달원들이 컴퓨터를 다시 끌고 나가서 차에 실으려고 할 때 엄마가 우연히 아래층에 내려왔다가 그 상황을 봤다.

"그래서 아름다운 네 어머니가 대신 내주셨어." 골디가 말했다. "무슨 일인지 알고서 가방을 열어 수표책을 꺼냈지. 나한테 이렇게 말씀하셨어. '골디, 아들 학교 숙제 때문에 이 컴퓨터가 필요한 거죠? 제가 내게 해주세요, 우린 친구잖아요. 갚을 수 있을 때 갚아요.'"

"알겠니?" 호세가 텔레비전에서 시선을 돌리고 뜬금없이 강한 어조로 말했다. 텔레비전 안의 여자는 이제 무덤가에 서서 선글라스를 낀 거물 같은 남자와 말다툼을 하고 있었다. "네 엄마는 그런 사람이었어." 호세는 거의 화가 난 듯한 고갯짓으로 돈을 가리켰다. "시, 에스 베르다드(Si, es verdad), 최고였어. 사람들한테 마음을 썼다고, 알겠니? 다른 여자들은 어떤지 알아? 대부분 금 귀걸이나 향수처럼 자신을 위한 물건에 돈을 쓰지."

나는 돈을 받으면서 아주 여러 가지 이유로 이상한 기분이 들었다. 골디의 이야기가 놀라우면서도 뭔가 미심쩍었다(도대체 어떤 가게가 대금도 지불하지 않은 컴퓨터를 배달하지?). 나중에는 경비 아저씨들이 돈을 모아서 줄 만큼 내가 가난해 보였나 싶었다. 나는 그 돈이 어디서 났는지 아직도 모르겠다. 더 물어봤으면 좋았겠지만 그날 일어난 모든 일이 (그리고 무엇보다도 아빠와 잰드라의 갑작스러운 출현이) 너무 놀라웠기 때문에 나는 골디가 내 눈앞에서 바닥의 껌을 떼서 줬어도 순순히 손을 내밀어 받았을 것이다.

"있잖아, 솔직히 우리가 상관할 일은 아니야." 호세가 내 머리 너머를 보면서 말했다. "하지만 나라면 이 돈에 대해서 아무한테도 말하지 않을 거야. 무슨 말인지 알지?"

"그래, 주머니에 넣어." 골디가 말했다. "그렇게 손에 들고 다니지 말고. 거리에는 그 정도 돈 때문에 널 죽이려는 사람이 수두룩해."

"이 건물에도 많지!" 호세가 갑작스럽게 웃음을 터뜨리며 말했다.

"하!" 골디 역시 웃음을 터뜨리더니 내가 못 알아듣는 스페인어로 뭐라고 말했다.

"*키다도(Cuidado).*" 호세가 심각한 척 고개를 흔드는 특유의 몸짓을 취하면서, 하지만 미소는 억누르지 못한 채 말했다. "그래서 골디랑 나를 같은 층에서 근무를 안 시키는 거야." 호세가 나에게 말했다. "우리는 떨어뜨려 놔야 돼. 둘이서 너무 잘 놀거든."

19

아빠와 잰드라가 등장하고부터 모든 일이 빠르게 진행되었다. 그날 밤 저녁 식사 때 (아빠가 관광객들이나 가는 식당을 골랐기 때문에 나는 깜짝 놀랐다) 식사 중간에 엄마의 보험회사에서 아빠에게 전화가 왔다. 이렇게 여러 해가 지난 지금도 나는 그 통화 내용을 들을 수 있었다면 좋았겠다는 생각이 든다. 하지만 식당은 시끄러웠고 잰드라가 화이트 와인을 마시는 사이사이에 (*아빠*는 술을 끊었는지 몰라도 잰드라는 확실히 아니었다) 담배를 피울 수 없다고 불평을 하면서 자기가 포트로더데일 어딘가에서 고등학교를 다닐 때 도서관에서 빌린 책으로 마법을 배웠다는 이야기를 중언부언 나에게 하고 있었다. ("위커라고 하는데, 땅을 숭배하는 종교야.") 상대가 다른 사람이었다면 나는 마녀가 되려면 정확히 무엇이 필요하냐고 (주문과 제물? 악마와의 계약?) 물었겠지만 잰드라는 내가 물어볼 틈도 없이 대학에 갈 기회가 있었는데 가지 않은 것이 후회된다는 이야기로 넘어갔다("내가 뭐에 관심이 있었는지 얘기해줄까? 영국사나 뭐 그런 거였어. 헨리 8세. 스코틀랜드의 메리 여왕 같은 거 말이야"). 하지만 잰드라는 어떤 남자에게 너무 집착하게 되어서 결국 대학에 가지 않았다. "*집착했지.*" 잰드라가 날카로운 옅은 색 눈으로 나를 빤히 보면서 못마땅하다는 듯 말했다.

그 남자에 대한 집착이 어째서 대학에 가지 못하는 이유가 되었는지 나는 결국 알아내지 못했다. 아빠가 전화를 끊었기 때문이다. 아빠는 샴페인한 병을 주문했다(그 모습을 보니 기분이 이상했다).

"나 그거 한 병 다 못 마셔." 와인을 두 잔째 마시던 잰드라가 말했다. "머리 아플 거야."

"음, 난 못 마시니까 당신이라도 마시면 좋잖아." 아빠가 의자에 기대어 앉으며 말했다.

잰드라가 고갯짓으로 나를 가리키며 말했다. "쟤 좀 줘. 저기요, 여기 잔 하나 갖다줘요."

"죄송합니다." 골치 아픈 관광객을 많이 다뤄봤을 법한, 이목구비가 뚜렷한 이탈리아인 웨이터가 말했다. "열여덟 살 이하는 술은 마실 수 없습니다."

잰드라가 작은 가방을 뒤적이기 시작했다. 그녀는 갈색 홀터 드레스를 입고 있었고, 광대뼈 아래에는 블러셔인지 브론저인지 아무튼 갈색 가루를 발라서 만든 선이 너무나 진했기 때문에 손끝으로 문지르고 싶은 충동이 들 정도였다.

"나가서 한 대 피우자." 잰드라가 아빠에게 말했다. 두 사람이 너무나 오랫동안 눈웃음을 치며 시선을 주고받았기 때문에 나는 부끄러웠다. 잰드라가 의자를 밀고 일어나서—냅킨을 의자에 떨어뜨리고—웨이터가 없는지 주변을 둘러보았다. "아, 됐다. 갔어." 잰드라가 (거의) 빈 내 물 잔으로 손을 뻗어서 샴페인을 좀 따랐다.

음식이 나오고 내가 몰래 샴페인을 내 잔 가득 따른 다음에 두 사람이 돌아왔다. "으음!" 잰드라가 반들반들하고 윤이 나는 듯한 얼굴로 돌아와서 의자를 빼지도 않고 짧은 치마를 당기면서 슬금슬금 들어가 자리에 앉았다. 그녀가 무릎에 냅킨을 놓고 밝은 빨간색의 양이 많은 마니코티 파스타 접시를 당겼다. "맛있겠는데!"

"내 것도." 아빠가 말했다. 아빠는 이탈리아 음식에 대해 까다로워서 토마토와 마리나라 소스가 듬뿍 들어 있으면 종종 불평을 했었는데, 지금 아빠 앞에 놓인 것이 바로 그런 요리였다.

두 사람이 음식을 밀어 넣으면서 (얼마나 오래 자리를 비웠는지 생각하면 아마 상당히 식었을 것이다) 다시 드문드문 대화를 나누기 시작했다. "음, 아무튼 잘 안 됐어." 아빠가 의자에 기대어 앉아 불을 붙일 수 없는 담배를 만지작거리면서 말했다. "다 그런 거지, 뭐."

"당신 분명히 멋졌을 거야."

아빠가 어깨를 으쓱했다. "젊을 때도 어려운 일이야. 재능만의 문제가 아니거든. 겉모습이나 운도 크게 작용하니까."

"그래도." 잰드라가 손끝에 냅킨을 감싸고 입꼬리를 찍어 닦으면서 말했다. "배우라니. 어땠을지 그려지는걸." 잘 풀리지 않은 배우 경력은 아빠가 제일 좋아하는 화제였고 잰드라는 충분히 관심을 드러냈지만 어쩐지 나는 잰드라가 처음 듣는 이야기가 아님을 알 수 있었다.

"음, 그만둔 걸 후회하느냐고?" 아빠가 무알콜 맥주(아니, 3퍼센트였나? 내 자리에서는 보이지 않았다)를 물끄러미 보았다. "그렇다고 말해야겠지. 평생의 후회야. 재능을 가진 분야에서 일을 하면 좋았겠지만 그런 사치는 허락되지 않았어. 인생은 참 이상하게 꼬이니까 말이야."

아빠와 잰드라는 둘만의 세계에 푹 빠져 있었다. 두 사람은 내가 저 멀리 아이다호쯤에 있는 것처럼 전혀 관심을 기울이지 않았지만 나는 상관없었다. 나도 아는 이야기였다. 대학교 연극반의 스타였던 아빠는 잠깐 배우를 하면서 먹고살았다. 광고 성우도 했고 텔레비전과 영화에서 작은 배역(살해당하는 바람둥이, 마피아 두목의 버릇없는 아들)을 몇 번 맡았다. 그런 다음 엄마와 결혼하고 나서 실패로 끝났다. 배우로 크게 성공하지 못한 수많은 이유가 있었지만, 아빠는 엄마가 모델로 조금만 더 성공했거나 모델 일을 조금만 더 열심히 했다면 자신이 생계 걱정 없이 배우 일에 집중할 수 있을 만큼 돈이 충분했을 거라는 말을 자주 했다.

아빠가 접시를 옆으로 치웠다. 보아하니 별로 많이 먹지 않았는데, 이것은 술을 마시고 있다거나 다시 마시려는 신호인 경우가 많았다.

"어느 순간이 되자 더 손해를 보기 전에 빠져나와야 했어." 아빠가 냅킨을 구겨서 식탁에 던지며 말했다. 나는 아빠가 엄마와 나를 빼면 자신의 배우 경력을 실패하게 만든 최고의 악당이라고 생각하는 미키 루크 이야기를 잰드라에게 했는지 궁금했다.

잰드라가 와인을 한입 가득 마셨다. "돌아갈 생각은 없어?"

"물론 생각이야 하지." 아빠가 말도 안 되는 요청을 거절하듯이 고개를 저었다. "하지만 아니야. 기본적으로는 아니지."

샴페인이 내 입천장을 간질였다. 엄마가 아직 살아 있던 행복한 시절에 만들어진, 오래되고 탁한 샴페인이었다.

"그러니까, 그 사람이 날 보자마자 싫어하는 걸 눈치챘잖아." 아빠가 잰드라에게 조용히 말했다. 잰드라에게 미키 루크 이야기를 이미 한 것이다.

잰드라가 고개를 젖혀 남은 와인을 다 마셨다. "그런 사람은 경쟁을 못 견디니까."

"다들 미키가 어쩌고저쩌고하면서 날 만나고 싶어 한다고 말했었는데, 난 거기 걸어 들어가는 순간 다 끝났다는 걸 알았어."

"그 사람이 괴짜인 건 딱 보이잖아."

"그때는 안 그랬어. 그러니까, 사실대로 말하자면 그땐 우리 둘이 진짜 비슷했거든. 겉모습만이 아니라 연기 스타일이 비슷했어. 아니, 이를테면, 난 정통적으로 배웠으니까 연기의 폭이 어느 정도 정해져 있긴 했지만 미키처럼 정적인 연기도 가능했거든. 그런 거 있잖아, 조용히 속삭이는 듯한—"

"아아, 나 방금 소름 돋았어. 속삭이는 거. 방금 그 말투가 바로 그거잖아."

"그래. 하지만 스타는 미키였으니까. 두 사람이 설 자리는 없었지."

얼굴이 벌게진 나는 아빠와 잰드라가 광고에 나오는 사이좋은 연인처럼 치즈케이크 한 조각을 나눠 먹는 모습을 보면서 제멋대로 흘러가는 낯선 생각에 빠져들었다. 식당 조명이 너무 밝았고 샴페인 때문에 얼굴이 불타올랐다. 나는 어지러운 머리로 외할아버지와 외할머니가 돌아가신 다음 베스 이모와 함께 살러 가야 했던 엄마에 대해 열심히 생각했다. 그곳은 갈색 벽지에 가구에는 플라스틱 덮개를 씌운 기찻길 옆의 집이었다. 베스 이모는 뭐든지 쇼트닝에 튀겼고, 엄마 옷의 몽환적인 무늬가 마음에 들지 않는다며 가위로 잘랐다. 땅딸막하고 까다로운 아일랜드계 노처녀였던 베스 이모는 가톨릭교회를 떠나서 차나 아스피린을 섭취해서는 안 된다고 믿는 이상한 소규모 종파를 믿었다. 내가 사진에서 본 베스 이모는 엄마와 똑같이 은빛과 푸른빛이 섞인 신기한 눈을 가지고 있었지만, 가장자리는 분홍색이었고 눈빛이 제정신이 아닌 것 같았으며 감자처럼 못생긴 얼굴이었다. 엄마는 베스 이모와 함께 지낸 18개월이 평생 가장 슬픈 시간이었다고 말했다. 말은 팔고 개는 다른 사람에게 주기로 했기 때문에 엄마는 도로가에 서서 클로버와 초크보드와 페인트박스와 브루노의 목을 끌어안고 오래도록 울면서 작별 인사를 나눴다. 집으로 돌아온 베스 이모는 엄마가 버릇이 없다고, 주님을 두려워하지 않는 사람들은 합당한 벌을 받는 법이라고 말했다.

"제작자는 말이야— 그러니까 내 말은, 사람들 모두 미키가 어떤지 잘 알았어, 다들 말이야. 미키는 이미 까다롭다고 정평이 났거든—"

"합당하지 않아요." 내가 두 사람의 대화에 끼어들어 큰 소리로 말했다.

아빠와 잰드라는 말을 멈추고 내가 독도마뱀으로 변한 것처럼 나를 보았다.

"그러니까, 왜 그런 말을 하는 거예요?" 큰 소리로 말하는 것은 옳지 않았지만, 누가 단추를 누른 것처럼 말이 마구 튀어나왔다. "엄마는 그렇게 멋진 사람이었는데 왜 다들 엄마한테 그렇게 끔찍하게 굴어요? 엄마한테 일어난 일들은 하나도 합당하지 않았어요."

아빠와 잰드라가 시선을 주고받았다. 그런 다음 아빠가 계산서를 가져오라고 손짓했다.

20

식당을 나설 때는 얼굴이 불타오르고 귀에서 굉음이 울렸다. 앤디네 집으로 돌아간 시각이 아주 늦지는 않았지만 우산꽂이에 발이 걸리는 바람에 엄청난 소음을 냈다. 나는 바버 씨와 바버 부인이 나를 보자 (내 느낌보다는 두 사람의 표정을 보고) 내가 취했음을 깨달았다.

바버 씨가 리모컨으로 텔레비전을 껐다. "어디 갔었니?" 아저씨가 단호하면서도 온화한 목소리로 말했다.

내가 소파 등받이로 손을 뻗었다. "나갔었어요, 아빠랑―" 하지만 그 여자의 이름은 X밖에 생각나지 않았다.

바버 부인이 *내가 뭐랬어요?*라고 말하듯이 남편을 향해 눈썹을 찌푸렸다.

"음, 그만 침대로 가라." 바버 씨가 경쾌하게, 그래도 삶이란 것이 괜찮다는 기분이 들게 하는 목소리로 말했다. "앤디 깨우지 않게 조심하고."

"속은 괜찮니?" 바버 부인이 말했다.

"네." 내가 대답했지만 사실은 속이 안 좋았다. 나는 그날 2층 침대 위층에 비참한 기분으로 누워서 거의 밤새도록 뒤척였다. 방이 빙글빙글 돌았고 몇 번인가는 잰드라가 들어와서 나에게 말을 거는 것 같아 깜짝 놀라 심장을 두근거리며 벌떡 일어났다. 무슨 말인지 알아들을 수는 없었지만 거칠고 혀 짧은 말투는 잰드라가 틀림없었다.

21

"그래." 다음 날 아침 식사 시간에 바버 씨가 내 옆자리 의자를 잡아당기면서 손으로 내 어깨를 탁 치고 말했다. "아빠랑 저녁 식사는 즐거웠니?"

"네, 아저씨." 머리가 쪼개질 것 같고 프렌치토스트 냄새 때문에 속이 뒤틀렸다. 에타가 컵 받침에 아스피린 두 알을 살짝 얹어 커피를 가져다주었다.

"라스베이거스에 사신다고 했나?"

"맞아요."

"생계는 어떻게 하신다니?"

"네?"

"거기서 뭐 하고 지내신대?"

"챈스." 바버 부인이 담담한 목소리로 말했다.

"음, 그러니까…… 말하자면." 그 질문이 어쩌면 무례하게 들렸을지도 모른다는 사실을 깨닫고 바버 씨가 말했다. "어떤 일을 하시지?"

"으음." 내가 입을 열다가 멈췄다. 아빠가 뭘 하지? 나는 전혀 몰랐다.

바버 부인은 대화의 방향이 마음에 들지 않는 듯 무슨 말을 하려고 했다. 하지만 내 옆에 앉은 플랫이 화를 냈다. "이 집에서는 누구한테 잘 보여야 커피를 얻어 마실 수 있는 거야?" 그가 한 손을 식탁에 얹고 벌떡 일어서면서 바버 부인에게 말했다.

끔찍한 침묵이 흘렀다.

"앤 커피 주잖아." 플랫이 고갯짓으로 나를 가리켰다. "술에 취해서 들어왔는데 커피까지 주는 거야?"

또다시 끔찍한 침묵이 흐른 후 바버 씨가 바버 부인도 저리 가라 할 만큼 차가운 목소리로 말했다. "그만해라."

바버 부인이 옅은 눈썹을 찌푸렸다. "챈스—"

"아니, 이번엔 당신도 감싸지 말아요. 네 방으로 가라." 아저씨가 플랫에게 말했다. "지금 당장."

다들 자리에 앉아서 각자의 접시만 빤히 보았고 화를 내며 쿵쾅거리는 플랫의 발소리와 귀가 먹먹할 정도로 크게 문을 쾅 닫는 소리, 그리고 몇 초 뒤 시끄러운 음악 소리가 들려왔다. 식사가 끝날 때까지 다들 아무 말도 하지 않았다.

22

무슨 일이든 서두르기를 좋아하고 스스로 즐겨 말하듯이 '일을 본격적으로 시작'하고 싶어서 항상 몸이 근질거리던 아빠는 일주일 안에 뉴욕의 볼일을 전부 마무리하고 셋이서 라스베이거스로 가겠다고 선언했다. 그리고 아빠는 자기 말을 지켰다. 월요일 아침 여덟 시에 이삿짐센터 직원들이 서턴플레이스로 와서 짐을 싸기 시작했다. 헌책방에서 엄마의 미술 책을 보러 왔고 또 다른 사람은 엄마의 가구를 보러 왔다. 그리고 내가 미처 알아차리기도 전에 우리 집이 메스꺼울 만큼 빠른 속도로 내 눈앞에서 사라지기 시작했다. 커튼을 떼고 사진을 떼고 양탄자를 말아서 옮기는 광경을 보고 있으니 주인공이 지우개를 들고 책상과 램프와 의자와 경치 좋은 창문과 편안한 설비가 갖춰진 자기 사무실을 하나씩 지워서 결국 기분 나쁜 새하얀 화면과 지우개만 남는 애니메이션이 떠올랐다.

눈앞에 펼쳐지는 광경이 괴롭지만 멈출 힘이 없었던 나는 해체되는 벌집을 바라보는 꿀벌처럼 이리저리 돌아다니면서 우리 집이 하나씩 하나씩 사라지는 모습을 지켜보았다. 엄마의 책상 앞 벽에 (휴가 때 찍은 사진과 학창 시절 사진들 사이에) 엄마가 모델 시절에 센트럴파크에서 찍은 흑백사진 한 장이 걸려 있었다. 정교하게 인쇄되어 아주 작은 부분까지, 엄마의 주근깨와 외투의 거친 질감, 왼쪽 눈썹 위 수두 흉터까지 고통스러울 만큼 선명하게 보이는 사진이었다. 엄마는 뒤죽박죽 어질러진 거실을, 자신의 신문과 미술 용품을 내버리고 자선단체에 보낼 책을 싸는 아빠를, 아마도 꿈도 꾸지 못했을 광경, 적어도 내 바람으로는 꿈도 꾸지 않았을 광경을 유쾌한 표정으로 내려다보고 있었다.

23

앤디 가족과 함께한 마지막 날들은 너무나 빨리 흘러갔기 때문에 마지막으로 급하게 빨래와 드라이클리닝을 한 것과 상자를 구하러 부산스럽게 렉스가의 와인 가게를 몇 번 다녀온 것 말고는 거의 아무것도 기억나지 않는다. 나는 검정색 마커로 이국적인 느낌의 새집 주소를 썼다.

> 네바다 주 라스베이거스
> 데저트엔드 로드 6219
> 잰드라 테럴 씨 댁 시어도어 데커

앤디와 나는 침울하게 서서 앤디의 방에 놓인 라벨이 붙은 상자들을 물끄러미 바라보았다. "꼭 다른 행성으로 이사 가는 것 같아." 앤디가 말했다.

"비슷하지."

"아니, 진짜로. 저 주소 봐. 목성에 생긴 광업식민지 같잖아. 학교는 어떨지 궁금하다."

"모르지."

"그러니까— 신문에 나오는 그런 학교일지도 몰라. 갱들도 있고 금속 탐지기도 있는 그런 데 말이야." (소위) 계몽적이고 진보적인 우리 학교에서도 홀대를 당한 앤디가 보기에 공립학교는 감옥이나 마찬가지였다. "너 어쩌냐?"

"머리를 깎지, 뭐. 문신을 새기든지." 스완슨 선생님이나 데이브(우리 할아버지와 협상할 필요가 없어져서 마음이 놓인 것 같았다)와 달리 앤디는 이사에 대해서 낙관하거나 명랑하게 굴지 않아서 좋았다. 파크가에서는 누구도 내가 떠나는 것에 대해서 많은 말을 하지 않았지만, 나는 우리 아빠와 같이 온 '친구' 이야기가 나왔을 때 바버 부인의 얼굴에 떠오른 경직된 표정을 보고 내 생각이 지나친 것은 아님을 알았다. 게다가 아빠와 잰드라와 함께하는 미래는 나쁘거나 무섭다기보다 저 멀리 수평선에 보이는 잉크 자국 같은 검은 점처럼 알 수 없는 것에 가까웠다.

24

"으음, 환경의 변화가 너한테 좋을지도 모르지." 떠나기 전에 마지막으로 호비 아저씨를 만나러 갔을 때 아저씨가 말했다. "네가 선택한 환경이 아니라고 해도 말이야." 우리는 모처럼 아저씨 집 식당에서 저녁 식사를 했다. 아저씨와 나는 열두 명이 둘러앉고도 남을 만큼 긴 식탁 맨 끝에 붙어 앉았고, 은 물병과 장식품들이 짙은 어둠 속으로 죽 늘어서 있었다. 어쩐지 7번가의 옛날 아파트에서 이사 나가기 전날 밤, 아빠와 엄마와 내가 상자 위에 앉아서 포장 중국 음식을 먹던 때 같았다.

나는 아무 말도 하지 않았다. 비참했지만 아무도 몰래 고통을 견디기로 결심했기 때문에 말이 없어졌다. 괴로웠던 지난주, 아파트가 비워지고 엄마의 물건들이 접히고 상자에 넣어져서 팔려 나가는 동안 나는 호비 아저씨의 집이 주는 휴식과 어둠이, 물건으로 가득한 방들과 낡은 나무 냄새, 찻잎과 담배 연기, 찬장에 놓인 오렌지 그릇과 녹아내린 촛농이 물결 모양으로

276

굳은 촛대가 간절히 그리웠다.

"그러니까, 너희 어머니는―" 아저씨가 조심스럽게 말을 멈췄다. "새롭게 시작할 수 있을 거야."

나는 접시를 물끄러미 보았다. 호비 아저씨는 레몬색 소스를 곁들인 양고기 커리를 만들었는데, 인도 요리라기보다는 프랑스 요리 맛이 났다.

"무서운 건 아니지?"

내가 시선을 들었다. "뭐가 무서워요?"

"아빠랑 같이 살러 가는 거 말이야."

나는 호비 아저씨 머리 뒤의 그림자를 응시하면서 생각해보았다. "아니요." 내가 말했다. "꼭 그렇진 않아요." 이유는 모르겠지만 돌아온 아빠는 더 느슨하고 더 느긋해 보였다. 술을 끊었기 때문은 아닌 것 같았다. 보통 아빠가 술을 마시지 않으면 말이 없어지고 눈에 띄게 불행해 보였고 말이 매서워졌기 때문에 나는 거리를 두려고 무척 애를 썼었다.

"나한테 했던 얘기, 다른 사람한테도 했니?"

"무슨―"

나는 당황해서 고개를 푹 숙이고 커리를 한입 먹었다. 사실은 커리가 아니라는 점에만 익숙해지면 맛은 좋았다.

"이젠 술 안 드시는 것 같아요." 침묵을 깨뜨리며 내가 말했다. "그 얘기 하신 거죠? 나아지신 것 같아요. 그러니까……." 나는 어색하게 말꼬리를 흐렸다. "뭐, 그래요."

"아빠 여자 친구는 어떠니?"

이 질문에 대해서는 생각을 해봐야 했다. "모르겠어요." 말 그대로였다.

호비 아저씨는 내가 말을 잇기를 상냥하게 기다리면서 나에게서 시선을 떼지 않은 채 와인 잔으로 손을 뻗었다.

"그러니까, 잘 모르겠어요. 괜찮은 것 같아요. 아빠가 그 아줌마의 어떤

점을 좋아하는지는 잘 모르겠지만요."

"왜 몰라?"

"으음—" 어디서부터 시작해야 할지 몰랐다. 아빠는 '여성들'—아빠가 이렇게 불렀다—에게 매력적으로 보였다. 문을 열어주고, 주의를 끌고 싶을 때는 손목을 살짝 건드렸다. 나는 아빠에게 빠져드는 여자들을 본 적이 있었는데, 어떻게 저렇게 속이 뻔히 보이는 행동에 넘어갈 수 있을까 생각하면서 냉정한 시선으로 그 광경을 보았다. 꼭 싸구려 마술 쇼에 속는 어린아이들 같았다. "모르겠어요. 더 예쁘거나 뭐 그럴 줄 알았나 봐요."

"좋은 사람이라면 예쁜지 아닌지는 상관없지." 호비 아저씨가 말했다.

"네, 하지만 그렇게 좋은 사람도 아니에요."

"아." 그런 다음 이어지는 질문. "둘이 행복해 보이던?"

"모르겠어요. 음— 맞아요." 내가 인정했다. "아빠가 예전처럼 끊임없이 화를 내는 것 같지는 않았어요." 이렇게 말하고 나자 호비 아저씨가 입 밖에 내지 않은 질문의 무게가 나를 짓눌렀다. "게다가, 아빠가 절 데리러 왔잖아요. 그러니까, 꼭 그래야 되는 것도 아니었는데 말이에요. 날 데려가기 싫으면 끝까지 안 와도 되는 건데."

우리는 그 문제를 더 이상 언급하지 않고 다른 이야기를 하면서 저녁 식사를 마쳤다. 하지만 내가 그 집을 나설 때—수면 등이 빛나고 코스모가 침대 발치에서 자고 있는 피파의 방을 지나쳐—사진이 늘어선 복도를 지난 다음 아저씨가 현관문을 열어주면서 말했다. "시오."

"네?"

"우리 집 주소랑 전화번호 알지."

"당연하죠."

"자, 그럼." 호비 아저씨는 나만큼이나 불편해 보였다. "잘 가라. 몸조심하고."

"아저씨도요." 내가 말했다. 우리는 서로 마주 보았다.

"그럼."

"그럼, 안녕히 계세요."

아저씨가 문을 활짝 밀어 열었고 나는 밖으로 걸어 나갔다. 이것이 마지막이라고 생각했다. 나는 호비 아저씨를 다시 만나게 되리라고 전혀 생각하지 않았지만, 그건 틀린 생각이었다.

2부

우리는 무척 강하니, 어찌 물러서겠어요?
무척 즐거우니, 웃음거리가 된들 어때요?
우리는 무척 심술궂으니, 그들이 우리를 어쩌겠어요?
—아르튀르 랭보

5장

바드르 알-딘

1

　나는 여행 가방을 서턴플레이스 소포 보관실에 두면 호세와 골디가 잘 맡아줄 테니 놓고 가기로 했지만 떠날 날짜가 다가올수록 점점 불안해졌고, 마침내 출발 직전에 지금 생각해보면 참 어처구니없는 이유 때문에 아파트에 다시 가보기로 했다. 그림을 아파트에서 빼낸다고 서두르느라 가방에 아무거나 급히 집어넣었는데 여름옷이 대부분 거기로 들어갔던 것이다. 그래서 아빠가 앤디네 집에 나를 데리러 오기로 한 날 하루 전에 나는 여행 가방을 열어서 제일 위에 있는 괜찮은 셔츠 몇 벌만 가져올 생각으로 서둘러 57번가로 갔다.

　호세는 없고 새로 들어온 덩치 큰 남자(이름표를 보니 '마르코 V.'였다)가 나를 가로막더니 경비원이라기보다는 보안 요원처럼 사납고 고집스러운 시선으로 나를 노려보았다. "잠깐만, 뭘 도와줄까?" 그가 말했다.

　나는 여행 가방에 대해서 설명했다. 하지만 그는 두꺼운 검지로 날짜별 목록을 짚어가며 기록을 살핀 후에도 들어가서 선반 위의 가방을 가져다줄 생각이 전혀 없는 것 같았다. "그래, 가방을 왜 여기 두고 갔다고?" 그가 코를 풀으면서 의심스럽다는 듯이 말했다.

"호세가 그래도 된댔어요."

"접수증 있니?"

"아니요." 나는 뭐가 뭔지 몰라 잠깐 망설이다가 답했다.

"그렇다면 도와줄 수가 없군. 기록이 없잖아. 게다가 우린 주민이 아닌 사람의 짐은 보관하지 않아."

나는 이 아파트에 오래 살았으니 그것이 거짓말임을 알았지만 그 문제를 따지고 들지는 않았다. 내가 말했다. "저기요, 저 원래 여기 살았어요. 골디랑 카를로스랑 다 알아요. 그러니까 제발 부탁드려요." 차갑고 알쏭달쏭한 침묵이 흘렀다. 그동안 남자의 관심이 다른 곳으로 흘러가는 것이 느껴졌다. "안으로 들여보내 주시면 어느 가방인지 알려드릴 수 있어요."

"미안하지만 거긴 직원과 주민만 들어갈 수 있어."

"손잡이에 캔버스 리본이 달려 있어요. 거기 제 이름이 쓰여 있고요, 네? 데커예요." 내가 그 증거로 우리가 쓰던 우편함의 이름표를 가리키고 있는데 골디가 휴식을 마치고 어슬렁어슬렁 걸어왔다.

"어이! 이게 누구야! 나 아는 애야." 골디가 마르코 V.에게 말했다. "이 친구가 요만할 때부터 알았지. 무슨 일이니, 시오?"

"아무것도 아니에요. 그러니까 음, 저 이사 가요."

"아, 그래? 라스베이거스로 벌써 가는 거야?" 골디가 말했다. 그의 목소리가 들리고 어깨에 얹은 그의 손이 느껴지자 마음이 놓이고 편안해졌다. "거기 살면 진짜 멋질 거야, 그렇지?"

"그렇겠죠." 내가 미심쩍다는 듯 대답했다. 사람들은 계속 라스베이거스에 가서 살면 정말 대단하겠다고 말했지만, 내가 카지노나 클럽에서 시간을 보낼 것 같지도 않았기 때문에 사람들이 왜 그러는지 몰랐다.

"그렇겠죠, 라고?" 골디가 눈을 굴리고 고개를 저으면서 엄마가 장난을 칠 때 흉내 내던 익살스러운 어투로 말했다. "아이고 세상에, 내가 하나 가르쳐줄까? 라스베이거스란 말이야, 거기는 노조가…… 그러니까 내 말은, 식당 일이든 호텔 일이든…… 어디나 벌이가 아주 좋아. 게다가 날씨는 어떻고? 1년 내내 해가 쨍쨍하잖아. 진짜 마음에 들 거야, 시오. 언제 간다고?"

"음, 오늘요. 아니, 내일이에요. 그래서 여기 와서 —"

"아, 가방 가지러 왔어? 어이, 당연히 괜찮지." 골디가 마르코 V.에게 스페인어로 뭐라고 쏘아붙이자 마르코가 무뚝뚝하게 어깨를 으쓱하고 소포 보관실로 갔다.

"마르코는 괜찮은 녀석이야." 골디가 낮은 목소리로 말했다. "하지만 호세랑 내가 장부에 적질 않았기 때문에 네 가방에 대해서는 전혀 몰라, 무슨 말인지 알지?"

무슨 말인지 알았다. 아파트로 들어오고 나가는 짐은 전부 기록해야 했다. 호세와 골디는 여행 가방에 꼬리표를 붙이지도, 정식 장부에 기록하지도 않음으로써 다른 사람이 달라고 하지 못하게 보호해준 것이다.

"저기." 내가 어색하게 말했다. "저한테 잘해주셔서 고마워요."

"별말씀을." 골디가 말했다. "어이, 고마워." 그가 가방을 가지고 오는 마르코에게 큰 소리로 말했다. 그러고는 낮은 목소리로 말을 이었다. 나는 골디의 말을 들으려고 가까이 다가가야 했다. "말했듯이, 마르코는 좋은 사람이야. 근데 그때 경비원이 적다는 주민 항의가 엄청났거든. 있잖아, 그때 말이야." 골디가 내게 의미심장한 시선을 던졌다. "그러니까, 카를로스가 그날 교대 시간에 못 왔거든. 카를로스 잘못 같지는 않지만, 해고당했어."

"카를로스가요?" 카를로스는 경비원들 중에 나이가 제일 많고 가장 신중했다. 코밑수염과 관자놀이의 희끗희끗한 머리카락 때문에 멕시코의 나이 많은 인기 배우 같았고 검은 구두는 반질반질 윤이 났으며 장갑은 다른 누구의 장갑보다 새하얬다. "카를로스를 해고했다고요?"

"내 말이. 믿을 수가 없지. 34년이나 일했는데 결국―" 골디가 엄지손가락을 들어 어깨 뒤로 휙 넘겼다. "땡이지. 게다가 이제 관리 사무소가 보안에 무척 신경을 써서 새 직원도 고용하고, 새 규칙을 정해서 드나드는 사람들이 전부 서명하게 하고―"

"아무튼." 골디가 정문 쪽으로 가 문을 밀면서 말했다. "택시 잡아줄게, 시오. 공항으로 바로 가니?"

"아니요―" 내가 손을 들어 골디를 막으면서 말했다. 나는 잠시 딴생각을 하느라 골디가 뭘 하려는 건지 알아차리지 못했지만 그는 *괜찮다*는 몸짓을 하며 나를 옆으로 밀었다.

"아니, 아니야." 골디가 가방을 길가로 끌고 나오며 말했다. "괜찮아, 시오, 내가 할게." 나는 그제야 골디가 내가 팁이 없어서 가방 들어주는 것을 거절하는 줄 안다는 것을 깨닫고 깜짝 놀랐다.

"아니, 잠깐만요." 내가 말했지만 골디는 이미 손을 높이 들고 휘파람을 불면서 도로 앞으로 갔다. "여기! 택시!" 골디가 소리쳤다.

내가 어안이 벙벙해서 정문 앞에 멈춰 서 있는데 서 있던 택시가 쌩 달려왔다. "빙고!" 골디가 뒷문을 열면서 말했다. "타이밍 죽이지?" 어떻게 하면 내가 멍청해 보이지 않으면서 골디를 말릴 수 있을지 생각해내기도 전에 뒷좌석으로 안내받고, 여행 가방이 짐칸으로 들어가고, 골디가 언제나처럼 친근한 태도로 택시 지붕을 툭 쳤다.

"조심해서 가라, 친구." 골디가 나를 본 다음 하늘을 올려다보며 말했다. "나 대신 라스베이거스의 햇빛을 즐겨줘. 내가 태양을 얼마나 좋아하는지 알지? 난 열대의 새잖아, 응? 빨리 푸에르토리코의 집으로 돌아가서 벌들이랑 얘기하고 싶다. 흐음……." 그가 눈을 감고 고개를 갸웃하며 노래하듯 말했다. "누나한테 벌통이 하나 있었거든. 내가 노래를 불러서 벌들을 재웠지.

라스베이거스에 벌이 있나?"

"모르겠어요." 돈이 얼마나 있나 싶어서 주머니 속을 조용히 더듬으며 내가 말했다.

"그럼 혹시라도 벌을 만나면 골디가 안부 전하더라고 말해줘. 내가 곧 간다고 말이야."

"에이! 에스페라!(Hey! Espera!)" 호세가 손을 번쩍 들고 다가오고 있었다. 공원에서 축구를 한 경기 뛴 다음 축구복 차림으로 곧장 출근하는 길이었다. 호세가 운동선수처럼 머리와 몸을 들썩이며 나를 향해 걸어왔다.

"어이, 마니토(Manito), 가는 거야?" 호세가 몸을 숙여 택시 창으로 고개를 쑥 넣고 말했다. "사진 꼭 보내야 돼!" 경비원들이 제복을 갈아입는 지하실의 한쪽 벽에는 지난 여러 해 동안 57번가 아파트 주민이나 경비원 들이 마이애미와 칸쿤, 푸에르토리코와 포르투갈에서 보낸 폴라로이드 사진과 엽서가 붙어 있었다.

"맞다!" 골디가 말했다. "사진 꼭 보내! 잊지 마!"

"전—" 이 사람들이 보고 싶겠지만, 대놓고 그렇게 말하는 건 너무 이상할 것 같았다. 그래서 이렇게만 말했다. "알았어요. 아저씨들도 잘 지내세요."

"너도." 호세가 손을 들고 물러서며 말했다. "블랙잭은 절대 하지 말고."

"얘, 꼬마야." 택시 기사가 말했다. "갈 거냐, 말 거냐?"

"어이, 어이, 잠깐 기다려, 다 됐어요." 골디가 기사에게 이렇게 말한 다음 나에게 말했다. "다 잘될 거야, 시오." 그가 택시를 마지막으로 탁 쳤다. "행운을 빈다. 또 보자. 축복을 빌게."

2

다음 날 아침 택시를 타고 앤디네 집으로 날 데리러 온 아빠가 말했다.

"저 빌어먹을 짐을 전부 비행기에 싣고 가겠다는 건 아니겠지." 그림이 든 가방에다가 원래 가져가려고 했던 가방까지 있었기 때문이었다.

"그럼 수하물 한도를 넘을 텐데." 잰드라가 약간 신경질적으로 거들었다. 보도의 지독한 열기 때문에 잰드라의 헤어스프레이 냄새가 내가 서 있는 곳까지 풍겼다. "가지고 탈 수 있는 짐이 한정되어 있잖아."

나와 함께 보도까지 내려온 바버 부인이 차분하게 말했다. "아, 이거 두 개 정도는 괜찮아요. 난 항상 한도를 넘기는걸요."

"그래요, 하지만 돈이 들잖아요."

"사실은 꽤 합리적이라는 걸 아시게 될 거예요." 바버 부인이 말했다. 이른 시간이라 보석도 걸치지 못하고 립스틱도 바르지 못했지만 바버 부인은 샌들에 단순한 면 원피스만 입어도 흠잡을 데 없는 인상을 주었다. "20달러 정도 추가로 내야겠지만, 그게 문제가 되진 않겠죠?"

아빠와 바버 부인이 두 마리 고양이처럼 서로 노려보았다. 그러다가 아빠가 시선을 돌렸다. 나는 아빠가 입은 스포츠 재킷이 조금 부끄러웠는데, 그 옷을 보니 〈데일리 뉴스〉에 실린 밀수 용의자들 사진이 생각났다.

"가방이 두 개라고 미리 말을 했어야지." 아빠가 바버 부인의 조언 후에 이어진 (나에게는 반가운) 침묵을 깨뜨리며 뚱하게 말했다. "택시 짐칸에 이게 다 들어갈지 모르겠네."

나는 열린 트렁크 옆에 서서 가방을 바버 부인에게 맡겼다가 나중에 전화를 해서 안에 뭐가 들어 있는지 털어놓을까 하는 생각까지 했다. 하지만 내가 결심을 하기도 전에 덩치 큰 러시아인 택시 기사가 짐칸에서 잰드라의 가방을 빼고 내 여행 가방을 가져가더니 여기저기 박고 뒤섞은 끝에 끼워 넣었다.

"자, 별로 안 무겁네요!" 그가 트렁크를 쾅 닫고 이마를 훔치며 말했다. "말랑한 재질이라서 괜찮아요!"

"그럼 내 가방은요!" 잰드라가 허둥대며 말했다.

"문제없습니다, 부인. 제 옆에 실으면 되니까요. 아니면 뒷좌석에 가지고 타셔도 되고요. 편하실 대로요."

"다 됐네요, 그럼." 바버 부인이 이렇게 말한 다음 몸을 숙여 나에게 짧은 입맞춤을 했다. 내가 앤디네 집에서 지낸 이후 처음이었다. 평일 낮에 모여서 점심을 즐기는 여유로운 부인들이 하듯 시늉만 하는 입맞춤이었는데, 민트와 치자 향기가 났다. "다들 잘 가요. 조심해서 가세요." 바버 부인이 말했다. 앤디와 나는 전날 작별 인사를 했다. 앤디가 나를 배웅하면 슬퍼할 것은 알았지만, 그래도 기다렸다가 인사도 하지 않고 정말 싫어한다는 메인 주의 별장으로 다른 가족들과 함께 가버려서 나는 상처를 받았다. 바버 부인은 나를 보내는 것이 특별히 속상해 보이지 않았지만 사실 나는 떠나게되어서 속이 메슥거렸다.

내 눈을 보는 바버 부인의 회색 눈은 맑고 서늘했다. "정말 고맙습니다, 아주머니." 내가 말했다. "전부 다 고마워요. 앤디에게 인사 전해주세요."

"꼭 그럴게." 바버 부인이 말했다. "넌 정말 좋은 손님이었어, 시오."

나는 아지랑이가 피어오르는 덥고 습한 아침에 파크가에 서서 바버 부인의 손을 조금 오래 잡고 내심 필요한 게 있으면 연락하라는 말이 나오기를 바라고 있었지만 바버 부인은 "그럼, 행운을 빌게"라고만 말하고 나에게 서늘한 입맞춤을 한 번 더 한 다음 멀어졌다.

3

뉴욕을 떠난다니 믿을 수가 없었다. 나는 8일 이상 뉴욕을 떠난 적이 없었다. 공항으로 가는 길에 창밖으로 스치는 광고판에서 앞으로 한참 동안 보지 못할 스트립 클럽이나 개인 상해 변호사 광고를 보다가 오싹한 생각에 사로잡혔다. 보안 검색은 어떻게 하지? 비행기를 타본 적이 많지 않았기에 (딱 두 번이었는데 한 번은 유치원생 때였다) 보안 검색에 어떤 것이 포함되는지 확실히 몰랐다. 엑스레이 검사? 직접 검사?

"공항에서 가방을 다 열어봐요?" 내가 소심한 목소리로 물었다. 아빠와 잰드라의 사생활을 지켜주려고 앞좌석에 탄 탓에 아무도 내 말을 듣지 못한 것 같아서 한 번 더 물었다.

"당연하지." 택시 기사가 말했다. 살집이 좋고 건장한 소비에트 사람이었는데, 이목구비가 진하고 뺨은 땀투성이에 사과처럼 빨개서 살이 너무 많이 찐 역도 선수 같았다. "가방을 안 열 경우에는 엑스레이를 통해서 봐."

"짐을 맡겨도요?"

"그럼." 기사가 안심시키듯 말했다. "폭탄이 있을지도 모르니까 전부 검색해. 아주 안전하지."

"하지만—" 나는 비밀을 털어놓지 않고 물어볼 수 있는 방법을 생각해보았지만 아무것도 떠오르지 않았다.

"걱정할 거 없어." 기사가 말했다. "공항엔 경찰이 많거든. 삼사 일 전에는 어땠는지 알아? 도로를 통제했다니까."

"음, 난 빨리 여길 떠나고 싶어 죽겠다는 것밖에 할 말이 없어." 잰드라가 쉰 듯한 목소리로 말했다. 나한테 하는 말인 줄 알고 잠시 뻣뻣하게 굳었지만 뒤를 돌아보니 잰드라는 아빠를 보고 있었다.

아빠가 잰드라의 무릎에 손을 얹고 뭐라고 말했지만 너무 작아서 안 들렸다. 아빠는 색이 들어간 안경을 쓰고 뒷좌석에 머리를 축 늘어뜨리고 기대어 있었다. 단조로운 아빠의 목소리에는 뭔가 느슨하고 청년 같은 면이 있었고 아빠가 잰드라의 무릎을 꽉 쥘 때 두 사람 사이에 비밀스러운 뭔가가 스쳤다. 나는 고개를 돌려 창밖으로 빠르게 지나가는 황무지를 바라보았다. 길고 낮은 건물들, 스페인계 미국인들의 잡화점과 정비소, 아침 열기에 지글거리는 주차장들.

"있잖아, 비행편명에 들어간 7은 괜찮아." 잰드라가 조용히 말했다. "무서운 건 8이야."

"그래, 하지만 중국에서는 8이 행운의 숫자래. 매캐런 국제공항에 가서 국제선 알림판을 한번 봐. 베이징에서 오는 비행편들 있지? 전부 8밖에 없다니까."

"당신은 항상 중국 타령이야."

"숫자는 다 에너지야. 하늘과 땅의 만남이지."

"'하늘과 땅'이라니. 마법이라도 되는 것처럼 말하네."

"당연하지."

"아, 그러세요?"

두 사람은 속삭이고 있었다. 백미러에 비친 두 사람은 얼빠진 표정이었고 얼굴이 너무 가까웠다. 나는 두 사람이 키스하려는 것을 깨닫고 (아무리 자주 봐도 충격적인 장면이었다) 고개를 돌려 앞을 보았다. 엄마가 어떻게 죽었는지 내가 잘 몰랐다면 이 세상의 그 어떤 힘도 두 사람이 엄마를 죽이지 않았다고 내게 납득시킬 수 없었을 거라는 생각이 들었다.

4

탑승권을 받으려고 기다리는 동안 나는 두려움으로 뻣뻣하게 굳어서 틀림없이 바로 저 앞 검색대에서 보안 요원이 내 가방을 열고 그림을 발견할 것이라고 생각했다. 하지만 아직도 얼굴이 기억나는 새기커트 머리의 퉁명스러운 여자(나는 우리 차례에 그 여자가 걸리지 않게 해달라고 계속 빌고 있었다)는 내 가방을 흘깃 보지도 않고 컨베이어벨트에 올렸다.

나는 뭔지 모를 절차와 담당자를 향해 덜컹덜컹 움직이는 가방을 지켜봤다. 환한 표정으로 밀어대는 낯선 사람들 속에서 숨이 막히고 겁에 질렸고, 다들 나만 보고 있는 것 같았다. 엄마가 죽은 날 이후 이렇게 많은 사람들 틈에 섞인 적도, 한 장소에서 이렇게 많은 경찰을 본 적도 없었다. 군복에 소총을 든 주 방위군이 금속 탐지기 옆에 가만히 서서 차가운 눈으로 사람들을 살펴보았다.

배낭, 서류 가방, 쇼핑백, 유모차, 터미널 저 끝까지 흔들리는 머리들이 내 시야를 가득 채웠다. 나는 보안 검색대를 천천히 지나다가 누가 외치는 소리를 들었다. 내 이름을 부르는 것 같았다. 나는 그 자리에 얼어붙었다.

"자, 자." 아빠가 내 뒤에서 로퍼를 벗느라 한 발로 쿵쿵 뛰면서 팔꿈치로 내 등을 쿡쿡 찔렀다. "거기 가만히 서 있지 말고. 너 때문에 줄이 멈췄잖아ㅡ"

금속 탐지기를 통과하는 내내 나는 양탄자만 보았다. 두려움에 완전 얼어서 금방이라도 손이 튀어나와 내 어깨를 잡을 것이라 생각했다. 아기들이 울었다. 노인들은 전동 카트를 타고 천천히 지나갔다. 나를 어떻게 할까? 그런 게 아니라고, 보기와는 다르다고 설명할 수 있을까? 나는 영화에 나오는 시멘트 블록으로 만든 방, 쾅 닫히는 문, *꿈도 꾸지 마. 꼬마야, 넌 아무 데도 못 가*고 말하는 셔츠 차림의 화난 경찰들을 상상했다.

보안 검색대를 통과해 소리가 울리는 복도로 나오자 바로 뒤에서 분명하고 단호한 발소리가 따라왔다. 나는 다시 멈췄다.

아빠가 나를 돌아보고 화가 나서 눈을 굴리며 말했다. "설마 뭘 놓고 왔다고 말하려는 건 아니겠지?"

"아니에요." 내가 주변을 둘러보며 말했다. "전ㅡ" 내 뒤에는 아무도 없었다. 사방에서 승객들이 나를 지나쳤다.

"세상에, 종잇장처럼 하얗게 질렸네." 잰드라가 말했다. 그러고는 아빠에게 말했다. "애 괜찮은 거야?"

"아, 괜찮아." 아빠가 다시 걸음을 옮기며 말했다. "비행기 타면 괜찮아질 거야. 다들 한 주 동안 힘들었잖아."

"아아, 내가 쟤라면 비행기 타는 것도 무서울 거야." 잰드라가 툭 내뱉었
다. "그런 일을 겪었으니까."

아빠가 몇 년 전 엄마에게서 생일 선물로 받은 바퀴 달린 가방을 잡아당
기며 다시 멈췄다.

"가엾은 녀석." 아빠가 말했다. 아빠의 동정 어린 표정을 보고 나는 깜짝
놀랐다. "무서운 건 아니지?"

"아니에요." 너무 빨리 대답했다. 나는 다른 사람의 이목을 끌거나 실제의
반의반만큼이라도 흥분한 것처럼 보이기 절대 싫었다.

아빠가 나를 보면서 눈썹을 찌푸리더니 고개를 돌렸다. "잰드라?" 아빠가
턱을 들며 말했다. "애한테 그거 하나 줄까?"

"그래." 잰드라가 얼른 대답하고 멈춰 서더니 손가방에서 총알 모양의 크
고 흰 알약을 두 개 꺼냈다. 그녀가 한 알은 아빠가 내민 손에 떨어뜨리고
한 알은 나에게 주었다.

"고마워." 아빠가 알약을 재킷 주머니에 넣으면서 말했다. "가서 이거랑
마실 거 좀 사자. 집어넣어." 내가 엄지와 검지로 알약을 집어 들고 그 크기
에 놀라고 있는데 아빠가 말했다.

"얘는 한 알 다 먹을 필요 없어." 잰드라가 아빠의 팔을 잡고 기대어 굽 높
은 샌들 끈을 조정하면서 말했다.

"그렇지." 아빠가 내 알약을 가져가더니 전문가처럼 반으로 쪼개서 나머지
반을 스포츠 재킷 주머니에 넣었고, 두 사람은 짐을 끌면서 앞서 걸어갔다.

5

약은 정신을 잃을 만큼 강력하지는 않았지만 나는 취해서 계속 기분이

좋았고 에어컨 바람을 쐬면서 공중제비를 넘듯이 꿈과 현실을 오갔다. 옆자리에 앉은 승객들이 소곤거렸고 승무원의 목소리가 홍보용 기내 자선 복권 추첨 결과를 발표했다. 상품은 트레저아일랜드 호텔 2인용 식사 및 음료권이었다. 승무원의 낮은 목소리가 나를 꿈속에 빠뜨렸다. 꿈속에서 나는 초록빛이 감도는 검은 물속 깊숙이 헤엄을 쳤다. 일본 아이들과 함께 회중전등을 켜고 잠수해서 분홍 진주로 만든 베갯잇을 찾는 시합을 했다. 꿈을 꾸는 내내 비행기는 바다처럼 밝고 희고 일정한 굉음을 냈지만 별안간—내가 군청색 담요에 폭 싸여서 사막 위 높은 곳 어딘가를 꿈꾸고 있을 때—엔진이 멈춘 듯 조용해졌다. 나는 가슴을 위로 향한 채 무중력 상태로 떠다니고 있었다. 좌석은 안전벨트로 고정이 되어 있었지만 어째선지 다른 좌석들로부터 떨어져 나와서 객실을 자유롭게 떠다녔다.

비행기가 활주로에 내려 통통 튀면서 달리다가 비명을 지르며 멈추자 나는 깜짝 놀라서 내 몸으로 돌아왔다.

"그리고…… 네바다 주 로스트웨이지스*에 오신 것을 환영합니다." 기장이 인터컴을 통해서 말하고 있었다. "신시티의 현재 시각은 오전 11시 47분입니다."

나는 판유리에 반사되는 환한 빛 때문에 반쯤 눈이 먼 채 아빠와 잰드라를 따라 터미널을 지났다. 이른 아침부터 울리는 시끄럽고 부조화스러운 음악과 불빛을 번쩍이며 재잘거리는 슬롯머신에 깜짝 놀랐다. 야자수들이 우뚝 솟아 있고 큰 화면으로 불꽃놀이와 곤돌라와 쇼걸과 가수와 곡예사를 보여주는 이 공항은 타임스스퀘어를 쇼핑몰 크기로 줄여놓은 곳 같았다.

두 번째 가방이 컨베이어벨트에 실려 나올 때까지 한참이 걸렸다. 그동안 나는 초조하게 손톱을 물어뜯으면서 코모도왕도마뱀이 씩 웃고 있는 유

---

* Lost Wages : '잃어버린 임금'이라는 뜻으로, 신시티(Sin City)와 마찬가지로 라스베이거스의 별명이다.

명한 관광 카지노 광고판을 뚫어져라 쳐다봤다. "2천 종 이상의 파충류가 당신을 기다립니다." 짐을 기다리는 사람들은 삼류 나이트클럽 앞에 모인 각양각색의 낙오자들 같았다. 햇볕에 심하게 탄 사람, 디스코 셔츠를 입은 사람, 거대한 로고가 박힌 선글라스를 쓰고 보석을 주렁주렁 매단 작은 아시아 여자들. 컨베이어벨트는 거의 텅 빈 채 돌고 있었고, 아빠(담배를 피우고 싶어서 좀이 쑤시는 것이 훤히 보였다)는 여기저기 긁적이며 서성거리더니 예전에 술을 마시고 싶을 때 그랬던 것처럼 손등 뼈를 뺨에 대고 문지르기 시작했다. 바로 그때 마지막으로 엄마가 손잡이에 색색의 리본과 빨간 라벨을 달아준 카키색 캔버스 가방이 나왔다.

내가 가방을 가지러 가기도 전에 아빠가 한걸음에 성큼 다가가서 그것을 들었다. "시간 다 됐어." 아빠가 카트에 가방을 던져 올리며 쾌활하게 말했다. "가자, 여기서 빨리 나가자."

자동문을 지나 밖으로 나가자 숨이 막힐 듯 뜨거운 열기가 벽처럼 막아섰다. 덮개를 뒤집어쓴 조용한 차들이 사방에 몇 킬로미터씩 길게 주차되어 있었다. 나는 뒤돌아보거나 머뭇거리면 제복을 입은 사람들이 우리 앞을 막아서기라도 할 것처럼 뻣뻣하게 굳어서 정면—크롬 칼날처럼 비죽비죽 솟아 번득이는 건물들, 울퉁불퉁한 유리처럼 어른거리는 지평선—만 똑바로 보았다. 내 목덜미를 잡아채거나 거기 서라고 소리치는 사람은 아무도 없었다. 우리를 보는 사람도 없었다.

나는 번쩍이는 빛에 정신이 팔려서 아빠가 신형 은색 렉서스 앞에 멈춰서 "자, 이게 우리 차야"라고 말하자 갓돌에 걸려 넘어질 뻔했다.

"이게 아빠 차라고요?" 내가 두 사람을 번갈아 보면서 말했다.

"왜?" 아빠가 리모컨을 삑 눌러 잠금장치를 풀자 높다란 신발을 신은 잰드라가 조수석에 털썩 앉으면서 요염하게 말했다. "맘에 안 드니?"

렉서스라고? 매일매일 엄마에게 빨리 말하고 싶은 크고 작은 일들이 생겼는데, 멍청하게 서서 짐칸에 가방을 넣는 아빠를 보면서 제일 먼저 든 생각은 *와, 엄마가 이 얘길 들으면 뭐라고 할지* 진짜 궁금하다였다. 아빠가 집으로 돈을 보내지 않은 것도 놀랄 일이 아니었다.

아빠는 반쯤 피운 바이스로이 담배를 과장된 몸짓으로 던진 다음 말했다. "됐다. 타." 사막 공기가 아빠를 매력적으로 만들었다. 뉴욕에서 아빠는 약간 지치고 지저분해 보였지만 물결치는 열기 속으로 나오니 흰색 스포츠 재킷과 종교 지도자가 쓸 법한 선글라스가 잘 어울렸다.

자동차—버튼을 누르자 시동이 걸렸다—는 너무 조용해서 처음에 나는 차가 움직이고 있는 줄도 몰랐다. 우리는 가늠 안 되는 공간 속으로 미끄러지듯 달려갔다. 나는 택시 뒷좌석에 앉아서 덜컹거리는 것에 너무 익숙했기 때문에 서늘한 차를 타고 매끄럽게 달리자 으스스하고 동떨어진 느낌이었다. 갈색 모래, 지독한 빛, 몽롱한 적막, 바람에 날려 사슬 울타리에 부딪치는 쓰레기. 나는 약 때문에 아직도 멍하고 붕 뜬 기분이었고, 스트립*의 괴상한 건물과 구조물 들, 사구와 하늘이 만나는 부분의 심한 어른거림 때문에 다른 행성에 착륙한 기분이었다.

잰드라와 아빠는 앞좌석에서 조용히 이야기를 나누고 있었다. 그러다가 잰드라가 나를 돌아보았다. 껌을 씹고 있는 잰드라는 활기차고 쾌활했고, 그녀의 보석이 강한 빛을 받아 번쩍였다. "자, 어때?" 잰드라가 과일 냄새 나는 숨을 내쉬면서 말했다

"대단하네요." 내가 대답했다. 나는 창밖으로 휙 지나가는 피라미드와 에펠탑을 보고 압도되어서 멍했다.

"지금 이게 대단해 보여?" 아빠가 손톱으로 핸들을 톡톡 치면서 말했다. 그 모습을 보자 아빠가 퇴근하고 왔을 때 극도로 신경이 곤두서 있던 모습

---

* Strip : 라스베이거스의 리조트호텔과 카지노가 모여 있는 번화가.

과 깊은 밤중의 말다툼이 떠올랐다. "밤에 불이 켜지면 어떻게 되는지 기다려보라고."

"저기, 저거 잘 봐." 잰드라가 손을 뻗어 운전석 쪽 창밖을 가리켰다. "저거 화산이야. 진짜 분출한다니까."

"아마 수리 중일걸. 하지만 기본적으로는 그렇지, 응. 뜨거운 용암이 흘러나와. 정각마다."

"250미터 앞에서 왼쪽 출구입니다." 기계가 여자 목소리로 말했다.

카니발처럼 화려한 빛깔들, 거대한 광대 머리와 성인용이라는 뜻의 XXX 간판들. 나는 낯선 분위기에 흥분되는 동시에 약간 겁이 났다. 뉴욕에서는 모든 것―모든 택시와 모든 길모퉁이와 태양을 지나는 모든 구름―이 엄마를 생각나게 했지만, 뜨겁고 무기질적이고 텅 빈 이곳으로 오니 엄마는 존재한 적도 없는 것 같았다. 엄마의 영혼이 나를 내려다보고 있다는 상상도 할 수 없었다. 엄마의 흔적이 사막 속으로 모두 불타 사라져버린 것 같았다.

차를 타고 계속 달리자 비현실적인 스카이라인은 황량한 주차장과 아웃렛 몰로 축소되었고, 서킷시티, 토이저러스 같은 전문 몰과 슈퍼마켓, 잡화점이 있는 특색 없는 상업 지구가 연달아 나타났다. '24시간 영업'에, 어디에서 시작해서 어디에서 끝나는지 알 수 없는 곳. 하늘은 바다 위 하늘처럼 넓고 깨끗했다. 나는 잠들지 않으려고 애를 쓰면서―번득이는 빛 때문에 눈을 깜빡이며―값비싼 냄새가 나는 자동차 가죽 내장에 대해서 멍하니 생각하는 한편, 엄마한테 자주 들었던 이야기를 떠올렸다. 엄마와 아빠가 아직 데이트를 할 무렵 아빠가 엄마에게 잘 보이려고 친구의 포르쉐를 빌려서 타고 왔다는 이야기였다. 엄마는 결혼한 다음에야 아빠 차가 아니었다는 사실을 알았다. 당시에 엄마는 그 일을 재미있게 생각했던 것 같지만, 나는 엄마가 결혼 후에 다른 덜 재미있는 사실들(청소년 때 비공개 죄목으로 체포되었던 기록 등)이 밝혀졌을 때에도 그 일을 재미있다고 생각할 수 있었을까 궁금했다.

"음, 차는 언제 샀어요?" 내가 아빠와 잰드라의 말소리보다 소리를 높여 말했다.

"아아, 음, 이제 1년 조금 넘었어. 그렇지, 잰?"

1년이라고? 내가 그 말을 곱씹다가—1년이라면 아빠가 사라지기 전에 이 차(와 잰드라)를 손에 넣었다는 뜻이었다—고개를 들어 바깥을 보자 스트립의 쇼핑몰들은 사라지고 작은 회벽 집들이 끝없이 펼쳐졌다. 표백한 듯 새하얗고 답답한 집들이 공동묘지의 비석처럼 줄줄이 늘어서 있었지만 어떤 집은 경쾌한 파스텔 톤(회녹색, 진분홍색, 뿌연 사막의 하늘색)으로 칠해져 있었고, 그 선명한 그림자와 뾰족뾰족한 사막식물들은 뭔가 신이 날 정도로 이국적인 면이 있었다. 나는 항상 모든 것이 좁은 도시에서 자랐기 때문에 오히려 기분 좋은 놀라움이었다. 마당에 갈색 돌과 선인장밖에 없다 해도 마당이 있는 집에 살면 새로울 것 같았다.

"여기도 아직 라스베이거스예요?" 나는 재미 삼아 이 집은 문이 아치형이고, 저 집은 수영장이나 야자수가 있고, 하면서 집들이 서로 뭐가 다른지 찾아보고 있었다.

"전혀 다른 부분을 보고 있는 거지." 아빠가 크게 숨을 내쉬고 세 개비째 담배를 비벼 끄며 말했다. "관광객들은 절대 보지 못하는 곳이야."

차를 타고 한참 왔지만 표지가 될 만한 건물이 없었고 어디로, 혹은 어느 방향으로 가고 있는지 말하기 어려웠다. 스카이라인은 단조롭고 변화가 없었고, 나는 우리가 파스텔 색 집들을 지나서 저 멀리 알칼리성 황무지로, 영화에서 본 것처럼 강렬한 햇볕을 받아 낡아빠진 트레일러 촌으로 갈까 봐 무서웠다. 하지만 놀랍게도 집들은 더 커지기 시작해서 선인장 정원, 울타리와 수영장과 차가 여러 대 들어가는 주차장들을 갖춘 2층집들이 나타났다.

"다 왔다, 여기가 우리 집이야." 아빠가 구리 활자로 **캐니언 섀도 랜치**라고 쓰인 으리으리한 화강암 표지판이 서 있는 도로로 들어서며 말했다.

"여기 살아요?" 내가 깜짝 놀라서 말했다. "여기 협곡(canyon)이 있어요?"

"아니, 그냥 이름이 그래." 잰드라가 말했다.

"음, 여기는 주택단지가 여러 개야." 아빠가 콧대를 꼬집으며 말했다. 나는 아빠의 목소리—예전에 술을 마시고 싶을 때 나오던 거칠거칠한 목소리—를 듣고 아빠가 피곤하고 기분이 썩 좋지 않다는 사실을 알 수 있었다.

"목장촌이라고 불러." 잰드라가 말했다.

"맞아. 뭐, 아무튼. 아, 그만 닥치라고." 아빠가 손을 뻗어 다시 지껄이기 시작하는 내비게이션 소리를 줄이면서 쏘아붙였다.

"각각 테마가 달라." 새끼손가락으로 립글로스를 톡톡 찍어 바르던 잰드라가 말했다. "말하자면 푸에블로브리즈, 고스트리지, 댄싱디어빌라 등등이 있어. 스피릿플래그는 골프촌인가? 아무튼 엥칸타다가 제일 근사해, 투자용으로 사는 부동산이 많지. 자기, 여기서 꺾어야지." 잰드라가 아빠 팔을 잡으며 말했다.

아빠는 대답 없이 계속 직진했다.

"아, 진짜!" 잰드라가 멀어지는 도로를 뒤돌아보면서 말했다. "왜 항상 돌아서 가?"

"지름길이라는 소리 한 번만 더 해봐. 당신은 이 렉서스 길 안내양만큼 이상하다니까."

"하지만 더 빠르잖아. 15분이나 빠르다고. 이제 댄싱디어빌라를 빙 돌아서 가야 하잖아."

아빠가 지친 듯한 한숨을 내쉬었다. "잰드라—"

"지타나트레일을 가로질러서 좌회전 두 번 우회전 한 번 하는 게 뭐가 그렇게 어려워? 그게 단데. 데사토아에서 내리면—"

"잰드라, 직접 운전 할래? 그럴 거 아니면 내가 운전하게 좀 놔둘래?"

나는 아빠를 잘 알아서 이런 말투로 말할 때면 감히 말대꾸를 하지 않았는데, 잰드라 역시 그 정도는 아는 듯했다. 그녀는 화가 난 듯 좌석에 털썩 기대어 앉더니―일부러 아빠를 짜증 나게 만들려는 것이었다―라디오 볼륨을 아주 크게 올리고 계속 채널을 돌렸다. 라디오에서는 아무 소리도 나지 않거나 광고만 나왔다.

스테레오 성능이 워낙 좋아서 흰색 가죽 좌석 등받이를 통해 쿵쿵거림이 느껴질 정도였다. 휴가, 당신이 원하던 모든 것……. 햇빛이 거친 사막 구름을 타고 올라와 폭발했다. 선명한 파란색의 끝없는 하늘은 컴퓨터게임이나 비행 시험 조종사가 겪는 환각 같았다.

"여기는 베이거스99, 80년대와 90년대 음악을 틀어드리고 있습니다." 라디오에서 빠르고 흥겨운 목소리가 말했다. "자, 80년대 랩댄스 여가수와의 점심 코너에 팻 베네타 씨를 모시겠습니다."

우리는 몇몇 집 마당에 목재가 쌓여 있고 거리에 모래바람이 부는 데저트엔드 로드 6219번지 데사토야에서 커다란 스페인풍, 혹은 무어식 집의 진입로에 들어섰다. 아치형 박공과 갖가지 독특한 각도를 이루는 진흙 타일 지붕에 덧문까지 달린 베이지색 회벽 집이었다. 산만하고 불규칙하게 퍼진 구조, 처마 장식과 기둥, 무대 세트 같은 느낌의 정교한 철제문이 인상적이었다. 우리 아파트 경비 아저씨들이 소포 보관실에 늘 틀어놓는 텔레문도 채널 드라마에 나오는 집 같았다.

우리가 차에서 내려서 여행 가방을 들고 빙 돌아 차고 출입구로 가자 으스스하고 기분 나쁜 소리가 들렸다. 집 안에서 비명인지 울음소리가 들리고 있었다.

"세상에, 무슨 소리예요?" 내가 당황해서 가방을 떨어뜨리며 말했다.

잰드라가 높은 신발 때문에 약간 비틀거리며 몸을 굽혀 열쇠를 찾았다.

"아, 조용히 해, 조용히 하라고. 닥쳐." 그녀가 낮게 중얼거렸다. 문이 다 열리기도 전에 헝클어진 대걸레 같은 것이 신경질적인 비명을 지르며 달려나오더니 우리 주변을 돌면서 춤을 추고 뛰어다녔다.

"가만히 있어!" 잰드라가 소리쳤다. 반쯤 열린 문틈으로 사파리 음악(울부짖는 코끼리, 재잘대는 원숭이)이 차고에서도 들릴 만큼 큰 소리로 새어 나왔다.

"와아." 내가 안쪽을 엿보며 말했다. 집 안 공기는 뜨겁고 퀴퀴한 냄새가 났다. 찌든 담배 냄새, 새 양탄자 냄새, 그리고 의문의 여지없는 개똥 냄새.

"대형 고양잇과 동물들은 동물원 사육사들에게 독특한 문제를 선사합니다." 텔레비전 목소리가 울렸다. "앤드리아와 직원들의 아침 순찰을 따라가 보도록 하죠."

"저기, 텔레비전을 켜놓고 나가셨네요." 내가 가방을 들고 문 앞에 멈춰 서서 말했다.

"그래." 잰드라가 나를 스쳐 지나가며 말했다. "〈동물 세상〉이야. 얘 때문에 틀어놨어. 포퍼 때문에. 가만히 있으라고 했지!" 잰드라는 발톱으로 그녀의 무릎을 긁어대는 개한테 이렇게 쏘아붙이고 높은 샌들을 신은 채 절룩이며 걸어가서 텔레비전을 껐다.

"개가 혼자 있었던 거예요?" 내가 개의 비명 소리보다 소리를 높여서 말했다. 개는 여자애들이 좋아하는 털이 긴 그런 종으로, 깨끗했다면 희고 복슬복슬했을 것이다.

"아, 펫코에서 나온 자동 급수기가 있어." 잰드라가 손등으로 이마를 닦고 개에게 다가가며 말했다. "커다란 자동 급식기도 있고."

"무슨 종이에요?"

"몰티즈. 순종이야. 자선 복권 대회에서 받았지. 그러니까, 목욕을 시켜야 히는 건 나도 아는데, 몰티즈는 말쑥하게 유지하는 게 너무 힘들어. 그래,

네가 내 바지를 어떻게 했나 좀 봐라." 잰드라가 개에게 말했다. "흰 바지라고."

우리가 서 있는 방은 크고 탁 트이고 천장이 높았다. 한쪽에는 계단이 있어서 난간 달린 중이층으로 이어졌다. 이 방 하나만 해도 내가 자란 아파트만 했다. 하지만 눈이 밝은 햇빛에 익숙해지자 방이 너무 썰렁해서 깜짝 놀랐다. 뼈처럼 새하얀 벽. 사냥용 산장 느낌을 낸 석재 난로. 병원 대기실에서 가져온 듯한 소파. 유리문 너머 파티오 벽에는 거의 텅 빈 선반이 달려 있었다.

아빠가 들어와서 양탄자에 여행 가방들을 털썩 떨어뜨렸다. "세상에, 잰, 똥 냄새 장난 아니야."

잰드라가 손가방을 내려놓으려고 몸을 숙이다가 개가 펄쩍 뛰어서 발톱으로 움켜쥐며 그녀를 타고 올라가기 시작하자 움찔했다. "재닛이 와서 개를 산책시켜주기로 했는데." 잰드라가 개 짖는 소리보다 목소리를 높여 말했다. "열쇠랑 다 줬는데. 세상에, 포퍼." 잰드라가 코를 찡그리고 고개를 돌리며 말했다. "너 냄새 장난 아니다."

집이 이렇게나 썰렁하다니. 그때까지 나는 엄마의 책과 깔개와 골동품을 팔고 거의 모든 물건들을 자선단체에 기증하거나 쓰레기장에 버리는 게 당연하다고 생각했다. 내가 자란 네 칸짜리 아파트는 벽장에 물건이 넘쳐나고 침대 아래는 전부 상자가 가득했고 찬장이 좁아서 프라이팬과 냄비 들은 천장에 걸어야 했다. 엄마 물건들을, 예를 들어 외할머니에게서 물려받은 은 상자나 조지 스터브스풍의 밤색 암말 그림, 엄마가 어렸을 때 읽던 《검은 말 이야기》 같은 것들을 가져왔으면 얼마나 좋았을까! 엄마가 외할아버지와 외할머니에게서 물려받은 가구나 그림 몇 점은 괜찮았는데 아빠는 엄마가 미워서 엄마 물건을 다 버린 것이다.

"세상에." 화가 난 아빠가 개 짖는 소리보다 목소리를 높여 말했다. "집을 다 망쳐놨잖아, 정말."

"음, 글쎄— 엉망인 건 알지만 재닛이 분명히—"

"내가 말했지, 개를 맡기라고. 아니면 우리 같은 데라도 넣어놨어야지. 난 집 안에 개 들이는 거 싫어. 짐승은 밖에서 사는 거야. 문제가 생길 거라고 내가 말했지? 젠장, 재닛은 빌어먹을 별종이라서—"

"개가 깔개에 오줌 몇 번 쌌다고 그러는 거야? 그게 어때서? 그리고— 너 무슨 구경났니?" 잰드라가 비명을 지르는 개를 넘으면서 화를 냈다. 나는 약간 놀라며 잰드라가 노려보고 있는 게 나란 것을 깨달았다.

6

나는 새 방이 너무 아무것도 없고 외롭게 느껴져서 가방을 푼 다음 옷장 안에 걸린 옷이 보이도록 미닫이문을 열어놓았다. 아래층에서 아빠가 양탄자에 대해 뭐라고 고함을 치는 소리가 아직도 들렸다. 불행히도 잰드라 역시 고함을 치면서 아빠를 더욱 신경질 나게 만들었는데, 아빠를 대할 때 절대 쓰지 말아야 할 방법이었다(잰드라가 물어봤다면 내가 말해줄 수 있었을 것이다). 뉴욕 우리 집에 살 때 엄마는 아빠의 분노를 질식시키는 법을 알았다. 입을 다물고 있으면 낮고 흔들림 없는 경멸의 불꽃이 방 안 공기를 전부 빨아들이고 아빠가 하는 모든 말을 우스꽝스럽게 만들었다. 결국 아빠는 천둥처럼 현관문을 쾅 닫고 나가버렸고, 몇 시간 뒤에 현관문을 조용히 찰칵 열고 돌아와서 아무 일도 없었다는 듯이 집 안을 돌아다니며 냉장고로 가서 맥주를 꺼내고 아주 평범한 목소리로 우편물이 어디 있느냐고 물었다.

나는 2층의 빈방 세 개 중에서 가장 큰 방을 골랐다. 호텔처럼 작은 욕실이 딸린 방이었다. 바닥에는 검푸른 색 플러시 천으로 만든 묵직한 양탄자가 깔려 있었다. 맨 매트리스 발치에 비닐 포장에 싸인 침대 시트가 놓여 있었다. 레전드 퍼케일. 20퍼센트 할인. 벽에서 어항 필터 소리처럼 낮은 기계음이 들렸다. 텔레비전 드라마에서 콜걸이나 스튜어디스가 살해되는 그런 방 같았다.

나는 아빠와 잰드라의 소리에 귀를 기울이면서 매트리스에 앉아 종이로 싼 그림을 무릎에 올려놓았다. 방문을 잠갔는데도 누가 올라올까 봐 종이를 벗기기가 망설여졌지만 그림을 보고 싶다는 생각을 떨칠 수 없었다. 나는 엄지손가락으로 테이프를 조심스럽게 긁어서 모서리부터 떼어냈다.

그림은 생각보다 쉽게 빠져나왔고, 나는 어느새 기쁨의 탄식을 삼키고 있었다. 밝은 햇빛 아래에서 보는 것은 처음이었다. 사방이 석고판으로 뒤덮여 새하얗고 건조한 방에서 숨죽인 색이 생명을 가지고 피어났다. 그림은 표면에 먼지가 아주 얇게 덮여 있었지만 열린 창 맞은편 벽처럼 빛을 담뿍 받은 시원한 분위기를 내뿜었다. 그래서 스완슨 선생님 같은 사람들이 사막의 빛에 대해서 이야기를 늘어놓았던 걸까? 스완슨 선생님은 떨리는 목소리로 뉴멕시코의 '짧은 체류' 이야기를 즐겨 했다. 드넓은 지평선, 텅 빈 하늘, 맑은 영혼. 하지만 빛의 장난 때문인지 그림이 어딘가 변한 것 같았다. 가끔 여름 늦은 오후, 태풍이 밀려와 폭우가 쏟아지기 직전에 엄마의 침실 창밖을 보고 있노라면 물탱크들이 그리는 어두운 지붕 선이 잠시 잠깐 묘하게 반짝이면서 짜릿한 느낌을 선사했던 것과 비슷했다.

"시오?" 아빠가 문을 세게 두드리며 말했다. "배고프니?"

나는 아빠가 문을 열려고 하다가 잠겨 있다는 것을 알아차리지 않기 바라면서 벌떡 일어섰다. 새 방은 감옥처럼 아무것도 없었지만 옷장에 아빠의 눈높이보다 높고 아주 깊은 선반이 있었다.

"중국 음식 시킬 거야. 너도 뭐 좀 시켜줄까?"

아빠가 이 그림을 보면 알아볼까? 지금까지는 그렇게 생각하지 않았지만 빛 속에서 그림이 내는 광채를 보니 바보라도 알아보겠다는 생각이 들었다. "음, 바로 갈게요." 내가 말했다. 어색하고 쉰 목소리였다. 나는 그림을 여분의 베갯잇에 넣어서 침대 밑에 숨긴 다음 서둘러 방을 나갔다.

7

나는 라스베이거스의 학교가 개학할 때까지 몇 달 동안 아이팟의 이어폰을 끼고 소리는 죽인 채로 아래층을 어슬렁거리면서 몇 가지 흥미로운 사실을 알아냈다. 우선, 사실 아빠의 예전 직업은 아빠가 엄마와 내가 믿도록 유도했던 것처럼 시카고나 피닉스로 자주 출장을 가는 일이 아니었다. 아빠는 엄마와 나 몰래 몇 달 동안이나 라스베이거스를 오갔고, 라스베이거스 벨라지오 리조트의 아시아풍 술집에서 잰드라를 처음 만났다. 두 사람은 아빠가 사라지기 전부터 한동안, 내가 파악한 바로는 1년 조금 넘게 만났다. 아빠와 잰드라는 엄마가 죽기 얼마 전에 델모니코 스테이크하우스에서 저녁을 먹고 MGM 그랜드 호텔에서 존 본 조비의 콘서트를 관람하면서 '기념일'을 축하한 것 같았다. (본 조비라니! 엄마에게 하고 싶은 이야기가 수천 수백만 가지는 있었지만 나는 무엇보다도 이 얘기를 너무 하고 싶었다. 엄마가 이 재미있는 사실을 절대 알 수 없다니 정말 안타까웠다.)

내가 데저트엔드 로드의 집에서 며칠을 보낸 후 알아낸 또 다른 사실은, 아빠와 잰드라는 아빠가 '술을 끊었다'고 했지만 그 말은 사실 스카치위스키(아빠가 즐겨 마시던 술)에서 코로나 라이트와 바이코딘으로 바꾸었다는 뜻이었다. 정말 안 어울리는 상황에서도 두 사람이 손가락으로 V 신호를 너무 자주 주고받는 것이 이상했는데, 내가 듣고 있는 줄 모르고 아빠가 잰드라에게 바이코딘을 달라고 말하지 않았다면 수수께끼는 훨씬 더 오랫동안 풀리지 않았을 것이다.

내가 좋아하는 자유분방한 여배우가 불빛이 번쩍이는 경찰차 앞에서 비틀비틀 메르세데스에서 내리는 사진이 항상 타블로이드 신문에 실리는 것이 바이코딘 때문이라는 것을 제외하면 나는 그 약에 대해서 아무것도 몰랐다. 며칠 뒤에 나는 알약이 3백 개쯤 든 비닐봉지를 우연히 발견했다. 그것은 아빠가 먹는 탈모 치료제랑 아직 내지 않은 청구서 뭉치와 함께 부엌 조리대에 있었는데, 잰드라가 얼른 낚아채서 손가방에 넣었다.

"그게 뭐예요?" 내가 말했다.

"음, 비타민이야."

"왜 비닐봉지에 들어 있어요?"

"직장에서 만난 보디빌더한테서 받았거든."

이상한 점은―나는 이 점에 대해서도 엄마와 상의하고 싶었다―약에 전 아빠가 예전의 아빠보다 상냥하고 예측하기 쉽다는 사실이었다. 아빠가 술을 마실 때는 정신을 잃을 때까지 부적절한 농담을 하고 공격적으로 에너지를 쏟아내면서 사람의 신경을 건드렸고, 술을 끊으면 더 심해졌었다. 같이 거리를 걸을 때면 아빠는 혼잣말을 하며 엄마와 나보다 열 걸음 정도 앞에서 급하게 걸어가면서 총이라도 든 것처럼 양복 주머니를 톡톡 두드렸다. 그리고 우리에게 필요하지도 않고 감당할 수도 없는 물건들을 사 왔는데, 예를 들면 하이힐을 싫어하는 엄마에게 악어가죽으로 된 마놀로 구두를, 게다가 맞지도 않는 사이즈를 사다 주었다. 아빠는 직장에서 서류 더미를 가지고 와서 자정이 넘을 때까지 아이스커피를 마시고 계산기를 두드리면서 스테어마스터*를 40분 동안 한 사람처럼 땀을 흘렸다. 또는 브루클린에서 열리는 무슨 파티에 가겠다고 소란을 피우면서 ("무슨 소리야, '안 가는 게 좋겠어'라니? 내가 은둔자처럼 살아야 한다는 거야? 그래?") 엄마를

---

* StairMaster : 러닝머신과 비슷한 기구로 계단 오르기 운동을 할 수 있다.

끌고 가놓고서 다른 사람을 모욕하거나 면전에서 비웃다가 10분 만에 박차고 나왔다.

하지만 약을 먹으면 그때와 달리 더 우호적인 에너지가 나왔다. 느긋하면서도 쾌활해서 몽롱하게 얼이 빠져 둥둥 떠다니는 것 같았다. 걸음도 느려졌다. 아빠는 낮잠을 더 많이 자고, 순순히 고개를 끄덕이고, 하던 말의 갈피를 놓치고, 목욕 가운을 반쯤 벌린 채 맨발로 느릿느릿 걸어 다녔다. 친근하게 욕을 하고, 면도를 자주 하지 않고, 입가에 담배를 물고 편안하게 이야기하는 모습을 보면 꼭 50년대 누아르 영화나 〈오션스 일레븐〉에 나오는 멋진 남자, 잃을 것이 별로 없는 느긋하고 심드렁한 조직원을 연기하는 것 같았다. 그 와중에도 감정 과잉에 약간 대담무쌍한 건방진 학생 같은 모습이 남아 있었는데, 아빠가 반쯤 쇠하고 무관심해지는 초로에 접어들고 있다는 걸 생각하면 더 신기한 일이었다.

엄마는 절대 허락하지 않았을 아주 값비싼 케이블 요금을 내는 데저트엔드 로드의 집에서 아빠는 블라인드를 내려서 강렬한 햇빛을 가리고 텔레비전 앞에 앉아서 아편중독자처럼 무표정한 얼굴로 담배를 피우면서 소리를 끈 채 ESPN 채널을 보았다. 특별히 어떤 스포츠를 좋아하는 것이 아니라 크리켓, 하이알라이, 배드민턴, 크로케 등 방영되는 경기는 무엇이든 봤다. 집 안 공기는 지나치게 차갑고 냉장고처럼 퀴퀴한 냄새가 났다. 몇 시간이고 꼼짝도 없이 앉아서 향을 태우는 것처럼 가느다란 담배 연기를 천장으로 피워 올리는 아빠는 PGA 순위표를 보면서 부처님에 대해서, 불교의 가르침과 불교 교단에 대해서 명상이라도 하는 것 같았다.

아빠에게 직업이 있는지, 만약 있다면 어떤 일인지 분명하지 않았다. 전화기가 밤낮없이 울렸다. 아빠는 전화기를 들고 나에게 등을 돌려 복도로 나가서 벽에 기대어 팔로 몸을 감싸고 양탄자를 보면서 이야기했는데, 그 태도는 왠지 힘든 경기가 끝났을 때의 코치를 연상시켰다. 아빠는 보통 아주 낮은 목소리로 통화했지만 그렇지 않더라도 분배금, 돈줄, 승산이 있는 우승 후보, 기록식이니 승부식이니 하는 아빠의 말만 듣고 대화를 이해하기는 쉽지 않았다. 아빠는 대부분의 시간을 바깥에서 보냈지만 무슨 일인지 말하지 않았고, 아빠와 잰드라 모두 집에 돌아오지 않는 밤이 아주 많았다. "MGM 그랜드에서 무료 초대를 많이 받아서 말이야." 아빠가 소파 쿠션에 몸을 기대고 눈을 문지르면서 지친 듯 한숨을 쉬며 설명했다. 그러면 나는 아빠가 연기했던 80년대의 유물인 무엇에든 쉽게 질리는 우울한 바람둥이를 다시 보는 것 같았다. "신경 안 써도 돼. 잰드라가 밤 근무일 때는 스트립에서 대충 시간을 때우는 게 더 나아서 그런 것뿐이니까."

<h2 style="text-align:center">8</h2>

"사방에 널려 있는 이 종이들은 다 뭐예요?" 어느 날 잰드라가 부엌에서 하얀색 다이어트 음료를 만들고 있을 때 내가 물었다. 온 집에서 숫자가 인쇄된 카드가 계속 나왔지만 나는 그게 뭔지 전혀 알 수 없었다. 카드에는 단조로운 숫자들이 나열되어 있고 연필로 줄이 그어져 있었다. 약간 과학적인 느낌이 나는 게 DNA 염기 배열이나 이진법으로 표시한 스파이 메시지처럼 섬뜩한 느낌이었다.

잰드라가 믹서를 끄고 눈앞을 가린 머리카락을 획 넘겼다. "뭐라고?"

"무슨 연습지 같은 거 말이에요."

"바카라!" 잰드라가 r 발음을 굴리면서, 손가락을 장난스럽게 퉁기면서 말했다.

"아." 잠시 정적 후에 내가 말했지만, 사실 들어본 적도 없는 단어였다.

잰드라가 손가락으로 음료수를 찍어서 핥았다. "MGM 그랜드에 있는 바카라 살롱에 자주 가거든. 너희 아빠는 자기가 했던 게임을 보관하는 걸 좋아해서."

"언제 저도 같이 가도 돼요?"

"아니. 음, 그래— 갈 수는 있겠지." 잰드라는 내가 불안정한 이슬람 국가로 휴가를 가는 게 어떠냐고 물어보기라도 한 것처럼 말했다. "하지만 카지노에서 아이들을 썩 달가워하진 않거든? 우리가 바카라 하는 걸 보러 오면 안 된다고 할지도 몰라."

나는 그럼 뭐라고 생각했다. 아빠와 잰드라가 도박하는 걸 옆에 서서 지켜보는 게 딱히 재미있을 것 같지도 않았다. 내가 말했다. "호랑이랑 해적선이랑 뭐 그런 게 있는 줄 알았는데요."

"그래. 응, 아마 그럴 거야." 잰드라가 선반에 놓인 유리잔을 집으려고 손을 뻗자 티셔츠와 골반 바지 사이로 파란색 한자가 새겨진 네모난 문신이 드러났다. "몇 년 전에 무슨 가족용 패키지를 내놨었는데 잘 안 됐지."

9

다른 상황이었다면 나는 잰드라를 좋아했을 것이다. 이건 나를 팬 녀석을 보면서 나를 패지만 않았으면 좋아했을 거라고 말하는 것과 다름없을지도 모른다. 나는 잰드라를 보면서 마흔 넘은 여자도—원래 예쁘지도 않은데—성적으로 매력적일 수 있음을 느꼈다. 잰드라는 얼굴이 예쁘지는 않았지만 (총알 같은 눈, 뭉툭하고 작은 코, 작은 치아) 몸매가 좋았다. 운동을 열심히 했고, 팔과 다리는 선탠 스프레이를 뿌린 것처럼 잘 태워서 크림이나 오일을 잔뜩 바른 것처럼 반짝거렸다. 그녀는 하이힐을 신고 흔들흔들 빨리 걸었고, 항상 너무 짧은 치마를 끌어 내리고 몸을 약간 앞으로 숙이면서 걷는 모습이 이상하게도 유혹적이었다. 어떤 면에서 나는 잰드라에게 거부감을 느꼈다. 혀 짧은 소리, '립글래스'라고 적힌 튜브에서 짠 찐득하고 번쩍이는 립글로스, 귀에 뚫린 여러 개의 피어싱 구멍, 잰드라가 혀끝으로 쓸어보기 좋아하는 앞니 사이의 틈 모두가 그랬다. 하지만 잰드라에게는 뭔가 관능적이고 흥분되고 멋진 면이 있었다. 힐을 벗고 맨발로 걸어 다닐 때면 동물적인 힘이, 가르랑거리면서 서성이는 듯한 분위기가 느껴졌다.

바닐라 코카콜라, 바닐라 챕스틱, 바닐라 다이어트 음료, 바닐라 스톨리치나야 보드카. 잰드라는 일하러 가지 않을 때면 한가롭게 테니스나 치는 가정주부처럼 짧은 흰색 치마를 입고 금 액세서리를 잔뜩 했다. 테니스화 역시 새것으로 새하얀 색이었다. 잰드라는 코바늘로 뜬 흰색 비키니를 입고 수영장 가에서 일광욕을 했다. 등이 넓지만 날씬했고, 셔츠를 벗은 남자처럼 갈비뼈가 두드러졌다. 잰드라는 라운지 의자에 누워 있다가 비키니 브래지어 잠그는 것을 깜빡하고 일어나 앉을 때면 "어머, 노출 사고네"라고 말했고, 나는 그녀의 가슴도 나머지 부분처럼 햇볕에 탔음을 알 수 있었다.

잰드라는 〈서바이버〉, 〈아메리칸아이돌〉 같은 리얼리티 쇼를 좋아했다. 또 인터믹스와 주시쿠튀르의 옷을 즐겨 샀다. 그녀는 자기 친구 코트니를 '배출구'라고 즐겨 불렀는데, 불행히도 잰드라가 배출하는 감정은 대부분 나에 대한 것이었다. 어느 날 아빠가 나가고 없을 때 잰드라가 전화기에 대고 말하는 소리가 들렸다. "믿어지니? 난 이런 약속 한 적 없어. 애라고? 제정신이야?"

"그래, 골칫덩이지, 맞아." 잰드라는 말버러라이트를 느릿느릿 들이마시면서 말을 이었고, 수영장으로 이어지는 유리문 앞에 잠깐 서서 새로 칠한 연녹색 발톱을 내려다보았다. "아니야." 잠시 후에 그녀가 말했다. "얼마 동안인지는 몰라. 내 말은, 내가 어떻게 생각을 하기 바라는 거야? 난 애들 꽁무니나 열성적으로 쫓아다니는 끔찍한 엄마 따위는 될 생각이 없다고."

잰드라의 불평은 일상적인 것일 뿐 특별히 열띤 것도, 감정적으로 받아들일 만한 것도 아니었다. 하지만 내가 어떻게 해야 잰드라가 날 좋아할지 알기 어려웠다. 지금까지의 나는 엄마와 비슷한 나이의 여자들은 주변을 얼쩡거리면서 말을 걸면 좋아한다는 기본 가정하에 행동했지만, 잰드라에게는 기분 나쁜 표정으로 집에 왔을 때 농담을 하거나 무슨 일 있었냐고 지나치게 열심히 묻지 않는 것이 낫다는 사실을 금방 배웠다. 가끔 나와 단둘이 있으면 잰드라는 ESPN에 맞춰진 채널을 돌렸고, 우리는 같이 앉아서 프루트칵테일을 먹으면서 아주 평화로운 분위기에서 라이프타임 채널의 영화를 보기도 했다. 하지만 잰드라는 나에게 짜증이 나면 내가 하는 모든 말에 "그러게"라고 차갑게 대답하곤 했는데, 그러면 나는 바보가 된 기분이 들었다.

"음, 통조림 따개를 못 찾겠어요."

"그러게."

"오늘 밤에 월식이 있대요."

"그러게."

"저거 봐요, 벽면 소켓에서 불꽃이 튀어요."

"그러게."

잰드라는 밤에 일을 했다. 보통 그녀는 오후 세 시 반쯤 굴곡을 드러내는 유니폼—검은 재킷, 몸에 딱 붙고 신축성 있는 검은 바지, 주근깨가 난 가슴뼈 부근까지 단추를 푼 블라우스—을 입고 휑하니 나갔다. 블레이저에 달린 이름표에는 이름이 대문자로 쓰여 있고 그 밑에는 플로리다라고 적혀 있었다. 뉴욕에서 셋이 저녁을 먹으러 나갔을 때 잰드라는 부동산 일을 시작하려고 노력하는 중이라 말했지만 나는 잰드라의 본업이 스트립에 있는 카지노의 술집 '니클스'의 매니저임을 곧 알게 되었다. 가끔 잰드라는 미트볼이나 치킨데리야키 같은 안주를 플라스틱 그릇째 랩으로 싸서 집으로 가져와 소리를 끈 텔레비전 앞에 앉아서 아빠와 함께 먹었다.

두 사람과 함께 사는 것은 별로 친하지 않은 룸메이트와 사는 것과 비슷했다. 두 사람이 들어오면 나는 내 방으로 가서 문을 닫았다. 두 사람이 나가면—거의 늘 그랬다—나는 집 안을 조금 더 넓게 서성이면서 탁 트인 공간에 익숙해지려고 애썼다. 방은 대부분 가구나 물건이 거의 없이 비어 있었고 커튼을 치지 않아서 밝았기 때문에—온통 다 드러난 양탄자와 평면의 연속이었다—약간 표류하는 듯한 기분이 들었다.

하지만 앤디네 집에서 지낼 때처럼 항상 노출되어 있거나 무대에 선 듯한 기분은 아니라서 다행이었다. 하늘은 깊고 무심하고 끝없는 파란색이었고, 결코 존재하지 않는 우스꽝스러운 영광을 약속하는 것 같았다. 내가 옷을 갈아입지 않아도, 상담 치료를 받지 않아도, 아무도 신경 쓰지 않았다. 나는 마음껏 빈둥거릴 수 있었고 원한다면 오전 내내 침대에 누워서 로버트 미첨 영화 다섯 편을 연달아 볼 수도 있었다.

잰드라는 노트북을 침실에 두었는데 아빠와 잰드라의 침실은 항상 잠겨 있었기 때문에 정말 아쉬웠다. 나는 그 노트북에 손을 댈 수 없었고 잰드라가 집에 있을 때 거실에서만 쓸 수 있었다. 나는 아빠와 잰드라가 집을 비우면 여기저기 쑤시고 다니다가 부동산 전단지, 아직 상자에서 꺼내지도 않은 새 와인 잔, 낡은 〈TV 가이드〉 더미, 《당신의 태음궁》, 《사우스비치 다이어트》, 《카로가 알려주는 포커텔》, 재키 콜린스의 《연인과 바람둥이》 등 낡고 큰 책자들이 가득한 상자를 발견했다.

주변 집들은 비어 있었기 때문에 이웃이 없었다. 길 건너편의 대여섯 채 아래의 집 앞에 낡은 폰티액이 주차되어 있었다. 가슴이 크고 머리가 지저분하고 피곤해 보이는 여자의 집이었는데, 가끔 늦은 오후에 그녀가 맨발로 자기 집 앞에 서서 담배 한 갑을 끼고 핸드폰으로 통화하는 모습이 보였다. 나는 그 여자를 내 마음대로 '플라야'라고 불렀는데, 처음 봤을 때 입고 있던 티셔츠에 '플라야*를 미워하지 말고 게임을 미워해'라고 적혀 있었기 때문이었다. 내가 플라야 외에 유일하게 이 거리에서 본 살아 있는 이웃은 멀리 막다른 길에서 본 검정색 스포츠 셔츠를 입은 배 나온 남자였는데, 바퀴 달린 쓰레기통을 도로가에 내놓고 있었다(이 거리에서는 쓰레기를 수거하지 않는다고 말해줘야 했을까. 쓰레기를 버릴 때가 되면 잰드라는 나에게 가방을 몰래 들고 나가서 몇 집 건너 공사 도중에 버려진 집 대형 쓰레기통에 버리고 오라고 시켰다). 밤이 되면─우리 집과 플라야의 집을 빼고─완전한 어둠이 거리를 장악했다. 3학년 때 책에서 읽은 개척 시대 네브래스카 평원에 살던 어린이들만큼이나 완벽한 고립을 경험했는데, 형제자매도, 친근한 농장 동물도, 엄마 아빠도 없다는 점이 달랐다.

이쪽으로 와서 가장 힘든 건 아무것도 없는 외딴 동네에 갇힌 것이었다. 영화관이나 도서관, 길모퉁이 가게 하나도 없었다. "버스나 뭐 그런 거 없어요?" 내가 어느 날 저녁 부엌에서 아토믹윙스의 닭고기와 블루치즈 소스를 싼 랩을 벗기는 잰드라에게 물었다.

"버스?" 잰드라가 손가락에 묻은 바비큐 소스를 핥으며 말했다.

"여기 대중교통은 없어요?"

"없어."

"그럼 사람들은 어떻게 해요?"

잰드라가 고개를 갸웃했다. "차를 몰고 다니겠지?" 내가 자동차가 뭔지 들어본 적도 없는 저능아라도 되는 것처럼 그녀가 말했다.

하지만 딱 한 가지, 여긴 수영장이 있었다. 첫날 나는 한 시간 만에 벽돌처럼 새빨갛게 타서 까끌까끌한 새 시트 위에 누워 밤새 잠도 못 자고 고통을 겪었다. 그때 이후 나는 해가 지기 시작해야 밖으로 나갔다. 이곳의 황혼은 화려하고 통속적이어서 주황색과 진홍색과 〈아라비아의 로렌스〉에 나오는 듯한 주홍색이 하늘을 뒤덮었고, 그런 다음 문이 쾅 닫히는 것처럼 하

---

*   playa : 선수(player)라는 뜻.

늘이 새까매졌다. 잰드라의 개 포퍼―대부분 울타리 그늘에 놓인 이글루 모양의 갈색 플라스틱 개집에 있었다―는 왈왈 짖으면서 수영장 가장자리를 따라 이리저리 뛰어다녔고, 나는 물 위에 누워서 어지럽게 흩어진 하얀 별들 사이에서 아는 별자리를 찾아보았다. 거문고자리, 카시오페이아자리, 꼬리에 뿔이 두 개 달린 채찍 같은 전갈자리. 모두 뉴욕의 내 방 천장에 형광 별을 붙여서 만든 나만의 플라네타륨에서 반짝거리며 나를 재우던 어린 시절의 친근한 별자리였다. 이제 변장을 벗어던진 신들처럼 차갑고 웅장하게 변한 별들을 보니 내 별자리들이 지붕을 뚫고 하늘로 올라가서 진정한 집을 찾은 것 같았다.

10

학교는 8월 둘째 주에 시작했다. 울타리로 둘러싸이고 지붕 달린 보도로 연결된 길고 낮은 모래색 학교 건물들을 멀리서 보자 경비를 최소화한 개방형 교도소가 떠올랐다. 하지만 건물 안으로 들어서니 밝은 색의 포스터와 소리가 울리는 복도들이 학교에 대한 익숙하고 오래된 개념과 맞아떨어졌다. 북적북적한 계단, 웅웅거리는 불빛, 피아노 크기만 한 통에 이구아나한 마리가 들어 있는 생물 교실. 정말 많이 본 텔레비전 세트처럼 익숙한, 사물함이 늘어선 복도들. 예전 학교와 피상적인 면에서 비슷할 뿐이었지만 이상하게 편안하고 현실적인 느낌이 들기도 했다.

다른 우등 영어 반은 《위대한 유산》을 읽고 있었지만 우리 반은 《월든》을 읽었다. 나는 시원하고 조용한 책 속으로 숨어들었다. 금속판처럼 번쩍이는 사막으로부터의 피난처였다. 아침 휴식 시간(학생들이 사슬 울타리가 쳐진 바깥으로 나가 자판기 근처로 몰리는 시간)에 나는 염가 문고판 책과 빨간 색연필을 들고 내가 찾을 수 있는 가장 그늘진 구석으로 가서 《월든》을 읽으면서 특히 와닿는 수많은 문장에 밑줄을 그었다. "대부분의 사람들은 조용하고 절망적인 삶을 산다." "전형적이지만 무의식적인 절망은 우리가 인간의 즐거움과 유희라고 부르는 것에도 숨겨져 있다." 월든이 라스베이거스를, 그 불빛과 소음, 쓰레기와 백일몽, 투사된 이미지와 공허한 겉치레를 봤다면 뭐라고 했을까?

학교는 유동적인 느낌이라 불안했다. 군인 자녀와 외국인―대부분 경영직이나 건축 사업 때문에 라스베이거스로 온 회사 중역의 자녀들이었다―이 많았다. 일부 아이들은 몇 년 동안 아홉 개나 열 개 주를 거친 다음 라스베이거스로 왔고, 시드니, 카라카스, 베이징, 두바이, 타이베이 등 해외에 살다 온 아이들도 많았다. 힘든 시골 일에서 도망쳐서 호텔에서 식기를 치우거나 청소를 하는 일을 찾아서 라스베이거스로 온 사람들의 자녀도 있었는데 다들 수줍음이 많고 거의 눈에 띄지 않았다. 내가 들어온 새로운 생태계에서 인기를 결정하는 것은 돈도 아니고 심지어는 잘생긴 외모도 아닌 것 같았다. 내가 알게 된 바에 따르면 제일 중요한 것은 누가 라스베이거스에서 가장 오래 살았는가였는데, 따라서 멕시코 출신의 대단한 미녀나 이사를 자주 다니는 건축 회사 후계자들이 혼자 앉아서 점심을 먹었고, 부동산 중개업자나 자동차 판매원 부모를 둔 특색 없이 그저 그런 아이들이 아무도 도전하지 못하는 학교의 엘리트인 치어리더나 반장을 맡았다.

날은 맑고 아름다웠다. 9월이 다가오면서 끔찍한 번쩍임이 물러나고 황금빛의 뿌연 빛이 다가왔다. 나는 스페인어를 익히려고 가끔 스페인계 아이들과 같이 점심을 먹었다. 또 독일어를 못 해도 가끔은 독일어Ⅱ를 듣는 아이들―도이치뱅크나 루프트한자 중역의 자녀들―과 같이 먹었다. 그중에 뉴욕에서 자란 아이들이 있었기 때문이었다. 내가 기대하는 수업은 영어밖에 없었지만 같은 반 아이들이 대부분 소로를 싫어했고, (노인에게서는 그 어떤 귀중한 배움도 얻지 못했다고 주장했던) 소로가 우리의 친구가 아닌 적이라는 듯이 욕까지 했기 때문에 나는 기분이 언짢았다. 소로가 상업을 경멸했다는 사실에 나는 신이 났지만 목소리가 큰 같은 반 아이들은 화를 냈다. "그래, 맞아." 드래곤볼Z의 등장인물처럼 머리카락에 젤을 발라 딱딱하게 빗은 기분 나쁜 남자애가 큰 소리로 말했다. "다들 학교를 중퇴하고 숲에서 음침하게 살면 참 대단하겠네."

"내 말이, 내 말이." 뒤쪽에서 어떤 목소리가 징징거렸다.

"반사회적이야." 아이들이 웃자 입이 큰 여자애가 열심히 말을 보탰다. 그녀는 자리에 앉은 채 선생님을 향해 몸을 돌렸다. (담당인 스피어 선생님은 힘이 없고 뼈대가 길쭉한 여선생님으로, 항상 갈색 샌들과 흙빛 옷을 입었고 심한 우울증을 앓는 사람처럼 보였다.) "소로는 항상 아무것도 안 하고 앉아서 자기가 얼마나 행복한지 모른다고 얘기하잖아요."

"생각해봐." 드래곤볼Z 같은 남자애가 신이 나서 높은 목소리로 말했다. "소로의 말처럼 다들 그만두면 어떻게 되겠어? 소로 같은 사람들밖에 없으면 어떤 사회가 되느냐고? 병원이나 뭐 그런 것도 없을 거야. 도로도 없고."

"멍청한 놈." 누군가 반갑게 중얼거렸다. 주변 사람들에게 다 들릴 정도로 큰 소리였다.

나는 고개를 돌려 그 말을 한 아이를 보았다. 아주 피곤해 보이는 남자애가 통로 건너편에 구부정하게 앉아서 손가락으로 책상을 탁탁 치고 있었다. 그는 내 시선을 눈치채고 놀라울 만큼 눈에 띄게 눈살을 찌푸렸다. 다들 이렇게 멍청하다니, 믿어지냐?라고 말하는 것 같았다.

"저 뒤에 누구, 하고 싶은 말 있니?" 스피어 선생님이 말했다.

"소로가 도로 따위에 퍽이나 신경 썼겠다." 피곤해 보이는 애가 말하자, 나는 그 억양을 듣고 깜짝 놀랐다. 외국인 같았지만 어느 나라인지 알 수 없었다.

"소로는 최초의 환경주의자였어." 스피어 선생님이 말했다.

"최초의 채식주의자이기도 했어요." 뒤쪽에서 어떤 여자애가 말했다.

"딱이네." 다른 누군가가 말했다. "풀을 뜯어 먹는 사람이었군."

"다들 내 말의 요점을 놓치고 있어." 드래곤볼 소년이 흥분해서 말했다. "숲 속에 앉아서 하루 종일 개미랑 모기만 볼 게 아니라 누군가는 도로를 건설해야 돼. 그게 바로 문명이라고."

내 동지가 날카롭고 경멸에 찬 웃음을 터뜨렸다. 그는 마르고 창백한 데다가 그다지 깔끔하지 않았고, 곧은 검은 머리가 내려와 눈을 가리고 있었다. 또 도망자처럼 병약하고 파리해 보였고 손에는 굳은살이 박이고 주변이 거뭇한 손톱은 물어 뜯겨 있었다. 반짝이는 머릿결에 스키를 타느라 태운 얼굴로 스케이트보드를 타고 다니던 어퍼웨스트사이드의 아이들, CEO나 파크가의 의사를 아빠로 둔 불량한 애들과는 달랐다. 이 아이는 길 잃은 개를 줄에 묶어서 데리고 길거리에 앉아 있는 모습이 상상이 되는 그런 애였다.

"그럼 이 문제들에 대해서 얘기해볼까? 다들 15쪽을 다시 봐." 스피어 선생님이 말했다. "여기서 소로는 생활 실험에 대해 이야기하고 있어."

"어떻게 실험을 해요?" 드래곤볼Z가 말했다. "소로처럼 숲에서 사는 게 동굴에서 살던 원시인들이랑 뭐가 달라요?"

검은 머리 소년이 얼굴을 찌푸리더니 자리에 더 깊숙이 기댔다. 8번가에서서 담배를 주고받으면서 서로 흉터를 비교하고 잔돈을 구걸하는 노숙자 같은 아이들이 생각났다. 찢어진 옷과 빼빼 마르고 새하얀 팔이 똑같았다. 손목을 감싼 검정색 가죽 팔찌도 똑같았다. 복잡하게 여러 겹으로 감긴 팔찌는 내가 읽을 수 없는 어떤 신호 같았지만, 대략적인 의미는 명확하고도 남았다. 우린 종족이 달라, 꿈도 꾸지 마. 난 너랑 어울리기에는 너무 멋진 사람이니까 나한테 말도 걸지 마. 이것이 바로 내가 라스베이거스에서 유일하게 사귄 친구이자 평생 가장 친한 친구가 된 아이에게서 받은 잘못된 첫인상이었다.

그의 이름은 보리스였다. 어쩌다 보니 우리는 그날 학교가 끝난 후 버스를 기다리는 아이들 틈에 같이 서 있었다.

"하. 해리 포터네." 보리스가 나를 보며 말했다.

"꺼져." 내가 뚱하게 말했다. 라스베이거스에서 해리 포터라는 말을 듣는 것이 처음은 아니었다. 뉴욕에서 입던 카키색 바지와 흰색 옥스퍼드 셔츠, 불행히도 앞을 보려면 꼭 필요했던 거북딱지 안경 때문에 대부분이 민소매 셔츠에 슬리퍼 차림인 이 학교에서 나는 괴짜처럼 보였다.

"빗자루는 어디 있냐?"

"호그와트에 놓고 왔다." 내가 말했다. "넌? 네 보드는 어디 있어?"

"뭐?" 보리스가 나를 향해 몸을 숙이고 노인처럼 손을 둥글게 말아서 귀에 대고 잘 안 들린다는 손짓을 했다. 보리스는 나보다 머리 반 정도 컸다. 그는 정글 부츠에 무릎이 튀어나온 이상하고 낡은 야전복, 스노보드를 연상시키는 그림에 흰색 고딕체로 **여름은 없다**라고 적힌 불룩한 검정 티셔츠를 입고 있었다.

"셔츠 말이야." 내가 통명스럽게 고갯짓을 하면서 말했다. "사막에서 보드 타기 힘들 텐데."

"아냐." 보리스가 눈앞을 가린 헝클어진 검은 머리를 뒤로 넘기며 말했다. "스노보드 탈 줄 몰라. 그냥 태양이 싫은 거야."

결국 우리는 버스에 같이 타서 문에서 제일 가까운 자리에 앉았다. 다른 아이들이 기를 쓰고 뒤쪽으로 밀고 들어가는 것을 보니 틀림없이 인기 없는 자리 같았지만 나는 통학 버스를 탄 적이 별로 없었고, 맨 앞줄의 첫 번째 빈자리에 앉는 게 당연하다고 생각하는 것을 보니 보리스도 그런 것 같았다. 한참 별말 없이 있었지만 버스를 타는 시간이 길어서 결국 우리는 이야기를 나누게 되었다. 알고 보니 보리스도 캐니언 새도에 살았지만, 더 멀리 사막을 개간 중인 쪽이었다. 그쪽에는 아직 완성되지 않은 집이 많았고 거리에 모래 더미가 버티고 있었다.

"여기 온 지 얼마나 됐어?" 내가 보리스에게 물었다. 새 학교의 아이들은 교도소에라도 다녀온 것처럼 서로 이렇게 물었다.

"몰라. 두 달 정도 됐나?" 보리스는 오스트레일리아 억양이 강한 영어를 유창하게 했지만 뭔가 어둡고 걸쭉한 게 숨어 있었다. 드라큘라 백작, 혹은 KGB 요원의 냄새를 풍겼다. "넌 어디서 왔어?"

"뉴욕." 내가 말했다. 보리스가 말없이 나를 다시 보면서 *아주 멋진데*라고 말하듯이 눈을 가늘게 떠서 나는 흐뭇했다. "너는?"

보리스가 얼굴을 찌푸렸다. "음, 한번 보자." 그는 이렇게 말한 다음 좌석 깊숙이 앉아서 손가락을 꼽으며 말했다. "러시아랑 스코틀랜드에 살았는데, 근사했을지도 모르지만 기억이 안 나고, 그다음에는 오스트레일리아, 폴란드, 뉴질랜드, 그리고 텍사스에서 두 달, 알래스카, 뉴기니, 캐나다, 사우디아라비아, 스웨덴, 우크라이나—"

"우아."

보리스가 어깨를 으쓱했다. "하지만 거의 오스트레일리아, 러시아, 우크라이나에서 살았어."

"러시아어 기억해?"

보리스가 몸짓으로 답했고 나는 *대충*이라는 뜻으로 받아들였다. "우크라이나어랑 폴란드어도 기억나. 많이 잊어버리긴 했지만. 저번에는 '잠자리'가 뭔지 생각해봤는데 기억이 안 나더라."

"무슨 말이든 해봐."

보리스가 선뜻 후두음이 강하고 침을 뱉는 듯한 말을 해주었다.

"무슨 뜻이야?"

보리스가 킬킬 웃었다. "'확 죽여버린다'라는 뜻이야."

"진짜? 러시아어로?"

보리스가 전혀 미국인답지 않은 회색 치아를 드러내며 웃었다. "우크라이나어로."

"우크라이나에서는 러시아어 쓰는 줄 알았는데."

"음, 맞아. 지방에 따라 달라. 러시아어랑 우크라이나어는 되게 다르지. 음—" 보리스가 혀를 차더니 눈을 굴렸다. "아니, 별로 그렇진 않다. 숫자가 다르고, 요일이랑 어휘가 좀 달라. 내 이름도 우크라이나어로는 철자가 다르지만 북아메리카에서는 러시아어 철자를 쓰는 게 더 쉬워서 y 대신 i를 쓰는 거야. 서양 사람들은 다 보리스 옐친을 알잖아……." 보리스가 고개를 갸웃하며 말했다. "보리스 베커*도 있고—"

"보리스 바데노프**도—"

"뭐?" 내가 모욕적인 말을 한 것처럼 보리스가 고개를 돌리며 날카롭게 말했다.

"불윙클 몰라? 보리스와 나타샤?"

"아, 맞다. 보리스 공작!《전쟁과 평화》. 거기서 따온 이름이야. 보리스 공작의 성은 네가 말한 게 아니라 드루베츠코이지만."

"그럼 넌 모국어가 뭐야? 우크라이나어?"

보리스가 어깨를 으쓱했다. "아마도 폴란드어?" 그가 자리에 기대어 앉더니 고개를 홱 돌려 검은 머리카락을 넘겼다. 눈빛은 강렬하고 익살스러웠고 눈동자가 새까맸다. "엄마는 폴란드 사람이야, 우크라이나 국경 근처 제슈프 출신. 러시아어, 우크라이나어— 알겠지만 우크라이나는 소비에트연방의 위성국가였잖아, 그래서 둘 다 할 줄 알아. 러시아어를 그렇게 잘하지는 않지만 욕할 때는 러시아어가 아주 좋지. 러시아어부터 우크라이나어,

---

*   Boris Becker : 독일의 유명 테니스 선수.

**   Boris Badenov : 애니메이션 캐릭터.

폴란드어, 체코어까지, 슬라브어는 하나를 알면 다 이해할 수 있어. 근데 지금은 영어가 제일 편해. 예전엔 반대였지만."

"미국은 어때?"

"다들 너무 활짝 웃어! 음— 대부분은 말이야. 넌 별로 안 그럴지도 모르지만. 바보 같아."

보리스는 나처럼 아직 어린애였다. 보리스의 아버지(시베리아에서 태어난 노보아간스크 출신의 우크라이나 국적자)는 채광 탐사 일을 했다. "아주 중요한 직업이야. 전 세계를 돌아다니지." 두 번째 아내였던 보리스의 어머니는 죽었다.

"우리 엄마도." 내가 말했다.

보리스가 어깨를 으쓱하며 말했다. "한참 됐어. 알코올중독이었지. 어느 날 밤에 술을 마시고 창문에서 떨어져서 죽었어."

"와." 보리스가 너무 가볍게 툭 던지듯 이야기해서 내가 약간 놀라면서 말했다.

"그래, 엉망이지." 보리스가 창밖을 내다보며 아무렇지도 않게 말했다.

잠시 침묵 후에 내가 말했다. "그럼 넌 국적이 어디야?"

"뭐?"

"엄마는 폴란드인이고 아빠는 우크라이나인, 넌 오스트레일리아에서 태어났으니까, 그러면—"

"인도네시아인이야." 보리스가 사악한 미소를 지으며 말했다. 그의 검고 악마 같은 눈썹은 표현력이 좋아서 말을 할 때 무척 많이 움직였다.

"어떻게 그렇게 돼?"

"음, 여권에는 우크라이나라고 되어 있어. 폴란드 시민권도 부분적으로 가지고 있고. 하지만 돌아가고 싶은 곳은 인도네시아야." 보리스가 눈앞을 가리는 머리를 넘기며 말했다. "그러니까— PNG."

"뭐?"

"파푸아뉴기니. 지금까지 살았던 곳 중에서 제일 좋아하는 곳이야."

"뉴기니? 거기선 사람을 사냥하는 줄 알았는데."

"이젠 아니야. 아니, 뭐 그렇게 많진 않아. 이 팔찌는 거기서 가져온 거야." 보리스가 손목에 감긴 여러 겹의 검은 가죽 중에서 하나를 가리키며 말했다. "내 친구 바미가 만들어줬어. 우리 요리사였지."

"거긴 어때?"

"나쁘지 않아." 보리스가 곁눈질로 나를 보더니 생각에 잠겨 혼자 신이 난 듯이 말했다. "앵무새를 키웠어. 애완용 오리도 있었지. 그리고 서핑도 배우고. 그런데 6개월 전에 아빠가 알래스카의 이상한 마을로 끌고 왔어. 북극권 바로 아래 수어드 반도 알지? 그러더니 5월 중순에 프로펠러기를 타고 페어뱅크스로 갔다가 여기로 온 거야."

"와." 내가 말했다.

"거긴 *진짜* 지루해." 보리스가 말했다. "죽은 물고기만 잔뜩 있고 인터넷 연결도 잘 안 돼. 도망쳤어야 하는 건데— 도망칠 걸 그랬어." 보리스가 씁쓸하게 말했다.

"도망쳐서 뭐 하게?"

"뉴기니에 가서 사는 거지. 해변에. 아무튼 여긴 1년 내내 겨울이 아니라서 다행이야. 몇 년 전에는 캐나다 북쪽 앨버타에, 거리가 하나밖에 없는 푸스쿠피 강가 마을에 살았거든. 10월부터 3월까지 내내 어둡고, 책을 읽거나 CBC 라디오를 듣는 거 말고는 할 일이 하나도 없어. 빨래를 하려면 차를 타고 50킬로미터나 가야 되고." 보리스가 웃으며 말했다. "그래도 우크라이나보다는 훨씬 낫지. 거기에 비하면 마이애미 해변이나 마찬가지야."

"아빠가 뭘 하신다고?"

"주로 술을 마시지." 보리스가 심통 맞게 말했다.

"그럼 우리 아빠를 만나셔야겠네."

보리스가 다시 갑작스럽게 웃음을 터뜨렸는데, 꼭 침이라도 뱉는 것 같았다. "그래. 좋네. 창녀도 만나고?"

내가 놀라서 잠시 침묵하다가 말했다. "그렇다고 해도 놀라지 않을 거야." 나는 아빠가 무슨 짓을 해도 별로 충격을 받지 않겠지만, 아빠가 고속도로에서 가끔 지나치는 라이브 클럽을 어슬렁거리는 모습을 상상해본 적은 없었다.

버스가 점차 비었다. 이제 거리 몇 개만 지나면 우리 집이었다.

"아, 난 여기서 내려." 내가 말했다.

"우리 집에 가서 같이 텔레비전 볼래?" 보리스가 말했다.

"음―"

"야, 가자. 아무도 없어. 〈S.O.S. 빙산이다〉 DVD도 있어."

11

통학 버스는 사실 보리스가 사는 캐니언 섀도 끝까지 가지 않았다. 우리는 뜨거운 햇볕을 받으면서 마지막 정류장에서 보리스네 집까지 모래가 쌓인 길을 20분 정도 걸어가야 했다. 내가 사는 거리에도 소유권이 은행으로 넘어가서 '매매' 간판이 걸린 집이 많았지만(밤이면 자동차 라디오 소리가 몇 킬로미터 밖에서도 들렸다), 나는 캐니언 섀도 끝 쪽으로 가면 분위기가 얼마나 으스스해지는지 잘 몰랐다.

위협적인 하늘 아래에 점차 주변이 텅텅 비면서 사막과 맞닿은 장난감 마을이었다. 집들은 대부분 사람이 한 번도 살지 않았던 것 같았다. 아직 완성되지 않은 집들 창문은 모서리가 거칠고 유리가 없었다. 비계가 설치되어 있고, 날아온 모래가 쌓여서 회색빛이었으며, 앞에는 콘크리트와 빛바랜 건축자재가 쌓여 있었다. 판지를 대놓은 창은 맞아서 붕대를 감은 얼굴처럼 눈이 멀고 학대받고 억울한 느낌이었다. 걸어갈수록 인기척 없는 분위기가 점점 더 불편해졌다. 방사능이나 질병 때문에 사람이 살지 않게 된 행성을 돌아다니는 것 같았다.

"빌어먹을 집들을 너무 멀리까지 지은 거야." 보리스가 말했다. "이제 사막이 복수를 하고 있어. 은행도 그렇고." 그가 웃었다. "소로 따위 엿 먹어라, 그건가?"

"이 마을 전체가 소로에게 보내는 거대한 욕 같아."

"누가 엿 먹었나 가르쳐줄까? 이 집을 가진 사람들이야. 물도 제대로 안 나와. 사람들이 돈을 못 내니까 다 철수하는 거지. 그래서 우리 아빠가 집을 아주 싸게 빌릴 수 있었던 거야."

"허어." 내가 약간 놀라서 조금 사이를 두고 말했다. 나는 아빠가 어떻게 그렇게 큰 집을 빌릴 수 있었는지 이상하게 생각해본 적이 없었다.

"아빠는 광산을 파는데—" 보리스가 갑자기 말했다.

"뭐라고?"

보리스가 얼굴을 가린 땀투성이 검은 머리를 손으로 쓸어 넘겼다. "어딜 가든 사람들은 우리를 미워해. 회사는 광산이 환경을 해치지 않을 거라고 장담하지만, 광산은 환경을 해치거든. 하지만 여긴—" 그가 숙명이라는 듯이, 러시아인다운 몸짓으로 어깨를 으쓱했다. "이 빌어먹을 모래 구덩이야 뭐, 누가 신경이나 쓰겠냐?"

"허어." 아무도 없는 거리에서 목소리가 너무 멀리 퍼져서 깜짝 놀라면서 내가 말했다. "여긴 진짜 텅 비었다, 그치?"

"응. 묘지야. 우리 말고 딱 한 집 더 살아, 저 아래쪽에. 집 앞에 큰 트럭 보이지? 불법 이민자일 거야."

"너랑 아버지는 합법적인 거 맞지?" 학교에서 문제가 되고 있었다. 어떤 아이들은 불법 이민자였고 복도에 그에 대한 포스터들이 붙어 있었다.

보리스가 풋, 우스꽝스러운 소리를 냈다. "당연하지. 광산 회사에서 알아서 해줘. 아무튼 누군가가 알아서 해줘. 하지만 저기 사는 사람들 있지? 스무 명, 서른 명쯤 되는 사람들이 다 한집에 사는데, 전부 남자야. 아마 마약 밀매를 하겠지."

"그렇게 생각해?"

"아주 웃긴 일이 벌어지고 있어." 보리스가 음침하게 말했다. "내가 아는 건 그것뿐이야."

보리스네 집―양옆에 쓰레기가 넘치는 공터가 있었다―은 아빠와 잰드라의 집과 아주 비슷했다. 바닥 전체에 양탄자가 깔려 있고, 아주 새것인 전자 제품에, 평면도까지 똑같고 가구도 별로 없었다. 하지만 안이 불편할 만큼 너무 따뜻했다. 수영장에는 물 대신 모래가 몇 센티미터 쌓여 있고 마당 비슷한 것도, 선인장조차 없었다. 전자 제품, 조리대, 부엌 바닥 등 모든 표면에 모래가 약간 쌓여 있었다.

"뭐 마실래?" 보리스가 번쩍이는 독일 맥주병이 줄지어 선 냉장고를 열면서 말했다.

"오, 와, 고마워."

"뉴기니에서는 말이야." 보리스가 손등으로 이마를 훔치며 말했다. "내가 거기 살 때, 심한 홍수가 났어. 뱀도 나오고…… 정말 위험하고 무서웠어……. 제2차 세계 대전 때 폭발하지 않은 지뢰가 마당으로 떠내려 왔지……. 거위가 많이 죽었어. 아무튼―" 보리스가 맥주를 따면서 말했다. "물이 다 오염됐어. 티푸스였지. 우리가 가진 건 맥주밖에 없었어. 펩시콜라는 다 떨어지고, 루코제이드 음료도 다 떨어지고, 물 정제 약품도 다 떨어져서 3주 내내 아빠랑 나랑, 심지어 이슬람교도들까지도 맥주밖에 마실 수가 없었다니까! 점심이고 아침이고 계속."

"뭐, 나쁠 것 같진 않은데?"

보리스가 얼굴을 찡그렸다. "계속 머리가 아팠어. 뉴기니 맥주는 진짜 맛없거든. 이건 좋은 거야! 냉장고에 보드카도 있어."

나는 보리스에게 깊은 인상을 주고 싶어서 좋다고 말하려다가, 뜨거운 열기와 집까지 걸어가야 한다는 사실을 떠올렸다. "아니, 됐어."

보리스가 맥주병을 내 맥주병에 부딪쳤다. "나도. 대낮에 보드카를 마시면 너무 더워. 아빠는 보드카를 너무 많이 마셔서 발 신경이 죽었어."

"진짜로?"

"그걸 뭐라고 하냐면—" 보리스가 생각해내려고 애쓰느라 얼굴을 찌푸렸다. "말초신경병증이래." (보리스의 억양이 좀 이상했다.) "캐나다 병원에서 걷는 법부터 다시 배워야 했어. 일어서다 넘어져서 코피를 흘리고— 대단했지."

"재밌었겠네." 술에 취한 아빠가 냉장고에서 얼음을 꺼내려고 바닥에 엎드려 기어가던 모습을 떠올리면서 내가 말했다.

"아주 재밌었지. 너넨 뭐 마셔? 너희 아빠 말이야."

"스카치위스키. 술을 마실 땐. 이젠 끊었대."

"하." 보리스가 자기도 그런 말을 들어본 적 있다는 듯이 말했다. "우리 아빠도 바꿔야 돼. 여긴 좋은 스카치가 싸니까. 야, 내 방 볼래?"

나는 내 방처럼 정돈된 모습을 생각하다가 보리스가 문을 열자 지저분한 텐트 같은 공간이 나와서 깜짝 놀랐다. 퀴퀴한 말버러 냄새가 나고, 사방에 책이 쌓여 있고, 오래된 맥주병과 재떨이와 낡은 수건 더미, 빨랫감이 양탄자에 널려 있었다. 벽에는 프린트된 천들—노란색, 초록색, 남색, 보라색—이 물결치고 있었고 기하학적 무늬의 밀랍 염색 천이 드리워진 매트리스 위에는 망치와 낫이 그려진 빨간 구소련 국기가 걸려 있었다. 꼭 러시아 우주인이 정글에 불시착해서 자기 나라 국기와 구할 수 있는 그 지역의 사롱과 천 들을 모아서 피난처를 만들어놓은 것 같았다.

"네가 한 거야?" 내가 말했다.

"접어서 여행 가방에 넣으면 돼." 보리스가 요란한 색에 싸인 매트리스에 털썩 누우며 말했다. "10분이면 다시 걸어놓을 수 있지. 〈S.O.S. 빙산이다〉 볼래?"

"그래."

"대단한 영화야. 난 여섯 번이나 봤어. 그 여자가 빙산에 있는 사람들을 구하려고 비행기에 태우는 장면 알지?"

하지만 그날 오후 우리는 〈S.O.S. 빙산이다〉를 보지 못했다. 아마 이야기가 끊이지 않아서 아래층으로 내려가서 텔레비전을 켤 틈이 없었기 때문일 것이다. 보리스는 내가 만난 또래 중 누구보다도 더 흥미로운 삶을 살았다. 보리스는 학교를 다니다 말다 한 것 같았고, 그것도 제일 뒤떨어진 학교들이었다. 보리스의 아버지는 황량한 지역에서 일했기 때문에 보리스가 다닐 학교가 없을 때가 많았다. "테이프 같은 걸 보거든?" 보리스가 나를 보면서 맥주를 들이켰다. "그리고 시험을 봐야 돼. 하지만 인터넷은 돼야 하는데, 캐나다나 우크라이나 오지에는 인터넷이 안 되는 곳도 있어."

"그럼 어떻게 해?"

보리스가 어깨를 으쓱했다. "책을 많이 읽겠지, 아마." 보리스의 말에 따르면 텍사스의 어떤 선생님이 보리스를 위해서 인터넷에서 학습 계획표를 뽑아서 보내주었다.

"오스트레일리아 앨리스스프링스에는 학교가 있었겠지?"

보리스가 웃었다. "물론 있었지." 그가 땀에 젖은 머리카락을 후 불어 넘겼다. "하지만 엄마가 죽고 나서 한동안 오스트레일리아 노던테리토리 아넘랜드의 카메이왈라그라는 마을에 살았거든. 말이 마을이지, 황무지가 몇 킬로미터나 펼쳐져 있고, 광부들이 사는 트레일러랑 그 뒤쪽으로 맥주랑

위스키, 샌드위치를 파는 술집이 달린 주유소 하나가 전부였어. 아무튼, 믹 아저씨네 부인이 그 술집을 운영했는데, 이름이 주디였거든." 보리스가 맥주를 게걸스럽게 한 모금 마셨다. "난 매일 주디 아줌마랑 드라마나 보다가 밤이면 아빠가 광산 동료들이랑 난장판을 치는 동안 아줌마랑 술집에 있었어. 우기에는 텔레비전도 못 봐. 주디 아줌마는 테이프가 망가지지 않게 냉장고에 보관했어."

"망가지다니?"

"축축해서 곰팡이가 펴. 신발에도, 책에도 말이야." 보리스가 어깨를 으쓱했다. "그땐 지금처럼 말이 많지 않았어. 영어를 잘 못 했거든. 항상 아주 얌전하게 혼자서 가만히 앉아 있었지. 그런데 주디 아줌마가 어떻게 했는지 알아? 계속 나한테 말을 걸면서 친절하게 대해줬어. 난 아줌마 말을 전혀 못 알아듣는데도 말이야. 아침마다 주디 아줌마한테 가면 항상 똑같은 튀김을 맛있게 해줬지. 비는 끝없이 오고. 바닥을 쓸고, 설거지를 하고, 술집 청소를 도왔어. 난 아줌마가 어딜 가든 거위 새끼처럼 따라다녔어. 이건 컵, 이건 빗자루, 이건 의자, 이건 연필. 그게 내 학교였어. 텔레비전도, 듀란듀란 테이프랑 보이 조지도. 영어로 된 건 다. 아줌마가 제일 좋아하는 프로그램은 〈매클라우드의 딸들〉이었어. 같이 드라마를 보다가 내가 모르는 게 나오면 아줌마가 설명해줬어. 우린 드라마 속 자매들에 대해서 이야기했고, 클레어가 자동차 사고로 죽었을 때는 같이 울었지. 아줌마는 자기한테 드로버의 집 같은 집이 있으면 날 데려가서 같이 행복하게 살면서 매클라우드 가족처럼 하녀들을 두고 우리 대신 일을 시킬 거라고 했어. 주디 아줌마는 아주 젊고 예뻤지. 곱슬곱슬한 금발 머리에 눈은 파란색이었어. 아줌마 남편은 헤픈 계집이라든가 말 궁둥이라고 불렀지만 난 드라마에 나오는 조디를 닮았다고 생각했어. 아줌마는 하루 종일 나한테 말을 걸고, 노래를 불러주고, 주크박스에서 나오는 단어를 전부 다 가르쳐줬어. '도시에 어둠이 내리고, 밤이 살아나면······.' 나는 금방 유창해졌지. 영어로 말해, 보리스! 폴란드의 학교에서는 영어를 조금밖에 안 배워서 안녕하세요, 실례합니다, 정말 고맙습니다 정도밖에 못 했는데, 주디 아줌마랑 2개월 지내고 나니까 완전히 수다쟁이가 됐어! 그 이후로는 말을 멈추질 않았지! 아줌마는 정말 좋은 사람이었고 나한테 항상 다정했어. 카메이왈라그가 너무 싫다며 부엌에서 매일 울었지만."

시간이 늦어지고 있었지만 바깥은 아직 덥고 환했다. "야, 배고파 죽겠다." 보리스가 이렇게 말하고 일어서서 몸을 쭉 펴자 야전복과 너덜너덜한 셔츠 사이로 배가 조금 드러났다. 굶어 죽은 성자처럼 쑥 들어가고 아주 새하얀 배였다.

"먹을 거 뭐 있어?"

"빵이랑 설탕."

"농담이겠지."

보리스가 하품을 하면서 빨개진 눈을 비볐다. "빵에 설탕 뿌려 먹어본 적 없어?"

"딴 건 없어?"

보리스가 피곤한 듯 어깨를 으쓱했다. "피자 쿠폰 있어. 진짜 많아. 근데 여기까진 배달을 안 해줘."

"전에 살던 집에 요리사가 있었다며."

"응, 그랬지. 인도네시아에서는. 사우디아라비아에서도." 보리스는 담배를 피우고 있었다. 나에게도 권했지만 거절했다. 보리스는 약간 취한 것 같았다. 음악이 흐르는 것처럼 춤을 추면서 방을 돌아다녔지만 음악 같은 건 없었다. "압둘 파타라는 아주 멋진 남자였지. 압둘 파타는 '생계의 문을 연 분을 섬기는 자'라는 뜻이야."

"음. 야, 그럼 우리 집에 가자."

보리스가 다리 사이에 손을 끼우고 침대에 털썩 쓰러졌다.

"그 여자가 요리를 한다는 건 아니겠지."

"아니야. 그런데 뷔페 딸린 술집에서 일하거든. 가끔 먹을 걸 가져와."

"멋진데." 보리스가 이렇게 말하면서 일어서다가 약간 비틀거렸다. 그는 맥주를 이미 세 병 마셨고 이제 네 병째를 마시고 있었다. 문 앞에서 보리스가 우산을 꺼내서 건네주었다.

"음, 이건 왜?"

보리스가 문을 열고 밖으로 나갔다. "우산 쓰고 걸으면 덜 더워." 그가 말했다. 그늘 밑에 서니 얼굴이 파리했다. "타지도 않고."

12

보리스를 만나기 전까지 나는 스스로 얼마나 외로운지도 모르고 금욕적으로 고독을 견뎠다. 우리 둘 중 한 사람이 통금 시간이 있고 심부름을 하고 어른의 보살핌을 받는, 조금이라도 평범한 가정에서 자랐다면 그토록 빨리, 그렇게까지 떼어놓을 수 없는 사이가 되지 않았을 것이다. 하지만 우리는 처음 만난 날부터 항상 붙어 다니면서 먹을 것을 슬쩍하고 가진 돈을 같이 썼다.

뉴욕에서 나는 속물적인 아이들 틈에서 자랐다. 외국에서 살았던 경험이 있고 서너 가지 언어를 할 줄 아는 아이들, 하이델베르크의 여름 프로그램에 참가하고 리우데자네이루나 인스부르크, 앙티브에서 휴가를 보내는 아이들이었다. 하지만 보리스는 나이 많은 선장처럼 그 아이들을 부끄럽게 만들었다. 보리스는 낙타를 타봤고, 꿀벌레큰나방 유충도 먹어봤고, 크리켓을 했고, 말라리아에 걸린 적도 있고, 우크라이나에 살았고("하지만 겨우 2주였어"), 혼자서 다이너마이트를 폭파시켜봤고, 악어가 득시글거리는 오스트레일리아의 강에서 수영을 했다. 그는 체호프의 작품을 러시아어로 읽었고, 내가 들어본 적도 없는 우크라이나와 폴란드 작품들도 읽었다. 그리고 기온이 영하 40도 밑으로 떨어지는 러시아의 한겨울 어둠도 견뎠다. 끝없는 눈보라, 눈과 도로를 뒤덮은 빙판, 유일한 위안은 보리스네 아빠가 자주 가는 마을 술집 앞에 하루 24시간 내내 불이 켜져 있는 초록색 네온 야자수였다. 보리스는 나보다 겨우 한 살 많아 열다섯 살이었지만 여자랑 진짜 섹스도 해봤는데, 알래스카에 살 때 편의점 주차장에서 담배 한 대만 달라고 다가갔던 여자였다고 했다. 여자는 보리스에게 같이 자기 차에 타겠냐고 물었고, 그렇게 됐다. ("근데 그거 알아?" 보리스가 입꼬리로 담배 연기를 뿜으며 말했다. "걘 별로 안 좋았던 것 같아."

"넌 좋았어?"

"세상에, 당연하지. 하지만 분명히 말해두자면, 내가 제대로 못 했다는 건 알아. 차 안이라서 너무 좁았나 봐.")

우리는 매일 버스를 같이 타고 집으로 왔다. 데사토야 끝 쪽에 반밖에 완성되지 않은 주민 센터는 자물쇠가 채워져 있고 야자수 화분이 갈색으로 죽어 있었는데, 우리는 그 옆 버려진 놀이터에 가서 재고가 점점 줄어드는 자판기에서 탄산음료나 다 녹은 캔디바를 사서 그네에 앉아 담배를 피우며 이야기를 했다. 보리스는 기분이 나쁘고 화가 나 있을 때가 많았고 그렇지 않을 때면 위태롭게 야단법석을 떨었다. 그는 거칠고 우울했고, 가끔 옆구리가 쑤실 때까지 나를 웃기기도 했으며, 우리는 항상 할 얘기가 너무 많아서 어두워질 때까지 시간 가는 줄 모르고 밖에서 이야기를 나눴다. 보리스는 우크라이나에 살 때 선거로 선출된 공무원이 자기 차로 걸어가다가 배에 총 맞는 장면을 보았다. 우연히 목격했는데 범인은 못 봤고 눈 내린 어둠 속에서 꽉 끼는 외투 차림의 건장한 남자가 무릎을 꿇고 쓰러지는 것만 봤다고 했다. 보리스는 앨비타 치페와 인디언 보호 구역 근처의 조그마한 양철 지붕 학교에 다녔던 이야기도 해주고 폴란드어 자장가도 불러주었고 ("폴란드에서는 숙제로 시나 노래, 기도 같은 걸 외워"), 러시아어 욕도 가르쳐주었다("이게 진짜 죽여주는 거야, 강제 노동 수용소에서나 쓰는 거지"). 보리스는 인도네시아의 요리사 바미 때문에 이슬람교로 개종해서 돼지고기를 먹지 않고 라마단 기간에는 단식을 하고 하루에 다섯 번 메카를 향해 기도했다고 말해주었다. "하지만 이젠 이슬람교도가 아니야." 그가 모래 위에 발을 끌며 설명했다. 우리는 회전 놀이기구에 누워 있었는데, 너무 많이 돌아서 어지러웠다. "한참 전에 포기했어."

"왜?"

"술을 마시니까."(이 말은 올해 최고의 과소평가 감이었다. 보리스는 집에 돌아오자마자 마시기 시작해서 다른 아이들이 펩시콜라를 마시듯이 맥주를 마셨다.)

"누가 신경 쓴다고 그래?" 내가 말했다. "다른 사람한테 말할 필요 없잖아?"

보리스가 못 참겠다는 듯한 소리를 냈다. "내가 신앙을 제대로 지키지 않으면서 믿는다고 말하는 건 잘못이니까. 이슬람교에 대한 실례야."

"그래도. '아라비아의 보리스'. 울림이 좋은데."

"꺼져."

"아니, 진짜로." 내가 팔꿈치에 체중을 싣고 몸을 일으켜 웃으면서 말했다. "정말 그런 걸 다 믿었어?"

"그런 거 뭐?"

"있잖아. 알라와 무함마드. '이 세상 유일한 신은—' 어쩌고 하는 거."

"아니." 보리스가 약간 화를 내며 말했다. "내가 믿는 이슬람교는 정치적인 거야."

"뭐, 신발 폭탄 테러 같은 거?"

보리스가 코웃음을 치더니 웃었다. "흥, 아냐. 게다가 이슬람교는 폭력을 가르치지 않아."

"그럼 뭔데?"

보리스가 경계하는 눈빛으로 놀이기구에서 내려갔다. "무슨 뜻이야, 뭐냐니? 무슨 말을 하고 싶은 거야?"

"진정해! 그냥 물어보는 거잖아."

"네가 묻고 싶은 게 뭔데—?"

"이슬람교로 개종을 했다면, 원래는 뭘 믿었어?"

보리스는 내가 그를 잡았다가 놔준 것처럼 뒤로 물러서면서 킬킬 웃었다. "믿는다고? 하! 난 아무것도 안 믿어."

"뭐? 지금 말이야?"

"언제라도 말이야. 음— 성모마리아는 조금 믿을지도 몰라. 하지만 알라와 하느님……? 그건 별로."

"그럼 도대체 왜 이슬람교도가 되고 싶었는데?"

"왜냐면—" 보리스가 두 손을 앞으로 내밀었다. 말문이 막힐 때면 종종 그랬다. "정말 좋은 사람들이고 나한테 정말 친절했으니까!"

"그런 걸로 시작하는 거지."

"음, 진짜 그랬어. 아랍식 이름도 지어줬어. 바드르 알-딘이야. 바드르는 달이라는 뜻이고, 바드르 알-딘은 신실함의 달이라던가, 뭐 그런 뜻이래. 그 사람들은 이렇게 말했어. '보리스, 넌 모든 곳을 비추니까 바드르야, 이제 이슬람교도가 되었으니 네 종교로 이 세상을 비추렴, 넌 어딜 가든 빛날 거야.' 난 바드르가 되어서 좋았어. 게다가 모스크가 근사했지. 무너져가는 궁전에, 밤이면 별이 빛나고, 지붕에는 새가 있고, 나이 많은 자바인이 코란을 가르쳐줬어. 게다가 그 사람들은 먹을 것도 주고, 친절하고, 내가 잘 씻고 다니는지, 옷은 깨끗한지 보살펴줬어. 가끔 나는 기도용 융단 위에서 잠이 들었지. 그리고 해가 뜰 때쯤 살라트* 시간에는 새들도 잠에서 깨서 날개를 퍼덕이는 소리가 들렸어!"

오스트레일리아와 우크라이나 억양이 섞인 보리스의 말투는 확실히 무척 이상했지만, 보리스는 나만큼이나 영어를 잘했다. 보리스가 미국에서 산 지 얼마 안 됐다는 것을 고려하면, *아메리칸스키*식으로 대화가 무리 없이 가능하다고 할 수 있었다. 보리스는 항상 너덜너덜한 포켓 사전을 보았고(앞표지에는 키릴 문자로 보리스의 이름이 쓰여 있었고, 그 아래에는 영어로 조심스럽게 보리스 볼로디미로비치 파블리콥스키(BORYS VOLODYMYROVYCH PAVLIKOVSKY)라고 적혀 있었다), 나는 보리스가 단어나 용어 들을 적어놓은 낡은 세븐일레븐 냅킨이나 종이쪽지를 항상 발견했다.

bridle and domesticate

celerity

trattoria

wise guy=крумой пацан

propinquity

*Dereliction of duty***

자기 사전에 안 나오면 나에게 물었다. "소포모어***가 뭐야?" 보리스가 학교 게시판을 훑어보며 나에게 물었다. "홈 에크****는? 폴리 사이*****는?" (보리스

---

* 이슬람교 신자가 의무적으로 드리는 하루 다섯 번의 예배

** 위에서부터 '재갈을 물리고 길들이다', '기민함', '트라토리아(간단한 음식을 파는 이탈리아식 당)', '건방진 남자', '근친', '직무 유기'를 뜻하는 단어다.

*** sophomore : 2학년이라는 뜻.

**** Home Ec : 가정학(home economics)의 준말.

***** Poly Sci : 정치학(political science)의 준말.

는 '폴리짜이'라고 발음했다). 보리스는 파히타, 팔라펠, 칠면조 테트라치니 등 학교 식당에서 파는 음식은 대부분 들어본 적도 없었다. 영화와 음악에 대해서는 많이 알았지만 몇십 년 지난 것들이었다. 스포츠나 게임, 텔레비전에 대해서는 전혀 몰랐고 메르세데스나 BMW처럼 유명한 유럽 상표 몇 가지를 제외하면 차도 구분할 줄 몰랐다. 미국 화폐를 헷갈려 했고, 가끔은 미국 지리도 그랬다. 보리스는 캘리포니아가 어느 지역에 있는지, 뉴잉글랜드의 주도가 어디인지 나에게 물었다.

하지만 보리스는 혼자 알아서 하는 것에 익숙했다. 그는 아침에 혼자 상쾌하게 일어나서 알아서 차를 얻어 탔고, 자기 성적표에 직접 서명했고, 자기가 먹을 음식과 학교 준비물을 알아서 슬쩍했다. 일주일에 한 번 우리는 인도네시아 원주민처럼 우산을 쓰고 숨 막히는 열기 속을 몇 킬로미터나 걸어가서 캣(CAT)이라고 불리는 비좁은 버스를 탔는데, 내가 아는 한 술주정뱅이나 너무 가난해서 자동차가 없는 사람, 아이들 외에는 아무도 타지 않았다. 자주 다니지 않았기 때문에 한번 놓치면 한참 서서 기다려야 했지만 버스가 정차하는 쇼핑 플라자에 썰렁하고 환하고 직원이 별로 없는 슈퍼마켓이 있어서 보리스는 여기서 우리가 먹을 스테이크, 버터, 차, 오이(보리스에게는 엄청난 진미였다), 베이컨—내가 감기에 걸렸을 때는 기침 시럽까지—을 슬쩍해서 입고 있던 보기 흉한 회색 비옷(보리스에게는 너무 큰 성인용으로 어깨가 축 늘어지고 음울한 동구권의 분위기가 흘렀고, 식량 배급과 소비에트 시대의 공장, 르비프나 오데사의 산업 단지를 연상시켰다)의 절개부를 통해서 안감에 넣었다. 보리스가 어슬렁거리는 동안 나는 통로 끝에 서서 망을 보았는데, 너무 떨려서 가끔은 기절하는 게 아닌가 걱정스러웠지만 얼마 지나지 않아서 사과나 초콜릿(역시 보리스가 좋아하는 음식이었다)으로 주머니를 채운 다음 뻔뻔하게 계산대로 걸어가서 빵이나 우유처럼 훔치기에는 너무 큰 물건을 사게 되었다.

뉴욕에 살 때 열한 살 때쯤 엄마가 주간 캠프의 아동 요리 교실에 등록해 주어서 나는 햄버거, 그릴 치즈(엄마가 늦게까지 일하는 날 밤에 가끔 엄마를 위해서 만들었다), 보리스가 '달걀 토스트'라고 부르는 것 등 몇 가지 간단한 요리를 배웠다. 보리스는 내가 요리를 하는 동안에는 조리대에 앉아서 발꿈치로 찬장을 툭툭 차면서 이야기를 했고, 설거지를 담당했다. 보리스의 말에 따르면 우크라이나에 살 때는 먹을 것을 살 돈이 없어서 가끔 소매치기를 했다고 한다. "한두 번은 쫓겼어." 그가 말했다. "하지만 한 번도 안 잡혔지."

"가끔 스트립에 나갈까 봐." 내가 말했다. 우리는 칼과 포크를 들고 우리 집 부엌 조리대 앞에 서서 스테이크를 프라이팬째 먹고 있었다. "소매치기를 하려면 스트립이지. 난 술 취한 사람이 그렇게 많은 데는 본 적이 없는데, 게다가 전부 외지 사람이잖아."

보리스가 스테이크를 썰다가 멈췄다. 충격을 받은 것 같았다. "왜 그래야 하는데? 이렇게 큰 가게에서 쉽게 훔칠 수 있잖아!"

"그냥 말해본 거야." 내가 뉴욕의 경비 아저씨들에게서 받은 돈—보리스와 나는 자판기나 보리스가 '보급소'라고 부르는 학교 근처 세븐일레븐에서 한 번에 몇 달러씩 썼다—으로 얼마간 버틸 수는 있겠지만 영원하지는 않을 것이다.

"하! 체포되면 어떻게 할 건데, 해리 포터?" 보리스가 개에게 큰 스테이크 조각을 떨어뜨려주면서 말했다. 그는 포퍼에게 뒷다리로 춤추는 법을 가르쳤다. "저녁은 누가 해? 여기 스냅스는 누가 돌보고?" 보리스는 잰드라의 개 포퍼를 '아밀', '니트레이트', '팝칙', '스냅스' 등, 진짜 이름만 빼고 아무렇게나 불렀다. 나는 개를 들여놓으면 안 될 때에도 집 안에 들여놓기 시작했는데, 항상 목줄에 매달려서 유리문을 보면서 미친 듯이 왈왈 짖는 데 질렸기 때문이었다. 하지만 포퍼는 집 안으로 들어오면 놀랄 만큼 조용해졌다. 관심에 굶주린 포퍼는 우리가 위층, 아래층, 어딜 가든 발뒤꿈치 바로 뒤에 붙어서 열심히 졸졸 따라다녔고, 보리스와 내가 책을 읽거나 말다툼을 하거나 내 방에서 음악을 들을 때면 깔개 위에서 몸을 웅크리고 잤다.

"들어봐, 보리스." 내가 눈앞으로 내려온 머리를 넘기면서 말했다(정말로 머리를 잘라야 했지만 나는 돈을 쓰고 싶지 않았다). "지갑을 훔치는 거나 스테이크를 훔치는 거나 뭐가 달라?"

"아주 다르지, 포터." 보리스는 두 가지가 얼마나 다른지 보여주듯이 양손을 벌렸다. "열심히 일하는 사람한테서 훔치는 것과 사람들의 돈을 강탈하는 돈 많고 큰 회사한테서 훔치는 건 다르다고."

"코스트코는 사람들 돈을 강탈하지 않아. 할인점이라고."

"그럼 좋아. 시민 개개인한테서 꼭 필요한 돈을 훔친다. 이게 너의 대단한 계획이라는 거지? 쉿." 보리스가 스테이크를 더 달라고 날카롭게 짖는 개를 향해 말했다.

"가난한 노동자한테서 돈을 훔치진 않을 거야." 내가 포퍼에게 스테이크 조각을 직접 던져주며 말했다. "라스베이거스에는 현금을 잔뜩 가지고 다니는 천박한 사람들이 많잖아."

"천박하다고?"

"사기꾼이야. 정직하지 않지."

"아." 검고 두드러지는 눈썹이 올라갔다. "그럼 좋아. 하지만 갱처럼 천박한 사람들한테서 돈을 훔치면 그 사람들이 널 해칠 거야, *니에(Nie)*?"

"우크라이나에 살 때는 다칠까 봐 겁내지 않았잖아?"

보리스는 어깨를 으쓱했다. "뭐, 좀 두드려 맞을지는 모르지만 총을 맞진 않지."

"총?"

"그래, 총. 놀란 척하지 마. 여긴 카우보이의 나라잖아, 무슨 일이 생길지 누가 알아? 누구나 총을 가지고 있으니까."

"경찰을 말하는 게 아니야. 술 취한 관광객들이라고. 토요일 밤만 되면 그런 사람이 넘쳐나."

"하!" 보리스는 남은 스테이크를 포퍼가 다 먹도록 팬을 바닥에 내려놓았다. "그러다간 감옥 갈 거야, 포터. 느슨한 도덕관념에다가 경제의 노예라니. 넌 아주 불량한 시민이야."

13

그때—10월—쯤 우리는 거의 매일 저녁을 같이 먹었다. 보리스는 보통 저녁 시간 전에 맥주를 서너 병 마시고 저녁을 먹을 때는 뜨거운 차를 마셨다. 그런 다음 우리는 내가 보리스에게서 금방 습득한 습관대로 식후 보드카(보리스는 '소화가 잘된다'고 설명했다)를 한 잔 마시고 나서 빈둥거리면서 책을 읽거나 숙제를 하고 가끔은 말다툼을 했고, 대부분 텔레비전 앞에서 술을 마시다가 잠들었다.

어느 날 보리스네 집에서 〈황야의 7인〉을 보다가 영화가 거의 다 끝날 때쯤 율 브리너가 마지막 총싸움을 하고 동지들을 모으고 있을 때 내가 일어서자 보리스가 말했다. "가지 마! 제일 좋은 부분을 놓치는 거야."

"그래, 근데 열한 시 다 됐어."

바닥에 누워 있던 보리스가 팔꿈치에 체중을 싣고 몸을 일으켰다. 머리가 길고 가슴이 좁고 호리호리하고 마른 보리스는 대부분의 면에서 율 브리너와 정반대였지만 이상하게 혈통적으로 닮은 점이 있었다. 둘 다 엉큼하고 경계심이 많은 성격이었고, 유쾌해 보이면서 약간 잔인했으며, 살짝 올라간 눈초리에는 몽골인이나 타타르인의 기질이 보였다.

"잰드라한테 전화해서 데리러 오라고 해." 보리스가 하품을 하면서 말했다. "몇 시에 끝난댔지?"

"잰드라? 꿈도 꾸지 마."

보리스가 다시 하품을 했다. 보드카를 마셔서 눈꺼풀이 무거웠다. "그럼 여기서 자." 보리스가 몸을 굴리더니 한 손으로 얼굴을 문지르며 말했다. "안 들어가면 찾을까?"

오늘 두 사람이 집에 들어오기나 할까? 안 들어올 때도 있었다. "그럴 리가." 내가 말했다.

"쉿." 보리스가 일어나 앉아서 담배에 손을 뻗으며 말했다. "저거 봐. 나쁜 놈들이 나와."

"이 영화 봤어?"

"못 믿겠지만, 러시아어 더빙판으로 봤지. 하지만 아주 이상한 러시아어였어. 계집애 같은. 이 표현이 맞나? 그러니까, 총잡이라기보다는 학교 선생 같았다고."

14

앤디네 집에서 지낼 때는 슬프고 불행했지만 이제 파크가의 그 아파트를 생각하면 잃어버린 에덴동산처럼 그리웠다. 학교 컴퓨터로 이메일을 보낼 수 있었지만 앤디는 글쓰기에 별로 소질이 없었기 때문에 괴로울 정도로 무미건조한 답장이 왔다. (*안녕, 시오. 즐거운 여름 보냈겠지? 아빠가 배 [압살롬 호]를 새로 샀어. 엄마는 거기 발도 들이지 않겠지만 불행히도 난 그걸 타야 했어. 일본어 II 때문에 골치가 아프지만 다른 건 다 괜찮아.*) 바버 부인은 내가 손수 써서 보낸 편지에 성실하게 답장을 보냈지만—뎀시앤드캐럴에 주문해서 만든 바버 부인의 머리글자가 새겨진 카드에 쓰인 한두 줄이었다—개인적인 내용은 전혀 없었다. 바버 부인은 항상 어떻게 지내니?라고 묻고 널 생각하며로 끝맺었지만 우린 네가 참 보고 싶어라든지 만날 수 있으면 좋겠구나 같은 말은 없었다.

나는 텍사스의 피파에게 편지를 썼지만 피파는 아파서 답장을 쓸 수 없었다. 차라리 다행인 것이, 나는 편지를 대부분 보내지 않았다.

피파에게

잘 지내니? 텍사스는 마음에 들어? 난 네 생각을 많이 해. 네가 좋아하는 말은 탔니?

여긴 아주 좋아. 거기는 더운지 모르겠다, 여긴 되게 덥거든.

지루했다. 그래서 나는 다시 쓰기 시작했다.

피파에게

잘 지내니? 난 널 생각하면서 다 나았기를 바라고 있어. 네가 텍사스에서 ~~괜찮아지면~~ 즐겁게 지내면 좋겠다. 사실 난 여기가 별로 마음에 안들어. 그래도 친구를 좀 사귀었고 약간 익숙해진 것 같아.

뉴욕이 그립지는 않니? 난 뉴욕이 무척 그리워. 우리가 가까이 살면 좋겠다. 머리는 이제 어때? 나아졌기를 바라. 안됐지만

"여자 친구야?" 보리스가 사과를 아삭아삭 씹으며 내 어깨 너머로 편지를 읽었다.

"저리 꺼져."

"무슨 일이 있었는데?" 보리스는 내가 대답하지 않자 다시 물었다. "네가 때렸어?"

"뭐?" 반쯤 흘려듣던 내가 말했다.

"얘 머리 말이야. 그래서 사과하는 거야? 네가 때리기라도 했어?"

"그래, 맞아." 내가 말했다. 그러다가 보리스의 진지하고 열심인 표정을 보고 진담이라는 걸 깨달았다.

"내가 여자를 때릴 것 같아?" 내가 말했다.

보리스가 어깨를 으쓱했다. "맞을 만한 짓을 했을지도 모르잖아."

"음, 미국에서는 여자를 때리지 않아."

보리스가 얼굴을 찌푸리더니 사과 씨를 뱉었다. "그렇지. 미국인은 자기와 다른 믿음을 가진 작은 나라들을 괴롭힐 뿐이지."

"보리스, 입 닥치고 나 좀 내버려둬."

하지만 나는 보리스의 말 때문에 기분이 상해서 피파에게 새로 편지를 쓰지 않고 호비 아저씨에게 보낼 편지를 쓰기 시작했다.

> 호바트 아저씨에게
>
> 안녕하세요, 잘 지내셨어요? 음, 잘 지내셨기를 바라요. 제가 뉴욕에서
> 지낸 마지막 몇 주 동안 아저씨가 친절하게 대해주셨는데 한 번도 감사
> 편지를 쓰지 않았네요. 아저씨도 코스모도 잘 지내고 있으면 좋겠어요.
> 둘 다 피파가 그립겠지만요. 피파는 어때요? 피파가 다시 음악을 할 수
> 있으면 좋겠어요. 그리고 또

하지만 나는 이 편지도 보내지 않았다. 그랬기 때문에 다른 사람도 아니라 호비 아저씨에서 편지―진짜 종이에 쓴 긴 편지―가 왔을 때는 정말 기뻤다.

"그게 뭐냐?" 아빠가 뉴욕 소인을 보고 내 손에서 편지를 낚아채며 의심스럽다는 듯 말했다.

"뭐가요?"

하지만 아빠는 벌써 봉투를 찢어서 열었다. 그런 다음 편지를 재빨리 훑어보고는 흥미를 잃었다. "자." 아빠가 편지를 돌려주며 말했다. "미안하다, 시오. 실수했다."

편지는 그 자체로, 물질적인 인공물로서 아름다웠다. 질 좋은 종이, 주의 깊은 글씨체, 부유함과 조용한 방들의 속삭임.

시오에게

네 소식을 듣고 싶었지만 아무 소식이 없는 게 기쁘기도 했단다. 행복하고 바쁘다는 뜻이라고 생각했거든. 여긴 나뭇잎이 물들어서 워싱턴스퀘어가 축축하고 노랗게 변했고 날씨가 추워지고 있어. 토요일 아침이면 코스모와 나는 그리니치빌리지를 어슬렁거리는데―내가 코스모를 데리고 치즈 가게로 가지―그게 합법적인 건지는 모르겠지만 카운터의 여자들이 치즈 조각이랑 찌꺼기를 모아놨다가 준단다. 코스모도 나처럼 피파를 무척 보고 싶어 하지만 그래도 밥은 잘 먹어. 이제 동장군이 찾아왔으니 가끔 우리는 난롯가에서 식사를 해.

네가 그곳에 적응도 하고 친구도 사귀었으면 좋겠구나. 통화할 때 들어보니 피파가 거기서 아주 행복한 것 같지는 않았지만 건강은 확실히 더 좋아졌더라. 추수감사절 때 내가 비행기를 타고 갈 예정이야. 내가 가면 마거릿이 기뻐할지 모르겠지만 피파가 바라니까 가려고 해. 비행기에 태울 수 있으면 코스모도 데려갈 거야.

네가 좋아할 만한 사진을 동봉한다. 얼마 전에 들어온 치펀데일 책상이야. 수리가 아주 까다롭겠는데, 뉴욕 주 워터블리트 근처의 난방도 되지 않는 창고에 보관되어 있었다는구나. 상처도 칼로 새긴 자국도 많고, 상판은 두 동강이 났어. 하지만 공을 쥔 발톱 모양 다리의 미끈하고 무게를 잘 지탱하는 발톱 부분을 보렴! 사진에는 발이 잘 안 나왔지만 발톱의 파고드는 압력이 보일 정도란다. 걸작이야, 고치고 나서 더 멋있어지기만 바랄 뿐이야. 꼭대기의 근사한 나뭇결이 보이는지 모르겠는데, 정말 대단해.

가게는 약속이 되어 있을 경우 일주일에 몇 번 열지만 나는 대부분 지하실에서 개인 고객이 보낸 물건을 고치면서 바쁘게 지낸단다. 스콜닉 씨랑 이웃사람 몇몇이 네 소식을 묻더구나. 여긴 거의 변함없지만 한국 마켓의 조씨 부인이 가벼운 발작을 일으켰단다(아주 가벼운 발작이었고, 지금은 다시 일하고 있어). 그리고 내가 아주 좋아하던 허드슨의 커피 가게가 문을 닫았어. 정말 슬픈 일이지. 오늘 아침 그 앞을 지나는데, 뭐라고 하는지 모르겠지만 일본의 신기한 제품을 파는 가게 같은 걸로 바뀌는 것 같더라.

항상 그렇지만 말이 너무 길어졌구나. 이제 빈칸도 별로 없고. 네가 행복하게 잘 지내고 있기를, 그곳이 네가 걱정하던 것보다는 조금 덜 외롭기를 바란다. 여기서 내가 널 위해서 해줄 수 있는 일이 있다면, 혹은 내가 어떤 식으로든 도움을 줄 수 있다면 내가 반드시 그렇게 할 거라는 사실만 알아주렴.

15

그날 밤 나는 보리스네 집에서—술에 취해서 밀랍 염색 천이 드리워진 매트리스의 반을 차지하고 누워서—피파가 어떻게 생겼었는지 생각해내려 했다. 하지만 커튼이 없는 창으로 달이 너무 크고 밝게 보여서 그 대신 엄마에게 들은 이야기가 떠올랐다. 엄마가 어렸을 때 낡은 뷰익 뒷좌석에 타고 외할아버지 외할머니와 함께 승마 쇼에 다닐 때였다. "긴 여행이었어. 가끔 외딴 시골을 열 시간씩 달려야 할 때도 있었지. 대관람차, 톱밥으로 가득한 로데오 경기장, 사방에서 나는 팝콘과 말똥 냄새. 어느 날 밤 샌안토니오에 있었는데, 나는 좀 지쳤어. 내 방이랑 우리 개, 내 침대가 그리웠지. 그때 아빠가 행사장에서 나를 높이 들어 올리더니 달을 보라고 했어. 아빠가 말했지. '집이 그리우면 하늘을 봐. 어딜 가든 달은 똑같으니까.' 그래서 아빠가 돌아가시고 베스 이모네에 갔을 때, 아니 뉴욕에 사는 지금도, 보름달을 보면 꼭 아빠가 나한테 말하는 것 같아. 뒤돌아보거나 슬퍼하지 말라고, 어디든 *내가* 있는 곳이 집이라고 말이야." 엄마가 내 코에 입 맞췄다. "아니, *네가* 있는 곳이 내 집이야, 우리 강아지. 나라는 지구의 중심은 너야."

옆에서 부스럭거리는 소리가 났다. "포터?" 보리스가 말했다. "안 자냐?"

"뭐 물어봐도 돼?" 내가 말했다. "인도네시아에서는 달이 어떻게 보여?"

"무슨 얘기가 하고 싶어?"

"아니면, 음, 러시아에서는? 여기랑 똑같아?"

보리스가 손등 뼈로 내 옆머리를 가볍게 두드렸다. *바보*라는 뜻의 손짓이었다. "어디나 다 똑같지." 보리스가 하품을 하며 말하더니 팔찌를 찬 비쩍 마른 손목을 짚고 몸을 일으켰다. "왜?"

"그냥." 내가 이렇게 말한 다음 긴장된 침묵 후에 다시 말했다. "저 소리 들려?"

문이 쾅 닫혔다. "무슨 소리야?" 내가 보리스를 향해 고개를 돌리며 말했다. 우리는 얼굴을 마주 보고 귀를 기울였다. 아래층에서 웃음소리가 들리고 사람들이 돌아다니는 소리, 뭔가가 넘어진 듯 쿵 소리가 났다.

"너희 아빠야?" 내가 일어나 앉으며 말했다. 그때 술에 취한 여자의 새된 목소리가 들렸다.

보리스도 일어나 앉았다. 창문을 통해 들어오는 빛 때문에 파리하고 빼빼 마르고 아파 보였다. 아래층에서는 물건을 던지고 가구를 끄는 듯한 소리가 났다.

"뭐라는 거야?" 내가 속삭였다.

보리스가 귀를 기울였다. 보리스 목의 튀어나오고 들어간 부분이 다 보였다. "헛소리야." 그가 말했다. "취했어."

우리 두 사람은 거기에 앉아서 귀를 기울였다. 보리스가 나보다 더 집중했다.

"너희 아빠랑 같이 있는 사람은 누구야?" 내가 말했다.

"웬 창녀겠지." 보리스가 눈썹을 찡그리고 잠시 귀를 기울였다. 옆모습이 달빛 속에서 날카롭게 보였다. 그러고는 다시 누웠다. "두 명이야."

내가 몸을 돌려 아이팟을 봤다. 새벽 3시 17분이었다.

"제기랄." 보리스가 배를 긁으며 말했다. "입 좀 닥치지."

"나 목말라." 내가 소심하게 침묵을 지키다가 말했다.

보리스가 콧바람을 불었다. "하! 지금은 나가기 싫을걸. 내 말 믿어."

"밑에서 뭐 하는 거야?" 내가 물었다. 여자 중 한 명이 비명을 질렀기 때문이었다. 웃느라 그런 건지 무서워서 그런 건지는 알 수 없었다.

우리는 판자처럼 뻣뻣하게 누워 천장을 보면서 심상치 않은 와장창 소리와 이리저리 부딪치는 소리를 들었다.

"우크라이나어인가?" 잠시 후에 내가 말했다. 나는 아래층에서 들리는 말을 단 한 마디도 알아듣지 못했지만 보리스와 어울린 지 꽤 되었기 때문에 우크라이나어와 러시아어의 억양을 구분하기 시작했다.

"제법인데, 포터." 보리스가 말했다. "나 불 좀 붙여줘."

우리는 어둠 속에서 담배를 나눠 피웠고, 마침내 어디선가 문이 쾅 닫히고 목소리가 잦아들었다. 보리스가 마지막으로 연기 가득한 숨을 내쉰 다음 몸을 굴려서 침대 옆의 꽁초가 넘치는 재떨이에 비벼 껐다. "잘 자라." 그가 속삭였다.

"잘 자."

보리스는 거의 바로 잠들었지만—숨소리를 들으면 알 수 있었다—나는 한참 동안 깨어 있었다. 목이 따끔거렸고 담배 때문에 머리가 약간 어지럽고 속이 안 좋았다. 나는 어쩌다가 한밤중에 주변에서 술 취한 외국인들이 소리를 지르고, 항상 더러운 옷만 입고, 아무도 날 사랑하지 않는 이상한 새 삶을 살게 되었을까? 보리스는 아무것도 모른 채 내 옆에서 코를 골았다. 나는 새벽이 다 되어서야 겨우 잠들어서 엄마 꿈을 꿨다. 엄마는 뉴욕 전철 6호선의 내 맞은편 자리에 앉아서 약간 흔들리고 있었고, 깜빡이는 조명 아래 침착한 얼굴이었다.

여기서 뭐 하고 있니? 엄마가 말했다. *집에 가! 당장! 아파트에서 만나자.* 하지만 목소리가 달랐다. 자세히 보자 엄마가 아니라 엄마인 척하는 사람이었다. 나는 깜짝 놀라서 숨을 헉 들이마시면서 잠에서 깼다.

<h1 style="text-align:center">16</h1>

보리스의 아버지는 아직 신비에 싸인 인물이었다. 보리스의 설명에 따르면 그의 아버지는 종종 인적이 없는 광산 현장에서 한 번에 몇 주일씩 직원들과 함께 지냈다. "씻지도 않아." 보리스가 진지하게 말했다. "늘 더럽고 술에 취해 있지." 부엌의 낡은 단파 라디오는 보리스 아버지의 것이었고("브레즈네프* 시대 거야." 보리스가 말했다. "버리려고 하질 않아."), 가끔 눈에 띄는 러시아어 신문과 〈USA 투데이〉도 마찬가지였다. 어느 날 내가 보리스네 집 욕실(위층도 아래층도 샤워 커튼이나 변기 커버가 없었고 욕조에는 뭔가 검은 것이 자라고 있어서 상당히 음산했다)에 들어갔다가 샤워 커튼 봉에 푹 젖은 채 시체처럼 매달려서 냄새를 풍기는 보리스 아버지의 양복

---

* 구소련의 공산당 제1서기.

을 보고 정말 깜짝 놀랐다. 까슬까슬하고 모양이 뒤틀린 두툼한 갈색 모직 양복이었는데, 땅에서 파낸 나무뿌리 같은 색이었다. 고국에서 가져온 축축한 숨결을 내뱉는 골렘**처럼, 경찰이 그물로 건져 올린 옷처럼, 바닥에 물이 끔찍하게 뚝뚝 떨어지고 있었다.

"왜?" 내가 욕실에서 나오자 보리스가 말했다.

"너희 아빠는 양복을 직접 빨아?" 내가 말했다. "저기 개수대에서?"

보리스는 문틀에 기대어 엄지손톱 옆쪽을 깨물면서 회피하듯 어깨를 으쓱했다.

"농담이겠지." 내가 말했다. 보리스가 나를 빤히 봤기 때문에 다시 말했다. "왜? 러시아에는 세탁소가 없냐?"

"아빠는 보석이랑 비싼 물건이 많아." 보리스가 엄지손가락을 계속 입에 댄 채 투덜거렸다. "롤렉스 시계도 있고 페라가모 구두도 있어. 양복쯤은 자기가 빨고 싶은 대로 빨 수도 있지."

"그래." 나는 이렇게 말하고 나서 화제를 돌렸다. 그 뒤 몇 주 동안은 보리스 아버지를 생각할 일이 없었다. 그러던 어느 날 우등 영어 수업이 시작한 뒤에 보리스가 몰래 들어왔는데, 눈 밑에 와인색 멍이 들어 있었다.

스피어 선생님(보리스는 '스피르세츠카야'라고 불렀다)이 무슨 일이 있었냐고 미심쩍게 묻자 보리스가 쾌활한 목소리로 말했다. "아, 축구공에 맞았어요."

나는 그것이 거짓말임을 알았다. 나는 랄프 왈도 에머슨에 대한 지루한 토론 수업 내내 통로 건너편의 보리스를 흘끔거리면서 어젯밤에 내가 포퍼를 산책시키려고—젠드라가 포퍼를 자꾸 바깥에 매어놓았기 때문에 나는 포퍼에 대한 책임감을 느끼기 시작했다—집으로 돌아간 후에 보리스가 어

** golem : 유대 신화에 등장하는 흙 인형 하인.

쩌다 멍이 들었을까 생각했다.

"뭘 한 거야?" 수업이 끝나고 보리스를 쫓아가서 붙잡고 물었다.

"어?"

"그거 어쩌다 생겼냐고."

보리스가 눈을 찡긋했다. "아, 왜 이래." 보리스가 자기 어깨로 내 어깨를 툭 쳤다.

"뭔데? 취했었어?"

"아빠가 왔어." 내가 아무 대답도 하지 않자 보리스가 다시 말했다. "또 뭐야, 포터? 무슨 생각해?"

"세상에, 왜?"

보리스가 어깨를 으쓱했다. "그 전에 네가 가서 다행이다." 그가 멀쩡한 눈을 문지르며 말했다. "아빠가 갑자기 나타나서 너무 놀랐어. 난 아래층 소파에서 자고 있었는데, 처음엔 넌 줄 알았어."

"어떻게 된 거야?"

"아." 보리스가 과장된 한숨을 쉬며 말했다. 학교 오는 길에 담배를 피웠는지 숨결에서 담배 냄새가 났다. "아빠가 바닥에 있던 맥주병을 봤어."

"술 마셨다고 때린 거야?"

"죽도록 취해서 때린 거지. 엄청 취했었어, 아마 난 줄도 몰랐을 거야. 오늘 아침에 내 얼굴을 보더니 울면서 미안하다고 하더라. 아무튼, 한동안은 안 돌아오실 거야."

"왜?"

"할 일이 많대. 3주는 안 올 거야. 광산은 주에서 운영하는 사창가랑 가깝거든, 알지?"

"주에서 운영하는 게 아니야." 나는 이렇게 말했다가 정말 주에서 운영하는 건가? 하고 생각했다.

"뭐, 아무튼 무슨 말인지 알잖아. 그래도 한 가지 좋은 점은, 아빠가 돈을 주고 갔다는 거야."

"얼마나?"

"4천."

"농담이지."

"아니, 아니다." 보리스가 자기 이마를 탁 쳤다. "루블인 줄 알았어, 미안! 2백 달러 정도야. 그래도. 더 달라고 했어야 하는 건데 배짱이 없어서."

우리는 갈림길에 도착했다. 나는 대수학 수업이었고 보리스는 미국 정치 수업이었다. 보리스에게는 미국 정치가 취약이었다. 필수과목이었는데─우리 학교의 처참한 기준을 생각해도 정말 쉬웠다─보리스에게 권리장전과 미국 의회의 명시적 권한과 묵시적 권한을 이해시키려고 애를 쓰다 보니 바버 부인에게 인터넷 서버가 뭔지 설명해주려던 때가 생각났다.

"음, 수업 끝나고 보자." 보리스가 말했다. "가기 전에 다시 설명해봐. 연방 준비 은행이랑 연방 준비 제도 이사회 차이점이 뭐라고?"

"다른 사람한테 말했어?"

"뭘?"

"알잖아."

"뭐야, 날 일러바치고 싶은 거야?" 보리스가 웃으면서 말했다.

"*너* 말고. 너희 아빠."

"왜? 왜 그게 좋은 방법인데? 말해봐. 나 추방당하라고?"

"알았어." 불편한 침묵이 흐른 뒤에 내가 말했다.

"그럼─오늘은 외식하자!" 보리스가 말했다. "식당에서! 멕시코 음식 먹을까?" 보리스는 처음 멕시코 음식을 먹을 때 미심쩍어하면서 불평했지만 점차 좋아하게 되었다. 보리스는 러시아에는 멕시코 음식이 없다며 익숙해지니 나쁘지 않다고 말했지만 양념이 너무 강하면 손도 안 댔다. "버스 타면 돼."

"중국집이 더 가까워. 음식도 더 낫고."

"그래, 하지만— 기억 안 나?"

"아, 그래. 맞다." 내가 말했다. 마지막으로 중국집에 갔을 때 우리는 돈을 안 내고 몰래 나왔다. "관두자."

17

보리스는 잰드라를 나보다 훨씬 더 좋아했다. 그는 얼른 달려가서 잰드라를 위해 문을 열어주고, 새로 자른 머리가 마음에 든다고 말하고, 짐을 들어주겠다고 했다. 나는 잰드라가 부엌 조리대에 놓인 핸드폰을 집으려고 몸을 숙일 때 보리스가 잰드라의 가슴을 훔쳐보는 장면을 잡은 다음부터 보리스를 계속 놀렸다.

"아, 진짜 섹시해." 보리스가 내 방으로 올라와서 말했다. "너희 아빠가 싫어할까?"

"아마 눈치도 못 챌 거야."

"아니, 진짜로 말이야. 너희 아빠가 날 어떻게 할 거 같냐?"

"어떤 경우에?"

"나랑 잰드라."

"몰라, 경찰을 부르겠지."

보리스가 코웃음을 쳤다. "뭐 하러?"

"너 말고. 잰드라. 법정 강간이잖아."

"그랬으면 좋겠다."

"하고 싶으면 가서 잰드라랑 해." 내가 말했다. "잰드라가 감옥 가도 난 상관없어."

보리스가 몸을 굴려 엎드리더니 교활한 눈으로 나를 보았다. "잰드라 코카인 한다. 알고 있었냐?"

"뭐?"

"코카인 말이야." 보리스가 코로 들이마시는 시늉을 했다.

"농담이겠지." 내가 말하자 보리스가 나를 보며 싱글싱글 웃었다. "어떻게 아는데?"

"그냥 알아. 말하는 걸 보면 알지. 아, 그리고 이도 같아. 언제 한번 봐."

나는 뭘 봐야 하는지 몰랐다. 하지만 어느 날 오후 보리스와 함께 집으로 돌아왔다가 아빠는 없고 잰드라가 한 손으로 머리카락을 뒷목에 고정시키고 커피 테이블 위의 뭔가를 코로 들이마신 다음 몸을 펴는 순간을 목격했다. 잰드라가 고개를 들고 우리와 눈이 마주친 순간 누구도 아무 말 하지 않았고, 잠시 후 잰드라는 우리가 안 보인다는 듯이 고개를 돌렸다.

우리는 그대로 걸어가서 계단을 올라 내 방으로 들어갔다. 누군가가 코로 마약을 들이마시는 모습을 본 적이 없었지만 잰드라가 뭘 하고 있었는지는 내가 봐도 뻔했다.

"아, 진짜 섹시하다." 내가 문을 닫자 보리스가 말했다. "그걸 어디다 놔둘까?"

"모르지." 내가 침대에 털썩 누우면서 말했다. 그때 잰드라가 나가는지, 진입로에서 그녀의 차 소리가 들렸다.

"우리도 좀 주려나?"

"*너한텐 좀 줄지도.*"

보리스가 침대 옆 바닥에 털썩 주저앉아서 무릎을 세우고 등을 벽에 기댔다. "팔기도 할까?"

"설마." 나는 믿을 수가 없어서 조금 생각하다가 다시 말했다. "그럴 것 같아?"

"하! 그렇다면 너야 좋지."

"어째서?"

"집에 현금이 굴러다닐 거 아냐!"

"그래, 참도 좋겠다."

보리스가 약삭빠르게 계산하는 눈빛으로 나를 보았다. "생활비는 누가 내, 포터?"

"허." 나는 그 말을 듣자마자 그게 무척 중요한 문제임을 깨달았지만, 사실 그때까지는 그런 생각이 떠오르지도 않았다. "몰라. 아빠겠지. 잰드라도 좀 내겠지만."

"그럼 너희 아빠는 어디서 가져와, 그 돈을?"

"전혀 몰라." 내가 말했다. "사람들이랑 전화 통화를 하고 밖으로 나가던데."

"수표가 돌아다닌 적 있어? 현금이나?"

"아니. 한 번도 없어. 가끔 칩은 있지만."

"칩은 현금만큼이나 괜찮지." 보리스가 엄지손톱을 물어뜯어서 바닥에 뱉으면서 바로 말했다.

"그래. 18세 이하는 카지노에 가서 칩을 현금으로 바꿀 수 없다는 점만 빼면 말이지."

보리스가 킬킬 웃었다. "야아, 정 필요하면 무슨 수가 떠오를 거야. 교표 달린 그 계집애 같은 교복 재킷을 너한테 입히고 창구로 보내는 거지. '실례합니다, 아가씨—'."

내가 몸을 굴려 보리스의 팔을 세게 때리면서 말했다. "꺼져." 나는 보리스가 느릿느릿 점잔을 빼면서 내 목소리를 흉내 내서 뜨끔했다.

"그런 식으로 말하면 안 되지, 포터." 보리스가 팔을 문지르며 신이 나서 말했다. "저 두 사람은 너한테 1센트도 안 줄 거야. 그러니까 내 말은, 난 아빠 수표책이 어디 있는지 알아. 비상사태가 닥치면—" 보리스가 손바닥을 퍼서 양손을 뻗었다. "알겠어?"

"그래."

"난 부정수표를 써야 하면 쓸 거야." 보리스가 침착하게 말했다. "그럴 수 있는지 알아두면 좋지. 너희 아빠랑 잰드라 방에 들어가서 물건을 뒤지라는 건 아니지만, 그래도 눈을 크게 뜨고 잘 살펴보는 건 괜찮은 생각이야, 알겠어?"

18

보리스네는 추수감사절을 지내지 않았고 잰드라와 아빠는 MGM 그랜드의 프랑스 레스토랑에 '낭만적인 휴일 특별 행사'를 예약했다. "너도 갈래?" 내가 부엌 조리대에 놓인 광고지―세 가지 색 장식 깃발 아래의 구운 칠면조 요리, 불꽃놀이, 하트―를 보고 있었더니 아빠가 나를 보고 말했다. "아니면, 따로 일정이 있나?"

"됐어요." 아빠는 나한테 잘해주려는 것이었지만 나는 아빠와 잰드라의 낭만적인 휴일 어쩌고에 낀다는 생각만 해도 불편했다. "따로 계획이 있어요."

"뭐 할 건데?"

"딴 사람이랑 보낼 거예요."

"누구?" 갑자기 보호자로서의 염려가 폭발했는지 아빠가 계속 물었다. "친구?"

"내가 맞혀볼게." 잰드라가 말했다. 그녀는 맨발에 잠잘 때 입는 마이애미 돌핀스 팀 저지를 입고 냉장고를 들여다보고 있었다. "내가 집으로 가져오는 이 오렌지랑 사과를 계속 축내는 사람."

"어어, 왜 그래." 아빠가 잰드라의 등 뒤로 가서 그녀를 안으며 나른하게 말했다. "당신 그 러시아 꼬마 좋아하잖아. 이름이 뭐더라. 그래, 보리스."

"물론 좋아해. 그렇게 자주 오는데, 좋아하니 다행이지. 이런." 잰드라가 몸을 비틀어 아빠 품에서 벗어나더니 맨 허벅지를 탁 치며 말했다. "누가 모기를 들인 거야? 시오, 왜 자꾸 수영장으로 나가는 문을 안 닫니. 여러 번 말했잖아."

"음, 있잖아요, 추수감사절 같이 보내는 거, 두 사람만 좋다면 저야 언제나 환영이죠." 내가 부엌 조리대에 등을 기대며 무뚝뚝하게 말했다. "전 좋아요."

나는 잰드라를 짜증 나게 하려고 일부러 이렇게 말한 다음 정말로 짜증 내는 모습을 재미있게 지켜봤다. "하지만 두 사람으로 예약했잖아." 잰드라가 머리카락을 뒤로 넘기고 아빠를 보며 말했다.

"음, 얘기하면 어떻게 해줄 거야."

"미리 전화해야 돼."

"좋아, 그럼 전화해." 아빠는 이렇게 말하고서 약간 취한 것처럼 잰드라의 등을 두드리고 미식축구 점수를 확인하러 거실로 느릿느릿 돌아갔다.

잰드라와 나는 잠시 마주 보며 서 있었고, 그녀는 사람이 살 수 없는 암울한 미래를 본 것처럼 곧 시선을 돌렸다. "커피 마셔야겠다." 잰드라가 맥없이 말했다.

"제가 문 열어둔 거 아니에요."

"누가 자꾸 그러는지 모르겠네. 내가 아는 건, 저쪽에 암웨이 제품을 팔던 그 이상한 사람들이 분수 물을 다 안 빼고 이사를 가는 바람에 모기가 엄청 많아졌다는 거야. 저기도 또 한 마리 있네, 젠장."

"저기, 화내지 마세요. 저, 같이 안 가도 돼요."

잰드라가 커피 필터 상자를 내려놓았다. "그래서, 무슨 뜻이야?" 그녀가 말했다. "예약을 변경해야 된다는 거야, 아니라는 거야?"

"두 사람 뭐 해?" 옆방에서 동그랗게 자국이 남은 컵 받침들, 다 피운 담뱃갑들, 마킹한 바카라 게임 용지에 둘러싸인 아빠가 외치는 소리가 어렴풋이 들렸다.

"아무것도 안 해." 잰드라가 소리쳤다. 몇 분 후 커피메이커가 쉿쉿거리며 커피를 내리기 시작하자 잰드라가 눈을 비비고 잠에서 깬 지 얼마 안 돼서 걸걸한 목소리로 말했다. "난 같이 가는 거 싫다고 한 적 없어."

"알아요. 저도 그렇다고 하진 않았어요." 그런 다음 덧붙였다. "그리고 아시겠지만, 문 제가 열어둔 거 아니에요. 아빠가 전화 받으러 나가면서 그러는 거예요."

잰드라가 플래닛할리우드 머그잔을 꺼내려고 찬장으로 손을 뻗다가 어깨 너머로 나를 돌아보며 말했다. "진짜 걔네 집에서 저녁 먹는 거 아니지? 그 러시아 꼬마 말이야."

"뭐, 그냥 여기서 텔레비전 볼 거예요."

"뭐 좀 갖다줄까?"

"보리스는 아줌마가 가져오는 칵테일 소시지 좋아해요. 전 윙이 좋고요. 매운 거요."

"딴 건? 작은 타키토 같은 건 어때? 너 그것도 좋아하지 않아?"

"좋죠."

"좋아. 둘이 맘대로 놀아. 내 담배만 건드리지 마, 그것만 부탁할게. 네가 담배 피우든 말든 상관없어." 잰드라가 손을 흔들어 내 말을 막으며 말했다. "네가 훔쳤다는 건 아니지만, 누가 자꾸 여기 상자에서 담배를 한 갑씩 훔쳐 가서 일주일에 25달러는 더 든다고."

19

보리스가 멍든 눈으로 나타난 이후 나는 보리스의 아버지를 돼지 눈에 머리를 짧게 깎고 목이 두꺼운 구소련인으로 상상했다. 하지만 드디어 보리스의 아버지를 만나 보니 정말 놀랍게도 굶주린 시인처럼 마르고 창백했다. 얼굴은 누렇게 뜨고 가슴이 쏙 들어갔으며 끊임없이 담배를 피웠고, 세탁을 잘못해서 회색으로 물든 싸구려 셔츠 차림으로 설탕 넣은 차를 끝없이 마셨다. 하지만 그의 눈을 보면 연약한 모습이 속임수라는 것을 알 수 있었다. 보리스의 아버지는 강단이 있고 열정적이었으며 성질 나쁜 분위기를 풍겼다. 그는 보리스와 마찬가지로 뼈대가 작고 얼굴이 뾰족했지만 가장자리가 벌겋고 사악해 보이는 눈과 작고 뾰족뾰족한 갈색 이를 가지고 있었다. 보리스의 아버지를 보니 광견병에 걸린 여우가 떠올랐다.

나는 보리스의 아버지를 지나가면서 흘깃 본 적이 있고 그(혹은 그로 추정되는 사람)가 밤에 보리스네 집을 쿵쿵거리며 돌아다니는 소리를 들은 적도 있지만, 사실 추수감사절 며칠 전까지 직접 만난 적은 없었다. 어느 날 학교가 끝난 후 보리스와 웃고 떠들면서 집으로 들어가니 보리스의 아버지가 부엌 식탁에 술병과 술잔을 놓고 구부정하게 앉아 있었다. 옷은 초라했지만 비싼 신발을 신고 금으로 만든 장신구를 많이 걸치고 있었다. 보리스의 아버지가 고개를 들어 벌게진 눈으로 우리를 보자 우리는 즉시 말을 멈췄다. 그는 작고 체격이 빈약한 남자였지만 얼굴에는 지나치게 가까이 가고 싶지 않게 만드는 무언가가 있었다.

"안녕하세요." 내가 머뭇거리며 말했다.

"안녕." 보리스의 아버지가 돌처럼 무표정하게, 보리스보다 훨씬 두드러진 억양으로 말했다. 그런 다음 보리스를 향해 우크라이나어로 뭐라 말했다. 짧은 대화가 이어졌고, 나는 흥미롭게 지켜보았다. 보리스가 다른 언어를 말할 때 변하는 모습은 흥미로웠다. 일종의 활기랄까 민첩함 같은 것이 생겨서 다른 사람, 더욱 유능한 사람이 보리스의 몸으로 들어간 것 같았다.

그러다가 갑작스럽게 파블리콥스키 씨가 나에게 두 손을 내밀었다. "고맙다." 그가 탁한 목소리로 말했다.

나는 다가가기 무서웠지만—야생동물에게 다가가는 기분이었다—어쨌든 한 발 다가서서 두 손을 어색하게 내밀었다. 파블리콥스키 씨가 내 손을 잡자 단단하고 차가운 피부가 느껴졌다.

"넌 좋은 사람이야." 그렇게 말하는 그의 눈은 충혈돼 있고 눈빛이 지나치게 강렬했다. 나는 시선을 돌리고 싶고 민망했다.

"신께서 항상 너와 함께하시며 축복하시길 빈다." 그가 말했다. "넌 나에게 아들이나 마찬가지야. 내 아들을 가족으로 받아주었으니까."

가족이라고? 나는 뭐가 뭔지 몰라서 보리스를 흘긋 보았다.

파블리콥스키 씨의 시선이 보리스를 향했다. "얘한테 내 말 전했니?"

"넌 우리 가족의 일부래." 보리스가 지루하다는 듯 말했다. "우리 아빠가 널 위해서 할 수 있는 일이 있으면……."

정말 놀랍게도 파블리콥스키 씨가 나를 잡아당겨 꼭 안았다. 나는 눈을 감고 그의 냄새를, 헤어크림 냄새와 체취, 술 냄새, 그리고 불쾌할 정도로 코를 찌르는 강렬한 향수 냄새를 무시하려고 애썼다.

"아까 그거 뭐야?" 보리스의 방으로 들어가서 문을 닫은 후에 보리스에게 조용히 물었다.

보리스가 눈을 굴렸다. "날 믿어. 모르는 게 좋을 거야."

"항상 저렇게 취해 계셔? 회사에서 뭐라고 안 해?"

보리스가 낄낄 웃으며 말했다. "회사에서 높은 사람이거든. 뭐, 그 비슷한 거야."

우리는 진입로에서 보리스 아버지가 트럭에 시동 거는 소리가 들릴 때까지 밀랍 염색 천이 드리워진 깜깜한 보리스의 방에서 잠들지 않고 깨어 있었다. "당분간 안 올 거야." 내가 다시 커튼을 내리자 보리스가 말했다. "너무 자주 나 혼자 놓고 나가서 안타깝대. 곧 추수감사절이라는 걸 아빠도 아니까, 내가 니희 집에서 지낼 수 없냐고 물어보더라."

"음, 안 그래도 늘 그러잖아."

"그것도 알아." 보리스가 눈앞으로 내려온 머리카락을 치우며 말했다. "그래서 너한테 고맙다고 한 거야. 하지만, 아빠한테 너희 집 주소를 다르게 가르쳐줬어. 괜찮지?"

"왜?"

"왜냐면—" 보리스는 내가 부탁할 필요도 없이 다리를 움직여 내가 앉을 자리를 만들어주었다. "아빠가 술에 취해서 한밤중에 너희 집으로 기어 들어가는 건 너도 싫을 거 같아서. 너희 아빠랑 잰드라 아줌마를 깨우겠지. 또, 아빠가 물어볼지도 몰라서 미리 말해두는데, 아빠는 네 성이 포터인 줄 알아."

"왜?"

"이게 더 나아." 보리스가 침착하게 말했다. "내 말 믿어."

20

보리스와 나는 우리 집 텔레비전 앞에 누워서 감자 칩을 먹고 보드카를 마시면서 메이시 백화점의 추수감사절 퍼레이드를 보고 있었다. 뉴욕에는 눈이 내렸다. 스누피, 로널드 맥도널드, 스펀지밥, 미스터 피넛 등등의 풍선이 지나가고 허리에 천을 두르거나 풀로 엮은 치마를 입은 하와이 무용수들이 헤럴드스퀘어에서 공연을 했다.

"내가 저기서 춤추는 사람이 아니라서 다행이다." 보리스가 말했다. "저 사람들 엉덩이가 다 얼어붙겠다."

"그러게." 나는 풍선도, 무용수도, 아무것도 눈에 들어오지 않았지만 이렇게 말했다. 텔레비전으로 헤럴드스퀘어를 보니 지구에서 몇백만 광년 떨어진 곳에서 표류하면서 초창기 라디오 신호를, 사라진 문명의 아나운서 목소리와 청중의 박수 소리를 듣고 있는 기분이었다.

"멍청하긴. 저렇게 입고 다니다니 이해할 수가 없어. 병원에 실려 갈 거야, 저 여자애들." 보리스는 라스베이거스가 너무 덥다고 맹렬하게 불평했지만 또 '차가운' 것, 즉 따뜻하게 데우지 않은 수영장, 우리 집 에어컨, 음료수에 든 얼음은 사람을 병들게 한다고 굳게 믿었다.

보리스가 몸을 굴려 똑바로 눕더니 나에게 병을 건넸다. "너 엄마랑 이런 퍼레이드에 가봤어?"

"아니."

"왜 안 갔어?" 보리스가 포퍼에게 감자 칩을 주면서 말했다.

"네쿨투르니(Nekulturny).*" 내가 말했다. 보리스에게 배운 단어였다. "그리고 관광객이 너무 많아."

보리스가 담배에 불을 붙이고 나에게도 한 대 권했다. "슬퍼?"

"조금." 나는 이렇게 말하고는 몸을 숙여서 보리스가 들고 있는 성냥으로 담배에 불을 붙였다. 어쩔 수 없이 지난번 추수감사절이 계속 떠올랐다. 기억은 꺼버릴 수 없는 영화처럼 계속 반복 재생되었다. 무릎이 튀어나온 낡은 청바지를 입고 맨발로 소리 없이 걷는 엄마. 엄마는 와인을 한 병 따고, 나에게는 샴페인 잔에 진저에일을 따라주고, 올리브를 내오고, 스테레오 소리를 키우고, 명절 때 입는 우스운 앞치마를 입고, 차이나타운에서 사 온 칠면조 가슴살 포장을 벗기고, 코를 찡그리더니 다시 냄새를 맡고—"이런, 시오, 이거 상했다. 문 좀 열어줘"—눈물이 고일 정도로 심한 암모니아 냄새가 나는 칠면조를 불발된 수류탄처럼 멀찍이 들고 비상계단을 지나 거리의 쓰레기통으로 달려갔고, 나는 창밖으로 몸을 내밀어 구역질을 하는 소리를 내며 장난을 쳤다. 우리는 그린빈 통조림, 크랜베리 통조림, 구운 아몬드를 곁들인 현미로 간단하게 먹었다. 엄마는 그날을 '우리의 채식주

* '미개하다'는 뜻.

의 겸 사회주의 추수감사절'이라고 불렀다. 엄마의 회사 프로젝트 마감 때문에 계획을 제대로 세우지 못했던 것이다. 엄마는 내년엔 차를 빌려서 버몬트에 사는 엄마 친구 제드 아저씨의 집에 가든지 그래머시태번처럼 멋진 식당을 예약하자고 약속했다(우리는 상한 칠면조 때문에 왠지 아주 즐거워져서 웃다가 지쳤다). 하지만 그런 미래는 없었고, 나는 텔레비전 앞에서 보리스와 함께 술과 감자 칩으로 추수감사절을 기념하고 있었다.

"뭐 먹을래, 포터?" 보리스가 배를 긁으며 말했다.

"뭐? 너 배고파?"

보리스가 그럭저럭이라는 뜻으로 손을 좌우로 흔들었다. "넌?"

"별로 안 고파." 감자 칩을 너무 많이 먹어서 입천장이 헐고 담배 때문에 속이 메슥거리기 시작했다.

갑자기 보리스가 야단법석으로 웃더니 자리에 일어나 앉았다. "들어봐." 그가 나를 발로 차면서 텔레비전을 가리켰다. "저거 들었어?"

"뭐?"

"뉴스 하는 사람. 방금 자기 애들한테 명절 잘 보내라고 인사했는데 '배스터드*와 케이시'래."

"아, 설마." 보리스는 항상 이런 식으로 영어를 잘못 들었다. 엉뚱하게 잘못 듣는 것이 가끔은 재미있었지만 짜증만 날 경우가 많았다.

"배스터드와 케이시'라니! 심하다, 응? 케이시야 괜찮지, 하지만 추수감사절에 텔레비전에 나와서 자기 자식을 사생아라고 부르다니."

"그런 말 안 했어."

"그래, 좋아. 넌 모르는 게 없으니까. 그럼 뭐라고 했는데?"

"내가 그걸 어떻게 알아?"

---

* bastard : 사생아라는 뜻이며 욕으로 쓰인다.

"그럼 왜 나한테 시비야? 왜 항상 네가 더 잘 안다고 생각하는데? 이 나라는 도대체 어떻게 된 거야? 어떻게 이토록 멍청한 나라가 이렇게 오만하고 돈이 많을 수가 있지? 미국인들…… 영화배우들…… TV에 나오는 사람들…… 그 사람들은 자기 자식한테 애플이니, 블랭킷이니, 베어, 배스터드, 그런 식으로 말도 안 되는 이름을 붙이잖아."

"그래서 네 말의 요점이 뭐야?"

"내 말의 요점은, 민주주의는 다 쓰레기 같은 것들을 위한 핑계라는 거야. 폭력…… 탐욕…… 어리석음…… 미국인이 하면 뭐든지 다 괜찮지. 그렇지? 내 말이 맞지?"

"넌 진짜 입을 가만히 다물고 있질 못하는구나?"

"나도 내가 뭘 들었는지 정도는 알아, 하! 배스터드라니까! 뭐 하나 가르쳐줘? 난 내 자식이 사생아라면 절대 그런 이름은 안 지어줄 거야."

냉장고에 잰드라가 가져온 윙과 타키토와 칵테일 소시지, 아빠가 좋아하는 스트립 몰의 중국집에서 산 만두가 있었지만 식사할 시간이 되었을 때 이미 보드카 병(보리스가 추수감사절 기념으로 가져왔다)은 반쯤 비었고 우리는 속이 아주 좋지 않았다. 보리스―가끔 취하면 갑자기 진지해져서 묵직한 주제를 꺼내 러시아인의 입장에서 이야기하거나 대답할 수 없는 질문을 했다―는 대리석 조리대에 앉아 포크로 칵테일 소시지를 찍어 흔들면서 빈곤과 자본주의와 기후 변화에 대해서, 이 세상이 얼마나 엉망인지에 대해서 이야기하고 있었다.

약간 어수선해진 틈을 타 내가 말했다. "보리스, 닥쳐. 그런 얘기 듣기 싫어." 보리스가 내 방에서 《월든》을 가져와서 자기가 하고 싶은 말을 뒷받침하는 긴 문단을 큰 소리로 읽고 있었다.

보리스가 던진 책이―다행히도 문고판이었다―내 광대뼈를 스쳤다.

"이체즈니(Ischézni)! 나가!"

"여기 우리 집이거든, 멍청한 새끼야."

칵테일 소시지가 포크에 꽂힌 채 내 머리 위로 아슬아슬하게 휙 날아갔다. 하지만 우리는 웃고 있었다. 오후가 되자 우리는 완전히 취했다. 보리스와 나는 양탄자 위를 굴러다니면서 서로 넘어뜨리고 웃고 욕하고 기어 다녔다. 미식축구 경기가 나오고 있었는데, 둘 다 짜증 난다고 생각했지만 리모컨을 찾아서 채널을 바꾸는 건 너무 귀찮았다. 보리스는 너무 많이 취해서 자꾸 러시아어로 말하려 했다.

"영어로 하든가, 아님 닥쳐." 내가 난간을 잡고 몸을 지탱하면서 이렇게 말하는데 보리스가 주먹을 휘둘렀고, 서툴게 피하다가 커피 테이블 위로 넘어졌다.

"티 멘야 도스탈(Ty menjá dostál)! 포셸 티(Poshël ty)!"

"꾸룩꾸룩꾸룩." 내가 양탄자에 얼굴을 묻고 징징거리는 여자애 같은 목소리로 대답했다. 바닥이 배 갑판처럼 흔들리고 덜컹거렸다. "발랄라이카 쎄쎄쎄!"

"빌어먹을 텔리크(télik)." 보리스가 내 옆에 무너지듯 털썩 앉더니 바보같이 텔레비전을 향해 발길질을 했다. "이런 쓰레기 보기 싫어."

"그러게 말이야, 꺼져." 내가 배를 잡고 굴렀다. "나도 싫어." 내 시선은 제대로 따라가지 못했고 모든 물체가 원래의 테두리를 넘어 흐릿하게 빛났다.

"날씨 보자." 보리스가 무릎걸음으로 거실을 가로지르며 말했다. "뉴기니 날씨 보고 싶어."

"찾아야 돼, 날씨 채널 몰라."

"두바이!" 보리스가 팔다리를 뻗고 쓰러지면서 외쳤다. 그러더니 내가 알아듣는 건 욕 한두 마디밖에 없는 러시아어를 감상적으로 쏟아냈다.

"안글리스키(Angliyski)! 영어로 하라고."

"거기 눈이 온다고?" 보리스가 내 어깨를 흔든다. "저 사람이 눈 온대, 저

미친 놈, *티 비데시(ty videsh)?* 두바이에 눈이 온대! 기적이야, 포터! 저거
봐!"

"더블린이야, 멍청아. 두바이가 아니라."

"*발리 오츄다(Valí otsyúda)!* 저리 꺼져!"

그리고 정신을 잃었나 보다(보리스가 술병을 가져오면 항상 벌어지는 일
이었다). 정신을 차렸을 때는 빛이 전혀 달랐고, 나는 미닫이문 앞 토한 흔적
옆에 무릎을 꿇고 앉아서 유리문에 이마를 기대고 있었다. 보리스는 얼굴을
파묻고 행복하게 코를 골면서 쿨쿨 자고 있었고 한쪽 팔이 소파 아래로 덜
렁거렸다. 팝칙도 보리스의 뒤통수에 턱을 올리고 흡족한 표정으로 자고 있
었다. 나는 기분이 엉망이었다. 수영장에 둥둥 떠다니는 죽은 나비. 뚜렷하
게 들리는 기계음. 플라스틱 수챗구멍 거름망에서 빙빙 도는 죽은 귀뚜라미
와 딱정벌레 들. 하늘에서 해가 지면서 화려하고 비정하게 이글거렸고, 피처
럼 붉은 층층 구름을 보니 재난과 폐허가 펼쳐진 세계 종말의 모습이, 태평
양 환초에서의 폭발, 불길을 피해 달아나는 야생동물이 떠올랐다.

보리스가 없었다면 나는 아마 울었을 것이다. 하지만 나는 우는 대신 욕
실로 가서 한 번 더 토한 다음 수도꼭지를 틀어서 물을 마시고 종이 타월을
가져다가 내가 토한 것을 닦았는데, 머리가 너무 아파서 앞이 거의 보이지
않았다. 토사물은 바비큐 치킨 윙 때문에 끔찍한 주황색이었고 완전히 지
우기 힘들어서 얼룩이 남았다. 나는 주방 세제로 얼룩을 문지르면서 마음
을 안정시키는 뉴욕 생각에만 집중하려고 무척 애를 썼다. 중국 도자기와
친절한 경비 아저씨들이 있는 앤디네 아파트, 시간을 잊게 만드는 호비 아
저씨의 집, 오래된 책과 큰 소리로 똑딱똑딱 가는 시계들, 낡은 가구들, 벨
벳 커튼, 사방에 쌓여 있는 과거의 침전물, 모든 것이 고요하고 조화로운 조
용한 방들. 밤이면 종종 지금 내가 있는 곳이 너무나 낯설어졌고, 그러면 나
는 호비 아저씨의 작업장을, 밀랍과 자단 부스러기의 짙은 냄새를, 거기서

응접실로 가는 좁은 계단을, 동양풍 양탄자에 먼지 자욱한 햇살이 내리쬐는 응접실을 생각하며 잠을 청했다.

전화해야겠어. 그렇게 생각했다. 안 될 게 뭐 있을까? 나는 이것이 좋은 생각이라고 여길 만큼 술이 덜 깬 상태였다. 하지만 전화는 울리고 또 울렸다. 나는—한두 번 더 걸어보고, 30분 정도 텔레비전 앞에 멍하니 앉아 있다가—속이 안 좋아서 땀이 뻘뻘 나고 배가 아파 죽을 것 같은 상태로 날씨 채널에 나오는 얼어붙은 도로와 한랭전선에 휩쓸린 몬태나를 보다가 마침내 앤디에게 전화를 걸기로 하고 보리스를 깨울까 봐 부엌으로 갔다. 전화를 받은 사람은 킷시였다.

"통화 못 해." 킷시가 나라는 걸 알고 서둘러 말했다. "우리 늦었어. 저녁 먹으러 나가는 길이야."

"어디로?" 내가 눈을 깜빡이며 말했다. 아직도 머리가 너무 아파서 서 있기도 힘들었다.

"밴 네세스 가족이랑 5번가에 갈 거야. 엄마 친구야."

뒤쪽에서 토디가 어렴풋이 울부짖는 소리와 플랫이 "나한테서 *떨어져!*"라고 고함치는 소리가 들렸다.

"앤디한테 인사 좀 해도 돼?" 나는 부엌 바닥을 가만히 보면서 말했다.

"진짜 안 돼. 우리— 엄마, 지금 가요!" 킷시가 소리쳤다. 그러고는 말했다. "추수감사절 잘 보내."

"너도." 내가 말했다. "모두에게 안부 전해줘." 하지만 전화는 이미 끊어진 후였다.

21

보리스의 아버지가 내 두 손을 붙잡고 보리스를 돌봐줘서 고맙다고 말한 이후 아저씨에 대한 걱정은 어느 정도 해소되었다. 나는 파블리콥스키 씨("씨라니!" 보리스가 낄낄 웃었다)가 무섭게 생긴 건 맞지만 보기만큼 끔찍한 사람은 아니라고 생각하게 되었다. 추수감사절 다음 주에 학교가 끝나고 보리스네 집에 갔다가 부엌에 있는 아저씨를 두 번이나 발견했지만, 의례적인 인사말만 중얼중얼 주고받았다. 아저씨는 식탁에 앉아서 보드카를 연달아 마시면서 종이 냅킨으로 축축한 이마를 닦았고, 숱이 그럭저럭 많은 머리는 기름진 헤어크림 같은 것을 발라서 더 검었다. 그는 낡은 라디오를 큰 소리로 틀어두고 러시아어 뉴스를 듣고 있었다. 그러던 어느 날 밤 우리가 포퍼(내가 산책 삼아 데리고 왔다)와 함께 아래층에서 〈다섯 손가락의 야수〉라는 피터 로리의 옛날 영화를 보고 있는데 현관문이 세게 쾅 닫혔다.

보리스가 이마를 탁 쳤다. "제기랄." 보리스는 내가 무슨 일인지 알아차리기도 전에 포퍼를 내 품에 안기고 셔츠 깃을 잡아서 나를 일으키더니 등을 떠밀었다.

"무슨―"

보리스가 손을 내저었다. 그냥 가. "개." 보리스가 씩씩거리며 말했다. "아빠가 죽일지도 몰라. 서둘러."

나는 최대한 조용히 달려서 부엌을 가로지른 다음 뒷문으로 빠져나갔다. 바깥은 무척 어두웠다. 포퍼는 난생 처음으로 소리를 내지 않았다. 나는 포퍼가 졸졸 따라올 것을 알았기 때문에 땅에 내려놓고 집을 빙 돌아서 커튼이 없는 거실 창가로 갔다.

보리스의 아버지는 지팡이를 짚으면서 걷고 있었는데, 처음 보는 모습이었다. 그는 연극 무대 위의 인물처럼 지팡이에 한껏 몸을 기대고 절뚝이면서 환한 집 안을 걸어 다녔다. 보리스는 빼빼 마른 가슴 위로 팔을 꼬아 자신을 안고 있었다.

보리스와 아저씨는 말싸움을 하고 있었다, 아니, 그가 보리스에게 화를 내고 있었다. 보리스는 바닥을 물끄러미 보았다. 머리카락이 눈을 가려서 코끝밖에 안 보였다.

갑자기 보리스가 고개를 번쩍 들고 뭔가 날카롭게 쏘아붙이더니 돌아서서 나가려고 했다. 그때—내가 미처 이해할 시간도 없이 너무나 잔인하게—보리스의 아버지가 지팡이를 든 뱀처럼 달려들더니 보리스의 등을 후려쳐 바닥에 쓰러뜨렸다. 보리스가 일어나기도 전에—땅에 손발을 짚고 엎드려 있었다—파블리콥스키 씨가 보리스를 걷어차더니 셔츠 뒷덜미를 잡아당겨 비틀비틀 일으켰다. 보리스의 아버지는 러시아어로 고래고래 고함을 지르면서 반지 낀 붉은 손으로 보리스의 양쪽 뺨을 번갈아가며 때렸다. 그런 다음 보리스를 거실 한가운데로 내던졌고 지팡이의 굽은 손잡이 부분으로 비틀거리는 보리스의 얼굴 정면을 쳤다.

나는 충격을 받아서 창가에서 물러서다가 너무 정신이 없어서 발이 걸려 쓰레기 봉지 위로 넘어졌다. 그 소리에 놀란 포퍼가 크고 날카롭게 짖으면서 이리저리 뛰어다녔다. 겁에 질린 내가 무너진 깡통과 맥주병 더미 속을 기어 다니면서 일어나려고 하는데 문이 활짝 열리더니 노란빛이 콘크리트로 네모나게 쏟아졌다. 나는 최대한 재빨리 일어나서 포퍼를 낚아채 달렸다.

하지만 그건 보리스였다. 보리스가 나를 따라잡아서 내 팔을 잡고 거리로 끌고 갔다.

"세상에." 내가 뒤를 돌아보려 애쓰느라 약간 뒤처져서 말했다. "어떻게 된 거야?"

우리 뒤로 보리스의 집 현관문이 활짝 열렸다. 집 안에서 나오는 빛 속에 파블리콥스키 씨의 실루엣이 서 있었다. 그는 한 손으로 몸을 지탱하고 서서 주먹을 휘두르면서 러시아어로 소리쳤다.

보리스가 나를 잡아당기며 말했다. "가자." 우리는 어두운 거리를 달렸다.

신발이 아스팔트를 때렸고, 마침내 보리스 아버지의 목소리가 들리지 않게 되었다.

"젠장." 길모퉁이를 돌 때 내가 속도를 늦추며 말했다. 심장이 쿵쿵 뛰고 머리가 어지러웠다. 포퍼가 낑낑거리며 내려가려고 애를 쓰더니 아스팔트에 내려주자 빠른 속도로 원을 그리며 우리 주변을 돌았다. "무슨 일이야?"

"아, 별거 아냐." 보리스가 이상하게도 쾌활한 목소리로 말하면서 훌쩍이는 코를 닦았다. "폴란드어로는 '물잔 속의 태풍'이라고 해. 그냥 맛이 가서 날뛰는 거야."

내가 몸을 숙여 손으로 무릎을 짚고 숨을 돌렸다. "화가 나서? 아니면 취해서?"

"둘 다. 그래도 아빠가 팝칙을 못 봐서 다행이야. 아니면 어떻게 됐을지 몰라. 아빠는 동물은 밖에서 살아야 한다고 생각하거든. 자." 보리스가 보드카 병을 들고 말했다. "내가 뭘 가져왔나 봐! 나오는 길에 몰래 가져왔지."

나는 눈으로 보기 전에 보리스의 피 냄새를 먼저 맡았다. 초승달이라 밝진 않았지만 보일 정도는 됐고, 내가 몸을 일으켜 보리스를 마주 보았더니 코피가 쏟아지고 있었고 셔츠는 피로 검게 물들어 있었다.

"세상에." 나는 여전히 숨을 헐떡이며 말했다. "너 괜찮아?"

"놀이터 가서 숨 좀 돌리자." 보리스가 말했다. 얼굴이 엉망이었다. 눈은 부어오르고 이마는 갈고리 모양으로 보기 흉하게 찢어져서 역시 피가 흐르고 있었다.

"보리스! 집으로 가야 돼."

보리스가 눈썹을 찌푸렸다. "집?"

"우리 집 말이야. 아무튼, 너 완전 엉망이야."

보리스가 피투성이 치아를 드러내며 씩 웃더니 팔꿈치로 내 갈비뼈를 툭 쳤다. "아냐, 잰드라 만나기 전에 먼저 한잔해야겠어. 야, 포터. 좀 천천히 하면 안 되겠냐? 이런 일이 있었는데?"

22

버려진 주민 센터 옆 놀이터에서 미끄럼틀이 달빛을 받아 은색으로 빛났다. 우리는 마른 분수대 안으로 발을 덜렁거리며 앉아서 시간 가는 줄 모르고 술병을 주고받았다.

"내가 본 것 중에 제일 이상한 장면이었어." 내가 손등으로 입을 닦으며 말했다. 별들이 약간 뱅글뱅글 돌았다.

두 손에 체중을 싣고 하늘을 올려다보던 보리스가 폴란드어로 혼자 노래를 하고 있었다.

브시스트키에 지에치, 나베트 질레(Wszystkie dzieci, nawet źle)

포그롱죠네 송 베 시니에(pogrążone są we śnie)

아 티 예드나 틸코 니에(a Ty jedna tylko nie)

아— 아— 아, 아— 아— 아······(A-a-a, a-a-a······)

"진짜 무섭다." 내가 말했다. "너희 아빠 말이야."

"그래." 보리스가 피로 얼룩진 셔츠 어깨에 입을 닦으면서 경쾌하게 말했다. "사람도 죽였어. 광산에서 어떤 사람을 때려죽인 적이 있어."

"거짓말."

"아니, 진짜야. 뉴기니에서. 흔들거리던 바위가 떨어져서 죽은 것처럼 보이게 만들었지만, 우린 곧장 떠나야 했어."

나는 생각해보았다. "너희 아빠 별로, 으음, 아주 힘이 세지는 않잖아. 그러니까 내 말은, 어떻게—"

"아니, 주먹으로 때린 게 아니야. 그거, 뭐라고 하더라." 보리스가 표면을 때리는 시늉을 했다. "파이프렌치."

나는 아무 말 하지 않았다. 렌치로 때리는 시늉을 하는 보리스의 몸짓에 진실한 울림이 있었다.

더듬더듬 담배에 불을 붙인 보리스가 연기를 내뿜으며 한숨을 쉬었다. "하나 줄까?" 보리스가 피우던 담배를 나에게 주고 한 개비 더 꺼내서 불을 붙인 다음 손등 뼈로 턱을 쓸었다. "아야." 그가 턱을 이리저리 움직여보았다.

"아파?"

보리스가 졸린 듯이 웃더니 내 어깨를 쳤다. "어떨 거 같냐? 바보야."

곧 우리는 비틀거릴 정도로 웃다가 자갈 위를 더듬더듬 기어 다녔다. 나는 술에 취해서 기분이 무척 좋았고, 춥고도 이상하리만치 뻥 뚫린 기분이었다. 정신을 차려 보니 땅에서 구르고 엎치락뒤치락하느라 먼지투성이가 된 우리는 거의 칠흑 같은 어둠 속에서 비틀비틀 집으로 걸어가고 있었다. 버려진 집들이 줄지어 늘어서 있고 거대한 사막의 밤이 우리를 감쌌다. 저 높은 하늘에 금이 간 것처럼 별들이 밝게 빛났고, 팝칙은 휘청휘청 걷는 우리 뒤를 종종거리며 쫓아왔다. 우리는 너무 심하게 웃어서 말도 못하고 헉헉거렸고 도로가에 거의 토할 뻔했다.

보리스가 아까와 같은 멜로디로 목청껏 노래를 불렀다.

아 — 아 — 아, 아 — 아 — 아(A-a-a, a-a-a)
빌리 소비에 코트키 드바(byly sobie kotki dwa)
아 — 아 — 아, 코트키 드바(A-a-a, kotki dwa)
샤로부레 —(szarobure —)

내가 보리스를 발로 찼다. "영어로 해!"

"자, 가르쳐줄게. *아— 아— 아, 아— 아— 아—*"

"무슨 뜻인지 말해봐."

"좋아, 가르쳐주지. '*옛날 옛적에 작은 새끼 고양이 두 마리가 있었네*'." 보리스가 노래했다.

> *두 마리 다 회색빛이 감도는 갈색이었어*
>
> *아— 아— 아—*

"작은 새끼 고양이 두 마리라고?"

보리스가 나를 때리려다가 넘어질 뻔했다. "시끄러! 좋은 부분 아직 안 나왔단 말이야." 보리스가 손으로 입을 닦더니 고개를 젖히고 노래했다.

> *오, 잘 자렴, 우리 아기*
>
> *네게 하늘의 별을 따 줄게*
>
> *모든 아이들은 자장자장 잠들지*
>
> *다른 아이들은, 나쁜 아이들까지도*
>
> *모두 잠들었는데 너만 깨어 있구나*
>
> *아— 아— 아, 아— 아— 아—*
>
> *옛날 옛적에 작은 새끼 고양이 두 마리가 있었네—*

우리 집에 도착해 보니—보리스와 나는 서로 조용히 하라면서 너무 시끄럽게 굴었다—차고가 비어 있었다. 아무도 없다는 뜻이었다. "*하느님 감사합니다.*" 보리스가 열렬하게 말하더니 신 앞에 엎드린다며 콘크리트 바닥에 쓰러졌다.

내가 보리스의 셔츠 깃을 잡았다. "일어나!"

집 안으로 들어가 밝은 곳에서 보니 보리스는 엉망이었다. 온통 핏자국에다가 한쪽 눈이 번들번들하게 부어올라서 쭉 째진 틈으로밖에 안 보였다. "잠깐만." 내가 거실 양탄자 한가운데에 보리스를 놓은 다음 찢어진 상처를 치료할 약을 가지러 비틀비틀 욕실로 걸어갔다. 하지만 샴푸와 잰드라가 윈 리조트 경품 행사에서 받아 온 초록색 향수병밖에 없었다. 술에 취한 나는 향수를 아주 조금 뿌리면 소독이 된다는 엄마의 말을 떠올리고 거실로 돌아갔다. 보리스는 양탄자 위에 뻗어 있고 포퍼가 피로 물든 보리스의 셔츠를 불안하게 킁킁거리고 있었다.

"자." 내가 개를 밀치고 피가 흐르는 보리스의 이마를 젖은 천으로 닦았다. "가만히 있어."

보리스가 몸을 움찔하더니 투덜거렸다. "뭐 하는 거야?"

"닥쳐." 내가 보리스의 눈을 가린 머리카락을 넘겼다.

보리스가 러시아어로 뭐라 투덜거렸다. 나는 조심하려고 했지만 보리스만큼이나 취한 상태였고, 상처에 향수를 뿌리자 보리스가 비명을 지르더니 내 입을 세게 때렸다.

"무슨 짓이야?" 내가 입술에 손을 대며 말했다. 손을 떼보니 피가 묻어났다. "나한테 무슨 짓을 했나 좀 봐."

"블랴드(Blyad)." 보리스가 이렇게 말한 다음 기침을 하며 허공에 팔을 휘둘렀다. "냄새 지독하잖아. 이 자식, 나한테 뭘 뿌린 거야?"

나는 웃기 시작했다. 참을 수가 없었다.

"나쁜 자식." 보리스가 고함을 지르며 나를 세게 밀어서 넘어뜨렸다. 하지만 보리스도 웃고 있었다. 보리스가 나를 일으키려고 손을 내밀었지만 내가 발로 차버렸다.

"꺼져!" 너무 심하게 웃어서 말도 제대로 안 나왔다. "너한테서 잰드라 냄새 나."

"제기랄, 숨 막혀 죽겠어. 이 냄새 좀 어떻게 해야겠어."

우리는 비틀거리며 밖으로 나가서 옷을 벗어던졌다. 한 발로 콩콩 뛰면서 바지를 벗은 다음 수영장으로 뛰어들었다. 나는 너무 늦게, 수면에 부딪치기 직전에 몸이 넘어가는 순간에야 좋은 생각이 아님을 깨달았다. 우리는 술을 많이 마셨고 너무 취해서 걸을 수도 없었다. 차가운 물이 나를 세게 때리자 숨이 멎을 뻔했다.

나는 수면 위로 올라가려고 발버둥 쳤다. 눈이 따갑고 염소 때문에 코가 화끈거렸다. 보리스가 내 눈에 물을 뿌렸고 나는 보리스를 향해 물을 뱉었다. 보리스는 어둠 속에서 희끄무레하게 보였는데 뺨은 움푹 들어가고 검은 머리카락은 머리 양쪽에 딱 달라붙어 있었다. 나는 이가 덜덜 떨렸고 2.5미터나 되는 물속에서 야단법석을 떨기에는 너무 취한 데다 속도 안 좋았지만 우리는 깔깔거리면서 서로 붙잡아서 물속으로 밀어 넣었다.

보리스가 물속으로 잠수했다. 그의 손이 내 발목을 잡고 아래로 끌어당기자 검은 물거품들이 내 앞을 가로막았다.

나는 몸을 비틀면서 발버둥을 쳤다. 그때 그 미술관으로 돌아가서 위로도 밖으로도 나갈 수 없는 어두운 공간에 갇힌 것 같았다. 나는 팔다리를 휘두르며 몸을 비틀었고 공포에 질려서 숨을 쉬려고 애쓰자 공기방울이 눈앞에 떠다녔다. 종 모양의 공기방울들, 어둠. 결국 나는 허파에 가득 찰 만큼의 물을 마시기 직전에 몸을 비틀어 풀려났고 수면 위로 떠올랐다.

나는 공기를 찾아서 헐떡이면서 수영장 모서리에 붙어서 숨을 들이마셨다. 시야가 맑아지자 보리스가—기침을 하고 욕을 하면서—수영장 계단으로 돌진하는 모습이 보였다. 내가 숨이 막힐 정도로 화가 나서 반쯤은 헤엄치고 반쯤은 껑충껑충 뛰어서 보리스의 뒤로 다가가 발을 걸자, 보리스가 앞으로 넘어졌다.

"개새끼." 수면에서 허우적거리는 보리스를 보며 나는 씩씩댔다. 보리스가 무슨 말을 하려고 했지만 나는 그의 얼굴에 물을 뿌린 다음 한 번 더 뿌리고, 보리스의 머리카락을 잡아서 물속으로 밀어 넣었다. "이 거지 같은 새끼." 보리스가 헐떡이면서 물이 줄줄 흐르는 얼굴로 수면 밖으로 나오자 내가 소리쳤다. "이런 짓 두 번 다시 절대로 하지 마." 내가 양손으로 보리스의 어깨를 잡고 있다가 아래로 찍어 누르려고 했는데—보리스를 물속에 밀어 넣고 한참 동안 잡고 있었다—보리스가 손을 뻗어서 내 팔을 잡았다. 그는 하얗게 질려서 떨고 있었다.

"그만해." 보리스가 헐떡이며 말했다. 그제야 나는 보리스의 눈에 초점이 없고 이상하다는 것을 깨달았다.

"야." 내가 말했다. "너 괜찮아?" 하지만 보리스는 기침이 너무 심해서 대답할 수 없었다. 코피가 다시 나서 손가락 사이로 쏟아져 내렸다. 내가 보리스를 일으켰고 우리는 수영장 계단에 같이 쓰러졌다. 반은 물속에, 반은 물밖에 있었지만 너무 지쳐서 나갈 수도 없었다.

23

밝은 햇빛이 나를 깨웠다. 우리는 내 침대에 누워서 젖은 머리에 옷은 반쯤 벗은 채 에어컨 바람 때문에 추워서 벌벌 떨고 있었고, 포퍼가 우리 사이에서 코를 골고 있었다. 침대 시트는 축축하고 소독약 냄새가 났다. 나는 머리가 깨질 듯이 아팠고 잔돈을 한 줌 빨아 먹은 것처럼 불쾌한 쇠 맛이 났다.

머리를 조금만 움직여도 토할 것 같아서, 나는 꼼짝 않고 누워 있다가 아주 조심조심 일어나 앉았다.

"보리스?" 손바닥으로 뺨을 문질렀다. 베갯잇에 갈색 핏자국이 말라붙어 있었다. "일어났어?"

"으으, 세상에." 죽은 사람처럼 창백하고 땀으로 끈적끈적한 보리스가 신음 소리를 내더니 몸을 굴려 엎드려서 매트리스를 꽉 잡았다. 보리스는 시드 비셔스 스타일의 팔찌에 내 속옷으로 보이는 것만 걸치고 있었다. "토할 것 같아."

"여기선 안 돼." 내가 보리스를 걷어찼다. "일어나."

보리스가 투덜거리면서 비틀비틀 걸어갔다. 욕실에서 보리스가 토하는 소리가 들렸다. 그 소리를 듣자 나도 속이 안 좋아졌지만 좀 웃기기도 했다. 나는 몸을 굴려서 베개에 얼굴을 묻고 웃었다. 보리스가 머리를 감싸 쥐고 비틀비틀 돌아오자 멍든 눈, 콧구멍에 엉킨 핏덩이, 딱지가 앉은 이마의 상처를 보고 나는 깜짝 놀랐다.

"세상에." 내가 말했다. "심한 것 같은데. 꿰매야겠다."

"그거 알아?" 보리스가 매트리스 위로 엎어지면서 말했다.

"뭐?"

"젠장, 우리 학교 늦었어!"

우리는 몸을 굴려 똑바로 누워서 큰 소리로 웃었다. 힘이 빠지고 구역질이 났지만 절대 웃음을 멈추지 못할 것 같았다.

보리스가 몸을 뒤집더니 한쪽 팔로 바닥을 더듬으며 뭔가를 찾았다. 곧 그의 머리가 다시 획 올라왔다. "아! 이게 뭐지?"

나는 일어나 앉아서 물이 담긴 컵을, 혹은 물이라고 생각한 것이 담긴 컵을 향해 애타게 손을 뻗었다가 보리스가 내 코 밑에 컵을 들이밀자 냄새 때문에 입을 꾹 다물었다.

보리스가 큰 소리로 웃었다. 그러고는 순식간에 나를 깔아뭉갰다. 뼈가 뾰족뾰족하게 느껴지고 살갗은 축축했고, 땀과 토사물 냄새와 지독하고 더러운 또 다른 냄새, 고인 웅덩이 같은 냄새가 났다. 보리스가 내 뺨을 꼬집고 얼굴 위로 보드카 잔을 기울이며 말했다. "약 먹을 시간이야! 지금, 당장." 내가 잔을 치자 날아가서 그의 입에 맞았지만 약간 빗맞았으므로 성공적이진 않았다. 포퍼가 신이 나서 짖었다. 보리스가 목을 조르면서 내가 전날 입었던 더러운 셔츠를 집어서 입에 쑤셔 넣으려 했지만 내가 한발 빨리 보리스를 침대 밑으로 넘어뜨렸고, 보리스는 벽에 머리를 부딪쳤다. "아야, 젠장." 보리스가 졸린 듯이 손바닥으로 얼굴을 문지르고 킬킬 웃었다.

나는 식은땀을 흘리면서 비틀비틀 일어서서 욕실로 가서, 손으로 벽을 짚고 변기에다가 격렬하게 한두 번 속을 비워냈다. 방에서 보리스의 웃음소리가 들렸다.

"목구멍에 손가락을 두 개 넣어봐." 보리스가 이렇게 소리친 다음 뭐라고 더 말했지만 몸서리쳐지는 구역질이 다시 밀려와서 듣지 못했다.

나는 토를 다 하고 난 다음 침을 한두 번 뱉고 손등으로 입을 닦았다. 욕실이 엉망이었다. 샤워기에서는 물이 뚝뚝 떨어지고 문은 열려 있고 바닥에는 흠뻑 젖거나 피로 얼룩진 수건들이 뭉쳐져 있었다. 나는 여전히 속이 안 좋아서 덜덜 떨면서 개수대에서 손을 모아 물을 받아 마신 다음 얼굴에 물을 뿌렸다. 거울에 비친 나의 맨몸은 구부정하고 창백했고, 어젯밤에 보리스가 때린 입술이 퉁퉁 부어 있었다.

보리스는 아직도 바닥에 힘없이 앉아서 머리를 벽에 기대고 있었다. 내가 돌아오자 보리스가 멀쩡한 쪽 눈을 뜨더니 나를 보고 킬킬 웃었다. "좀 낫냐?"

"시끄러워! 나한테 말도 걸지 마."

"꼴좋다. 술잔 가지고 까불지 말라고 내가 그랬지?"

"나?"

"기억 안 나는구나?" 보리스가 다시 피가 나는지 보려고 혀로 윗입술을 훑었다. 셔츠를 안 입고 있으니 앙상한 갈비뼈와 맞은 흔적, 더위에 가슴께까지 벌게진 게 다 보였다. "잔을 바닥에 두다니, 아주 나쁜 생각이야. 재수가 없다고! 거기 놔두지 말랬잖아! 아주 나쁜 징크스야!"

"그렇다고 내 머리에 부을 필요는 없었잖아." 내가 더듬더듬 안경을 찾아서 쓰고 바닥에 쌓인 우리 두 사람의 빨래 더미 중에서 제일 먼저 눈에 띈 바지에 손을 뻗었다.

보리스가 자기 콧날을 쥐며 웃었다. "도와주려고 그랬지. 술을 약간 마시면 좀 낫거든."

"그래, 아주 고맙다."

"진짜야. 토하지만 않으면 말이지. 마술처럼 두통이 사라진다고. 우리 아빠가 그다지 도움이 되는 사람은 아니지만 아빠가 한 말 중에 그거 하나는 아주 쓸 만해. 차갑고 시원한 맥주가 있으면 제일 좋고."

"야, 이리 와봐." 내가 창가에 서서 수영장을 내려다보면서 말했다.

"뭐?"

"와서 보라고. 너도 봐야 돼."

"그냥 말해." 보리스가 바닥에서 중얼거렸다. "일어나기 싫어."

"일어나는 게 좋을걸." 아래층은 살인 현장 같았다. 자갈이 깔린 곳에서 수영장까지 피가 뚝뚝 떨어진 흔적이 구불구불 나 있고 신발, 청바지, 피에 흠뻑 젖은 셔츠가 엉망으로 널려 있었다. 엉망이 된 보리스의 부츠가 수심이 깊은 쪽 바닥에 있었다. 더욱 나쁜 것은 수영장 계단 근처 얕은 곳을 둥둥 떠다니는 미끌미끌한 토사물이었다.

24

결국 우리는 어쩔 수 없이 수영장용 진공청소기를 몇 번 돌렸다. 그러고는 부엌 조리대에 앉아서 아빠의 담배를 피우며 이야기를 나눴다. 정오가 거의 다 되었기 때문에 학교에 갈 생각을 하는 것조차도 너무 늦은 상태였다. 보리스는 지치고 흐트러진 모습으로 셔츠 밖으로 한쪽 어깨를 드러낸 채 찬장 문을 쾅 닫으면서 차가 없다고 엄청 불평을 하더니 러시아식으로 팬을 불에 올리고 가루를 끓여서 끔찍한 커피를 만들었다.

"아니, 아니야." 보통 크기의 컵에 커피를 따르는 나를 보고 보리스가 말했다. "아주 진해. 조금만 마셔야 돼."

나는 커피 맛을 보고 얼굴을 찌푸렸다.

보리스가 손가락으로 커피를 찍어서 핥았다. "비스킷이 있으면 좋을 텐데."

"농담이겠지."

"아니면 버터 바른 빵?" 보리스가 간절하게 말했다.

나는 머리가 아파서 최대한 조심스럽게 조리대에서 내려와 주변을 뒤지다가 서랍에서 작은 설탕 봉지들과 잰드라가 술집 뷔페에서 가져온 토르티야 봉지를 발견했다.

"미쳤어." 내가 보리스의 얼굴을 보며 말했다.

"뭐가?"

"아저씨가 널 이렇게 만든 거 말이야."

"별거 아니야." 보리스가 중얼거리면서 옥수수 칩 하나를 통째로 밀어 넣으려 고개를 옆으로 기울였다. "갈비뼈를 부러뜨린 적도 있어."

긴 침묵이 흘렀다. 나는 달리 할 말이 떠오르지 않아서 이렇게 말했다. "갈비 한 대 나가는 게 그렇게 심각한 건 아니지."

"그래, 하지만 아팠어. 바로 여기야." 보리스가 셔츠를 올리고 갈비뼈를 가리켰다.

"난 아저씨가 널 죽이는 줄 알았어."

보리스가 어깨로 내 어깨를 툭 쳤다. "아, 내가 일부러 아빠를 화나게 한 거야. 말대꾸를 했거든. 네가 팝칙을 데리고 빠져나갈 수 있게 말이야." 내가 계속 빤히 보자 보리스가 뻐기듯이 말했다. "야, 괜찮아. 어젯밤엔 거품을 물었지만 나를 보면 미안해할 거야."

"당분간 우리 집에서 지내는 게 좋겠어."

보리스가 손을 짚고 몸을 뒤로 기대며 말도 안 된다는 미소를 지었다. "요란 떨 거 없어. 우리 아빠는 가끔 우울해지는 것뿐이야."

"하." 옛날, 조니워커 블랙을 마시던 시절, 정장 셔츠에 토사물을 묻히고 다니고 화가 난 동료에게서 집으로 전화가 걸려 오던 시절에 아빠는 (가끔은 눈물까지 흘리면서) 자신의 폭주를 '우울증' 탓으로 돌렸다.

보리스는 정말로 재미있다는 듯이 웃었다. "그게 뭐 어때서? 너도 가끔 슬퍼질 때 있잖아?"

"이런 짓을 하다니 감옥에 가야 돼."

"아, 그만 좀 해." 보리스는 맛없는 커피가 지겨워져서 맥주를 찾으려고 냉장고로 갔다. "우리 아빠가 확실히 성질은 더럽지만 날 사랑하는 건 맞아. 우크라이나를 떠날 때 이웃집에 맡겨버릴 수도 있었어. 내 친구였던 막스와 세료자는 그렇게 됐거든. 막스는 결국 거리로 내몰렸지. 게다가 그런 식이면 나도 감옥에 가야겠네."

"뭐라고?"

"아빠를 죽이려고 한 적이 있거든. 정말이야!" 내 표정을 보고 보리스가 말했다. "진짜 그랬어."

"안 믿어."

"아니, 진짜라니까." 보리스가 후회하듯 말했다. "그래서 마음이 안 좋아. 우크라이나에서 지낸 마지막 겨울이었는데, 아빠를 속여서 밖으로 데리고 나갔어. 아빠는 너무 취해서 내가 하자는 대로 했지. 그런 다음에 문을 잠갔어. 눈 속에서 분명히 얼어 죽을 거라고 생각했거든. 안 죽어서 다행이야, 그치?" 보리스가 크게 웃으면서 말했다. "아빠가 죽었으면 난 우크라이나에 처박혀 있었을 거야. 먹을 것을 찾아서 쓰레기통을 뒤지면서. 기차역에서 자고."

"어떻게 됐어?"

"몰라. 아주 늦은 밤이 아니었던 거지. 누가 아빠를 보고 차에 태워줬는데, 아마 여자였을 거야. 알게 뭐야? 어쨌든 아빠는 술을 더 마시러 갔다가 며칠 후에 집에 왔는데, 다행히도 무슨 일이 있었는지 기억을 못 하더라고! 나한테 축구공을 사주고 다음부터는 맥주만 마시겠다고 약속했지. 그게 한 달 정도 갔을 거야."

내가 안경 아래로 눈을 비볐다. "학교에는 뭐라고 할 거야?"

보리스가 맥주를 땄다. "어?"

"음, 알잖아." 얼굴에 든 멍은 날고기 색이었다. "사람들이 물어볼 거 아냐."

보리스가 씩 웃으면서 팔꿈치로 나를 찔렀다. "네가 그랬다고 할 거야."

"아니, 정말로."

"정말이야."

"보리스, 안 웃겨."

"아, 왜 그래. 축구도 있고 스케이트보드도 있잖아." 검은 머리카락이 그림자처럼 얼굴을 덮자 보리스가 다시 넘겼다. "내가 끌려가길 바라는 건 아니겠지?"

"아니지." 불편한 침묵 끝에 내가 말했다.

"왜냐면, 폴란드로 가게 될 거란 말이야." 보리스가 나에게 맥주를 건넸다. "결국 그렇게 될 거라고. 추방당하는 거지." 보리스가 깜짝 놀랄 만큼 큰 소리로 웃었다. "하지만 폴란드가 우크라이나보다는 낫지, 으아!"

"그런 식으로 돌려보낼 수 없는 거 아니야?"

보리스가 손톱 끝에 피가 말라붙어 지저분한 손을 보면서 얼굴을 찌푸렸다. "못 보내." 그가 사납게 말했다. "그 전에 내가 자살할 테니까."

"아유, 슬퍼라." 보리스는 툭하면 자살하겠다고 위협했다.

"진짜야! 차라리 먼저 죽을 거야! 죽는 게 나아."

"아니, 안 죽을걸."

"죽을 거야! 폴란드의 겨울은— 넌 몰라. 공기도 나쁘다니까. 사방이 회색 콘크리트에, 바람은 또—"

"음, 거기도 여름은 있겠지."

"아, 세상에." 보리스가 내 담배를 가져가서 한 모금 쭉 빨아들인 다음 천장으로 연기를 뿜었다. "모기에, 악취가 지독한 진흙에, 사방에서 곰팡이 냄새가 나. 난 죽을 만큼 배고프고 외로웠어. 가끔은 진짜 너무너무 배가 고파서 물에 빠져 죽으려고 강둑까지 걸어갔지."

머리가 아팠다. 보리스의 옷(원래는 내 옷)이 건조기 안에서 덜컹거렸다. 바깥에서 태양이 밝고 심술궂게 빛났다.

내가 담배를 도로 뺐으며 말했다. "넌 어떤지 모르겠지만 난 제대로 된 걸 좀 먹어야겠어."

"그다음엔 뭐 할까?"

"학교에 갔어야 하는 건데."

"흥." 보리스는 자기가 학교에 다니는 건 내가 학교에 다니기 때문이라고, 달리 할 일이 없어서라고 확실하게 말했었다.

"아니, 진짜야. 갔어야 돼. 오늘 피자 나온단 말이야."

보리스가 진심으로 후회하며 얼굴을 찌푸렸다. "젠장." 이것이 바로 학교가 중요한 또 다른 이유였다. 적어도 학교에서는 먹을 것을 주었다. "이제 너무 늦었잖아."

25

나는 가끔 밤중에 울부짖으며 잠에서 깼다. 폭발 사건의 가장 나쁜 점은 내 몸에 그것이, 그 열기와 뼈가 떨리는 느낌과 굉음이 남아 있다는 사실이었다. 꿈속에서는 항상 밝은 출구와 어두운 출구가 있었다. 밝은 길은 뜨겁고 불이 넘실거렸기 때문에 나는 어두운 길로 가야 했다. 하지만 어두운 길에는 시체가 있었다.

다행히도 보리스는 밤에 고통으로 울부짖는 것이 별일 아닌 세상에서 온 사람처럼 나 때문에 잠을 깨도 짜증을 내지 않고 그렇게 놀라지도 않았다. 가끔은 침대 발치에서 코를 골며 자는 팝칙을 들어서 잠에 취해서 축 처진 개를 내 가슴 위에 올려주었다. 그러면 나는 팝칙의 무게를 느끼면서, 보리스와 개의 온기를 느끼면서, 스페인어로 숫자를 세거나 아는 러시아어 단어(대부분 욕이었다)를 꼽아보다가 다시 잠들었다.

라스베이거스에 처음 왔을 때 나는 기운을 내려고 엄마가 아직 살아 있다고 상상하면서 엄마가 뉴욕에서 보내고 있을 일상을 생각했다. 경비 아저씨들과 잡담을 하고, 식당에서 커피와 머핀을 사고, 승강장의 신문 가판대 옆에서 6호선 열차를 기다리겠지. 하지만 효과는 오래가지 않았다. 이제는 엄마 냄새, 혹은 우리 집 냄새와 전혀 다른 냄새가 나는 낯선 베개에 얼굴을 묻을 때면 파크가의 앤디네 아파트를, 그러지 않으면 가끔은 그리니치빌리지에 있는 호비 아저씨의 집을 생각했다.

아버지가 어머니의 물건을 파셨다니 안타깝구나. 미리 말했으면 내가 일부를 사서 널 위해 간직했을 텐데. 슬플 때 익숙한 물건, 변하지 않는 물건을 붙들고 있으면 마음이 좀 나아질 수 있거든. 적어도 나는 그래. 네가 묘사하는 사막―바다처럼 끝없이 번득이는 빛―은 끔찍하지만 또 정말 아름답구나. 그렇게 공허하고 아무것도 없는 사막에 사는 것도 좋은 점이 있을지 몰라. 옛날의 햇빛과 오늘의 햇빛은 다르지만, 여기 이 집에서는 어딜 보아도 과거가 떠오른단다. 그런데 널 생각하면, 네가 배

를 타고 멀리 바다로 나간 것 같아. 별과 하늘뿐, 길은 하나도 없는 낯선

빛 속으로 말이야.

이 편지는 생텍쥐페리의 《바람과 모래와 별들》 낡은 양장본에 끼워져서

왔고, 나는 그 책을 읽고 또 읽었다. 나는 여러 번 읽어서 쭈글쭈글해지고

더러워진 편지를 책갈피에 끼워두었다.

나는 이곳에 온 뒤 엄마가 어떻게 죽었는지 보리스에게만 말했고, 보리

스는 이 얘기를 용케도 침착하게 받아들였다. 자기 삶 자체가 너무나 비정

상적이고 폭력적이었기 때문에 내 이야기에도 전혀 놀라는 것 같지 않았

다. 보리스는 자기 아빠가 일하는 바투히자우를 비롯해서 나는 이름도 들

어본 적 없는 지역의 광산에서 큰 폭발 장면을 여러 번 보았고, 어떤 폭약

을 썼는지 자세히는 몰라도 꽤 정확하게 추측할 수 있었다. 보리스는 말이

많았지만 비밀을 잘 지키기도 해서, 나는 보리스가 나 몰래 다른 사람에게

내 이야기를 하지는 않을 것이라고 믿었다. 아마도 보리스 역시 엄마가 없

고 요리사 바미, 아버지의 '상관' 예브게니, 카메이왈라그 술집의 주디 아주

머니 같은 사람들과 막역한 관계였기 때문에 내가 호비 아저씨에게 애착을

갖는 것을 특이하다고 생각하는 것 같지 않았다. 내가 부엌에서 가장 최근

에 온 호비 아저씨의 편지를 읽고 있을 때 보리스가 말했다. "보통은 편지를

쓰겠다고 약속해놓고 안 쓰잖아. 그런데 이 아저씨는 항상 너한테 편지를

보내네."

"응, 좋은 사람이야." 나는 보리스에게 호비 아저씨에 대해서 설명하려다

말았다. 그 집, 작업장, 아빠와는 정반대로 주의 깊게 이야기를 들어주는 아

저씨의 방식, 무엇보다도 함께 있으면 안전하고 편안해지는 기분 좋은 느

낌, 안개가 긴 가을날처럼 온화하고 나를 반기는 듯한 그곳만의 기후에 대

해서.

보리스가 식탁 위에 놓인 땅콩버터 병에 손가락을 넣었다가 빼서 핥았다. 보리스는 땅콩버터를 좋아하게 되었는데, 땅콩버터가 (역시 좋아하는 마시멜로도 마찬가지이고) 러시아에는 없다고 했다. "늙은 게이냐?" 그가 물었다.

나는 깜짝 놀라서 얼른 대답했다. "아니야." 그런 다음 덧붙였다. "모르겠어."

"뭐 어때." 보리스가 나에게 병을 내밀며 말했다. "나도 상냥하고 나이 많은 게이 몇 명 알아."

"아저씨는 아니라고 생각해." 내가 자신 없게 말했다.

보리스가 어깨를 으쓱했다. "무슨 상관이야? 너한테 잘해준다며? 각박한 세상에서 그게 어디야?"

26

보리스는 우리 아빠를 좋아하게 되었고, 아빠도 마찬가지였다. 보리스는 아빠가 어떻게 돈을 버는지 나보다 더 잘 이해했다. 그리고 누가 시킨 것도 아닌데 아빠가 돈을 잃고 있을 때는 알아서 가까이 가지 않았고, 또 아빠가 나는 별로 해주고 싶지 않은 것을 바란다는 것도 알았다. 즉, 아빠가 승리에 도취되어 들뜨고 흥분해서 부엌을 서성이면서 누군가 자기 이야기를 듣고 성깔 잘했다고 칭찬해주기를 바랄 때 그 이야기를 들어주는 일 말이다. 아래층에서 아빠가 승리에 취해 흥분해서 우쭐우쭐 기뻐하며 요란하게 법석을 떠는 소리가 들리면, 보리스는 책을 내려놓고 가서 아빠가 그날 밤의 바카라 게임을 카드 한 장 한 장 지루하게 설명하는 동안 참을성 있게 들었다. (나로서는) 괴롭게도 그 이야기는 비슷한 무용담으로 이어졌고 결국 아빠의 대학 시절과 좌절된 배우의 꿈까지 거슬러 올라갔다.

"너희 아빠가 영화에 출연하셨다는 얘기 왜 안 했어!" 보리스가 식어버린 찻잔을 들고 위층으로 돌아와서 말했다.

"몇 편 안 돼. 두 편인가."

"그래도. 그거 뭐지, 그건 진짜 대작이었잖아. 경찰 영화, 왜 그 부패 경찰 나오는 영화 말이야. 제목이 뭐더라?"

"큰 배역도 아니었어. 1초나 나오나. 거리에서 총 맞는 변호사 역할이었어."

보리스가 어깨를 으쓱했다. "그게 어때서? 그래도 신기하잖아. 아저씨가 우크라이나에 가면 스타 대접 받을걸."

"그럼 가면 되겠네. 잰드라랑 같이."

보리스는 스스로 '지적 대화'라 이르는 것에 대한 열정 역시 고맙게도 우리 아빠에게서 출구를 찾았다. 정치에 관심이 없고 정치에 대한 아빠의 생각에는 더더욱 관심이 없었던 나는 아빠가 즐기는 세계정세에 대한 무의미한 토론에 끼고 싶지 않았다. 하지만 보리스는—술에 취했든 멀쩡하든—기꺼이 아빠를 상대했다. 정치 이야기를 나눌 때면 아빠는 종종 이야기하는 내내 팔을 휘저으면서 보리스의 억양을 흉내 냈는데, 그걸 보면 나는 이를 악물어야 할 정도로 기분이 나빴다. 하지만 정작 보리스 본인은 알아차리지 못했거나 신경 쓰지 않는 듯했다. 가끔 보리스가 차를 마시려고 물을 끓이러 내려갔다가 안 와서 나도 내려가보면 부엌에서 두 사람이 무대에 올라간 두 명의 배우처럼 소비에트연방의 해체나 뭐 그런 주제에 대해서 즐겁게 이야기를 나누고 있었다.

"아아, 포터!" 보리스가 위층으로 올라오면서 말했다. "너희 아빠 진짜 좋은 사람이다!"

내가 아이팟의 이어폰을 뺐다. "네가 그렇게 말한다면, 뭐."

"진짜야." 보리스가 바닥에 털썩 주저앉으며 말했다. "말도 잘하고 지적이

시잖아! 게다가 널 좋아하시더라."

"왜 그렇게 생각하는지 나는 전혀 모르겠네."

"왜 그래! 아저씨는 너랑 화해를 하고 싶은데 방법을 모르시는 거야. 내가 아니라 네가 내려와서 이야기를 나누면 좋겠다고 생각하셔."

"아빠가 그렇게 말했어?"

"아니. 하지만 정말이야! 난 알아."

"깜빡 속을 뻔했네."

보리스가 날카로운 눈으로 나를 보았다. "넌 왜 그렇게 아빠를 싫어해?"

"안 싫어해."

"너희 아빠가 엄마를 떠나시면서 가슴 아프게 하신 건 맞아." 보리스가 단호하게 말했다. "하지만 아빠를 용서해야지. 이제 다 지난 일이잖아."

내가 보리스를 빤히 보았다. 아빠가 이렇게 말하고 다녔을까?

"말도 안 되는 소리야." 내가 만화책을 옆으로 집어 던지며 일어나 앉았다. "우리 엄마는—" 어떻게 설명할 수 있을까? "넌 몰라, 아빠는 우리한테 완전 개새끼처럼 굴었고, 엄마랑 난 아빠가 떠나서 좋았어. 그러니까, 넌 우리 아빠가 진짜 멋지다고 생각하지, 그건 알아, 하지만—"

"너희 아빠가 뭐 그렇게 끔찍한데? 다른 여자를 만나서?" 보리스가 손바닥을 위로 해서 양손을 내밀며 말했다. "그럴 수도 있는 거야. 아빠도 인생이 있잖아. 그게 너랑 무슨 상관이야?"

난 믿을 수가 없어서 고개를 저었다. "세상에. 너 완전히 넘어갔구나." 아빠가 모르는 사람을 매혹시켜 끌어들이는 것을 보면 나는 항상 놀라웠다. 사람들은 아빠에게 돈을 빌려주고, 승진을 추천해주고, 중요한 사람들에게 소개해주고, 별장을 써도 된다고 빌려주는 등 아빠의 주문에 완전히 걸려들었다. 그러다가 결국 모두 산산조각 나고, 아빠는 다른 사람에게로 옮겨갔다.

보리스가 무릎을 감싸 안고 벽에 머리를 기댔다. "좋아, 포터." 보리스가 부드럽게 말했다. "너의 적은 곧 나의 적이야. 네가 아저씨를 싫어하면 나도 싫어할 거야. 하지만—" 그가 고개를 갸웃했다. "난 여기, 너희 아빠 집에 만날 오잖아. 내가 어떻게 해야 돼? 얘기도 나누고 친절하고 친하게 굴어? 아니면 무시해?"

"무시하라는 말이 아니야. 내 말은, 아빠 말을 다 믿지는 말라는 거야."

보리스가 껄껄 웃었다. "난 누구 말도 다는 안 믿어." 그가 친근하게 내 발을 차면서 말했다. "그게 너라도 말이야."

27

아빠가 보리스를 좋아했지만 나는 보리스가 사실상 우리 집에 들어와 살고 있다는 사실로부터 아빠의 관심을 돌리려고 끊임없이 애를 썼는데, 별로 어려운 일은 아니었다. 아빠는 도박과 약에 정신이 팔려서 내가 스라소니를 데려다가 2층 내 방에서 키워도 몰랐을 것이다. 잰드라의 경우에는 조금 더 어려웠는데, 사실 보리스가 간식을 훔쳐다가 우리 집안에 기여하고 있었는데도 그녀는 돈이 더 든다고 불평하곤 했다. 잰드라가 집에 있으면 보리스는 2층에 얌전히 앉아서 얼굴을 찌푸리고 《백치》를 러시아어로 읽으면서 내 휴대용 스피커로 음악을 들었다. 나는 아래층에서 맥주와 음식을 가져다가 보리스에게 주었고, 보리스의 취향대로 차 끓이는 법—뜨겁게 끓인 다음 설탕 세 숟가락을 넣는다—을 배웠다.

이제 크리스마스가 거의 다 되었지만 날씨만 봐서는 짐작할 수 없었다. 밤이면 시원했지만 낮에는 햇볕이 쨍쨍하고 따뜻했다. 바람이 불면 수영장 옆에 세워둔 파라솔이 총소리를 내면서 쓰러졌다. 밤이면 번개가 쳤지만 비는 오지 않았다. 가끔 모래가 일어 작은 소용돌이가 되어서 거리를 이리저리 휩쓸고 다녔다.

나는 크리스마스가 다가와서 우울했지만 보리스는 아무렇지도 않게 받아들였다. "애들이나 좋아하는 거지." 보리스가 팔꿈치로 몸을 지탱하고 내 침대에 누워서 비웃었다. "트리도, 장난감도 다 그렇잖아. 우리는 크리스마스이브에 *프라츠니키(praznyky)*를 하자. 어때?"

"*프라츠니키?*"

"있잖아, 명절 파티 같은 거. 격식 차린 식사가 아니라 그냥 맛있는 저녁을 먹는 거야. 특별한 요리를 하는 거지. 너희 아빠랑 잰드라를 초대해도 좋고. 우리랑 저녁을 같이 먹고 싶어 할까?"

아주 놀랍게도 아빠는—그리고 잰드라까지도—초대를 받아서 기쁜 것 같았다(내가 보기에 아빠에게는 *프라츠니키*라는 말이 재미있다는 게 제일 큰 이유인 것 같았고, 보리스에게 다시 말해보라고 여러 번 시켰다). 23일에 보리스와 나는 아빠가 우리에게 준 진짜 돈을 가지고(명절이라서 평소에 가던 슈퍼마켓에 사람이 너무 많아 편하게 물건을 슬쩍할 수 없었는데 아빠가 돈을 줘서 다행이었다) 장을 보러 가서 감자와 닭, 보리스가 만들 줄 안다고 주장하는 폴란드 명절 음식을 위한 여러 가지 맛없는 재료들(사우어크라우트, 버섯, 콩, 사워크림), 호밀 빵(보리스는 흰색은 전혀 어울리지 않는다며 흑빵을 고집했다), 버터 450그램, 피클, 그리고 크리스마스 과자를 몇 종류 사 왔다.

보리스는 하늘에 첫 별—베들레헴의 별—이 뜨면 식사를 시작하자고 했다. 하지만 우리는 다른 사람을 위해 요리하는 데 익숙하지 않았기 때문에 시간이 늦어지고 있었다. 크리스마스이브 저녁 여덟 시, 사우어크라우트 요리가 끝나고 (포장지에 적힌 요리법을 따라서 만든) 닭고기 요리가 오븐에서 나오기 10분 전에 아빠가 〈아름답게 장식하세〉를 휘파람으로 불면서 오더니 조리대를 경쾌하게 두드려 우리의 주의를 끌었다.

"자, 얘들아!" 아빠가 말했다. 얼굴이 상기되어 반짝거렸고 내가 너무나 잘 아는, 부자연스럽고 똑똑 끊어지는 말투에 무척 빠른 목소리였다. 아빠는 뉴욕에서 입던 맵시 있는 돌체앤가바나 양복을 입고 있었지만 타이는 매지 않았고 셔츠의 목 단추는 느슨하게 풀려 있었다. "가서 머리 빗고 멋지게 차려입어. 내가 다 데리고 나갈 테니까. 시오, 좀 더 괜찮은 옷 없니? 당연히 있겠지."

"하지만—" 내가 불만스럽게 아빠를 보았다. 막판에 갑자기 나타나서 계획을 바꾸는 것이 너무나 아빠다웠다.

"아, 뭐 어때. 닭고기가 도망가는 것도 아니잖아. 안 그래? 당연히 도망 못 가지." 아빠는 쉴 새 없이 말했다. "다른 것도 냉장고에 도로 넣으면 돼. 내일 크리스마스 점심으로 먹자. 그래도 여전히 *프라츠니키*겠지? 아니면 *프라츠니키*는 크리스마스이브에만 해당되는 건가? 내가 잘못 알았나? 음, 됐어, 우린 크리스마스 때 하지, 뭐. 새로운 전통인 셈이지. 아무튼, 남은 음식이 더 맛있잖아. 자, 진짜 재밌을 거야. 보리스—" 아빠는 이미 보리스를 부엌에서 데려 나가고 있었다. "셔츠 사이즈가 몇이야? 몰라? 나한테 옛날 브룩스브러더스 셔츠가 있는데, 너한테 다 줘야겠다. 오해하지 마, 좋은 셔츠야. 너한테는 무릎까지 내려올지도 모르지만 나한텐 목이 좀 끼거든. 넌 소매만 좀 걷으면 괜찮을 거야……"

28

나는 라스베이거스에 온 지 6개월이 넘었지만 스트립에 나가는 것은 이번이 겨우 세 번째인가 네 번째였고, 학교, 쇼핑 플라자, 집이라는 우리의 작은 궤도에 충분히 만족하던 보리스는 라스베이거스 시내에 거의 가 본 적도 없었다. 우리는 네온 폭포를, 사방에서 번쩍이고 박동하며 폭포수처럼 떨어지는 전깃불을 감탄하며 바라보았고, 고개를 뒤로 젖힌 보리스는 요란한 조명을 듬뿍 받아 빨간색과 금색으로 번쩍였다.

베니션 리조트 호텔 안으로 들어가자 진짜 운하에서, 화학약품 냄새가 나는 진짜 물 위에서 곤돌라 사공들이 배를 저었고 의상을 차려입은 오페라 가수들이 인공 하늘 밑에서 〈고요한 밤〉과 〈아베마리아〉를 불렀다. 보리스와 나는 초라한 기분으로 신발을 끌면서 불안하게 따라다녔고, 너무 놀라서 어리둥절했다. 아빠는 떡갈나무 패널로 장식된 근사한 이탈리아 식당에 예약을 해두었다. 뉴욕에서는 유명한 레스토랑의 약간 덜 유명한 지점이었다. "다들 먹고 싶은 거 시켜." 아빠가 잰드라의 의자를 빼주며 말했다. "내가 낼 테니 실컷 먹어."

우리는 아빠 말대로 했다. 우리 네 사람은 설롯비네그레트 소스를 곁들인 아스파라거스 파이, 훈제 연어, 훈제 은대구 카르파초, 아티초크와 검은 송로버섯을 곁들인 페르차텔리, 사프란과 누에콩을 곁들인 바삭바삭한 농어, 바비큐 양지 스테이크, 삶은 갈비살, 그리고 디저트로 판나코타와 호박 케이크, 무화과 아이스크림을 먹었다. 정말 내가 몇 달 동안, 혹은 평생 먹은 것 중 최고의 식사였다. 그리고 은대구를 두 번이나 시켜서 혼자 다 먹은 보리스는 환희에 넘쳤다. 젊고 예쁜 웨이트리스가 과자와 비스코티가 담긴 추가 접시와 커피를 가지고 오자 보리스가 열다섯 번째로, 말 그대로 가르랑거리면서 말했다. "아, *진짜 대단해요.* 고맙습니다! 고맙습니다, 포터 아저씨, 잰드라 아줌마." 그러고는 한 번 더 밀했다. "진짜 맛있어요."

아빠─우리에 비하면 별로 많이 믹지 않았다(잰드라도 마찬가지였다)─가 자기 접시를 옆으로 치웠다. 관자놀이의 머리카락은 축축했고 얼굴이 너무나 벌겋고 환해서 말 그대로 빛나고 있었다. "고맙다는 인사는 오늘 오후 살롱에서 어마어마한 돈을 계속 걸었던 시카고 컵스 모자 쓴 조그만 중국 사람한테 해야지." 아빠가 말했다. "아, 정말 잃고 싶어도 잃을 수가 없었

다니까." 아빠는 차를 타고 올 때 이미 오늘 횡재한 돈을 보여주었다. 고무
밴드로 묶은 두둑한 백 달러짜리 지폐 뭉치였다. "카드가 계속 오고 또 오
더라고. 수성이 역행하고 달이 높이 떴지! 그러니까ㅡ 마법이었어. 있잖아,
가끔 테이블에서 빛이 나거든, 진짜 눈에 보이는 후광 같은 게 말이야. 그런
데 그게 바로 *너* 자신인 거지, 알겠어? *네*가 바로 빛인 거야. 게다가 디에고
라고, 아주 환상적인 딜러가 있거든? 그 친구 진짜 마음에 들더라. 그러니
까, 진짜 웃겨, 화가 디에고 리베라랑 똑같이 생겼는데 거기에 번듯한 턱시
도만 걸친 거지. 내가 디에고 얘기 했었나? 그 옛날 플라밍고 카지노 시절
부터 라스베이거스에 40년이나 있었대. 크고 건장하고 웅대해 보이는 남자
야. 멕시코 사람이지. 손은 미끄러지는 것처럼 빠르고 커다란 반지를 여러
개 꼈는데ㅡ" 아빠가 손가락을 흔들었다. "바-카-라! 아, 난 나이 많은 멕
시코 사람이 바카라 살롱을 맡으면 참 좋더라, 죽이게 멋있거든. 케케묵을
정도로 나이 많고 우아한 친구들은 맡은 일을 잘하니까, 응? 아무튼 우리
가, 나랑 그 조그마한 중국인이 디에고 테이블에 앉았는데, 걔도 참 대단했
어, 뿔테 안경에 영어는 한마디도 못하고, 계속 '산 빈! 산 빈!'이라고만 하
면서 중국 사람들이 늘 마시는 이상한 인삼차만 마시는 거야. 맛은 끔찍하
지만 난 그 냄새가 좋아, 행운의 냄새거든. 그리고 진짜 믿을 수 없었던 게,
우리가 그렇게 계속 게임을 하고 있는데, 세상에, 중국 여자들이 우리 뒤에
죽 서 있고 우리 패가 계속 잘 나오는 거야." 아빠가 잰드라에게 말했다. "내
가 바카라 살롱에 얘들 데리고 가서 디에고랑 인사시켜도 괜찮을까? 디에
고를 만나면 얘들이 분명히 아주 좋아할 거야. 아직 근무 중인지 모르겠네.
어떻게 생각해?"

"없을 거야." 잰드라는 근사했다. 벨벳 미니드레스에 보석이 박힌 샌들을
신고 평소보다 더 짙은 빨간색 립스틱을 발랐고, 환한 눈빛에 생기가 넘쳤
다. "지금은 없어."

"가끔 휴일에는 2교대를 하던데."

"아, 애들도 가고 싶지 않을 거야. 멀잖아. 카지노장을 지나서 거기까지 갔다가 돌아오려면 30분은 걸릴걸."

"그래, 하지만 디에고가 우리 애들을 만나면 분명히 좋아할 텐데."

"응, 그럴지도 몰라." 잰드라가 손가락으로 와인 잔 테두리를 만지며 동의했다. 목걸이에 달린 자그마한 금 비둘기가 목 아래쪽에서 반짝였다. "좋은 사람이지. 하지만 래리, 진심으로 하는 말인데, 당신은 내 말을 진지하게 받아들이지 않겠지만 딜러들이랑 너무 친하게 지내다가는 언젠가 보안 요원이 당신을 따라다닐 거야."

아빠가 웃음을 터뜨렸다. "말도 안 돼!" 아빠는 식탁을 치면서 의기양양하게 웃었는데, 그 소리가 너무 커서 내가 움찔했다. "내가 뭘 몰랐으면 오늘은 진짜로 디에고가 나를 돕고 있다고 생각했을 거야. 그러니까, 어쩌면 진짜 그랬을지도 몰라. 텔레파시 바카라!" 아빠가 보리스에게 말했다. "소련 과학자들한테 그걸 좀 연구해보라고 해. 그럼 거기 경제도 좀 피겠지."

보리스가 조용히 목을 가다듬고 물 잔을 들었다. "죄송하지만, 제가 한마디 해도 될까요?"

"연설 시간이야? 건배사를 준비해와야 했던 거야?"

"다들 저와 함께해줘서 고마워요. 모두 건강하고 행복하기를, 그리고 우리 모두 내년 크리스마스까지 살아 있길 바랄게요."

다들 놀라서 침묵이 흘렀다. 주방에서 샴페인 코르크가 펑 열리고 웃음소리가 터졌다. 자정이 거의 다 됐다. 2분만 있으면 크리스마스였다. 아빠가 의자에 등을 기대고 웃었다. "메리 크리스마스!" 아빠가 우렁차게 외치더니 주머니에서 보석 상자를 꺼내서 잰드라에게 슬쩍 건네고 20달러 뭉치 두 개(5백 달러였다! 그것도 각각!)를 꺼내서 보리스와 나에게 던졌다. 시계도 없고 온도가 조절되는 카지노에서 보내는 밤에는 낮이니 크리스마

스니 하는 단어가 거의 아무런 의미도 없는 개념이었지만, 큰 소리로 쨍강
거리는 술잔들 사이에 있으니 행복이 불행한 결말을 가져오거나 모든 것을
파괴하는 것은 아닐지도 모른다는 생각이 들었다.

6장
바람과 모래와 별들

1

그 후 1년 동안 나는 뉴욕과 예전 생활을 생각하지 않으려고 애를 쓰느라 시간이 가는 것도 몰랐다. 계절도 없이 번쩍이는 빛 속에서 세월은 변함없이 흘렀다. 숙취에 시달리면서 통학 버스를 타는 아침, 수영장 가에서 잠드는 바람에 벌겋게 타서 따끔거리는 등, 휘발유 같은 보드카 냄새, 포퍼가 항상 풍기는 젖은 개 냄새와 소독약 냄새, 욕을 가르쳐줄 때처럼 참을성 있게 러시아어로 숫자를 세고, 길을 묻고, 술 권하는 법을 가르쳐주는 보리스. 네, 부탁해요, 그게 좋겠군요. 고맙습니다, 친절하시군요. *고보리테 리 비 포 안글리스키(Govorite li vy po angliyski)?* 영어 하세요? *야 넴노고 고보류 포-루스키(Ya nemnogo govoryu po -russki).* 저는 러시아어를 조금 합니다.

겨울이든 여름이든 낮은 눈부셨다. 사막 공기가 콧구멍을 따끔따끔 찌르고 목을 건조하게 긁었다. 모든 것이 우스웠다. 모든 것이 우리를 웃게 만들었다. 가끔 해가 지기 직전에 하늘의 파란색이 보랏빛으로 어두워질 때면 맹렬하고 전깃불이 켜진 듯한, 맥스필드 패리시의 그림 같은 구름이 모르몬교도들을 서쪽으로 이끈 신성한 계시처럼 금색과 흰색으로 사막을 향해 펼쳐졌다. 나는 고보리테 메들렌노(Govorite medlenno), 천천히 말해주세요, 폽토리테, 포잘루이스타(Povtorite, pozhaluysta), 한 번만 더 말해주세요, 라고 말했다. 한편 우리는 서로 너무나 익숙했기 때문에 말을 하기 싫으면 한마디도 할 필요가 없었다. 우리는 눈을 찌푸리거나 입을 씰룩이는 것만으로 서로 자지러지게 만들 수 있었다. 밤이면 우리는 바닥에 다리를 꼬고 앉아서 교과서에 끈적끈적한 지문을 묻히면서 식사를 했다. 우리는 제대로 먹지 못해서 영양실조에 걸리고 팔다리에 연한 갈색 멍이 생겼고, 학교 보건 선생님은 비타민 부족이라며 엉덩이에 아픈 주사를 놓고 씹어 먹는 아동용 비타민이 든 알록달록한 병을 주었다. ("엉덩이 아파." 보리스가 엉덩이를 문지르면서 학교 버스의 금속 의자를 욕했다.) 나는 수영을 많이 해서 머리끝에서 발끝까지 주근깨가 생겼다. 그 어느 때보다도 긴 머리카락은 수영장의 화학약품에 몇 가닥씩 탈색되었다. 나는 기분이 좋았지만 가슴 한구석의 묵직함이 가시지 않았고, 과자류를 많이 먹어서 치아가 뒤쪽부터 썩고 있었다. 그 외에는 괜찮았다. 시간도 행복하게 흘렀다. 하지만 그때, 나의 열다섯 번째 생일 직후에 보리스가 코트쿠(Kotku)라는 여자애를 만났고, 모든 것이 변했다.

그녀는 코트쿠(우크라이나식으로 변형하면 코티쿠)라는 이름 때문에 실제보다 더 흥미롭게 느껴졌지만 진짜 이름이 아니라 보리스가 붙여준 애칭(폴란드어로 '새끼 고양이'라는 뜻)일 뿐이었다. 성은 허친스, 진짜 이름은 카일리인지 케일리인지 케이리였고, 태어나서 지금까지 줄곧 네바다 주 클라크 카운티에서 살았다. 코트쿠는 우리와 같은 학교에 다녔고 겨우 한 학년 위였지만 나이는 훨씬 많아서 나보다 세 살 위였다. 보리스는 한동안 코트쿠를 눈여겨본 것이 틀림없었지만 어느 날 오후 보리스가 내 침대 발치에 몸을 던지고 "나 사랑에 빠졌어"라고 말할 때까지 나는 그녀의 존재도 몰랐다.

"아, 그래? 누구랑?"

"시민론 같이 듣는 애. 나한테 마리화나 파는 애. 게다가 열여덟 살이야, 믿어지냐? 세상에, 진짜 예뻐."

"너 마리화나 있어?"

보리스가 장난스럽게 달려들어 내 어깨를 잡았다. 그는 견갑골 아래가 내 약점이라는 걸 알았고, 보리스가 거기에 손가락을 밀어 넣으면 나는 펄쩍 뛰었다. 하지만 나는 장난칠 기분이 아니었기 때문에 보리스를 세게 쳤다.

"아야! 젠장!" 보리스가 손가락 끝으로 턱을 문지르면서 몸을 굴린 다음 말했다. "왜 그래?

"엄청 아파봐라." 내가 말했다. "마리화나 어디 있어?"

적어도 그날은 그 여자를 향한 보리스의 관심에 대해서 더 이상 이야기하지 않았지만, 나는 며칠 뒤에 수학 시간이 끝나고 교실에서 나오다가 사물함 옆에서 보리스가 그 여자애에게 다가가는 모습을 보았다. 보리스는 나이에 비해 특별히 큰 키가 아니었지만 여자애는 우리보다 나이가 많아 보이는데도 자그마했다. 가슴은 납작하고 엉덩이가 빈약했고 광대뼈가 튀어나오고 이마가 반짝거렸으며 삼각형의 얼굴도 날카롭고 반짝였다. 피어싱을 한 코. 검정색 민소매 셔츠. 끝이 벗겨진 검정색 매니큐어와 군데군데 주황색으로 염색한 검은 머리, 생기 없고 염소처럼 밝은 파란색 눈과 진한 검정색 아이라인. 확실히 그녀는 귀여웠다. 심지어는 섹시했다. 하지만 나를 보는 그녀의 시선은 사람을 불안하게 만들었고, 재수 없는 패스트푸드점 직원이나 못된 베이비시터 같은 면이 있었다.

"그래서, 어때?" 학교가 끝난 후 보리스가 쫓아와서 열심히 물었다.

나는 어깨를 으쓱했다. "귀엽더라. 그런 것 같아."

"그런 것 같다고?"

"음, 보리스, 내 말은, 걔 스물다섯 살은 돼 보이던데."

"그러니까! 잘됐잖아!" 보리스가 황홀한 표정으로 말했다. "열여덟 살이야! 법적 성인이지! 술도 문제없이 살 수 있다고! 게다가 평생 여기서만 살았으니 나이 확인 안 하는 가게도 알겠지."

2

내가 미국사 시간에 옆자리에 앉는, 야구 점퍼를 입고 다니는 수다쟁이 해들리에게 보리스의 연상녀에 대해서 묻자 그녀는 코를 찡그렸다. "걔?" 해들리가 말했다. "완전 걸레야." 해들리의 언니 잰이 카일라인지 케일리인지 아무튼 그 여자와 같은 학년이었다. "그리고 걔네 엄마는 진짜 창녀래. 네 친구라는 애, 병 안 걸리게 조심하는 게 좋을걸."

"음." 나는 해들리의 격한 반응에 놀랐지만, 놀랄 일이 아니었을지도 모른다. 군인 자녀인 해들리는 수영부였고 학교 합창단에서 노래를 불렀다. 그녀는 삼남매, 독일에서 가져온 그레첸이라는 이름의 바이마라너종 개, 그리고 통금을 어기면 소리를 지르는 아빠가 있는 평범한 가정의 아이였다.

"농담 아니야." 해들리가 말했다. "걘 여자 친구가 있는 남자애들이랑도 어울리고, 여자애들이랑도 어울리고, 아무나랑 어울릴걸. 아, 그리고 마리화나도 피운다던데."

"아." 내가 말했다. 내가 보기에 그중 어떤 것도 카일리인지 뭔지를 싫어할 충분한 이유가 될 수 없었다. 지난 몇 달 동안 보리스와 내가 마리화나에 심각하게 빠졌기 때문이다. 하지만 내 신경을, 그것도 많이 거스르는 것은 코트쿠(진짜 이름이 기억나지 않으므로 보리스가 붙인 이름으로 부르겠다)가 하룻밤 사이에 나타나서 사실상 보리스를 빼앗았다는 점이었다.

처음에는 보리스가 금요일 밤마다 바빠졌다. 그러더니 주말 내내 바빠졌고, 밤뿐만이 아니라 낮도 마찬가지였다. 곧 코트쿠가 어쨌니 코트쿠가 저 쨌니 하면서 그 여자 얘기만 했고, 어느새 나는 포퍼와 단둘이서 저녁을 먹 고 영화를 보고 있었다.

"걔 진짜 멋지지 않냐?" 보리스가 처음으로 코트쿠를 우리 집으로 데리고 온 다음 다시 물었다. 완전히 실패한 저녁이었다. 우리 셋 다 마리화나에 너 무 취해서 거의 움직이지도 못했고, 그런 다음 두 사람은 아래층 소파에서 뒹굴고 나는 등을 돌리고 바닥에 누워서 〈제3의 눈〉에 집중하려고 애썼다. "어떻게 생각해?"

"음, 그러니까—" 보리스는 내가 무슨 말을 하길 원했을까? "걔 너 좋아 하는 것 같아. 확실히."

보리스가 초조하게 뒤척였다. 우리는 수영장 옆에 있었지만 수영을 하 기에는 너무 바람이 많이 불고 서늘했다. "아니, 나 진지해! 걔 어떻게 생각 해? 사실대로 말해봐, 포터." 내가 주저하자 보리스가 말했다.

"모르겠어." 나는 미심쩍다는 듯 말했고, 보리스가 나를 계속 보자 이렇게 덧붙였다. "솔직히 말해서? 잘 모르겠어, 보리스. 좀 막 나가는 것 같아."

"그래? 그게 나빠?"

보리스의 목소리는 화가 난 것도, 비꼬는 것도 아니었고 정말로 궁금한 것 같았다. "음." 내가 놀라서 대답했다. "아닐지도 모르지."

보드카를 마셔서 얼굴이 벌게진 보리스가 가슴에 손을 얹었다. "나는 걜 사랑해, 포터. 진심이야. 이건 내 평생 가장 진실한 감정이야."

나는 당황해서 시선을 피해야만 했다.

"조그맣고 빼빼 마른 마녀 같으니!" 보리스가 행복한 듯 한숨을 쉬었다. "안아보면 너무 가볍고 말랐어! 공기 같다니까." 신기하게도 내가 코트쿠를 싫어하는 수많은 이유가 보리스에게는 그녀를 좋아하는 이유 같았다. 도둑 고양이처럼 날렵한 몸, 빼빼 마르고 쪼들린 어른 같은 분위기. "게다가 진짜 용감하고 현명하고, 마음도 진짜 넓어! 내가 개를 보살피면서 그 마이크라는 놈에게서 지켜주고 싶어. 알겠어?"

나는 조용히 보드카를 한 잔 더 따랐지만 사실은 별로 마시고 싶지 않았다. 코트쿠 일이 두 배로 복잡한 것은—보리스가 분명 자랑스럽다는 듯이 말했듯이—코트쿠에게 이미 남자 친구가 있기 때문이었다. 마이크 맥내트라는 스물여섯 살짜리 남자로, 오토바이가 한 대 있었고 수영장 청소 회사에서 일했다. 보리스가 지난번에 이 사실을 알려주었을 때 내가 말했다. "잘됐다. 걔 불러서 여기 청소하자." 나는 (대체로 나에게 맡겨지는) 수영장 관리에 진력이 났는데, 잰드라가 청소 약품을 충분히 가져오거나 제대로 된 걸 가져오지 않았기 때문에 더욱 그랬다. 보리스가 손날로 눈을 훔쳤다. "난 심각해, 포터. 걘 그 남자를 무서워하는 것 같아. 그 남자랑 헤어지고 싶지만 무서워서 못 헤어지는 거야. 신병 모집관을 만나보라고 설득 중이래."

"그 남자가 널 쫓아오지 않게 조심하는 게 좋을걸."

"나 말이야?" 보리스가 코웃음 쳤다. "내가 걱정하는 건 여자애야! 너무 작다고! 37킬로그램밖에 안 돼!"

"그래그래." 코트쿠는 '경계성 거식증'을 앓고 있다며 항상 하루 종일 아무것도 안 먹었다고 말해서 보리스를 걱정시켰다.

보리스가 내 옆머리를 가볍게 때렸다. "너 혼자 너무 집에 처박혀 있는 거 아니야?" 그가 내 옆에 앉아서 수영장에 발을 담그며 말했다. "오늘 밤에 코트쿠네 집으로 와. 누구 데리고."

"누구라니, 어떤—"

보리스가 어깨를 으쓱했다. "역사 같이 듣는 애 있잖아, 남자애처럼 짧고 섹시한 금발 머리. 걔 어때? 수영하는 애."

"해들리?" 내가 고개를 저었다. "말도 안 되는 소리."

"왜 안 돼, 꼭 불러! 섹시하잖아! 분명히 올걸!"

"내 말 믿어, 좋은 생각이 아니야."

"내가 대신 물어봐줄게! 아아, 너한테 잘해주고 만날 같이 얘기하잖아. 내가 전화할까?"

"아니야! 그런 거 아니야— 그만둬." 내가 일어서려는 보리스의 소매를 잡으며 말했다.

"겁쟁이!"

"보리스." 보리스는 이미 전화를 걸러 집 안으로 들어가고 있었다. "하지 마. 진짜야. 안 올 거야."

"왜?"

약간 비웃는 듯한 보리스의 말투가 거슬렀다. "솔직히 말할까? 왜냐면—" 나는 코트쿠가 창녀니까라고 말하려 했고, 그것이야말로 자명한 진실이었지만, 그 대신 이렇게 말했다. "있잖아, 해들리는 우등생 명단인가 뭐 거기 들어 있거든. 코트쿠네 집에 가서 어울리려고 하지 않을 거야."

"뭐?" 보리스가 화를 내며 휙 돌아서서 말했다. "창녀 같은 년. 걔가 뭐라고 했어?"

"아무 말도 안 했어. 그냥—"

"아니, 했잖아!" 보리스가 다시 수영장으로 성큼성큼 다가왔다. "말하는 게 좋을걸."

"왜 이래. 아무것도 아니야. 진정해, 보리스." 나는 보리스가 얼마나 화났는지 깨닫고 이렇게 말했다. "코트쿠가 훨씬 나이 많잖아. 둘이 학년도 달라."

"콧대 높은 계집애. 코트쿠가 걔한테 뭘 어쨌는데?"

"진정해." 광선 검처럼 깨끗하고 하얀 햇살을 받아서 반짝이는 보드카 병에 시선이 닿았다. 보리스는 이미 너무 취해 있었지만 나는 싸움만은 절대 하고 싶지 않았다. 하지만 나 역시 취했기 때문에 보리스의 주의를 돌릴 만한 쉽고 재미있는 방법이 떠오르지 않았다.

3

더 괜찮은 다른 또래 여자애들 중에도 보리스를 좋아하는 애들이 많았다. 제일 눈에 띄는 것은 덴마크 사람인 사피 카스페르센으로, 톤이 높은 영국식 억양을 썼고 태양의 서커스에서 작은 역할을 맡고 있었으며 우리 학년 중에는 다른 아이들과 비교도 안 되게 제일 예뻤다. 사피는 우리랑 우등 영어를 같이 들었는데(수업 시간에 《마음은 외로운 사냥꾼》에 대해서 흥미로운 말을 많이 했다), 쌀쌀맞기로 유명했지만 보리스를 좋아했다. 누가 봐도 알 수 있었다. 사피는 보리스의 농담에 웃었고 보리스와 함께 하는 스터디 그룹에서 바보같이 굴었으며 나는 복도에서 사피가 보리스에게 열심히 말을 거는 모습도 보았다. 보리스도 손짓을 많이 하는 러시아인 모드가 되어서 열심히 말했다. 하지만 신기하게도 보리스는 사피에게 전혀 끌리지 않는 것 같았다.

"근데 왜?" 내가 보리스에게 물었다. "걔가 우리 반에서 제일 예쁘잖아." 나는 늘 덴마크 사람은 큰 덩치에 금발 머리일 거라고 생각했지만 사피는 자그마하고 갈색 머리에, 동화 같은 분위기가 있었다. 전에 본 사진작가가 찍은 사진에서 반짝이는 무대 분장을 한 모습은 그런 면이 더욱 강조되었다.

"예쁘긴 하지. 하지만 별로 섹시하진 않아."

"보리스, 걔 완전 섹시하거든. 제정신이냐?"

"아, 걔 공부를 너무 열심히 해." 보리스가 한 손에 맥주를 들고 다른 손은 내 담배를 향해 뻗으면서 내 옆에 털썩 앉았다. "너무 모범생이야. 만날 공부하고 연습하고 뭐 그러잖아. 코트쿠는 말이야—" 보리스가 연기를 뭉게뭉게 내뿜은 다음 담배를 돌려줬다. "걔 우리랑 똑같아."

나는 아무 말도 하지 않았다. 모든 과목에서 심화 과정을 듣던 내가 어쩌다가 코트쿠 같은 낙오자랑 같이 묶이게 되었을까?

보리스가 나를 쿡쿡 찔렀다. "네가 개를 좋아하는 것 같은데? 사피."

"아니야, 진짜 아냐."

"좋아하는구먼. 같이 놀자고 해봐."

"그래, 봐서." 나는 이렇게 말했지만, 그럴 용기가 없었다. 예전 학교처럼 외국인 학생이나 교환 학생은 주로 주변에 얌전하게 서 있었다면 사피 같은 아이에게 접근하기 쉬웠을 것이다. 하지만 라스베이거스에서 사피는 인기가 너무 많았고 너무 많은 사람들에게 둘러싸여 있었다. 그리고 사피에게 뭘 하자고 할 것인가, 라는 아주 큰 문제가 있었다. 뉴욕에서라면 아주 쉬웠을 것이다. 스케이트를 타러 가도 되고 영화관이나 천문관에 가자고 해도 됐다. 하지만 사피가 놀이터에서 본드를 불거나 종이봉투로 감싼 맥주를 마시는 것은, 보리스와 내가 함께 하는 일을 같이 하는 것은 상상이 안 갔다.

4

나는 여전히 보리스를 만났지만 예전만큼 자주는 아니었다. 보리스는 점점 코트쿠랑 그녀의 어머니와 더블알(Double R) 아파트에서 밤을 보내는 일이 많아졌다. 더블알 아파트는 사실 단기 체류용 숙박 시설로 공항과 스트립을 잇는 고속도로 근처의 무너져가는 1950년대 모텔이었고, 불법 체류자 같아 보이는 남자들이 마당의 텅 빈 수영장 근처에 서서 오토바이 부품을 두고 다투었다.("더블알?" 해들리가 말했다. "그게 뭘 뜻하는지 너도 알지? '쥐(rat)와 바퀴벌레(roach)'잖아.") 코트쿠는 다행히도 보리스를 따라 우리 집에 자주 오지 않았지만 보리스는 코트쿠가 없을 때에도 끊임없이 개 얘기를 했다. 코트쿠는 음악 취향이 괜찮아서 멋진 힙합이 잔뜩 든 믹스

시디를 만들어주었기 때문에 나도 같이 들어야 했다. 코트쿠는 피자에 피망과 올리브만 얹어 먹는 것을 좋아했다. 코트쿠는 전자 키보드를 정말 정말 갖고 싶어 했고, 샴고양이나 페럿도 갖고 싶었지만 더블알에서는 애완동물을 키울 수 없었다. "진짜 너도 코트쿠랑 더 자주 어울리자, 포터." 보리스가 나에게 어깨를 부딪치며 말했다. "너도 좋아할 거야."

"아, 왜 이래." 코트쿠가 내 옆에서 억지웃음을 짓는 모습을 상상하며 내가 말했다. 코트쿠는 이상한 타이밍에, 게다가 심술궂게 웃었고, 항상 나에게 냉장고에서 자기가 마실 맥주를 가져오라고 시켰다.

"아니야! 코트쿠는 너 좋아해! 진짜야! 그러니까, 일종의 남동생처럼 생각하지만. 걔가 그랬어."

"걔 나한테는 한마디도 안 해."

"네가 말을 안 걸어서 그래."

"너희 같이 자냐?"

보리스가 못 견디겠다는 듯한 소리를 냈는데, 자기 마음대로 되지 않을 때 내는 소리였다.

"정신 상태가 썩었어." 보리스가 눈앞을 가린 머리카락을 넘기며 말했다. 그러더니 다시 말했다. "왜? 무슨 생각 하는데? 눈앞에 그림을 만들어줘?"

"그림을 그려준다겠지."

"어?"

"그렇게 말하는 거야. '그림을 그려줄까'."

보리스가 눈을 굴렸다. 그가 손을 휘휘 저으면서 코트쿠가 얼마나 지적인지, 얼마나 '말도 안 되게 똑똑한지', 얼마나 현명하고 얼마나 경험이 많은지, 내가 코트쿠를 잘 알려고도 하지 않으면서 판단하고 깔보는 것이 얼마나 불공평한지 다시 쏟아냈다. 하지만 그동안 나는 자리에 앉아서 반쯤은 보리스의 얘기를 듣고 반쯤은 텔레비전에서 나오는 옛날 누아르 영화

(데이나 앤드루스가 나오는 〈타락한 천사〉)를 보면서 보리스와 코트쿠가 (전혀 수준이 높지 않은 우리 학교에서조차) 추가 수업 없이는 시험을 통과하지 못할 만큼 멍청한 학생들을 위한 '시민론 보충수업'에서 만났다는 사실을 떠올리지 않을 수 없었다. 보리스는 수학은 따로 공부하지 않아도 잘했고 언어는 내가 아는 누구보다도 뛰어났지만 외국인이었기 때문에 바보들이나 듣는 시민론 수업을 들어야 했다. 보리스는 시민론을 꼭 들어야 한다는 학교 방침에 무척 화를 냈다. ("왜? 내가 언젠가 의원 선거라도 나갈 것 같아서?") 하지만 코트쿠―열여덟 살에! 클라크 카운티에서 태어나서 자라고! 리얼리티 쇼 〈캅스〉에서 튀어나온 듯한 미국 시민인데!―는 변명의 여지가 없었다.

나는 이렇게 나쁜 생각만 계속 떠올랐지만 그 생각을 떨치려고 최선을 다했다. 내가 신경 써서 뭐해? 그렇다, 코트쿠는 한심한 계집애다. 그렇다, 코트쿠는 시민론 일반 수업을 통과하지도 못할 만큼 멍청하고, 그렇다, 37킬로그램인가밖에 안 나간다. 하지만 나는 코트쿠가 너무 무서웠고, 걔가 아주 화가 나면 앞이 뾰족한 부츠로 나를 걷어차서 죽일 것 같았다. ("걘 자그마한 깡패라고." 언젠가 보리스는 펄쩍펄쩍 뛰면서 갱들의 용어를, 또는 자기가 갱들의 용어라고 생각하는 것을 남발하면서 코트쿠가 어떤 여자애의 머리카락을 한 움큼 잡아당겼다고 자랑스럽게 이야기했다. 이것이 코트쿠의 또 다른 특징이었는데, 걔는 주로 자신과 비슷한 쓰레기 같은 백인 여자들과, 또 가끔은 라틴계나 진짜 갱단인 흑인 여자들과 무시무시한 싸움에 휘말렸다.) 하지만 보리스가 형편없는 여자를 좋아하든 말든 무슨 상관이지? 우린 아직 친구가 아닌가? 제일 친한 친구. 사실상 형제가 아닌가?

그리고 보면 보리스와 나의 관계를 정확히 설명하는 단어는 없었다. 나는 코트쿠가 등장하기 전까지 우리 관계에 대해서 생각한 적이 별로 없었다. 블라인드로 햇빛을 가리고 빈 설탕 봉지와 말라붙은 오렌지 껍질이 흩어진 양탄자 위에서 술에 취해 늘어져서 에어컨 바람을 쐬며 꾸벅꾸벅 졸던 오후들, (보리스가 정말 좋아하던) 비틀즈 화이트 앨범의 〈디어 프루던스〉 나 비슷하게 구슬픈 라디오헤드의 노래가 계속 반복 재생되던 나날이었다.

한순간
나 자신을 잃었네, 나 자신을 잃었네……

본드를 불면 바람을 일으키며 마구 돌아가는 프로펠러처럼 음울하고 기계적인 굉음이 따라왔다. *엔진 시동!* 우리는 비행기에서 거꾸로 떨어지는 스카이다이버처럼 어둠 속에서 침대에 벌렁 드러누웠는데, 그렇게 많이 취하면 얼굴에 쓴 봉투를 조심해야 했다. 그러지 않으면 정신을 차린 다음 머리카락이나 코끝에 말라붙은 본드 방울을 떼어내야 했다. 우리는 재떨이와 개 냄새가 나는 더러운 시트 위에서 등을 맞대고 지쳐 잠들었고, 팝칙은 배를 드러내고 누워서 코를 골았다. 열심히 귀를 기울이면 환기창으로 들어오는 바람에서 의식 아래로 파고드는 속삭임이 들렸다. 여러 달이 지나도록 바람은 한 번도 멈추지 않았고 바람에 실려 온 모래가 창문을 두드렸으며 수영장 수면은 우글쭈글하고 불길해 보였다. 아침이면 우리는 진한 차와 훔친 초콜릿을 먹었다. 보리스가 내 머리카락을 홱 잡아당기고 갈비뼈를 발로 찼다. *일어나, 포터. 벌떡 일어나라고.*

나는 보리스가 그립지 않다고 혼잣말을 했지만 사실은 그리웠다. 나는 혼자 취하고, 어덜트액세스와 플레이보이 채널을 혼자 보고, 사상 최고로 지루한 책으로 묶어야 할《분노의 포도》와《일곱 박공의 집》을 혼자 읽었고, 수천 시간은 될 듯한 시간—마음만 먹었다면 덴마크어나 기타를 배우고도 남았을 듯한 시간—동안 한 블록 아래 차압당한 집에서 보리스와 함께 발견한 망가진 스케이트를 가지고 나가서 놀았다. 나는 해들리와 함께—부모님이 참석하고 술을 마시지 않는—수영부 파티에 갔고, 주말이면 거의 알지도 못하는 애들끼리 하는 파티에 가서 자낙스 알약을 먹고 예거마이스터를 마신 다음 완전히 취해서 새벽 두 시에 캣버스를 타고 통로로 굴러떨어지지 않도록 앞좌석을 꼭 잡고 집으로 돌아왔다. 학교가 끝난 후 심심할 때 스트립에서 애들이 가는 게임 센터와 델타코 사이를 돌아다니면 마리화나를 피우며 미적대는 아이들과 쉽게 어울릴 수 있었다.

하지만 그래도 나는 외로웠다. 내가 그리운 것은 보리스, 보리스가 벌이는 충동적인 난장판, 우울하고 무모하고 성급하고 무서울 정도로 생각이 없는 행동이었다. 가게에서 훔친 사과를 먹으면서 러시아어 소설을 읽고, 손톱을 물어뜯고, 신발 끈을 모래에 질질 끌고 다니는 창백하고 핏기 없는 보리스. 자라나는 알코올중독 새싹이자 욕을 4개 국어로 유창하게 하는 보리스는 자기가 원하면 내 접시에 담긴 음식을 뺏고, 취하면 따귀를 맞은 것처럼 벌게진 얼굴로 바닥에서 졸았다. 보리스는 종종 물어보지도 않고 물건을 가져갔지만—DVD나 내 사물함에 넣어둔 학교 준비물처럼 사소한 것들이 계속 사라졌고, 보리스가 돈을 찾아서 내 주머니를 뒤지다가 들킨 적도 한 번 이상 있었다—그에게는 자기 소유물도 별 의미가 없었기 때문에 그것은 도둑질이 아니었다. 보리스는 현금이 생기면 항상 나와 반을 나눴고 자기 물건을 내가 달라고 하면 뭐든지 기꺼이 주었다(가끔은 내가 달라고 하지 않아도 주었고, 한번은 내가 지나가는 말로 파블리콥스키 씨의 금 라이터가 멋있다고 했더니 나중에 내 배낭 겉주머니에 들어 있었다).

웃긴 것은 애정이 넘치는 쪽은 보리스라고 생각하고 걱정했다는 점이다. *애정이 넘친다*는 표현이 맞는다면 말이다. 처음 보리스가 침대 위에서 돌아누워 내 허리에 팔을 걸쳤을 때 나는 비몽사몽간에 어떻게 해야 할지 몰랐다. 나는 바닥에 떨어져 있는 낡은 양말, 빈 맥주병, 《붉은 무공훈장》 문고판을 물끄러미 보았다. 결국 당황한 내가 하품을 하는 척 몸을 굴려서 떨어졌지만 보리스가 한숨을 쉬더니 잠에 취해서 나를 더 가까이 끌어당겼다.

쉬, 포터. 보리스가 내 뒷목에 대고 속삭였다. 나야.

이상했다. 이상했나? 이상하지만 이상하지 않았다. 나는 쌉쌀하고 맥주 냄새가 나는, 씻지 않은 보리스의 체취와 내 귀에 닿는 편안한 숨소리를 자장가 삼아서 금방 잠들었다. 이 일을 어떻게 설명해도 실제보다 더 심각하게 들린다는 것은 나도 알고 있었다. 내가 공포에 숨이 막혀서 잠이 깨는 밤이면, 겁에 질려 일어나려는 나를 보리스가 곁에서 이불 속으로 잡아 당겨 눕히고 잠에 취해서 이상하고 쉰 듯한 목소리로 알아듣지 못할 폴란드어를 중얼거렸다. 우리는 내 아이팟으로 음악(델로니어스 멍크, 벨벳 언더그라운드, 엄마가 좋아하던 음악)을 들으면서 서로의 품에서 꾸벅꾸벅 졸았고, 가끔은 표류자나 어린아이들처럼 서로 손을 꼭 붙잡고 잠에서 깼다.

한편 (이것이 애매한 부분, 나를 괴롭히는 부분이었다) 다른 밤, 훨씬 혼란스럽고 엉망진창이 된 밤들도 있었다. 욕실에서 희미한 불빛이 새어 들어오고, 안경을 벗어서 모든 물체에 후광이 생겨 희미하게 보이고, 옷을 반쯤 벗은 채 엎치락뒤치락하면서 거칠고 빠르게 서로를 만지고, 양탄자 위에서 발에 차여 쓰러진 맥주병이 거품을 뿜었다. 막상 그런 일이 일어날 때는 그냥 재미있고 별일 아닌 것 같았고, 눈이 뒤집히면서 날카롭게 숨을 들이마시면 모든 것을 잊을 수 있었으므로 그만한 가치가 있었다. 또 다음 날 아침 침대에 나란히 엎드려 신음 소리를 내며 잠에서 깨면 그것은 깜빡이는 역광 속에서 찍은 실험 영화처럼 어둡고 들쑥날쑥하며 앞뒤가 맞지 않는 기억이 되었고, 일그러진 보리스의 낯선 얼굴은 이미 기억에서 멀어지고 그 일은 꿈과 같아서 우리의 진짜 삶에 어떤 영향도 미치지 않았다. 우리는 그 일에 대해서 절대 이야기하지 않았다. 별로 현실적인 느낌이 아니었다. 우리는 학교 갈 준비를 하면서 신발을 던지고, 서로 물을 뿌리고, 숙취 때문에 아스피린을 씹어 먹고, 버스 정류장으로 가는 내내 장난을 치며 웃었다. 나는 사람들이 이 일을 알면 잘못이라고 할 것임을 알았기에 누구에게도 들키고 싶지 않았다. 보리스 역시 들키고 싶어 하지 않다는 것을 알았지만 그 일을 전혀 신경 쓰지 않는 것 같았기 때문에 나는 그냥 웃긴 일이라고, 지나치게 심각하게 받아들이거나 흥분해서 소동을 벌일 일이 아니라고 꽤 굳게 믿었다. 하지만 용기를 내서 무슨 말이라도 해야 하나, 선을 긋고 딱 부러지게 얘기해서 보리스가 다른 생각을 하지 않게 확실히 해야 하나 생각한 적도 한 번 이상 있었다. 하지만 그런 순간은 결코 오지 않았다. 이제 그 얘기를 꺼내서 분위기를 어색하게 만드는 것은 의미가 없었지만, 나는 그래도 마음이 영 불편했다.

나는 보리스를 너무 그리워하는 내가 싫었다. 집에서는 잰드라가 여전히 술을 자주 마셨고 문을 쾅 닫을 때도 많았다(나는 잰드라가 "흥, 내가 아니면 당신일 수밖에 없잖아"라고 소리치는 것을 들었다). 보리스가 없으니 더 힘들었다(아빠와 잰드라 모두 보리스가 집에 있으면 더 조심했다). 근무 스케줄이 조정되어 잰드라가 술집에서 일하는 시간이 바뀐 것도 부분적인 문제였다. 잰드라는 스트레스를 많이 받았고, 같이 일하던 동료들은 그만두거나 근무시간을 옮겼다. 수요일과 월요일이면 나는 학교에 가려고 일어났다가 일을 마치고 막 들어온 잰드라가 잠들기 전에 보기에는 너무 이상한, 그녀가 제일 좋아하는 아침 프로그램을 틀어놓고 혼자 앉아서 술에 소화제 펩토비스몰을 타서 병째 마시는 모습을 종종 보았다.

"아, 진짜 피곤하다." 잰드라는 계단에 서 있는 나를 보면 미소를 지으려고 애쓰면서 이렇게 말했다.

"수영하세요. 그럼 졸려요."

"고맙지만 됐어. 그냥 펩토 넣은 술이나 마시면서 빈둥거릴래. 대단한 물건이야. 풍선껌 맛이 나는 진짜 기막힌 거라고."

나는 아빠가 집에서 나랑 어울리면서 보내는 시간이 더 많아져서 즐거웠지만 아빠의 기분이 너무 오락가락했기 때문에 점점 지쳤다. 미식축구 시즌이라서 아빠는 신이 나서 경중경중 뛰어다녔다. 아빠는 블랙베리로 뭔가를 확인한 다음 나와 하이파이브를 하고 춤을 추며 거실을 돌아다녔다. "나 천재 아니냐? 응?" 아빠는 점수 차이 분석, 경기 리포트, 그리고 가끔은 《전갈자리 올해의 스포츠 예측》이라는 책을 보면서 연구했다. "항상 유리한 입장을 노려야 돼." 아빠가 표를 훑어보면서 소득세를 계산하는 사람처럼 계산기를 두드리다가 말했다. "53, 54퍼센트만 맞춰도 이걸로 그럭저럭 먹고 살 수 있어. 바카라는 순전히 재미로 하는 거지, 기술이랑은 상관없어. 나는 한도를 정해놓고 그걸 절대 넘기지 않지. 하지만 스포츠 도박은 잘 익히면 진짜로 돈을 벌 수 있어. 투자가처럼 접근해야 돼. 팬으로서가 아니라. 도박꾼으로서도 안 돼. 비결은 더 잘하는 팀이 경기에서 이기는 법이고 라인메이커*는 선을 아주 잘 정하는 법이라는 거거든. 하지만 라인메이커는 여론에 대해서는 한계가 있어. 라인메이커가 예측하는 건 누가 이길 것이냐가 아니라 일반 대중이 누가 이길 거라고 생각하느냐는 거야. 그러니까 그 차이, 감정적으로 선호하는 팀과 실제 사실의 차이가— 젠장, 엔드 존에 저리시버 좀 봐, 피츠버그가 또 큰 점수를 내버렸잖아. 저게 지금 우리한테 제일 필요 없는 건데— 아무튼, 아까 말한 것처럼, 나는 조용히 앉아서 연구를 하고 조 비프버거라는 사람은 신문 스포츠란을 한 5분 들여다보고 팀을 고른다고 쳐봐. 그럼 누가 유리하겠어? 시오, 난 비가 오나 해가 뜨나 자이언츠 얘기만 나오면 별처럼 눈을 빛내는 그런 멍청이가 아니야. 아, 엄마가 그렇게 얘기했을지도 모르지만 말이야. 전갈자리는 통제를 아주 잘하지, 그게 바로 나야. 난 경쟁을 좋아해. 무슨 대가를 치르더라도 이기고 싶어 하지. 연기를 할 때도 마찬가지야, 내 연기는 바로 거기서 나왔지. 전갈자리의

---

* linemaker : 스포츠 도박에서 돈을 거는 선을 정하는 사람.

태양, 떠오르는 사자자리. 다 꿰고 있지. 자, 넌 게자리니까, 집게라, 아주 은 밀하고 껍데기 속에 숨어 있군, 방식이 전혀 달라. 나쁘지 않지만 좋지도 않고, 그냥 그래. 아무튼, 어쨌든, 나는 항상 수비 라인과 공격 라인을 살펴보는 걸로 시작하지만 경기가 있는 날에 별의 이동과 태양의 움직임에 주의를 기울인다고 해서 나쁠 건 없어—"

"잰드라 때문에 그런 데 관심이 생긴 거예요?"

"잰드라 때문이냐고? 라스베이거스의 스포츠 도박꾼 절반은 점성술사를 단축 번호에 저장해놨을걸. 아무튼 아까 말한 것처럼, 다른 상황이 다 똑같을 경우 행성의 배열로 인해 차이가 생길까? 맞아. 나는 절대로 그렇다고 할 거야. 그건, 선수가 컨디션이 좋은지, 나쁜지, 몸이 아픈지, 뭐 그런 거랑 마찬가지야. 솔직히 약간 그럴 때, 하하, 뭐라고 해야 할까, 약간 쪼들릴 때는 그런 게 유리한 입장을 차지하는 데 도움이 되지. 하지만—" 아빠가 고무 밴드로 묶은 수백 달러는 되어 보이는 두둑한 돈뭉치를 나에게 보여주었다. "올해는 나한테 진짜 좋은 해야. 승률 53퍼센트에다가, 1년에 천 경기쯤 되지. 그게 바로 딱 좋은 선이야."

일요일은 아빠가 주요 경기일이라고 부르는 날이었다. 아침에 일어나면 아빠는 크리스마스 아침처럼 환한 표정으로 아래층 여기저기 흩어진 신문 위를 초조하게 쌩쌩 돌아다니고, 서랍을 열었다 닫았다 하고, 블랙베리로 스포츠 속보를 들으면서 중얼거리고, 옥수수 칩을 봉지째 들고 아작아작 먹었다. 큰 경기가 있을 때 내가 잠깐이라도 아래층에 내려가서 같이 경기를 보면 아빠는 가끔 '한 장'이라고 부르는 20달러를 주었고, 이기면 50달러를 줬다. "너도 흥미 좀 가지라고 주는 거야." 아빠는 소파에서 똑바로 고쳐 앉으며 불안한 듯 손을 비볐다. "자, 우리한테 필요한 건 콜트가 전반에 전멸하는 거야. 완전 끝장을 내는 거지. 그리고 카우보이랑 나이너스 경기에서는 후반에 30점 이상 나면 돼, 그렇지!" 아빠가 신이 나서 주먹을 들고 벌떡 일어나며 외쳤다. "놓쳐라! 레드스킨이 공을 잡았어. 이제 됐어!"

하지만 헷갈렸다. 공을 놓친 것은 카우보이였기 때문이다. 나는 카우보이가 최소한 15점 차이로 이겨야 하는 줄 알았다. 아빠는 경기 중간에 응원하는 팀을 갑자기 바꾸었기 때문에 나는 따라가지 못하고 다른 팀을 응원하다가 무안해지곤 했다. 하지만 경기 사이사이, 거창한 식사 사이사이에 아빠와 같이 흥분하다 보니 나는 아빠의 열광과 하루 종일 먹는 기름진 음식을 즐기게 되었고, 하늘에서 떨어지는 것처럼 아빠가 던져주는 20달러, 50달러를 받았다. 또 다른 때는—거친 파도를 타고 오르락내리락하는 것처럼 잘 나가다가 망쳤다가 하다 보면—아빠는 어렴풋한 불안에 사로잡혔는데, 적어도 내가 보기에는 경기가 어떻게 되고 있는지와는 상관이 없었다. 아빠는 머리에 양손을 얹고 내가 파악할 수 없는 이유로 서성댔고, 사업 실패로 혼란에 빠진 사람처럼 텔레비전을 물끄러미 보면서 코치와 선수들에게 말을 걸어 도대체 뭐가 잘못된 거냐고, 도대체 어떻게 되어가고 있느냐고 물었다. 가끔 아빠는 이상하게도 애원하는 사람처럼 나를 따라 부엌으로 들어왔다. "저기 있으면 죽을 거야." 아빠가 조리대에 몸을 기대고 장난스럽게 말했다. 아빠의 태도는 우스꽝스러웠고, 웅크린 자세를 보면 왠지 총에 맞아서 몸을 구부린 은행 강도가 떠올랐다.

X선. Y선. 야드 전진 기록, 따라잡은 점수 차이. 경기가 있는 날이면 새하얀 사막의 빛 덕분에 다섯 시쯤 되도록 일요일의 불가피한 우울함—겨울로 저물어가는 가을, 다음 날 학교에 가야 하는 10월 해 질 녘의 외로움—이 찾아오지 않았지만 그런 오후가 끝나갈 때면 항상 길고 조용한 순간이 있었다. 관중의 분위기는 바뀌고, 텔레비전 안과 밖의 모든 것이 황량하고 불확실해지고, 판금 같던 파티오 유리의 번득임은 금빛으로 또 회색으로 바뀌고, 긴 그림자와 밤이 사막에 내리고, 내가 떨쳐낼 수 없는 슬픔이 다가오고, 관중들이 말없이 경기장 출구로 밀려가고, 동부의 대학 도시에 차가

운 비가 내렸다.

　그럴 때 나를 사로잡는 공포는 설명하기 힘들었다. 미식축구 경기가 있는 날들은 갑작스럽게, 피가 쫙 빠지는 것처럼 끝났는데, 그럴 때면 뉴욕 아파트의 짐들을 상자에 넣어 실어가는 광경을 볼 때가 생각났다. 발 디딜 곳 없이 둥둥 떠다니는데 붙잡을 것이 하나도 없는 듯한 느낌이었다. 나는 위층으로 올라가서 방문을 닫고 불을 전부 켠 다음 마리화나가 있으면 그것을 피우면서 휴대용 스피커로 음악—쇼스타코비치와 에릭 사티처럼 엄마 때문에 아이팟에 넣어두었지만 어쩌다 보니 지우지 않은, 예전에는 듣지 않던 음악—을 듣고 도서관에서 빌려온 책을 보았다. 대부분 미술 책이었는데, 엄마를 떠올릴 수 있기 때문이었다.

　《네덜란드 회화의 걸작들》, 《델프트의 황금기》, 《렘브란트와 무명 제자들의 그림》. 나는 학교 컴퓨터에서 찾아보고 카렐 파브리티우스에 대한 책(백 쪽밖에 안 되는 작은 책이었다)이 있다는 것을 알게 되었지만 학교 도서관에는 없었고, 학교의 컴퓨터 시간은 감시가 너무 심했기 때문에 무서워서 인터넷으로 검색할 수가 없었다. 특히 아무 생각 없이 링크(헷 퓌테르트예 (*Het Puttertje*), 황금방울새, 1654)를 클릭했다가 이름과 주소를 입력해야 하는 *사라진 미술품 데이터베이스*라는 무시무시한 공식 검색 사이트로 연결된 이후로는 더욱 그랬다. 나는 생각지도 못했던 인터폴과 *사라진*이라는 단어를 보고 너무 겁이 나서 컴퓨터를 아예 꺼버렸는데, 사실 컴퓨터를 끄는 것은 금지되어 있었다. "방금 뭐 한 거니?" 내가 다시 컴퓨터를 켜기도 전에 도서관 사서 오스트로 선생님이 물었다. 선생님이 내 어깨 너머로 손을 뻗어서 비밀번호를 입력하기 시작했다.

　"전—" 나는 걱정이 되었지만 선생님이 방문 페이지를 검색하기 시작하자 포르노를 보고 있던 것이 아니라 마음이 놓였다. 아빠가 크리스마스 때 준 5백 달러로 싼 노트북을 하나 사려고 했지만 어쩌다 보니 다 써버렸다.

사라진 미술품. 혼잣말이 나왔다. *사라진*이라는 말 때문에 겁먹을 필요 없어, 파괴되어 없어진 것도 사라진 거잖아, 안 그래? 내 이름을 입력하지는 않았지만 우리 학교 IP 주소로 데이터베이스를 검색하려 했던 것이 마음에 걸렸다. 내가 아는 한 나를 찾아왔던 수사관들은 내 뒤를 캐고 있을 것이고 내가 라스베이거스에 살고 있다는 것도 알았다. 작지만 분명한 연결 고리였다.

나는 그림을 깨끗한 면 베갯잇에 넣어서 테이프로 봉한 다음 침대 머리판 뒤에 숨겼는데, 꽤 현명한 방법 같았다. 오래된 물건은 정말 조심스럽게 다뤄야 한다고 호비 아저씨에게 배웠기 때문에(아저씨는 종종, 특히 섬세한 물건을 만질 때는, 흰 면장갑을 꼈다) 나는 그림을 절대 맨손으로 만지지 않고 모서리만 만졌다. 나는 아빠와 잰드라가 집에 없고 한참 동안 안 들어온다는 것이 확실할 때에만 그림을 꺼냈지만, 그림을 볼 수 없을 때에도 그것이 거기 있다는 사실을 아는 것만으로도 좋았다. 그 사실로 인해 모든 것이 심오하고 견고해지고 든든한 바탕이 생겼다. 그것은 보이지 않지만 흔들림 없는 진실이었다. 저 멀리 발트 해에서 고래들이 유유자적 헤엄을 치고 알 수 없는 시간대에 사는 수도사들이 세상의 구원을 위해 끊임없이 기도하고 있다는 생각을 하면 마음이 놓이듯이.

그림을 꺼내서 만지고 바라보는 것은 가볍게 할 일이 아니었다. 그림을 향해 손을 뻗는 단순한 행동에도 뭔가가 팽창하는 느낌, 공기가 흔들리고 흥분되는 느낌이 있었다. 그리고 차갑게 냉각된 사막 공기 때문에 건조해진 눈으로 그림을 오랫동안 보고 있으면 신비로운 어느 순간 나와 그림 사이의 공간이 모두 사라지는 것 같았고, 내가 고개를 들었을 때 실재하는 것은 내가 아니라 바로 그 그림이었다.

1622~1654년. 교사의 아들. 그의 그림으로 확인된 작품은 12점도 안 됨. 델프트 도시 역사가 판 블레이스베이크에 따르면 파브리티우스는 화약

공장이 폭발한 오전 열 시 반에 자기 작업실에서 〈델프트의 구교회〉를 그리고 있었다. 책에 따르면 이웃 사람들은 폐허가 된 작업실에서 '무척 슬퍼하면서', 그리고 '무척 힘들게' 화가 파브리티우스의 시신을 끌어냈다. 도서관 책에 나온 이 짧은 설명 중에서 나를 사로잡은 것은 우연이라는 요소였다. 나와 파브리티우스에게 무작위로 닥친 재난은 우리 두 사람 모두가 보지 못했던 똑같은 지점에서, 즉 우연이라는 점에서 만났다. 아빠는 그것을 *빅뱅*이라고 불렀는데, 비꼬거나 무시하려는 것이 아니라 자신의 삶을 지배하는 운명의 힘을 존중하며 인정한다는 뜻이었다. 몇 년 동안 연구해도 인과관계를 절대 알아내지 못할 수도 있다. 하나로 합쳐지는 것들, 여러 개로 나뉘는 것들, *시간 왜곡*, 엄마가 미술관 앞에 서 있는데 시간이 흔들리고 빛이 이상해지는 것, 광대한 빛의 가장자리를 맴도는 불확실성. 모든 것을 바꿀 수도, 바꾸지 못할 수도 있는 길 잃은 확률.

위층 욕실의 수돗물은 염소 함량이 너무 높아서 마실 수가 없었다. 밤이면 마른 바람이 거리의 쓰레기와 맥주 캔들을 쓸고 다녔다. 호비 아저씨는 골동품에 제일 나쁜 것은 습기라고 했다. 내가 떠나올 때 괘종시계를 수리 중이었던 아저씨는 아래쪽 나무가 습기 때문에 얼마나 상했는지 보여주었다("누가 들통으로 물을 부어서 돌바닥을 청소한 거야. 이 나무가 얼마나 약한지, 얼마나 낡았는지 보이지?").

시간 왜곡, 어떤 일을 두 번, 혹은 그 이상 보는 방법. 아빠의 의식, 아빠가 돈을 거는 전략, 아빠의 신탁과 마술이 모두 자신이 보지 못한 패턴에 대한 전방위적인 인식에 근거를 두고 있듯이, 델프트의 폭발 사건 역시 현재에 영향을 끼치는 복잡한 사건들의 일부였다. 그 복합적인 결과에 어지러워질 수도 있다. 아빠는 이렇게 말했다. "돈은 중요한 게 아니야. 돈이 나타내는 건 에너지야, 알겠니? 돈은 그렇게 좇는 거야. 우연의 흐름을 따라서 말이야." 황금방울새가 한결같은 눈을 반짝이며 나를 가만히 응시했다. 나무판

은 무척 작아서 내가 빌린 미술 책에 적힌 것처럼 'A4 용지보다 아주 조금 클 뿐'이었다. 하지만 제작 연도와 실제 치수 같은 교과서적인 죽은 정보는 전혀 상관없었다. 패커스 팀이 4쿼터에서 2점 앞서고 있는데 얼음 같은 싸락눈이 경기장에 쌓이기 시작하면 신문 스포츠란의 통계가 상관없어지듯이 말이다. 그림은, 그림의 마법과 생생함은, 눈이 내리기 시작하면서 카메라에 눈송이와 푸르스름한 빛이 소용돌이치는 그 이상하고 비현실적인 순간과 같았다. 그렇게 말없이 바람이 휘몰아치는 순간이면 경기는, 누가 이기고 누가 졌는지는 더 이상 아무 상관없고 그저 술만 마시고 싶어진다. 나는 그림을 보면 항상 똑같은 한 지점에 집중되는 것을 느꼈다. 그것은 지금도 존재하고 언제까지나 존재할, 쏟아지는 찰나의 햇빛이었다. 방울새의 발목에 달린 사슬이 눈에 띄는 것은, 혹은 잠깐 파닥이다가 항상 늘 같은 절망의 자리에 내려앉아야만 하는 것이 살아 있는 작은 생물에게 얼마나 잔인한 삶인가라는 생각이 드는 것은, 아주 가끔뿐이었다.

5

좋은 점은, 아빠가 잘해주어서 기쁘다는 것이었다. 아빠는 적어도 일주일에 한 번은 나를 데리고 저녁을 먹으러 나가서 흰 탁자보가 깔린 레스토랑에서 단둘이 맛있는 저녁을 먹었다. 가끔 아빠가 보리스도 부르면 보리스는 얼른 초대를 받아들였지만—맛있는 식사라는 미끼는 코트쿠의 인력을 이길 만큼 강했다—이상하게도 나는 아빠와 단둘일 때가 더 즐거웠다.

어느 날 우리가 외식을 하러 나가서 디저트를 먹으며 학교와 그 밖의 갖가지 일들에 대해(나에게 관심을 갖는 새로운 모습의 아빠라니! 어디서 온 걸까?) 늦은 시간까지 이야기를 하고 있을 때였다. 아빠가 말했다. "있잖아, 네가 라스베이거스에 온 다음부터 널 잘 알게 되어서 정말 좋구나, 시오."

"음, 어, 네, 저도요." 나는 당황스러웠지만 그래도 진심으로 말했다.

"그러니까 말이야―" 아빠가 손으로 머리를 쓸었다. "나한테 다시 한 번 기회를 줘서 고맙다, 아들. 내가 정말 큰 실수를 했잖아. 나와 엄마의 관계가 너와의 관계까지 방해하게 놔두면 안 되는 거였는데. 아니, 아니야." 아빠가 손을 들어 내 말을 막으며 말했다. "엄마를 탓하는 건 진짜 아니야, 이미 지난 일이잖아. 그냥, 엄마가 널 너무 사랑했기 때문에 난 항상 두 사람 사이에 끼어든 기분이었거든. 내 집에서 이방인이 된 기분이었지. 엄마랑 넌 너무 가까워서―" 아빠가 슬픈 듯 웃었다. "셋이서 가깝게 지낼 여지가 별로 없었잖아."

"으음." 엄마와 나는 발뒤꿈치를 들고 살금살금 걸어 다니고 작은 목소리로 속삭이면서 아빠를 피하려고 애썼다. 우리 둘만의 비밀과 웃음. "저는, 전 그냥―"

"아니, 아니야. 너한테 사과를 하라는 게 아냐. 아빠인 내가 그렇게 어리석게 굴지 말았어야 하는 건데. 그냥 악순환 같은 게 돼버린 거야, 무슨 말인지 알지? 나는 소외된 것 같았고, 우울했고, 술을 엄청 마셨지. 그 지경이 되도록 놔두면 안 되는 거였어. 난, 음, 네 인생에서 정말 중요한 몇 년을 놓쳤어. 그걸 감수해야 하는 사람은 나야."

"음―" 난 너무 착잡해서 뭐라고 해야 할지 몰랐다.

"널 곤란하게 만들려는 건 아니야, 시오. 그냥 이제 우리가 친구가 돼서 기쁘다는 말이야."

"음, 네." 내가 깨끗하게 먹어 치운 크림브륄레 접시를 물끄러미 보면서 말했다. "저도요."

"그리고― 너에게 보상을 해주고 싶어. 내가 올해 스포츠 도박에서 승승장구하고 있잖아." 아빠가 커피를 한 모금 마셨다. "너한테 계좌를 만들어주고 싶어. 돈을 조금 모아두는 거지. 왜냐면, 너도 알겠지만, 내가 너와 엄마를 제대로 돌보지 않았잖아. 몇 개월 동안이나 연락도 없이 사라져버리고 말이야."

"아빠." 내가 당황하며 말했다. "그럴 필요 없어요."

"아, 내가 그러고 싶어서 그래! 너 사회보장번호 있지?"

"네."

"음, 이미 천 달러를 따로 떼놨어. 시작으로는 괜찮은 금액이지. 집에 가서 생각해보고 사회보장번호를 주면 내가 다음에 은행에 들러서 네 이름으로 계좌를 만들게, 알았지?"

6

나는 학교 밖에서는 보리스를 거의 만나지 못했고, 어느 토요일 오후에 아빠가 우리 둘을 미라지 호텔의 카네기델리에 데려가서 은대구와 비알리 빵을 사주어서 본 게 다였다. 하지만 추수감사절 몇 주 전에, 내가 생각도 못 하고 있는데 보리스가 쿵쿵거리며 위층으로 올라와서 말했다. "너희 아빠 최근에 좀 안 좋으셔, 알고 있었냐?"

나는 학교 수업 때문에 읽고 있던 조지 엘리엇의 《사일러스 마너》를 내려놓았다. "뭐?"

"음, 2백 달러짜리 테이블에서 게임을 하셨거든. 한 번에 2백 달러야." 보리스가 말했다. "5분 만에 천 달러도 날릴 수 있지."

"아빠한테 천 달러 정도는 아무것도 아니야." 내가 말했다. 보리스는 대답이 없었다. "얼마나 잃었다고 하시던데?"

"말 안 하셨어." 보리스가 말했다. "하지만 많이 잃었어."

"아빠가 너한테 거짓말하신 거 아니야?"

보리스가 웃었다. "그럴 수도 있겠지." 그가 침대에 앉아 팔꿈치를 짚고 기대며 말했다. "넌 아무것도 몰라?"

"글쎄." 내가 아는 한 아빠는 지난주에 빌스가 이겼을 때 손을 털었다. "어떻게 아빠 상황이 안 좋을 수 있지? 나 부숑 레스토랑에도 데려가고 그랬는데."

"그래. 하지만 그럴 만한 이유가 있을지도 모르지." 보리스가 현자처럼 말했다.

"이유? 무슨 이유?"

보리스가 뭔가 말을 하려다가 생각을 바꿨다.

"음, 누가 알겠어." 그가 담배에 불을 붙이고 쭉 들이마시며 말했다. "너희 아빠ㅡ 러시아 피가 섞였잖아."

"맞아." 나 역시 담배로 손을 뻗으며 말했다. 나는 보리스와 아빠가 팔을 휘두르며 '지적 대화'를 할 때 러시아 역사상 유명한 도박꾼들, 푸시킨, 도스토옙스키, 그리고 내가 모르는 이름을 거론하는 것을 종종 들었다.

"음ㅡ 아주 러시아인다워, 항상 상황이 안 좋다고 투덜거리다니! 사는 게 아주 괜찮아도 아무한테도 말 안 하지. 악마가 꼬이면 안 되거든." 보리스는 아빠가 준 셔츠를 입고 있었는데, 거의 속이 비칠 정도로 세탁을 많이 한 데다가 너무 커서 아랍이나 힌두 의상처럼 부해 보였다. "그런데 너희 아빠 말은 가끔 농담인지 진담인지 헷갈려." 보리스는 이렇게 말한 다음 나를 유심히 보았다. "무슨 생각 해?"

"아무 생각도 안 해."

"우리가 서로 얘기하는 걸 아시는 거야. 그래서 나한테 얘기하시는 거지. 너한테 알리고 싶지 않다면 나한테 얘기 안 하실 거야."

"그런가." 나는 그렇지 않다고 꽤 굳게 확신했다. 아빠는 기분만 맞으면 상사의 부인처럼 부적절한 사람에게도 자기 얘기를 즐겁게 할 사람이었다.

"네가 알고 싶어 하는 것 같으면 직접 말씀하셨겠지." 보리스가 말했다.

"보리스, 너도 말했듯이 ― " 아빠는 약간 마초적인 것, 과장된 제스처를 좋아했다. 일요일을 같이 보내면 아빠는 자기 불행을 과장하면서 신음하고 비틀거렸고, 여섯 경기쯤 이기고는 계산기로 얼마나 땄는지 계산하면서도 한 게임을 져서 '싹 쓸렸다'느니 '망했다'느니 큰 소리로 불평했다. "우리 아빠 가끔 허풍이 심하잖아."

"음, 진짜 그렇다니까." 보리스가 신중하게 말했다. 그는 담배를 다시 가져가서 한 모금 피운 다음 살가운 태도로 돌려줬다. "나머지는 너 다 피워."

"아니, 됐어."

잠시 침묵이 흐르자 아빠가 틀어놓은 텔레비전에서 미식축구 관중의 함성이 들렸다. 보리스가 다시 팔꿈치로 몸을 지탱하고 누워서 말했다. "아래층에 뭐 먹을 거 있냐?"

"하나도 없어."

"남은 중국 음식이 있었던 거 같은데."

"없어. 누가 먹었어."

"젠장. 코트쿠네나 가야겠다, 걔네 엄마가 냉동 피자 사놨어. 너도 갈래?"

"아니, 됐어."

보리스가 웃으면서 엉터리로 갱단 같은 손짓을 했다. "네 맘대로 해라, 요." 보리스가 일어나 나가면서 '갱단' 목소리(평소와 다른 점은 손짓과 '요' 밖에 없었다)로 말했다. "이 몸은 먹어야겠다."

7

특이하게도 보리스와 코트쿠는 순식간에 혼란스럽고 짜증스러운 관계가 되었다. 두 사람은 여전히 계속 만났고 서로에게서 손을 떼지 못했지만 입을 여는 순간 결혼한 지 15년 된 부부의 대화를 듣는 것 같았다. 보리스와 코트쿠는 푸드코트에서 누가 마지막으로 돈을 냈느냐와 같이 얼마 안 되는 돈 때문에 다퉜다. 내가 들을 때 두 사람의 대화는 이런 식이었다.

보리스 : "뭐가! 잘해주려고 그런 건데!"

코트쿠 : "음, 전혀 잘해주는 게 아니었어."

보리스 : (뛰어가서 코트쿠를 잡는다) "진심이야 코트쿠! 진짜로! 그냥 잘하려고 그런 거야!"

코트쿠 : (입을 삐죽거림)

보리스 : (코트쿠에게 키스를 하려다가 실패한다) "내가 뭘 어쨌는데? 왜 그래? 왜 넌 내가 이제 잘 안 해준다고 생각해?"

코트쿠 : (침묵)

보리스의 연적인 수영장 청소부 마이크의 문제는 아주 편리하게도 마이크가 해안경비대에 들어가면서 해결됐다. 코트쿠는 매주 마이크와 몇 시간씩 통화를 하는 게 분명했지만 무슨 이유에선지 보리스는 신경 쓰지 않았다("그냥 격려해주느라 그러는 거야, 두고 봐"). 하지만 학교에서는 보리스가 얼마나 질투하는지 보고 있기가 불편할 정도였다. 보리스는 코트쿠의 시간표를 외웠고, 코트쿠가 실전 스페인어나 그런 시간에 자기 몰래 바람을 피운다고 의심이라도 하는 것처럼 수업이 끝나면 곧장 그녀에게 달려갔다. 어느 날 학교가 끝난 뒤 포퍼와 둘이 집에 있는데 보리스에게서 전화가 왔다. "너 타일러 올로프스카라는 놈 알아?"

"아니."

"너랑 미국사 수업 같이 듣는데."

"미안. 학생이 많아서."

"음, 있잖아, 걔에 대해서 좀 알아봐줄래? 사는 데라든지?"

"*사는 데?* 코트쿠 때문이야?"

갑자기―진짜 깜짝 놀랐다―초인종이 당당하게 네 번 울렸다. 내가 지금까지 라스베이거스에서 사는 동안 우리 집 초인종을 누른 사람은 단 한 명도 없었다. 단 한 번도. 수화기 건너편의 보리스도 그 소리를 들었다. "뭐야?" 포퍼가 뱅뱅 돌면서 미친 듯이 짖었다.

"밖에 누가 왔어."

"*밖에?*" 이웃도, 쓰레기차도, 심지어는 가로등도 없는 이 버려진 거리에서 이것은 아주 큰 사건이었다. "누군 것 같아?"

"모르겠어. 다시 전화할게."

나는 히스테리를 부리는 팝칙(내 품에서 내려가려고 몸부림을 치면서 비명을 질렀다)을 안고 한 손으로 겨우 문을 열었다.

"어이구, 이것 좀 보게." 저지 억양의 유쾌한 목소리가 말했다. "아유, 진짜 귀엽네."

나는 늦은 오후의 번쩍이는 햇빛 속에서 눈을 깜빡이면서 키가 아주 크고 검게 탄 피부에 아주 마르고 나이를 알 수 없는 남자를 보고 있었다. 그는 로데오 선수 같기도 하고 술에 취한 호텔 라운지 가수 같기도 했다. 금테 보잉 선글라스는 위쪽에만 보라색이 들어가 있었다. 남자는 흰색 스포츠 재킷에 구슬 똑딱단추가 달린 빨간색 카우보이 셔츠, 검은 청바지를 입고 있었지만 가장 눈에 띄는 것은 머리였다. 부분가발에 일부는 이식을 했는지 가발 스프레이를 뿌린 건지 머리가 유리섬유 단열재 같은 질감이었고 캔에 든 구두약처럼 짙은 갈색이었다.

"자, 내려놔봐!" 남자는 아직도 풀려나려고 발버둥치는 포퍼를 고갯짓으로 가리키며 말했다. 목소리는 낮았고 태도는 침착하고 친근했다. 억양만 아니었다면 부츠도 그렇고 완벽한 텍사스 사람 같았을 것이다. "뛰어다니게 놔줘! 난 괜찮아. 개를 좋아하거든."

내가 팝칙을 놓아주자 남자는 모닥불 옆에 쭈그리고 앉은 빼빼 마른 카우보이 같은 자세로 몸을 굽혀 개의 머리를 쓰다듬었다. 이 낯선 사람은 머리도 그렇고 아주 이상해 보였지만, 또 그 모습이 얼마나 편안하고 잘 어울리는지 감탄하지 않을 수 없었다.

"그래그래." 남자가 말했다. "귀엽기도 하지. 그래, 너 말이야!" 햇볕에 탄 뺨에 주름이 지면서 말린 사과처럼 쪼글쪼글해졌다. "우리 집에도 세 마리 있어. 미니 페니지."

"네?"

남자가 몸을 일으켰다. 나를 향해 미소를 짓자 눈부시게 하얀 치아가 드러났다.

"미니어처 핀셔라고." 남자가 말했다. "신경질적인 꼬마 악동들이지. 내가 없으면 온 집을 물어뜯고 다니거든. 하지만 정말 예쁘다니까. 넌 이름이 뭐지?"

"시어도어 데커예요." 나는 이 사람이 누굴까 생각하며 말했다.

남자가 다시 미소를 지었다. 약간 어두운 선글라스 뒤의 눈은 작고 반짝거렸다. "어이! 너도 뉴욕 사람이구나! 목소리를 들으면 알아, 맞지?"

"맞아요."

"아마도 맨해튼 출신이겠지. 맞아?"

"네." 나는 이 사람이 내 목소리에서 정확히 뭘 알아들은 걸까 생각하면서 대답했다. 내가 이야기하는 것만 듣고 맨해튼 출신이라고 추측한 사람은 아무도 없었다.

"음, 난 브루클린 커나시 출신이야. 거기서 나고 자랐지. 동부 사람을 만나면 언제나 반갑단 말이야. 나는 나아만 실버라고 한다." 그가 손을 내밀었다.

"반갑습니다, 실버 씨."

"씨라니!" 그가 다정하게 웃었다. "난 예의 바른 애들이 좋더라. 요즘은 너 같은 애가 없어. 유대인이니, 시어도어?"

"아닙니다." 나는 이렇게 대답하는 순간 맞다고 할 걸 그랬다고 후회했다.

"음, 뭐 하나 가르쳐줄까? 뉴욕 출신이면 내 기준으로는 명예 유대인이야. 난 그렇게 봐. 커나시에 가봤니?"

"아니요."

"음, 예전에는 환상적인 동네였지만 지금은 뭐―" 그가 어깨를 으쓱했다. "우리 집안은 4대에 걸쳐서 거기 살았거든. 할아버지는 미국 최초의 코셔* 식당을 운영했지. 크고 유명했어. 하지만 내가 어렸을 때 문을 닫았지. 그런 다음 아빠가 돌아가셔서 우리는 엄마와 함께 저지로 이사했지, 해리 삼촌네 근처로." 남자가 날씬한 허리에 손을 얹고 나를 보았다. "아빠 계시니, 시오?"

"아뇨."

"아니라고?" 그가 내 뒤로 집 안을 들여다보았다. "안타깝네. 언제 오실지 아니?"

"아니요, 실버 씨." 내가 말했다.

"실버 씨라. 맘에 드네. 넌 좋은 애야. 그거 알아? 널 보니까 내가 너만 했을 때가 생각나. 예시바**를 갓 나와서―" 남자가 양손을 들어 올렸다. 갈색으로 태우고 털이 많은 팔목에 금팔찌가 채워져 있었다. "이 손이 어땠는지 알아? 우유처럼 새하얬지. 네 손처럼."

"음." 나는 문 앞에 계속 어색하게 서 있었다. "들어오시겠어요?" 낯선 사람을 집 안으로 들여도 되는지 잘 몰랐지만 나는 외롭고 지루했다. "기다리셔도 돼요. 하지만 아빠가 언제 오실지는 모르겠어요."

그가 다시 미소를 지었다. "아니, 괜찮아. 가볼 데가 많거든. 하나 얘기해줄까? 솔직히 말할게, 넌 착한 애니까. 난 네 아빠한테 5점이 있어. 그게 무

---

*　전통적인 유대교 율법에 따라서 음식을 만드는 것.

**　유대교 경전을 배우는 학교.

슨 뜻인지 아니?"

"아니요."

"음, 저런. 알 필요는 없어, 앞으로도 절대 알게 될 일이 없어야 할 텐데 말이다. 다만, 그게 일을 잘하고 있다는 뜻은 아니라는 것만 말해둘게." 그가 내 어깨에 친근하게 손을 얹었다. "시어도어, 네가 믿든 말든 난 사람을 다루는 기술이 있어. 다른 사람 집에 찾아갔다가 그 집 자식을 만나는 건 별로야, 지금처럼 말이지. 그건 옳지 않아. 보통은 직장으로 찾아가서 잠깐 이야기를 나누거든. 그런데 네 아빠는 좀 찾기 힘든 사람이라서. 너도 알고 있을지 모르지만."

집 안에서 전화가 울렸다. 보리스가 틀림없었다. "가서 받는 게 좋겠다." 실버 씨가 유쾌하게 말했다.

"아니, 괜찮아요."

"가봐. 받아야 될 것 같은데. 난 여기서 기다릴게."

나는 점점 더 불편해지는 마음을 안고 집으로 들어가서 전화를 받았다.

예상대로 보리스였다. "누구였어? 코트쿠는 아니지?"

"아니야. 있잖아—"

"코트쿠가 타일러 올로프스카라는 놈이랑 집에 간 것 같아. 이상하게 그런 느낌이 들어. 뭐 같이 *진짜* 집으로 간 건 아닐지도 모르지만. 아무튼 학교에서 같이 나갔어. 주차장에서 그놈이랑 얘기하고 있더라고. 마지막 수업을 그 자식이랑 같이 듣거든, 목공 기술인지 뭔지—"

"보리스, 미안. 나 지금은 정말 통화하기 어려워. 나중에 다시 걸게, 알았지?"

내가 문 앞으로 돌아가자 실버 씨가 말했다. "아빠 전화가 아니라는 말은 믿을게." 그의 뒤로 도로가에 흰색 캐딜락이 주차돼 있었다. 차 안에 두 사람이 보였다. 운전기사가 있었고, 조수석에도 누가 타 있었다. "아빠 아니었지?"

"네, 아니에요."

"아빠였으면 나한테 아빠였다고 말했겠지?"

"네, 그랬을 겁니다."

"그런데 왜 네 말이 안 믿길까?"

나는 뭐라고 해야 할지 몰라서 침묵을 지켰다.

"상관없어, 시어도어." 남자가 다시 한 번 몸을 숙여 포퍼의 귀 뒤를 긁어 주었다. "조만간 찾아낼 거야. 내 말 꼭 전해줄 거지? 내가 왔었다고도 말해 주고?"

"네, 알겠습니다."

그가 기다란 손가락으로 나를 가리켰다. "내 이름이 뭐라고?"

"실버 씨요."

"실버 씨. 맞아. 그냥 확인한 거야."

"뭐라고 말씀드릴까요?"

"도박은 관광객이나 하는 거라고 전해. 지역 주민이 아니라." 그런 다음 실버 씨가 마른 갈색 손으로 내 정수리를 아주 가볍게 톡톡 쳤다. "행운을 빈다."

8

30분 뒤 보리스가 우리 집 현관에 나타났을 때 나는 실버 씨의 방문에 대해서 이야기하려 했다. 하지만 보리스는 내 이야기를 듣는 둥 마는 둥 하면서 코트쿠가 다른 남자, 타일러 올로프스카인지 뭔지랑 시시덕거린다고 화를 냈다. 그는 골프 팀 소속에 우리보다 한 학년 위인 데다가 돈이 많고 마리화나를 피운다고 했다. "재수 없는 년." 아래층 바닥에 앉아서 코트쿠의 마리화나를 피우며 보리스가 쉰 목소리로 말했다. "전화도 안 받아. 지금 개랑 있는 거야, 난 다 알아."

"설마." 나는 실버 씨 일이 걱정이 되기도 했지만 코트쿠 이야기가 지겨운 마음이 더 컸다. "그냥 마리화나를 파는 걸 수도 있잖아."

"그래, 하지만 그 이상의 뭔가가 있어, 난 알아. 이젠 내가 자고 가는 것도 싫어해, 너도 눈치챘어? 항상 당장 할 일이 있다 그러고. 내가 사준 목걸이도 이제 안 하고."

나는 안경이 내려와서 콧날 위로 추켜올렸다. 보리스는 사실 그 시시한 목걸이를 산 게 아니라 쇼핑몰에서 훔쳤다. 내(교복 블레이저를 입은 정직한 시민)가 판매원에게 아빠와 같이 엄마 생일 선물을 사고 싶은데 뭐가 좋겠냐고 공손하게 물어보면서 시선을 끄는 동안 보리스가 목걸이를 낚아채 도망갔다. "허." 내가 동정하는 척하려고 애쓰면서 말했다.

보리스가 얼굴을 찌푸렸다. 눈썹이 천둥 번개를 불러오는 구름 같았다. "완전 걸레야. 지난번에는 어땠는지 알아? 수업 시간에 우는 척을 하는 거야. 올로프스카라는 놈한테 불쌍해 보이려고. 걸레 같은 년."

나는 어깨를 으쓱하고—그 말에 반박할 생각은 없었다—보리스에게 마리화나를 건넸다.

"순전히 돈이 많아서 좋아하는 거야. 그 자식네 집에는 메르세데스가 두 대나 있어. E급으로."

"중년 부인이나 타는 차잖아."

"말도 안 돼. 러시아에서는 갱단이 타는 차야. 그리고—" 보리스가 마리화나를 깊게 들이마시고 잠시 멈추더니 눈에 눈물이 고인 채 *잠깐, 잠깐, 이게 제일 좋은 순간이야. 기다려, 이것만 피우고, 알았지?*라고 말하는 것처럼 손을 흔들었다. "그놈이 걜 뭐라고 부르는 줄 알아?"

"코트쿠라고?" 보리스가 그녀를 계속 코트쿠라고 불렀기 때문에 학교 애들도 —심지어는 선생님들까지도—코트쿠라고 부르기 시작했다.

"그거야!" 보리스가 연기를 내뿜으며 화를 냈다. "내 이름이잖아! 내가 붙여준 클리츠카(kliytchka)라고. 또 지난번에 복도에서는 어땠는 줄 알아? 그 자식이 코트쿠 머리를 구기더라고."

아빠 주머니에서 나온 반쯤 녹은 박하사탕 두 개가 영수증이랑 잔돈과 함께 커피 테이블에 놓여 있어서 사탕 껍질을 벗겨 입에 넣었다. 나는 낙하산병만큼 높이 오른 기분이었고, 달콤한 맛에 불길이 닿은 것처럼 온몸이 따끔거렸다. "구겨?" 내가 말했다. 입속에서 사탕이 요란한 소리를 냈다. "어떻게?"

"이렇게." 보리스가 머리카락을 헝클어뜨리는 손짓을 하면서 마지막 한 모금을 빨고는 마리화나를 비벼 껐다. "그걸 뭐라고 하는지 모르겠네."

"나 같으면 걱정 안 하겠다." 내가 머리를 소파에 다시 기대면서 말했다. "야, 너도 박하사탕 먹어봐. 끝내준다."

보리스가 한 손으로 얼굴을 쓸어내리더니 물기를 터는 개처럼 머리를 흔들었다. "와—" 그가 양손으로 헝클어진 머리를 쓸었다.

"그러게, 와—" 진동하는 듯한 침묵이 흐른 후에 내가 말했다. 생각이 길게 늘어나고 찐득찐득해져서 천천히 떠오르는 것 같았다.

"뭐라고?"

"나 완전 취했어."

"아, 그래?" 그가 웃었다. "얼마나 취했는데?"

"완전 갔다고." 입속의 박하사탕이 갑자기 강렬하고 거대하게, 자갈만큼 크게 느껴졌다. 그것 때문에 말도 하기 힘든 기분이었다.

평화로운 침묵이 뒤따랐다. 오후 다섯 시 반 정도였지만 햇빛은 아직도 온전하고 가차 없었다. 수영장 옆에 걸린 내 흰 셔츠 몇 장이 돛처럼 반짝이면서 부풀어 올라 펄럭였다. 나는 눈꺼풀 안에서 빨갛게 타는 듯한 눈을 감고 흔들리는 배에 눕는 것처럼(갑자기 아주 편안하게 느껴지는) 소파에 푹 기대어 누워서 우리가 영어 시간에 읽고 있던 하트 크레인의 시를 생각했다. 〈브루클린 다리〉. 왜 뉴욕에 있을 때는 그 시를 못 읽어봤을까? 브루클린 다리를 사실상 매일 볼 때는 왜 관심을 갖지 않았을까? 갈매기와 어지러운 물방울들. *영화관을 생각하네, 그 장대한 요술……*

"목 졸라 죽일 수도 있어." 보리스가 갑자기 말했다.

"뭐?" 나는 목을 조른다는 말과 보리스의 험악한 말투만 듣고도 깜짝 놀랐다.

"비쩍 곯은 노리개 같은 년. 걔 때문에 정말 미치겠어." 보리스가 어깨로 나를 툭툭 쳤다. "야, 포터. 걔 얼굴에서 그 억지 미소를 지워버리고 싶지 않냐?"

내가 멍하니 침묵을 지키다가 말했다. "글쎄……." 이건 분명히 함정이다. "노리개라니?"

"대충 걸레 같다는 뜻이잖아."

"아."

"흥, 내가 누군 줄 알고."

"그치."

길고 이상한 침묵이 이어져서 나는 일어나서 음악이라도 틀까 생각했지만 어떤 음악을 틀지 결정할 수 없었다. 빠른 곡은 분위기에 어울리지 않을 것 같았고, 우울하거나 사람을 불안하게 만드는 곡은 보리스를 동요시킬 테니 절대 틀고 싶지 않았다.

"음." 꽤 긴 시간이 흘렀기를 바라며 내가 말했다. "15분 뒤에 〈우주 전쟁〉 시작한다."

"코트쿠한테 우주 전쟁이 뭔지 보여주지." 보리스가 음산하게 말한 다음 일어섰다.

"어디 가려고? 더블알?" 내가 말했다.

보리스기 얼굴을 찌푸렸다. "그래, 웃고 싶으면 웃어라." 그가 소비에츠코

예(sovietskoye)*회색 비옷을 걸치면서 씁쓸하게 말했다. "너희 아빠, 그 남자한테 돈 안 갚으면 스리알이 기다리고 있을걸."

"스리알?"

"리볼버(revolver), 도로변(roadside), 아니면 지붕(roof)이지." 보리스가 슬라브 민족답게 음울하게 킬킬 웃으며 말했다.

9

영화나 뭐 그런 데 나오는 말인가? 나는 생각했다. 스리알? 보리스는 어디서 그런 말을 들었을까? 나는 그날 오후에 있었던 일을 애써 잊는 데 성공했지만 보리스의 마지막 말을 듣자 완전히 겁에 질려서 〈우주 전쟁〉을 소리를 끈 채로 틀어놓고 제빙기 소리와 파티오에서 바람에 덜걱거리는 파라솔 소리를 들으면서 아래층에 한 시간 정도 뻣뻣하게 앉아 있었다. 포퍼가 내 기분을 알아차리고 나만큼이나 긴장해서 계속 날카롭게 짖었고, 소파에서 뛰어내리더니 집 안에서 나는 소리를 확인하고 다녔다. 그러다가 어둠이 깔리고 곧 차 한 대가 진입로에 들어서자 문 앞으로 쏜살같이 달려가서 난리법석을 떨었기 때문에 나는 무서워 죽을 것 같았다.

하지만 아빠였다. 아빠는 지치고 힘이 없어 보였고 기분이 썩 좋지 않은 것 같았다.

"아빠?" 나는 아직 마리화나에 취해 있었기 때문에 목소리가 좀 이상하고 숨 가쁘게 나왔다.

아빠가 계단 발치에 멈춰 서서 나를 보았다.

"어떤 남자가 왔었어요. 실버 씨라고 하던데."

---

* '구소련식'이라는 뜻.

"아, 그래?" 아빠가 정말 아무렇지도 않은 듯이 말했다. 하지만 난간에 손을 얹은 채 꼼짝도 하지 않았다.

"아빠한테 연락하려고 했는데 안 됐대요."

"언제 왔었어?" 아빠가 거실로 들어오며 말했다.

"오후 네 시쯤에요. 그런 것 같아요."

"잰드라도 집에 있었어?"

"아직 안 온 것 같은데요."

아빠는 내 어깨에 손을 얹고 잠시 생각에 잠긴 것 같았다. "음." 아빠가 말했다. "그 일에 대해서는 아무 말 안 해주면 고맙겠다."

나는 보리스가 피운 마리화나 꽁초가 아직 재떨이에 있다는 것을 깨달았다. 아빠가 내 시선을 알아차리고 꽁초를 집어 들어 냄새를 맡았다.

"무슨 냄새가 나는 것 같더라니." 아빠가 꽁초를 재킷 주머니에 넣으면서 말했다. "너한테서도 냄새가 나는 것 같은데, 시오. 너희 이런 건 어디서 난 거냐?"

"아무 일 없는 거예요?"

아빠의 눈은 약간 벌겋고 초점이 맞지 않아 보였다. "전혀 없어." 아빠가 말했다. "위에 올라가서 전화 몇 통 해야겠다." 아빠한테서 퀴퀴한 담배 냄새와 아빠가 늘 마시는 인삼차 냄새가 났다. 바카라 살롱에서 만난 중국 사업가들한테서 배운 습관이었는데, 그것 때문에 아빠는 강렬하고 낯선 냄새를 풍겼다. 나는 계단을 향해 걸어가는 아빠를 지켜보다가 아빠가 주머니에서 마리화나 꽁초를 꺼내서 음미하듯 코 밑에 가져다 대는 모습을 보았다.

10

나는 내 방으로 올라가서 문을 잠갔다. 옆에서 포퍼는 여전히 신경을 곤두

세우고 뻣뻣하게 서성였다. 나는 그림을 다시 떠올렸다. 베갯잇에 넣어 침대 머리판 뒤에 숨긴다는 아이디어가 자랑스러웠지만 이제 그림을 집 안에 두는 것 자체가 아주 멍청한 짓이라는 것을 깨달았다. 하지만 몇 집 건너의 쓰레기통(내가 라스베이거스에 온 이후로 한 번도 비운 적이 없었다)이나 길 건너 버려진 집에 숨기지 않는 한 다른 방법이 있는 것도 아니었다. 보리스네 집은 우리 집보다 나을 것이 없었고, 달리 내가 잘 알거나 믿을 만한 사람도 없었다. 다른 장소라고는 학교밖에 없었는데 그 역시 좋은 생각은 아니었다. 하지만 내가 아직 생각하지 못한 더 나은 방법이 분명히 있을 터였다. 학교에서는 불시에 사물함 검사를 자주 했고, 나는 보리스를 통해서 코트쿠와 관련이 있었기 때문에 무작위 검사의 대상이 될 가능성이 높았다. 하지만 누군가—교장 선생님이든, 무서운 농구 코치 뎃마스 선생님이든, 가끔씩 학생들을 겁주려고 불러오는 보안 회사 청원경찰이든—가 내 사물함에서 그림을 발견한다 해도 아빠나 실버 씨가 발견하는 것보다는 나을 것이다.

나는 종이의 산성(그런 게 정말 있다는 건 아니지만)으로부터 표면을 보호하기 위해서 그림을 깨끗한 흰색 면 행주로 두 겹 싼 다음 도화지—학교 미술실에서 가져온 좋은 보존 용지였다—로 여러 겹 싸서 테이프로 붙여서 베갯잇에 넣어놓았다. 하지만 그림을 너무 자주 꺼내서—접은 종이에 붙인 테이프를 떼고 꺼냈다—감상했기 때문에 종이가 찢어지고 테이프의 접착력이 사라졌다. 나는 침대에 누워서 몇 분 동안 천장을 멍하니 바라보다가 일어나서 이사할 때 쓰고 남은 튼튼한 포장 테이프를 가져와서 침대 머리판 뒤의 베갯잇을 꺼내 테이프를 뗐다.

그림에 다시 손을 대면서 감상하지 않기는 너무 힘들었다, 너무 유혹적이었다. 내가 재빨리 그림을 꺼내자 그 즉시 그림의 광채가 나를 휘감았다. 어떤 음악적인 것이, 진실이 전하는 깊고도 두근거리는 하모니라고밖에 달리 설명할 수 없는 달콤한 느낌이 마음속으로부터 올라왔다. 사랑하는 사람, 함께 있으면 안심이 되는 사람의 곁에 있으면 심장 박동이 느려지는 것과 비슷했다. 그림은 어떤 힘을, 어떤 빛을 내뿜었다. 뉴욕 아파트의 내 방을 비추던 평온하면서도 황홀한 아침 햇살, 모든 것을 또렷하면서도 실제보다 더 부드럽고 사랑스럽게 만들어주던 빛, 돌이킬 수 없는 과거이기에 더욱 사랑스러운 그 빛과 같은 신선함이 있었다. 빛나는 벽지, 그늘에 반쯤 가려진 낡은 랜드맥낼리 지구본.

작은 새. 노란 새. 나는 멍한 생각을 떨치고 종이로 감싼 행주 안에 그림을 다시 넣은 다음 아빠의 낡은 신문 두세 장(네 장? 다섯 장?)으로 한 번 더 쌌다. 그런 다음 약에 취해서 충동적이면서도 아주 단호하게 신문이 눈곱만큼도 보이지 않을 때까지, 대형 롤을 하나 다 쓸 때까지 테이프를 감고 또 감았다. 누구도 이 포장을 그냥 한번 뜯어보겠다고 생각하지는 못할 것이다. 가위 따위가 아니라 칼을, 그것도 좋은 칼을 써야 할 것이고 그렇다고 해도 포장을 벗기는 데 상당한 시간이 걸릴 것이다. 나는 마침내 포장을 끝낸 다음—과학 소설에 나오는 이상한 고치 같았다—미라가 된 그림과 베갯잇 등을 책가방에 넣어서 침대 발치의 이불 밑에 넣었다. 포퍼가 짜증이 나서 으르렁거리면서 자리를 내주었다. 작고 우스꽝스럽게 생겼지만 맹렬하게 짖는 포퍼는 내 옆이 자기 자리라는 영역 의식이 강했다. 자고 있을 때 누가 문을 열면 포퍼는 그게 잰드라나 아빠라고 하더라도(두 사람 다 별로 좋아하지 않았다) 벌떡 일어나 내게 알려줄 것이다.

이렇게 생각하니 처음에는 마음이 놓였지만 다시 낯선 사람과 침입에 대한 생각이 뭉게뭉게 피어났다. 에어컨 바람이 너무 차가워서 나는 떨고 있었다. 눈을 감으면 정신이 내 몸을 떠나 둥실 떠올랐지만—손에서 놓친 풍선처럼 빠르게 올라갔다— 눈을 뜨면 온몸을 들썩거리면서 깜짝 놀랄 뿐이었다. 그래서 나는 눈을 감고 하트 크레인의 시를 떠올리려고 애썼다. 생각이 잘 나지는 않았지만 갈매기라든지 자동차들, 소동, 새벽처럼 드문드문 떠오르는 단어만으로도 창공 저 높은 곳의 느낌, 또 높은 곳에서 아래로 휙 내려오는 느낌을 느낄 수 있었다. 나는 꾸벅꾸벅 졸면서 옛날 우리 아파트 근처 이스트리버 강가에 있는 좁고, 바람이 많이 불고, 배기가스 냄새가 나는 공원의 감각적 기억에 푹 빠져들었다. 관념 속에서 자동차의 굉음이 밀려왔고 강물은 빠르고 혼란스러운 물살로 소용돌이치면서 때로는 서로 다른 방향으로 흐르는 것 같았다.

11

나는 그날 밤 잠을 별로 못 잤기 때문에 학교에 도착해서 그림을 사물함에 넣을 때에는 너무 지쳐서 (아무 일 없다는 듯 보리스에게 매달려 있는) 코트쿠의 입술이 퉁퉁 부은 것도 눈치채지 못했다. 나는 에디 리소라는 거친 상급생이 "힘센 놈 만나나 봐?"라고 말했을 때에야 코트쿠가 얼굴을 꽤 심하게 맞았음을 깨달았다. 코트쿠는 약간 초조하게 웃으면서 자동차 문에 입이 부딪혔다고 이야기하고 다녔지만 (적어도 내가 듣기에는) 거짓말 같은, 약간 당황한 듯한 태도였다.

"네가 그랬어?" 영어 시간에 보리스가 혼자(혹은 상대적으로 혼자) 있기에 내가 물었다.

보리스가 어깨를 으쓱했다. "난 그러고 싶지 않았어."

"무슨 뜻이야, '그러고 싶지 않았다'니?"

보리스는 충격을 받은 것 같았다. "걔가 그렇게 만든 거야!"

"걔가 그렇게 만들었단 말이지." 내가 따라 말했다.

"야, 네가 걜 질투한다고 해서—"

"웃기지 마." 내가 말했다. "난 너랑 코트쿠에 대해서 전혀 신경 안 써. 내 걱정은 따로 있다고. 네가 걔 머리를 깨부수든 말든 내가 무슨 상관이야."

"아, 이런. 포터." 보리스가 갑자기 침착해져서 말했다. "집에 또 왔었어? 그 사람?"

"아니." 잠시 침묵 후에 내가 말했다. "아직은 안 왔어. 음, 뭐 될 대로 되라지." 보리스가 계속 빤히 봤기 때문에 나는 이렇게 말했다. "*아빠* 문제지 내 문제가 아니야. 뭔가 방법을 찾으시겠지."

"얼마나 된대?"

"전혀 몰라."

"네가 돈 좀 구할 수 없어?"

"*내가?*"

보리스가 시선을 돌렸다. 내가 그의 팔을 찌르며 말했다. "아니, 무슨 뜻이야 보리스? *내가* 돈을 구할 수 없느냐니? 무슨 말을 하는 거야?" 하지만 대답이 없었다.

"신경 쓰지 마." 보리스가 의자에 기대어 앉으며 빠르게 말했고, 바로 그때 스피르세츠카야가 지루한 《사일러스 마너》에 대해서 이야기할 준비를 마치고 교실로 들어왔기 때문에 나는 이야기를 더 할 수 없었다. 그걸로 끝이었다.

12

그날 밤 아빠는 자기가 제일 좋아하는 중국 음식에다가 내가 좋아하는 매운 만두까지 사서 일찍 집에 들어왔다. 아빠 기분이 무척 좋아 보였기 때문에 어제의 실버 씨나 뭐 그런 일들은 꼭 꿈을 꾼 것 같았다.

"그래서—" 내가 말을 시작하다가 멈췄다. 잰드라는 스프링롤을 다 먹고 싱크대로 가서 유리잔을 행구고 있었지만, 잰드라 앞에서 편하게 이야기하는 데에는 한계가 있었다.

아빠는 나를 보면서 그야말로 아버지 같은 미소를 활짝 지었다. 가끔 스튜어디스가 자리를 일등석으로 바꾸어주게 만드는 그런 미소였다.

"그래서 뭐?" 아빠가 사천식 새우 요리 상자를 옆으로 치우고 포춘 쿠키에 손을 뻗으며 말했다.

"어―" 마침 잰드라가 물을 세게 틀었다. "다 해결됐어요?"

"뭐." 아빠가 가볍게 말했다. "보보 실버?"

"보보라고요?"

"아, 그것 때문에 걱정한 건 아니겠지? 그치? 아니지?"

"음―"

"보보 말이야." 아빠가 웃었다. "다들 '좋은 사람'이라고 불러. 사실은 착한 사람이야. 음, 너도 얘기해봤지, 참. 둘 사이에 일이 좀 꼬였었어, 괜찮아."

"5점이라는 건 무슨 뜻이에요?"

"시오, 그냥 오해가 좀 있었던 거야." 아빠가 말했다. "그러니까, 그 사람들은 좀 괴짜거든. 자기들만의 언어랑 자기들만의 행동 방식이 있어. 하지만, 시오." 아빠가 웃으며 말했다. "진짜 괜찮아. 시저스에서 만났을 때, 보보는 거기를 자기 '사무실'이라고 부르지, 시저스 호텔 수영장 있잖아― 아무튼, 그때 보보가 계속 뭐라고 했는지 알아? '참 착한 아들을 뒀더군, 래리.' '녀석이 제대로 된 신사더군.' 네가 뭐라고 했는지는 모르겠지만, 내가 너한테 빚 하나 진 거야."

"허." 내가 밥을 더 먹으면서 무덤덤하게 반응했다. 하지만 아빠의 기분이 풀려서 속으로는 거의 몽롱할 정도로 기분이 좋았다. 어렸을 때 침묵이 깨지고, 아빠의 발걸음이 다시 가벼워지고, 아빠가 뭔가를 보고 웃는 소리와 거울을 보고 면도를 하면서 콧노래 부르는 소리를 들었을 때처럼 들떴다.

아빠가 포춘 쿠키를 쪼개더니 웃었다. "이거 봐." 그런 다음 종이를 둥글게 뭉쳐 나에게 던졌다. "차이나타운에 앉아서 이런 생각을 하는 건 어떤 사람일까?"

내가 큰 소리로 읽었다. "'당신은 운명에 대해서 보기 드문 능력을 가지고 있습니다, 조심해서 쓰세요!'."

"보기 드문 능력이라고?" 잰드라가 아빠 뒤로 와서 목에 팔을 두르며 말했다. "좀 야하게 들리는데?"

"아—" 아빠가 고개를 돌려 잰드라에게 키스했다. "당신 생각이 야해서 그렇지. 그게 바로 젊음의 샘이고."

"그러게."

<h1 style="text-align:center">13</h1>

"너도 나한테 맞아서 입술이 퉁퉁 부었었잖아." 보리스가 말했다. 아침에 통학 버스를 타고 가는데 보리스가 편안한 침묵을 깨뜨리고 갑자기 그 이야기를 꺼내는 것을 보니 코트쿠 때문에 죄책감을 느끼는 것이 분명했다.

"그래, 난 네 머리를 벽에다 박았고."

"그러려던 거 아니었어!"

"뭘 하려던 게 아니야?"

"너 때린 거!"

"걔한테는 그러려고 했었어?"

"부분적으로는, 그래." 보리스가 회피하듯 말했다.

"부분적으로는 말이지."

보리스가 지쳤다는 듯한 소리를 냈다. "미안하다고 했어! 이제 우린 괜찮아, 아무 문제없다고! 게다가 너하고 무슨 상관인데?"

"얘기를 꺼낸 건 너야, 내가 아니라."

보리스가 잠깐 동안 뭔가 딴생각을 하는 듯 나를 보다가 웃었다. "하나 말해줄까?"

"뭔데?"

보리스의 머리가 가까이 다가왔다. "코트쿠랑 나 어젯밤에 완전 딴 세상 갔다 왔어." 그가 작게 말했다. "같이 LSD를 먹었지. 진짜 좋더라."

"정말? 어디서 났는데?" 엑스터시는 우리 학교에서도 쉽게 구할 수 있었다. 보리스와 나는 엑스터시를 적어도 열두 번은 먹었고, 별들을 보면서 반쯤 무아지경에 빠져서 말없이 사막까지 걸어가는 마법 같은 밤을 보냈다. 하지만 LSD를 한 적은 없었다.

보리스가 코를 문질렀다. "아아. 음. 걔네 엄마가 총기 가게에서 일하는 지미라는 무서운 아저씨를 알거든. 그 사람이 우리한테 다섯 개를 구해줬어. 내가 왜 다섯 개밖에 안 샀나 몰라, 여섯 개 살걸. 아무튼, 나한테 아직 좀 남았어. 아, 진짜 환상적이더라."

"아, 그래?" 보리스를 자세히 보니 동공이 확장되고 뭔가 이상했다. "아직도 안 깬 거야?"

"아마 조금 안 깼을지도. 두 시간인가밖에 못 잤거든. 아무튼, 완전 기분 좋았어. 마치 ― 걔네 엄마 덧이불 꽃무늬까지도 친구 같더라니까. 우리랑 그 꽃들이 같은 걸로 만들어진 것 같고 말이야. 우리가 서로 얼마나 사랑하는지, 무슨 일이 있어도 서로가 얼마나 필요한지, 그리고 우리 사이에 있었던 나쁜 일들은 전부 사랑하기 때문이었다는 걸 깨달았어."

"와아." 내가 이렇게 말했는데, 의도했던 것보다 더 슬프게 들렸던 것이 틀림없었다. 그래서 보리스가 눈살을 찌푸리며 나를 보았다.

"음?" 보리스가 나를 계속 보기에 내가 말했다. "왜?"

보리스가 눈을 깜빡이고 고개를 저었다. "아니, 그냥 내 눈에 뭐가 보여서. 슬픔의 안개가 네 머리를 감싸고 있어. 넌 군인이나 뭐 그런 옛날 사람인데, 아주 깊은 감정을 안고 전장을 걸어가고 있고……."

"보리스, 너 아직도 맛이 갔구나."

"그런 거 아니야." 보리스가 꿈꾸듯 말했다. "아직 좀 오락가락해. 눈 가장자리 쪽으로 잘 보면 아직도 색색의 불꽃이 튀는 것 같아."

14

아빠에게도, 보리스와 코트쿠 사이에도, 아무 사건 없이 일주일 정도가 지났다. 베갯잇을 집으로 다시 가져와도 되겠다고 생각할 만큼 충분한 시간이었다. 사물함에서 그림을 꺼내던 나는 이상할 만큼 부피가 크다는 (그리고 무겁다는) 것을 알아차렸고, 내 방으로 가지고 가서 베갯잇에서 꺼내보고서야 그 이유를 깨달았다. 그림을 포장하고 테이프로 감을 때 내가 제정신이 아니었던 것이 분명했다. 신문을 겹겹이 싸고 강력한 포장용 섬유 강화 테이프 초대형 롤을 하나 다 감는 것이 겁에 질리고 약에 취했을 때는 신중하고 조심성 있는 행동처럼 느껴졌다. 하지만 내 방으로 돌아와서 침착한 오후의 빛 속에서 그림을 보니 정신 나간 노숙자가 포장한 것 같았고, 그림은 사실상 미라가 되어 있었다. 테이프를 너무 많이 감아서 그림은 사각형으로 보이지도 않았고 모서리가 둥글었다. 나는 찾을 수 있는 부엌칼 중에서 제일 잘 드는 칼을 가지고 와서 모서리를 썰었다. 처음에는 칼이 미끄러져서 그림이 다칠까 봐 조심했지만 나중에는 더 힘을 주어 썰었다. 하지만 대략 8센티미터 정도 중에 일부밖에 안 잘렸는데도 손이 피로해지기 시작했고, 마침 아래층에서 잰드라가 들어오는 소리가 들려서 나는 아빠와 잰드라가 한참 동안 안 들어오는 것이 확실할 때까지 기다리기로 하고 그림을 다시 베갯잇에 넣은 다음 침대 머리판 뒤에 붙였다.

보리스는 그의 표현대로라면 자기가 정상으로 돌아오는 대로 남은 LSD 두 알을 같이 먹자고 했다. 보리스는 아직도 기분이 약간 멍한 데다가 학교 책상의 가짜 나뭇결에서 움직이는 문양 같은 것이 보이고, 처음 몇 번 마리화나를 피웠을 때는 계속 환각 상태에 다시 빠졌다고 털어놓았다.

"너무 센 것 같은데." 내가 말했다.

"아냐, 괜찮아. 마음만 먹으면 멈출 수 있어. 놀이터에서 하는 게 좋겠다." 보리스가 덧붙였다. "추수감사절쯤 하자." 버려진 놀이터는 우리가 맨 처음만 빼고 엑스터시를 할 때마다 가던 곳이었다. 처음 엑스터시를 먹었을 때는 잰드라가 내 방문을 두드리면서 세탁기를 고쳐달라고 했는데, 당연히 우리는 고칠 수 없었지만, 약기운이 가장 좋을 때 세탁실에 잰드라와 같이 45분 동안 서 있는 것은 정말 맥이 풀리는 일이었다.

"엑스터시보다 많이 셀까?"

"아니— 음, 그렇긴 해. 하지만 진짜 좋아, 내 말 믿어. 그때 나랑 코트쿠는 진짜 바깥으로 나가서 바람을 쐬고 싶었는데, *너무 취해서 못 나갔어*, 거긴 고속도로랑 불빛, 자동차가 너무 가깝잖아. 이번 주말에 할까?"

그것은 기대할 만한 일이었다. 하지만 내가 기분이 좋아지고 전반적인 상황에 대해서 다시 희망까지 갖기 시작할 때—아빠는 일주일 동안이나 ESPN을 틀지 않았는데, 그건 분명 기록이었다—학교에서 돌아와 보니 아빠가 나를 기다리고 있었다.

"너랑 할 얘기가 있다, 시오." 내가 집에 들어가자마자 아빠가 말했다. "시간 있니?"

나는 잠시 망설였다. "음, 네. 좋아요." 거실은 강도가 왔다 간 것 같았다. 사방에 종이가 널려 있고 소파 위 쿠션까지 약간 흐트러져 있었다.

아빠가 서성이던 걸음을 멈췄는데, 무릎이 아픈 것처럼 약간 뻣뻣하게 움직였다. "이리 와." 아빠가 친근한 목소리로 말했다. "여기 앉아."

내가 앉았다. 아빠가 한숨을 내쉬었다. 그러더니 내 맞은편에 앉아서 손으로 머리를 넘겼다.

"변호사 말이다." 아빠가 무릎 사이에 양손을 끼우고 몸을 내밀고 앉아서 내 눈을 노골적으로 들여다보며 말했다.

나는 기다렸다.

"네 엄마 변호사 말이야. 그러니까— 너무 급작스럽다는 건 알지만 아빠를 위해서 변호사랑 통화를 꼭 좀 해주면 좋겠구나."

바람이 불었다. 바깥에서 바람에 실려 온 모래가 유리문을 두드렸고 파티오의 차양이 펄럭이는 깃발 같은 소리를 내면서 흔들렸다. "네?" 신중한 침묵 끝에 내가 말했다. 엄마는 아빠가 떠난 후 변호사를 만난다는 말을 했지만—나는 이혼 문제 때문이라고 생각했다—어떻게 됐는지 나는 몰랐다.

"음—" 아빠가 숨을 깊이 들이마시고 천장을 보았다. "설명해줄게. 내가 이제 스포츠 도박 안 하는 거 너도 알지? 음." 아빠가 말했다. "그만두고 싶어. 그러니까, 따고 있을 때 말이야. 그건—" 아빠가 말을 멈췄다. 생각을 하는 것 같았다. "그러니까, 진짜 솔직하게 말해서, 난 조사도 하고 연습도 하면서 스포츠 도박을 꽤 잘하게 됐어. 난 계산을 해. 충동적으로 돈을 거는 게 아니야. 그리고, 말했듯이 꽤 잘해왔어. 지난 몇 달 동안 돈을 많이 모았어. 그냥—"

"그렇죠." 침묵이 이어지자 나는 아빠가 무슨 말을 하려는 걸까 생각하면서 머뭇거리며 말했다.

"내 말은, 뭐하러 감히 운명을 시험하겠니? 왜냐면 말이야—" 가슴에 손을 얹는다. "난 알코올중독이잖아. 자발적으로 인정했어. 나는 술을 한 방울도 마시면 안 돼. 한 잔도 너무 많은 동시에 천 잔을 마셔도 부족하거든. 술을 끊은 건 내가 한 일 중에서 제일 잘한 일이야. 그리고 말이야, 도박은 말이지, 내가 중독에 빠지는 성향도 있고 그렇지만, 도박은 늘 약간 달랐어. 분명히 곤란할 때도 있었지만 난 그런 사람들 있잖아, 뭐랄까, 너무 깊이 빠져서 돈을 횡령하고 가족 사업을 망치고 뭐 그런 사람들이랑은 전혀 달랐어. 하지만—" 아빠가 웃었다. "조만간 머리를 자를 게 아니라면 이발소에서 어슬렁거리는 건 그만두는 게 좋잖아, 그렇지?"

"그래서요?" 아빠가 말을 잇기를 기다리다가 내가 조심스럽게 말했다.

"그래서— 휴." 아빠가 양손으로 머리를 빗어 넘겼다. 아빠는 소년 같고 멍하면서, 뭔가 미심쩍어 보였다. "이런 거야. 난 지금 당장 변하고 싶어. 왜냐, 엄청난 사업을 처음부터 같이 시작할 기회가 생겼거든. 친구가 식당을 갖고 있어. 그리고, 그러니까, 우리 모두에게 *아주* 좋은 일이 될 거야. 평생 한 번 올까 말까 한 기회야, 사실. 너도 알지? 잰드라는 상사가 개똥 같은 놈이라서 지금 아주 힘들고, 아무튼 나도 잘 모르겠지만 이게 훨씬 더 괜찮을 것 같아."

아빠가? 식당을? "와, 잘됐네요." 내가 말했다. "와아."

"응." 아빠가 고개를 끄덕였다. "정말 잘됐지. 그런데 문제는, 이런 식당을 열려면—"

"어떤 식당인데요?"

아빠가 하품을 하고 벌건 눈을 닦았다. "아, 그냥 간단한 미국식 식당이야. 스테이크랑 햄버거, 뭐 그런 거지. 아주 간단하지만 철저히 준비된 사업. 그런데 문제는, 내 친구가 식당을 열고 식당세를 내려면—"

"식당세요?"

"아, 그래. 이쪽에 세금이 얼마나 많은지 넌 모를 거야. 식당세 내야지, 주류 영업 허가세 내야지, 책임보험도 들어야지— 식당을 열어서 운영하려면 현금 경비가 엄청 많이 들어."

"음." 아빠가 무슨 말을 하려는지 알 것 같았다. "내 계좌 있잖아요—"

아빠는 깜짝 놀란 것 같았다. "뭐라고?"

"있잖아요. 아빠가 만들어준다고 했던 계좌요. 돈이 필요하면 쓰셔도 돼요."

"아, 그래." 아빠는 한참 동안 아무 말도 하지 않았다. "고맙다. 정말 고마워, 아들. 그런데 사실—" 아빠가 일어나서 서성거렸다. "사실은, 난 진짜 좋은 방법을 알아. 단기적인 해결책이지, 식당을 열고 운영을 시작하기 위한 해결책. 몇 주일이면 되찾을 수 있어. 내 말은, 이런 식당은 말이야, 위치나 뭐 그런 것도 있고 하니까, 돈을 찍어낼 허가를 받는 거나 마찬가지야. 문제는 초기 비용이지. 이 도시는 세금이니 요금이니 뭐 그런 게 엄청 많아. 내 말은—" 아빠가 약간 사과하듯이 웃었다. "너도 알 거야, 급한 상황이 아니면 이런 부탁 하지도 않을 거야."

"네?" 나는 혼란스러워서 잠시 망설이다가 말했다.

"그러니까, 아까 말한 것처럼 아빠를 위해서 전화를 꼭 좀 해주면 좋겠구나. 이게 전화번호야." 아빠가 종이에 번호를 적어 주었는데, 맨해튼 지역 번호인 212로 시작했다. "이 사람한테 전화해서 직접 얘기해. 이름은 브레이스거들이야."

나는 종이를 보고 아빠를 봤다. "무슨 말인지 모르겠어요."

"알 필요 없어. 넌 내가 말하는 대로만 하면 돼."

"이게 나랑 무슨 상관이에요?"

"시오, 그냥 해. 이 사람한테 네가 누군지 말하고, 얘기할 게 있다고, 용건이 있다고, 뭐 그런 식으로 말하면 돼."

"하지만—" 이 사람은 누구지? "할 말이 뭔데요?"

아빠가 길게 숨을 들이마셨다. 신중하게 표정을 관리하고 있었는데, 원래 아빠의 특기였다.

"그 사람은 변호사야." 아빠가 숨을 내쉬며 말했다. "네 엄마 변호사. 그 사람이 이 돈을 송금해주면 돼." 아빠가 가리키는 *6만 5천* 달러라는 금액을 보고 나는 눈이 튀어나왔다. "*이 계좌*로 말이야." (아빠가 손가락을 끌어 그 아래에 적힌 숫자를 가리켰다). "이 사람한테 내가 널 사립학교에 보내기로 했다고 말해. 네 이름이랑 사회보장번호를 물어볼 거야. 그러면 끝이야."

"사립학교요?" 내가 영문을 몰라서 망설이다가 말했다.

"음, 그러니까, 세금 문제 때문에 그래."

"난 사립학교 가기 싫은데요."

"잠깐— 잠깐— 내 말 좀 들어봐. 공식적으로 말해서 이 돈을 널 위해서 쓰기만 하면 아무 문제도 없는 거야. 그리고 식당은 우리 모두를 위한 거잖아, 너도 알겠지. 아마 결국 대부분은 다 네 게 될 거야. 그러니까, 내가 전화를 할 수도 있지만 우리가 잘만 하면 정부에 흘러갈 돈 3만 달러 정도를 아낄 수 있거든. 젠장, 가고 싶으면 사립학교도 보내줄게. 기숙학교에. 남는 돈으로 앤도버에 보내줄 수도 있어. 난 그냥, 국세청에 절반을 뺏기고 싶지 않아서 그러는 거야, 알겠지? 게다가— 그러니까, 이대로라면 네가 대학에 갈 때 결국 네 돈을 내야 해. 그 정도의 돈이 있으면 장학금 받을 자격이 안 되니까. 학자금 지원 팀에서 그 계좌를 보고 널 다른 소득 계층으로 분류할 거고, 첫해에 75퍼센트를 가져갈 거야, 휙 사라질 거라고. 하지만 내가 시키는 대로 하면 적어도 네가 다 쓸 수 있어, 알겠니? 지금 당장. 진짜 돈이 필요한 때에 말이야."

"하지만—"

"하지만—" 아빠가 멍한 눈빛, 축 늘어진 혀, 가느다란 목소리로 나를 흉내 냈다. "아, 왜 이러니, 시오." 내가 계속 빤히 보자 아빠가 평소 목소리로 말했다. "정말 이럴 시간이 없어. 최대한 빨리 전화를 해야 돼. 동부 업무 시간이 끝나기 전에 말이야. 서명이 필요하다고 하면 서류를 페덱스로 보내라고 해. 아니면 팩스로 보내든지. 최대한 빨리 처리해야 돼, 알겠어?"

"하지만 왜 내가 해야 돼요?"

아빠가 한숨을 쉬고 눈을 굴렸다. "그러지 마라, 시오." 아빠가 말했다. "너도 사실 다 알고 있잖아. 네가 우편물 확인하는 거 다 봤어. 그래." 내가 반

박하려고 했지만 아빠가 내 말을 막으며 말했다. "그래, 확인하잖아. 매일 쏜살같이 우편함으로 달려가잖아."

나는 뭐라고 대답해야 할지 몰라서 당황했다. "하지만—" 종이를 내려다보자 숫자가 다시 튀어나왔다. *6만 5천 달러.*

아빠가 느닷없이 이성을 잃고 내 얼굴을 후려쳤는데, 너무 빠르고 격렬해서 순간적으로 나는 무슨 일이 벌어졌는지도 몰랐다. 그러더니 내가 눈을 깜빡이기도 전에 아빠가 다시 나를 주먹으로 쳤다. 만화처럼 픽 소리가 나고 카메라 플래시처럼 눈앞이 번쩍했다. 내가 비틀거리자—다리가 풀리고 모든 것이 새하얘졌다—아빠가 내 목을 잡고 세게 당겨 끌어 올렸기 때문에 나는 발끝으로 서서 숨을 헐떡거렸다.

"여기 봐." 아빠가 내 얼굴에 대고 소리쳤지만—아빠의 코와 내 코 사이의 거리는 겨우 5센티미터 정도였다—포퍼가 펄쩍 뛰면서 미친 듯이 짖고 귓속의 울림이 점점 더 커져서 아빠의 말은 라디오의 지직거리는 소리 사이로 나에게 고함을 지르는 것처럼 들렸다. "이 사람한테 전화를 걸어." 아빠가 내 얼굴 앞에 종이를 흔들며 말한다. "그리고 내가 말한 대로 하는 거야. 쓸데없이 어렵게 만들지 마. 전화를 하게 만들고 말 테니까. 시오, 진짜야. 당장 전화기를 들지 않으면 팔을 부러뜨릴 거야, 개 패듯이 팰 거라고. 알겠어? 알겠냐고." 어지럽고 귀가 울리는 침묵 속에서 아빠가 재차 물었다. 담배 냄새가 나는 숨결이 내 얼굴에 기분 나쁘게 와 닿았다. 아빠가 내 목을 놓고 물러섰다. "내 말 알아들었어? 말 좀 해봐."

나는 팔로 얼굴을 훔쳤다. 눈물이 뺨을 타고 흘러내렸지만 수돗물처럼 자동적인 것일 뿐 아무런 감정도 없었다. 아빠가 눈에 질끈 감았다가 다시 떴다. 그리고 고개를 저었다. "시오." 아빠가 분명한 목소리로 말했다. "미안하다." 하지만 전혀 미안한 것처럼 들리지 않았고, 그 사실을 깨닫자 마음이 분명히, 확고하게 떠나버렸다. 아빠는 아직도 나를 개 패듯이 패고 싶은 것 같았다. "하지만 진짜야, 시오. 날 믿어줘. 날 위해서 꼭 이렇게 해줘야 돼."

모든 것이 흐릿해서 나는 양손을 올려 안경을 똑바로 썼다. 내 숨소리가 너무 거칠어서 거실에서 제일 시끄러운 소리 같았다.

아빠는 허리에 손을 얹고 천장을 보았다. "아, 제발 좀." 아빠가 말했다. "이제 그만해."

나는 아무 말도 하지 않았다. 우리는 아주 길게 느껴지는 몇 초 동안 거기 서 있었다. 포퍼는 짖던 것을 멈추고 무슨 일이 있는지 알아내려는 것처럼 걱정스럽게 우리 두 사람을 번갈아 보았다.

"난 그냥……. 음, 알겠니?" 아빠는 다시 아주 이성적인 사람으로 돌아왔다. "미안하다, 시오, 진짜 미안해. 하지만 내가 진짜 좀 곤란한 상황이야. 지금 당장 이 돈이 필요해, 진짜 필요해."

아빠는 나와 눈을 맞추려 했다. 아빠의 시선은 숨김없고 침착했다. "이 사람이 누군데요?" 나는 아빠가 아니라 아빠의 머리 너머 벽을 보면서 말했다. 왠지 모르게 생기 없고 이상한 목소리가 나왔다.

"엄마 변호사야. 몇 번이나 말해야 되니?" 아빠는 나를 때려서 손이 아픈 듯 손등 뼈를 주물렀다. "봐라, 시오, 문제는—" 또다시 한숨. "진짜, 미안하다. 하지만 맹세해, 정말 중요한 일이 아니었다면 이렇게 화를 내지도 않았을 거야. 내가 정말 곤란한 입장이야. 그냥 일시적인 거야, 알겠지? 사업이 잘 굴러갈 때까지만이야. 모든 게 순식간에 무너질 수 있어—" 아빠가 손가락으로 딱 소리를 냈다. "내가 채권자들한테 슬슬 돈을 주지 않으면 말이야. 나머지는— 나머지 돈으로는 더 좋은 학교에 보내줄게. 사립학교에. 너한테도 좋겠지, 응?"

아빠는 자기 말에 도취되어서 이미 전화를 걸고 있었다. 그러고는 전화기를 나에게 건네고 누가 받기도 전에 얼른 달려가서 다른 수화기를 집어 들었다.

"여보세요." 내가 전화를 받은 여자에게 말했다. "음, 실례지만." 내 목소리는 새되고 고르지 않았고, 나는 지금 벌어지고 있는 일을 여전히 믿을 수 없었다. "통화 좀 할 수 있을까요…… 어…… 그……."

아빠가 손가락으로 종이를 가리켰다. *브레이스거들.*

"어, 브레이스거들 씨랑요." 내가 큰 소리로 말했다.

"전화 거신 분은 누구시죠?" 아빠가 다른 수화기로 듣고 있었기 때문에 내 목소리도 그 여자의 목소리도 너무 컸다.

"시어도어 데커입니다."

"아, 그래." 전화를 받은 남자가 말했다. "안녕! 시어도어! 어떻게 지내니?"

"잘 지내요."

"감기에 걸렸나 보구나. 말해보렴. 감기 기운이 있니?"

"어, 네." 내가 우물쭈물 말했다. 거실 저쪽에서 아빠가 입모양으로 후두염이라고 말했다.

"안됐구나." 웅웅 울리는 목소리가 말했다. 소리가 너무 커서 전화기를 귀에서 약간 떼야 했다. "그렇게 따뜻한 곳에서도 감기에 걸리는 줄은 몰랐네. 아무튼, 전화를 걸어줘서 고맙다. 너랑 직접 연락할 방법이 없었거든. 아직도 많이 힘들지도 모르겠구나. 하지만 지난번에 만났을 때보다는 좀 나아졌으면 좋겠다."

나는 아무 말도 하지 않았다. 내가 이 사람을 만났다고?

"힘든 때였지." 브레이스거들 씨가 내 침묵의 뜻을 똑바로 해석하고 이렇게 말했다.

매끄럽고 유창한 목소리를 듣자 기억이 떠올랐다. "네, 와아." 내가 말했다.

"눈보라, 기억나니?"

"맞아요." 브레이스거들 씨는 엄마가 죽고 일주일 후에 나타났다. 머리가 새하얗고 나이가 많았고, 줄무늬 셔츠와 나비넥타이를 말쑥하게 차려입고 있었다. 브레이스거들 씨와 바버 부인은 서로 아는 것 같았다, 아니 아무튼 그는 바버 부인을 아는 것 같았다. 브레이스거들 씨는 내 맞은편, 소파와 제일 가까운 안락의자에 앉아서 혼란스러운 이야기를 여럿 했지만 내 마음속에는 브레이스거들 씨와 엄마가 만나게 된 사연만이 남아 있었다. 엄청난 눈보라 속에서 택시는 보이지 않고 불어닥치는 축축한 눈보라에 밀려 앞으로 나아가는데, 누군가가 탄 택시가 84번가와 파크가가 만나는 길모퉁이까지 헤치고 왔다. 차창이 내려가고 엄마가 ("정말 사랑스러운 모습이었지!") 57번가까지 간다며 그쪽으로 가느냐고 물었다.

"엄마는 항상 그때 그 눈보라 얘기를 하셨어요." 내가 말했다. 아빠가 전화기를 귀에 댄 채 나를 매섭게 노려보았다. "뉴욕 전체가 멈췄던 그때를요."

그가 웃었다. "정말 사랑스러운 숙녀였어! 난 느지막이 회의를 마치고 나왔지, 파크가와 92번가 쪽에서 나이가 지긋한 수탁자를 만나고 나오는 길이었어. 해운회사 상속녀였는데, 안타깝게도 지금은 돌아가셨지만. 아무튼, 펜트하우스에서 거리로 내려왔더니, 물론 서류가 잔뜩 든 커다란 가방을 끌고 말이지, 눈이 30센티미터는 쌓였더라고. 완벽한 정적이었지. 아이들은 파크가에서 썰매를 끌고 가고 있었어. 아무튼, 전철은 72번가 위로는 다니지 않았고, 내가 무릎까지 눈에 푹 빠져서 힘들게 걷고 있는데, 이런! 네 엄마가 탄 노란 택시가 다가온 거야! 자박자박 소리를 내면서 멈췄지. '타세요, 태워드릴게요.' 미드타운은 정말 텅 비어 있었어……. 눈송이는 소용돌이치면서 내리고 도시의 모든 불이 켜져 있었어. 바로 그곳을 우리는 시속 2킬로미터 정도로 기어가고 있었어. 썰매를 타도 그보다는 빨랐을 거야. 빨간 신호 사이를 항해하듯 나아갔지, 차를 세우는 건 아무 의미도 없었으니까. 화가 페어필드 포터에 대해서 이야기했던 기억이 나는구나, 그때 뉴욕에서 전시회가 열렸었거든. 그런 다음에 작가 프랭크 오하라와 배우 라나 터너 얘기로 넘어갔고, 자동 판매 식당 혼 하다트가 문을 닫은 때에 대해서도 얘기했어. 그러다가 우리 두 사람의 직장이 길 하나를 사이에 두고 있다는 걸 알게 됐지! 그게 바로 흔히 말하는 아름다운 우정의 시작이었어."

나는 아빠를 흘깃 보았다. 아빠는 금방이라도 양탄자에 토할 것처럼 입을 꾹 다물고 이상한 표정을 짓고 있었다.

"기억하는지 모르지만, 내가 널 찾아갔을 때 엄마 재산에 대해서 조금 이야기했었지." 전화 반대편의 목소리가 말했다. "많이 얘기하진 않았지만. 그럴 때가 아니었으니까. 하지만 네가 얘기할 준비가 되면 찾아오기를 바랐는데. 네가 뉴욕을 떠나는 줄 알았으면 내가 그 전에 전화를 했을 거야."

나는 아빠를 보았다. 그리고 내 손에 들린 종이를 보았다. "저는 사립학교에 가고 싶어요." 내가 불쑥 말했다.

"그러니?" 브레이스거들 씨가 말했다. "그거 좋은 생각이구나. 어디에 가려고? 동부로 돌아올 거니? 아니면 다른 지역?"

우리는 여기까지 생각하지 못했다. 내가 아빠를 보았다.

"어―" 내가 말했다. "어―" 아빠가 나를 보고 얼굴을 찡그리면서 미친 듯이 손을 흔들었다.

"서부에도 괜찮은 기숙학교가 있을 텐데, 나는 잘 모르거든." 브레이스거들 씨가 말했다. "난 밀턴에 다녔는데, 정말 좋은 경험이었지. 우리 큰아들도 거기 다녔어, 겨우 1년이었지만. 그런데 그 애한테는 맞질 않아서―"

브레이스거들 씨가 밀턴부터 켄트, 그리고 친구와 지인의 아이들이 다닌 다양한 기숙학교에 대해서 이야기하는 동안 아빠가 쪽지를 휘갈겨 써서 나에게 던졌다. 종이에는 이렇게 적혀 있었다. 돈을 보내주세요. 우선 일부만요.

"음." 나는 어떻게 얘기를 꺼내야 할지 몰라서 이렇게 말했다. "엄마가 저한테 돈을 남겨주신 거예요?"

"음, 정확히 말하면 그런 건 아니야." 브레이스거들 씨가 말했다. 내가 이런 질문을 해서, 혹은 어쩌면 그의 말을 난데없이 잘라서, 약간 차가워진 것 같았다. "엄마는 돌아가시기 전에 경제적으로 좀 힘든 상황이었어, 너도 잘 알고 있겠지. 하지만 529플랜*이 있고, 또 엄마가 돌아가시기 직전에 널 위해서 소액의 미성년자 일률 증여를 설정해두셨단다."

"그게 뭐예요?" 아빠는—나를 보면서—아주 열심히 듣고 있었다.

"너의 교육을 위해서 쓸 수 있지만 다른 곳에는 쓸 수 없는 돈이지. 어쨌든 네가 미성년자인 동안에는 말이야."

"왜 안 돼요?" 브레이스거들 씨가 마지막 말을 특히 강조하는 것 같아서 내가 잠시 망설이다가 말했다.

"그게 법이니까." 브레이스거들 씨가 쌀쌀하게 말했다. "하지만 네가 학교에 가고 싶은 거라면 분명히 무슨 방법이 있을 거야. 내가 아는 고객 중에 큰아들의 529플랜 일부를 막내아들의 비싼 유치원 등록금으로 쓴 사람이 있었거든. 그 나이의 교육에 1년에 2만 달러라는 돈을 쓰는 것이 분별 있는 지출 같지는 않지만 말이다. 분명히 맨해튼에서 제일 비싼 크레용을 쓰겠지! 아무튼, 무슨 말인지 알겠지? 그렇단다."

내가 아빠를 보았다. "그러면 아저씨가, 말하자면 저한테 6만 5천 달러를 부쳐주실 방법은 없는 거네요." 내가 말했다. "저에게 지금 당장 필요할 경우에요."

"안 돼! 절대 안 되지! 그러니까 그런 생각은 접어라." 브레이스거들 씨의 태도가 바뀌었다. 나에 대한 생각이 바뀐 것이 분명했다, 더 이상 우리 엄마의 착한 아들이 아니라 탐욕스럽고 기분 나쁜 녀석이라고 생각하는 것 같았다. "그런데, 어떻게 그런 구체적인 숫자가 나왔는지 물어봐도 되겠니?"

"어—" 내가 아빠를 흘깃 보았다. 아빠는 손으로 눈을 가리고 있었다. 나

---

* 529 plan : 교육비 저축을 장려하기 위해 정부에서 지원하는 미국의 세금 우대 투자 상품.

는 *젠장*이라고 생각했다. 그런 다음 내가 그 생각을 소리 내서 말했다는 사실을 깨달았다.

"음, 상관없어." 브레이스거들 씨가 매끄럽게 말했다. "어쨌든 안 돼."

"절대로요?"

"절대, 절대로."

"네, 알겠습니다." 나는 생각을 하려고 애를 썼지만 마음이 동시에 두 방향으로 달렸다. "그럼 일부라도 보내주실 수 있나요? 반 정도라도?"

"안 돼. 네가 선택한 대학이나 학교랑 직접 처리하게 되어 있어. 다시 말해서, 내가 청구서를 받아서 지불하는 거지. 서류 작업도 많고. 그리고 혹시 네가 대학에 가지 않겠다고 결정하면……."

브레이스거들 씨가 나를 위해 엄마가 설정한 기금에 대해서 정신없이 자세하게 설명하는 동안(전부 무척 제한적이어서 아빠나 내가 실제 쓸 수 있는 현금을 즉시 손에 넣기는 어려웠다) 아빠는 수화기를 귀에서 떼고 거의 공포에 질린 표정을 짓고 있었다.

"그럼, 어, 잘 알았습니다. 감사합니다." 내가 대화를 끝내려고 애를 쓰면서 말했다.

"물론 세금 우대도 받을 수 있어. 이런 식으로 하면. 하지만 엄마가 정말로 바란 건 아빠가 이 돈에 절대로 손을 못 대게 하는 거였어."

"아?" 지나치게 긴 침묵이 흐른 뒤에 내가 머뭇거리며 말했다. 브레이스거들 씨의 목소리를 들으니 아빠가 다른 수화기를 통해서 다스베이더처럼 귀에 들리게 (그에게 들리는지는 몰라도 나에게는 들렸다) 쌕쌕 숨을 쉬고 있다는 것을 알고 있는 게 아닐까 하는 생각이 들었다.

"다른 문제도 있단다. 그러니까—" 예의를 지키려는 듯 짧은 침묵. "너한테 이런 말을 해도 될지 모르겠지만, 아무 권한이 없는 사람이 두 번이나 그 계좌에서 큰 금액을 인출하려고 했단다."

"네?" 불편한 침묵이 흐른 뒤에 내가 말했다.

"너도 알겠지만 말이다." 브레이스거들 씨가 말했다. 해저에서 들려오는 목소리처럼 멀게 느껴졌다. "그 계좌는 내가 관리하고 있단다. 그런데 어머니가 돌아가시고 2개월 뒤에 누가 평일에 맨해튼 은행으로 걸어 들어가서 서류에 내 서명을 위조하려고 했어. 음, 본점에서도 내 얼굴을 아니까 바로 전화가 왔지만 내가 전화를 끊기 전에, 경비원이 가서 신분증을 요구하기도 전에 빠져나갔지. 그게 세상에, 벌써 2년 전 일이구나. 그런데, 지난주 일인데, 내가 이 일 때문에 보낸 편지 받았니?"

"아니요." 뭔가 대답해야 한다는 것을 뒤늦게 깨닫고 내가 말했다.

"음, 간단하게 말하자면 이상한 전화가 왔어. 그쪽에서 네 변호사를 맡고 있다는 사람이 기금을 보내라고 요청했지. 그리고 내가 알아봤더니 네 사회보장번호를 아는 어떤 사람이 네 이름으로 꽤 큰 금액의 대출을 신청해서 승인을 받았더구나. 혹시 이 일에 대해서 아는 거 있니?"

내가 아무 대답도 하지 않자 브레이스거들 씨가 말했다. "음, 걱정할 건 없다. 나한테 네 출생증명서가 있어서 대출을 내준 은행에 팩스로 보내서 바로 막았거든. 그리고 이퀴팩스를 비롯해서 모든 신용 조사 기관에 경고해 놨다. 넌 미성년자라서 법적으로 그런 계약을 맺을 수 없지만, 일단 성인이 되면 네 이름으로 생긴 빚에 책임을 져야 할 수도 있거든. 아무튼, 앞으로는 사회보장번호를 꼭 조심해라. 원론적으로는 번호를 새로 받을 수도 있지만, 불필요한 요식이 너무 골치 아프니까 별로 권장하고 싶지는 않고……."

나는 식은땀을 흘리며 전화를 끊었다. 그리고 전혀 준비되지 않은 상태에서 아빠의 울부짖음을 들었다. 아빠가 화났다고, 나에게 화가 났다고 생각했지만 아빠가 수화기를 손에 들고 가만히 서 있기에 조금 더 자세히 봤더니 울고 있었다.

끔찍했다. 뭘 어떻게 해야 할지 몰랐다. 아빠는 끓는 물을 뒤집어쓰거나 늑대인간으로 변신 중인 듯한, 혹은 고문을 받는 듯한 소리를 냈다. 나는 아빠를 거실에 남겨두고 나와서—팝칙이 나보다 먼저 서둘러 계단을 올라갔는데, 역시 아빠의 울부짖음이 싫었던 것이 분명하다—방으로 들어가 문을 잠근 다음 양손으로 머리를 감싸 쥐고 침대 가장자리에 앉았다. 아스피린을 먹고 싶었지만 아래층 욕실까지 가지러 가기는 싫었다. 나는 잰드라가 빨리 집에 오면 좋겠다고 생각했다. 아래층에서 들려오는 비명은 지독했다. 누가 토치로 지지는 것 같았다. 나는 아이팟을 꺼내서 소리가 크면서도 마음을 어지럽히지 않는 음악(쇼스타코비치 4번은 클래식이었지만 약간 마음을 어지럽혔다)을 찾은 다음 이어폰을 끼고 천장을 보았고, 포퍼는 귀를 쫑긋 세우고 목털을 부풀리고서 닫힌 문을 보았다.

15

"너한테 재산이 있다고 하시던데." 그날 밤 보리스와 내가 놀이터에 앉아서 약효가 나타나기를 기다리고 있을 때 보리스가 말했다. 나는 다른 날을 골랐으면 하는 마음이 약간 있었지만 기분이 나아질 거라며 보리스가 고집을 피웠다.

"내가 재산이 있는데 너한테 말도 안 할 줄 알았어?" 우리는 영원처럼 느껴지는 시간 동안 그네에 앉아서 나는 뭔지 모르는 그것을 기다리고 있었다.

보리스가 어깨를 으쓱했다. "몰라. 너 나한테 말 안 하는 거 많잖아. 나라면 *너한테* 얘기했겠지만. 그래도 괜찮아."

"어떻게 해야 할지 모르겠어." 나는 발 근처 자갈들이 회색 만화경처럼 미묘하지만 서서히 돌아가는 것을 알아채기 시작했다. 자갈은 더러운 얼음으로, 다이아몬드로, 또 깨진 유리 조각의 반짝임으로 차차 변했다. "점점 더 무서워."

보리스가 나를 쿡 찔렀다. "나도 너한테 얘기 안 한 거 있어, 포터."

"뭔데?"

"우리 아빠가 또 떠나야 된대. 일 때문에. 몇 달 안에 오스트레일리아로 돌아갈 거야. 그런 다음에 아마 러시아로 갈 거야."

5초 정도 침묵이 흘렀지만 한 시간은 지난 것 같았다. 보리스가? 떠난다고? 모든 것이 얼어붙고 지구가 멈춘 것 같았다.

"뭐, 난 안 갈 거지만." 보리스가 차분하게 말했다. 달빛을 받은 보리스의 얼굴이 무성영화 시대의 흑백영화처럼 불안하게 지직거렸다. "됐어. 난 도망칠 거야."

"어디로?"

"몰라. 너도 갈래?"

"그래." 내가 생각도 해보지 않고 말했다. 그런 다음 덧붙였다. "코트쿠도가?"

보리스가 얼굴을 찌푸렸다. "모르겠어." 무대 조명이 쏟아지는 것처럼 황량하고 영화 같은 느낌이 점점 강해져서 현실의 모든 모습이 사라졌다. 우리는 색이 바래고, 지어낸 이야기가 되고, 평평해졌다. 시야에 검정색의 네모난 테두리가 생겼고 보리스가 하는 말이 아래쪽에 자막으로 떴다. 그러더니 거의 동시에 배 아랫부분이 쑥 내려가는 느낌이 들었다. 나는 양손으로 머리카락을 넘기며 *아, 세상에*라고 생각했다. 기분이 너무 이상해서 설명할 수도 없었다.

보리스는 아직도 이야기를 하고 있었고, 나는 흑백영화 〈노스페라투〉처럼 입자가 거친 이 세상, 짙은 그림자와 무색의 세상에서 영원히 길을 잃지 않으려면 보리스의 말을 열심히 들으면서 주변의 인공적인 질감에 너무 신경 쓰지 않는 것이 중요하다는 사실을 깨달았다.

"……그러니까, 나는 이해할 것 같아." 보리스가 애절하게 말하고 있었고,

반점과 흐릿한 빗방울 같은 점들이 보리스 주변에서 춤을 추고 있었다. "코트쿠의 경우에는 가출도 아니야, 이제 성인이잖아, 안 그래? 하지만 코트쿠는 거리에서 살아봤는데 싫었대."

"코트쿠가 거리에서 살았어?" 갑자기 코트쿠에 대한 동정심이 밀려왔다. 웅장하게 커지는 영화음악이 배경에 깔리는 것 같았지만, 그래도 그 슬픔은 완벽한 진실이었다.

"음, 나도 거리에서 살아봤어, 우크라이나에서. 하지만 난 막스랑 세료자와 함께였고, 한 번에 닷새를 넘긴 적 없어. 가끔은 재밌기도 했어. 우린 버려진 건물 지하실에서 자면서 술도 마시고, 부토르파놀 약도 먹고, 캠프파이어까지 했지. 하지만 아빠가 술이 깨면 난 항상 집으로 돌아갔어. 그런데 코트쿠는 좀 달랐어. 걔네 엄마 애인이 코트쿠한테 나쁜 짓을 했대. 그래서 집을 나간 거야. 남의 집 문 앞에서 자고, 잔돈을 구걸하고, 돈을 받고 남자들한테 오럴 섹스도 해주고. 그래서 한동안 학교를 안 다닌 거야. 그런 일을 겪고 돌아와서 학교를 마치려고 하다니, 정말 용감한 거야. 왜냐면, 그러니까, 사람들이 쑥덕거리는데도 말이야."

우리는 그것이 얼마나 끔찍한지 생각하면서 아무 말도 하지 않았고, 나는 이 몇 마디만으로 코트쿠와 보리스가 겪은 삶의 모든 무게와 폭을 경험한 것만 같은 기분이었다.

"코트쿠를 좋아하지 않아서 미안해!" 내가 진심으로 말했다.

"음, 나도 유감이야." 보리스가 합리적으로 말했다. 보리스의 목소리는 내 귀를 거치지 않고 뇌로 곧장 전달되는 것 같았다. "하지만 코트쿠도 너 안 좋아해. 네가 응석받이래. 코트쿠랑 내가 겪은 일을 넌 하나도 못 겪어봤다고."

정당한 비판 같았다. "맞는 말이네." 내가 말했다.

답답하고 불안한 막간의 시간이 지나가는 듯했다. 떨리는 그림자들, 지직거림, 보이지 않는 프로젝터에서 나는 쉭쉭 소리. 손을 뻗어서 바라보니 망가져가는 필름 조각처럼 희뿌옇고 얼룩덜룩했다.

"와, 이제 나도 보인다." 보리스가 나를 향해 몸을 돌리며 말했다. 손으로 돌리는 것처럼 느릿느릿, 1초당 14프레임으로 움직이는 것 같았다. 얼굴은 분필처럼 파리하고 동공은 검고 컸다.

"보인다니?" 내가 조심스럽게 말했다.

"알잖아." 보리스가 조명을 받은 흑백 손을 공중에서 흔들며 말했다. "영화처럼 평평해졌어."

"하지만 너ㅡ" 나만 그런 게 아니었어? 보리스한테도 보이는 거야?

"당연하지." 보리스가 말했다. 그는 순간순간 점점 더 사람이라기보다 1920년대 질산은 필름의 손상된 부분처럼 보였고, 보리스의 뒤쪽 어딘가 숨겨진 광원에서 빛이 반짝였다. "하지만 색깔이 있으면 좋겠다. 〈메리 포핀스〉처럼."

보리스의 말에 나는 웃음을 주체하지 못하고, 너무 심하게 웃어서 그네에서 떨어질 뻔했다. 이제 보리스에게도 나와 똑같은 것이 보인다는 사실을 확실히 깨달았기 때문이었다. 게다가 우리가 그것을 만들어내고 있었다. 우리가 약 때문에 무엇을 보고 있든 우리 두 사람이 그것을 같이 만들어내고 있었다. 이 사실을 깨닫자 가상현실이 컬러로 바뀌었다. 변화는 보리스와 나에게 동시에 짠! 하고 일어났다. 우리는 서로를 바라보며 그저 웃었다. 모든 게 미친 듯이 웃겼다. 놀이터의 미끄럼틀조차 우리에게 미소를 지었다. 깊은 밤 어느 순간, 우리가 정글짐에 흔들거리며 앉아 있는데 내 입에서 불꽃이 파바박 튀었고, 나는 웃음이 곧 빛이고 빛이 웃음이라는 것을, 이것이 바로 우주의 비밀이라는 통찰을 경험했다. 우리는 알아볼 수 있는 모양으로 계속해서 바뀌는 구름을 몇 시간 동안이나 보았다. 그리고 흙이 해초(!)인 줄 알고 그 위에서 굴렀고, 똑바로 누워 우리를 환영하며 우리에게 고마워하는 별들에게 〈디어 프루던스〉를 불러주었다. 그 뒤에 일어난 사건에도 불구하고 그날 밤은 환상적인 밤, 사실 내 평생 가장 멋진 밤이었다.

16

그날 밤 보리스는 우리 집에서 잤다. 우리 집이 놀이터에서 더 가까웠고 보리스의 얼굴이 (약에 취한 것을 설명할 때 즐겨 쓰던 표현대로) 브 가브노(v gavno), 즉 '개똥 같은 얼굴'인지 '똥투성이'인지 뭐 그랬기 때문이었다. 어쨌든 보리스는 어둠 속에서 혼자 집에 가기에는 너무 녹초가 되었다. 그래서 다행이었다. 다음 날 오후 세 시 반에 실버 씨가 찾아왔을 때 혼자가 아니었기 때문이다.

우리 둘 다 잠을 거의 못 잤고 몸이 약간 떨리긴 했지만 그래도 마법이 아직 아주 약간 남아서 빛이 가득한 느낌이었다. 우리가 오렌지 주스를 마시고 만화(지난밤의 황홀한 총천연색 경험을 연장시켜주는 듯했으므로 좋은 생각이었다)를 보면서, 그날 오후의 두 번째 마리화나(이건 나쁜 생각이었다)를 막 나눠 피운 직후에 초인종이 울렸다. 팝칙—무척 신경이 날카로웠고 우리가 약간 이상하다는 것을 아는 듯 우리한테 귀신이라도 들린 것처럼 짖어대고 있었다—이 뭔가를 알고 있다는 듯이 즉시 달려갔다.

그 순간 모든 것이 다시 제자리로 돌아왔다. "젠장." 내가 말했다.

"*내가* 나가 볼게." 보리스가 재깍 말하더니 팝칙을 옆구리에 끼웠다. 보리스는 맨발에 셔츠도 입지 않고 전혀 걱정이 되지 않는 것처럼 춤을 추듯 나갔다. 하지만 1초도 안 지난 것 같은데 그가 창백한 얼굴로 돌아왔다.

보리스는 아무 말도 하지 않았다. 할 필요가 없었다. 나는 일어나서 운동화를 신고 (가게에 물건을 훔치러 갈 때 도망가야 할 경우에 대비해서 생긴 습관대로) 끈을 꼭 묶은 다음 현관으로 나갔다. 실버 씨—흰 스포츠 재킷,

구두약을 바른 듯한 머리 등—가 다시 찾아왔는데, 이번에는 팔꿈치 위쪽에 뱀처럼 똬리를 튼 흐릿한 파란색 문신이 가득하고 알루미늄 야구방망이를 든 덩치 큰 남자가 그 옆에 서 있었다.

"아, 시어도어!" 실버 씨가 말했다. 그는 나를 만나서 정말로 기쁜 것 같았다. "잘 지냈고?"

"잘 지냈어요." 내가 갑자기 약이 확 깨서 놀라며 말했다. "아저씨는요?"

"뭐, 아주 잘 지냈지. 대단한 멍이 들었네."

내가 반사적으로 손을 올려 뺨을 만졌다. "어—"

"치료하는 게 좋겠다. 친구가 그러는데 아빠는 집에 안 계시다며."

"음, 맞아요."

"너희 둘 다 괜찮아? 오늘 이 집에 무슨 문제가 있었나?"

"음, 아니요. 아니에요." 내가 말했다. 야구방망이를 든 남자가 팔을 휘두르거나 협박을 한 것은 아니었지만 그래도 나는 그 사람이 야구방망이를 들고 있다는 사실을 의식하지 않을 수 없었다.

"왜냐면, 문제가 있으면 말이야." 실버 씨가 말했다. "어떤 종류의 문제든 내가 간단히 해결해줄 수 있거든."

무슨 말을 하고 있는 거지? 내가 실버 씨 뒤쪽 도로에 주차된 자동차를 보았다. 차창에 선팅이 되어 있었지만 차 안에서 기다리고 있는 남자들이 보였다.

실버 씨가 한숨을 쉬었다. "아무 문제가 없다니 다행이구나, 시어도어. 나도 그렇다고 말할 수 있다면 얼마나 좋겠니."

"네?"

"왜냐면 말이다." 실버 씨는 내가 아무 말도 하지 않은 것처럼 말을 이었다. "난 문제가 있거든. 진짜 큰 문제야. 너희 아빠 때문에."

나는 무슨 말을 해야 할지 몰라서 그의 카우보이 부츠를 빤히 보았다. 검정색 악어가죽 부츠였는데, 줄무늬 뒤축에 앞코가 무척 뾰족했고 깨끗하게 닦아서 반짝반짝 빛이 날 정도였기 때문에 엄마와 같이 일하던 특이한 스타일리스트 뤼시 로보가 늘 신던 여성스러운 카우보이 부츠가 생각났다.

"자, 문제는 이거야." 실버 씨가 말했다. "네 아빠한테 받을 돈이 5만 있거든. 그게 아주 큰 문제를 일으키고 있어."

"아빠가 돈을 구하실 거예요." 내가 어색하게 말했다. "아마, 저도 모르지만, 시간을 조금만 더 주시면⋯⋯."

실버 씨가 나를 보았다. 그리고 선글라스를 고쳐 썼다.

"내 말 잘 들어." 그가 이성적으로 말했다. "네 아빠는 얼간이들 공놀이에 입고 있는 셔츠까지 걸려고 하지. 음, 말이 거칠어서 미안하지만, 난 그런 남자한테는 동정심이 안 생겨. 자기 책임을 다하지 않고, 이자도 3주나 밀리고, 통화가 안 돼도 전화를 다시 걸지도 않고—" 실버 씨는 손가락으로 하나하나 꼽으며 아빠가 잘못한 점을 나열했다. "오늘 정오에 만나기로 해놓고 나타나지도 않고. 내가 그 빚이나 떼어먹는 놈을 얼마나 기다렸는지 알아? *한 시간 반이야.* 내가 할 일이 그렇게 없는 사람이 아닌데 말이지." 그가 머리를 갸웃했다. "너희 아빠 같은 사람 때문에 나나 여기 유르코 같은 사람이 이 일을 계속하는 거야. 내가 너희 집에 오는 게 좋을 것 같아? 이먼 곳까지 차를 타고 오는 게?"

나는 수사적인 질문이라고 생각했지만—제정신이라면 분명히 누구도 우리가 사는 이 먼 동네까지 차를 몰고 오는 것을 좋아하지 않을 것이다—아주 긴 시간이 지나도 실버 씨가 내 대답을 진짜 기대하고 있다는 듯 빤히 보았기 때문에 마침내 불편하게 눈을 깜빡이며 대답했다. "아니요."

"*아니지.* 그래, 시어도어. 난 절대로 이러고 싶지 않아. 나랑 유르코는 오후 내내 너희 아빠 같은 빚쟁이를 쫓아다니는 것보다 중요한 일이 많아. 그러니 내 부탁 하나만 들어줄래? 아빠한테 날 찾아와서 문제를 해결하면 우리가 신사답게 이 일을 처리할 수 있다고 전해드려."

"문제를 해결한다고요?"

"나한테 빚진 돈을 가져오면 돼." 실버 씨는 미소를 짓고 있었지만 위쪽만 회색으로 색이 들어간 보잉 선글라스 때문에 눈을 내리간 것처럼 보여서 불안했다. "날 위해서 꼭 좀 그렇게 해달라고 전해주렴, 시어도어. 진지하게 말하는데, 다음에 내가 여길 또 오게 되면 별로 친절하진 않을 테니까."

17

거실로 돌아가 보니 보리스가 앉아서 소리를 끄고 만화를 보면서 포퍼—아끼는 기분이 나빴지만 지금은 그의 무릎에서 깊이 잠들어 있었다—를 쓰다듬고 있었다.

"우스꽝스러워." 그가 퉁명스럽게 말했다.

보리스의 발음이 이상해서 나는 알아듣는 데 잠깐 시간이 걸렸다. "그래." 내가 말했다. "이상한 사람이라고 했잖아."

보리스가 고개를 저으며 소파에 기대어 앉았다. "가발 쓴 늙은 레너드 코언 같은 남자 말고."

"가발 같아?"

보리스가 무슨 상관이냐는 표정을 했다. "그 사람도 웃기지만, 내가 말한 건 덩치 큰 러시아 사람이야, 금속 그거 든 사람. 그걸 뭐라고 하더라?"

"야구방망이."

"보여주려고 들고 있는 거야." 보리스가 무시하듯 말했다. "그냥 너한테 겁주려고. 기분 나쁜 자식."

"러시아 사람인지 어떻게 알아?"

보리스가 어깨를 으쓱했다. "그냥 알아. 미국에는 그런 문신 한 사람 없어. 분명 러시아 사람이야. 그 사람도 내가 입을 여는 순간 러시아 사람인 걸 알아챘어."

시간이 조금 지난 후에야 나는 내가 허공을 보고 앉아 있음을 깨달았다. 보리스는 팝칙이 깨지 않도록 조심조심 들어서 소파에 내려놓았다. "잠깐 나갈까?"

"아아." 내가 갑자기 고개를 흔들며 말했다. 왠지 모르겠지만 실버 씨의 방문이 준 충격이 이제야 나를 덮쳤다. 반응이 느렸다. "젠장. 아빠가 차라리 집에 있었으면 좋았을걸. 응? 그 사람이 아빠를 흠씬 두들겨 패면 좋겠다고. 진짜야. 맞아도 싸."

보리스가 내 발목을 찼다. 그의 발은 먼지가 묻어서 새까만 데다가 코트쿠가 발라놓은 검정 매니큐어 때문에 발톱까지 까맸다.

"나 어제 뭐 먹었는지 알아?" 보리스가 친근하게 말했다. "네슬레 바 두 개랑 펩시 하나." 보리스에게 초콜릿 바는 전부 '네슬레 바'였고 탄산음료는 전부 '펩시'였다. "그리고 오늘은 뭐 먹었는지 알아?" 보리스가 엄지와 검지로 영(0)을 만들었다. "아무것도 못 먹었어."

"나도야. 약을 하면 배가 안 고파."

"응, 그래도 뭘 좀 먹어야겠어. 배가—" 보리스가 얼굴을 찌푸렸다.

"나가서 팬케이크 먹을까?"

"그래. 뭐든지. 아무거나 상관없어. 돈 있어?"

"찾아볼게."

"좋아. 난 5달러 정도 있을 거야."

보리스가 신발과 셔츠를 꾸물꾸물 입는 동안 나는 얼굴을 대충 씻고, 턱에 든 멍과 눈동자를 살피고, 셔츠 단추가 잘못 끼워져 있는 것을 보고 다시 채웠다. 그런 다음 목줄을 하고 나가는 제대로 된 산책을 못 해서 분명 갑갑했을 팝칙을 데리고 나가 테니스공을 던지면서 잠깐 놀아주었다. 집으로 돌아오자 보리스가 옷을 입고 아래층에 내려와 있었다. 우리가 장난치고 웃으면서 거실을 재빨리 뒤져서 25센트, 10센트짜리 동전을 모은 다음 어디로 갈지, 제일 빨리 갈 수 있는 방법은 뭔지 궁리하고 있었는데, 갑자기 잰드라가 현관문으로 들어와서 이상한 표정으로 섰다.

우리 둘 다 바로 입을 다물고 말없이 동전을 셌다. 평소에 잰드라가 집에 오는 시간이 아니었지만 스케줄이 가끔 바뀌어서 예전에도 우리를 놀랜 적이 있었다. 그런데 그때, 잰드라가 불분명한 목소리로 내 이름을 불렀다.

우리는 동전을 분류하던 손을 멈췄다. 보통 잰드라는 나를 애라든지 야, 너라든지 대충 그렇게 불렀지 절대로 시오라고 부르지 않았다. 잰드라는 여전히 유니폼을 입은 채 서 있었다.

"아빠가 교통사고를 당했어." 잰드라가 말했다. 내가 아니라 보리스에게 말하고 있는 것 같았다.

"어디서요?"

"두 시간 전에 사고가 났대. 일하는데 병원에서 전화가 왔어."

보리스와 내가 마주 보았다. "와." 내가 말했다. "어떻게 된 거래요? 차가 완전 망가졌대요?"

"혈중알코올농도가 0.39였어."

그 숫자는 나에게 아무 의미가 없었지만 아빠가 술을 마셨다는 사실은 그렇지 않았다. "와." 내가 잔돈을 주머니에 넣으면서 말했다. "그럼 집에는 언제 오시는데요?"

잰드라가 텅 빈 표정으로 내 눈을 보았다. "집?"

"병원에서요."

잰드라가 재빨리 고개를 젓고 주변을 둘러보며 의자를 찾더니 자리에 앉았다. "너 못 알아들었구나." 잰드라의 얼굴은 텅 비고 낯설었다. "죽었어. 죽었다고."

18

그 뒤 예닐곱 시간은 멍한 상태로 흘러갔다. 잰드라의 친구들이 여럿 집으로 왔다. 제일 친한 친구 코트니, 직장 동료 재닛, 그리고 잰드라가 평소에 집으로 초대하는 사람들보다 더 착하고 훨씬 더 정상적인 스튜어트와 리사라는 부부였다. 보리스가 통 크게 코트쿠의 남은 마리화나를 내놓자 찾아온 사람들이 모두 고마워하며 피웠다. 그리고 고맙게도 누군가가 (아마도 코트니) 피자를 시켰는데, 어떻게 해서 도미노 피자가 이렇게 멀리까지 배달을 오게 만들었는지는 알 수 없었다. 보리스와 나는 1년 넘도록 구슬리기도 하고, 애원도 해보고, 우리가 생각할 수 있는 모든 감언이설과 핑계를 다 대보았지만 소용없었기 때문이다.

재닛은 잰드라에게 팔을 두르고 앉아 있었고 리사는 잰드라의 머리를 쓰다듬었으며 스튜어트는 부엌에서 커피를 만들었고 코트니는 커피 테이블 앞에 앉아 거의 코트쿠만큼이나 전문가같이 마리화나를 말았고 보리스와 나는 어리둥절해서 구석에 앉아 있었다. 아직도 부엌 조리대에 아빠의 담배가 있고 뒷문에 낡은 흰색 테니스화가 있는데 아빠가 죽을 수 있다니, 믿기 힘들었다. 순서가 뒤죽박죽이었기 때문에 머릿속으로 연결해보아야 했지만, 아빠는 오후 두 시 조금 전에 고속도로에서 렉서스를 타고 가다가 차선을 잘못 바꾸는 바람에 트랙터 트레일러에 돌진해서 즉사했다(다행히 트럭 운전사나 트럭에 받힌 자동차의 승객들은 무사했고 자동차 운전자만 다리가 부러졌다). 혈중알코올농도가 높았다는 것은 놀라우면서도 놀랍지 않았지만—나는 아빠가 술 마시는 모습을 본 적은 없지만 다시 마시고 있을지도 모른다고 의심했다—잰드라가 가장 좌절한 부분은 아빠가 엄청나게 취한 상태였다는 것이 아니라 (의식도 없이 운전을 한 셈이었다) 사고가 일어난 지점이었다. 아빠는 라스베이거스 바깥 서쪽 사막으로 가는 중이었다.

"나한테 말했을 텐데, 별말 없었는데." 코트니가 이것저것 묻자 잰드라가 슬퍼하며 말했다. 나는 양손으로 눈을 가린 채 바닥에 앉아서 어째서 잰드라는 아빠가 무슨 일이든 사실대로 말하는 성격이라고 생각하는 걸까, 라고 음울하게 생각했다.

보리스가 내 어깨에 팔을 둘렀다. "아줌마는 모르시지, 응?"

나는 실버 씨 이야기라는 걸 바로 알았다. "내가 말ㅡ"

"어딜 가고 있었던 거야?" 잰드라가 코트니와 재닛에게 거의 공격적으로, 두 사람이 알면서 말해주지 않는다고 의심하는 것처럼 묻고 있었다. "그렇게 먼 데서 도대체 뭘 하고 있었던 거야?" 잰드라는 항상 집에 돌아오자마자 옷을 갈아입었기 때문에 아직도 유니폼을 입고 있는 모습이 낯설었다.

"그 남자를 만나러 가야 했는데, 안 가셨어." 보리스가 속삭였다.

"알아." 어쩌면 아빠는 정말로 실버 씨를 찾아가서 얘기할 생각이었을지도 모른다. 하지만 아빠는ㅡ엄마와 내가 뼈저리게 알고 있었던 것처럼ㅡ아마 늘 말하듯 얼른 한두 잔 마시고 긴장을 풀려고 술집에 들렀을 것이다. 그 순간 아빠에게 무슨 생각이 떠올랐는지 누가 알까? 이 상황에서 사실을 지적한다고 해서 잰드라에게 도움이 될 건 하나도 없었지만, 아빠는 분명 예전에도 책임을 피해 도망간 적이 있었다.

나는 울지 않았다. 믿을 수 없다는 생각과 두려움이 차가운 파도처럼 나를 계속 덮쳤지만 전부 너무 비현실적으로 느껴져서 나는 계속 아빠를 찾아서 주변을 두리번거렸고, 한방에 있으면 다른 목소리들보다 튀는 그 느긋하고 논리적인 목소리, 아스피린 광고('*의사 다섯 명 중 네 명은……*') 목소리가 들리지 않는다는 사실에 놀라고 또 놀랐다. 잰드라는 꽤 멀쩡하게 있다가ㅡ눈물을 닦고, 피자를 담을 접시를 가져오고, 어디선가 튀어나온 와인을 모두에게 따라주고ㅡ갑자기 다시 눈물을 흘리면서 쓰러지기를 반복했다. 팝칙만이 행복했다. 우리 집에 이렇게 많은 사람이 모이는 것은 아주 드문 일이었기 때문에 팝칙은 계속 쫓아내도 굴하지 않고 이 사람 저 사람에게로 뛰어다녔다. 밤이 깊어 녹초가 된 어느 순간에―잰드라는 스무 번째로 코트니의 품에 안겨서 *아 세상에, 그 사람이 죽었어*라며 울고 있었다―보리스가 나를 한쪽으로 데려가서 말했다. "포터, 난 그만 가봐야겠다."

"아니야, 가지 마. 제발."

"코트쿠가 걱정할 거야. 지금쯤 걔네 아파트에 도착했어야 돼. 48시간이나 못 만났어."

"있잖아, 코트쿠한테 무슨 일이 있었는지 말하고, 오고 싶으면 오라고 하자. 네가 지금 가버리면 진짜 괴로울 거야."

잰드라는 슬픔과 손님들로 인해 정신이 없었기 때문에, 보리스가 위층으로 올라가서 잰드라의 침실―평소에는 늘 잠겨 있어서 보리스와 나는 그 방을 한 번도 본 적 없었다―에서 전화를 걸 수 있었다. 10분쯤 후에 보리스가 계단을 몇 단씩 건너뛰며 재빨리 내려왔다.

"안 가도 된대." 보리스가 내 옆에 앉으며 말했다. "코트쿠가 정말 안됐다고, 인사 전해달래."

"와아." 나는 거의 눈물을 흘릴 뻔했다. 나는 내가 얼마나 놀라고 감동받았는지 보리스가 보지 못하도록 손으로 얼굴을 가렸다.

"음, 그러니까, 코트쿠도 그 기분을 알거든. 걔네 아빠도 죽었어."

"아, 그래?"

"응, 몇 년 전에. 역시 자동차 사고였어. 그렇게 친하지는 않았다는데―"

"누가 죽어?" 재닛이 비틀비틀 다가오면서 물었다. 마리화나와 화장품 냄새가 나고 실크 블라우스를 입은 호리호리한 사람이었다. "또 누가 죽었다고?"

"아니에요." 내가 차갑게 말했다. 난 재닛이 싫었다. 이 여자가 바로 포퍼를 돌봐주겠다고 해놓고 자동 급식기와 함께 집에 가둬둔 정신 나간 여자였다.

"너 말고, 쟤한테 말한 거야." 재닛이 뒤로 물러서서 흐릿한 초점을 보리스에게 맞추며 말했다. "누가 죽었니? 가까운 사람?"

"네, 여럿 죽었죠."

재닛이 눈을 깜빡였다. "너 어디 출신이니?"

"왜요?"

"목소리가 너무 이상해. 영국식이나 뭐 그런— 아니다. 영국이랑 트란실바니아가 섞인 것 같아."

보리스가 비웃었다. "트란실바니아요?" 그가 송곳니를 드러내며 말했다. "물어드려요?"

"아, 얘들 참 재밌네." 재닛이 우물우물 말한 다음 와인 잔 바닥으로 보리스의 정수리를 툭 치고 이제 돌아가려고 하는 스튜어트와 리사에게 작별 인사를 하러 비틀비틀 걸어갔다.

잰드라는 약을 먹은 것 같았다. ("하나 이상 먹었을지도 몰라." 보리스가 귓속말로 말했다.) 그녀는 기절하기 직전이었다. 보리스가 잰드라의 담배를 빼앗아 비벼 끈 다음—내 성격이 재수 없는 걸 알지만, 그래도 나는 못 할 일이었다—코트니와 함께 부축해서 계단을 올라 방으로 데려갔고, 잰드라는 문을 열어둔 채 침대 시트에 얼굴을 박고 누웠다.

보리스와 코트니가 잰드라의 신발을 벗기는 동안 나는 문간에 서 있었다. 잰드라와 아빠가 항상 잠가두었던 방을 처음 보는 거였기 때문에 흥미로웠다. 더러운 컵과 재떨이, 〈글래머〉 잡지 더미, 푹신푹신한 초록색 덧이불, 나는 절대 마음대로 쓸 수 없었던 노트북, 헬스용 자전거. 이 방에 헬스용 자전거가 있을 줄 누가 알았을까?

두 사람이 잰드라의 신발을 벗겼지만 옷은 그냥 놔두기로 했다. "내가 같이 있어줄까?" 코트니가 낮은 목소리로 보리스에게 물었다.

보리스가 대놓고 기지개를 켜고 하품을 했다. 셔츠가 말려 올라가자 바지가 워낙 낮게 걸쳐져 있어서 속옷을 입지 않은 것이 보였다. "정말 친절하시네요." 보리스가 말했다. "하지만 완전 기절하신 것 같아요."

"난 상관없어요." 내가 취한 건지도 모르지만—아니, 나는 분명히 취했다—코트니가 보리스에게 너무 가까이 붙어 서 있어서 키스라도 하려는 것처럼 보였는데, 그게 정말 웃겼다.

내가 껄껄대거나 웃어버렸던 것이 틀림없었다. 내가 보리스에게 이 여자 여기서 내보내!라는 뜻으로 우스꽝스러운 손짓을 하면서 엄지손가락으로 문을 가리킨 순간 코트니가 뒤로 돌아서 그 장면을 보고 만 것이다.

"너 괜찮니?" 코트니가 나를 위아래로 훑어보면서 차갑게 말했다. 보리스 역시 웃었지만 코트니가 고개를 돌렸을 때는 얼른 입을 다물고 무척 감정적이고 걱정스러운 표정을 짓고 있었는데, 나는 그 모습을 보고 더 크게 웃어버렸다.

19

손님들이 다 돌아갔을 때 잰드라는 완전히 뻗었다. 너무 깊이 잠들어서 보리스가 (우리가 이미 약과 현금을 다 턴) 잰드라의 손가방에서 휴대용 거울을 꺼내 코 밑에 대고 숨을 쉬고 있는지 확인할 정도였다. 지갑에 229달러가 있었는데, 잰드라에게는 신용카드와 수표로 225달러가 있었기 때문에 현금을 가져가도 별로 죄책감이 들지는 않았다.

"잰드라가 본명이 아닐 줄 알았어." 내가 보리스에게 운전면허증을 던지며 말했다. 주황색 색조 화장을 한 얼굴, 지금과는 다르게 부풀린 머리에다가 이름은 샌드라 제이 테럴이었고, 제한 조건*은 없었다. "이건 다 무슨 열쇠들일까?"

---

* 미국 운전면허증에는 시력 보정의 필요, 상습 음주운전으로 인한 시동 연동장치 장착 등의 조건 등이 표시되어 있다.

보리스는 옛날 영화에 나오는 의사처럼 침대 위 잰드라 옆에 앉아서 그녀의 맥을 짚다가 거울을 불빛에 비춰 보았다. "다, 다(da, da)." 보리스가 이렇게 중얼거리더니 내가 알아듣지 못할 말을 했다.

"어?"

"기절했어." 보리스가 손가락 하나로 잰드라의 어깨를 쿡 찔러보더니 몸을 숙여 내가 분류하고 있던 협탁 서랍의 잡동사니를 들여다보았다. 잔돈, 카지노 칩, 립글로스, 컵 받침, 가짜 속눈썹, 매니큐어 리무버, 너덜너덜한 문고본들(《행복한 이기주의자》), 향수 샘플들, 낡은 카세트테이프, 만기일이 10년이나 지난 보험 카드, '음주운전 및 모든 약물 사건 취급'이라고 적힌 리노 법률사무소에서 배포한 성냥첩 한 움큼.

"야, 그거 나 줘." 보리스가 손을 뻗어서 콘돔 한 줄을 주머니에 넣었다. "이건 뭐지?" 보리스가 얼핏 보기에 코카콜라 캔처럼 생긴 것을 집어 들었는데 흔들어보니 달각달각 소리가 났다. 보리스가 귀를 대보았다. "하!" 보리스가 캔을 나에게 던지면서 말했다.

"잘했어." 내가 뚜껑을 돌려 따서—누가 봐도 가짜 콜라 캔이었다—탁자 위에 내용물을 쏟아냈다.

"와." 잠시 후에야 내가 말했다. 잰드라가 현금과 칩으로 받은 팁을 숨겨 놓는 곳이 분명했다. 다른 물건들도 많았지만—너무 많아서 뭐가 뭔지 다 알아보기도 힘들었다—내 시선은 아빠가 떠나기 직전에 엄마가 잃어버렸던 다이아몬드와 에메랄드가 박힌 귀걸이로 곧장 향했다.

"와." 내가 엄지와 검지로 귀걸이 한 짝을 집어 들면서 한 번 더 말했다. 엄마는 칵테일파티처럼 옷을 차려입어야 하는 곳에는 항상 이 귀걸이를 하고 갔다. 보석의 투명한 청록색, 새벽 세 시처럼 지극한 빛은 엄마의 눈 색깔이나 그윽하고 짙은 엄마의 머리 향기처럼 엄마의 일부였다.

보리스가 킬킬 웃었다. 그는 현금 사이의 필름 통을 알아보고 얼른 낚아채서 떨리는 손으로 열었다. 그러더니 새끼손가락 끝으로 찍어서 맛을 보았다. "빙고." 보리스가 손가락으로 잇몸을 문지르며 말했다. "코트쿠는 오늘 밤에 여기 안 온 걸 진짜 후회할 거야."

나는 손바닥에 귀걸이를 올려놓고 보리스를 향해 내밀었다. "응, 괜찮네." 보리스가 제대로 보지도 않고 말했다. 그는 탁자에 가루를 톡톡 떨어뜨리고 있었다. "이 정도면 일이 천은 받을 수 있어."

"이거 우리 엄마 거였어." 뉴욕에서 아빠는 결혼반지를 포함해서 엄마의 보석을 대부분 다 팔았다. 하지만 나는 잰드라가 일부 빼돌렸음을 이제야 깨달았는데, 그녀가 고른 물건들을 보자 이상하게도 슬퍼졌다. 잰드라는 진주 목걸이나 루비 브로치가 아니라 엄마가 십 대 때 하던 값싼 장신구들, 작은 말발굽, 발레화, 네 잎 클로버 모양 장식이 달린 중학생 때 차던 팔찌 같은 것들을 골랐다.

보리스가 허리를 펴고 손가락으로 코를 막더니 돌돌 만 지폐를 건네주었다. "너도 좀 할래?"

"아니."

"한번 해봐. 기분이 나아질 거야."

"고맙지만 됐어."

"3.5그램짜리로 네다섯 봉지는 되겠다. 더 될지도 몰라! 하나는 우리가 하고 나머지는 팔자."

"너 해본 적 있어?" 내가 엎드린 잰드라를 보면서 미심쩍게 말했다. 잰드라는 분명히 정신을 잃었지만 나는 그녀의 등을 사이에 두고 이런 대화를 하는 게 싫었다.

"응, 코트쿠가 좋아해. 근데 비싸." 보리스가 잠시 멍해지는가 싶더니 눈을 빠르게 깜빡거렸다. "와. 너도 해봐." 보리스가 웃으면서 말했다. "자. 네가 지금 뭘 놓치고 있는지 모를 거야."

"지금도 너무 취했어." 내가 돈을 세면서 말했다.

"그래, 근데 이건 정신을 깨워준다니까."

"보리스, 난 빈둥거릴 시간 없어." 내가 귀걸이와 장식 달린 팔찌를 주머니에 넣으면서 말했다. "가려면 지금 출발해야 돼. 사람들이 나타나기 전에."

"무슨 사람들?" 보리스가 손가락으로 코 밑을 문지르면서 의심스럽다는 듯 말했다.

"내 말 믿어, 순식간이야. 아동 센터에서 사람이 오고, 뭐 그런 거 말이야." 나는 현금을 셌다. 1321달러와 잔돈이 있었다. 칩은 더 많아서 5천 달러 가까이 됐지만 잰드라에게 남겨놓는 게 좋을 것 같았다. "반은 네 거, 반은 내 거야." 나는 이렇게 말하고 현금을 두 뭉치로 나누며 세기 시작했다. "표 두 장은 충분히 살 수 있어. 마지막 비행기를 타기는 너무 늦었지만 차 타고 미리 공항에 가 있자."

"지금? 오늘 밤에 말이야?"

내가 돈을 세던 손을 멈추고 보리스를 보았다. "난 여기 아무도 없어. 아무도. 하나도 없다고. 사람들은 내가 깨닫기도 전에 나를 위탁 가정에 처넣을 거야."

보리스가 고갯짓으로 잰드라를 가리켰다. 매트리스에 얼굴을 처박고 드러누운 것이 꼭 죽은 사람 같아서 무척 신경에 거슬렸다.

"잰드라는?"

"잰드라가 뭐?" 내가 잠깐 침묵 후에 말했다. "그럼 우리가 어떻게 해야 되는데? 잰드라가 일어나서 우리가 돈 훔친 걸 발견할 때까지 기다리자는 거야?"

"몰라." 보리스가 잰드라를 미심쩍게 보면서 말했다. "그냥 잰드라가 안됐어서."

"그러지 마. *저 여자*는 날 원하지 않아. 날 떠맡게 됐다는 사실을 깨닫자마자 직접 그 사람들한테 전화할걸."

"그 사람들? *그 사람들*이란 게 누군지 난 모르겠는데."

"보리스, 난 미성년자야." 너무나 익숙한 공포가 차오르는 것이 느껴졌다. 생사가 걸린 문제는 아닐지 몰라도 확실히 집 안에 연기가 가득 차오르는데 출구가 점점 닫히고 있는 기분이었다. "너희 나라에서는 어떤지 몰라도 난 여기 가족이나 친구가 *하나*도 없으니까—"

"나! 내가 있잖아!"

"네가 뭘 어떻게 할 건데? 날 입양이라도 할 거야?" 내가 일어섰다. "자, 너도 가려면 서둘러야 돼. 여권 있어? 비행기 타려면 필요할 거야."

보리스가 양손을 들었다. 그만해라는 뜻의 러시아식 손짓이었다. "기다려! 너무 급해."

내가 문을 나서다 말고 멈췄다. "도대체 너 왜 그래?"

"내가 뭐?"

"네가 도망가고 싶다며! 같이 가자고 한 건 너잖아! 어젯밤에."

"어디로 갈 건데? 뉴욕?"

"거기 말고 갈 데가 어디 있어?"

"난 따뜻한 데가 좋아." 보리스가 즉시 덧붙였다. "캘리포니아."

"말도 안 돼. 캘리포니아에 아는 사람이 어디—"

"캘리포니아!" 보리스가 울부짖었다.

"음—" 나는 캘리포니아에 대해서 아는 게 거의 없었지만 보리스는 (항상 흥얼거리는 〈캘리포니아 위버 알레스〉만 빼면) 나보다 더 모른다고 생각해도 좋았다. "캘리포니아 어디? 어느 도시?"

"무슨 상관이야?"

"거긴 큰 주야."

"환상적인데! 재밌을 거야. 늘 취해서 책이나 읽고 캠프파이어도 하고. 해변에서 자고."

나는 참기 힘든 기나긴 시간 동안 보리스를 보았다. 그의 얼굴은 상기되었고 와인에 물들어 입술이 까맸다.

"좋아." 내가 말했다. 나는 이렇게 말하면서도 이것이 절벽에서 한 발짝 내딛는 것과 마찬가지임을, 내 평생 최대의 실수임을 아주 잘 알고 있었다. 좀도둑질을 하고, 잔돈을 구걸하고, 보도에 앉아 꾸벅꾸벅 졸고, 노숙을 하고, 그 정도로 망가지면 나는 절대 회복하지 못할 것이다.

보리스는 신이 났다. "그럼 해변? 좋아?"

인생은 이렇게 꼬이는 거다. 이렇게 순식간에. "어디든 네가 좋은 데로." 내가 눈앞을 가린 머리카락을 치우며 말했다. 나는 죽을 만큼 피곤했다. "하지만 지금 가야 돼. 제발."

"뭐, 지금 당장?"

"그래. 너 집에 가서 짐 좀 챙겨야 되나?"

"오늘 밤에?"

"나 장난하는 거 아니야, 보리스." 보리스와 실랑이가 시작되자 공포가 다시 밀려왔다. "여기 가만히 앉아서 기다릴 순 없어—" 그림이 문제였다. 그걸 어떻게 할지 몰랐지만 일단 보리스를 집에서 내보내면 뭔가 생각해낼 수 있을 것이다. "제발, 응?"

"미국 복지가 그렇게 엉망이야?" 보리스가 미심쩍게 말했다. "꼭 경찰이 잡아 가기라도 하는 것처럼 말하네."

"나랑 같이 갈 거야? 갈 거야, 말 거야?"

"시간이 좀 필요해." 보리스가 내 뒤를 따라오며 말했다. "그러니까, 지금 당장 갈 수는 없어! 정말이야— 맹세할게. 조금만 기다려. 하루만 줘! 딱 하루!"

"왜?"

보리스는 난처해 보였다. "음, 그러니까, 왜냐면―"

"왜냐면―?"

"왜냐면― 코트쿠를 만나야 하니까! 그리고― 할 일이 많아! 솔직히 말해서, 넌 오늘 가면 안 돼." 내가 아무 말도 없자 보리스가 한 번 더 말했다. "나 믿어. 너 후회할 거야, 진짜야. 우리 집으로 가자! 아침까지 기다렸다 가는 거야!"

"난 못 기다려." 내가 차갑게 말한 다음 내 몫의 현금을 챙겨서 내 방으로 갔다.

"포터―" 보리스가 나를 따라왔다.

"왜?"

"너한테 중요하게 할 말이 있어."

"보리스." 내가 돌아보며 말했다. "도대체 뭐야. 뭔데?" 우리는 마주 보고 섰다. "할 말 있으면 얼른 해."

"네가 화낼까 봐 무서워."

"뭔데? 무슨 짓을 했는데?"

보리스가 말없이 엄지손톱을 물어뜯었다.

"그래, 뭔데?"

보리스가 시선을 피했다. "너 가면 안 돼." 그가 애매하게 말했다. "실수하는 거야."

"됐어." 내가 쏘아붙이고 다시 돌아섰다. "나랑 같이 가기 싫으면 안 가도 돼, 알겠어? 난 밤새 여기 있을 수 없어."

나는 보리스가 베갯잇에 뭐가 들었냐고 물어볼지도 모른다고 생각했다. 내가 너무 열심히 포장을 하는 바람에 뚱뚱하고 모양도 이상해졌으니 더욱 그랬다. 하지만 내가 침대 머리판에서 그림을 떼서 (아이팟, 공책, 충전기,

《바람과 모래와 별들》, 엄마 사진 몇 장, 칫솔, 갈아입을 옷과 함께) 여행 가방에 넣었을 때 보리스는 얼굴을 찡그릴 뿐 아무 말도 하지 않았다. 내가 옷장 깊숙한 곳에서 교복 블레이저(엄마가 샀을 때는 너무 컸지만 지금은 너무 작았다)를 꺼내자 보리스가 고갯짓으로 그것을 가리키며 말했다. "좋은 생각이네, 그거."

"뭐가?"

"덜 노숙자 같잖아."

"11월이야." 내가 말했다. 나는 뉴욕에서 따뜻한 스웨터를 하나밖에 안 가지고 왔다. 그 스웨터를 가방에 넣고 지퍼를 채웠다. "추울 거야."

보리스가 벽에 거만하게 기대어 섰다. "그럼 넌 어떻게 할 거야? 길거리에서, 기차역에서 살 거야? 어디서 살 건데?"

"전에 살던 친구 집에 전화할 거야."

"그 사람들이 널 원했으면 벌써 입양했을걸."

"할 수 없었어! 어떻게 그럴 수 있었겠어?"

보리스가 팔짱을 꼈다. "그 가족은 널 원하지 않아. 네가 직접 나한테 그랬잖아, 그것도 여러 번. 게다가 연락도 한 번 없었잖아."

"그렇지 않아." 잠시 혼란스러운 침묵이 흐르고 내가 말했다. 앤디는 겨우 몇 달 전에 나에게 (앤디로서는) 다소 긴 이메일을 보내서 학교에서 무슨 일이 있었는지, 테니스 코치가 우리 반 여자애들을 추행한 사건에 대해서 이야기했지만 나와는 너무 거리가 먼 삶이었기에 모르는 사람의 이야기를 읽는 것 같았다.

"애들이 너무 많아서?" 보리스가 약간 잘난 척하며 말했다. "집이 너무 좁아서? 너 기억나? 걔네 엄마 아빠는 네가 떠나서 기뻐했다며."

"꺼져." 나는 벌써부터 머리가 너무 아팠다. 사회복지사들이 나타나서 나를 뒷좌석에 태우면 어떻게 하지? 네바다 주에서 내가 전화할 만한 사람이 누가 있을까? 스피어 선생님? 플라야? 우리에게 프라모델도 없이 본드만 판 그 뚱뚱한 점원?

보리스가 나를 따라 아래층으로 내려왔고, 거실 한가운데에서 괴로운 표정의 포퍼가 우리를 멈춰 세웠다. 포퍼가 우리 앞으로 곧장 달려와서 앉더니 무슨 일이 벌어지고 있는지 정확히 안다는 듯이 우리를 빤히 보았다.

"아, 젠장." 내가 가방을 내려놓으며 말했다. 침묵이 흘렀다.

"보리스." 내가 말했다. "혹시 너—"

"안 돼."

"코트쿠는—"

"안 돼."

"아, 몰라." 내가 포퍼를 들어 올려 팔 밑에 끼우며 말했다. "집에 갇혀서 굶어 죽을지도 몰라. 저 여자랑 두고 가지는 않을 거야."

"근데 어디로 간다고?" 내가 현관을 향해 걸어가자 보리스가 말했다.

"어?"

"걸어서? 공항까지?"

"잠깐만." 내가 팝칙을 내려놓으며 말했다. 갑자기 속이 메슥거리고 양탄자에 와인을 토할 것만 같았다. "비행기에 개도 태울 수 있나?"

"아니." 보리스가 물어뜯은 엄지손톱을 뱉으면서 잔인하게 말했다.

보리스는 못되게 굴고 있었다. 때리고 싶었다. "좋아, 뭐." 내가 말했다. "공항에 가면 포퍼를 키우고 싶어 하는 사람을 만날지도 모르지. 아니면, 아, 몰라, 기차 탈래."

보리스가 뭔가 빈정거리려고 내가 잘 아는 표정으로 입술을 오므리다가 아주 갑작스럽게 표정이 흔들렸다. 내가 뒤를 돌아보자 잰드라가 거기 있었다. 이글거리는 눈빛에 마스카라가 번진 눈으로 계단 맨 위 층계참에서 흔들리고 있었다.

우리는 얼어붙은 채 그녀를 보았다. 몇백 년쯤 되는 듯한 시간이 흐르고, 잰드라가 입을 열었다가, 다시 닫았다가, 균형을 잡으려고 손잡이를 잡고, 쉰 목소리로 말했다. "래리가 은행 금고 열쇠 놓고 갔니?"

우리는 겁에 질려서 잠시 더 지켜보다가 잰드라가 대답을 기다리고 있음을 깨달았다. 머리가 건초 더미 같았다. 그녀는 어디가 어딘지도 몰랐고 너무나 불안정해서 계단에서 굴러떨어질 것 같았다.

"어, 네." 보리스가 큰 소리로 말했다. "아니, 아니요." 그런 다음, 잰드라가 계속 서 있자 다시 말했다. "괜찮아요. 침대로 돌아가세요."

잰드라가 뭐라고 중얼거리더니 불안한 발걸음으로 비틀거리며 사라졌다. 우리 두 사람은 잠깐 동안 꼼짝 않고 서 있었다. 그런 다음 내가 조용히, 뒷목이 따끔거리는 것을 느끼면서 가방을 들고 현관문을 빠져 나왔고 (그 집과 잰드라를 보는 것은 그때가 마지막이었지만 나는 주변을 둘러보지도 않았다) 보리스와 팝칙이 내 뒤를 따라 나왔다. 우리 셋은 빠른 걸음으로 집에서 멀어져 거리 끝까지 걸어갔다. 보도에서 달각달각 팝칙의 발소리가 났다.

"됐어." 보리스가 슈퍼마켓에서 물건을 훔치다 걸릴 뻔했을 때랑 똑같이 익살스러운 저음으로 말했다. "그래. 내 생각만큼 완전 뻗은 건 아니었나 봐."

나는 식은땀이 났고, 밤공기는 차갑지만 기분이 좋았다. 서쪽 어둠 속에서 불길하고 소리없는 섬광이 번득였다.

"음, 적어도 잰드라가 죽지 않았다는 건 알았잖아, 어?" 보리스가 킬킬거렸다. "걱정했거든. 젠장."

"전화 좀 빌려줘." 내가 재킷을 입으면서 말했다. "차를 불러야겠어."

보리스가 주머니에 손을 넣어서 전화기를 꺼내 나에게 주었다. 코트쿠를 감시하려고 산 선불 전화였다.

내가 버스가 잘 안 올 것 같은 라스베이거스 정류장 벤치마다 붙어 있던 전화번호 777-7777번 럭키 택시에 전화를 건 다음 돌려주려고 하자 보리스가 양손을 들고 말했다. "됐어. 가져가." 그러더니 돈뭉치—잰드라에게서 훔친 돈 중 그의 몫 반절—를 꺼내서 나한테 주려고 했다.

"됐어." 내가 불안하게 집을 돌아보면서 말했다. 잰드라가 다시 일어나서 우리를 찾아 나올까 봐 무서웠다. "네 거야."

"아니야! 너한테 필요할지도 몰라!"

"그건 필요 없어." 보리스가 몰래 끼워 넣지 못하도록 내가 주머니에 손을 찔러 넣고 말했다. "어쨌든, 너한테도 필요할지 모르잖아."

"아, 제발, 포터! 네가 당장 떠나지 않으면 좋겠어." 보리스가 거리를 따라 늘어선 빈집을 가리켰다. "우리 집에 가기 싫으면 저기서 하루 이틀 자! 저기 벽돌집에는 가구도 있어. 먹을 것도 갖다줄게."

"아니면, 아, 도미노에 전화해서 시켜도 되겠네." 내가 전화기를 재킷 주머니에 찔러 넣으며 말했다. "이젠 여기도 배달해주니까 말이야."

보리스가 움찔했다. "화내지 마."

"화내는 거 아냐." 그리고 사실이 그랬다. 다만 나는 너무나 어리둥절해서 깨어보면 책을 얼굴에 덮고 잠을 자고 있었구나 할 것 같았다.

나는 보리스가 하늘을 올려다보며 혼자 흥얼거리고 있음을 깨달았다. 엄마가 듣던 벨벳 언더그라운드 노래였다. *하지만 당신이 그 문을 닫으면…… 밤은 영원히 계속될지도 몰라요…….*

"너는?" 내가 눈을 비비며 말했다.

"어?" 보리스가 미소를 띠고 나를 보며 말했다.

"넌 어때? 내가 널 다시 볼 수 있는 거야?"

"아마도." 보리스는 바미와 카메이왈라그의 술집 여주인 주디, 그리고 지금까지 살면서 작별을 고해야 했던 다른 모든 사람들에게 인사할 때 썼을 듯한 경쾌한 말투로 말했다. "누가 알겠어?"

"하루 이틀 뒤에 나랑 만날래?"

"음—"

"나중에 나랑 합류하는 거야. 비행기 타고 와, 돈 있잖아. 전화해서 내가 어디 있는지 알려줄게. 싫다고는 하지 마."

"좋아, 그럼." 보리스가 여전히 경쾌한 목소리로 말했다. "싫다고 안 할게." 하지만 보리스의 말투는 싫다고 말하고 있었다.

나는 눈을 감았다. "아, 세상에." 너무 피곤해서 비틀거렸다. 땅바닥에 누워버리고 싶은 충동, 나를 보도로 끌어당기는 물리적인 힘과 싸워야 했다. 눈을 뜨자 보리스가 걱정스럽게 나를 보고 있었다.

"네 꼴 좀 봐." 보리스가 말했다. "넘어질 뻔했잖아." 그가 주머니에 손을 넣었다.

"싫어, 싫어, 싫어." 내가 보리스의 손에 들린 것을 보고 물러서면서 말했다. "절대 안 돼. 꿈도 꾸지 마."

"기분이 나아진다니까!"

"지난번에도 그럴 거라고 했잖아." 난 해초나 노래하는 별들은 이제 싫었다. "진짜야, 필요 없어."

"이건 달라. 완전 달라. 정신을 차리게 해준다니까. 머리를 *맑게* 해줘, 장담할게."

"알았어." 정신을 차리고 머리를 맑게 해주는 약이라니, 전혀 보리스의 취향이 아닐 것 같았지만 사실 보리스가 나보다 상당히 멀쩡해 보였다.

"날 봐." 보리스가 이성적으로 말했다. "그래." 그는 내가 설득당했음을 알았다. "내가 지금 헛소리해? 입에 거품 물고 있어? 아니잖아, 널 돕고 있잖아! 자." 보리스가 자기 손등에 약을 조금 꺼내면서 말했다. "자, 내가 해줄게."

나는 이게 속임수라고, 그 자리에서 기절했다가 어딘지 모르는 곳에서, 길 건너 빈집 중 한 곳에서 깰지도 모른다고 반쯤 생각했다. 하지만 너무 피

476

곤해서 더 이상 상관없었고, 어쨌든 그것도 나쁘지 않을 것 같았다. 내가 몸을 앞으로 기울였고 보리스가 손가락 끝으로 내 콧구멍 한쪽을 막아도 가만히 놔두었다. "자!" 보리스가 격려하듯 말했다. "이렇게. 자, 들이마셔."

약을 들이마시자마자 기분이 나아졌다. 기적 같았다. "와." 내가 말했다. 강렬하고 기분 좋은 냄새가 코를 찔렀다.

"내가 그랬잖아." 보리스는 벌써 약을 더 꺼내고 있었다. "자, 이번엔 반대쪽 코로. 숨 쉬지 마. 그래, 지금이야."

보리스를 포함해서 모든 것이 더 밝고 더 뚜렷해 보였다.

"내가 뭐랬어?" 보리스가 이번에는 자기가 하려고 약을 더 꺼냈다. "내 말 안 들은 게 후회되지?"

"이걸 팔아버린다니, 세상에." 내가 하늘을 올려다보며 말했다. "왜?"

"비싸거든, 사실. 몇천 달러 정도."

"이렇게 조금인데?"

"이렇게 조금이라니! 그램 수로 꽤 돼, 아마 20그램 넘을 거야. 조금씩 나눠서 K. T. 베어맨 같은 여자애들한테 팔면 한몫 단단히 벌 수 있어."

"K. T. 베어맨을 알아?" 케이티 베어맨은 우리보다 한 학년 위로, 자기 차—검정색 컨버터블—도 있고 우리와는 사회적 계층이 너무나 달라서 유명한 영화배우나 마찬가지였다.

"당연하지. 스카이, KT, 제시카, 그런 애들 다 알아. 아무튼—" 보리스가 다시 약을 권했다. "이제 코트쿠가 갖고 싶어 하던 건반을 사줄 수 있어. 돈 걱정은 이제 끝이다."

함께 약을 몇 번 하고 나니 전반적인 상황과 미래가 훨씬 더 낙관적으로 느껴졌다. 보리스와 내가 거리에 서서 코를 문지르며 지껄이고 포퍼가 신기하다는 듯이 우리를 올려다보고 있으니 뉴욕의 근사함이 바로 내 혀끝에 놓여 있어서 사라지기 전에 전할 수 있을 것만 같았다. "내 말은, 진짜 멋지다니까." 내가 말했다. 말이 소용돌이치면서 입 밖으로 튀어나왔다. "진짜야, 너도 가야 돼. 같이 브라이턴 해변에 가면 되겠다, 거기 러시아 사람들이 살거든. 음, 난 가본 적 없지만. 그래도 전철이 거기까지 가, 종점이야. 커다란 러시아인 마을이 있는데 훈제 생선이랑 철갑상어 알이 나오는 식당도 있어. 엄마랑 항상 언젠가 거기 가서 맛있는 걸 먹자고 이야기했었는데. 엄마가 일 때문에 알게 된 보석 세공사가 좋은 식당을 추천해줬는데 한 번도 못 가봤어. 진짜 좋을 거야. 그리고, 그러니까 나한테 학교에 갈 돈도 있으니까, 네가 나 *대신* 가면 돼. 아니— 진짜야, 완전 괜찮아. 난 장학금이 있으니까. 음, 있었는데. 어쨌든 그 아저씨가 교육을 위해서 쓸 수 있는 돈이라고 했으니까, 누가 교육을 받든 상관없어. 나 혼자 쓰는 게 아니야. 우리 둘이 쓰고도 남을 정도야. 하지만, 음, 공립학교라면 말이야. 뉴욕은 공립학교도 괜찮아, 거기 다니는 애들을 알아. 난 공립학교도 괜찮아."

내가 아직도 주절주절 이야기를 하고 있을 때 보리스가 불렀다. "포터." 내가 대답을 하기도 전에 그가 양손으로 내 얼굴을 잡고 입술에 키스를 했다. 나는 눈을 깜빡이며 서 있었고—내가 무슨 일이 일어나고 있는지 깨닫기도 전에 입맞춤이 끝났다—보리스가 포퍼를 안아 올리더니 코끝에 입을 맞추었다.

그런 다음 포퍼를 나에게 건네주었다. "저기 택시 왔다." 보리스가 마지막으로 포퍼의 털을 헝클어뜨리며 말했다. 내가 돌아서 보니 정말 승용차가 저 아래에서 주소를 살피며 느릿느릿 올라오고 있었다.

보리스와 내가 마주 보고 섰다. 나는 너무 놀라서 숨을 헐떡였다.

"행운을 빌어. 널 잊지 않을 거야." 보리스가 이렇게 말한 다음 포퍼의 머리를 톡톡 쓰다듬었다. "안녕, 팝칙." 그러고는 나에게 말했다. "애 잘 돌봐줄 거지?"

나는 나중에—택시에 타서, 그리고 그다음에도—그 순간을 떠올리면서 내가 그렇게 아무렇지도 않게 손을 흔들고 뒤돌아선 것에 놀라곤 했다. 왜 마지막으로 한 번만 더 보리스의 팔을 붙잡고 차에 타라고 간청하지 않았을까? *야, 이러지 마, 보리스라고,* 학교를 빼먹는 것과 같다고, 해가 뜨면 우리는 옥수수밭을 내려다보면서 아침을 먹고 있을 거라고 왜 말하지 않았을까? 나는 보리스를 잘 알았기 때문에 적당한 순간에 적당한 방법으로 부탁하면 무엇이든 하리란 걸 알고 있었다. 내가 돌아서던 바로 그때 같이 가자고 한 번만 더 말했다면 보리스는 웃으면서 차에 올라탔을 것이다.

하지만 나는 붙잡지 않았다. 그리고 사실, 붙잡지 않은 것이 나았는지도 모른다. 지금은 이렇게 말해도 사실 한참 동안 쓰라리게 후회했지만 말이다. 나는 어색하게 이야기를 늘어놓으면서 무슨 말이든 하고 싶어 안달이던 그때 혀끝에서 맴돌던 그 말을, 한 번도 얘기하지 않았던 그 말을 불쑥 내뱉지 않아서 무엇보다도 다행이라고 생각했다. 내가 거리에서 보리스에게 소리 내어 말하지 않아도 우리 두 사람 모두 잘 아는 사실이었다. 그건 물론, *사랑해*라는 말이었다.

20

너무 피곤했기 때문에 약효는, 적어도 좋은 부분은, 오래가지 않았다. 택시 기사—말투를 들으니 뉴욕에서 온 사람이었다—는 즉시 뭔가 이상하다는 생각이 들었는지 나에게 전국 가출자 상담 전화 명함을 주려고 했지만 내가 거절했다. 기차역으로 가자고 했더니 (라스베이거스에 기차가 있는지 없는지도 몰랐지만 분명 있을 거라고 생각했다) 그가 고개를 저으며 말했다. "안경 소년, 너도 알고 있는 거지? 앰트랙*은 개 안 받아줘."

* Amtrak ; 미국 전국 철도 여객 공사.

"못 타요?" 내가 말했다. 심장이 철렁 내려앉았다.

"비행기에는 태워줄지도 몰라. 나도 모르지만." 택시 기사는 좀 젊은 사람으로, 말이 빠르고 얼굴이 어려 보이고 약간 뚱뚱했고, '펜 텔러 : 리오 라이브 공연'이라고 적힌 티셔츠를 입고 있었다. "상자나 뭐 그런 게 있어야 될걸. 버스가 받아줄 확률이 제일 높지. 하지만 일정 나이 이하는 부모님 허락이 없으면 못 타."

"말했잖아요! 아빠가 돌아가셨다니까요! 아빠 애인이 날 동부의 친척들에게 돌려보내는 거예요."

"음, 야, 그럼 걱정할 거 없잖아, 안 그래?"

차를 타고 가는 내내 나는 입을 다물었다. 아빠가 죽었다는 사실이 아직 실감 나지 않았고, 가끔 고속도로를 쌩하고 달리는 불빛을 보면 그 생각에 다시 구역질이 밀려왔다. 사고라니. 적어도 뉴욕에 살 때는 아빠가 음주운전을 할까 봐 걱정할 필요가 없었다. 제일 큰 걱정은 달리는 차 앞으로 쓰러지거나 새벽 세 시에 싸구려 술집 앞에 숨어서 지갑을 노리는 사람의 칼에 찔리는 것이었다. 아빠의 시체는 어떻게 될까? 난 엄마의 유해를 센트럴파크에 뿌렸는데, 그것은 확실히 불법이었다. 나는 어느 날 저녁, 아직 완전히 어두워지기 전에 앤디와 함께 호수 서쪽의 사람이 없는 곳까지 걸어가서 앤디가 망을 보는 동안 단지를 비웠다. 유해를 진짜로 뿌리는 행위보다 나를 훨씬 더 괴롭혔던 것은 단지가 포르노 광고지에 싸여 있다는 사실이었다. 월석과 같은 색깔의 회색 재가 5월의 황혼을 받으며 소용돌이칠 때 내 눈에 들어온 문구는 '상냥한 아시아 아가씨들'과 '축축하고 뜨거운 오르가슴'이었다.

빛이 보이고 차가 멈췄다. "다 왔다, 안경 소년." 택시 기사가 한쪽 팔을 좌석에 걸치고 고개를 돌렸다. 그레이하운드 고속버스 정류장이었다. "이름이 뭐라고 했지?"

"시오예요." 나는 별생각 없이 대답했다가 금방 후회했다.

"그래, 시오. 난 J. P.야." 그가 뒷좌석으로 손을 뻗어 악수를 했다. "내 충고 하나 들어볼래?"

"좋아요." 내가 약간 겁을 먹으며 말했다. 여러 가지가 있었지만 그중에서도 이 남자가 거리에서 보리스가 내게 키스하는 장면을 봤을지도 모른다는 생각 때문에 엄청나게 불편했다.

"내가 상관할 일은 아니지만, 저 털 뭉치를 데리고 들어가려면 뭔가가 필요할걸."

"네?"

그가 고갯짓으로 내 가방을 가리켰다. "거기에 들어가니?"

"음—"

"어쨌든 가방 검사도 할 거야, 아마. 가지고 타기엔 가방이 좀 큰 거 같은데— 아마 짐칸에 실을걸. 비행기랑은 다르거든."

"난—" 생각하기도 너무 벅찬 문제였다. "난 아무것도 없어요."

"잠깐만. 뒤쪽 내 사무실에 뭐 없는지 보고 올게." 그가 차에서 내려 트렁크로 갔다가 미국을 푸르게라고 적힌 커다란 캔버스 쇼핑백을 가지고 돌아왔다.

"내가 너라면 이 털 뭉치는 놓고 들어가서 표부터 살 거야. 혹시 모르니까 앤 여기 놔두고 갔다 와."

보호자가 서명한 '보호자 미동행 아동' 서류가 없으면 그레이하운드 고속버스를 못 탄다는 새 친구의 말이 맞았고, 아이들에 대한 다른 규제들도 있었다. 창구 직원—머리카락을 전부 뒤로 넘겨 묶은 멕시코계 여자—이 억양 없는 말투로 길고 불길한 목록을 죽 읽었다. '환승 금지', '다섯 시간 이상 연속 탑승 금지'. 또 '보호자 미동행 아동' 서류에 적혀 있는 사람이 확실한 신분증을 가지고 마중을 나오지 않으면 나는 아동 보호 서비스나 도착

지역 경찰의 보호를 받게 되어 있었다.

"하지만—"

"15세 미만 아동은 전부 해당돼. 예외는 없어."

"하지만 전 열다섯 살 넘었는데요." 내가 뉴욕 주에서 발급한 아주 공식적인 느낌의 신분증을 허둥지둥 꺼내면서 말했다. "저 열다섯 살이에요. 보세요." 엔리케는—그가 말하는 시스템에 내가 들어갈 경우에 대비해서—엄마가 죽은 직후에 내 사진을 찍어주었다. 당시에는 빅브러더의 발톱이 이렇게 멀리까지 미치는구나 싶어서(앤디는 호기심 어린 눈으로 신분증을 보면서 "와, 너만의 바코드가 생겼네"라고 말했다) 무척 화가 났지만 이제는 엔리케가 선견지명으로 나를 시내로 데리고 가서 중고 자동차를 등록하듯 등록해준 것에 감사했다. 내가 싸구려 형광등 밑에서 난민처럼 뻣뻣하게 굳은 자세로 기다리는 동안 직원은 카드를 여러 각도에서 여러 조명에 비춰 살펴본 끝에 진짜라는 결론을 내렸다.

"열다섯 살이란 말이지." 그녀가 신분증을 돌려주며 의심스럽다는 듯 말했다.

"맞아요." 내가 열다섯 살로 보이지 않는다는 건 나도 알았다. 책상 옆 커다란 표지판에 빨간 글씨로 '개, 고양이, 새, 설치류, 파충류, 기타 동물 운송 금지'라고 적혀 있었기 때문에 나는 포퍼에 대해서 절대로 솔직하게 말할 수 없음을 깨달았다.

버스 시간은 운이 좋았다. 환승으로 뉴욕까지 연결되는 1시 45분 버스가 15분 뒤에 출발한다고 했다. 기계가 소리를 내며 표를 뱉어낼 때 나는 포퍼를 어떻게 할까 멍하니 생각하고 있었다. 나는 밖으로 걸어 나가면서 택시 기사가 가버렸기를, 더욱 사랑이 넘치고 안전한 집으로 포퍼를 데리고 갔기를 반쯤 바랐지만, 그는 레드불을 마시면서 핸드폰으로 통화를 하고 있었고 포퍼는 어디에도 보이지 않았다. 그가 나를 보고 전화를 끊었다. "어떻게 됐어?"

"어디 있어요?" 정신이 혼미해진 내가 뒷좌석을 보며 말했다. "어떻게 한 거예요?"

그가 웃었다. "지금은 안 보이지만…… 짜잔!" 남자가 과장된 몸짓으로 앞좌석의 캔버스 가방에서 대충 접어놓은 〈USA 투데이〉를 치웠다. 캔버스 가방 안의 마분지 상자에 만족스럽게 앉아서 감자 칩을 아작아작 먹고 있 는 것은 바로 포퍼였다.

"주의 돌리기지." 그가 말했다. "상자가 가방을 채우니 개의 모양이 드러 나지도 않고 개가 움직일 수 있는 공간도 조금 더 생겨. 그리고 신문은 완벽 한 소품이야. 개를 가려주는 동시에 가방이 가득 찬 것처럼 보이게 하지만 무게를 더하지도 않으니까."

"괜찮을까요?"

"음, 뭐 얘 진짜 작잖아. 한 이삼 킬로그램 나가나? 얘 조용하니?"

내가 상자 바닥에서 몸을 말고 있는 포퍼를 미심쩍게 보았다. "항상 그렇 진 않아요."

J. P.가 손등으로 입을 닦은 다음 감자 칩 봉지를 나에게 주었다. "꼼지락 거리면 이걸 줘. 버스가 몇 시간에 한 번씩 설 거야. 최대한 뒤쪽에 앉고, 볼 일을 보게 하려면 정류장에서 멀리 떨어진 곳까지 가서 풀어주고."

나는 캔버스 가방을 어깨에 메고 가방에 팔을 걸쳤다. "티 나요?"

"아니. 모르겠는데. 그런데, 조언 하나 해줄까? 마술사의 비밀인데."

"네."

"그렇게 가방을 내려다보지 마. 가방만 빼면 어딜 봐도 상관없어. 경치를 보든, 네 신발 끈을 보든. 그래, 그렇게. 맞아, 그거야. 자신감을 가지고 자연 스럽게. 그게 중요한 패야. 사람들이 널 의심스럽게 보면 허둥대면서 떨어 뜨린 콘택트렌즈를 찾는 척이라도 하면 돼. 감자 칩을 쏟든, 발가락을 찧든,

음료수를 먹다가 기침을 하든, 뭐든 해봐."

나는 생각했다. 와, 괜히 럭키 택시라고 부르는 게 아니었구나.

내가 생각을 소리 내어 말하기라도 한 것처럼 J. P.가 또 웃었다. "정말 말도 안 되는 규칙이야, 개를 버스에 태우지 말라니." 그가 레드불을 한 모금 더 꿀꺽 마시면서 말했다. "내 말은, 그러면 어쩌라는 거야? 도로가에 버리기라도 하란 말이야?"

"혹시 마술사 같은 거예요?"

J. P.가 웃었다. "어떻게 알았어? 뉴올리언스에서 카드 마술 공연을 해. 너도 볼 수 있는 나이라면 언제 한번 와서 보라고 할 텐데. 아무튼 비결은, 항상 속임수가 있는 곳에서 사람들의 시선을 다른 곳으로 돌리는 거야. 그게 마술의 첫 번째 법칙이야, 안경 소년. 주의 돌리기. 절대 잊지 마."

21

유타 주. 해가 뜨자 화성처럼 인간미 없는 풍경을 배경으로 샌라파엘 산악 지대가 펼쳐졌다. 사암과 혈암, 협곡과 황량한 녹빛 메사 지형. 나는 좀처럼 잠을 이루지 못했는데, 약 때문이기도 했지만 포퍼가 부스럭거리거나 낑낑거릴지도 모른다는 걱정 때문이기도 했다. 하지만 구불구불한 산길을 지나는 동안 포퍼는 아주 조용했고 내 옆 창가 자리에 놓인 가방 안에 말없이 앉아 있었다. 알고 보니 내 가방은 버스에 들고 타도 되는 크기였고, 그래서 나는 여러 가지 이유로 기뻤다. 스웨터와 《바람과 모래와 별들》을, 그리고 무엇보다도 그림을 가지고 탈 수 있었기 때문이다. 그림은 꽁꽁 싸여서 보이지 않는 곳에 들어 있는데도 십자군 전사가 전쟁에 들고 나가는 성화처럼 나를 지켜주는 물건 같았다. 버스 뒤쪽에는 무릎에 플라스틱 음식 용기를 몇 개 올려놓은 수줍음 많아 보이는 라틴아메리카계 커플과 술에 취해서 혼잣말을 하는 노인밖에 없었고, 우리는 유타 주를 지나 콜로라도 주 그랜드정크션시까지 구불구불한 길을 문제없이 지났다. 콜로라도에서 50분간 휴식이었다. 나는 유료 사물함에 여행 가방을 넣고 잠근 다음 버스 기사의 시야에서 한참 벗어난 버스 정류장 뒤쪽으로 가서 포퍼를 산책시키고, 버거킹에서 우리가 먹을 햄버거를 두 개 사고, 쓰레기통에서 찾은 낡은 플라스틱 포장 용기 뚜껑에 물을 부어서 포퍼에게 주었다. 내가 그랜드정크션부터 우리가 중간에 내려야 하는 덴버까지 한 시간 16분을 자는 동안 해가 졌고, 덴버에서 내린 포퍼와 나는 드디어 버스에서 내린 것이 너무 좋아서 달리고 또 달렸다. 어둑어둑하고 모르는 거리까지 가는 바람에 길을 잃을까 봐 걱정이 됐지만, 점원들이 젊고 친절한 (카운터에 서 있던 보라색 머리 여자는 바깥에 매어둔 포퍼를 보고 "데리고 들어와! 우린 개를 정말 좋아하거든!"이라고 말했다) 히피 분위기의 커피 가게를 발견해서 정말 기뻤고, 거기서 칠면조 샌드위치 두 개(하나는 나, 하나는 포퍼)에다가 채식주의자용 브라우니, 기름진 종이봉투에 든 가정식 채식 개 비스킷도 하나 샀다.

나는 늦게까지 책을 읽었다. 흐릿한 불빛이 크림색 종이에 노란 동그라미를 그렸고 그동안 버스는 미지의 어둠을 빠르게 지나가면서 로키산맥 대분수령을 넘어 산맥에서 벗어났으며 덴버에서 실컷 뛰어다닌 포퍼는 가방 안에서 행복하게 눈을 붙였다.

나는 중간에 잠이 들었다가 다시 일어나서 책을 조금 더 읽었다. 새벽 두 시, 생텍쥐페리가 비행기가 사막에 추락했던 이야기를 들려주고 있을 때 버스가 캔자스 주 설라이나('미국의 교차로')에 들어섰다. 20분의 휴식 시간이 주어져서 포퍼와 나는 나방들이 달려드는 나트륨등 밑에서 어둡고 아무도 없는 주유소 주차장을 뛰어다녔다. 나는 책 생각으로 머리가 가득했지만 평생 처음으로 엄마가 나고 자란 캔자스 주에 왔다는 낯선 기분을 즐기고 있었다. 엄마가 외할아버지와 함께 돌아다닐 때 이 마을도 지나갔을까, 자동차들이 9번 주간 고속도로 출구를 쌩쌩 달리고 텅 빈 벌판에서 조명을 받아 우주선처럼 보이는 곡물 저장 탱크들이 몇 킬로미터씩 늘어선 여기도 왔을까? 졸리고 지저분한 데다가 지치고 추위에 떨던 나와 팝칙은 다시 버스에 타서 설라이나에서 토피카까지, 또 토피카에서 미주리 주 캔자스시티까지 갔다. 캔자스시티에 도착한 건 아침 해가 뜰 때였다.

엄마는 종종 자기가 자란 고향은 정말 평평하다고—너무 평평해서 몇 킬로미터 멀리 평원에서 뱅글뱅글 도는 사이클론이 보일 정도라고—말했지만 그래도 나는 캔자스시티의 광대함을, 너무나 거대해서 그 무한함에 눌려 짜부라지는 기분이 들 정도로 넓은 하늘을 믿을 수가 없었다. 정오쯤 세인트루이스에서 한 시간 반의 휴식 시간을 가진 다음 (포퍼를 산책시킬 시간이 아주 많았고 점심으로 정말 맛있는 로스트비프 샌드위치를 먹었지만 주변이 너무 위험해서 더 멀리 가지는 않았다) 정류장으로 돌아와서 다른 버스로 갈아탔다. 다음 버스에 타고 나서 겨우 한두 시간쯤 지났을 때 버스가 서서 잠에서 깼더니 포퍼가 가방 밖으로 코끝을 내밀고 조용히 앉아 있었고 밝은 분홍색 립스틱을 바른 중년 흑인 여성이 나를 내려다보며 서서 천둥처럼 외쳤다. "버스에 개를 데리고 타면 안 돼요."

나는 어쩔 줄 몰라 그녀를 바라보았다. 그리고 그녀가 승객이 아니라 모자와 제복을 입은 버스 기사라는 걸 깨닫자 공포가 밀려왔다.

"내 말 들려요?" 여자가 공격적으로 머리를 좌우로 꺾으면서 다시 말했다. 그녀는 프로 권투 선수만큼이나 어깨가 넓었고 아주 인상적인 가슴에는 드니스라고 적힌 이름표가 달려 있었다. "이 *버스*에는 개를 태우면 안 돼요." 그러더니 그녀는 서둘러 *개를 얼른 다시 가방에 넣어!*라는 듯한 손짓을 했다.

나는 포퍼의 머리를 가린 다음—포퍼는 별로 신경 쓰지 않는 것 같았다—똑바로 앉았다. 심장이 급속도로 쪼그라들었다. 우리가 선 곳은 일리노이 주 에핑엄이라는 도시였다. 에드워드 호퍼의 그림에 나올 법한 집들, 무대 세트 같은 법원 청사, 손 글씨로 *기회의 갈림길!*이라고 적은 깃발.

기사가 손가락으로 휙 훑었다. "여기 뒷좌석에 앉은 분들 중에서 이 동물을 태우는 것에 반대하는 분 계신가요?"

뒷좌석의 다른 승객들(양 끝이 위로 올라간 콧수염을 기른 단정치 못한 남자, 치아 교정기를 착용한 성인 여자, 초등학생 여자애를 데리고 탄 불안해 보이는 흑인 엄마, 코에 산소 탱크 튜브를 꽂은 배우 W. C. 필즈를 닮은 노인)은 모두 너무 놀라서 아무 말도 못 하는 것 같았지만, 눈이 동그래진 여자애가 거의 알아볼 수 없게 *아니요*라고 고개를 저었다.

기사는 기다렸다. 그리고 주변을 둘러보았다. 그런 다음 다시 나를 보았다. "좋아. 너랑 이 개한테는 좋은 소식이야. 하지만 만약에—" 그녀가 내 앞에서 손가락을 흔들었다. "만약에 누구든 네가 동물을 데리고 탔다고 불평하면 넌 언제든지 내려야 돼. 알겠니?"

쫓아내지 않는다고? 나는 무서워서 꼼짝도 못하고 말도 한 마디 못한 채 그녀를 보며 눈을 깜빡였다.

"*알겠어?*" 그녀가 더욱 불길한 목소리로 한 번 더 말했다.

"감사합니다."

기사가 약간 적대적으로 고개를 저었다. "아, 아니야. 나한테 고맙다고 하지 마. 불평이 단 한 마디라도 들리면 당장 내리라고 할 테니까. 단 한 마디라도 말이야."

나는 벌벌 떨며 앉아 있었고 기사는 통로를 성큼성큼 걸어가서 버스를 출발시켰다. 흔들거리며 주차장을 나설 때 다른 승객들이 모두 나를 보고 있는 것이 느껴졌지만 나는 너무 무서워서 그들을 볼 수도, 흘끔거릴 수도 없었다.

포퍼가 내 무릎 위에서 작게 한숨을 쉬고 다시 자리를 잡았다. 나는 포퍼를 좋아했고 불쌍하다고 생각했지만 개 자체로서 포퍼가 특별히 흥미롭다거나 똑똑하다고 생각한 적은 한 번도 없었다. 오히려 나는 포퍼가 더 멋진 개였으면, 보더콜리나 래브라도나 구조견, 보호소에서 데려온 똑똑하지만 겁에 질린 피트 혼혈종, 공을 쫓아다니고 사람을 무는 공격적인 잡종견이었으면 좋겠다고 생각할 때가 더 많았다. 나는 사실 포퍼 같은 개만 아니라면 어떤 개라도 좋겠다고 생각했다. 포퍼는 여자애들이나 키우는 장난감 같은 강아지, 같이 다니면 완전 게이 같아 보여서 거리에서 산책을 시키기 창피한 개였다. 포퍼가 귀엽지 않다는 건 아니었다. 사실 포퍼는 많은 사람들이 좋아하는 깡충깡충 뛰는 털 뭉치 같은 작은 강아지, 그 자체였다. 나는 그러지 않겠지만 통로 건너편에 앉은 애처럼 어린 여자애들은 길가에서 포퍼를 발견하면 집으로 데려가서 리본을 묶어주지 않았을까?

나는 뻣뻣하게 앉아서 청천벽력 같은 공포를, 운전사의 표정이 얼마나 무서웠고 내가 얼마나 놀랐었는지를 계속 생각하고 있었다. 정말 무서운 것은 이제 운전사가 포퍼와 함께 버스에서 내리라고 하면 일리노이 주 한가운데의 황무지라 해도 내려야 한다는 것이었다. 내린 다음에는 어떻게 해야 할까? 비 내리는 옥수수밭 옆 도로가에 서서. 어쩌다가 나는 이 우스꽝스러운 동물을 좋아하게 되었을까? 그것도 잰드라가 고른 작은 애완견을?

나는 일리노이 주와 인디애나 주를 지나는 내내 흔들리면서 경계를 늦추지 않고 앉아 있었다. 너무 무서워서 잠을 잘 수가 없었다. 나무들은 헐벗었고 스쳐 지나가는 집들의 현관에는 핼러윈 호박들이 썩고 있었다. 통로 건너편의 어머니가 어린 딸을 안고 아주 조용히 노래를 부르고 있었다. 넌 나의 태양. 나는 택시 기사가 준 감자 칩 부스러기밖에 먹을 것이 없었고―입안에 소금 맛이 찝찝하게 남았고 창밖으로 산업 지대의 작고 평범한 마을들이 지나갔다―춥고 황량한 기분으로 쓸쓸한 들판을 내다보며 예전에 엄마가 불러주던 노래들을 생각했다. 뚜 뚜 뚯, 안녕, 뚜 뚜 뚯, 울지 마. 마침내 오하이오 주에 접어들어 어둠이 내리고 저 멀리 작고 슬퍼 보이는 집들의 불빛이 하나둘씩 켜질 때가 되어서야 나는 마음을 놓고 꾸벅꾸벅 졸았고, 고개를 가누지 못하며 자다가 차갑고 하얗게 불이 밝혀진 도시 클리블랜드에 도착해서 새벽 두 시에 버스를 갈아탔다. 포퍼를 산책시켜야 한다는 것은 알지만 누가 우리를 볼까 봐 오래 산책을 시키기가 두려웠다(발각되면 어떻게 하지? 클리블랜드에서 영원히 살아야 하나?). 하지만 포퍼도 겁을 먹은 것 같았기에 우리는 10분 동안 길모퉁이에 덜덜 떨며 서 있다가 내가 포퍼에게 물을 먹이고 가방에 다시 넣은 다음 정류장으로 돌아와 버스에 탔다.

한밤중이었고 다들 반쯤 자고 있었기 때문에 갈아타기가 더 쉬웠다. 우리는 다음 날 정오에 버펄로에서 버스를 한 번 더 갈아탔고, 버스는 정류장에 쌓인 진눈깨비를 저벅저벅 밟으며 나갔다. 바람이 날카롭고 축축한 날로 베는 것 같았다. 사막에서 2년을 살았더니 진짜 겨울이, 살을 에듯이 아주 추운 겨울이 어떤 것인지 잊어버렸다. 보리스는 내가 보낸 문자에 하나도 답을 하지 않았는데, 코트쿠의 번호로 보냈으니 그럴 만은 했다. 어쨌든 나는 문자를 한 번 더 보냈다. 뉴욕 주 버펄로임. 오늘 밤에 뉴욕 도착. 무사하길 빈다. X한테서는 소식 없어?

버펄로에서 뉴욕 시까지는 멀었지만 버스가 시러큐스 시에 잠깐 섰을 때 비몽사몽간에 산책을 하고 포퍼에게 물을 주고 달리 먹을 게 없어서 치즈 데니시 페이스트리를 두 개 샀을 뿐, 버테이비아와 로체스터와 시러큐스와 빙엄턴을 지나는 내내 나는 창에 뺨을 대고 잤다. 틈새로 차가운 공기가 들어왔고, 흔들리는 버스는 《바람과 모래와 별들》속 사막 높이 뜬 외로운 조종석으로 나를 다시 데려갔다.

지금 생각해보면 나는 클리블랜드에서 버스를 갈아탄 후부터 조용히 아팠던 것이 틀림없었지만, 마침내 뉴욕 포트어소리티 터미널에 도착해서 버스에서 내렸을 때는 한밤중이었고 열이 펄펄 끓었다. 무척 춥고 다리가 후들거렸고 내가 그토록 갈망하던 도시는 낯설고 시끄럽고 춥게만 느껴졌으며 배기가스와 쓰레기와 낯선 사람들이 사방에서 나를 스치며 지나갔다.

터미널은 경찰관으로 가득했다. 어딜 봐도 가출 청소년 쉼터와 가출 청소년 상담 전화 안내판이 있었고, 특히 어떤 여자 경찰관은 서둘러 나가는 나를—60시간 이상 버스를 타느라 지저분하고 지쳤기 때문에 걸리면 검사를 통과하지 못할 것이 뻔했다—의심스러운 눈으로 보았지만 아무도 나를 불러 세우지 않았다. 나는 터미널 문을 나서서 한참 멀어질 때까지 뒤를 돌아보지 않았다. 거리로 나서니 다양한 나이와 국적의 남자들이 나를 불렀고, 부드러운 목소리들이 온갖 방향에서 들려왔다(어이, 꼬마야! 어디 가니? 태워줄까?). 특히 어떤 빨강 머리 남자는 착하고 평범하고 나보다 그리 나이가 많지 않은 것 같았고 친구가 될 수 있을 만한 사람처럼 보였지만, 나는 뉴욕을 충분히 잘 알았기 때문에 그의 활기찬 인사를 무시하고 목적지가 있는 것처럼 계속 걸었다.

나는 바깥으로 나가서 걸으면 포퍼가 무척 좋아하겠다고 생각했지만 8번가는 포퍼에게 너무 벅차서 포퍼를 보도에 내려놓아도 무서워서 한 블록도 가지 못했다. 포퍼는 도시에 나와본 적이 없었기 때문에 자동차부터 경적 소리, 사람들의 다리, 보도를 굴러다니는 빈 비닐봉지 등 모든 것에 겁을 먹었다. 포퍼는 계속 깜짝 놀라 펄쩍 뛰고, 횡단보도로 뛰어들고, 이리저리 뛰어다녔다. 포퍼가 겁에 질려서 내 뒤를 미친 듯이 쫓아오다가 뱅뱅 돌아서 목줄을 내 다리에 감아버리는 바람에 나는 신호를 놓치지 않으려고 속력을 내서 달리는 밴 앞으로 넘어질 뻔했다.

나는 허우적대는 포퍼를 안아서 다시 가방에 넣고 (포퍼는 화가 나서 부스럭거리며 호통을 쳤지만 곧 조용해졌다) 러시아워의 인파 속에서 지금 여기가 어딘지 파악하려고 애썼다. 모든 것이 내 기억보다 더럽고 불친절한 것 같았고, 그리고 더 추웠다. 거리는 낡은 신문처럼 회색이었다. *크 페르(Que faire)?** 엄마는 자주 그렇게 말했다. 나는 엄마가 가볍고 아무렇지 않은 목소리로 그렇게 말하는 소리가 들리는 것만 같았다.

나는 아빠가 부엌 찬장을 시끄럽게 열었다 닫았다 하면서 한잔하고 싶다고 투덜거릴 때 '한잔하고 싶다'라는 것이 무슨 뜻인지, 물도 펩시콜라도 다른 그 무엇도 아니라 오로지 알코올만이 마시고 싶다는 것이 어떤 기분인지 종종 궁금했다. *이제 알겠다.* 내가 음울하게 생각했다. 나는 맥주가 정말 마시고 싶었지만 식품점에 가서 신분증도 없이 술을 사려고 할 만큼 멍청하지는 않았다. 나는 파블리콥스키 씨의 보드카를, 내가 매일 당연하게 마셨던 따뜻하고 톡 쏘는 맛을 간절하게 생각했다.

더욱 중요한 문제가 있었다. 나는 배가 고파 죽을 것 같았다. 조금 가다가 근사한 컵케이크 가게가 나오자 배가 너무 고팠던 나는 곧장 들어가서 제일 먼저 눈에 들어온 것을 샀다(알고 보니 무슨 바닐라 필링이 든 녹차 맛 컵케이크였는데 이상하지만 그래도 맛있었다). 단것을 먹자마자 기분이 나아졌다. 나는 손가락에 묻은 커스터드를 빨아가며 컵케이크를 먹었고 분명한 목적이 있는 것처럼 움직이는 사람들을 감탄하며 보았다. 라스베이거스를 떠날 때는 앞날에 대해서 훨씬 더 자신 있었다. 내가 나타나면 바버 부인이 사회복지과에 전화를 해서 알릴까? 나는 그러지 않을 것이라고 생각했지만 이제는 의구심이 들었다. 게다가 포퍼라는 별로 사소하지 않은 문제도 있었다. 앤디는 (유제품, 견과류, 반창고, 샌드위치용 머스터드, 그리고 집 안에서 흔히 찾을 수 있는 스물다섯 가지쯤 되는 품목에 대한 알레르기와 함께) 심각한 개 알레르기가 있었다. 사실 개뿐만 아니라 고양이, 말,

---

* '어쩌겠어?'라는 뜻.

서커스 동물, 2학년 때 우리 반에서 키웠던 기니피그(이름이 '피그 뉴턴'이었다)에 대해서도 마찬가지였기 때문에 앤디네 집에는 애완동물이 없었다. 어쨌든 라스베이거스에서는 앤디의 알레르기가 극복할 수 없는 문제처럼 느껴지지 않았지만 춥고 점점 어두워지는 8번가에 서 있으니 극복할 수 없는 문제 같았다.

나는 달리 어떻게 할지 몰랐기 때문에 동쪽 파크가를 향해서 걷기 시작했다. 얼굴에 느껴지는 바람이 몹시 차가웠고 공기 중의 비 냄새 때문에 초조했다. 뉴욕 하늘은 서부의 하늘보다 더 낮고 무거워 보였고 지저분한 구름은 거친 종이에 연필로 그렸다가 지운 자국 같았다. 사막과 사막의 광대함이 나의 원거리 시력을 단련시켰는지 모든 것이 눅눅하고 답답하게 느껴졌다.

걸으니 다리가 좀 풀렸다. 나는 동쪽으로 도서관(사자상이다! 나는 집이 보이기 시작한 귀향 군인처럼 한동안 가만히 서 있었다)을 향해 걸었고, 그런 다음 센트럴파크사우스를 향해 5번가로 들어섰다. 가로등이 켜져 있고 아직 꽤 번잡했지만 밤이 되면서 인적이 점점 줄어들고 있었다. 나는 지쳤지만 공원을 보자 마음이 든든해져서 57번가(기쁨의 거리!)를 가로질러 잎사귀가 무성한 어둠을 향해 달려갔다. 그곳의 냄새와 그림자, 버즘나무의 얼룩덜룩한 밝은 회색 나무줄기까지도 기분을 들뜨게 했다. 그러면서도 눈앞의 공원 뒤의 다른 공원을, 과거로 가는 지도를, 침침한 기억 속 유령 공원을, 오래전에 학교에서 갔던 소풍과 동물원 견학 장면을 보는 것 같았다. 5번가의 보도를 따라 걸으면서 공원 안쪽을 들여다보자 나무 그림자가 지고 가로등의 후광을 받는 길들은 《사자와 마녀와 옷장》에 나오는 숲처럼 신비하고 나를 부르는 것 같았다. 나도 빛이 비추는 저 길들 중 하나로 들어서면, 다른 해[年]로, 어쩌면 다른 미래로 걸어 나갈 수 있을까? 일을 마치고 이제 막 돌아온 엄마가 호수 옆 바람이 살랑살랑 부는 벤치(우리 벤치)에서 나를 기다리다가 핸드폰을 치우고 일어나서 나에게 입을 맞춰줄까? 왔니, 우리 강아지, 학교는 어땠어, 저녁은 뭐 먹을래?

내가 갑자기 걸음을 멈췄다. 정장 차림의 눈에 익은 사람이 내 앞에서 어깨로 사람들을 밀치면서 보도를 성큼성큼 걸어가고 있었다. 충격적인 백발이 어둠 속에서 눈에 번쩍 띄었는데, 길어서 리본으로 묶어야만 할 것 같은 백발이었다. 그는 딴생각에 잠겨 있었고 평소보다 지저분했지만 나는 한눈에 알아보았다. 고개의 각도가 앤디와 약간 비슷했다. 바버 씨였다. 아저씨는 일을 마치고 서류 가방을 들고서 집으로 돌아가고 있었다. 내가 달음박질쳐서 아저씨를 따라잡았다. "바버 씨?" 내가 불렀다. 그는 혼잣말을 하고 있었는데 무슨 말인지는 들리지 않았다. "바버 아저씨, 시오예요." 내가 아저씨의 소매를 잡으며 큰 소리로 말했다.

그는 깜짝 놀랄 만큼 난폭하게 돌아서서 내 손을 뿌리쳤다. 바버 씨는 맞았다. 난 어디서든 아저씨를 알아보았을 것이다. 하지만 나를 보는 그의 눈은 낯선 사람 같았다. 부리부리하고 차가우면서 경멸이 담겨 있었다.

"전단지 필요 없다니까!" 바버 씨가 높은 목소리로 외쳤다. "꺼져!"

나는 제정신이 아닌 사람을 보면 알아봤다. 경기가 있는 날 아빠가 가끔 짓는 표정을 증폭시킨 듯한 표정, 무엇보다도 나를 잡아당기고 때릴 때의 아빠 표정이었다. 나는 바버 씨가 약을 먹지 않을 때의 모습을 본 적이 없었다(앤디는 보통 자기 아빠의 '광기'를 설명하기 꺼렸기 때문에 나는 아저씨가 국무부에 전화를 하려 했던 사건이나 파자마를 입고 출근했던 사건을 몰랐다). 이 사람의 분노는 내가 아는 흥겹고 태연한 바버 씨의 성격과 너무나 어울리지 않았고, 나는 부끄러워하며 물러서는 것 말고 달리 할 수 있는 게 없었다. 바버 씨는 나를 아주 오랫동안 노려본 다음 (내가 더러운 먼지라는 듯이, 내가 만져서 오염이라도 되었다는 듯이) 손을 털고 성큼성큼 걸어가버렸다.

"저 사람한테 돈을 달라고 했니?" 내가 어안이 벙벙해 서 있는데 다른 남자가 갑자기 다가와서 말을 걸었다. "그런 거야?" 내가 고개를 돌려 피하자 남자는 더욱 끈질기게 말을 걸었다. 체구는 땅딸막하고 회사원처럼 평범한 복장에, 결혼을 해서 아이가 있는 사람처럼 보였다. 남자가 막무가내로 나오자 나는 소름이 돋았다. 내가 그를 돌아서 피해 가려 하자 남자가 길을 막더니 내 어깨에 묵직한 손을 얹었고, 나는 깜짝 놀라고 겁에 질려서 공원으로 도망쳤다.

나는 축축하고 낙엽으로 노랗게 물든 길을 따라 호수로 달려간 다음 본능적으로 만남의 장소(엄마와 내가 '우리 벤치'라고 부르던 곳)로 곧장 가서 덜덜 떨며 앉아 있었다. 길에서 바버 씨를 발견한다면 정말로 놀랍고 믿을 수 없는 행운일 것이라고 생각했었다. 처음에는 어색하고 놀랍겠지만 5초쯤 지나서 그런 것들이 사라지고 나면 바버 씨는 유쾌하게 안부를 물으며 몇 가지 질문을 하다가 *아, 아니다. 신경 쓰지 마, 나중에 물어보면 되지*라고 말하고서 나를 데리고 집을 향해 걸어가면서 *세상에, 진짜 기막힌 일이구나. 앤디가 널 보면 얼마나 좋아하겠니!*라고 말할 것 같았다.

세상에나. 머리카락을 쓸어 넘기며 여전히 가라앉지 않는 기분으로 생각했다. 이상적으로 생각했을 때 앤디네 가족들 중에서 내가 길에서 *가장* 만나고 싶었던 사람은 앤디도 아니고, 앤디의 형이나 동생들은 확실히 아니고, 차가운 침묵을 지키면서 사교적인 예의에서 벗어나지 않고 내가 파악할 수 없는 행동 방식과 오싹하고 읽을 수 없는 눈빛을 가진 바버 부인도 아니고, 바로 바버 씨였다.

나는 습관처럼 문자가 왔는지 보려고 만 번째로 핸드폰을 확인하다가 드디어 메시지가 온 것을 보자, 이런 와중에도 기운이 났다. 모르는 번호였지만 보리스가 틀림없었다. *야! 너도 잘 있지? 많이 화나진 않았더라. 잰드라한테 괜찮다고 전화 좀 해. 날 너무 귀찮게 해.*

나는 메시지를 받은 다음 보리스에게 전화를 했지만—버스를 타고 오는 동안 메시지를 50번은 보냈다—문자가 온 번호는 아무도 받지 않았고 코트쿠의 번호는 바로 메시지 함으로 넘어갔다. 잰드라는 좀 기다려도 된다고 생각했다. 나는 포퍼를 데리고 센트럴파크사우스로 돌아가서 문을 닫으려는 노점에서 핫도그 세 개(하나는 포퍼, 두 개는 나)를 샀고, 스컬라스 게이트 안쪽, 길에서 약간 벗어난 벤치에 앉아서 핫도그를 먹으며 내가 선택할 수 있는 방법들에 대해서 생각했다. 나는 사막에서 뉴욕을 상상할 때 가끔 보리스와 함께 8번가나 톰킨스스퀘어 근방의 거리에서 살면서 예전에 교복 입은 앤디와 나를 놀렸던 바로 그 스케이트보드족들이랑 컵을 짤랑거리며 잔돈을 구걸하는 비뚤어진 상상을 하곤 했다. 하지만 열이 나고 아픈데 그것도 11월 추위 속에서 혼자 정말로 거리에서 잔다고 생각하니 훨씬 재미없었다.

진짜 지옥 같은 사실은 앤디네 집이 여기서 다섯 블록도 떨어져 있지 않다는 점이었다. 나는 앤디에게 전화를 할까, 만나자고 해볼까 생각하다가 그러지 않기로 했다. 물론 절박해지면 앤디에게 전화를 할 수는 있었다. 앤디는 기꺼이 몰래 빠져나올 것이고, 내가 갈아입을 옷과 엄마 지갑에서 몰래 꺼낸 돈과, 어쩌면 자기 식구들이 항상 먹는 게살 카나페 남은 것이나 양념 땅콩을 갖다줄 것이다. 하지만 *전단지*라는 말에 아직도 가슴이 쓰라렸다. 나는 앤디를 좋아했지만 벌써 2년 가까이 흘렀다. 그리고 바버 씨가 나를 보던 시선을 잊을 수 없었다. 뭔가가 아주 잘못된 것이 분명했지만 그게 뭔지 확신할 수 없었다. 다만 스스로가 부끄럽고, 가치가 없고, 다른 사람의 짐이라는 떠나지 않는 생각 때문에 나에게서 일종의 독기가 풍겼으므로 어느 정도는 내 책임이라는 것은 알았다.

그럴 생각은 아니었지만—나는 허공을 보고 있었다—건너편 벤치에 앉아 있던 사람과 우연히 눈이 마주쳤다. 얼른 고개를 돌렸지만 너무 늦었다.

그 사람이 일어나서 다가왔다.

"개가 참 귀엽네." 그가 몸을 숙여 포퍼를 쓰다듬으며 말했지만 내가 아무 대답도 하지 않자 이렇게 말했다. "이름이 뭐니? 내가 옆에 앉아도 될까?" 마르고 덩치는 작지만 힘이 세 보였고 냄새가 났다. 내가 그의 시선을 피하면서 일어섰지만 돌아서는 순간 그가 얼른 팔을 뻗어 내 손목을 잡았다.

"왜 그래?" 남자가 불쾌한 목소리로 말했다. "내가 맘에 안 들어?"

나는 몸을 비틀어 빠져나와 달렸다. 포퍼가 나를 뒤따라 거리로 달려 나왔는데, 포퍼에게는 익숙하지 않은 도시였고 차들이 달려오고 있었다. 나는 아슬아슬하게 포퍼를 잡아서 5번가를 건너 피에르 호텔 쪽으로 갔다. 쫓아오던 남자—신호가 바뀌는 바람에 길 건너편에 갇혔다—가 지나가던 사람들의 시선을 끌었지만 멋지게 차려입은 커플들, 택시를 부르는 도어맨들이 붐비는 따뜻하고 밝은 호텔 입구의 동그랗게 쏟아지는 빛 속에서 돌아보자 공원으로 사라지고 없었다.

거리는 내 기억보다 훨씬 더 시끄러웠다. 악취도 더 심했다. 나는 골동품 가게 아라비에유뤼시 모퉁이에 서서 미드타운의 익숙한 악취—마차를 끄는 말들, 버스의 배기가스, 향수, 오줌 냄새—에 압도되었다. 나는 라스베이거스는 일시적인 집이라고, 나의 진짜 삶은 뉴욕에 있다고 너무나 오랫동안 생각해왔지만, 정말 그랬을까? *이젠 아냐.* 인파가 줄어들어 버그도프 백화점 앞을 드문드문 서둘러 지나가는 사람들을 살피면서 내가 우울하게 생각했다.

나는 열이 나서 몸이 쑤시고 추웠지만 열 블록 정도를 걸으며 아직도 버스의 흔들림이 느껴지고 힘없이 휘청대는 다리를 어떻게든 하려고 애를 썼다. 하지만 결국은 추위를 견디지 못하고 택시를 잡았다. 버스를 타면 5번가에서 그리니치빌리지까지 금방, 30분 정도면 갈 수 있지만 사흘 꼬박 버스를 탔더니 덜컹거리는 버스를 단 1분이라도 더 탄다는 생각조차 견딜 수 없었다.

나는 호비 아저씨의 집에 갑자기 찾아가는 것이 마음 편하지 않았다. 전혀 편하지 않았다. 아저씨가 아닌 내 잘못으로 한동안 연락이 끊겼기 때문이었다. 어느 순간부터 나는 답장을 쓰지 않았다. 어떤 면에서 그것은 당연한 수순이었다. 또 보리스가 아무렇지 않게 한 말("늙은 게이냐?") 때문에 나는 호비 아저씨와 미묘하게 점차 멀어졌고, 어쩌다 보니 마지막 두세 통의 편지에 답장을 하지 않았다.

마음이 좋지 않다. 끔찍했다. 잠깐이었지만 내가 뒷좌석에서 졸았는지 어느새 택시 기사가 차를 멈추고 "여기 맞니?"라고 말하고 있었다. 나는 깜짝 놀라 잠에서 깨서 잠시 멍하니 앉아 내가 어디 있는지 파악하려고 애를 썼다.

택시가 떠난 후에야 알아차렸지만, 가게는 내가 뉴욕을 떠난 동안 한 번도 열린 적 없는 것처럼 닫혀 있었고 어두웠다. 창문에는 더께가 앉았고 안을 들여다보니 가구에 천이 덮여 있었다. 낡은 책과 작은 장식품들—대리석 앵무새, 오벨리스크—에 먼지가 한 겹 더 쌓인 것 말고는 하나도 변하지 않았다.

가슴이 철렁 내려앉았다. 나는 아주 길게 느껴지는 일이 분 동안 길에 서 있다가 용기를 내서 초인종을 울렸다. 저 안에서 초인종이 울리는 소리를 들으면서 한참 서 있었던 것 같았지만 아마도 짧은 시간이었을 것이다. 내가 집에 아무도 없다고 생각한 순간 (그럼 이제 어떻게 하지? 타임스스퀘어까지 걸어가서 싼 호텔을 찾을까, 아니면 가출 학생을 담당하는 경찰한테 갈까?) 갑자기 문이 열렸고, 내 눈앞에 서 있는 사람은 호비 아저씨가 아니라 내 나이 또래의 여자아이였다.

그 아이, 피파였다. 아직도 작고 (이제 내가 피파보다 컸다) 말랐지만 마지막으로 봤을 때보다 훨씬 건강해 보였고 얼굴이 더 통통했다. 주근깨도 많고 머리 모양도 달랐다. 머리카락이 다시 자라면서 색과 머릿결이 달라졌는지 붉은 금발은 더 짙고 녹이 슨 듯한 색이 됐고 마거릿 이모처럼 약간 흐트러져 있었다. 피파는 남자아이처럼 양말과 낡은 코듀로이 바지, 너무 큰 스웨터 차림이었고, 괴짜 할머니가 맬 것 같은 정신없는 분홍색과 주황색 줄무늬 스카프를 하고 있었다. 피파가 눈썹을 찌푸리고 금빛이 도는 갈색 눈으로 예의 바르지만 신중하게, 아무것도 모른다는 듯이 나를 보았다. "어떻게 오셨어요?"

날 잊었구나. 내가 실망하며 생각했다. 어떻게 피파가 날 기억하리라 기대할 수 있을까? 오래전 일이었다. 나 역시 달라졌다는 것도 알았다. 죽은 줄 알았던 사람을 만나는 것과 다름없었다.

그때 계단을 쿵쾅쿵쾅 내려와서 피파의 뒤에 선 사람, 페인트가 얼룩진 작업복 바지와 팔꿈치가 튀어나온 카디건을 입은 사람은 바로 호비 아저씨였다. 머리를 잘랐구나라는 생각이 제일 먼저 들었다. 아주 짧았고 내 기억보다 더 희끗희끗했다. 약간 화가 난 듯한 표정이었다. 그 순간 가슴이 철렁 내려앉으며 호비 아저씨도 나를 못 알아보는구나 싶었는데 잠시 후 아저씨가 갑자기 뒤로 물러서며 말했다. "세상에."

"저예요." 내가 얼른 말했다. 아저씨가 내 코앞에서 문을 닫아버릴까 봐 두려웠다. "시어도어 데커. 기억하세요?"

피파가 얼른 아저씨를 보았고—나를 알아보지는 못해도 내 이름은 알아듣는 것이 분명했다—두 사람의 얼굴에 퍼지는 놀랍고 반가운 표정이 경탄스러워서 나는 울음을 터뜨렸다.

"시오." 아버지처럼 꽉 안아주는 아저씨의 포옹이 너무 열렬해서 나는 더 크게 울었다. 호비 아저씨가 내 어깨에 손을 얹었다. 묵직하게 나를 꽉 잡아주는 손은 든든함과 권위 그 자체였다. 아저씨가 나를 작업장으로 이끌었고 우리는 내가 꿈꾸던 짙은 나무 냄새와 흐릿한 금빛을 지나서 계단을 올라 벨벳과 항아리와 청동 제품 들이 있는, 오랫동안 그리워한 응접실로 들어갔다. 호비 아저씨가 말했다. "이렇게 보다니 정말 반갑다." 그런 다음 "피곤해 보이네." 또 "언제 돌아왔니?" 또 "배고프니?" 또 "세상에, 정말 많이 컸구나!" 또 "머리 좀 봐! 정글 소년 모글리 같으니!" 그러다가 걱정이 되어서 "여기가 좀 갑갑하니? 창문을 열어줄까?"라고 말했고, 포퍼가 가방에서 머리를 내밀자 "하! 이건 또 누구야?"라고 말했다.

피파가 웃으면서 포퍼를 들어 품에 안았다. 나는 열 때문에 머리가 어지러웠고 전기 히터 속 열선처럼 벌겋게 열을 품고 있었으며 긴장이 완전히 풀려서 울면서도 부끄럽지 않았다. 나는 드디어 아저씨의 집에 왔다는 안도감과 아프고 벅찬 가슴밖에는 아무것도 의식하지 못했다.

부엌으로 가니 버섯 수프가 있었다. 별로 먹고 싶지 않았지만 수프는 따뜻했고 나는 얼어 죽을 듯이 추웠다. 나는 수프를 먹으면서 (피파는 바닥에 양반다리를 하고 앉아서 할머니 스카프에 달린 방울을 팝칙의 눈앞에서 흔들면서 같이 놀고 있었다. 포퍼와 피파라니, 왜 나는 둘의 이름이 비슷하다는 걸 진작 알아차리지 못했을까?) 아저씨에게 아빠의 죽음과 그동안 있었던 일들을 횡설수설 이야기했다. 호비 아저씨는 팔짱을 끼고 무척 걱정스러운 표정으로 이야기를 들었고, 내가 이야기를 하면 할수록 아저씨의 고집스런 눈썹 사이로 주름이 깊이 팼다.

"전화해줘야 돼." 아저씨가 말했다. "아버지 부인 말이다."

"아빠 부인도 아니에요! 그냥 여자 친구예요! 나한테는 신경도 안 쓴다고요."

아저씨가 단호하게 고개를 저었다. "상관없어. 전화를 걸어서 네가 무사하다고 말해줘야 돼. 그럼, 그래야지." 내가 항의하려 했지만 아저씨가 목소리를 높여서 말했다. "핑계 대지 마. 지금 당장. 바로 전화해." 부엌에 구석

벽걸이 전화기가 있었다. "핍스, 잠시 자리를 비워주자."

내가 제일 통화하고 싶지 않은 사람이 잰드라였지만—잰드라의 침실을 뒤져서 팁을 훔쳤기 때문에 더욱 그랬다—호비 아저씨의 집에 오자 너무나 마음이 놓였기에 나는 아저씨가 시키는 일이라면 무엇이든 했을 것이다. 나는 다이얼을 돌리면서 잰드라가 안 받을지도 모른다고 애써 생각했다(광고니 수금이니 하는 전화가 너무 많이, 거의 항상 왔기 때문에 잰드라는 모르는 번호는 잘 받지 않았다). 그래서 전화가 울리자마자 잰드라가 받아서 깜짝 놀랐다.

"너 문 열어놓고 갔지." 잰드라가 곧바로 혼을 내듯이 말했다.

"네?"

"너 때문에 개가 나갔잖아. 도망쳤다고. 어디에도 없어. 차에 치이기라도 했나 봐."

"아니에요." 나는 벽돌 정원에 내린 어둠을 꼼짝 않고 바라보았다. 비가 오고 있었다. 빗방울이 창틀을 세차게 두드렸다. 거의 2년 만에 보는 진짜 비였다. "나랑 같이 있어요."

"아." 안심한 목소리였다. 그런 다음 날카롭게 말했다. "너 어디 있니? 보리스랑 같이 간 거야?"

"아뇨."

"보리스랑 통화했어. 취해서 전화한 것 같더라. 네가 어디 있는지 절대 말 안 하던데. 알고 있을 게 뻔한데 말이야." 라스베이거스는 아직 이른 시간이었지만 잰드라의 목소리는 술을 마시거나 울고 있었던 것처럼 걸걸했다. "경찰에 신고해야겠어, 시오. 둘이서 돈이랑 이것저것 훔쳐간 거 다 알아."

"그래요, 당신이 우리 엄마 귀걸이를 훔친 것처럼 말이죠."

"그게 무슨—"

"에메랄드 귀걸이 말이에요. 우리 외할머니 거였어요."

500

"내가 안 훔쳤어." 이제 잰드라는 화를 냈다. "어디서 감히. 래리가 준 거야, 래리가 췄어—"

"그렇겠죠. 우리 엄마한테서 훔쳐서 말이에요."

"음, 여보세요, 너희 엄만 죽었잖아."

"네. 하지만 아빠가 그걸 훔칠 땐 살아 계셨죠. 엄마가 죽기 1년 전쯤이었어요. 그때 엄마가 보험회사에 연락했어요." 내가 목소리를 높여 잰드라의 말을 막으며 말했다. "그리고 경찰에도 신고했죠." 진짜 경찰에 신고했는지는 몰랐지만 한 거나 다름없었다.

"음, 부부 재산이라는 말을 못 들어봤나 보구나."

"좋아요. 그럼 가보라는 말은 못 들어보셨나 봐요. 우리 아빠랑 결혼한 사이도 아니잖아요. 아빠는 그걸 당신한테 줄 권리가 없어요."

침묵. 수화기 저편에서 라이터를 딸깍 켜는 소리와 피곤한 듯 숨을 들이마시는 소리가 들렸다. "얘, 꼬마야, 뭐 하나 말해도 될까? 훔친 돈 얘기가 아니야, 진짜. 빼돌린 약 얘기도 아니고. 하지만 진짜 확실히 말해줄 수 있는데, 내가 네 나이 때는 그런 거 안 했어. 넌 네가 아주 똑똑하고 뭐 그런 줄 알지? 그럴 거야. 하지만 넌 나쁜 길에 빠진 거야, 너랑 네 친구 말이야. 그래, 암." 잰드라가 소리를 높여 내 말을 막으며 말했다. "나도 걜 좋아하지만, 걘 골치 아픈 애야."

"당연히 아시겠죠."

잰드라가 음침하게 웃었다. "음, 꼬마야, 그거 아니? 나도 몇 번 샛길로 빠져봤어, 그래서 잘 알아. 걘 열여덟 살이면 아마 감옥에 있을 거야, 그리고 십중팔구 넌 걔 바로 옆에 있겠지. 그러니까, 널 탓할 순 없지만—" 잰드라가 다시 소리를 높여 내 말을 막았다. "난 네 아빠를 사랑했어. 하지만 그 사람은 그럴 가치가 없었지. 그 사람이 나한테 한 얘기를 들어보면 네 엄마도 사랑받을 가치가 없었어."

"좋아요. 됐어. 닥치고 꺼져요." 나는 너무 화가 나서 떨고 있었다. "끊어요."

"아니 — 잠깐만. 잠깐 기다려. 내가 미안해. 네 엄마에 대해서 그런 말을 하는 게 아니었는데. 그 얘길 하려던 게 아니야. 제발. 잠깐만 기다려줄래?"

"기다리고 있어요."

"우선, 네가 상관할지 모르겠지만, 아빠는 화장했어. 괜찮니?"

"하고 싶은 대로 하세요."

"넌 항상 아빠를 별로 안 좋아했어, 그렇지?"

"끝났어요?"

"하나 더. 솔직히 난 네가 어디 있든 상관없어. 하지만 연락처가 필요해."

"왜죠?"

"똑똑한 척하지 마. 언젠가는 학교나 뭐 그런 데서 전화가 올 거고—"

"그럴 것 같진 않은데요."

"—그러면 난, 모르겠다, 네가 어디 있는지 설명할 말이 있어야 될 거 아냐. 경찰이 우유팩에 네 사진을 붙이는 게 싫으면 말이야."

"그럴 가능성은 상당히 낮을 것 같은데요."

"'*상당히 낮을 것 같은데요*'." 잰드라가 심술궂게 내 목소리를 느릿느릿 흉내 내며 말했다. "뭐, 그럴지도 모르지. 그래도 연락처 알려줘, 그럼 비긴 걸로 할게." 내가 대답하지 않자 잰드라가 말했다. "그러니까, 진짜 분명히 말하지만 네가 어디서 살든 난 아무 상관 없어. 다만 문제가 생겨서 너한테 연락해야 될 경우에 나 혼자 덮어쓰고 싶지 않을 뿐이야."

"뉴욕에 변호사가 있어요. 이름이 브레이스거들이에요. 조지 브레이스거들."

"전화번호 아니?"

"찾아보세요." 내가 말했다. 피파가 개한테 물을 주러 들어왔기 때문에 나는 피파를 보지 않으려고 어색하게 고개를 돌려 벽을 보았다.

"브레이스거들?" 잰드라가 말했다. "그렇게 발음하는 거 맞아? 무슨 이름이 그래?"

"저기, 분명히 찾을 수 있을 거예요."

침묵이 흘렀다. 잠시 후 잰드라가 말했다. "그거 아니?"

"뭐요?"

"죽은 사람은 네 아빠야. 바로 네 아빠라고. 그런데 넌 꼭, 모르겠다, 키우던 개가 죽은 것처럼 군다고 말하려 했는데, *그것조차* 아니야. 넌 분명히 개가 차에 치였어도 신경을 썼을 테니까, 적어도 내 생각엔 그래."

"아빠가 날 신경 썼던 만큼 나도 아빠를 신경 쓰는 거라고 해두죠."

"음, 하나 말해줄까? 넌 네 생각보다 훨씬 더 아빠랑 비슷해. 넌 정말이지 하나부터 열까지 그 사람 아들이야, 알겠니?"

"음, 헛소리만 하시네요." 잠시 경멸 어린 침묵 끝에 내가 말했다. 나는 상황을 잘 정리하는 대답이라고 생각했다. 하지만 전화를 끊고 나서 한참 후에, 뜨거운 목욕물에 들어가 앉아서 재채기를 하며 떨고 있을 때, 그리고 나중에 환한 안개 속을 헤매는 것처럼 정신이 혼미해졌을 때 (나는 호비 아저씨가 준 아스피린을 삼키고 아저씨를 따라서 복도를 지나 곰팡내 나는 남는 방으로 갔다. 넌 정말 지친 것 같구나, 트렁크에 담요 더 있다, 아니, 아니, 더 이상 말하지 마, 일단 난 갈 테니 혼자 생각해보렴) 묵직하고 낯선 냄새가 나는 베개에 얼굴을 묻자 잰드라의 마지막 말이 마음속에서 울리고, 울리고, 또 울렸다. 그 말은 사실이 아니었다, 잰드라가 엄마에 대해서 한 말만큼이나 사실이 아니었다. 수화기를 통해서 들려오는 딱딱하고 귀에 거슬리는 그녀의 목소리, 그 기억만 떠올라도 기분이 더러웠다. *죽어버리라지.* 나는 꾸벅꾸벅 졸면서 생각했다. 잊어버리자. 잰드라는 아주 멀리 떨어져 있었다. 그러나 나는 죽을 만큼 피곤했고—아니, 죽을 만큼 피곤한 것

이상이었다―삐걱거리는 황동 침대는 내가 누워본 어떤 침대보다도 부드러웠지만 잰드라의 말은 밤새 내 꿈속에서 따라다니며 나를 괴롭혔다.

3부

우리는 다른 사람들에게 우리의 모습을 속이는 데 너무 익숙해져서
결국 우리 자신에게까지 자신의 모습을 속이게 된다.
-프랑수아 드 라로슈푸코

7장
가게 뒤의 가게

1

쓰레기차 소리에 잠이 깼을 때 나는 낙하산을 타고 다른 우주에 떨어진 것 같았다. 목이 아팠다. 깃털 이불 아래에 가만히 누워서 말린 포푸리와 난로 속에서 다 탄 나무의 짙은 냄새, 그리고 테레빈유, 송진, 바니시의 가시지 않는 독특한 냄새가 희미하게 남은 공기를 들이마셨다.

나는 잠깐 동안 가만히 누워 있었다. 내 발치에 몸을 둥글게 말고 누워 있던 포퍼는 어디 갔는지 몰랐다. 나는 아주 더러운 옷을 입은 채로 잠들었다. 갑자기 재채기를 연달아 하는 바람에 결국 일어나 앉아 셔츠 위에 스웨터를 입고 침대 밑을 더듬어 베갯잇이 있는지 확인한 다음 차가운 마룻바닥을 지나 욕실로 갔다. 머리카락은 마구 헝클어진 채로 말라서 빗을 수가 없었고, 물을 흠뻑 적셔서 다시 빗어봐도 머리가 덩어리져 엉겨 붙어 있었기 때문에 결국 포기하고 서랍 속에 있던 녹슨 손톱 가위로 힘들게 잘라냈다.

세상에. 내가 거울에서 돌아서서 재채기를 하면서 생각했다. 한동안 거울을 보지 못했는데, 나도 나를 못 알아볼 정도였다. 턱은 멍들고 입술 아래의 여드름은 터지고 얼굴은 감기 때문에 얼룩덜룩하고 부은 데다가 눈까지 부어서 눈꺼풀이 두껍고 졸려 보였다. 나는 좀 바보 같고 음흉하며 정규교육을 받지 못하는 아이 같아 보였다. 무슨 종교 단체에서 길러지다가 무기와 분유가 잔뜩 쌓인 지하실에서 이제 막 구조되어서 눈을 깜빡이고 있는 것 같았다.

늦었다, 아홉 시였다. 방을 나서자 WNYC의 아침 클래식 프로그램 소리가 들렸다. 아나운서의 목소리, 쾨헬의 곡, 약을 먹어서 차분해진 기분, 서턴 플레이스에서의 수많은 아침을 함께한 공영 라디오의 따뜻한 가르랑거림 모두 내가 꿈꾸던 익숙함이었다. 부엌으로 가니 호비 아저씨가 책을 들고 식탁에 앉아 있었다.

하지만 책을 읽고 있는 것이 아니라 식당 저편을 물끄러미 보고 있었다. 아저씨가 나를 보고 깜짝 놀랐다.

"아, 나왔구나." 아저씨가 일어서서 우편물과 청구서 더미를 대충 밀어 내가 앉을 자리를 만들어주었다. 아저씨는 작업복, 그러니까 너덜너덜하고 좀이 쏠고 무릎이 튀어나온 코듀로이 바지와 토탄흙 같은 낡은 갈색 스웨터를 입고 있었는데, 점점 벗겨지는 머리를 짧게 깎은 모습을 보니 해들리의 라틴어 책 표지에 있는 육중하고 관자놀이가 벗겨진 원로원 의원 대리석상이 생각났다. "좀 어떠니?"

"좋아요. 고맙습니다." 목소리가 쉬고 갈라졌다.

아저씨가 다시 눈살을 찌푸리며 나를 뚫어지게 보았다. "세상에! 오늘 아침에 본 까마귀 같은 목소리네."

무슨 뜻일까? 나는 부끄러움으로 얼굴이 새빨개져서 아저씨가 치워준 의자에 앉아서—너무 부끄러워서 아저씨와 시선을 마주칠 수가 없어서—아저씨가 들고 있던 책을 보았다. 갈라진 가죽 양장에 무슨 귀족의 '삶과 편지들'이라고 적혀 있었는데, 아마도 엉덩뼈를 다치고 아이도 없는 퍼킵시의 어느 불쌍한 노부인의 이스테이트 세일에서 나온 물건일 것이다.

호비 아저씨가 차를 따르면서 내 쪽으로 접시를 밀었다. 나는 불편함을 숨기려고 고개를 숙이고 토스트를 먹다가 목이 너무 메말라서 삼키지 못하고 콜록거렸다. 그러고는 지나치게 서둘러서 찻잔에 손을 뻗다가 식탁보에 차를 쏟아버렸고, 허둥지둥 그것을 닦아야 했다.

"아니, 아니야. 괜찮아. 자—"

나는 푹 젖은 냅킨을 어떻게 해야 할지 몰랐다. 너무 정신이 없었던 나는 토스트 위에 냅킨을 떨어뜨리고 안경 밑으로 손을 넣어 눈을 문질렀다. "죄송해요." 내가 불쑥 말했다.

"뭐?" 호비 아저씨는 누가 길을 물었는데 자기도 답을 모르는 사람 같은 표정으로 나를 보고 있었다. "아, 괜찮은데 왜 그래—"

"제발 절 보내지 마세요."

"그게 무슨 소리냐? 널 보낸다고? 어디로?" 아저씨가 반달 모양 안경을 반쯤 내리고 안경 너머로 나를 보았다. "엉뚱한 소리 하지 마." 아저씨가 장난스러우면서도 반쯤 기분이 상한 목소리로 말했다. "널 어딘가로 보내야 한다면 침대로 곧장 보내야겠는데? 흑사병 걸린 사람 같구나."

하지만 호비 아저씨의 태도에도 나는 마음이 놓이지 않았다. 나는 너무 부끄러워서 꼼짝도 할 수 없었고, 울음을 터뜨리지 않겠다고 다짐하면서 예전에 코스모의 바구니가 있던 스토브 옆의 쓸쓸한 곳을 뚫어지게 볼 뿐이었다.

"아." 아저씨가 텅 빈 모퉁이를 응시하는 나를 보고 말했다. "그래. 그렇게 됐어. 귀는 하나도 안 들리고 일주일에 서너 번은 발작을 일으켰지만 그래도 난 코스모가 영원히 살았으면 했지. 난 아기처럼 울었어. 누가 나한테 웰티가 코스모보다 먼저 갈 거라고 말했다면— 웰티는 반평생 동안 코스모를 동물병원에 데리고 다녔거든— 여기 좀 봐." 내가 여전히 말없이 비참하게 앉아 있었더니 아저씨가 고개를 숙여 나와 눈을 마주치려 애쓰면서 목소리를 바꿔 말했다. "그러지 마. 너무 많은 일을 겪었다는 건 알지만, 지금 코스모 일로 법석을 떨 건 없잖아. 정말 충격이 큰 것 같구나— 봐봐. 진짜 그렇다니까." 아저씨가 힘차게 말했다. "충격이 너무 크고— 앗, 재채기까지!" 호비 아저씨가 약간 움찔했다. "어디가 심하게 아픈가 보다, 진짜. 초조하게 생각하지 마, 다 잘될 거야. 침대로 돌아가렴, 나중에 다시 얘기하자."

"알아요, 하지만—" 내가 고개를 돌리고 젖은 기침을 억눌렀다. "갈 데가 없어요."

아저씨가 의자에 기대어 앉았다. 사려 깊고 신중하고 약간 가라앉은 분위기였다. "시오." 아저씨가 자기 아랫입술을 톡톡 쳤다. "너 몇 살이지?"

"열다섯 살. 열다섯 살 반요."

"그리고—" 아저씨는 어떻게 물어볼까 고민하는 것 같았다. "할아버지는?"

"아." 내가 잠시 망설이다가 무력하게 말했다.

"할아버지랑 얘기해봤니? 네가 갈 데가 없다는 걸 아시니?"

"음, 젠장—" 말이 불쑥 튀어나와버렸다. 호비 아저씨가 괜찮다는 듯이 손을 들었다. "아저씨는 몰라요. 그러니까— 할아버지가 알츠하이머에 걸렸는지 어떤지는 모르겠지만, 사람들이 전화해서 아빠 소식을 알렸을 때 할아버지는 절 바꿔달라고 하지도 않았어요."

"그러니까—" 호비 아저씨가 턱을 깊이 괴고 의심 많은 학교 선생님처럼 나를 보았다. "할아버지와 얘기를 안 했다는 거구나."

"안 했어요. 직접은 말이에요. 도와주러 온 아주머니가—" 잰드라의 친구 리사(걱정스럽게 나를 따라다니면서 '가족'에게 알려야 하지 않겠냐고 처음에는 부드럽게, 하지만 점점 더 다급하게 말했다)가 어느 순간에 구석으로 가서 내가 가르쳐준 번호로 전화를 걸었다. 그러더니 너무 이상한 얼굴로 전화를 끊었고, 잰드라는 그 표정을 보고 그날 밤 처음이자 마지막으로 웃었다.

"아주머니가?" 침묵이 이어지자 호비가 정신병을 앓는 환자에게 얘기하듯이 말했다.

"그래요. 그러니까—" 나는 손으로 얼굴을 문질렀다. 부엌의 색채가 너무 강렬했다. 나는 어지러웠고 나 자신을 통제할 수 없었다. "리사가 전화를 했더니 도러시가 전화를 받아서 얘기를 듣고 '아, 기다려요' 그랬나 봐요. '세상에, 그럴 수가!'도 아니고, '어떻게 그런 일이'도 아니고, '정말 끔찍하군요!'도 아니고, 그냥 '기다려요, 바꿔줄게요' 한 거죠. 그런 다음에 할아버지가 전화를 받아서 리사가 사고 소식을 전했더니 가만히 듣고 있다가 유감스럽다고 했어요. 리사 말로는 억양이 좀 그랬대요. '제가 뭘 할 수 있을까요'라든지 '장례식이 언제입니까', 뭐 그런 말도 없고. 그냥 전화해줘서 고맙습니다, 감사합니다, 그럼 안녕히 계십시오로 끝났어요. 그러니까 내 말은— 제가 리사에게 귀띔해줄 걸 그랬나 봐요." 호비 아저씨가 아무 대답도 하지 않아서 내가 초조하게 덧붙였다. "왜냐면, 그러니까, 둘 다 아빠를 안 좋아하거든요. 진짜 안 좋아해요. 도러시는 아빠의 새엄마인데, 두 사람은 처음 만났을 때부터 서로 싫어했고, 아빠는 데커 할아버지랑도 사이가 안 좋았고—"

"그래그래, 진정해."

"—그리고, 그러니까, 아빠가 어렸을 때 사고를 쳤는데 그거랑 관련이 있을지도 몰라요. 체포됐었다는데 이유는 저도 모르겠어요. 솔직히 말해서 이유는 모르겠지만 제가 기억하는 한 할아버지와 도러시는 아빠와 연관되고 싶어 하지 않았고, 나랑도 연관되고 싶어 하지 않았어요."

"진정해! 너한테 뭐라고 하는 게 아니야—"

"—왜냐면, 맹세해요, 전 할아버지랑 도러시를 거의 만난 적도 없고, 잘 알지도 못하고, 두 분이 절 싫어할 이유도 없지만— 할아버지는 썩 좋은 사람이 아니에요, 사실 아빠가 어렸을 때 무척 폭력적이었다는데—"

"쉬. 이제 그만해! 널 몰아붙이려는 게 아니야. 그냥 궁금했어. 아니, 내 말 들어라." 내가 무슨 말을 하려고 했지만 아저씨가 식탁에서 파리를 쫓듯이 내 말을 막았다.

"여기 뉴욕에 엄마 변호사가 있어요. 저랑 같이 만나러 가실래요?" 아저씨가 눈살을 찌푸리자 내가 허둥지둥 말했다. "그런 변호사가 아니고, 돈을 관리하는 그런 변호사요. 여기 오기 전에 통화했거든요?"

"좋아." 피파가 웃으며 말했다. 추위 때문에 뺨이 분홍색이었다. "이 개 왜 이래? 자동차 처음 봐?"

빛나는 빨강 머리. 초록색 털모자. 훤한 대낮에 피파를 보자 찬물을 뒤집어쓴 것처럼 충격적이었다. 피파는 그때의 사고 때문인지 다리를 절었지만 메뚜기처럼 가볍게 움직였기 때문에 왠지 신기하고 우아한 춤 스텝의 예비 동작 같았다. 피파는 추울까 봐 옷을 너무 많이 껴입어서 발이 달린 색색의 자그마한 고치처럼 보였다.

"고양이처럼 울더라." 피파가 무늬가 들어간 여러 스카프들 중에서 하나를 풀면서 말했다. 팝칙은 목줄 끝을 입에 물고 피파의 발치에서 춤을 추듯 뛰어다녔다. "항상 그렇게 이상한 소리로 울어? 그러니까, 택시라도 한 대 지나가면— 휙! 공중에 뜨는 거야! 꼭 내가 강아지로 연을 날리는 것 같았다니까! 사람들이 배꼽이 빠져라 웃었어. 그래—" 피파가 몸을 숙여 이야기하면서 손등으로 팝칙의 머리를 쓰다듬었다. "너 말이야, 너 목욕 좀 해야겠다, 그치? 얘 몰티즈니?" 피파가 나를 올려다보며 말했다.

나는 재채기가 나오지 않게 손등으로 입을 막고서 열심히 고개를 끄덕였다.

"난 개가 좋아." 피파와 눈이 마주치자 너무 눈이 부셔서 그녀의 말이 거의 들리지 않았다. "개에 관한 책을 한 권 갖고 있는데, 거기 나온 종을 다

외웠어. 큰 개를 키운다면 《피터 팬》의 나나 같은 뉴펀들랜드를 키우고 싶어. 그리고 작은 개를 키운다면— 음, 마음이 자꾸 바뀌어. 소형 테리어는 다 좋은데, 특히 잭러셀테리어가 좋아. 길에서 만나면 항상 순하고 재밌거든. 하지만 아주 멋진 바센지도 한 마리 알아. 지난번에는 진짜 귀여운 페키니즈도 만났어. 진짜 진짜 작은데 진짜 똑똑해. 중국 왕족들만 키울 수 있었대. 아주 오래된 종이야."

"몰티즈도 오래된 종이야." 내가 흥미로운 사실을 알려줄 수 있어서 기뻐하면서 쉰 목소리로 말했다. "고대 그리스 시대부터 있었대."

"그래서 몰티즈를 고른 거야? 오래된 종이라서?"

"음—" 내가 기침을 막았다.

피파는—내가 아니라 포퍼에게—다른 얘기를 하고 있었고 나는 다시 재채기를 연달아 했다. 호비 아저씨가 제일 가까이 있던 냅킨을 얼른 집어서 건넸다.

"자, 이제 그만." 아저씨가 말했다. "침대로 돌아가. 아니, 괜찮아." 내가 냅킨을 돌려주려고 하자 아저씨가 말했다. "가지고 있어. 자, 말해봐라." 아저씨가 엉망이 된 내 접시와 엎질러진 차, 축축한 토스트를 보면서 말했다. "아침으로 뭘 갖다줄까?"

나는 다시 연달아 나오는 기침 때문에 보리스에게 배운 쾌활하고 러시아인 같은 몸짓으로 어깨를 으쓱했다. *아무거나요.*

"좋아, 아무거나 상관없으면 오트밀을 만들어주지. 넘기기 쉽거든. 양말은 없니?"

"음—" 피파는 개를 보느라 정신이 없었다. 겨자색 스웨터 차림에 머리카락은 가을 낙엽 같은 색이었는데, 그녀의 색채가 부엌의 밝은 색깔들—노란 그릇에 담겨 반짝이는 사과, 호비 아저씨가 붓을 꽂아두는 커피 캔의 날카롭게 반짝이는 은빛—과 섞여서 어지러웠다.

"파자마는?" 아저씨가 말했다. "없어? 웰티 물건 중에 뭐가 있나 찾아봐야겠다. 그거 벗고 씻고 있으면 갖다주마. 자, 이제 가." 아저씨가 너무 갑작스럽게 내 어깨를 탁 쳐서 나는 펄쩍 뛰었다.

"전—"

"여기서 지내도 돼. 원하는 만큼 오래. 걱정 마, 같이 가서 변호사를 만날테니 괜찮을 거야."

2

나는 비틀거리고 덜덜 떨면서 어두운 복도를 지나 무겁고 얼음처럼 차가운 이불 속으로 들어갔다. 방에서 축축한 냄새가 났고 볼 만한 흥미로운 물건들—테라코타로 만든 그리핀 한 쌍, 작은 구슬들을 꿰어 만든 빅토리아 시대의 그림들, 게다가 수정 구슬까지—이 많았으며 짙은 갈색 벽의 코코아 가루처럼 잘 마른 그 질감이 호비 아저씨의 목소리, 그리고 웰티의 목소리 같은 느낌으로 나를 완전히 감쌌다. 내 마음 깊은 곳까지 흠뻑 스며들어 따뜻한 구식 말투로 말을 거는 친근한 갈색이었다. 그래서 나는 타는 듯 붉은 열 속을 떠다니면서도 그들의 존재에 감싸여 마음이 놓였다. 반면 또 피파는 계속 변화하는 색색의 후광을 비추었고, 나는 생각이 뒤죽박죽 섞여서 진홍색 낙엽과 어둠 속으로 날아오르는 모닥불 불꽃과 또 내 그림에 대해서, 그것을 이토록 풍성하고 어둡고 빛을 빨아들이는 배경에 놓으면 어떻게 보일까 생각했다. 노란 깃털. 번득이는 진홍색. 반짝이는 검은 눈.

나는 잠에서 깨어—다시 버스에 타고 있었는데 누군가가 내 가방에서 그림을 꺼내는 바람에 겁에 질려 손발을 휘저었다—피파가 꾸벅꾸벅 조는 개를 안아 올리는 것을 보고 깜짝 놀랐다. 피파의 머리카락은 방 안의 무엇보다도 더 밝았다.

"미안, 하지만 애 산책 좀 시켜야 해서." 피파가 말했다. "나한테 재채기하면 안 돼."

내가 팔꿈치로 지탱하며 몸을 일으켰다. "미안, 안녕." 내가 한 팔로 얼굴을 문지르면서 바보처럼 말했다. 그런 다음 다시 말했다. "이제 좀 나아."

피파가 금빛이 도는 갈색의 불안정한 눈으로 방을 훑었다. "지루해? 색연필이라도 갖다줄까?"

"색연필?" 나는 당황했다. "왜?"

"음, 그림 그리라고─?"

"음─"

"아무것도 아냐." 피파가 말했다. "그냥 싫다고 하면 돼."

피파가 횡 나가자 팝칙이 종종 따라갔고, 그녀의 시나몬 껌 냄새만 남았다. 나는 너무 멍청한 나에게 좌절하며 고개를 돌려 베개에 얼굴을 묻었다. 다른 사람한테 말하느니 차라리 죽음을 택하겠지만 나는 약을 너무 많이 해서 뇌와 신경 체계, 그리고 영혼까지도 쉽게 눈에 띄지 않게, 하지만 고칠 수 없을 정도로 망가졌을까 봐 걱정했다.

내가 누워서 걱정하고 있는데 핸드폰이 울렸다. 나 어디게? MGM 그랜드 수영장!!!!

내가 눈을 깜빡였다. 그리고 답장을 보냈다. 보리스?

그래 나야!

거기서 뭘 하고 있는 걸까? 내가 다시 문자를 보냈다. 괜찮아?

응 근데 엄청 졸려. 그때 훔친 약했음. 아이고 : ─)

그런 다음 다시 땡 소리가 났다.

완전 재밌음. 파티 파티. 넌? 다리 밑에서 지내냐?

내가 답장을 보냈다. 뉴욕. 아파서 누워 있음. MGM은 왜 갔어?

KT랑 앰버랑 딴 애들이랑 같이 왔어!!! ;─)

그런 다음 문자가 또 하나 왔다. 화이트러시안이라는 술 알아? 맛은 좋은데 술 이름으로는 별로네.

문을 두드리는 소리가 났다. "괜찮니?" 호비 아저씨가 문을 열고 고개를 내밀며 말했다. "뭐 좀 갖다줄까?"

내가 핸드폰을 치웠다. "아뇨, 괜찮아요."

"그럼, 배고프면 꼭 말해라. 먹을 거 많아. 냉장고가 꽉 차서 문을 닫기도 힘들 정도야. 추수감사절에 손님들을 초대했었거든. 이 소리는 뭐냐?" 아저씨가 주변을 둘러보며 말했다.

"제 전화기예요." 보리스가 문자를 보냈다. 지난 며칠이 어땠는지 넌 못 믿을 거야!!!

"음, 그럼 볼일 봐라. 필요한 거 있으면 말하고."

아저씨가 나가자 나는 벽을 향해 고개를 돌리고 답장을 보냈다. MGM? KT 베어맨이랑?

즉시 답장이 왔다. 그래! 앰버랑 미미랑 제시카랑 *대학* 다니는 KT 누나 조던도 같이. :-D

대체 어떻게 된 거야???

네가 나쁜 타이밍에 간 거야!!! :-D

그런 다음 내가 답장할 시간도 없이 바로 메시지가 왔다. 가야겠다. 앰버가 전화 써야 된대.

나중에 전화해. 내가 메시지를 보냈지만 답장이 없었다. 그리고 나는 아주아주 오랜 시간이 지난 다음에야 보리스의 소식을 들을 수 있었다.

3

당황스러울 만큼 부들부들한 웰티 할아버지의 파자마를 입고 쓰러져 있던 그날과 그 후 하루 이틀은 열 때문에 너무 뒤죽박죽 정신이 없었다. 나는 포트어소리티에서 사람들을 피해 인파를 헤치고 빠져나가 기름 섞인 구정물이 떨어지는 터널로 숨거나, 다시 라스베이거스로 돌아가서 버스 요금을 낼 돈도 없이 캣버스를 타고서 모래를 차창에 뿌리는 세찬 바람이 부는 산업 지구를 지나는 꿈을 계속 꾸었다. 시간은 고속도로 빙판길에서 차가 미끄러지듯 흘러갔고, 갑작스럽고 날카로운 섬광들만이 이따금 제동을 걸었다. 아스피린과 얼음을 넣은 진저에일을 가져다주던 호비 아저씨, 깨끗이 목욕을 하고 눈처럼 하얗고 복슬복슬해져서 침대 발치로 뛰어올라 내 발 근처를 서성이던 팝칙 등이 바퀴를 멈출 때만 나는 정상적인 시간으로 되돌아왔다.

"자." 피파가 다가오더니 침대에 앉으려고 나를 쿡쿡 찔러 옆으로 밀었다. "비켜봐."

내가 일어나 앉아서 더듬더듬 안경을 찾았다. 그림 꿈을 꾸었기 때문에―그림을 꺼내서 보는 꿈이었는데, 생시였나?―잠들기 전에 그림을 치웠는지 확인하려고 불안하게 흘끔거렸다.

"왜 그래?"

내가 억지로 눈을 돌려 피파의 얼굴을 보았다. "아무것도 아냐." 나는 베갯잇을 만져보겠다는 이유만으로 침대 밑에 여러 번 기어 들어갔기 때문에 혹시 깜빡하고 그림을 침대 밑에서 삐져나오게 놔두지 않았는지 걱정하지 않을 수 없었다. 속으로 생각했다. 밑은 *내려다보지 마. 피파를 봐.*

"자." 피파가 말하고 있었다. "뭘 좀 만들었어. 손 내밀어봐."

"와." 내가 손바닥에 놓인 진한 황록색 종이로 접은 뾰족뾰족한 것을 보면서 말했다. "고마워."

"이게 뭔지 알아?"

"어―" 사슴? 까마귀? 가젤? 내가 당황해서 피파를 보았다.

"포기하는 거야? 개구리야! 모르겠어? 자, 탁자에 놔봐. 여기를 이렇게 누르면 뛰는 거야, 알겠지?"

나는 어색하게 종이 개구리를 만지작거리면서 나를 보는 피파의 시선을 의식했다. 빛과 야성이 깃든 눈, 새끼 고양이처럼 무심한 힘이 보이는 눈이었다.

"이거 좀 봐도 돼?" 피파가 내 아이팟을 잡아채더니 바쁘게 화면을 위로 올렸다. "흐음." 그녀가 말했다. "좋은데! 마그네틱 필즈, 매지 스타, 니코, 너바나, 오스카 피터슨이라. 클래식은 없어?"

"음, 몇 개 있어." 내가 수줍게 말했다. 너바나만 빼면 피파가 말한 음악은 사실 전부 엄마 거였고, 너바나도 일부는 엄마 거였다.

"내가 시디 만들어줄 수 있었는데. 학교에 노트북을 놓고 오지만 않았어도 말이야. 대신 메일로 보내줄게. 요즘 아르보 패르트를 많이 들었는데, 이유는 묻지 마. 룸메이트가 미치려고 해서 어쩔 수 없이 헤드폰으로 들었어."

나는 피파가 내 시선을 눈치챌까 봐 두려웠지만 눈을 뗄 수가 없었기 때문에 고개를 숙이고 내 아이팟을 보는 피파를 찬찬히 관찰했다. 장밋빛 귀, 뜨거워 보이는 빨간 머리 아래 약간 주름이 진 흉터. 옆에서 보니 내려뜬 눈은 눈꺼풀이 두툼하고 긴 선을 그렸고 도서관에서 보고 또 보던 북유럽 명작 회화 책에 나오는 천사나 시동을 떠올리게 하는 부드러운 분위기가 있었다.

"있잖아─" 입속에서 말이 말라붙었다.

"응?"

"음─" 왜 예전 같지 않을까? 왜 아무 말도 생각이 안 날까?

"후후─" 피파가 나를 흘끔 올려다보더니 다시 웃기 시작했고, 말도 못할 정도로 심하게 웃었다.

"왜?"

"날 왜 그렇게 봐?"

"어떻게?" 내가 놀라서 말했다.

"이렇게ㅡ" 나는 눈이 튀어나올 것 같은 그녀의 표정을 어떻게 해석해야 할지 몰랐다. 숨 막히는 사람? 다운증후군 환자? 물고기?

"화내지 마. 넌 너무 심각해. 그냥ㅡ" 피파가 아이팟을 내려다보더니 다시 웃음을 터뜨렸다. "오오." 그녀가 말했다. "쇼스타코비치, 강렬한데."

얼마나 기억하고 있을까? 나는 창피했지만 피파에게서 눈을 떼지 못하며 생각했다. 물어볼 수 없었지만 그래도 알고 싶었다. 피파도 악몽을 꿀까? 사람이 많은 곳을 무서워할까? 땀을 흘리며 두려워할까? 내가 종종 그랬던 것처럼, 폭발로 몸과 영혼이 분리되어 2미터쯤 떨어진 곳에서 스스로를 지켜보는 듯한 느낌이 들었을까? 피파의 발작적인 웃음에서 무모함을 자처하는 태도가 느껴졌는데, 나는 보리스와 함께 보낸 광란의 밤들 때문에 그것을 너무나 잘 알았다. 그것은 아찔함과 히스테리의 경계였고, (어쨌든 나 자신의 경우에는) 아슬아슬하게 빗겨난 죽음과 관련이 있다고 생각했다. 사막의 어느 밤이면 나는 몇 시간이나 계속 괴로울 정도로 웃으며 몸부림치다가 배가 아파서 몸을 구부리곤 했고, 그것을 멈출 수만 있다면 나는 달리는 차 앞에라도 기꺼이 뛰어들었을 것이다.

4

월요일 아침, 나는 하나도 나아지지 않았지만 고통과 졸음으로 혼미한 몸을 끌고 일어나 억지로 부엌으로 가서 브레이스거들 씨의 사무실로 전화를 걸었다. 하지만 내가 브레이스거들 씨와 통화하고 싶다고 하자 그의 비서는 (잠깐 기다리라고 한 다음 약간 너무 빨리 돌아와서) 사무실에 없다고, 연락할 수 있는 번호도 없고 언제 돌아올지도 모르겠다고 말했다. 그러더니 달리 전할 말이 있는지 물었다.

"음―" 내가 호비 아저씨네 전화번호를 남기고 전화를 끊은 다음 생각이 빨리빨리 떠오르지 않아서 약속을 잡지 못한 것을 후회하고 있는데, 전화가 울렸다.

"국번이 212네?" 여유롭고 또렷한 목소리가 말했다.

"떠나왔어요." 내가 멍청하게 말했다. 감기 때문에 코가 막히고 머리가 잘 돌아가지 않았다. "뉴욕이에요."

"그래, 그런 것 같구나." 브레이스거들 씨의 말투는 친절했지만 차가웠다. "내가 뭘 도와줄까?"

내가 아빠 이야기를 하자 깊은 한숨 소리가 들렸다. "음." 그가 조심스럽게 말했다. "유감이구나. 언제 그렇게 되셨니?"

"지난주에요."

브레이스거들 씨는 끼어들지 않고 내 이야기를 들었다. 나는 5분 정도 걸려서 무슨 일이 있었는지 이야기했고 그동안 그가 최소한 전화 두 통을 거절하는 소리가 들렸다. "어이구야." 내가 이야기를 마치자 그가 말했다. "놀라운 얘기구나, 시어도어."

어이구야라니, 다른 때였다면 나는 미소를 지었을 것이다. 이 사람은 확실히 우리 엄마가 알던 사람, 좋아하던 사람이었다.

"라스베이거스에서 정말 힘들었겠구나." 그가 말했다. "물론 아빠가 돌아가신 건 정말 안 됐다. *너무 슬픈 일이야.* 하지만 솔직히―이제 너한테 좀 더 편하게 얘기할 수 있는데―네 아빠가 나타났을 때 다들 어떻게 해야 할지 몰랐단다. 네 어머니가 몇 가지 얘기를 털어놓았었거든, 서맨사도 걱정할 정도였어. 음, 너도 알겠지만, 어려운 상황이었지. 하지만 누구도 일이 이렇게 될 줄은 상상도 못 했을 거다. 야구방망이를 든 *깡패들*이라니."

"음―" 야구방망이를 든 *깡패들.* 나는 그가 그런 작은 부분을 포착하길 바란 것은 정말 아니었다. "그냥 들고 서 있기만 했어요. 절 때리거나 뭐 그런 건 아니에요."

"음―" 브레이스거들 씨가 웃었다. 긴장을 깨뜨리는 편안한 웃음이었다. "6만 5천 달러는 확실히 *너무* 구체적인 금액 같았지. 또 고백하자면, 그때 통화를 하면서 나는 네 변호사로서 약간 월권했단다. 하지만 그런 상황이었으니 네가 용서하렴. 왠지 수상한 냄새가 나서."

"네?" 속이 메슥거려서 내가 잠시 침묵을 지키다가 말했다.

"그때 전화로 한 얘기 말이야. 돈. 사실 찾을 수 있어, 적어도 529에서는 말이야. 세금을 좀 많이 내야 하지만, 어쨌든 가능은 하지."

가능하다고? 돈을 찾을 수도 있었다고? 마음속에서 다른 미래가 스쳤다. 실버 씨가 돈을 받고, 아빠가 목욕 가운만 걸친 채 블랙베리로 경기 점수를 알아보고, 나는 통로 건너 옆자리에서 빈둥거리는 보리스와 함께 스피르세츠카야 선생님의 수업을 듣는다.

"물론 기금이 사실 그 정도는 안 된다는 것도 말해줘야겠구나." 브레이스거들 씨가 말했다. "그래도 모아두면 계속 늘어나지! 지금 네 상황을 생각하면 돈을 일부 쓸 수 있게 조정할 수 없는 건 아니지만, 어머니는 금전적으로 곤란할 때에도 절대 그것만은 건드리려고 하지 않았어. 특히 너희 아버지가 손을 대는 건 절대 원하지 않았지. 그리고 참, 우리끼리 얘기지만, 너혼자 생각해서 뉴욕으로 오다니 정말 똑똑하게 잘했다. 잠깐만." 수화기를 막고 대화하는 소리. "열한 시 약속이 있어서 서둘러 가봐야겠구나. 지금 서맨사 집에 있는 거지?"

이 질문에 나는 깜짝 놀랐다. "아니요." 내가 말했다. "그리니치빌리지의 친구 집에 있어요."

"음, 잘됐다. 네가 편하다면 말이야. 어쨌든, 이제 정말 가야겠다. 내 사무실에서 만나서 마저 이야기를 나누는 건 어떻겠니? 팻시에게 다시 연결해줄게, 약속을 잡아줄 거야."

"좋아요." 내가 말했다. "고맙습니다." 하지만 전화를 끊고 나자 속이 좋지 않았다. 누군가가 내 가슴으로 손을 넣어서 심장 주변에 있던 고약하고 축축한 것들을 비틀어 떼어낸 것 같았다.

"괜찮니?" 호비 아저씨가 부엌을 지나가다가 갑자기 멈춰서 내 표정을 보며 말했다.

"네." 하지만 내 방까지 걸어가는 복도는 무척 길었고, 문을 닫고 침대에 올라간 나는 베개에 얼굴을 묻고 흥하고 메마른 숨을 헐떡거리면서 울었다, 아니 울먹거렸다. 그동안 팝칙은 내 셔츠를 발로 긁으면서 걱정스러운 듯 내 뒷목에 코를 대고 킁킁거렸다.

5

브레이스거들 씨와 통화를 하기 전까지는 점차 낫고 있었지만, 그 소식이 나를 다시 아프게 만든 것 같았다. 시간이 지날수록 열이 올라서 다시 어지럽고 떨렸고, 아빠 생각밖에 할 수 없었다. *아빠한테 전화해야 돼.* 나는 잠에 빠져들면서도 이렇게 생각하며 계속 움찔거렸다. 아빠의 죽음이 진짜가 아니라 리허설, 일종의 시험 운전 같았다. 진짜 죽음(영원한 죽음)은 아직 찾아오지 않았고 내가 아빠를 찾아내기만 하면, 아빠가 전화를 받기만 하면, 잰드라가 직장에서 아빠와 연락이 닿기만 하면 죽음을 멈출 시간이 있는 것 같았다. *내가 아빠를 구해야 돼, 아빠에게 알려야 해.* 나는 날이 저물고 어두워진 후에야 뒤숭숭한 선잠에 들었는데, 꿈속에서 아빠는 무슨 비행기 예약을 망쳤다고 나를 무척 심하게 혼내고 있었다. 그때 복도의 불빛과 역광을 받은 작은 그림자가 눈에 들어왔다. 피파가 누군가에게 떠밀린 것처럼 갑자기 비틀거리며 들어오더니 미심쩍은 듯 뒤를 보면서 말했다. "깨워야 할까요?"

"잠깐만." 내가 말했다. 반쯤은 피파에게 한 말이었고 반쯤은 다시 어둠 속으로, 높은 아치형 문 저편의 열광적인 스타디움 관중 틈으로 멀어지는 아빠에게 한 말이었다. 안경을 쓰고 다시 보니 피파는 외출을 하려는 것처럼 외투를 입고 있었다.

"뭐라고?" 내가 램프의 빛 때문에 정신이 없어서 팔을 들어 눈을 가리고 말했다.

"아니, 미안. 난 그냥— 그러니까—" 피파가 얼굴을 가린 머리카락을 넘겼다. "나 이제 가거든, 작별 인사 하려고."

"작별 인사?"

"아." 피파의 옅은 눈썹이 찌푸려졌다. 그녀가 복도에 있던 호비 아저씨를 찾아서 복도 쪽을 보았다가 (아저씨는 가고 없었다) 다시 나를 보았다. "그래. 음." 약간 당황한 듯한 목소리였다. "나 돌아가. 오늘 밤에. 아무튼, 만나서 반가웠어. 다 잘 해결되면 좋겠다."

"오늘 밤에?"

"응, 지금 비행기 타러 가. 이모가 날 기숙학교에 보냈댔잖아." 내가 눈을 둥그렇게 뜨고 계속 보자 피파가 말했다. "추수감사절을 보내러 여기 온 거고. 의사 선생님을 만나러. 기억나?"

"아, 맞다." 나는 피파를 뚫어지게 보면서 아직 잠에서 깨지 않은 것이기를 바랐다. 기숙학교라는 말을 들으니 어렴풋이 기억이 났지만, 난 그게 꿈인 줄 알았다.

"그래—" 피파 역시 불편한 것 같았다. "네가 더 일찍 왔으면 좋았을걸, 아쉽다. 재밌었거든. 호비 아저씨가 요리를 하고, 사람들이 진짜 많이 왔었어. 어쨌든 난 올 수 있었던 것 자체가 다행이었어. 카멘친트 의사 선생님의 허락을 받아야 했거든. 우리 학교에는 추수감사절이 없어서."

"그럼 뭘 해?"

"추수감사절을 기념하진 않아. 음— 추수감사절을 기념하는 학생들을 위해서 칠면조 요리나 뭐 그런 걸 할지도 모르겠다."

"무슨 학곤데?"

피파가 좀 장난스럽게 혀를 굴리며 학교 이름을 말하자 나는 충격을 받았다. 몽태펠리는 스위스에 있었고—앤디의 말에 따르면 정규학교라고 하기도 힘들었다—아주 멍청하거나 아주 문제가 많은 여자애들이 가는 곳이었다.

"몽태펠리? 정말? 난 거기가 되게—"정신병이라는 말은 옳지 않았다. "와."

"음. 마거릿 이모 말로는 익숙해질 거래."피파가 탁자 위 개구리를 만지작거리며 뛰게 만들려고 했지만 개구리는 구부러져서 한쪽으로 쓰러지기만 했다. "경치는 카렌다쉬 만년필 상자에 그려진 산이랑 비슷해. 눈 덮인 봉우리랑 꽃밭이랑 뭐 그런 거지. 그 외에는 별일이 일어나지 않는 지루한 유럽 공포 영화랑 비슷하고."

"하지만—"난 뭔가를 놓쳤거나 아직도 자고 있는 것 같았다. 내가 아는 사람들 중에서 몽태펠리에 간 사람은 제임스 빌리어스의 누나 도리트 빌리어스밖에 없었는데, 칼로 남자 친구의 손을 찔렀다고 했다.

"그래, 이상한 곳이야."피파가 지루해 보이는 눈을 깜빡이면서 방 안을 둘러봤다. "미친 애들을 위한 학교지. 하지만 난 머리의 상처 때문에 갈 수 있는 학교가 많지 않은데 거기엔 부속 진료소가 있거든."피파가 어깨를 으쓱하며 말했다. "교직원들 중에 의사도 있고. 생각보다 큰 문제라서. 그러니까, 내가 머리를 부딪친 다음부터 문제가 있었거든. 그렇다고 정신이 나갔다거나 가게에서 물건을 훔친다는 뜻은 아니고."

"그래, 하지만—"나는 아직도 머릿속에서 공포 영화라는 말을 지우려 애

524

쓰고 있었다. "스위스? 멋지네."

"그렇게 말할 수도 있겠지."

"내가 아는 애들 중에 랠리 포크스라고, 스위스의 르로제에 간 애가 있어. 아침 쉬는 시간마다 초콜릿을 먹는다던데."

"음, 우린 토스트에 잼도 못 발라 먹어." 피파의 손은 주근깨가 나 있고 검은 외투와 대조를 이루어 창백해 보였다. "식이 장애가 있는 애들만 잼을 받지. 차에 설탕을 넣고 싶으면 간호사실에서 훔쳐야 돼."

"음—" 설상가상이었다. "너 도리트 빌리어스라는 학생 알아?"

"아니. 거기 다녔었는데 다른 학교로 보내졌대. 어떤 애 얼굴을 할퀴려고 했다나. 한동안 감금실에 갇혔어."

"뭐?"

"물론 그렇게 부르지는 않아." 피파가 코를 문지르며 말했다. "라그랑주라는 농장 같은 건물이야. 그런 거 있잖아, 우유 짜는 여자들이 있고 일부러 녹슨 것처럼 보이게 만들어놓은 그런 데. 기숙사보다 좋아. 하지만 문에 경보기가 달려 있고 경비원도 있고 그렇거든."

"음, 그러니까 내 말은—" 나는 도리트 빌리어스—가늘고 곱슬곱슬한 금발 머리, 크리스마스트리에 달린 천사처럼 멍한 푸른 눈—를 떠올렸고, 무슨 말을 해야 할지 몰랐다.

"거긴 진짜 정신 나간 애들만 넣어. 라그랑주 말이야. 난 베소네라는 곳에 있는데, 프랑스어를 쓰는 애들이 잔뜩이야. 프랑스어를 배우라고 거기 넣은 거지만, 실제로는 아무도 나한테 말을 안 걸게 되지."

"싫다고 말해! 이모한테."

피파가 얼굴을 찌푸렸다. "말이야 나도 하지. 하지만 그러면 이모는 거기가 얼마나 비싼지 설명하기 시작하시는 거야. 아니면 나 때문에 가슴이 아프다고 하거나. 아무튼." 피파가 불편한 듯이, 이제 그만 가봐야 해라고 말하는 듯한 목소리로 어깨 너머를 돌아보면서 말했다.

"허." 멍한 침묵이 흐른 뒤 내가 말했다. 낮이고 밤이고 나의 혼미한 의식은 피파가 이 집에 있다는 인식, 복도에서 울리는 피파의 목소리와 발소리가 거듭 주는 행복과 에너지로 채색되어 있었다. 우리는 같이 담요로 텐트를 칠 것이었고, 피파는 아이스링크에서 나를 기다릴 것이었고, 내가 낫고 나서 우리가 같이 할 모든 일들에 밝고 신나는 콧노래가 따라다녔다. 사실나는 우리가 라디오에서 벨 앤 세바스찬의 노래가 나오는 동안 무지개색사탕으로 목걸이를 만들고, 그런 다음 워싱턴스퀘어의 존재하지도 않는 카지노 아케이드를 돌아다니고, 여러 가지를 한 것만 같았다.

그때 복도에 조심스럽게 서 있는 호비 아저씨가 보였다. "미안하다." 아저씨가 손목시계를 보면서 말했다. "이제 정말 서둘러야 돼."

"네." 피파가 이렇게 말한 다음 나에게 말했다. "그럼 안녕. 빨리 나아."

"잠깐만!"

"왜?" 피파가 반쯤 돌아서다 말고 말했다.

"크리스마스 때 오는 거지?"

"아니, 마거릿 이모네로 가야 돼."

"그럼 언제 와?"

"글쎄." 한쪽 어깨를 으쓱했다. "몰라. 아마도 봄방학 때?"

"핍스―" 호비 아저씨가 피파를 불렀지만 사실 나에게 하는 말이었다.

"네." 피파가 눈앞을 가린 머리카락을 넘기며 말했다.

나는 현관문이 닫히는 소리가 들릴 때까지 기다렸다. 그런 다음 침대에서 빠져나와 커튼을 젖혔다. 먼지 낀 유리를 통해서 두 사람이 현관 앞 계단을 내려가는 모습을 보았다. 분홍색 목도리에 모자를 쓴 피파가 덩치 크고잘 차려입은 호비 아저씨 옆에서 약간 서둘러 가고 있었다.

나는 두 사람이 모퉁이를 돌아 사라진 후에도 한참 동안 창가에 서서 텅 빈 거리를 내려다보았다. 그런 다음 어지럽고 쓸쓸한 기분으로 피파의 방으로 터덜터덜 걸어가서—거부할 수 없었다—문을 조금 열었다.

2년 전과 똑같았지만 더 비어 있었다. 오즈의 마법사와 티베트 살리기 포스터. 휠체어는 없었다. 창틀에는 진눈깨비가 하얀 자갈처럼 쌓여 있었다. 하지만 피파 냄새가 났고 피파의 존재가 아직 따뜻하고 생생하게 느껴졌다. 나는 거기 서서 피파의 공기를 들이마시면서 피파의 동화책, 피파의 향수병, 피파의 머리핀들이 담긴 반짝이는 쟁반, 피파의 밸런타인 수집품—종이 레이스, 큐피드와 매발톱꽃들, 가슴에 장미 꽃다발을 껴안고 있는 에드워드 시대의 구혼자들—과 함께 서 있는 것만으로도 환한 미소가 떠오르는 것이 느껴졌다. 나는 조용조용, 맨발인데도 발뒤꿈치를 들고서 옷장 위의 은 액자를 향해 걸어갔다. 코스모와 웰티 할아버지, 웰티 할아버지와 피파, 피파와 피파의 어머니(똑같은 머리카락과 똑같은 눈)와 더 젊고 날씬한 호비 아저씨—

방 안에서 낮게 웅웅거리는 소리가 들렸다. 나는 죄를 지은 기분으로 뒤돌아보았다. 누가 왔나? 아니었다. 목욕을 해서 새하얘진 팝칙이 피파의 흐트러진 침대 위 베개들 사이에 자리를 잡고서 작게 골골거리고 침을 흘리며 행복하게 코를 골고 있었다. 낡은 외투를 끌어안은 강아지처럼 피파가 두고 간 것들에서 위안을 얻는 것은 뭔가 한심한 면이 있었지만, 나는 침대로 기어 들어가 포퍼 옆에 누워서 마음을 가라앉히는 피파의 냄새와 뺨에 느껴지는 매끄러운 감촉을 느끼며 바보처럼 미소를 지었다.

6

"자, 자." 브레이스거들 씨가 호비 아저씨와 악수를 하고 나서 나와 악수를 하면서 말했다. "시어도어, 넌 자라면서 점점 더 어머니를 닮아가는구나.

엄마가 지금 널 볼 수 있으면 참 좋을 텐데."

나는 그의 눈을 마주 보면서 당황한 것처럼 보이지 않으려고 애썼다. 사실 나는 엄마처럼 곧은 머리카락과 특유의 명암을 물려받았지만 아빠를 더 많이 닮았다. 워낙 많이 닮아서 지나가던 수다쟁이나 커피숍 웨이트리스가 말하지 않고 넘어가는 법이 없을 정도였다. 견딜 수 없이 싫은 부모를 닮았다는 것이 원래도 기분 좋은 일은 아니었지만, 아빠가 죽고 나니 거울 속에서 음산하고 음주운전이나 하는 아빠의 어렸을 때 같은 얼굴을 보는 것이 특히 기분 나빴다.

호비 아저씨와 브레이스거들 씨가 낮은 목소리로 이야기를 나누고 있었다. 브레이스거들 씨는 호비 아저씨에게 우리 엄마를 어떻게 만났는지 이야기하면서 아저씨의 기억을 끌어냈다. "그래요! 기억납니다. 한 시간도 안 돼 30센티미터가 넘게 내렸죠! 세상에, 경매를 마치고 나왔더니 움직이는 게 하나도 없었어요. 업타운의 파크-버넷 건물에 있었는데ㅡ"

"메디슨가 칼라일 맞은편요?"

"네, 집까지 걸어오는 데 시간이 꽤 걸렸지요."

"골동품을 다루신다고요? 시오 말로는 그리니치빌리지 쪽에 계신다던데."

나는 예의 바르게 앉아서 두 사람의 대화를 들었다. 두 사람이 공동으로 아는 사람들, 갤러리 주인과 미술품 수집가 들, 레이커 씨와 렌버그 씨, 포셋 씨와 보겔 씨, 밀드버거 씨와 드퓨 씨, 사라져 가는 뉴욕의 랜드마크들, 뤼테스 레스토랑과 라카라벨과 카페 데자르티스트의 폐점, 시어도어, 어머니가 어떻게 생각하셨을까? 카페 데자르티스트를 무척 좋아하셨는데. (어떻게 알았을까? 나는 이상하게 생각했다.) 나는 아빠가 심기가 불편할 때 엄마에 대해 넌지시 비추는 말들을 단 한 순간도 믿지 않았지만 브레이스거들 씨는 내가 생각했던 것보다 엄마를 훨씬 잘 아는 것 같았다. 책장에 꽂힌 법률과 관계없는 책들조차도 두 사람의 왕래를, 관심사가 비슷했음을 암시하는 것 같았다. 애그니스 마틴, 에드윈 디킨슨 같은 미술 책들도 있었고 시집도, 테드 베리건의 초판본, 프랭크 오하라의《위급 상황의 묵상》초판본도 있었다. 나는 엄마가 정확히 똑같은 초판본을 들고 상기된 얼굴로 행복하게 들어온 날이 떠올랐다. 우리는 그런 책을 살 만한 돈이 없었으므로 나는 엄마가 스트랜드 중고 서점에서 우연히 발견했을 거라고 생각했다. 하지만 잘 기억해보니 엄마는 책이 어디서 났는지 말하지 않았다.

"자, 시어도어." 브레이스거들 씨가 부르는 소리를 듣고 내가 정신을 차렸다. 그는 나이가 많긴 했지만 차분했고, 남는 시간을 대부분 테니스 코트에서 보내는 사람처럼 햇볕에 적당히 탄 모습이었다. 거무스름한 눈 밑의 처진 살 때문에 어딘가 친절한 판다 같기도 했다. "너 정도 나이면 판사가 결정을 내릴 때 네 의향을 고려하지. 특히 네 후견인이라고 주장하는 사람이 없으니까. 물론—" 그가 호비 아저씨에게 말했다. "결정이 나올 때까지 임시 후견을 신청할 수 있지만, 그럴 필요는 없을 것 같군요. 분명 이편이 아이에게 가장 좋을 테니까요. 호바트 씨만 괜찮다면 말입니다."

"괜찮고말고요." 호비 아저씨가 말했다. "시오가 좋으면 저도 좋습니다."

"당분간 시어도어의 성인 보호자라는 비공식적인 자격을 맡을 준비가 되셨습니까?"

"비공식적이든, 정장을 입어야 하든, 뭐든 필요한 대로 하죠."

"학교도 생각해야 돼. 내 기억에는 기숙학교 이야기를 했던 것 같은데. 하지만 지금 그런 생각까지 하기는 힘들겠지?" 내가 고민하는 표정을 알아채고 브레이스거들 씨가 말했다. "이제 막 뉴욕에 온 데다가 연말도 다가오니까 정신없지? 당장은 아무 결정도 안 해도 돼, 그럴 거야." 그가 호비 아저씨를 흘끔 보면서 말했다. "남은 학기 동안은 이대로 지내다가 나중에 처리하면 될 것 같구나. 언제든지 나한테 전화해도 돼, 알고 있지? 밤이든 낮이든 상관없어." 그가 명함에 전화번호를 적었다. "이건 우리 집 전화번호고, 이

건 내 핸드폰 번호— 이런, 이런, 기침이 심하네!" 그가 흘끔 쳐다보며 말했다. "기침이 너무 심해. 치료는 하고 있겠지? 그리고 이건 브리지햄프턴 전화번호야. 필요한 게 있으면 무슨 일이든지 망설이지 말고 연락하렴."

나는 다시 터져 나오는 기침을 삼키려고 열심히, 최선을 다했다. "감사합니다—"

"이게 네가 정말 원하는 거니?" 브레이스거들 씨가 나를 유심히 보면서 말했다. 그 시선을 보니 꼭 증인석에 서 있는 기분이었다. "앞으로 몇 주 동안 호바트 씨와 지내는 거 말이다."

나는 앞으로 몇 주라는 말이 마음에 들지 않았다. "네." 내가 주먹으로 입을 가린 채 말했다. "하지만—"

"왜냐면, 기숙학교 말이다." 브레이스거들 씨가 팔짱을 끼고 의자에 기대어 앉아 나를 응시했다. "장기적으로 보면 분명히 그게 너에게 가장 좋은 선택이야. 솔직히 지금 상황을 생각하면 벅필드의 내 친구 샘 웅거러에게 전화해서 당장 입학시킬 수 있을 것 같아. 어떻게 할 수 있을 거야. 아주 좋은 학교란다. 그리고 네가 기숙사가 아니라 교장 선생님이나 선생님 댁에서 지낼 수 있게 조정할 수도 있을 거야. 더욱 가족적인 분위기에서 지낼 수 있도록 말이다. 물론 네가 원한다면."

브레이스거들 씨와 호비 아저씨가 생각에 잠긴 나를 격려하듯 바라보았다. 나는 신발을 내려다보았다. 은혜도 모르는 아이처럼 보이고 싶지는 않았지만 나는 이 제안이 전부 사라지기를 바랐다.

"음." 브레이스거들 씨와 호비 아저씨가 시선을 주고받았다. 호비 아저씨의 표정에서 체념의 기색이, 실망의 기색이 스친 것은 나의 착각이었을까? "네가 바라고 호바트 씨도 좋다고 하니 당분간 이렇게 지내서 안 될 것도 없지. 하지만 가고 싶은 학교를 생각해봤으면 좋겠다, 시어도어. 그래야 다음 학기나 여름학교를 미리 준비할 수 있을 테니까. 네가 좋다면 말이야."

임시 후견인. 그 후 몇 주 동안 나는 다시 정신을 차리려고 최선을 다했고 임시가 무슨 뜻인지 너무 깊이 생각하지 않으려고 애썼다. 나는 뉴욕의 조기 대학 프로그램에 지원했다. 그러면 어떤 이유로 호비 아저씨 집에서 지내지 못하게 되어도 나를 시골로 보내지 않을 것 같아서였다. 나는 팝칙이 내 발치의 양탄자에서 조는 동안 내 방 흐릿한 조명 밑에 하루 종일 웅크리고 앉아서 수험서를 보았다. 역사적 사건들, 증명과 정리, 라틴어 단어를 외웠고, 스페인어의 불규칙동사가 너무 많아서 꿈속에서도 기나긴 표를 보면서 절망했다.

목표를 지나치게 높게 잡음으로써 스스로를 벌하려고, 혹은 엄마에게 뭔가를 갚으려고 애썼던 것은 아니었을까. 라스베이거스에서 공부를 계속 열심히 했다고도 할 수 없었고, 공부하는 습관이 사라졌기 때문에 이렇게 많은 양을 외우는 것은 고문과도 같았다. 얼굴에 조명을 비추고 있는데, 나는 옳은 답을 모르고, 맞히지 못하면 대재앙인 것이다. 나는 눈을 비비면서, 잠을 깨려고 차가운 물로 샤워하고 아이스커피를 마시면서, 내가 얼마나 이로운 일을 하고 있는지 스스로에게 일깨우면서 몰아댔지만 벼락치기는 본드 불기보다도 훨씬 더 자멸적인 행동 같았다. 그러다 보니 어느 순간, 공부 자체가 일종의 마약이 되어서 나는 완전 녹초가 되어 주변을 제대로 파악할 수 없을 정도가 되었다.

하지만 정신이 녹초가 되면 생각을 할 수 없으니 할 일이 있다는 것이 기뻤다. 나를 괴롭히던 수치심은 뚜렷한 근원이 없었기 때문에 더욱 정신을 소모했다. 왜 그렇게 더럽고 쓸모없고 나쁜 사람이 된 기분인지 몰랐지만 나는 그런 기분이었고, 책에서 고개를 들 때마다 사방에서 끈적끈적한 물이 밀려와 나를 덮치는 것 같았다.

부분적으로는 그림 때문이었다. 나는 그림을 계속 가지고 있어서 좋을 것이 하나도 없다는 사실을 잘 알았지만 이제 너무 오래 가지고 있었기 때문에 말할 수 없다는 사실도 알았다. 브레이스거들 씨에게 고백하는 것은 무모했다. 내 입장이 너무 위태로웠다. 브레이스거들 씨는 안 그래도 나를 기숙학교에 보내고 싶어서 안달이었다. 그리고 호비 아저씨한테 털어놓으면 어떨까 종종 생각해보았는데, 여러 가지 가능한 시나리오들이 있었지만 그중 어느 하나가 다른 것들보다 더 그럴듯한 것 같지는 않았다.

내가 호비 아저씨에게 그림을 주면 아저씨가 '아, 별거 아니야'라고 말하고서 어떻게든 (나는 이 부분, 이 부분의 논리 때문에 애를 먹었다) 그림을 처리하거나 아는 사람에게 전화를 하거나 대단히 좋은 방법을 내놓고, 거슬려하지도 화를 내지도 않고, 어쨌든 모든 것이 다 괜찮아진다.

혹은, 호비 아저씨에게 그림을 주면 아저씨가 경찰에 전화를 한다.

혹은, 호비 아저씨에게 그림을 주면 자기가 갖고서 '뭐, 너 미쳤니? 그림? 무슨 말인지 모르겠는데'라고 말한다.

혹은, 호비 아저씨에게 그림을 주면 아저씨가 고개를 끄덕이고 알겠다는 표정을 지으며 잘했다고 말해놓고서 내가 나가자마자 변호사한테 전화를 걸고, 나는 기숙학교나 소년원으로 보내진다(사실 그림과 상관없이 내가 생각하는 시나리오는 대부분 이 결말이었다).

하지만 불안의 가장 큰 부분은 아빠와 관련 있었다. 나는 아빠의 죽음이 내 잘못이 아니라는 것을 알았지만 마음속 깊이에서는 비이성적이고 아주 확고하게 사실은 내 잘못이라고 생각했다. 아빠가 결정적인 절망에 빠져 있을 때 내가 얼마나 차갑게 돌아섰는지 생각하면 아빠가 거짓말을 했다는 것은 중요하지 않았다. 아빠는 내가 아빠 빚을 갚을 수 있다는 사실을 알았을지도 모른다. 브레이스거들 씨가 너무나 아무렇지도 않게 그 사실을 말해준 이후로 나는 계속 그 생각에 사로잡혀 있었다. 책상 램프 뒤쪽 그늘에서 호비 아저씨의 테라코타 그리핀들이 유리구슬 눈으로 나를 물끄러미 보았다. 아빠는 내가 일부러 돈을 안 준다고 생각했을까? 아빠가 죽기를 바란다고? 밤이면 나는 아빠가 카지노 주차장에서 두드려 맞고 도망 다니는 꿈을 꾸었고, 깜짝 놀라서 일어났더니 아빠가 어둠 속에서 담뱃불을 빛내면서 침대 옆 의자에 앉아 있던 적도 몇 번 있었다. 나는 "아빠는 돌아가셨다고 했는데"라고 소리 내어 말하다가 아무도 없다는 사실을 깨달았다.

피파가 없으니 집이 쥐 죽은 듯 고요했다. 문이 닫힌 방들에서는 죽은 나뭇잎들처럼 어렴풋하고 축축한 냄새가 났다. 나는 피파의 물건을 보며 서성이면서 피파가 어디 있을까, 뭘 하고 있을까 생각했고, 욕조 배수구에 걸린 빨강 머리나 소파 아래서 나온 둥글게 만 양말처럼 사소한 것을 통해서 피파와 연결된 느낌을 가지려고 애를 썼다. 하지만 나는 피파가 있을 때 느껴지는 불안하고 울렁거리는 느낌이 그리우면서도 이 집에서, 안전하게 둘러싸인 이 느낌에서, 오래된 사진과 컴컴한 복도, 큰 소리로 똑딱거리는 시계들에서 위안을 받았다. 꼭 마리셀레스트 호에 고급 선실 담당 급사로 들어온 것 같았다. 내가 가라앉은 정적과 웅덩이 같은 그늘, 강렬한 햇살 사이를 누비면 발밑에서 낡은 바닥이 배의 갑판처럼 삐걱거렸고 6번가를 달리는 자동차 소리가 침입해 들어왔다. 내가 위층에서 어지러운 머리로 미분방정식, 뉴턴의 냉각법칙, 독립변수, *우리는 타우가 미분계수를 제거하는 상수라는 사실을 이용했다*와 씨름하고 있을 때 아래층에 있는 호비 아저씨의 존재는 익숙한 무게, 일종의 닻이었다. 나는 아래층에서 올라오는 아저씨의 나무망치 소리를 들으면서 아저씨가 저 밑에서 자기 연장과 고무풀과 여러 가지 색조의 나뭇조각을 가지고 조용히 탕탕거리며 일을 하고 있다고 생각하면 마음이 편안해졌다.

앤디네 집에서 지낼 때는 용돈이 없다는 것이 끊임없는 걱정이었다. 매번 바버 부인에게 점심값과 학교 실습비 등 소소한 비용을 부탁해야 했는데, 그럴 때마다 내가 겪는 두려움과 걱정은 아주머니가 아무렇지도 않게 주는 금액에 비해서 훨씬 컸다. 브레이스거들 씨가 보내주는 생활비 덕분에 예고도 없이 호비 아저씨 집에 불쑥 들어와 사는 것이 훨씬 덜 불편해졌다. 나는 적지 않은 팝칙의 병원비를 낼 수 있었다. 팝칙은 이빨이 좋지 않았고 가벼운 심장사상충 감염 증세가 있었는데, 나는 라스베이거스에서 지내는 내내 잰드라가 팝칙에게 약을 먹이거나 주사를 맞히는 것을 한 번도 못 봤다. 또 상당한 금액인 치과 비용도 낼 수 있었고(치아를 여섯 개나 때우느라 치과 진료 의자에 앉아서 지옥 같은 열 시간을 보냈다), 필요한 겨울옷과 신발뿐 아니라 노트북과 아이폰도 살 수 있었다. 그리고 호비 아저씨는 식비를 받지 않으려고 했지만 나는 밖으로 나가서 호비 아저씨를 위해서 내 돈으로 장을 봤다. 그랜드유니언 슈퍼마켓에서 우유와 설탕과 세제를 살 때도 있었지만 유니언스퀘어의 직거래 장터에서 신선 식품을 살 때가 더 많았다. 아저씨가 슬픈 눈으로 보고 한마디 말도 없이 저장실로 가져가는 대용량 타이드 세제와는 달리 (야생 버섯과 와인샙 사과, 건포도 빵 등) 아저씨를 기쁘게 해주는 듯한 작은 사치품들이었다.

호비 아저씨네 집은 사람이 많고 복잡하고 너무 형식적인 앤디네 집 분위기와 무척 달랐다. 앤디네 집에서는 모든 일을 브로드웨이 작품처럼 미리 계획하고 리허설을 했고, 앤디는 그 답답한 완벽주의를 피해서 겁먹은 오징어처럼 자기 방으로 허둥지둥 달아났다. 반대로 호비 아저씨는 자신만의 온화한 분위기, 차 얼룩과 담배의 짙은 갈색 분위기 속에서 거대한 바다 포유류처럼 둥둥 떠다녔다. 집 안의 시계들은 모두 다른 시간을 가리켰고 시간은 표준 척도가 아니라 각각의 차분한 똑딱똑딱 소리에 따라 흐르면서, 공장에서 에폭시로 붙여 만든 세상과 거리가 멀고 골동품이 가득하며 시대에 뒤처진 호비 아저씨 집의 속도에 순종했다. 아저씨는 영화관에 가는 건 좋아했지만 텔레비전은 없었다. 또 면지가 대리석 문양인 옛날 소설책을 읽었고 핸드폰이 없었다. 아저씨의 컴퓨터는 정말 오래된 IBM으로, 크기가 여행 가방만 했고 아무 짝에도 쓸모가 없었다. 완벽한 정적 속에서 아저씨는 일에 파묻혀서 베니어판에 증기를 쐬어 구부리거나 끌을 가지고 탁자 다리에 수작업으로 줄무늬를 넣었다. 행복하게 몰두한 아저씨의 기운이 작업장에서 새어 나와 겨울이라 나무를 땐 화덕의 온기와 함께 집 안에 퍼졌다. 호비 아저씨는 무던하고 다정했다. 아저씨는 태평하고 무디고 겸손하고 온화했다. 호비 아저씨는 말을 걸면 처음 한두 번은 못 알아들었다. 아저씨는 안경을 잃어버리고, 지갑과 열쇠, 세탁소 접수증을 엉뚱한 곳에 두었고, 나는 툭하면 아래층으로 불려 가서 바닥을 기어 다니며 아저씨가 떨어뜨린 아주 작은 부품이나 철물 조각을 같이 찾았다. 아저씨는 가끔 예약을 받아서 한 번에 한두 시간 정도 가게를 열었는데, 내가 알기로는 셰리주를 꺼내고 친구나 지인을 만나기 위한 핑계일 뿐이었다. 아저씨가 사람들의 경탄 속에서 서랍을 여닫으며 가구를 보여줄 때면 아주 옛날에 앤디와 내가 자기 물건 소개하기 시간 때문에 학교에 장난감을 들고 갔을 때와 비슷한 분위기였다.

아저씨가 정말 가구를 팔았는지 모르겠지만 나는 아저씨가 가구 파는 모습을 한 번도 보지 못했다. 호비 아저씨의 관할 구역(아저씨는 이렇게 불렀다)은 작업장, 혹은 불구가 된 의자와 탁자 들이 아저씨의 손길을 기다리며 줄지어 선 '병원'이었다. 아저씨는 온실 표본에 열중해서 잎사귀 하나하나의 진딧물을 털어내는 정원사처럼 가구의 질감과 나뭇결, 숨겨진 서랍, 흉터와 신기한 부분에 빠져들었다. 호비 아저씨는 현대적인 목공 장비―홈파는 기계, 무선 드릴과 원형 전기톱―도 몇 점 있었지만 거의 쓰지 않았다. ("난 귀마개가 필요한 건 별로야.") 아저씨는 아침 일찍 작업장으로 내려갔고 해야 할 일이 있으면 가끔 어두워진 뒤에도 작업장에 남아 있었지만, 보통은 해가 지기 시작하면 위층으로 올라와서 씻거나 저녁을 먹기 전에 작은 잔에 항상 똑같은 양의 위스키를 깔끔하게 따라 마셨다. 손등에 유연을 묻힌 채 피곤하지만 흡족해하는 아저씨의 모습에는 약간 거칠고 군인 같은 면이 있었다. 피파가 문자를 보냈다. 아저씨랑 저녁 먹으러 나갔었니?

응 서너 번

아저씨는 아무도 안 가는 텅 빈 식당만 좋아해

맞아 지난주에 데려간 곳도 투탕카멘 무덤 같았어

응 아저씨는 주인이 불쌍하다 싶은 데만 가셔! 가게가 망하면 죄책감을 느낄까 봐

난 아저씨 요리가 더 좋아

진저브레드 해달라고 해, 나도 지금 먹고 싶다

저녁 식사 시간은 하루 중 내가 유일하게 기대하는 시간이었다. 라스베이거스에서, 특히 보리스가 코트쿠와 사귀고 난 뒤부터 나는 밤에 직접 음식을 해 먹으려고 부스럭거리는 것에, 감자 칩 한 봉지나 아빠가 포장해 왔다가 남긴 밥이 말라붙은 포장 용기를 들고 침대에 걸터앉는 그 슬픔에 결코 익숙해지지 않았다. 하지만 행복하게도 여기서는 정반대였고, 호비 아저씨의 하루는 저녁 식사를 중심으로 돌아갔다. 어디서 먹을까? 누가 올까? 내가 요리를 할까? 포토푀 좋아하니? 아니라고? 먹어본 적 없어? 레몬 라이스나 사프란은? 무화과 통조림이나 살구는? 나랑 제퍼슨 마켓까지 걸어갈래? 가끔 일요일에 손님이 왔는데 뉴스쿨과 컬럼비아 교수님들, 오페라 오케스트라와 보존회 부인들, 그리고 여기저기에서 온 노부인들과 온갖 수집가와 미술상 들이었다. 조지 시대 보석을 벼룩시장에 팔았던 벙어리장갑을 낀 정신 나간 노파, 바버 씨네 집에 있어도 이상하지 않을 부유한 사람들도 드나들었다. (새로 알게 된 사실이 있었는데, 웰티 할아버지는 앤디네가 골동품을 수집할 때 어떤 것을 살지 조언을 해주었다고 한다.) 대화는 대부분 전혀 알아들을 수 없었다. (생시봉? 뮌헨 오페라 페스티벌? 쿠마라스와미?

포에 있는 별장?) 하지만 평소에는 쓰지 않는 식당이나 거실에서 '세련된' 사람들과 식사를 할 때에도 아저씨의 점심은 출장 음식을 싸늘하게 찰캉찰캉 소리를 내며 먹는 앤디네 집의 딱딱한 파티와는 반대로 직접 음식을 덜어 먹거나 무릎에 접시를 놓고 먹는 것을 신경 쓰지 않는 듯한 그런 자리였다.

사실 그런 저녁 모임에 오는 손님들은 유쾌하고 흥미로웠지만 나는 바버 씨네 집에서 지낼 때 봤던 사람이 나타날까 봐 항상 노심초사했다. 나는 앤디에게 전화를 걸지 않은 것이 미안했다. 하지만 길에서 앤디의 아버지를 만난 이후로는 내 집도 없이 뉴욕에 다시 흘러 들어온 것을 앤디에게 알리는 것이 더 부끄럽게 느껴졌다.

그리고 아주 사소한 일이었지만 나는 호비 아저씨의 집을 맨 처음 찾아오게 된 사정이 계속 마음에 걸렸다. 아저씨는 내가 그 이야기를 얼마나 불편해할지 알았기 때문에 내 앞에서는 그 이야기를, 내가 어떻게 해서 아저씨네 집 현관 앞에 나타나게 되었는지를 절대 이야기하지 않았지만, 그래도 사람들에게 이야기를 하지 않은 것은 아니었다. 그렇다고 해서 아저씨를 탓하지는 않았다. 그건 숨기기에는 너무 재미있는 이야기였다. "네가 웰티를 알았다니 정말 딱 어울리는구나." 호비 아저씨와 무척 친한 드프리스 부인은 이렇게 말했다. 그녀는 19세기 수채화를 취급하는 미술상으로, 빳빳한 옷을 입고 강렬한 향수를 뿌렸지만 사람들과 다정하게 포옹을 나누었고, 얘기하면서 상대방의 팔을 잡거나 손을 톡톡 두드리는 할머니 같은 버릇이 있었다. "왜냐면 웰티는 말하자면 광장기호증이었거든. 사람을 정말 좋아하고 시장을 정말 좋아했지. 시장의 그 끊임없는 움직임을 좋아했어. 거래, 상품, 대화, 흥정, 전부 말이야. 어렸을 때 카이로에 살았던 경험의 흔적이었는데, 난 웰티가 수크*에서 슬리퍼를 신고 왔다 갔다 하면서 양탄자

---

* 북아프리카와 중동 지역의 야외 시장.

를 팔면 정말 행복할 거라고 늘 말했지. 웰티는 골동품상으로서 재능이 있었단다, 누구에게 어떤 물건이 맞는지 잘 알았지. 물건을 사러 오는 게 아니라 예를 들어 비를 피하려고 가게에 들어왔다가 웰티랑 차라도 한 잔 마시면 결국 디모인 시까지 식탁을 배송하게 되는 거지. 학생이 물건을 보고 감탄하며 구경하려고 들어오면 웰티는 조그맣고 비싸지 않은 판화를 내놓는 식이었어. 모두가 행복했지. 웰티는 모두가 이 가게에 들어와서 크고 중요한 물건을 살 형편은 아니라는 걸 잘 알았어. 중매를 하는 것, 맞는 집을 찾아주는 게 중요했지."

"음, 사람들은 웰티를 믿었지." 호비 아저씨가 드프리스 부인이 마실 셰리주와 자기가 마실 위스키를 가지고 들어오면서 말했다. "웰티는 자기한테 장애가 있기 때문에 좋은 판매원이 될 수 있는 거라고 항상 말했는데, 나는 어느 정도 일리가 있다고 생각해. '동정심이 가는 절뚝발이'. 딴 속셈이 없어. 항상 외부에서 안쪽을 들여다보는 사람인 거지."

"아, 웰티는 어디서도 절대 외부인이 아니었어." 드프리스 부인이 셰리주를 받아 들고 호비 아저씨의 소매를 애정 어린 손길로 톡톡 치면서 말했다. 피부가 종잇장 같은 작은 손에서 장미 세공 다이아몬드가 빛났다.

"웰티는 늘 활발했고, 항상 웃으면서 불평은 한마디도 하지 않았지. 어쨌든, 얘야." 드프리스 부인이 다시 나를 보며 말했다. "기억해. 웰티는 너에게 그 반지를 줄 때 자기가 뭘 하는 건지 *정확히* 알고 있었어. 그 반지를 너에게 줘서 네가 호비를 만나게 되었잖아. 알겠지?"

"맞아요." 내가 말했다. 그러고는 마음이 너무 심란해져서 자리에서 일어나 부엌으로 걸어가야 했다. 왜냐면, 물론, 웰티가 나에게 준 것이 반지만은 아니었기 때문이다.

8

밤이면 나는 책상 서랍에 웰티의 낡은 독서용 안경과 만년필이 아직 들어 있지만, 이제는 내 방이 된 그의 방에서 잠 못 이루고 누워서 거리의 소음을 들으며 마음을 졸였다. 라스베이거스에서는 아빠나 잰드라가 그림을 발견해도 적어도 바로 알아보지는 못할 것이라고 생각했었다. 하지만 호비 아저씨는 알 것이다. 나는 어느 날 집에 돌아와보니 호비 아저씨가 그림을 들고 나를 기다리다가 "이게 뭐니?"라고 물으면 어떻게 해야 하나, 계속 생각했다. 그러한 재앙에 대응할 거짓말이나 핑계, 예방책이 없었기 때문이었다. 무릎을 꿇고 침대 밑으로 손을 뻗어 베갯잇에 손을 올릴 때면 (나는 그림이 아직 거기 있는지 확인하려고 불쑥불쑥 더듬어보았다) 나는 너무 뜨겁게 데운 인스턴트식품에 손을 댄 것처럼 얼른 손을 뗐다.

화재. 해충 구제 작업. 위험은 얼마든지 많았다. 사라진 예술품 데이터베이스에 크고 붉은 글씨로 적혀 있던 인터폴이라는 단어. 누구든지 조금만 신경을 쓰면 웰티의 반지가 바로 내가 그 그림과 함께 그 전시관에 있었다는 증거라는 사실을 알 수 있었다. 내 방 문은 너무 낡고 경첩이 비뚤어져서 제대로 닫히지 않았다. 철제 문 버팀쇠로 받쳐서 닫아야 했다. 호비 아저씨가 설명할 수 없는 충동에 이끌려서 갑자기 위층을 청소해야겠다고 생각하면 어떻게 하지? 태평하고 특별히 깔끔하지는 않은, 내가 아는 호비 아저씨의 성미에 분명히 어울리지 않는 일이었다. 나는 아니, 아저씨는 네가 지저분해도 신경 안 쓰실 거야, 침대보를 갈고 먼지를 떨 때 빼고는 내 방에 안 들어가시거든이라는 문자를 받자마자 침대보를 벗겨내고 45분 동안 깨끗한 티셔츠로 내 방의 모든 표면—그리핀, 수정 구슬, 침대 머리판—의 먼지를 미친 듯이 떨었다. 곧 먼지 떨기는 강박적인 습관이 되었고, 호비 아저씨의 집에 마른걸레가 잔뜩 있었지만 내가 직접 나가서 걸레를 사 왔다. 나는 먼지 떠는 모습을 아저씨에게 *보이고 싶지* 않았고, 아저씨가 내 방을 들여다볼 때 *먼지*라는 말이 절대 떠오르지 않기만을 바랐다.

이런 이유로 나는 아저씨와 함께 외출할 때에만 진정으로 안심했고, 내 방 책상 앞에서 대부분의 시간을 보냈다. 그리고 아저씨가 외출할 때 나는 갤러리, 이스테이트 세일, 전시실, 경매에 따라갔다. 경매장에서는 아저씨와 함께 맨 뒤쪽에 섰는데(내가 앞쪽에 빈 의자를 가리키자 아저씨는 "아니, 안 돼. 다른 사람들 팻말이 보이는 곳에 있어야 돼"라고 말했다), 처음에는 영화랑 똑같아서 흥미로웠지만 한두 시간 지나면 수학 교재《미적분학 : 개념과 적용》만큼이나 지루했다.

나는 사실 라스베이거스에서 지독히 외로웠던 팝칙이 보리스와 나를 끊임없이 따라다녔던 것과 거의 똑같이 불안한 기분으로 호비 아저씨에게 붙어 있었지만, 아무래도 상관없다는 것처럼 호비 아저씨를 심드렁하게 따라다니며 무관심한 척 행동하려 애썼다(그리고 어느 정도는 성공했다). 나는 아저씨를 따라서 고급 식당의 점심 모임에 갔다. 아저씨가 감정을 하러 갈 때도 같이 갔고, 아저씨가 양복을 맞추러 갈 때도 따라갔다. 수강생이 얼마 없는 1770년대 무명 필라델피아 서랍장 제작자들에 대한 강의에도 아저씨를 따라갔다. 또 프로그램이 너무 지루하고 길어서 정말로 졸아떨어져서 통로로 쓰러지면 어쩌나 걱정될 정도인 오페라 오케스트라에도 따라갔다. 나는 (불편하게도 바버 씨네 댁과 가까운 파크가의) 앰스티스 씨 댁, 보겔 씨 댁, 크라스노우 씨 댁, 밀드버거 씨 댁의 저녁 식사에도 아저씨를 따라갔는데, 그런 자리의 대화는 a) 눈이 돌아갈 정도로 지루하거나 b) 너무 감당하기 힘들어서 흠 이상의 말은 할 수 없었다. (밀드버거 부인은 밝은 표정으로 "불쌍해라, 너한테는 우리가 절망적일 만큼 재미없겠구나"라고 말했지만 그 말이 얼마나 사실인지 모르는 것 같았다.) 다른 친구들, 예를 들어 애버내시 씨—우리 아빠와 동갑으로, 정확히 밝혀지지 않은 과거의 스캔들인지 불명예인지를 안고 있었다—같은 사람들은 무척 변덕스럽고 말을 돌려 할 줄 모르고 나를 완전히 무시했기 때문에("그런데 얘를 어디서 데려왔다고 했지요, 제임스?") 나는 뭔가 똑똑한 말을 하고 싶으면서도 관심을 끄는 것이 무서워서 중국 골동품들과 그리스 꽃병들 사이에서 어쩔 줄 모른 채 혀가 묶인 것처럼 멍하니 앉아 있었다. 우리는 적어도 일주일에 한두 번 골동품으로 가득한 드프리스 부인의 63번가 주택(호비 아저씨 집의 업타운 버전)에 갔는데, 거기서 나는 의자에 앉아서 내 무릎에 발톱을 박아 넣는 무서운 벵골 고양이들을 무시하려고 애썼다. (두 사람이 방 저쪽에서 에드워드 리어의 수채화에 대해서 흥분하며 이야기할 때 별로 소리를 낮추지 않은 드프리스 부인의 말이 들렸다. "쟨 참 사교성도 밝아요, 그렇죠?") 드프리스 부인은 가끔 우리와 함께 크리스티나 소더비의 전시회에 갔고, 거기서 호비 아저씨는 한 점 한 점 유심히 살피면서 서랍을 여닫아보고, 장인의 솜씨가 드러나는 여러 가지 부분을 나에게 보여주고, 카탈로그에 연필로 표시를 했다. 그런 다음 돌아오는 길에 갤러리 한두 군데에 들른 후 드프리스 부인은 63번가로 돌아가고 우리는 산탐브라우스로 갔다. 세련된 양복을 입은 호비 아저씨는 카운터에 서서 에스프레소를 마셨고 나는 초콜릿 크루아상을 먹으면서 책가방을 매고 들어오는 아이들을 보며 예전 학교 애들을 만나지 않기를 바랐다.

"아버지가 에스프레소 한 잔 더 드신다니?" 호비 아저씨가 화장실에 간 사이에 카운터에 있던 점원이 물었다.

"아니, 괜찮아요. 계산서 갖다주시면 될 것 같아요." 사람들이 호비 아저씨를 우리 아빠라고 착각하면 나는 안타깝게도 가슴이 설렜다. 아저씨는 나에게 할아버지뻘이었지만 이스트사이드에서 볼 수 있는 나이 많은 유럽 아빠들, 재혼을 해서 쉰 살이나 예순 살에 아이를 낳은 말쑥하고 풍채 좋고 침착한 남자들과 견줄 만큼 활기가 있었다. 호비 아저씨가 갤러리에 갈 때 입는 복장으로 에스프레소를 홀짝이면서 평화롭게 거리를 내다볼 때면 스위스의 걸출한 사업가나 미슐랭의 별을 한두 개 받은 레스토랑 주인처럼 실력과 재력이 있고 느지막이 결혼을 한 사람 같았다. 나는 외투를 팔에 걸치고 돌아오는 아저씨를 보면서 슬프게 생각했다. 왜, 어째서 엄마는 아저씨 같은 사람과, 아니면 브레이스거들 씨 같은 사람과 결혼하지 않았을까? 엄마와 정말로 공통점이 있고 나이는 더 많지만 호감 가고 갤러리와 현악 사중주를 좋아하고 중고 서점을 돌아다니는 사람, 정중하고 교양 있고 친절한 사람과 말이다. 엄마의 진가를 알고, 엄마에게 예쁜 옷을 사주고, 생일이면 파리에 데려가고, 엄마에게 어울리는 삶을 줄 사람. 엄마가 노력했다면 그런 사람을 찾기 어렵지 않았을 것이다. 경비 아저씨들부터 우리 학교 선생님들, 내 친구의 아빠들, 엄마의 상사 세르조까지 (나는 그 이유를 몰랐지만 세르조 씨는 엄마를 돌리버드*라고 불렀다) 남자들은 엄마를 정말 좋아했고, 심지어는 바버 씨도 내가 앤디네 집에서 하룻밤 자고 나서 엄마가 데리러 오면 얼른 나가서 미소를 지으며 엄마와 인사를 나누고 엄마의 팔꿈치께에 손을 대고 소파로 안내하고서, 낮고 다정한 목소리로 앉으시겠어요? 차나 뭐 마실 것을 좀 드릴까요? 하고 말했다. 나는 브레이스거들 씨가 엄마를 보는 것처럼, 또는 내 안에서 엄마의 흔적을 찾으려는 것처럼 나를 유심히 본 것이 내 상상일 뿐이라고 생각하지 않았다. 그에 반해 아빠는 죽은 후에도 내 안에서 완전히 사라지지 않았다. 내가 아무리 아빠와 멀어지려 해도 마찬가지였다. 아빠는 바로 거기에, 내 손과 내 목소리와 내 걸음걸이에 남아 있었다. 호비 아저씨와 함께 식당을 나서면서 흘깃 곁눈질을 할 때면 거울처럼 비치는 표면만 있으면 우쭐거리며 자기 모습을 살펴보던 아빠와 머리 각도까지 똑같았다.

---

* Dolly Bird : 귀염성 있고 매력적인 여성을 가리키는 말. 다소 비하의 의미도 있다.

9

나는 1월에 쉬운 시험과 어려운 시험 두 가지를 쳤다. 쉬운 시험은 브롱크스의 고등학교 교실에서 임산부들, 여러 인종의 택시 운전사들, 짧은 모피 재킷을 입고 손톱을 반짝거리게 칠하고 귀에 거슬리는 소리로 시끄럽게 떠드는, 그랜드컨커스가에 고향 친구들끼리 같이 산다는 여자들과 함께 쳤다. 하지만 사실 시험은 생각했던 것만큼 쉽지 않았고, 뉴욕 주 정부에 대한 애매한 문제(올버니 입법부의 회기는 1년에 몇 달입니까? 내가 그걸 도대체 어떻게 알아?)가 예상보다 훨씬 더 많았기 때문에 나는 전철을 타고 생각에 잠겨서 우울하게 집으로 돌아왔다. 그리고 어려운 시험(폐쇄된 교실, 초조하게 복도를 서성이는 학부모들, 체스 대회처럼 긴장된 분위기)은 MIT에서 세상을 등지고 자란 아이들을 염두에 두고 만든 것처럼 객관식 문제의 선택지들이 다 너무 비슷해서 나는 정말 내가 시험을 어떻게 쳤는지도 몰랐다.

내가 교실에서 불안에 시달리며 흘린 땀 때문에 겨드랑이가 축축해진 채 주머니에 손을 넣고 전철 시간에 맞추려고 커낼가로 걸어가면서 스스로에게 말했다. 조기 대학 프로그램에 못 들어갈지도 몰라, 하지만 못 들어가면 어때? 잘해야지, 아주 잘해야지, 상위 30퍼센트에 들어야만 가능성이 조금이라도 있었다.

자만심. 모의고사에 특히 많이 나온 단어였지만 정식 시험에는 나오지 않았다. 나는 3백 명 정도의 정원을 두고 5천 명과 경쟁했다. 내가 그 안에 들지 못하면 어떻게 될지 몰랐다. 매사추세츠에 가서 브레이스거들 씨가 계속 이야기하는 웅거러 가족, 사람 좋은 교장과 그의 '팀(브레이스거들 씨는 이렇게 불렀다)'인 부인과 세 아이와 함께 지내는 것은 견딜 수 없을 것 같았다. 내 상상 속에서 그 아이들은 암울하던 시절에 앤디와 나를 정기적

으로 경쾌하게 패고 바닥의 먼지 덩이를 먹이던 사립학교 불량 학생들처럼 딱딱하고 높은 곳에 서서 하얗게 미소를 짓는 부류였다. 하지만 내가 시험에 떨어지면(또는, 더 정확히 말해서 조기 대학 프로그램에 합격할 만큼 잘하지 못하면) 어떻게 해야 뉴욕에 남을 수 있단 말인가? 나는 성공 확률이 높은 목표, 적어도 내가 들어갈 가능성이라도 있는 뉴욕의 괜찮은 고등학교를 노렸어야 했다. 하지만 브레이스거들 씨가 기숙학교를, 깨끗한 공기와 가을빛과 별이 쏟아지는 하늘과 시골 생활의 수많은 즐거움을 완고하게 권했기 때문에 ("스타이버선트? 뉴욕에서 벗어날 수 있는데 왜 여기 남아서 스타이버선트에 가겠다는 거니? 산책도 할 수 있고 공기도 더 맑은데 말이야. 게다가 가정적인 환경에서 살 수 있잖아?") 나는 고등학교는 아예, 제일 좋은 곳들도 생각할 수 없었다.

"난 엄마가 너에게 뭘 원하셨을지 알아, 시어도어." 브레이스거들 씨가 여러 번 말했다. "엄마는 네가 새로 시작하기를 원하셨을 거야. 이 도시를 벗어나서 말이다." 그의 말이 옳았다. 하지만 엄마의 죽음 이후 혼란스럽고 말도 안 되는 일들이 연달아 일어났기 때문에 엄마가 옛날에 바라던 것은 소용없다는 사실을 브레이스거들 씨에게 어떻게 설명할 수 있었을까?

내가 여전히 깊은 생각에 잠겨 모퉁이를 돌아서 지하철 카드를 꺼내려고 주머니를 뒤지며 신문 가판대를 지나칠 때 이런 머리기사 제목이 눈에 들어왔다.

브롱크스에서 미술관의 명작들을 되찾다
훔친 예술 작품으로 수백만 달러 노려

내가 멈춰 섰고, 통근하는 사람들이 양옆을 스쳐 지나갔다. 나는 뻣뻣하게, 다른 사람들의 시선을 느끼며, 두근거리는 심장으로 가판대로 돌아가서 신문을 한 부 산 다음(내 또래의 아이가 신문을 사는 것은 분명히 생각보다 덜 의심스러워 보이지 않았을까?) 길 건너 6번가의 벤치로 달려가서 읽었다.

경찰이 제보를 받고 브롱크스의 어느 집에서 회화 세 점—헤오르헤 판 데르 메인, 비브란트 헨드릭스, 렘브란트 모두 폭발 사건 후 미술관에서 사라진 작품이었다—을 되찾았다. 그림은 다락방 창고에서 발견되었는데, 은박지에 싸인 채 건물 중앙냉방장치 필터들 사이에 있었다. 절도범과 그의 형, 형의 장모—집주인—는 구류 중이었고 보석을 신청한 상태였다. 모든 혐의에 대해서 유죄판결을 받으면 최대 20년 징역을 살게 될 상황이었다.

기사는 몇 페이지에 걸쳐 실렸고 시간별 경위를 나타내는 표와 도표도 있었다. 구급대원인 절도범은 대피 명령이 내려온 뒤에도 미적거리면서 벽에서 그림을 떼어 시트로 싼 다음 접혀 있는 휴대용 들것 밑에 감춰서 눈에 띄지 않고 미술관을 빠져나왔다. 기자가 인터뷰한 FBI 수사관은 "가치를 알지도 못하고 골랐다"고 말했다. "그냥 마구잡이로 낚아챈 거죠. 그 사람은 예술에 대해서 하나도 몰랐습니다. 일단 그림을 집으로 가져온 다음 어떻게 해야 할지 몰라서 형과 의논을 했고, 두 사람이 같이 장모 집에 숨겼죠. 장모는 몰랐다고 주장하고 있습니다." 형제는 인터넷을 검색해보고 렘브란트 작품은 너무 유명해서 팔 수 없다는 것을 깨달았고, 덜 유명한 작품들을 팔려고 하다가 수사관들을 다락의 은닉처로 불러들이고 말았다.

하지만 기사의 마지막 문단이 마치 빨간색으로 인쇄된 것처럼 눈앞으로 불쑥 튀어나왔다.

수사관들은 여전히 행방을 알 수 없는 다른 작품들에 대해 다시 희망을 갖게 되었고, 당국은 지금 뉴욕에서 여러 실마리를 쫓고 있다. FBI 예술품 범죄 수사부의 뉴욕 시 경찰 연락관 리처드 너널리는 '나무를 흔들수록 나뭇잎이 더 많이 떨어지는 법이다. 일반 예술품 절도 사건의 경우 작품을 재빨리 국외로 빼돌리는 수법을 쓴다. 이번에 브롱크스에서 작품이 발견되면서 이 사건에 경험 없는 아마추어 범죄자들이 다수 연루되어 있을 수 있으며, 경험 없는 초보들이 충동적으로 훔쳤다가 팔거나 숨길 방법을 모르고 있을 가능성이 확인되었다'라고 밝혔다. 너널리 씨는 사건 현장에 있었던 사람들에게 연락해 탐문 및 재수사 중이라고 말했다. "이제 사라진 그림 대부분이 뉴욕에, 우리 코앞에 있을지도 모른다고 생각하고 있습니다."

속이 메슥거렸다. 나는 벤치에서 일어나 제일 가까운 쓰레기통에 신문을 버린 다음 전철을 타는 대신 커낼가를 다시 거슬러 올라가 얼어붙을 듯한 추위 속에서 차이나타운을 한 시간 동안 돌아다니면서 사방에 널린 싸구려 전자 제품과 딤섬 가게에 깔린 피처럼 붉은 양탄자를 지나 흐릿한 유리 뒤 마호가니 선반에 진열된 구운 오리를 보면서 생각했다. *젠장, 젠장.* 얼굴이 빨개진 노점상들이 연기가 피어오르는 화로 주변에 몽고인들처럼 모여서 소리를 지르고 있었다. *지방 검사. FBI. 새로운 정보. 우리는 이 사건을 법정 최고형으로 기소하기로 결정을 내렸다. 사라진 다른 작품들도 곧 수면 위로 떠오를 것이라고 자신한다. 인터폴과 유네스코, 그 밖의 연방 기관과 국제기관들이 사건 해결을 위해서 지역 당국과 협력하고 있다.*
어딜 가나 그 얘기였다. 모든 신문에 그 이야기가 실렸다. 중국어 신문도 마찬가지여서 중국 글자들로 둘러싸인 렘브란트의 초상화가 알 수 없는 채소가 든 통과 얼음 위에 진열된 뱀장어들 틈에서 얼굴을 내밀고 있었다.
"정말 충격적이군요." 그날 저녁에 앰스티스 씨 부부와 식사를 할 때 호비 아저씨가 근심스럽게 눈썹을 찌푸리며 말했다. 아저씨는 계속 되찾은 그림 얘기만 했다. "사방에 다친 사람들이 있고 피를 흘리며 죽어가는데 벽에 걸린 그림이나 훔치다니. 그걸 들고 빗속으로 나가다니 말입니다."

"음, 전 별로 놀랍지 않습니다." 얼음 넣은 스카치를 네 잔째 마시던 앰스티스 씨가 말했다. "저희 어머니가 두 번째 심장마비를 일으켰을 때 어땠는지 아세요? 베스이스라엘 병원 천치들이 집을 얼마나 엉망으로 만들었는지 못 믿으실걸요. 양탄자는 검은 발자국투성이에다가, 플라스틱 주사 바늘 뚜껑이 몇 주 동안 계속 나왔는데, 개가 그걸 하나 삼킬 뻔했지 뭡니까. 게다가 뭘 깨뜨렸어요. 마사, 도자기장에 있던 거였는데, 뭐였지?"

"음, 전 구급대원에 대해서는 불평 안 할 겁니다." 호비 아저씨가 말했다. "줄리엣이 아파서 그들이 왔을 때 진짜 큰 감동을 받았거든요. 그림이 심하게 손상되기 전에 발견돼서 다행일 뿐이에요, 진짜 크게 잘못될 수도— 시오?" 아저씨가 갑자기 나에게 말을 걸어서 나는 얼른 접시에서 고개를 들었다. "괜찮니?"

"죄송해요. 그냥 피곤해서요."

"그럴 만도 하지." 앰스티스 부인이 친절하게 말했다. 그녀는 컬럼비아 대학에서 미국사를 가르쳤다. 부부 중에 호비 아저씨가 좋아하고 친하게 지내는 사람은 앰스티스 부인이었고 앰스티스 씨는 어쩔 수 없이 따라오는 유감스러운 부록이었다. "오늘 힘들었지. 시험이 걱정되니?"

"아니, 그건 아니에요." 내가 별생각 없이 대답했다가 금방 후회했다.

"아, 당연히 붙을 거야." 앰스티스 씨가 말했다. "넌 붙을 거다." 그는 어떤 바보라도 합격할 수 있다는 듯한 말투로 나에게 이렇게 말하더니 다시 호비 아저씨를 향해 고개를 돌렸다. "조기 대학 프로그램은 대부분 그 이름을 못 따라가죠, 안 그래, 마사? 그럴듯하게 미화된 고등학교지. 들어가기는 힘들지만 일단 들어가고 나서는 아주 쉬워요. 요즘 아이들은 다 그렇죠, 참가하는 것, 출석하는 것만으로 상을 기대해요. 모두가 승자라는 거죠. 마사가 가르치는 어떤 학생이 지난번에 뭐라고 했는지 아세요? 마사, 말씀드려. 수업이 끝난 뒤에 어떤 애가 이야기를 하고 싶다면서 찾아왔대요. 애라고 할

순 없죠, 대학원생이니까. 그런데 걔가 뭐라고 했는지 아십니까?"

"해럴드." 앰스티스 부인이 말했다.

"시험 성적이 걱정된다고, 조언을 좀 해달라고 하더래요. 외우는 게 힘들다고요. 정말 압권 아닙니까? 미국사를 전공하는 대학원생인데 외우는 게 힘들다?"

"음, 그럴 수도 있죠, 뭐. 저도 외우는 게 힘들던데요." 호비 아저씨가 부드럽게 말한 다음 접시를 들고 일어나서 화제를 돌렸다.

그날 밤 늦게, 앰스티스 부부가 떠나고 호비 아저씨가 잠들고 나서, 나는 내 방에 앉아 창밖의 거리를 내다보면서, 새벽 두 시에 저 멀리 6번가에서 트럭이 지나가는 소리를 들으면서 공포에 질린 마음을 진정시키려고 최선을 다해 애를 썼다.

하지만 내가 뭘 할 수 있었을까? 나는 몇 시간 동안이나 노트북을 들여다보면서 수백 개는 되는 듯한 기사들을 클릭했다. 〈르 몽드〉, 〈데일리 텔리그래프〉, 〈타임스 오브 인디아〉, 〈라 레푸블리카〉 등 내가 읽지 못하는 언어들이, 세상의 모든 신문이 그 사건을 보도하고 있었다. 징역형뿐 아니라 벌금도 어마어마해서 20만 달러, 50만 달러였다. 더 나쁜 것은, 그림을 숨긴 집의 소유주는 그림이 그녀의 부동산에서 발견되었다는 이유로 같이 기소되었다는 점이었다. 즉, 호비 아저씨 역시 곤란에 처할 확률이 높다는 의미였다. 아저씨는 나보다 더 큰 곤란을 겪을 것이다. 집주인은 은퇴한 미용사로, 그림이 자기 집에 있는지 몰랐다고 주장했다. 하지만 호비 아저씨는? 골동품상인데? 아저씨가 순전히 선한 마음으로 나를 받아들였다는 사실은 상관없다. 아저씨가 몰랐다고 누가 믿을까?

내 생각들은 조악한 카니발 놀이기구처럼 위, 아래, 사방으로 튀었다. 절도범들은 충동적으로 범죄를 저질렀고 전과 기록이 없었지만, 경험이 없다고 해서 우리가 이 사건을 법대로 기소하지 못하는 일은 없을 것이다. 런

던의 어느 논평가는 되찾은 렘브란트의 작품과 함께 내 그림을 언급했다. ……*아직 찾지 못한 귀중한 그림들, 특히 미술사에서 무척 독특한 작품이며 따라서 값을 매길 수 없을 정도로 귀중한 카렐 파브리티우스의 1654년작 〈황금방울새〉에 관심이 모이고 있다…….*

나는 세 번째인가 네 번째로 컴퓨터를 리셋하고 전원을 끈 다음 약간 뻣뻣해진 몸으로 침대에 누워 불을 껐다. 나는 잰드라에게서 훔친 약봉지를 아직 가지고 있었다. 색깔과 크기가 다양한 약이 수백 알은 됐는데, 보리스는 전부 진통제라고 했지만 아빠는 약을 먹고 쓰러져 잘 때도 있었지만 약 때문에 잠이 안 온다고 불평할 때도 있었다. 나는 불편하고 어쩔 줄 몰라서 한 시간이 넘도록 꼼짝없이 누워 있다가, 속이 메슥거려서 뒤척이다가, 천장을 훑고 지나가는 빗살 같은 자동차 불빛을 멍하니 보다가, 결국 다시 불을 켜고 탁자 서랍을 뒤져 약봉지를 찾아서 파란색과 노란색 약을 하나씩 골랐다. 하나로 잠이 안 들면 다른 하나로 잠들 수 있을 거라는 생각이었다.

값을 매길 수 없을 정도로 귀중한. 나는 몸을 굴려 벽을 보았다. 되찾은 렘브란트 작품은 감정가가 4천만 달러였다. 하지만 4천만 달러는 일단 값이었다.

바깥에서 소방차가 높은 비명을 지르며 멀리 달려갔다. 자동차 소리, 트럭 소리, 술집을 나서며 큰 소리로 웃는 커플들. 나는 잠 못 이루고 누워서 하얀 눈과 사막의 별들처럼 마음을 가라앉히는 것들을 생각하며 약을 잘못 섞어 먹어서 실수로 자살하는 것은 아니기를 바랐고, 인터넷을 뒤지다가 찾은 유일하게 도움이 되고 마음이 놓이는 사실을 딱 하나 발견해서 최선을 다해 거기 매달렸다. 훔친 그림은 팔거나 옮기려고 하지 않는 한 추적하기가 거의 불가능하고, 따라서 미술품 절도범 중에서 겨우 20퍼센트만이 잡힌다는 내용이었다.

8장
가게 뒤의 가게, 계속

1

그림에 대한 두려움과 근심이 너무 커서 조기 대학 프로그램 봄 학기에 합격했다는 편지가 도착했을 때에도 그림자가 드리워졌다. 그 소식이 너무 놀라워 나는 봉투를 책상 서랍 속 웰티 할아버지의 머리글자가 새겨진 편지지 옆에 이틀 동안 넣어두었다가 마침내 용기를 내서 계단 앞으로 가서 (작은 톱으로 부지런히 톱질하는 소리가 작업장에서 올라왔다) 말했다. "호비 아저씨?"

톱질이 멈췄다.

"저 붙었어요."

계단 맨 아래쪽에서 호비 아저씨의 크고 창백한 얼굴이 나타났다. "그게 뭐냐?" 일에 열중하느라 아직 멍한 아저씨가 검정 앞치마에 흰 손자국을 남기며 손을 닦았다. 그러다가 편지 봉투를 보고 표정이 바뀌었다. "내가 생각하는 그거 맞니?"

내가 말없이 아저씨에게 봉투를 건넸다. 호비 아저씨가 봉투를 보고 나를 보더니, 내가 아일랜드식이라고 생각했던 웃음을 터뜨렸다. 격렬하고 그 자체로 사람을 놀라게 하는 웃음소리였다.

"잘했다!" 아저씨가 앞치마를 끌러 계단 난간에 걸치면서 말했다. "정말 기쁘다, 진짜야. 짐을 싸서 너 혼자 보내는 건 생각만 해도 싫었단다. 언제 말하려고 했어? 학교 시작하는 첫날에?"

아저씨가 기뻐하는 모습을 보니 기분이 끔찍했다. 합격 축하 저녁 식사를 하러 갔다가—나, 호비 아저씨, 드프리스 부인 셋이서 손님이 없어서 허덕이는 동네 이탈리아 식당에 갔다—우리 말고 유일하게 찬 자리에서 와인을 마시는 커플을 보았다. 나는 바라던 것처럼 행복하기보다 짜증이 나고 무감각하기만 했다.

"건배!" 호비 아저씨가 말했다. "힘든 부분은 지났어. 이제 편하게 한숨 돌리겠구나."

"정말 기쁘겠다." 그날 밤 내내 내 팔짱을 끼고 살짝 꽉 잡거나 기뻐서 지저귀듯 얘기하던 드프리스 부인이 말했다. (호비 아저씨가 드프리스 부인의 뺨에 입을 맞추며 인사할 때 "당신 참 우아하군요"라고 말했다. 드프리스 부인은 희끗희끗한 머리를 높이 올리고 다이아몬드 팔찌에는 벨벳 리본을 차고 있었다.)

"노력의 모범이죠!" 호비 아저씨가 드프리스 부인에게 말했다. 아저씨가 친구들에게 내가 얼마나 열심히 했는지, 내가 얼마나 우수한 학생인지 이야기하는 것을 들으면 나는 훨씬 더 큰 죄책감을 느꼈다.

"음, 정말 잘됐다. 넌 안 기쁘니? 게다가 시험 준비도 늦게 시작했는데! 좀 더 행복한 표정을 지어봐, 시오. 학기는 언제 시작이에요?" 드프리스 부인이 호비 아저씨에게 물었다.

2

기분 좋고 놀라운 사실은 조기 대학 프로그램에 들어갈 때는 고생을 했지만 막상 들어가자 내가 걱정하던 것만큼 가혹하지 않았다는 것이다. 어떤 면에서는 내가 다닌 학교들 중에 가장 요구가 적은 학교였다. 고급 과목도, SAT를 잘 봐야 한다거나 아이비리그 대학에 들어가야 한다는 위협도 없고, 등골 빠지는 수학과 영어 필수과목도 없고, 아니 필수과목이 전혀 없었다. 나는 점점 더 당황하면서, 우연히 굴러떨어진 괴상한 낙원 같은 학교를 둘러보면서 다섯 개 구에서 재능 있고 머리 좋은 수많은 고등학생들이 여기에 들어오려고 죽어라 애를 쓴다는 것을 깨달았다. 여기는 쪽지 시험도, 정규 시험도, 성적도 없었다. 태양전지 판을 만들거나 노벨상 수상 경제학자들과 세미나를 하는 수업이 있는가 하면 투팍의 앨범을 듣거나 옛날 드라마 〈트윈 픽스〉만 보면 되는 수업도 있었다. 학생들이 원할 경우 혼자서 '로봇공학'이나 '게임의 역사' 같은 과정을 만들 수도 있었다. 내가 할 일은 마음에 드는 과목을 자유롭게 선택해서 중간고사 때는 집에서 에세이 문제를 풀어다 제출하고 기말에는 프로젝트를 하나 하는 것밖에 없었다. 나는 운이 얼마나 좋은지 알았지만 행운에 기뻐하거나 감사할 수조차 없었다. 영혼의 화학적 변화를 겪고 있는 것 같았고, 정신의 산-염기 균형이 바뀌어서 나에게서 생명을 삼출하고 있는데 고칠 수도, 되돌릴 수도 없는 것 같았다. 마치 중심까지 딱딱해진 산호초의 엽상체처럼 말이다.

꼭 해야 되는 일은 할 수 있었다. 전에도 해봤다. 그냥 멍하니 해나가면 된다. 나는 일주일에 나흘, 아침 여덟 시에 일어나서 피파의 방에 딸린 욕실의 발 달린 욕조에서 샤워를 했다(민들레 무늬 샤워 커튼과 피파의 딸기 향 샴푸 냄새는 피파가 사방에서 미소를 짓는 듯한 환상 속으로 나를 실어 보냈다). 그런 다음—갑자기 땅으로 곤두박질쳐서—구름 같은 수증기를 헤치고 나와 내 방으로 가서 말없이 옷을 갈아입고―이리저리 뛰어다니고 무서워서 비명을 지르는 팝칙과 주변을 산책한 다음―작업장에 고개를 내밀어 호비 아저씨에게 인사를 하고 배낭을 어깨에 메고 전철로 두 정거장을 지나 시내로 나갔다. 다른 아이들은 대부분 대여섯 과목을 들었지만 나는 최소한도인 네 과목만 들었다. '스튜디오 아트', '프랑스어', '유럽 영화 입문', 번역서를 읽는 '러시아 문학'이었다. 나는 '러시아어 회화'를 듣고 싶었지만 입문 수준인 러시아어 기초 강의는 가을에나 들을 수 있었다. 나는 무릎이 덜덜 떨리는 추위 속에서 수업에 나가서 누가 말을 걸면 이야기를 하고, 과제를 하고, 다시 집으로 걸어 돌아왔다. 가끔은 수업을 마치고 나서 핀볼 기계와 조화(造花)가 있고 와이드 스크린 텔레비전에 스포츠 경기를 틀어주고 특별 할인 시간에 맥주를 1달러에 파는 뉴욕 대학 근처 싸구려 멕시코 식당이나 이탈리아 식당에서 식사를 했다(하지만 맥주는 마실 수 없었다. 미성년자로서의 삶에 다시 적응하는 것은 유치원으로 돌아가서 크레용으로 그림을 그리는 것만큼 이상했다). 무한 리필 되는 스프라이트를 마시면서 당분을 실컷 섭취한 나는 고개를 숙이고 음량을 한껏 높인 아이팟을 들으면서 워싱턴스퀘어파크를 지나 호비 아저씨의 집으로 돌아왔다. 나는 불안감 때문에 (렘브란트의 작품을 되찾았다는 소식이 아직도 계속 뉴스에 나왔다) 잠을 잘 이루지 못했고 예상치 못한 순간에 호비 아저씨네 집 초인종이 울릴 때마다 큰불이 난 것처럼 놀라서 펄쩍 뛰었다.

"넌 기회를 놓치고 있어, 시오." 상담 교사 수재너가 말했다(다들 친구처럼 이름을 불렀다). "도시 캠퍼스에서 학생들을 잡아주는 건 바로 과외활동이야. 특히 어린 학생들은 더욱 그렇고. 길을 잃기 쉬워."

"음―" 수재너의 말이 옳았다. 학교는 외로웠다. 열여덟, 열아홉 살 학생들은 어린 학생들과 어울리지 않았고, 내 또래나 나보다 어린 아이들(심지어 어떤 호리호리한 열두 살짜리 학생은 IQ가 260이라는 소문이 있었다)

도 있었지만 그런 아이들의 삶은 너무 편협하고 고민은 너무 낯설고 바보 같아서 꼭 내가 잊어버린 중학생들의 언어를 말하는 것 같았다. 그런 아이들은 부모와 함께 자기 집에서 살았고, 성적 그래프와 이탈리아어 연수와 UN 여름 인턴 같은 것들을 걱정했다. 걔들 앞에서 담배를 물면 깜짝 놀랐다. 그 아이들은 진지하고, 악의가 없고, 흠도 없고, 아무것도 몰랐다. 내가 이 아이들과 공통점이 있다면 그리니치빌리지의 41번 공립학교에 가서 여덟 살짜리랑 어울릴 수도 있었을 것이다.

"프랑스어 수업을 듣고 있네. 유니버시티플레이스 거리의 프렌치 레스토랑에서 일주일에 한 번 프랑스어 클럽 모임이 있어. 화요일에는 알리앙스 프랑세즈에 가서 프랑스어 영화도 보고. 너도 들어가면 괜찮겠다."

"그럴지도요." 프랑스어과 학과장은 나이가 많은 알제리인으로, 이미 나에게 접근해서 (놀랍게도 그랬다. 그가 크고 굳센 손을 내 어깨에 얹자 나는 강도를 당하는 것처럼 펄쩍 뛰었다) 단도직입적으로 자신이 세미나를 하나 맡고 있는데 들어와도 된다고, FLN과 알제리 전쟁과 현대 테러리즘의 시원에 관한 것이라고 말했다. 나는 조기 대학 프로그램의 모든 선생님들이 나를 아는 것 같다는 사실이, 영화 담당 레보위츠 선생님("루시라고 부르렴")이 지칭했듯이 나의 '비극'을 알면서 나를 대하는 것이 싫었다. 레보위츠 선생님 역시 내가 쓴 〈자전거 도둑〉 에세이를 읽은 후 영화 클럽에 들라며 쫓아다녔다. 그녀는 또한 자기 표현에 따르면 '커다란 문제들'에 대해서 일주일에 한 번씩 토론하는 철학 클럽도 내 마음에 들 것이라고 했다. "음, 글쎄요." 내가 예의 바르게 말했다.

"음, 네 에세이를 보면 넌 형이상학적 영역에 끌리는 것 같아. 더 나은 용어가 없어서 내가 붙인 이름인데, 왜 선한 사람이 고통을 받는가 같은 문제들 말이야." 내가 멍하니 보고만 있자 선생님이 말을 이었다. "그리고 운명은 무작위적인가라는 문제도 있고. 너의 에세이가 다루는 주제는 데시카

감독의 영화적 측면이라기보다는 우리가 사는 세상의 근본적인 혼돈과 불확실성이야."

"모르겠어요." 불편한 침묵이 이어지자 내가 말했다. 내 에세이가 정말 그런 것들에 대한 것이었나? 나는 〈자전거 도둑〉을 (그리고 〈케스〉, 〈라 무에트〉, 〈라콤 루시앙〉 등 레보위츠 선생님 수업에서 본 아주 우울한 외국 영화들을) 좋아하지도 않았다.

레보위츠 선생님은 불편할 정도로 나를 오랫동안 바라보았다. 그런 다음 밝은 빨강색 안경을 고쳐 쓰고 말했다. "음, 우리가 유럽 영화 수업에서 다루는 내용은 대부분 꽤 무거워. 그래서 네가 영화 전공자를 위한 세미나에 들어왔으면 하는 거야. '30년대 스크루볼 코미디'나 '무성영화' 같은 수업 말이야. 〈칼리가리 박사〉도 다루지만 버스터 키튼의 영화랑 찰리 채플린의 영화를 많이 다뤄. 혼돈을 위협적이지 않은 틀에서 보고, 삶을 긍정하는 내용이야."

"봐서요." 내가 말했다. 하지만 나는 아무리 삶을 긍정하는 것이라고 해도 추가 활동은 눈곱만큼도 하지 않을 작정이었다. 내가 문을 들어선 순간부터 나를 조기 대학 프로그램에 힘겹게 들여보낸 폭발적인 에너지가 사그라졌기 때문이다. 나는 프로그램이 아낌없이 제공하는 것들에도 감동하지 않았다. 꼭 해야만 하는 것 외에는 조금도 더 노력하고 싶은 마음이 없었다. 내가 원하는 것은 겨우겨우 버티는 것이었다.

따라서 선생님들의 열정적인 환영은 곧 단념과 일종의 은근하고 냉정한 후회로 이울기 시작했다. 나는 도전을 하지도 않고 기술을 개발하지도 않고 나의 지평을 넓히지도 않고 내게 주어진 많은 자원을 이용하지도 않았다. 수재녀 선생님이 조심스럽게 표현한 것처럼 나는 프로그램에 적응하고 있지 않았다. 사실 학기가 지날수록 선생님들이 서서히 멀어지며 분노를 드러내기 시작했고("시어도어는 주어진 학문적 기회에도 불구하고 어떤 면에서든 더 열심히 노력하도록 자극을 받지 못하고 있습니다"), 나는 '비극' 이야말로 내가 조기 대학 프로그램에 합격한 유일한 이유가 아닌가 점점 의심스러웠다. 입학처의 누군가가 내 지원서에 무슨 표시를 해서 관리자에게 넘기고, 세상에, 이렇게 불쌍할 수가, 테러의 희생자가 어쩌고저쩌고, 우리 학교에도 의무가 있어, 남은 자리가 얼마나 있지, 얘를 넣을 수 있겠어? 뭐 그런 식으로 말이다. 나는 나보다 더 자격이 있는 브롱크스의 어느 머리 좋은 괴짜의 삶을 망친 것이 거의 확실했다. 특별활동으로 클라리넷이나 불고 있을 그 불쌍한 실패자는 아직도 대수학 숙제에 치이고 있을 것이고, 정당한 자리를 나에게 빼앗겨서 결국은 칼텍에서 유체역학을 가르치는 대신 도로 요금소에서 티켓이나 받게 될 터였다.

실수가 있었던 것이 틀림없었다. "시어도어는 수업에 거의 참여하지 않고, 공부에 꼭 필요한 것 이상의 관심을 쏟을 마음이 없는 것 같습니다." 프랑스어 선생님이 가차 없는 중간고사 보고서에 이렇게 썼지만 가까이에서 감독하는 어른이 없었으니 그 평가를 본 사람은 나밖에 없었다. "시어도어가 낙제에 자극을 받아서 자신의 능력을 증명하려고 노력하면서 남은 기간 동안 자기 위치를 최대한 활용할 수 있기를 희망합니다."

하지만 나는 내 능력을 증명하기는커녕 내 위치를 최대한 활용하고 싶은 마음도 없었다. 나는 기억상실증 환자처럼 거리를 쏘다니고 (숙제를 하거나 언어 실습 수업을 듣거나 초대받은 클럽에 가입하는 대신) 지하철을 타고 노선 종점의 연옥(煉獄) 같은 변두리 마을로 가서 스페인 잡화점과 머리카락을 연장해주는 가게들 사이를 돌아다녔다. 하지만 나는 새로 찾은 기동성—아무 이유 없이 전철을 타고 몇백 킬로미터나 돌아다니는 것—에도 곧 흥미를 잃었고, 소리 없이 깊은 물속으로 가라앉는 돌멩이처럼 호비 아저씨의 지하실 소일거리에, 나를 환영하는 나른함에 푹 빠졌다. 그곳은 도시의 소음과 사무실 건물들과 마천루가 공기를 통해 전하는 곤두선 분위기로부터 나를 차단해주었고, 나는 그곳에서 기꺼이 탁자를 닦고 WNYC의 클래식 음악에 귀를 기울이면서 몇 시간이고 행복하게 보낼 수 있었다.

어쨌든, 프랑스어 복합과거나 투르게네프의 작품이 나와 무슨 상관이지? 이불을 머리끝까지 뒤집어쓰고 잠을 자고 싶은 것이, 서랍에는 오래된 조개껍데기가 들어 있고 응접실 책상 아래 고리버들 바구니에는 곱게 갠 실내장식용 천들이 담겨 있고 해가 질 때면 현관 위 부채 무늬 창을 통해서 바퀴살 무늬의 강렬한 산홋빛 햇살이 들어오는 평화로운 집을 어슬렁거리고 싶은 것이 잘못일까? 오래지 않아 나는 학교에 가거나 작업장에서 일을 하지 않을 때면 잘 기억나지 않는 선잠에 빠졌다. 꿈속에서 나는 예전의 삶을 살았지만 약간 변형된 모습이었다. 익숙한 거리를 걸어 다녔지만 익숙하지 않은 환경에서, 다른 얼굴들 사이에서 살고 있었다. 그리고 나는 학교로 걸어가는 길에 종종 엄마와 함께했던 잃어버린 옛날을 생각했지만—커낼스트리트 역, 한국 마트에서 조명을 받고 있는 꽃병들, 뭐든지 그 기억을 불러왔다—라스베이거스에서의 삶에는 검은 커튼이 드리워진 것 같았다.

라스베이거스의 기억은 아주 가끔 방심했을 때에만 반항하듯 터져 나왔고 나는 길을 걸어가다가 깜짝 놀라서 멈추곤 했다. 어쨌든 현재는 더 작고 훨씬 더 재미없는 것으로 축소되었다. 어쩌면 술기운이 사라진 것뿐일지도 몰랐다. 나는 더 이상 맹목적으로 술을 마시며 상습적으로 주정을 부리는 청소년도 아니었고, 단둘만 남아서 사막에서 미친 듯이 날뛰는 종족의 전사도 아니었다. 아니면, 원래 나이가 들면 이렇게 되는 것일지도 몰랐다. 하지만 보리스가 (바르샤바, 카메이왈라그, 뉴기니, 어디에 있든) 지금의 나처럼 성인의 서곡과 같은 차분한 삶을 사는 것은 상상할 수 없었다. 앤디와 나는—심지어는 톰 케이블과 나 역시—항상 우리가 자라서 무엇이 될지 거의 강박적으로 이야기했지만, 보리스에게 미래라는 생각은 다음 끼니에 대한 생각만큼도 떠오르지 않는 것 같았다. 나는 보리스가 어떤 방식으로든 생계를 꾸릴 수단을 마련하거나 생산적인 사회의 일원이 되는 것을 상상할 수 없었다. 그러면서도 보리스와 함께 있을 때는 삶이 거대하고 말도 안 되는 가능성들로, 학교에게 가르치는 것보다 훨씬 더 큰 가능성들로 가득하다는 사실을 알 수 있었다. 나는 보리스에게 문자메시지를 보내거나 전화하는 것을 이미 오래전에 포기했다. 코트쿠의 번호로 보낸 메시지에는 답이 오지 않았고 보리스의 집 전화는 끊겼다. 보리스의 넓디넓은 활동 영역을 생각하면 내가 보리스를 다시 만날 수 있으리라 생각할 수 없었다. 하지만 나는 거의 매일 보리스를 생각했다. 학교 수업 때문에 억지로 읽는 러시아 소설들은 보리스를 떠올리게 했다. 러시아 소설들,《지혜의 일곱 기둥》, 그리고 로워이스트사이드—문신 가게와 피에로기* 가게, 공기 중에 떠도는 마리화나 냄새, 식료품 봉지를 들고 비틀비틀 걸어가는 폴란드 노파들, 2번가 술집 문 앞에서 담배를 피우는 아이들—역시 마찬가지였다.

그리고 가끔 예상치 못하게, 고통스러울 정도로 선명하게, 아빠가 생각났다. 요란하고 허름한 차이나타운을, 믿을 수 없고 파악할 수 없는 그 분위기를 보면 아빠가 떠올랐다. 거울과 수조, 플라스틱 꽃과 행운의 대나무 화분이 놓인 가게 창문. 가끔 호비 아저씨를 위해서 화구점 펄페인트에서 트리폴리석과 베니스 테레빈유를 사려고 커낼가를 걷다 보면 결국 E호선에서 별로 멀지 않은 멀베리가로 가서 아빠가 좋아했던 여덟 계단 아래 지하 중국 식당으로 들어가 바삭바삭한 파 전병과 매운 돼지고기 요리를 샀다. 식당에는 얼룩진 포마이카 식탁들이 놓여 있었고 메뉴가 중국어였기 때문에 손가락으로 요리를 가리켜서 시켜야 했다. 처음으로 기름진 종이봉투를 잔뜩 들고 호비 아저씨의 집으로 돌아온 날 나는 아저씨의 당황한 표정에 굳어버렸고, 꿈을 한창 꾸다가 깬 몽유병자처럼 방 한가운데 서서 내가 도대

---

* 감자나 치즈 등을 넣어 만드는 폴란드식 만두.

체 무슨 생각으로 그랬을까 생각했다. 분명히 호비 아저씨를 생각한 것은 아니었다. 아저씨는 밤이든 낮이든 항상 중국 음식을 먹고 싶어 하는 사람이 아니었다.

"아, 나도 좋아해." 호비 아저씨가 황급히 말했다. "그냥 잘 떠오르지 않을 뿐이야." 우리는 아래층 작업장에서 포장 상자째로 중국 음식을 먹었다. 호비 아저씨는 검정색 작업용 앞치마 차림에 소매를 팔꿈치까지 접어 올리고 등받이 없는 의자에 앉았고, 아저씨의 커다란 손가락 때문에 젓가락이 유난히 작아 보였다.

3

내가 호비 아저씨네 집에서 머무는 것이 비공식적이라는 사실도 걱정이었다. 호비 아저씨 본인은 자신의 선행을 별로 의식하지 못하면서 내가 그 집에 있는 것을 전혀 신경 쓰지 않는 것 같았지만 브레이스거들 씨는 확실히 이것이 임시방편이라고 생각했다. 브레이스거들 씨와 학교의 상담 선생님 모두 우리 학교 기숙사가 나보다 나이 많은 학생들을 위한 곳이지만 내 경우에는 뭔가 방법을 찾을 수 있을 것이라고 열심히 설명해주었다. 하지만 주거 문제가 거론될 때마다 나는 아무 말 없이 신발만 물끄러미 바라보았다. 기숙사는 사람이 많고 파리똥 얼룩투성이였고, 승강기는 그라피티투성이에 감옥 승강기처럼 철컹거렸다. 벽에는 밴드 모집 전단들이 붙어 있고, 바닥은 맥주를 흘려서 끈적거리고, 담요를 두른 덩치 큰 학생들이 TV실 소파에서 좀비처럼 졸았고, 수염을 기르고 취한 듯한 남자들—내 눈에는 어른처럼 보이는 덩치 크고 무서운 이십 대 남자들—이 복도에서 서로 1리터짜리 깡통을 던졌다. 내가 꺼려진다고 걱정스럽게 말하자 브레이스거들 씨는 "음, 넌 아직 좀 어리긴 하지"라고 말했지만, 내가 기숙사를 꺼리는 진짜 이유는 말할 수 없었다. 나 같은 상황에서 어떻게 룸메이트와 같이 살 수 있을까? 보안은? 스프링클러 시스템은? 도둑은 어떻게 하고? 내가 받은 *기숙사 안내서에는 학교는 학생의 개인 물품에 대해서 책임을 지지 않습니 다. 학교로 귀중품을 가지고 올 경우 기숙사 보험에 가입할 것을 권장합니 다*라고 적혀 있었다.

나는 불안감에 취해서 호비 아저씨에게 꼭 필요한 존재가 되어야 한다는 임무에 몰두했다. 나는 심부름을 하고, 붓을 씻고, 아저씨가 복원 작업 목록 을 만들고 부품과 낡은 서랍장 나뭇조각들을 분류하는 것을 도왔다. 아저 씨가 등판에 무늬를 새기고 새 의자 다리를 기존의 다리에 맞춰서 바꿀 때 나는 가구에 윤을 내기 위해서 전열기에 밀랍과 송진을 녹였다. 밀랍 16, 송진 4, 베니스 테레빈유 1 비율로 넣으면 사탕처럼 진득하고 젓는 느낌 이 만족스러운 황갈색의 향기로운 광택제가 완성되었다. 곧 아저씨는 나에 게 도금을 위해서 흰 바탕에 붉은색을 입히는 법을 가르쳐주었다. 손이 자 연스럽게 닿는 부분에 항상 금색을 약간 문지르고 틈새와 뒤판에는 유연을 문질러서 살짝 어둡게 만들어야 했다. ("가구를 고칠 때는 고색을 내는 게 늘 제일 큰 문제야. 새 나무에 낡은 듯한 효과를 내려면 도금의 고색을 꾸며 내는 게 항상 제일 쉽지.") 그리고 유연 처리를 한 다음에도 금박이 너무 밝 고 생경해 보이면 핀 끝을 이용해서 다양한 깊이로 가볍고 불규칙하게 긁 어서 상처를 낸 다음 낡은 열쇠 꾸러미를 문질러 가볍게 상처를 내고 그 위 에 먼지를 뿌려서 색감을 죽이라고 가르쳐주었다. "많이 복원해서 닳은 부 분이나 영광스러운 흉터가 없는 가구들은 오래된 분위기와 영광스러운 상 처 몇 개를 직접 만들어야 해." 호비 아저씨가 안쪽 손목으로 이마를 닦으 며 설명했다. "비결은 절대로 잘하지 않는 거야." 잘한다라는 것은 '일정하 게'라는 뜻이었다. 너무 일정하게 닳은 것은 진짜가 아니라는 결정적인 증 거였다. 그 뒤로 내 손을 거쳐 간 진품들에서 보게 되었지만 진정한 세월의 흔적은 무척 다양하고 뻐딱하고 변덕스러워서 여기서는 노래하지만 저기서는 뿌루퉁했고, 같은 자단 서랍장이라도 비스듬한 햇살을 받는 부분에는 따뜻한 빛깔의 비대칭적인 줄무늬가 생겼지만 반대쪽은 목재를 자른 날만큼이나 색이 짙었다. "나무를 노화시키는 것은 무엇일까? 뭐든 주인이 좋아하는 것이지. 따뜻한 것, 차가운 것, 난로의 검댕, 수많은 고양이 또는— 저거." 내가 손가락으로 마호가니 옷장의 거칠고 우중충한 상판을 쓸어보자 아저씨가 뒤로 물러서며 말했다. "뭐 때문에 표면이 상한 것 같니?"

"우아—" 내가 무릎을 꿇고 앉아서 마감재가 투명한 무언가로 덮여 반짝반짝 빛나는 부분을 보았다. 장난감 오븐으로 만들다가 타버려서 별로 먹고 싶지 않은 빵의 겉 부분처럼 검고 끈적끈적했다.

호비 아저씨가 웃었다. "헤어스프레이야. 수십 년 동안 뿌린 거지. 믿어지니?" 아저씨가 이렇게 말하며 엄지손톱으로 모서리를 긁자 검정색 더께가 둥글게 말리며 벗겨졌다. "옛날 주인은 이걸 화장대로 썼어. 여러 해 동안 헤어스프레이가 쌓여서 래커처럼 되었지. 헤어스프레이에 뭐가 들어가는지 모르겠지만 벗겨내는 게 아주 고역이야, 특히 50년대와 60년대 헤어스프레이 말이야. 옛날 주인이 마감을 망치지만 않았다면 정말 흥미로운 작품이었을 거야. 우리가 할 수 있는 일은 나무가 다시 보이게 상판을 깨끗하게 벗겨낸 다음 왁스를 가볍게 칠하는 거지. 하지만 정말 아름답고 오래된 물건이야, 안 그러니?" 아저씨가 손가락으로 옆면을 쓸며 따뜻하게 말했다. "다리가 구부러지는 모양과 이 나뭇결을, 이 모양을 봐. 광택을 봐, 여기랑 여기, 얼마나 신중하게 맞췄는지 알겠지?"

"이거 분해하실 거예요?" 호비 아저씨는 바람직하지 않다고 생각했지만 나는 가구 하나를 해체해서 처음부터 다시 조립하는 외과 수술 같은 드라마를, 선상에서 맹장 수술을 서둘러 하는 의사들처럼 풀이 마르기 전에 재빨리 조립하는 것을 정말 좋아했다.

"아니." 아저씨가 나무에 귀를 대고 손등 뼈로 두드렸다. "꽤 튼튼한 것 같아, 하지만 레일이 좀 망가졌네." 호비 아저씨가 서랍을 당기자 끼익 소리가 나더니 걸려서 움직이지 않았다. "서랍에 잡동사니를 너무 많이 넣어놓아서 이렇게 된 거야. 이것들을 다시 맞추고—" 서랍을 꺼내다가 나무와 나무가 부딪치는 끼익 소리에 움찔하는 아저씨. "맞닿는 부분을 대패로 밀어서 매끈하게 만들 거야. 봐, 구부러졌지? 이걸 고치는 제일 좋은 방법은 홈을 곧게 만드는 거야. 그러면 더 넓어지지만, 레일을 열장이음부에서 떼어낼 필요는 없을 것 같구나. 우리가 떡갈나무 가구를 어떻게 고쳤는지 기억나지? 하지만—" 아저씨가 손가락으로 모서리를 따라 그렸다. "마호가니는 약간 달라. 호두나무도 그렇고. 목재의 경우에는 실제로 문제를 일으키지 않는 부분 때문에 약해지는 경우가 얼마나 많은지, 놀라울 정도야. 특히 마호가니의 경우에는 나뭇결이 너무 촘촘하지, 특히 이 정도로 오래된 마호가니는 더욱 그래. 정말로 필요한 경우 외에는 절대 대패질을 하면 안 돼. 레일에 파라핀을 조금 바르면 새것처럼 좋아지겠다."

4

그렇게 시간이 흘렀다. 매일매일이 너무 똑같아서 나는 몇 달이 흐르는 것도 알아차리지 못했다. 봄이 여름으로 바뀌면서 축축한 습기와 쓰레기 냄새가 번지고, 사람들이 거리를 가득 채우고, 가죽나무 잎이 무성하게 피었다. 그러더니 여름에서 가을로 넘어갈 때는 황량하고 쌀쌀했다. 밤이면 나는 《예브게니 오네긴》이나 가구에 관한 웰티 할아버지의 수많은 책들 중 한 권(나는 두 권짜리 《치펀데일 가구 : 진품과 가품》이라는 옛날 책을 제일 좋아했다), 또는 제이슨의 두껍고 만족스러운 《예술사》를 읽었다. 가끔 나는 지하실에서 호비 아저씨와 함께 거의 한마디 말도 없이 예닐곱 시간

562

을 연달아서 일했지만 아저씨의 관심이 느껴졌기 때문에 전혀 외롭지 않았다. 나는 엄마를 제외한 다른 어른이 나에게 그토록 호의적이고 익숙하게, 온전히 곁에 있다는 사실이 놀라웠다. 우리는 나이 차이가 많이 났기 때문에 서로 조심했다. 약간 예의를 차리는 분위기, 세대 차이로 인한 신중함이 존재했다. 하지만 또한 작업장 내의 텔레파시 같은 것이 생겨서 나는 아저씨가 달라고 하기도 전에 딱 맞는 대패나 끌을 건네주었다. '에폭시로 붙인 물건'은 견고하지 못한 작업, 주로 싸구려 제품을 일컫는 아저씨의 약칭이었다. 호비 아저씨는 나에게 2백 년이 넘도록 접합부가 흔들리지도 않고 붙어 있는 진짜 고가구를 여러 점 보여주었다. 반면에 현대 제품의 문제는 대부분 이와 달리 너무 단단하게 붙어 있다는 것, 접합부가 본드로 나무에 너무 강력하게 붙어 있어서 나무가 갈라지고 숨을 쉬지 못한다는 것이었다. "잊지 마, 우리는 지금부터 백 년 후에 가구를 복원할 사람을 위해서 일하는 거야. 우리는 그 사람에게 깊은 인상을 주어야 해." 가구 한 점을 붙일 때면 아저씨가 장붓구멍과 장부를 맞춰서 각각의 조각을 순서대로 늘어놓는 동안 정확한 부분에 적절한 죔쇠를 장치하는 것이 내 일이었다. 풀이 굳을 때까지 주어진 몇 분 동안 정신없이 작업을 해야 할 경우 실제 풀을 붙이고 조이기 전에 해야 하는 힘든 준비 작업이었다. 호비 아저씨의 손은 외과 의사의 손만큼 정확했고 내가 허둥거릴 때 정확한 조각을 낚아챘다. 내가 하는 일은 주로 아저씨가 죔쇠로 조일 때 붙여놓은 조각들을 잡는 것이었다(아저씨는 G자형과 F자형 죔쇠뿐만 아니라 죔쇠로 사용하려고 모아둔 괴상한 물건들, 매트리스 스프링, 옷핀, 낡은 자수틀, 자전거 속 튜브 등도 썼다. 가중을 위해서는 무늬가 들어간 면직물로 만든 색색의 모래주머니나 납으로 만든 오래된 문 버팀쇠와 주철 돼지 저금통처럼 어디서 용케 구한 물건들을 쓰기도 했다). 일손이 필요하지 않을 때면 나는 톱밥을 쓸고 못에 걸린 연장을 교체했고, 달리 할 일이 없으면 그냥 앉아서 아저씨가 끌로 연마하거나 전열기에 올려둔 물그릇으로 나무에 증기를 쐬어 구부리는 것을 지켜보기만 해도 행복했다. 피파가 문자 메시지를 보냈다. 세상에, 거기 냄새 장난 아닌데. 연기도 엄청 많이 나. 어떻게 견디니? 하지만 나는 유독하지만 상쾌한 그 냄새와 내 손에서 느껴지는 오래된 나무의 느낌이 정말 좋았다.

5

나는 이렇게 지내는 동안에도 나의 동지 브롱크스의 미술품 도둑에 대한 뉴스를 주의 깊게 지켜보았다. 그들은 모두—장모까지도—유죄를 인정했고 법정 최고형을 받았다. 몇십만 달러의 벌금과 가석방 없는 징역 5년에서 15년이었다. 그 사람들이 비브란트 헨드릭스를 어느 미술상에게 팔려고 했다가 그 미술상이 경찰에 신고를 한 것이었는데, 그림을 팔겠다는 멍청한 짓을 저지르지 않았다면 아직도 모리스하이츠에서 행복하게 살면서 어머니의 집에서 성대한 이탈리아식 저녁을 먹고 있을 것이라는 게 중론이었다.

하지만 그렇다고 해서 불안감이 줄어들지는 않았다. 어느 날 내가 학교에서 돌아왔더니 위층에 연기가 자욱하고 소방관들이 내 방 앞 복도를 성큼성큼 걸어 다니고 있었다. "쥐 때문에." 눈이 휘둥그레지고 얼굴이 창백해진 호비 아저씨가 작업복을 입고 정신 나간 과학자처럼 보안경을 머리에 얹은 채 집 안을 돌아다니고 있었다. "찍찍이 덫을 쓸 수는 없었거든, 너무 잔인하잖아. 그래서 구제업자 부르는 걸 미루고 있었는데 세상에, 진짜 엄청나구나. 쥐가 전선을 다 갉아 먹게 놔두면 안 되겠다. 경보가 없었으면 집이 다 타버렸을 거야, 이거 봐." (그러더니 소방관에게 물었다.) "얘 데리고 저쪽으로 가봐도 됩니까?" 호비 아저씨가 장비를 피해 걸어갔다. "너도 봐야 돼……." 아저씨는 멀찍이 떨어져 서서 벽 하단 장식널 쪽에서 연기를 내면서 까맣게 타서 얽혀 있는 쥐의 해골들을 가리켰다. "저거 봐! 저기가 완전 소굴이라니까!" 호비 아저씨의 집은 화재뿐만 아니라 강도에 대비한 경보 장치도 잘되어 있었고 불은 복도의 마루판 일부만 태웠을 뿐 큰 손상을 끼치지는 않았지만, 나는 이 사건 때문에 크게 동요했다(호비 아저씨가 집에 없었다면? 화재가 내 방에서 시작됐다면?). 장식널 일부분(60센티미터 정도)에 쥐가 그만큼 많았다는 사실을 생각하면 다른 곳에는 더 많은 쥐가(그리고 쥐가 갉아 먹은 더 많은 전선들이) 있다는 뜻이었다. 호비 아저씨가 쥐덫을 혐오하긴 했지만 내가 직접 쥐덫을 놓아야 하는 게 아닐까 하는 생각이 들었다. 고양이를 키우는 게 어떠냐는 나의 제안은―호비 아저씨와 고양이를 사랑하는 드프리스 부인은 열광적으로 환영했지만―긍정적으로 논의되긴 했지만 금방 실행되지 않았고 곧 흐지부지되었다. 겨우 몇 주 후 내가 고양이 얘기를 다시 꺼내야겠다 생각하고 있을 때, 나는 방에 들어갔다가 호비 아저씨가 내 침대 근처 양탄자에 무릎을 꿇고 있는 것을 보고 심장이 쿵 떨어져서 기절할 뻔했다. 나는 아저씨가 침대 밑으로 손을 뻗고 있는 줄 알았지만 사실은 바닥에 떨어진 퍼티*용 칼을 주우려는 것이었다. 침실 창문 아래쪽의 금이 간 창유리를 갈고 있었던 것이다.

"아, 왔니?" 호비 아저씨가 일어서서 바지를 털면서 말했다. "미안하다! 놀래려는 생각은 아니었는데! 네가 왔을 때부터 여기 유리를 갈 생각이었거든. 물론 난 오래된 창에는 불투명한 유리, 벤드하임 유리를 쓰는 게 좋지만. 몇 장은 투명한 유리를 끼워도 괜찮지. 아, 거기 조심해." 아저씨가 말했다. "너 괜찮니?" 나는 책가방을 떨어뜨리고 전쟁신경증에 시달리면서 전장에서 비틀비틀 돌아온 중위처럼 안락의자에 털썩 주저앉았다.

끝장이었다. 엄마라면 그렇게 말했을 것이다. 나는 어떻게 해야 할지 몰

---

* 창틀에 유리를 끼울 때 쓰는 접착제.

랐다. 나는 가끔 호비 아저씨가 나를 이상하게 보는 시선을, 그리고 아저씨가 보기에 내가 얼마나 이상할까를 지나치게 의식했지만, 내적인 불안을 잘 감추지 못했다. 나는 누가 문 앞에 찾아올 때마다 깜짝 놀랐고 전화벨이 울리면 불에 덴 것처럼 펄쩍 뛰었으며 수업 중에도 전기 충격 같은 '예감'에 깜짝 놀라면 일어나서 곧장 집으로 돌아와 그림이 아직 베갯잇 안에 있는지, 누가 포장을 건드리거나 테이프를 뜯으려 한 흔적은 없는지 확인해야만 했다. 나는 컴퓨터로 예술품 절도와 관련된 법에 대해 검색하면서 인터넷을 뒤졌지만 내가 찾은 정보들은 너무 제각각이었고 적절하거나 통일성 있는 관점을 제공하지 못했다. 그렇게 호비 아저씨의 집에서 별다른 사건 없이 8개월을 보낸 후에 생각지도 못한 해결책이 저절로 나타났다.

나는 호비 아저씨가 거래하는 운반 및 보관 회사 직원들과 잘 지냈다. 대부분 뉴욕 시에 거주하는 아일랜드인으로 경찰이나 소방관이 되지 못한, 덩치 크고 느릿느릿 움직이는 성격 좋은 남자들—마이크, 숀, 패트릭, 리틀 프랭크(이름과 달리 전혀 작지 않았다, 냉장고만 했다)—이었지만 라비브와 아비라는 이스라엘 사람도 두 명 있었고, 내가 제일 좋아하는 러시아 유대인 그리샤도 있었다. ("'러시아 유대인'이라는 말은 모순적이야." 그리샤가 멘톨 담배 연기를 짙게 내뿜으며 설명했다. "어쨌든 러시아 사람들 생각에는 그래. 반유대주의자가 보기에 '유대인'은 진정한 러시아인이 아니니까. 러시아는 반유대주의로 악명이 높지.") 그리샤는 세바스토폴에서 태어났는데, 부모님이 그가 두 살 때 이민 왔지만 그리샤는 그곳을 기억한다고 ("검은 물, 소금") 주장했다. 머리색이 밝고, 얼굴은 벽돌처럼 붉고, 개똥지빠귀의 알과 같은 놀라운 색의 눈을 가진 그리샤는 술 때문에 배가 볼록 나오고 옷에 너무 신경을 안 써서 가끔 셔츠의 아래쪽 단추가 열려 있었지만, 태연하고 오만한 태도를 보면 자신이 잘생겼다고 (예전에는 잘생겼었을지도 몰랐다) 생각하는 것이 분명했다. 바위처럼 무표정했던 파블리콥스키 씨와 달리 그리샤는 말이 무척 많고 농담이나 일화를 정말 많이 알아서 단조로운 목소리로 우스꽝스러운 이야기를 속사포같이 늘어놓았다. "네가 욕을 잘한다고 생각하지, *마조르(Mazhor)*?" 그리샤가 작업장 구석에 놓인 체스 판 앞에서 사람 좋게 말했다. 호비 아저씨와 그리샤는 가끔 체스를 뒀다. "그럼 한번 해봐. 내 귀를 따갑게 해보라고." 그래서 나는 엄청나게 지저분한 욕을 퍼부었는데, 한마디도 이해 못 하는 호비 아저씨까지도 의자에 기대어 앉아서 손으로 귀를 막고 껄껄 웃을 정도였다.

첫 번째 가을 학기가 시작한 직후 어느 흐린 날 오후에 나 혼자 집에 있는데 그리샤가 가구를 배달하러 들렀다. "어이, 마조르." 그리샤가 상처가 난 엄지와 검지로 담배꽁초를 털면서 말했다. 그리샤가 놀리듯이 부르는 나의 여러 가지 별명 중 하나인 마조르는 러시아어로 '장조', 즉 경쾌하다는 뜻이었다. "좀 도와줘. 트럭에서 이 쓰레기 좀 같이 내리자." 그리샤에게 가구는 전부 '쓰레기'였다.

내가 그리샤 뒤쪽 트럭을 보았다. "뭐 가져왔어요? 무거워요?"

"무거우면, 너한테 같이 들자고 하겠냐, *포프리고운치크(poprygountchik)*?"

우리는 가구―솜 패드로 감싼 금테 거울, 촛대, 식탁 의자 한 세트 ― 를 같이 옮겼다. 포장을 풀자마자 그리샤는 (먼저 손끝으로 끈적거리지 않는지 확인한 후에) 호비 아저씨가 작업 중이던 찬장에 기대어 서서 쿨 담배에 불을 붙였다. "하나 줄까?"

"아니, 괜찮아요." 사실 나는 담배를 피우고 싶었지만 호비 아저씨가 내게서 담배 냄새를 맡을까 봐 두려웠다.

그리샤가 손톱에 때가 낀 손을 흔들어 담배 연기를 흩으며 말했다. "그래, 뭐 하고 있었어? 오늘 오후에 나 좀 도울래?"

"뭘 도와요?"

"벗은 여자 책은 좀 치우고." (제이슨의 《예술사》였다.) "나랑 브루클린에 가자."

"뭐 하려요?"

"쓰레기 몇 개를 창고로 옮겨야 되는데 일손이 필요해서. 마이크가 도와
주기로 했는데 오늘 병가 냈대. 하! 자이언츠가 어제 경기에서 졌는데, 마이
크가 그 경기에 돈을 많이 걸었거든. 시커멓게 멍든 눈으로 숙취에 시달리
면서 인우드 자기 집 침대에 누워 있을걸."

6

가구를 가득 실은 밴을 타고 브루클린으로 가는 길에 그리샤는 호비 아
저씨의 일솜씨가 뛰어나다고, 또 아저씨가 웰티 할아버지의 사업을 말아먹
고 있다고 계속 혼잣말을 했다. "이 더러운 세상에서 정직하게 산다고? 은
둔하면서 살아? 여기가, 심장이 아파, 호비가 매일 창밖으로 돈을 내던지는
걸 보면 말이야. 아니, 아니야." 내가 무슨 말을 하려 하자 그리샤가 더러운
손바닥을 들어 보이며 말했다. "호비의 일은, 복원 작업은 시간이 걸려. 옛
날 거장들처럼 손으로 작업하니까. 나도 알아. 호비는 사업가가 아니라 예
술가야. 하지만 제발 내가 알아듣게 설명 좀 해줄래? 왜 브루클린 네이비야
드에 창고를 빌려서 돈을 내는 거냐, 재고를 처리하고 돈을 벌면 될 텐데?
내 말은— 봐, 지하실에 잡동사니가 가득하잖아! 웰티가 경매에서 산 물건
들인데, 매주 더 들어오고 있어. 위층도, 가게도 꽉꽉 들어찼잖아! 호비는
돈을 깔고 앉아 있어, 그걸 다 팔려면 백 년은 걸릴걸! 사람들이 그걸 사고
싶어서 돈을 들고 와서 창문을 들여다보고 있는데, 죄송합니다, 부인! 꺼지
세요! 가게는 닫혔습니다! 그러고서는 목수 연장을 들고 지하실에 앉아서
열 시간씩 걸려서 무슨 쓰레기 같은 할머니 의자에 *이렇게 작은*—"(엄지
와 검지로 작다는 표시를 했다.) "조각을 새기고 있다니까."

"네, 하지만 호비 아저씨도 고객이 있어요. 지난주에도 잔뜩 팔았는데요."

"뭐?" 그리샤가 도로를 향하던 고개를 홱 돌려 나를 노려보면서 화를 냈다. "팔아? 누구한테?"

"보겔 씨요. 아저씨가 보겔 씨 부부를 위해서 가게를 열었었어요. 그 사람들이 책장이랑 게임 테이블이랑—"

그리샤가 코웃음을 쳤다. "아아, 그 사람들. 호비의 친구라는 사람들 말이지. 그 사람들이 왜 호비한테서 물건을 사는지 알아? 헐값에 살 수 있어서 그래—'예약제로 문을 연다'고, 하! 그런 야수 같은 사람들한테는 문을 닫는 게 더 좋을걸. 그러니까 내 말은—" 그리샤가 가슴에 주먹을 댔다. "내 마음 알잖아. 호비는 나한테 가족이나 똑같아. 하지만—" 그가 세 손가락을 모아서 비볐다. 보리스가 자주 쓰던 손짓이었다. 돈! 돈! "사업상의 거래를 할 때 현명하지 못하다고. 호비는 사기꾼한테 마지막 남은 성냥개비, 남은 음식, 뭐든지 다 줘버린다고. 너도 두고 보면 알 거야. 곧, 사오 년 안에 호비가 자기 대신 가게를 운영할 사람을 못 찾으면 망해서 거리로 나앉을 거야."

"예를 들면 어떤 사람요?"

"음—" 그리샤가 어깨를 으쓱했다. "말하자면 내 사촌 리디야 같은 사람. 걘 물에 빠져 죽어가는 사람한테 물도 팔 수 있을걸."

"호비 아저씨한테 이야기해보세요. 아저씨도 사람을 찾고 싶어 하세요."

그리샤가 냉소적으로 웃었다. "리디야가? 그런 쓰레기장에서 일한다고? 잘 들어, 리디야는 시에라리온에서 금, 롤렉스, 다이아몬드를 팔아. 고급 링컨 세단이 집까지 데리러 오지. 흰색 가죽 바지에…… 바닥까지 내려오는 담비 털에…… 손톱이 이렇게 길어. 그런 여자는 먼지랑 낡은 쓰레기로 가득한 그런 쓰레기장 같은 가게에 하루 종일 앉아 있지 않아."

그리샤가 차를 세우고 엔진을 껐다. 우리는 빈 공터와 정비소가 있는 황량한 해변 지역의 커다란 잿빛 건물 앞에 서 있었다. 영화에서 항상 갱들이 죽일 사람을 차에 태우고 가는 그런 동네 비슷했다.

"리디야— 리디야는 섹시하지." 그리샤가 생각에 잠긴 듯이 말했다. "다리도 길고— 가슴도— 예뻐. 삶에 대한 열정이 대단해. 하지만 이 일에 리디야처럼 요란한 사람은 안 돼."

"그럼 어떻게 해요?"

"웰티 같은 사람. 웰티는 순진한 구석이 있었어, 알아? 학자 같았지. 아니면 성직자. 웰티는 모든 사람의 친할아버지 같았어. 하지만 아주 똑똑한 사업가이기도 했지. 친절하고 상냥하고 모든 사람과 친구가 되는 건 괜찮아, 하지만 고객이 널 믿고 네가 제일 싸게 판다고 생각하게 되면 그때부터는 이익을 봐야 되는 거야, 하! 그게 바로 소매업이지, 마조르. 세상을 엿 먹이는 방법이라고."

우리가 초인종을 누르고 안으로 들어가자 책상이 하나 있고 이탈리아인 남자가 혼자 신문을 읽고 있었다. 그리샤가 서명을 하는 동안 나는 완충 포장재와 테이프가 있는 진열대 옆 선반 위의 광고지를 유심히 보았다.

애리스턴 미술품 보관 창고
최첨단 설비
화재 진압, 실내 온도 조절, 24시간 경비
고급 안전 보전 서비스
보관이 필요한 모든 미술품들,
여러분의 귀중품을 1968년부터 안전하게 지키고 있습니다.

접수 담당자 외에는 아무도 없었다. 우리는 카드 키와 비밀번호가 필요한 화물 승강기에 짐을 싣고 6층으로 올라갔다. 길고 특징 없는 복도를 한참 걸었다. 천장에 달린 카메라, 이름 없이 숫자만 적힌 문들, D 통로, E 통로, 데스 스타*처럼 창문도 없고 끝없이 뻗은 벽, 꼭 지하 군사 기록 보관소나 초현대적 공동묘지의 지하 납골당 같은 느낌이었다.

호비 아저씨는 큰 창고를 하나 가지고 있었다. 양쪽으로 여닫는 문은 트럭을 몰고 들어갈 수 있을 만큼 컸다. "여기야." 그리샤가 열쇠를 돌려 자물쇠를 열고 금속이 쾅 부딪치는 소리가 날 정도로 문을 열어젖혔다. "호비가 여기에 보관하고 있는 이 쓰레기들을 좀 보라고." 창고는 가구와 다른 물건들(램프, 책, 도자기, 작은 청동상, 신문과 곰팡내 나는 신발이 가득한 낡은 B. 올트먼 백화점 쇼핑백들)로 빽빽해서 나는 이 혼돈스러운 장면을 처음 보자 뒤로 물러서서 문을 닫아버리고 싶었다. 얼마 전에 죽은 어느 늙은 쓰레기 수집가의 아파트에 우연히 걸어 들어간 것 같았다.

"여기를 빌리고 한 달에 2천 달러를 내는 거야." 우리가 의자를 싼 패드를 제거한 다음 벗나무 책상 위에 조심스럽게 쌓을 때 그리샤가 우울하게 말했다. "1년에 2만 4천 달러라고! 이 쓰레기장 임대료를 내느니 차라리 그 돈으로 담배에 불을 붙이는 게 나을걸."

"여기 더 작은 창고들은 뭐예요?" 어떤 문은 여행 가방만큼 작았다.

"사람들은 제정신이 아니야." 그리샤가 체념한 듯 말했다. "자동차 트렁크만 한 공간 때문에 한 달에 몇백 달러를 쓴다고?"

"제 말은—" 나는 어떻게 물어야 할지 몰랐다. "사람들이 여기 불법적인 물건을 보관하는 건 어떻게 막아요?"

"불법?" 그리샤는 더러운 손수건으로 이마의 땀을 쿡쿡 찍어 닦은 다음 옷깃 안쪽을 닦았다. "그러니까 뭐, 총 같은 거?"

"맞아요. 아니면 장물 같은 거요."

"어떻게 막느냐고? 내가 말해주지. 막는 건 없어. 차에 치어 죽거나 감옥

---

* Death Star : 스타워즈에 나오는 인공 별.

에 들어가서 돈을 못 내지 않는 한 여기 묻어놓으면 아무도 못 찾아. 여기 있는 물건의 90퍼센트는 낡은 아기 사진이나 할머니의 다락방에서 나온 쓰레기야. 하지만, 벽이 말을 할 수 있다면 또 모르지, 어? 어디 있는지 몰라서 그렇지, 아마 수백만 달러가 숨겨져 있을걸. 온갖 비밀들이 있지. 총, 보석, 살해된 시체— 말도 안 되는 것들이 있을 거야. 자—" 그리샤가 쿵 소리를 내며 문을 닫고 빗장을 더듬었다. "이 빌어먹을 것 좀 채우게 도와줘. 아, 세상에, 난 여기가 진짜 싫어. 꼭 죽음 그 자체 같아, 알겠어?" 그리샤가 아무것도 없고 끝이 없어 보이는 복도를 가리켰다. "전부 갇혀 있어, 완전히 봉쇄돼 있다고! 여기 올 때마다 숨이 막히는 것 같다니까. 빌어먹을 도서관보다 더해."

7

그날 밤 나는 부엌에서 전화번호부를 가지고 내 방으로 돌아와서 창고 : 미술품 항목을 찾아보았다. 맨해튼과 외곽 구에 수십 개의 업체가 있었는데, 서비스를 자세히 설명해놓은 으리으리한 지면 광고를 실은 업체가 많았다. 흰 장갑을 끼고 집에서부터 직접 옮겨 드립니다! 집사가 은쟁반에 명함을 얹어서 내미는 그림. 브링언과 타크웰. 1928년 창립. 다양한 업체 및 개인 고객을 위하여 기밀을 보장하는 최첨단 보관 솔루션을 제공합니다. 아트테크. 유서 깊은 작품. 기록 보관 솔루션. 온습도 자동 기록 모니터. 우리는 AAM(미국 미술관 협회) 기준인 기온 21도, 상대습도 50퍼센트에 맞춰 개별적으로 온도를 제어합니다.

하지만 전부 지나치게 정교했다. 나는 미술품을 보관하고 있다는 사실을 절대로 알리고 싶지 않았다. 나에게 필요한 것은 안전함과 눈에 띄지 않는 것이었다. 가장 크고 유명한 체인점은 맨해튼에 스무 개의 창고를 가지고 있었는데, 옛날에 살던 동네에서 가까운 강변의 이스트 60번가에도 하나 있었다. 창고에서 길 몇 개만 건너면 엄마와 함께 살던 아파트였다. 우리 점포들은 *24시간 직원이 상주하는 보안 센터의 맞춤 보안 서비스를 제공하며, 연기 및 화재 감지 최신 기술을 갖췄습니다.*

호비 아저씨가 복도에서 나에게 뭔가를 묻고 있었다. "네?" 내가 전화번호부에 손가락을 끼운 채 덮으면서 쉰 목소리로 말했다. 목소리가 크고 어색하게 나왔다.

"모이라가 왔어. 같이 동네에 나가서 햄버거 먹을래?" 아저씨가 말하는 동네란 화이트호스를 뜻했다.

"좋아요, 금방 갈게요." 나는 전화번호부의 광고를 다시 보았다. *즐거운 여름을 위한 공간을 마련하세요! 취미 및 스포츠 장비를 보관하기 위한 손쉬운 해결책!* 광고를 보니 정말 간단해 보였다. 신용카드도 필요 없이 현금으로 돈을 내고 가면 끝이다.

다음 날 나는 학교에 가는 대신 침대 밑에서 베갯잇을 꺼내 테이프로 봉한 다음 갈색 블루밍데일 종이 가방에 넣어서 택시를 타고 유니언스퀘어의 스포츠 용품점으로 갔다. 거기서 나는 약간 주저하다가 싸구려 소형 텐트를 산 다음 다시 택시를 타고 60번가 근처로 갔다.

창고 회사의 초현대적인 유리벽 사무실에 손님은 나밖에 없었다. 나는 가짜 사연(캠핑 마니아, 지저분한 것을 싫어하는 엄마)을 준비했지만 책상 앞에 앉은 남자들은 소형 텐트의 태그가 교묘하게 비어져 나와서 상표가 제대로 보이는 큰 스포츠 제품 봉투에 전혀 관심이 없었다. 게다가 내가 사물함 비용 1년 치를 미리 현금으로 내고 싶다고 해도 전혀 이상하게 보거나 주의를 기울이지 않는 것 같았다. 아니면 2년 치를 미리 낼까요? 그것도 가능할까요? 금전등록기 앞에 앉은 푸에르토리코인이 먹고 있던 베이컨 에그 샌드위치에서 눈도 돌리지 않고 손가락으로 가리키며 말했다. "현금지

급기는 바로 저 바깥에 있어요."

이렇게 쉬운 거야? 내가 승강기를 타고 내려가면서 생각했다. 금전등록기 앞 남자는 이렇게 말했다. "사물함 번호를 적어두세요. 비밀번호도 적어서 안전한 곳에 보관하시고요." 하지만 나는 사물함 번호와 비밀번호를 벌써 외웠고—제임스 본드 영화를 많이 봤기 때문에 어떻게 해야 하는지 알았다—바깥으로 나오자마자 종이를 쓰레기통에 버렸다.

지하 납골당처럼 적막하고 일정하게 웅웅거리는 환풍구에서 퀴퀴한 바람이 나오는 건물을 나서자 나는 아찔할 정도로 행복했고 눈앞이 탁 트인 것 같았다. 파란 하늘과 요란한 햇빛, 자동차가 뿜어내는 익숙한 아침 연무와 경적 소리가 거리 저 끝까지 뻗어 나가 더 크고 더 나은 세상으로, 사람들과 행운이 가득한 햇살 밝은 세상으로 이어지는 것 같았다. 뉴욕에 돌아온 후 서턴플레이스 근처까지 온 것은 처음이었기 때문에 친근한 옛 꿈에 빠져들어 과거와 현재를 오가는 기분이었다. 보도의 울퉁불퉁한 느낌도 그대로였고 집으로 달려갈 때 항상 뛰어넘던 금이 간 길도 똑같았다. 옛날에 나는 비행기에 타고 있다고 상상하면서 젖힌 날개를 따라 몸을 기울이면서 *이제 도착합니다*라고 외치며 쭉 뻗은 마지막 구간을 맹렬히 달려 집으로 가곤 했다. 델리, 그리스 식당, 와인 가게 등 상점들은 대부분 그대로였다. 내가 잊고 있던 이웃들의 얼굴이 마음속에서 뒤죽박죽 떠올랐다. 꽃가게의 살, 이탈리아 식당의 바타글리나 부인, 목에 줄자를 걸치고 무릎을 꿇고 엄마의 치마를 핀으로 꽂아 고정하던 세탁소의 비니.

몇 블록만 더 가면 우리가 살던 건물이었다. 나는 57번가를, 햇빛이 쏟아져 창문에 금빛이 반사되는 그 밝고 익숙한 골목을 보면서 생각했다. 골디!
호세!

그 생각에 발걸음이 빨라졌다. 아침이었다. 골디나 호세 중 한 사람, 혹은 두 사람 다 근무 중일 것이다. 나는 라스베이거스에서 엽서를 보내겠다는 약속을 지키지 않았다. 두 사람은 나를 보면 신이 나서 모여들어 나를 끌어 안고 내 등을 툭 칠 것이고, 아빠의 죽음을 포함해서 그동안 있었던 모든 일을 듣고 싶어 할 것이다. 두 사람은 소포실로 나를 데려갈 것이고 어쩌면 관리자인 헨더슨 씨까지 불러서 건물에 떠도는 소문을 전부 말해줄 것이다. 하지만 모퉁이를 돌자 늘어선 자동차들과 시끄러운 경적 소리 가운데 반 블록 저편의 우리 건물이 비계로 둘러싸여 군데군데 벗겨져 있었고 공지문이 창문을 막고 있었다.

나는 어리둥절해서 걸음을 멈췄다. 그런 다음 믿을 수 없어서 가까이 걸어간 다음 서늘한 심정으로 가만히 서 있었다. 아르데코 양식의 현관은 사라졌고, 윤이 나는 바닥에 벽면을 타고 햇살이 부서지던 시원하고 그늘진 로비 자리에는 자갈과 콘크리트로 만들어진 동굴이 입을 쩍 벌리고 있었고, 안전모를 쓴 사람들이 잔해를 실은 손수레를 끌고 들락날락거렸다.

"어떻게 된 거예요?" 건물에서 조금 떨어져서 먼지가 가득 내려앉은 안전모를 쓰고 죄 짓는 사람처럼 웅크린 채 커피를 후루룩 마시고 있는 남자에게 물었다.

"무슨 소리냐, 어떻게 되다니?"

"전―" 내가 뒤로 물러서서 위를 올려다보다가 로비만 이상한 게 아님을 깨달았다. 건물 전체가 다 비어서 뒤쪽 안뜰이 바로 보였다. 건물 정면의 유리 모자이크는 그대로였지만 창문은 없이 먼지가 낀 채 뚫려 있었고 그 안에는 아무것도 없었다. "여기 살았었거든요. 어떻게 된 거예요?"

"주인들이 팔았어." 남자가 로비에서 들리는 드릴 소리보다 목소리를 높여서 말했다. "몇 달 전에 마지막 세입자들까지 다 나갔어."

"하지만―" 나는 텅 빈 껍데기를 올려다본 다음 조명이 설치된 먼지투성이 공사 현장을 들여다보았다. 남자들이 소리치고 있었고 전선이 딜렁거렸다. "뭐 하는 거예요?"

"고급 아파트야. 5백만 넘는 아파트. 옥상에는 수영장을 짓고. 믿을 수 있 겠니?"

"이럴 수가."

"그래, 넌 이 건물이 보존될 줄 알았구나? 오래되고 멋진 곳이었지. 어제 는 로비의 대리석 계단을 드릴로 깨뜨렸어, 계단 기억나니? 진짜 안타까운 일이야. 통째로 들어낼 수 있었으면 좋았을 텐데. 요즘엔 그 정도로 질 좋은 대리석을 보기 힘들거든, 그렇게 오래되고 품질 좋은 대리석은 말이야. 하 지만―"그가 어깨를 으쓱했다. "이게 바로 네가 사는 도시야."

남자가 위쪽의 누군가―모래가 담긴 들통을 묶어서 밑으로 내려 보내고 있는 남자―에게 소리를 쳤고 나는 메스꺼움을 느끼면서 옛날 우리의 거 실 창 바로 아래, 아니 폭탄을 맞은 것처럼 껍데기만 남은 거실 창 아래를 따라 걸었다. 마음이 너무 어수선해서 위를 올려다보지 않았다. 호세는 내 여행 가방을 소포실 선반에 얹으면서 *이걸로 끝이야, 시오*라고 말했었다. 일부 세입자들, 나이 많은 레오폴드 씨 같은 사람들은 이 건물에서 70년 넘 게 살았다. 레오폴드 씨는 어떻게 됐을까? 골디나 호세? 혹은― 그러고 보니, 신지아는? 항상 파트타임 청소 일이 열두 개 이상 있었던 신지아는 우리 건물에서 일주일에 몇 시간밖에 일하지 않았고, 내가 지금까지 신지 아를 한 번이라도 떠올렸던 건 아니었다. 하지만 그 모든 것, 이 건물 자체 의 체제는 너무나 확고하고 너무나 변함없을 것만 같았고, 내가 언제든지 들러서 사람들을 만나고, 인사를 하고, 어떻게 지내는지 물어볼 수 있는 집 합체 같았다. 우리 엄마를 알던 사람. 우리 아빠를 알던 사람들.

멀리 걸어갈수록 걸으면 걸을수록 내가 당연하게 여기던 이 세상에 몇 안 되는 안정적이고 변함없는 정박지 중 하나를 잃었다는 생각에 기분이 더 나빠졌다. 익숙한 얼굴들과 반가운 인사. 어이, 마니토! 나는 적어도 과 거의 마지막 시금석인 이 건물은 내가 떠난 그 자리에 남아 있을 줄 알았다.

호세와 골디에게 그때 준 돈은 정말 고마웠다는 인사를 절대 할 수 없다고 생각하니 이상했다. 아니, 더 이상한 것은 두 사람에게 아빠가 죽었다는 이야기를 할 수 없다는 사실이었다. 내가 아는 사람들 중에서 아빠를 아는 사람이, 또는 신경 쓸 사람이 누가 있을까? 보도마저도 발밑에서 무너져 내리는 것 같았고 나는 57번가에서 끝없는 구덩이로 떨어지는 기분이었다.

2권에서 계속

황금방울새 1

1판 1쇄 발행 2015년 6월 23일
1판 11쇄 발행 2025년 1월 13일

지은이 · 도나 타트
옮긴이 · 허진
펴낸이 · 주연선

(주)은행나무
04035 서울특별시 마포구 양화로11길 54
전화 · 02)3143-0651~3 | 팩스 · 02)3143-0654
신고번호 · 제 1997-000168호(1997. 12. 12)
www.ehbook.co.kr
ehbook@ehbook.co.kr

ISBN 978-89-5660-877-8 04840
       978-89-5660-876-1 (세트)